OBRAS ESCOLHIDAS

Vagamundo
Dias e noites de amor e de guerra
O livro dos abraços
O teatro do bem e do mal

Eduardo
GALEANO

OBRAS ESCOLHIDAS

Vagamundo

Dias e noites de amor e de guerra

O livro dos abraços

O teatro do bem e do mal

L&PM
EDITORES

Texto de acordo com a nova ortografia.
Títulos originais: *Vagamundo y otros relatos*; *Días y noches de amor y de guerra*; *El libro de los abrazos*

Tradução de Vagamundo, Dias e noites de amor e de guerra e O livro dos abraços: Eric Nepomuceno
Tradução de O teatro do bem e do mal: Sergio Faraco
Capa: Ivan Pinheiro Machado. *Ilustração:* Gilmar Fraga
Revisão: Delza Menin, Mariana Donner da Costa, Jó Saldanha e Lia Cremonese

CIP-Brasil. Catalogação na publicação
Sindicato Nacional dos Editores de Livros, RJ

G15e

Galeano, Eduardo, 1940-2015
    Eduardo Galeano: obras escolhidas / Eduardo Galeano; tradução Eric Nepomuceno, Sergio Faraco. – 1. ed. – Porto Alegre [RS]: L&PM, 2022.
    512 p. ; 21 cm.

    Tradução de: *Vagamundo y otros relatos*; *Días y noches de amor y de guerra*; *El libro de los abrazos*.
    "Conteúdo: Vagamundo; Dias e noites de amor e de guerra; O livro dos abraços; O teatro do bem e do mal"
    ISBN 978-65-5666-270-1

    1. Ficção uruguaia. I. Nepomuceno, Eric. II. Faraco, Sergio. III. Título.

22-77190   CDD: 868.993953
                        CDU: 82-3(899)

Meri Gleice Rodrigues de Souza - Bibliotecária - CRB-7/6439

© *Vagamundo*, Eduardo Galeano, 1999, 2022
© *Dias e noites de amor e de guerra*, Eduardo Galeano, 1978, 2022
© *O livro dos abraços*, Eduardo Galeano, 1989, 2005, 2022
© *O Teatro do bem e do mal*, Eduardo Galeano, 2002, 2022

Todos os direitos desta edição reservados a L&PM Editores
Rua Comendador Coruja, 314, loja 9 – Floresta – 90.220-180
Porto Alegre – RS – Brasil / Fone: 51.3225.5777
Pedidos & Depto. comercial: vendas@lpm.com.br
Fale conosco: info@lpm.com.br
www.lpm.com.br

Impresso no Brasil
Outono de 2022

Sumário

Vagamundo 7
   Garotos 11
   Gamados 21
   Andanças 23
   Bandeiras 47
   Outros contos 87

Dias e noites de amor e de guerra 121

O livro dos abraços 301

O teatro do bem e do mal 409
   O teatro do bem e do mal 411
   Símbolos 414
   Notas do além 418
   Satanases 422
   Espelhos brancos para caras negras 425
   Falam as paredes 428
   Linguagens 431
   Algumas estações da palavra no inferno 435
   A máquina 440
   Este mundo é um mistério 443
   Troféus 446
   O espelho 450
   A monarquia universal 452
   Nem direitos nem humanos 455
   Um tema para arqueólogos? 458
   Humor negro 461
   A era de frankenstein 465
   Os atletas químicos 468

Mãos ao alto 471
A república das contradições 474
Os invisíveis 477
Ajude-me, doutor, que não posso dormir 481
Algumas modestas proposições 486
Notícias do mundo às avessas 489
Notícias do fim do milênio 492
S.O.S. 496
A soga 499

Índice 503

Vagamundo

Tradução de Eric Nepomuceno

a
Juan Carlos Onetti
Carlos Martinez Moreno
Mario Benedetti

GAROTOS

Segredo no cair da tarde

Ele chegou a galope, num alazão que eu não conhecia. Depois o alazão ergueu-se em duas patas e desapareceu, e meu irmão também desapareceu. Fazia tempo que eu o chamava e ele não vinha. Chamava e não o encontrava. E ontem fui para o monte e ele veio e me falou como antes, só que no ouvido. Eu cuido, para ele, das coisas que ele deixou. Escondi as coisas para que ninguém mexa nelas. A atiradeira, a vara de pescar, o tambor, o revólver de madeira, os preguinhos de fazer anzol. Tenho tudo isso escondido e, quando ele vem, sempre me pergunta pelas suas coisas. Eu tenho medo da gente que passa e prefiro não sair. Volto da roça ou de carpir a horta e fico aqui trancado, no escuro, cuidando das coisas para ele. Quando acendem a lâmpada de querosene fecho os olhos, mas deixo eles um pouquinho abertos, e a lâmpada vira uma linha brilhante e toda peluda de luz. E às vezes converso com meu amigo que não sabe falar porque é o cachorro. Converso, para não dormir. Sempre que durmo, morro.

Já vão para cinco longos anos que em cima do Mingo veio aquele caminhão na estrada. Estava cuidando das duas vacas que nós tínhamos. Eu teria defendido meu irmão, se estivesse lá com minha espada amarela. E foi nesse dia que fiquei sem vontade de brincar, e para nunca mais. Fiquei sem vontade de nada. Porque eu e o Mingo sempre andávamos ao meio-dia como lagartos, e íamos pescar e caçar passarinhos. Mas, depois, não brinquei mais. Perdeu a graça.

Para mim, o que aconteceu com ele foi mau-olhado. Alguém chegou e pôs um mau-olhado nele, justo quando ele estava com a barriga vazia e depois veio o caminhão e o esmagou. Nos gringos, nunca pega o mau-olhado, me contaram. É que a gente daqui, de Pueblo Escondido, a gente grande, tem a vista muito forte demais. Aqui, toda a gente grande é má. Os grandes batem. Me batem quando digo que posso conversar com o Mingo sempre que quero, até hoje. Não deixam nem eu falar o nome dele.

Por isso, nunca falo dele. Aqui em Pueblo Escondido, eu não falo. Quando aconteceu aquilo, eu peguei e meti na cara a máscara que o Mingo tinha feito para mim no carnaval, que era um diabo com chifres de trapo e a barba de verdade, e meti a máscara na cara para que ninguém soubesse que era eu, e me atirei com a bicicleta do Ivan turco a toda velocidade contra a barranqueira, me atirei barranqueira abaixo, para me arrebentar lá embaixo contra o lixo. Mas deu tudo errado porque eu caí certo e não aconteceu nada. E aí me bateram. E eu fiquei a noite inteira tremendo e de manhã acordei todo mijado e me enfiaram num barril de água gelada. Me deixaram na água gelada, e eu não chorei nem pedi que me tirassem. E, na primeira vez que meu irmão apareceu, eu peguei e contei tudo para ele.

Eu contava tudo para ele. Contei que andávamos comendo laranjas verdes porque não havia outra coisa. E então mamãe vendeu as vacas e um dia me deu dinheiro para ir comprar açúcar para enchermos bem a barriga, porque quando se come pouco a barriga se fecha e fica pequenininha e então a gente tem que enchê-la para depois pôr comida. E eu meti o dinheiro no bolso de trás, que estava furado, e essa vez também me bateram.

Quando vou para o morro esperar o Mingo, tenho medo que as pessoas me descubram. E tenho medo dos urubus. Tenho medo também dos buracos, porque há muitas armadilhas no morro e o diabo tem sua casa no fundo da terra. É preciso tomar cuidado para não cair no fundo do mundo. E também tenho medo da tempestade. Começam a cair em cima as primeiras gotas gordas de chuva, e já saio em disparada. Tenho medo das tempestades porque são muito brancas.

Estando meu irmão, é diferente. Estando ele, não tenho medo de nada.

Ontem subi num braço de árvore e fiquei fumando e esperando. Eu estava certo que ele não ia falhar. E o Mingo apareceu a galope, bem no meio da imensa nuvem de pó, quando só restava um pouco de sol no céu. Ele me pediu para chegar mais perto, me fez sinais com o braço, e eu desci e embaixo de um espinheiro ele me contou um segredo. O ar do morro tinha cheiro de laranjas maduras. Não desceu do alazão. Abaixou o corpo, e só. E me disse que eu vou ter dinheiro e vou pegar e comprar um caminhão para mim e encher o caminhão de palha e barba de milho para ter o que fumar para sempre. E vou embora. E vou para o mar.

O Mingo me disse que passando o horizonte fica o mar e que eu nasci para ir embora. Para ir, para isso nasci. Pega o caminhão e vai embora, ele me disse. E aqueles que não gostem disso, você passa por cima com o caminhão. Quer dizer que eu vou embora. Para o mar. E levo todas as coisas do meu irmão. Monto no caminhão e antes do mar eu não paro. Do mar sim, eu não tenho medo. O mar estava me esperando e eu não sabia. Como será? Como será o mar? – perguntei ao meu irmão. Como será muita água junta? E o mar respira? E responde quando lhe perguntam? Tanta água no mar! E não escapa, essa água do mar?

O monstro meu amigo

No começo eu não gostava dele, porque achava que ele ia me comer um pé.

Os monstros são agarradores de mulheres, levam uma mulher em cada ombro, e quando são monstros velhinhos ficam cansados e jogam uma das mulheres na beira do caminho. Mas este de quem eu falo, o meu amigo, é um monstro especial. Mas nós nos entendemos bem, apesar do coitado não saber falar e de todos sentirem medo dele. Este monstro meu amigo é tão, mas tão grande, que os gigantes não chegam nem no seu tornozelo, e ele jamais agarra mulheres nem nada.

Ele vive na África. No céu não vive, porque, se estivesse no céu igual que Deus, cairia. É grande demais para poder viver por aí pelo céu. Existem outros monstros menores que ele, e então vivem no infinito, perto de onde fica Plutão, ou mais longe ainda, lá no onfinito ou no piranfinito. Mas este monstro meu amigo não tem nenhum outro remédio a não ser viver na África.

Volta e meia ele me visita. Ninguém pode vê-lo, mas ele pode ver todo mundo. Às vezes é um canguruzinho que pula na minha barriga quando dou risada, ou é o espelho que me devolve a cara quando parece que estava perdida, ou é uma serpente disfarçada em minhoca e que monta guarda na minha porta para que ninguém venha me levar.

Agora, hoje ou amanhã, o monstro meu amigo vai aparecer caminhando pelo mar, transformado num guerreiro que mais imenso não poderia ser, jorrando fogo pela boca. Vai dar um soprão e arrebentar a cadeia onde meu papai está preso, e vai trazê-lo para mim na unha do dedo minguinho, e vai enfiá-lo pela janela em meu quarto. Eu vou dizer "olá", ele vai voltar para a África, devagarinho, pelo mar.

Então papai, meu papai, vai sair e comprar balas e caramelos para mim e uma garotinha e vai conseguir um cavalo de verdade e vamos sair galopando pela terra, eu agarrado na cauda do cavalo, a galope, para longe, e depois, quando papai ficar pequeno, eu vou contar as histórias desse monstro meu amigo que veio da África, para que meu papai durma quando a noite chegar.

O pequeno rei vira-lata

Todas as tardes, lá estava ele. Longe dos outros, o garoto se sentava na sombra do arvoredo, com as costas contra o tronco de uma árvore e a cabeça inclinada. Os dedos de sua mão direita dançavam debaixo de seu queixo, dançavam sem parar como se ele estivesse coçando o peito com uma incontida alegria, e ao mesmo tempo sua mão esquerda, suspensa no ar, se abria e fechava em pulsações rápidas. Os outros tinham aceitado, sem perguntas, o hábito.

O cão se sentava, sobre as patas de trás, ao seu lado. E ali ficavam até a chegada da noite. O cão paralisava as orelhas e o garoto, com a testa franzida atrás da cortina de cabelos sem cor, dava liberdade aos seus dedos para que se movessem no ar. Os dedos estavam livres e vivos, vibrando na altura de seu peito, e das pontas dos dedos nasciam o rumor do vento entre os galhos dos eucaliptos e o repicar da chuva nos telhados, nasciam as vozes das lavadeiras no rio e o bater das asas dos passarinhos que voavam, ao meio-dia, com os bicos abertos pela sede. Às vezes, dos dedos brotava, de puro entusiasmo, um galope de cavalos; os cavalos vinham galopando pela terra, o ruído dos cascos sobre as colinas, e os dedos se enlouqueciam na celebração. O ar cheirava a miosótis e ervilha-de-cheiro.

Um dia, os outros deram-lhe de presente um violão. O garoto acariciou a madeira da caixa, lustrosa e boa de se tocar, e as seis cordas ao longo do diapasão. E ele pensou: que sorte. Pensou: agora, tenho dois.

O desejo e o mundo

São os últimos dias de agosto. Não muito longe daqui, sabe-se que o inverno começou a morrer. O frio está impregnado pelo cheiro de flores amarelas das acácias, e se anuncia para breve o estalar das glicínias, as flores azuis, as flores brancas; logo o ar terá o cheiro de glicínias, não muito longe daqui, e terá cheiro de maçã e diabruras. Os dias serão mais longos.

Se Gustavo pudesse, contaria que aqui os vidros das janelas das celas foram pintados de branco, para que os presos não vejam o céu. Contaria que isso é duro de se deixar de lado, mas é duro somente enquanto dura o dia. Durante a noite, não. A noite, aqui, de qualquer maneira, é possível imaginá-la, com o Cruzeiro do Sul ainda alto e as Três Marias sempre demorando para aparecer. Além disso, contaria Gustavo, é melhor não olhar a noite daqui, não vale a pena. Para quê? Para ver os refletores girando e girando das casamatas nas colinas? Não. Se Gustavo pudesse, mais que contar perguntaria.

E de qualquer maneira pergunta. Pergunta outras coisas:
– Como vai indo na escola?
– Machucou a testa? Como foi?
– Você não trouxe agasalho?
– Cansou? São trinta quadras...

É difícil fazer-se ouvir no meio do vozerio de todos os outros presos que, ávidos como ele, amassam seus rostos contra os arames.

Há duas telas de arame separando-o de Tavito. Como telas de arame de galinheiro.

– Eu não me canso nunca. Caminho e caminho e não me canso.
– Mas faz frio.
– Eu caminho e não sinto. Não é verdade, papai? Quando a gente caminha, o frio se assusta e vai para longe.

Gustavo permanece na ponta dos pés, e Tavito, a meio metro, também: não há outra maneira de ver as caras ou, pelo menos, adivinhá-las através dos arames: a cara de Tavito aparece por cima da base de cimento da tela de galinheiro. A cara, apenas.

Há muitas coisas para escutar e toda a gente fala e as vozes se confundem. Às vezes, se abrem uns poucos segundos de silêncio, como se todas as mulheres e os homens e as crianças se tivessem posto misteriosamente de acordo para tomar fôlego ao mesmo tempo, e então fica o fiapo de alguma frase desprendida no ar.

– E os desenhos? Você não trouxe nenhum desenho?
– Não tenho desenhos, nenhum.

Tavito tenta meter um dedo através da tela de arame, o dedo fica prisioneiro: não se pode.

– Como que não? E todos aqueles desenhos que...
– Rasguei.
– Quê?
– Estava com raiva e rasguei tudo.

Gustavo pensa que as mãos de Tavito devem estar frias. Gustavo acende um cigarro, sopra fumaça nas mãos. Gostaria de ter um jeito de mandar calor a Tavito através da tela de arame. Os desenhos. Um olho que caminha com as pestanas. O doutor relógio usa os ponteiros como bigodes. Vem o leão e come todos. O leão agarra a lua com uma pata. Vou explicar. Estes três palhaços batem no leão para que ele solte a lua e a lua cai e... O cachorro morde a bunda de uma senhora gorda. Está escutando? Escuta. A gorda está gritando guau, guau, e o cachorro está dizendo ai, ai.

Agora Tavito tem as mãos abertas contra a tela de arame e está soprando-as.

– A tia Berta está marcada. Marquei ela.

Atrás, há uma porta pesada, barras de ferro. Os soldados apontam as metralhadoras e têm cacetetes e também revólveres nos coldres. Tavito diz:
– Ela me bateu.
O ar cheira a umidade e a coisa fechada.
– Deve ter sido por alguma razão.
Tavito chuta a mureta com a ponta do sapato. Em seguida ergue os olhos. Esta maneira perigosa de olhar. Aquela maneira. A cara de Carmen, cara de menina ávida, quero tudo, quero mais, os olhos curiosos, famintos, devorando o mundo.
– Está escutando?
– Sim, sim.
Gustavo sente um mal-estar na garganta. Carmen. Levanta o olhar, o teto alto e cinza. Tavito diz:
– Escuta.
– Sim, sim. Quê?
– A barriga. Está falando comigo.
Tavito faz caretas aos soldados, mostra a língua.
– Por que bateu em você?
– Quem?
– Berta. Você disse que ela tinha batido em você.
Tavito permanece em silêncio com a cabeça baixa. Finalmente fala e Gustavo mal consegue escutá-lo:
– Ela fica zangada porque faço pipi na cama.
– E o Águia do Deserto sabe que você anda se mijando?
O sangue sobe no rosto de Tavito, faz cócegas.
– Quando eu for grande, ela vai me pagar.
– O Águia do Deserto não vai querer ser seu amigo.
– O Águia não sabe que eu faço pipi na cama.
– Ah, ele fica sabendo de tudo.
– Claro que não. Você percebe que ele não vive na mesma vida que eu? Ele vive na vida da guerra. Minha vida é diferente. Na minha vida existe uma velha com uma cara de Berta.

Gustavo não tinha querido que Tavito viesse. Vê-lo, pensara, será pior. Mas no último domingo pedira à sua irmã que o trouxesse, e que o esperasse fora.

— E esse curativo que você tem na testa? Que é isso... Não posso acreditar que... Mas... E o nariz? Você está com o nariz inchado!
— Você brigou com dez. No jornal dizia isso. Eu também vou ser forte e brigar com todos eles.
— Como foi?
— Na escola, foi lá, na escola.
— Eu não briguei com dez nem com nenhum. Você está querendo é parecer com algum desses veados da televisão.
— Eles estavam falando mal de você.
— Eles, quem?
— Eles, na escola.
— Falando o quê?
— Que os soldados vão matar você. Eles diziam isso, e eu bati neles e por pouco não mato todos.

Gustavo engole saliva. Sente uma opressão na cabeça. As orelhas ardem. Quer sentar-se. Estar longe. Estar antes. Antes, como era?

Tavito está falando, está dizendo:
— A tia Berta me mostrou uma foto de quando você era pequeno. Eu não tinha conhecido você pequeno. Antes, eu não conhecia...

E então Gustavo sente que lentamente retrocedem os rostos do filho e dos companheiros e dos soldados e viaja, deste dia e desta cadeia, para outro tempo. O velho tempo regressa, o velho mundo, e, antes que fuja, Gustavo está brincando na beira do mar, ao seu lado o anão Tachuela está dançando, com uma vassoura parada na palma da mão: Gustavo perseguia a banda da cidade, os quatro ou cinco velhos desarticulados que iam desatando a bagunça dos tambores, e adiante de todos marchava um negro de dentes brilhantes, que soprava a corneta como ninguém; o negro parava, erguia a corneta com uma mão e com a outra levantava Gustavo e ria, gargalhada, e o sol, vendo aquilo tudo, também morria de rir.

— Quis ficar com a foto, mas ela me tomou.

E, vinte anos depois, Tavito perguntava por que os pinguins vêm morrer na costa, e aprendia a pressentir a chuva: canta o bem-te-vi seu canto quebrado e fugaz, os passarinhos batem as asas contra a terra levantando pó; as formigas atravessam, desesperadas, os caminhos.

– Quando você vai voltar para casa?
– Não sei. Logo.

O vento norte, o que bate nas suas costas, é vento de terra, mas quando vem o *pampero*, Tavito, vem para limpar o ar. Olha. Hoje, o mar tem espuma de cerveja. Uma gaivota roçou sua cabeça com uma asa. A espuma se inchava, tremia, abria bocas, respirava. Subia a maré: o tempo será bom, Tavito. A espuma voava, Tavito tinha bigodes de espuma.

– Amanhã?
– Pode ser. Não sei.

Tavito perseguia as flores de cardo que subiam e flutuavam e subiam pelo ar e Gustavo perguntava: quem canta? – e Tavito parava, aguçava o ouvido, dizia: pintassilgo. Não, olha lá: e então Gustavo mostrava a cabecinha amarela do pica-pau entre os galhos das árvores.

– Quem é que sabe quando você vai voltar para casa?
– Ninguém sabe, Tavito.

Quantos dias se passaram? Quantos meses? Uma noite, descobre-se que fazer a conta é pior. Antes, antes. Gustavo olha sem ver. Abolir o tempo. Voltar atrás. Ficar, Carmen, ficar em você. Eu achava, Carmen, que você não ia terminar nunca. Apertei sua mão e a mão latejava, estava viva como um pássaro. Antes, antes de tudo. E as estrelas, papai, que fazem durante o dia? Por que puseram mosquitos na Arca de Noé? Por que a mamãe morreu? Dois cachorros rodavam mordendo-se pelas dunas e Gustavo já tinha estado preso, não dormia em casa, três vezes tinham vindo remexer nas coisas uns caras de uniforme, estavam armados como os que trabalham na televisão, esses da série "Combate", remexiam em tudo na casa e Tavito olhava para eles, sem pestanejar e sem abrir a boca, grudado na parede; o corpo tremia até os dedos dos pés. Gustavo tinha dito a ele: há tantas coisas que você vai ter de descobrir, Tavito. As coisas invisíveis, as difíceis, a brecha que espera por você entre o desejo e o mundo: você apertará os dentes,

resistirá, nunca pedirá nada. Não, não se vive para vencer os outros, Tavito. Vive-se para se dar.
Tavito aponta, com o queixo, os soldados.
– E estes, não sabem quando você vai voltar?
– Também não sabem.
Dar-se. Mas, e ele? Tenho direito?, se pergunta Gustavo agora. Ele, que culpa tem? Escolhi por ele sem consultá-lo. Me odiará, alguma vez? Gustavo vê quando ele se aproxima de um dos soldados. Tavito fala, o soldado encolhe os ombros e em seguida estende a mão para acariciar sua cabeça. Tavito salta, como se a mão do soldado estivesse eletrizada.
Tenho direito? Decidi por ele. Havia outra maneira? Gustavo olha para os lados, os companheiros, rosto por rosto, os homens com quem divide a comida e a pena e as palavras de ânimo que passam uns aos outros, como o mate, de boca em boca. O tempo de agora e o tempo de depois. Alguém atira para ele, do outro extremo da fila, um maço de cigarros. Gustavo apanha-o em pleno voo. E então Tavito diz:
– Não se preocupe.
Diz:
– Quando eu for astronauta, vamos ir para a lua ou vamos ir pescar.

Fora, o infinito caminho da terra se estende, pó e frio, através dos cotos das árvores podadas. Há um sol branco no céu. Tavito olha fixo para o sol, em seguida fecha os olhos, sente o sol metendo-se, estremecedor, no corpo. A luz o persegue e aquece suas costas. Entre o sol e Tavito, caminha uma mulher que leva um pacote de roupa pendurado em uma mão.
Do outro lado das colinas, as acácias cheiram a mel. E na cidade, não muito longe daqui, o vento ergue papéis velhos, em redemoinhos, pelas ruas. Nos mercados, anunciam morangos de Salto. Os cachorros cochilam, ao sol, junto dos mendigos. Sentado na beira da calçada, um garotinho desenha o mundo com um palito.

GAMADOS

Homem que bebe sozinho

As sentinelas vigiam, os revolucionários conspiram, as ruas estão vazias. A cidade adormeceu ao ritmo monótono da chuva; as águas da baía, viscosas de petróleo, lambem, lentas, o cais. Um marinheiro tropeça, discute com um poste, erra o golpe. Nos pés do morro, arde como sempre a chama da refinaria. O marinheiro cai de bruços sobre um charco. Esta é a hora dos náufragos da cidade e dos amantes que se desejam. A chuva cresce, agora mais feroz. Chove de longe; a chuva bate contra as janelas do café do grego e faz vibrar os vidros. A única lâmpada, amarela, luz doentia, oscila no teto. Na mesa do canto, não há nenhuma moça tomando café e fabricando barquinhos com o papel do açúcar para que o barquinho navegue em um copo d'água e depois naufrague. Há um homem que vê chover, na mesa do canto, e nenhuma outra boca fuma de seu cigarro. O homem escuta vozes que vêm de longe e dizem que *juntos somos poderosos como deuses,* e dizem: *quer dizer que não valia a pena, toda essa dor inútil, toda essa sujeira.* O homem escuta, *essa mentira, estátua de gelo,* como se as vozes não chegassem do fundo da memória de ninguém e fossem capazes de sobreviver e ficar flutuando no ar, no ar que cheira a cachorro molhado, dizendo: *gosto de gostar de você, minha linda, minha lindíssima, corpo que eu completo, você me toca com os dedos e sai fumaça, nunca aconteceu, jamais acontecerá,* e dizendo: *tomara que fique doente, que tudo dê errado na sua vida, que você não possa continuar vivendo.* E também: *obrigado, é uma sorte que você exista, que tenha nascido, que esteja viva,* e também: *maldito seja o dia que lhe conheci.*

Como acontece sempre que as vozes chegam, o homem sente uma insuportável vontade de fumar. Cada cigarro acende o próximo enquanto as vozes vão caindo, trepidantes, e se não fosse pelo vidro da janela com certeza a chuva machucaria sua cara.

Confissão do artista

Eu sei que ela é uma cor e um som. Se pudesse mostrá-la a você! Dormia ali, nua, abraçando as próprias pernas. Eu amava nela a alegria de animal jovem e ao mesmo tempo amava o pressentimento da decomposição, porque ela havia nascido para desfazer-se e eu sentia pena que fôssemos parecidos nisso. Mostrava a pele do ventre, que parecia raspada por um pente de metal. Essa mulher! Algumas noites saía luz de seus olhos e ela não sabia.

Passo as horas procurando-a, sentado na frente do cavalete, mordendo os punhos, com os olhos cravados numa mancha de tinta vermelha que parece o entusiasmo dos músculos e a tortura dos anos. Olho até sentir que meus olhos doem e finalmente creio que começo a sentir, no escuro, as pulsações da pintura crescendo e transbordando, viva, sobre a tela branca, e creio que escuto o ruído dos pés descalços, sobre a madeira do chão, sua canção triste. Mas não. Minha própria voz avisa: "A cor é outra. O som é outro".

Levanto, e cravo a espátula nessa víscera vermelha e rasgo a tela de cima para baixo. Depois de matá-la, deito de boca para cima, arfando como um cão.

Mas não posso dormir. Lentamente vou sentindo que volta a nascer em mim a necessidade de pari-la. Ponho o casaco e vou beber vinho nos botecos do porto.

Garoa

Tinha sido a última oportunidade. Agora, sabia. De qualquer maneira, pensou, poderia ter me poupado da humilhação do telefonema e do último diálogo, diálogo de mudos, na mesa do café. Sentia na boca um gosto de moeda velha e no corpo uma sensação de coisa quebrada. Não só na altura do peito, não: em todo o corpo: como se as vísceras se adiantassem à morte, antes da consciência decidir. Sem dúvida, tinha ainda muito que agradecer a muita gente, mas ele se lixava para isso. A garoa molhava-o com suavidade, molhava seus lábios, e ele teria preferido que a garoa não o tocasse daquele jeito tão conhecido. Ia descendo para a praia e depois afundou lentamente no mar sem nem ao menos tirar as mãos dos bolsos, e todo o tempo lamentava que a garoa se parecesse tanto à mulher que ele havia amado e inventado, e também lamentava entrar na morte com o rosto dela ocupando a totalidade da memória de sua passagem pela terra: o rosto dela com o pequeno talho no queixo e aquele desejo de invasão nos olhos.

Mulher que diz tchau

Levo comigo um maço vazio e amassado de *Republicana* e uma revista velha que ficou por aqui. Levo comigo as duas últimas passagens de trem. Levo comigo um guardanapo de papel com minha cara que você desenhou, da minha boca sai um balãozinho com palavras, as palavras dizem coisas engraçadas. Também levo comigo uma folha de acácia recolhida na rua, uma outra noite, quando caminhávamos separados pela multidão. E outra folha, petrificada, branca, com um furinho como uma janela, e a janela estava fechada pela água e eu soprei e vi você e esse foi o dia em que a sorte começou.

Levo comigo o gosto do vinho na boca. (Por todas as coisas boas, dizíamos, todas as coisas cada vez melhores que nos vão acontecer.)

Não levo nem uma única gota de veneno. Levo os beijos de quando você partia (eu nunca estava dormindo, nunca). E um assombro por tudo isso que nenhuma carta, nenhuma explicação, podem dizer a ninguém o que foi.

ANDANÇAS

Ter duas pernas me parece pouco

Eu não sabia como era a fronteira. Como seria? Nunca tinha visto uma fronteira. Teria orquestra? Teria. E baile e festa e tiro ao alvo. E circo? Orquestra, com certeza. Circo, não sabia.

Já levava dias a cavalo, mas não estava cansado. Comia o que podia e tinha fumo de sobra. Sabia que a fronteira ficava no rumo norte e tocava em frente sem medo nem pressa. As estrelas, de noitinha, corrigiam meu rumo. Na verdade, era o cavalo que sabia. Eu conversava, pedia para ele não se confundir: olha aí, vamos pro norte. Ele ia ao sabor do vento.

Eu estava descalço e sem esporas, com as calças arregaçadas acima dos joelhos, e estava com minha perna nua grudada no seu couro, como se fôssemos para a guerra *montonera*. Quando vinha a noite, desmontava. Debruçava na beira de um arroio e os dois tomávamos água. Não o amarrava nunca. Eu me estendia a picar fumo de corda, debaixo de uma árvore, e via quando ele saía pastando por perto. Nunca o vi dormir. Nem bem chegava a manhã, ele me despertava relinchando suave e empurrando minhas pernas com o focinho, antes que o sol pudesse espetar meus olhos por trás dos galhos. Então saíamos, cedinho, trotando a trote longo.

Eu tinha ido embora porque queria mudar. Senão, no dia menos esperado ia estar dentro do caixão de morto sem saber para que existira. Pensava nos caras que não têm novidades novas para contar, e não sobra outro jeito que contar novidades velhas ou pichar os outros. Para mim, valia mais morrer que seguir vivendo assim, carregando água para as casas e dá-lhe lustrar sapatos na estação do trem e sempre com dor nos rins. Viver assim, para quê? Claro que se todos começarmos a pensar em morrer e começarmos a morrer estaremos fritos. A gente tem que buscar um jeito de não morrer. Pensava em Cristo, que há uns dois mil anos está na luta filosófica e na quantidade de dias que estavam me esperando para que eu os vivesse. Pelo meio das orelhas daquele cavalo, podia ver o mundo inteiro, que era enorme e não era de ninguém e tinha um cheiro de capim e couro úmido de montaria.

Pensava na sorte que tinha por ter nascido homem. Pensava em minha irmã maior, que ferraram porque não se casaram com ela, e em minha irmã menor, que ferraram porque se casara. E em minha mãe, que quis viver outra vida mas não sabia qual e dormia com os olhos abertos desde a noite em que meu velho a roubou dos ciganos. E em todas as mulheres de minha vida curta mas poderosa e tristemente célebre. Porque eu, mulher que vejo, mulher que me dá vontade de botar na horizontal e meter-me lá dentro, eu levo para o morrinho atrás do cemitério, ali entre a rua Domingo Petrarca e a rua das Mulas, de onde antes saíam os carros do curral. As mulheres nascem para isso, e por isso se enlouquecem sem precisar de vinho.

Eu queria conseguir tinta, embora não soubesse como, antes de chegar na fronteira. Gostaria de passar para o outro lado com o cavalo verde e as crinas amarelas, em homenagem ao país irmão, porque essas coisas impressionam muito. Lá os pretos são todos doutores e certamente estariam à minha espera com uma *parrillada* gigante. Fechava os olhos e via as costeletas douradas jorrando gordura e uma fogueira de troncos e um braseiro desses lindos de se olhar de noite. Eu ia entrar a galope com o pingo colorido por baixo de um arco de trepadeiras e haveria pelo menos uns vinte clarins chamando para a festa.

Quanto mais me aproximava, mais contente estava. Porque lá são as mulheres quem tiram as roupas dos homens, aos poucos, aos pouquinhos, como quem descasca uma banana, e pintam paisagens de todas as cores nas barrigas dos homens, o morro do Corcovado com Cristo e tudo, e depois tomar banho é uma lástima.

Andava por uma trilha estreita, louco por causa dos espinhos, os mangangás zumbindo pertinho, e de repente dei de cara com uma dessas planícies que a gente vê no cinema, muito selvagem, com uns pastos do tamanho de uma pessoa que o vento movia em ondas bravas, e debaixo deles andavam as lebres, no cio, perseguindo-se como flechas. Cruzei todo esse campo e depois atravessei um riacho cheio, e eu sempre com a impressão de que um assunto muito importante estava espalhando-se pela atmosfera.

Desci do cavalo, abri uma porteira e tornei a montar. Então, justo quando estava passando a perna para o outro lado, vi que de longe vinha um cavaleiro atravessando o campo. Esperei o cavalo, com toda a emoção.

O cavaleiro vinha para cá, e eu ia para lá. Sentia como se o campo estivesse adormecido e eu ia despertando-o ao passar, com uma alegria sem fim. Até aí, eu sempre fizera uma volta quando podia cruzar com alguém; evitava o humano como se fosse onça ou cobra. Mas esse tipo eu via, aproximando-se, com sua capa negra voando ao vento, envolvido na neblina vermelha que as patas do cavalo levantavam, e – como dizer? – éramos como dois caudilhos que iam se encontrar. Assim era misteriosa minha vida naqueles momentos cruciais da existência.

O coração batia com toda a vontade, e eu não sabia que iam me engaiolar por três anos por andar escapando com cavalo alheio, embora soubesse que ele fosse propriedade privada de outro. Eu estava louco de alegria e não tinha nem ideia de que a fronteira tinha ficado para trás, que tinha passado por ela sem perceber, nem sabia que o homem de capa negra era um tira. Como ia saber? Todos os policiais têm pinta de polícia, já nasceram assim, e por isso não servem para outra coisa. Todos, menos aquele cara, que na verdade, visto de longe, puxa... parecia um tremendo justiceiro, como o Zorro.

Noel

A chuva tinha nos surpreendido na metade do caminho; tinha se descarregado, raivosa, durante dois dias e duas noites.

Fazia já algumas horas que o sol tinha voltado, e as crianças andavam ao pé do morro buscando o jacaré caído do céu. O sol atacava as lamas das roças e a mata próxima, arrancando nuvens de vapor e aromas vegetais limpos e embriagadores.

Nós estávamos esperando que um ruído de motores anunciasse a continuação da viagem, e deixávamos passar o tempo, entre bocejos, sentados de costas contra a frente de madeira do armazém ou deitados sobre sacos de açúcar ou de milho moído.

Dos braços de uma mulher, ao meu lado, brotava, contínuo, um gemido débil. Envolvido em trapos, Noel gemia. Tinha febre; um mal tinha entrado pela orelha e tomado a cabeça.

Para lá dos campos amarelos de soja, se estendia um vasto espaço de cinzas e tocos de árvores cortadas e carbonizadas. Logo tornariam a se erguer, por trás desses desertos, as espessas colunas de fumaça das fogueiras que abriam caminho em direção ao fundo da mata invicta, onde floresciam, porque era época, as campainhas avermelhadas dos *lapachos*. Esperando, esperando, adormeci.

Me despertou, muito depois, a agitação das pessoas que gritavam e erguiam pacotes, sacos e panelas. O caminhão, vermelho de barro seco, tinha chegado. Eu estava estendendo os braços quando escutei, ao meu lado, a voz da mulher:

– Me ajude a subir.

Olhei para ela, olhei para o menino.

– Noel não se queixa mais – disse.

Ela inclinou a cabeça suavemente e depois continuou com a vista sem expressão, cravada nos altos arvoredos onde se rompiam as últimas luzes da tarde.

Noel tinha a pele transparente, cor de sebo de vela; a mãe já tinha fechado seus olhos. De repente, senti que minhas tripas se retorciam e senti a necessidade cega de dar uma porrada na cara de Deus ou de alguém.

– Culpa da chuva – murmurou ela. – A chuva, que fecha os caminhos.

Mais que a tristeza, era o medo que apagava sua voz. Qualquer motorista sabe que dá azar atravessar a selva com um morto.

Subimos na carroceria. Os contrabandistas, os peões do mato, os camponeses celebravam com cachaça a aparição do caminhão. Alguns cantavam. O caminhão partiu e todos ficaram em silêncio depois dos primeiros trancos.

– E agora, por que você continua?

Foi a primeira vez que olhou para mim. Parecia assombrada.

– Aonde?

– Isso leva a gente para Corpus Christi.

– Para lá é que eu vou. Vou até Corpus rezar para que chegue o padre. O padre tem que fazer o batismo. Noel não está batizado, e eu vou esperar até que chegue o padre com as águas sagradas.

A viagem se fez longa. Íamos aos trancos pela picada aberta na selva. Já era noite fechada e por aquela comarca também vagavam, disfarçadas em bichos espantosos, as almas penadas.

Cerimônia

O diabo está bêbado e reumático e tem milhões de anos de idade. Sentado em cima de uma fogueira de cacos de vidro, envolvido em chamas, jorra suor. Reza a missa com as costas apeadas no tronco daquela figueira que, condenada por Cristo, não dá frutos. "Que se estiver caminhando, veja minha sombra. Que se estiver dormindo..." Sacode a cabeça. Os cornos de trapo balançam sobre os olhos e um fio de baba despenca, trêmulo, de seu lábio; ao redor, estão pendurados os santos do céu e do inferno. A fumaça ondula entre caveiras e amuletos e oferendas; os bodes bebem vinho negro, os galos gritam, os sapos se incham de fumaça de charuto. "Eu te esconjuro pelos nove meses que tua mãe te carregou no ventre, pela água que te jogaram em cima e pelo sal que te deram para comer. Osso por osso e músculo por músculo, veia por veia, nervo por nervo..."

O diabo se levanta estalando e começa a caminhar encosta acima, pelos arbustos. Um cetro de sete dentes de ferro serve de bastão: os sete soldados, guardiões dos portões do inferno, o guiam no negror da noite e lhe dão forças para manter rijos os músculos enquanto dribla as pedras e a ramagem do morro. Anda torto, enrolando-se aos tropeções com sua própria capa rubro--negra, chamuscada e rota, e a cada passo uma dor aguda retorce seus rins.

Para na metade do caminho. Junto à cascata, uma mulher, de pé, está esperando. Ela carrega uma menina nos braços.

– Tem muita febre?
– Não.

A morte, sua longa língua:

– Está indo. É dor demais para seu pouco tamanho.

"Galo que canta, cão que late, passarinho que pia, gato que mia, criança que chora, Satanás..." O diabo coça a orelha pontiaguda:

– Não. Porque eu não quero.

Doze rosas brancas. Um punhal virgem. Sete velas vermelhas, sete velas negras. Uma toalha intacta. Um copo não tocado por nenhuma boca.

"*A estrela e a lua são duas irmãs
Cosme e Damião*"
Acendem as velas. Lá embaixo, antes do mar, tremem, fracas, as luzes da cidade. A madrugada começa a desenhar sua linha no horizonte.
— Sonhei que ela morria.
— Quem dorme com a boca para baixo não sonha.
— Um cavalo apoiava as patas na minha barriga. E depois, com mãos de mulher, me apertava a garganta. Percebi que, se eu dissesse o nome dela, ela morria.
— Qual é o nome?
— O nome de minha mãe.
O diabo coça a barbicha com a unha, longa, do polegar. O diabo não tem cheiro de enxofre. Tem cheiro de cachaça.
— Quantos anos tem?
— Anos, não. Tem dias.
— A avó vem buscá-la. É ela quem quer levar a menina.

A menina está estendida sobre o pano branco, rodeada de flores e velas. O diabo se inclina, se ajoelha, e com a ponta da adaga desenha dois talhos, em cruz, no meio da cabeça. Apoia sobre a ferida suas gengivas sem dentes e bebe o sangue. A menina não tem força para se queixar.
— Iara, que será chamada por outro nome, não vai morrer. O dia que o mundo acabar ela se salvará num carro de fogo. Os tempos mudam todos os dias, mas, de agora em diante, ela é minha neta.
Despeja as rosas nas águas da nascente do morro, para que levem as desgraças e as atirem no mar.
— Oxalá, Deus das Alturas, Criador do Céu, do Inferno, do Mundo, dos filhos, da tristeza, me ajuda a criar esta filha. Ela é tua filha e minha neta, e filha de minha tristeza, ai.
Depois ergue o punho para as últimas estrelas do céu e, apontando para ela com os sete dentes de ferro enferrujado, clama, a voz rouca:
— Na hora em que te lembrares, Deus, que essa menina existe sobre a Terra, ela sofrerá. Tua vingança, que os veados da igreja

chamam de mistério! Mas por feitiço ela não vai sofrer. Nem por mau-olhado. Nem por inveja, nem por praga, nem por quebranto. Nem por maldição. Cospe no chão. E continua acusando as alturas e sacudindo o punho peludo, enquanto a luz invade, lenta, o ar cinzento:
— Ah, velho carrasco! Carniceiro!

Ela entrará num jardim e deixará a criança na soleira de uma casa de ricos. Depois continuará caminhando até a costa, até chegar na praia do Diabo, que é pequena mas engoliu muita gente. E começará a buscar, na areia ainda fria e úmida, o cordãozinho com aquele talismã que a protegia das penúrias durante o dia, e dos pesadelos durante a noite. E, se Iemanjá a chamar das lonjuras do mar, ela se despirá e se deixará ir navegando como se seu corpo fosse uma vela branca, atrás da voz da deusa.

A terra pode nos comer quando quiser

Um pontinho vem crescendo, pouco a pouco, da lonjura. Nesta estepe gelada, sem pasto nem marcas, de onde até os corvos fogem, a luz queima os olhos. A *puna* é tão alta que se pode tocar o céu com as mãos: a luz cai de muito perto, e arranca da pedra lisa brilhos de cor púrpura ou de cor de enxofre.

O pontinho vai se convertendo, lentamente, em uma mulher que corre. Usa um chapéu preto como os de Potosí e um xale vermelho, tão amplo como sua vasta saia. Ela corre deslizando no meio dessas desolações que não começam nem terminam nunca, banhada pela luminosidade que sai do chão como se estivesse atrasada para chegar a algum encontro.

Pelo que me contaram aqui, o *yatiri* virou *yatiri* sem querer ou decidir. Foi escolhido. E nem as ovelhas viram isso – não havia homens ou animais: não havia ninguém. Uma voz o chamou do alto da noite quando ele ainda não era *yatiri*, e ele subiu atrás da voz caminhando pela montanha até chegar lá em cima, muito além das nuvens. Sentou ao pé da pedra e esperou.

Então caiu o primeiro raio e ele foi partido em pedaços. Depois caiu o segundo raio e os pedaços se reuniram, mas ele não podia ficar em pé. Aí caiu o terceiro raio que o soldou.

Assim foi quebrado e construído o *yatiri*, morto e renascido, e assim foi sempre, pelo que me contaram aqui, desde que *Viracocha* criou o mundo e o raio que cai, as pedras que despencam, os rios que arrasam plantações e currais, a inundação e a seca, as epidemias e os terremotos. (E desde que criou a nós, os homens, ou nos sonhou, porque aí ele já estava dormindo.)

Uma cortina de água apaga o vão alto e negro que separa os picos altos no horizonte. Um relâmpago atravessa esse vão. Está chovendo para os lados de Chayanta.

Debaixo da terra, metidos nas grotas e nas fendas, os homens perseguem os filões. Que aparecem, escorrem, se oferecem, se negam: é uma víbora cor de café e em sua carne brilha, trêmula, a cassiterita. Uma caçada que se faz em três turnos, bem no meio da montanha. E onde participam milhares de homens armados de cartuchos de dinamite ou de *anfo*: essa manteiga que também se usa para brigar em cima da terra e que os capatazes desconfiam, quando veem os pacotes que os mineiros costumam levar debaixo de seus casacões de trabalho, que são amarelos – de um amarelo raivoso.

Um rato agarrado num buraco fundo: uma opressão entre o peito e as costas, uma dor que caminha pelo corpo: a vingança do pó de silício: antes da tosse e do sangue e da aniquilação temporã, os perseguidores do filão perdem o gosto da bebida e da comida e perdem o cheiro das coisas.

Llallagua: deusa da fecundidade e da abundância. *Llallagua*: um grande depósito de lixo cercado de potes de *chicha*. Alguém cruza a ponte sobre o rio Seco, arrastando um carrinho de mão cheio de cachorros mortos, com as bocas abertas.

Tenho, tenho, diz
e não tem nada

*nem um tostão no bolso
para os cigarros...*

O rio é um leito cinza e escasso que corre entre as pedras. Todas as águas de Llallague acabam parecidas com a areia espessa que brota da boca da mina e todas as ruelas de *Llallagua*, escorregadias de barro, levam para o lixo.

Aqui, o sol incendeia, o vento arrebenta, a sombra gela, o frio fere, a chuva cai como pedradas. Durante o dia, o inverno e o verão cortam os corpos em dois – ao mesmo tempo.

À luz de velas, uma mulher dança *huayno* no chão de terra. As várias saias da mulher flutuam e a longa trança negra voa para trás e para a frente, e ela acaricia a trança com os dedos.

Alguém segreda: "A Hortênsia tem amor. Mas só por um tempinho: só para um tempinho. Vai oferecer maravilhas para ele. Mas depois..."

Todos bebem:

– Aqui! Aqui! Seco, fundo seco, mostrem os copos! Sirva-se, sirva-se, não seja galinha, vamos ver!

– A gente tem de fuzilá-los, porra, todos, todinhos, porra!

– Um trago por isso! Um brinde pelos que dançam! Mas que seja forte!

– Na nuca, porra, por tanta encheção de saco! E a tiros, que é melhor! É, além disso, mais pedagógico, porra!

– Um brinde por Camacho! Brindemos por merda nenhuma! Eu estou na rua, nesta merda de rua!

El Lobo tem duas mulheres, mas todos sabem que uma, a corcundinha, só serve como amuleto, e que a outra quer tirar a roupa toda vez que fica bêbada.

*Cantarei, e só,
Dançarei, e só
não sobrou nem água
para mim*

Quem trabalha nas manhãs de segunda-feira? Os distraídos e os suicidas. Nem os padres.

Meteram duas lhamas brancas, vivas, no fundo do grotão. O *yatiri* afundou no pescoço delas seu punhal de prata e bebeu o sangue quente na concha de sua mão, e depois ofereceu sangue à terra, porque a terra pode nos comer quando quiser. Com um chifre de caça, chamou os inimigos dos mineiros e levou-os para longe.
– Irmãos, companheiros. Estamos oferecendo boa presa para que apareçam bons filões nas minas, e a sorte boa contra os desmoronamentos e contra os caminhos perdidos. Agora estamos brindando pelos *tios* e *tias*, e neste instante eles estão fazendo o mesmo por nós. Eles estão enchendo a cara no inferno, pela nossa saúde.
Os mineiros, sentados em roda, olhavam – sem fixar os olhos – para o *tio*, em seu trono iluminado pela luz das velas, suas sombras espantosas nas paredes das grutas. Nas vasilhas, aos pés do *tio*, a aguardente ia baixando de nível e desaparecendo, as vísceras das lhamas sofriam dentadas invisíveis, e as folhas de coca se convertiam em polpa babada. O charuto virava cinza na boca do diabo de barro.
– As duas lhamas que sacrificamos estão sendo devoradas pelos diabos, e todas as virgens, junto com eles, também estão comendo a carne sagrada. E amanhã, ao amanhecer, vamos recolher os restos que sobrarem, e então vamos comer nós. E durante sete dias ninguém entrará aqui e ninguém trabalhará.
Ainda que ele acreditasse, como todos, que tempos idos não voltam mais, houve alguém que desejou que aparecesse o *Tio* em pessoa, trabalhando ao meio-dia, batendo com um martelo as paredes de uma lavra abandonada, uma lavra falsa, e batendo na pele de don Simón Patiño, que tivera a sorte e o dinheiro e o poder. Mas o que eles viam, quando fechavam os olhos, eram os homens mortos a bala, bêbados ainda e luminosos pelas fogueiras de São João.

Me perguntavam como era o mar. Eu contava que na boca dos pescadores o mar é sempre mulher e se chama *la mar*. Que é salgado e muda de cor. Contava para eles como as grandes ondas vêm rodando com suas cristas brancas e se levantam e se estraçalham contra as rochas e caem revolvendo-se na areia. Contava para eles da bravura do mar, que não obedece a ninguém a não ser a lua, e contava que no fundo ele guarda barcos mortos e tesouros de piratas.

Os sóis da noite

O mineiro é um pássaro de plumas negras que os mineiros perseguem e não veem nunca. Voa muito alto e vai alvoroçando com seu grito duro o topo das montanhas. Sabe-se que descansa nos últimos galhos dos cedros das farrobas.

Há outros pássaros, o *capanero* e a *piscua,* que também anunciam o esconderijo dos diamantes. Quando a *piscua* está muito alegre e canta piiiiscua, piiiiiiscua, é por alguma coisa boa, mas cuidado com esse passarinho manso, de plumas cinzentas, quando fica triste e canta baixo, como se estivesse com raiva: melhor é ir embora. Em compensação, cada vez que o mineirinho arisco grita seu único grito, está mostrando o diamante que foge, para que os homens se lancem sobre a pedra e a levantem no punho. O mineiro conduz os mineiros até o fundo da selva de Guaniamo, onde vive. Quando sai na savana, mal começa a voar, morre, porque o ar da planura bate em seu peito.

O diamante é uma pedra que magicamente aparece no meio das peneiras, desprendida de uma massa de pedras inúteis e barro, depois de esconder-se nos leitos de areia dos rios ou nas profundidades da terra, entre os sinais delatores: coisas que parecem grafite de lápis, lentilhas, merda de papagaio, pedaços de metal e sementes de romã. Para encontrar o diamante, este senhor, é preciso ter sangue nas veias.

O mineiro é um preto velho que protesta porque são três da manhã e na rua da Salvação já não se pode beber. O que é meu é meu, grita. Eu tenho *reales,* não preciso pedir dinheiro a esses botequineiros. Somos gente boa, mas quando dá raiva, dá raiva. Tenho um diamante grande como o da África aqui no meu bolso, e não me atendem. Que cantem as máquinas! Que saiam as mulheres! Estão pensando que Marchán é algum vira-latas, nesse negócio? Não me deem nada. Eu tenho mais *reales*, mais que esses que têm negócios e picas, eu tenho *reales* no bolso e no banco de Caracas e em todos os lugares. Aqui estou com meu burrico e quero que as mulheres tirem a roupa e deem banho no meu burrico com *brandy*, porque é assim que ele gosta! Don Marchán é o homem mais rico de todas as minas desse país, que caralho, e eu me chamo Dionísio Marchán. Quem quiser dormir nesse país que faça casa. Aqui tem muita madeira. Você vai me fazer calar? Eu não tenho medo de você nem de ninguém. Eu é que faço você calar. Faço você calar a boca a machadada. Eu nunca, em nenhuma mina, pedi esmola a ninguém. E quem tiver raiva de mim eu me mato com ele, eu ou ele, a machado ou a bala ou do jeito que for. E o homem que me venha, que me venha frente a frente, assim, porque mamãe não me pariu escravo. Eu sou um homem sem amo! Um homem sem medo! O tigre mais bravo que sair, já o amamentei. Eu sou Marchán. Eu aprendi para saber. Que ninguém banque o inimigo comigo. Uns quiseram, mas não puderam. Que saiam as mulheres, todas as mulheres! Peladas, que Marchán paga esta noite a festa da mina! Que saiam a Mena e a Turca e a Rosa! Aqui a máquina tem de cantar! Seja doutor, capitão, seja o que for, ninguém na Salvação vai fechar a porta para mim. Porque eu sou Marchán. Já estou passando dos setenta, mas sou como burro bom, o brio eu não perdi, já conheço a vida! Eu sou um homem que mata de frente! Hoje já não sobram homens, isso sim. Hoje o que existe são punheteiros. Que cantem as máquinas, eu falei! Vamos arrebentar o pescoço das garrafas! As mulheres, que dancem! Hoje sou o que ontem não fui e o que posso ser não sou, pois esse dia de hoje é o que digo de mim. Que Dionísio Marchán morreu de velho. Esse não foi morto, esse não!

O diamante é uma planta que nasce em qualquer parte, porque para existir não exige boa terra. Mas tem seus mistérios. Se faz perseguir pelos túneis a golpes de lança e apaga quando quer a vela ou os pulmões dos mineiros.

O diamante está no topo de um morro invencível, onde muitos quiseram subir e rodaram encosta abaixo pelas pedreiras. O morro, que se ergue nas costas do Caura, mostra, apesar disso, cicatrizes de escaladas que se perdem de vista muito lá em cima, e do alto se desprende, pelas manhãs, uma cascata de laranjas muito doces (nestas terras onde só crescem a seringueira e a sarrapia).

O diamante jaz no fundo do leito arenoso do rio Paragua, no sítio exato e secreto onde uma mulher encontrou, quando as águas baixaram, um canhão de bronze com o suporte quebrado, um tremendo canhão daqueles que os conquistadores carregavam pela boca e punham fogo na mecha. O canhão estava ali, embora fosse impossível estar ali, porque as cataratas do rio teriam sucumbido os galeões ou as corvetas e ninguém poderia ter aberto uma picada, de tão longe, através da selva cerrada.

– Don Sifonte! Mandam-lhe lembranças.
– Como andam as coisas?
– Até o momento, não andam.
– Como vai você?
– Mais velho que ontem, mais perto da morte.
– Pasteizinhos quentes! Para velhos que não têm dentes! Os *caraquenhos* são uns frescos.

As luzes que nascem do diamante cortam como faca. Os comerciantes os examinam com lentes grossas. Às vezes o diamante não é um diamante: é um quase quase.

O mineiro é um barulho que nasce pelas noites, quando todos dormem, e levanta levemente e flutua sobre o sonho de todos.

O mineiro é o murmúrio das *surucas* nas mãos dos fantasmas; a surda agitação dos pedregulhos lavando-se e filtrando-se por três peneiras sucessivas; o som quase secreto da areia que, de filtro em filtro, vai caindo.

O mineiro é o ruído de ferro das pás e das lanças que solitárias se erguem, dançam, se esfregam entre si e se põem em movimento até os poços, e vão penetrando a terra e cavam os socavãos enquanto todos dormem.

E é o eleito que escuta, com o rosto crispado e todos os músculos em tensão, até que finalmente o ruído cessa e fogem os fantasmas para que não os surpreenda e os mate a luz do dia. E então, desesperadamente, o escolhido se afunda no grotão onde o diamante o espera.

O diamante é uma presa que se esconde debaixo da língua de um homem muito magro, que treme de medo. Outros homens tiraram sua roupa, arrancaram sua roupa em farrapos. "Você roubou-nos cinco baldes", dizem. "Vimos quando você os roubou." Falam com os dentes apertados. "Todo mundo viu", dizem.

O homem muito magro nega agitando a cabeça e murmura algumas palavras sem que ninguém perceba que tem o diamante debaixo da língua.

– Nadando, nessa água imunda? Nem você acredita em você. Estava roubando. Isso é o que você estava fazendo. Roubando. E isso não se faz. Isso é pecado. É feio, muito feio, fazer isso.

O homem magro está rodeado por eles, um anel de homens com olhares acesos. Um deles atira cuidadosamente o nó escorregadio de uma corda longa que tem numa das mãos para o galho alto de uma árvore, e o homem muito magro engole o diamante e se condena.

O mineiro é um homem com um arco e uma flecha tatuados no peito.

O mineiro fala, movimento de arco em tensão: Barrabás abriu uma época. Lá pelos anos quarenta, diz, Barrabás encontrou no Polaco um diamante do tamanho de um ovo de pomba, que valia meio milhão de dólares. Essa manhã, diz, os comerciantes lhe haviam negado café com pão.

Voo alto da flecha em direção ao alvo: o diamante era perfeito, transparente e com reflexos azulados, embora tivesse as beiradas irregulares. Nunca visto.

Alegria da flecha no ar: Barrabás oferecia banquetes ao presidente e dava grandes festas em Caracas. Passeava pelas ruas e gostava das moças nas varandas: comprava delas um olhar e um copo d'água por cem bolívares. Mandou arrancar todos dos dentes e fazer uma dentadura de ouro puro. Apaixonou-se pela filha do presidente.

A flecha bate: o mineiro diz que Barrabás ofereceu dez mil bolívares para entrar nos salões do Tamanaco, e que não deixaram, por ser preto. Mas o Tamanaco não existia.

A flecha quebrada: Barrabás definha, pobre e velho, numa mina perdida da fronteira.

Aniquilação da flecha: quando voltou de Caracas, não conseguia nem um quilo de arroz fiado. E já não pode contar nem consigo.

O diamante é um espelho profundo onde os mortos de fome acreditam encontrar seus verdadeiros rostos.

O diamante é um recém-nascido que se oferece às putas colombianas da zona vermelha ou se evapora em rum ou uísque escocês ou cai na emboscada dos baralhos marcados nas vendinhas dos trapaceiros profissionais. O diamante faz dançar os milhões à luz da lua, e, quando sai o sol, no bolso não sobra nem um trocado para comprar a bala que faria falta.

O diamante espera, adormecido, entre as raízes de uma gameleira que arde, ao pé das galhadas em chamas, no centro do delírio de um homem que desesperadamente sabe que não lembrará.

O mineiro é um corpo quente e gelado que treme numa rede, à intempérie, com os olhos queimados pela febre. O mineiro acha que chove. Mas a chuva é uma folha de palmeira que um homem arrasta por um caminho poeirento, recém-aberto a machado e já rachado pelo sol, e a folha avança e soa como uma chuva que roda. Se a chuva caísse, a verdadeira chuva, talvez aliviasse os fervores da febre do mineiro que queria sair da rede e da febre, mas está preso, as pernas não respondem, o queixo treme, os dentes se enlouqueceram e chocam-se entre si, esse diamante é meu, uma mão na garganta o afoga e resseca sua boca, esse diamante tão grande como um penhasco, necessita vomitar o que não comeu nem bebeu, lambido pelo fogo, eu, eu que me banhei a sexta-feira santa e não fui transformado em peixe, aonde me vão levar, os poros se dilatam, estouram, aonde a transpiração salta a jorros, se aqui não temos nem cemitério, o diamante reina no incêndio das raízes espantosas das gameleiras e no incêndio da febre na cabeça do mineiro, a cabeça se parte, eu que dormi com mulher numa sexta-feira santa e não fiquei grudado, aonde vão me levar, um alicate quente que tritura o crânio e suprime a respiração, querem me despojar, querem me roubar, a transpiração aos jorros, abusadores, filhos da mãe, a pedra nascida para mim aí embaixo da árvore que arde, a morte, quando os que não voaram voam, aonde, quando os que não correram correm, as flores grudadas, os pássaros mudos, e bruscamente surge então a invasão de borboletas negras, grandes como urubus, apagam o céu e cortam os caminhos e o mineiro sente que está indo, abre caminho entre as borboletas a machadadas, invencível e veloz, a sopros de vento puro abre caminho, deixa-se ir rumo à pedra que o chama, fulgurante, da fogueira de árvores à beira do rio e do fim de todas as coisas.

O diamante é uma pedra maldita. O diamante é uma pedra só. Com suas línguas de diamante, as antigas bruxas poderosas cortam o osso e o aço e atravessam a carne dos planetas.

Eles vinham de longe

Se tivessem conhecido o idioma da cidade, poderiam ter perguntado quem fez o homem branco, de onde saiu a força dos automóveis, quem segura os aviões lá no céu, por que os deuses nos negaram o aço.

Mas não conheciam o idioma da cidade. Falavam a velha língua dos antepassados, que não tinham sido pastores nem vivido nas alturas da serra nevada de Santa Marta. Porque antes dos quatro séculos de perseguição e espoliação os avós dos avós dos avós tinham trabalhado as terras férteis que os netos dos netos dos netos não puderam conhecer nem de vista nem de ouvir falar.

De modo que agora eles não podiam fazer outro comentário que aquele que nascia, em chispas bem-humoradas, dos olhos: olhavam essas mãos pequeninas dos homens brancos, mãos de lagartixa, e pensavam: essas mãos não sabem caçar, e pensavam: só podem dar presentes feitos pelos outros.

Estavam parados numa esquina da capital, o chefe e três de seus homens, sem medo. Não os sobressaltava a vertigem do trânsito das máquinas e das pessoas, nem temiam que os edifícios gigantes pudessem cair das nuvens e despencar em cima deles. Acariciavam com a ponta dos dedos seus colares de várias voltas de dentes e sementes, e não se deixavam impressionar pelo barulho das avenidas. Seus corações sentiam pena dos milhões de cidadãos que passavam por cima e por baixo, de costas e de frente e de lado, sobre pernas e sobre rodas, a todo vapor: "Que seria de todos vocês" – perguntavam lentamente seus corações – "se nós não fizéssemos o sol sair todos os dias?"

Tourist guide

Na outra margem do lago, o arcebispo clama: "Uma maldição ameaça a cidade!", denuncia: "Os filhos renegam os pais!" Dois generais acompanham o arcebispo até o aeroporto e na sala de espera uma mulher puxa a túnica do sacerdote: pede a bênção, padre, que as iguanas abandonem o telhado da minha casa e as dores meu corpo. Os fotógrafos dos jornais rodeiam o arcebispo, o arcebispo transpira, a mitra treme em sua cabeça.

Desta margem, vazia, ergo o olhar e vejo o avião, o arcebispo atravessa as nuvens e se perde no céu. Atrás de mim, no lago, junto com as infinitas torres de ferro, ardem as chamas de gás e as perfuradeiras continuam seu cabecear eterno, os cabos pendem dos bicos como baba de petróleo. Aqui o sol arde com fúria e arranca da terra uma nuvem de óleo e fumaça, cada vez mais espessa e mais difícil de atravessar. Neste deserto negro, brilhoso de petróleo, não cresce pasto nem cresce nada, não sobra nada: as solas das botas grudam no chão, mas as marcas de meus passos se apagam, comidas pelo petróleo, antes de fixarem sua impressão. Existem alguns cartazes rasgados, restos de letras que disseram: "Cuidado. Não passe. Cachorro bravo", disseram: "É proibido jogar lixo", disseram: "Terra Negra reclama do Prometido".

Aqui, os pássaros não cantam: se queixam. Uns poucos patos flutuam, sem se mover, nos charcos pantanosos. Os corvos são a última coisa viva que restou para as palmeiras.

Já estou completando noventa e sete. Estou chegando ao fim, mas quero ver – não é? – se falo com o Senhor para conseguir mais um tempinho.

Como não vou lembrar de quando chegaram as companhias. Foi quando começou a correr dinheiro. O pessoal daqui ainda trabalhava na terra, naqueles anos, eu esqueço das datas, mas isto era muito bonito, os homens pescavam no lago, bebiam água do lago. Naquela época, havia capitães e doutores. Lá no lamaçal comíamos ovos de jacaré; matávamos o jacaré, salgávamos sua carne e fazíamos guisadinho de jacaré. Se éramos felizes? Ninguém é feliz. E quanto mais posição tenha o homem, pior. Mas todos tínhamos vida própria e havia muita união. Agora, a água está envenenada e vivemos encurralados entre o gretão e o dique. A gente nova não fica por aqui, não cria raízes. A garotada vai crescendo e indo embora.

Eu, ir embora, não vou. Eu nasci aqui, me criei aqui e aqui estou, sempre vendendo amendoim no estabelecimento "A Mão de Deus", como você está vendo, que antes era um lugarzinho que vendia comida e onde o pessoal tinha seus bailinhos. Aqui eu fico. Minha filha foi embora, ela sim, e é bem saidinha minha filha, me escreveu um verso que diz: "É tanta a minha inteligência, que minhas improvisações nascem das regiões azuis do firmamento". Ela está na capital. Por que não? Cada um vive da sua capacidade. E não me pergunte mais, porque as escolas de antes só ensinavam a contar até cem.

Não há nem ao menos porcos escavando o chão inchado de lixo. As moscas me acossam, bêbadas de calor, zunindo forte, as moscas batem contra minha cara, grudam em minha pele oleosa de suor. Gotas gordas de suor pendem de minhas pestanas. Me deixo guiar pelo olfato. Estas ruínas exalam um hálito de moribundo; os odores, cada vez mais azedos, vão anunciando, enjoativos, o lugar onde o primeiro jorro de petróleo brotou, há sessenta anos: o buraco. Parece que se passaram séculos desde que se escutou por aqui o rumor dos últimos passos de um homem, e agora só persistem os ruídos da demolição, o desmoronamento de todas as coisas, o rodar das pedras caindo, mas lento, lentíssimo, o moribundo está roncando e se escuta o cicio de dentes de ratos que serrilham as madeiras e o muro, a lepra que avança, lepra do tempo, o zumbido das moscas e o borboleteio do sol que cozinha o lixo e faz ferver os charcos de petróleo, o estalido das bolhas de petróleo inchando-se e arrebentando nestas marmitas, e ao redor dos charcos de sopa negra o chiar da terra que racha, em fendas abertas pelo calor, como rugas, ao longo e ao largo e até o osso da cara da terra.

O jorro brotara até as nuvens, e o vento fez chover petróleo sobre a comarca. Caía petróleo sobre os tetos de folhas de palmeiras das casas, e os lavradores e lenhadores e os caçadores se afogavam em petróleo, atônitos, com os olhos fora das órbitas, porque nunca tinham sabido que aquilo lhes fazia falta.

E veio gente do oriente, do sul e do centro. Os camponeses jogavam aos poços os laços e as foices e vinham pelo rio e através das selvas. Os de Coro foram trazidos para o monte, para devastar os bosques a golpes de facão e machado, e a serpente *guayacán* e a malária acabaram com eles; os da ilha Margarida arrebentavam os pulmões amarrando canos no fundo do lago.

Homens de todas as cores e de todos os idiomas brotavam do mar em navios negros, de proas de ferro. Apareceram as máquinas, de rodas dentadas e lâminas brilhantes, melhores que os homens para resistir às mordidas da serpente e às febres. As torres eram de madeira e depois foram de ferro e brotavam uma ao lado da outra. Também trouxeram automóveis, gramofones, mesas de pano verde e mulheres capazes de fazer o amor vinte e cinco horas por dia: elas se chamavam Chavefixa, Seteválvulas, Rompepregas, Tubulação. Depois da guerra, os bares abandonaram Tasajeras e foram para Alta Gracia, depois chamada Coreia, além de Lagunillas. Para lá se mudaram os bares enormes, e lá estão; parecem prisões ou fortalezas. Quando caiu a ditadura, surgiram no país revolvido as juntas pró-melhoras e as juntas pró-desenvolvimento, e uma equatoriana, que tinha sido dama de alto gabarito, organizou aqui uma greve de pernas fechadas. Se chamava Monosábia. Elas triunfaram.

Desprendeu-se, quebrou e se precipitou no vazio. Estes são os pedaços de uma única coisa, hoje arrebentada, mas que foi. (Havia existido entusiasmo, e luta, e vida viva.) Os restos: como um arrependimento: dentes de guindastes forrados de ferrugem, cadáveres de automóveis, latas de leite em pó Milk, óleo Diana, mata-baratas Efetan, suco de laranja Ella, montanhas de latas, farrapos de um vestido de festa pendurados num prego, cabines de camionetes sem camionetes, uma espuma de baba seca sobre madeirames verdolengos, luvas de trabalho que perderam os dedos, pneus para medir a pressão, sapatos afogados em barro, ossos de galinhas e cachorros, seringas, um Cadillac reduzido a mofo, cascas de coco, fiapos de capas de chuva, um ônibus sem rodas nem paralamas afundado contra um arbusto e que agora forma parte desse arbusto com os tirantes do teto ao vento como vértebras ou galhos secos, elásticos de poltronas, garrafas com seus bicos em cacos, sucatas de guindastes e de perfuradeiras, monstros em papelão cinzento que antes foram caixas de Veuve Clicquot ou Ye Monks e agora têm mandíbulas e braços e estão encolhidos e à espreita, fios negros de cascas de banana, vegetação podre, peles de vacas sem vacas e acossadas por exércitos de moscas, taladros abandonados com suas bases de cimento como ruínas indígenas depois de um incêndio, com hordas de vermes surgindo debaixo de cada coisa, um letreiro de Cafenol, o camelo de Camel, a moldura de argamassa de um alto-relevo com três dedos de uma mão e a boca de uma cara, pilares de estuque, um muro desfeito de onde se pendura uma língua de papel florido, um busto de manequim erguido sobre os escombros, alçando-se, deusas de gesso, sem braços nem pernas, com uma cara de despeito e os poucos cabelos ainda grudados no crânio: ela sorri.

É uma armadilha, penso. Não me movo. Estou rodeado de lixo pelo norte e pelo sul, o lixo me toma de assalto de leste a oeste. E o lixo que avança, não eu, ou talvez seja esse fedor a fermento e tripas em decomposição que me encurralam e me vão traçando para asfixiar-me, e eu penso que é uma cilada, o primeiro poço de petróleo não existiu nunca, nunca houve, nunca poderei sair daqui, não sei por onde vim e não há estrelas para me guiarem. Me deixo cair sob o sol em chamas e com a cabeça apertada entre o joelho rogo que caiam em cima de mim a noite ou a chuva.

O esperado

Eu nasci no dia da invenção de Santa Cruz e por isso me puseram o nome de Maria, Maria de la Cruz. Foi aos doze anos justos, no dia de meu aniversário, que a planta cresceu e brotaram nela os frutos amarelos e falou comigo. E na noite desse dia sonhei o sonho bonito e no dia seguinte me trouxeram para a cidade. Foi no ano 68 que me trouxeram, para cuidar das crianças. E naquela casa da rua Obispo fiquei trinta anos vendo passar os homens e os cavalos por trás das grades das janelas. Eram tempos de Espanha e, por mais pobre que fosse um branco, nenhum negro ou negra podia olhá-lo.

Eu nunca soube se fui vendida ou dada de presente. Porque muitos negrinhos eram dados de presente, entregues numa bandeja: era uma festa de casamento, soava um golpe de aldraba na porta e então entregavam um negrinho pelado, com umas fitonas coloridas penduradas na bandeja de prata. Mas eu já era crescida quando me trouxeram para cá, e a planta já tinha falado para mim, e eu já tinha tido o sonho.

Os amos me arrancaram um colar que eu tinha trazido comigo da plantação, um colar grandíssimo, de sementes de peônias. As peônias têm duas caras, uma cara vermelha, grande, e outra cara negra, mais escondida. As peônias, como as máscaras de Eleguá, têm a vida e têm a morte. O colar pertencia a Santa Bárbara, era tão lindo, tinha sido presente do moreno velho que tocava o tambor no bembê do engenho. Ele dizia: "Eu toco quando minha mão coça". Dizia: "Meu tambor acredita em mim, acredita em tudo, tudo. Meu tambor acredita em mim, mesmo quando eu minto". Ele tocava o tambor e, quando a cerimônia estava boa, a música saía do tambor e se metia nos corpos dos bailarinos, e então a música nascia dos corpos dos bailarinos. Ao velho eu contei meu sonho e também as palavras da planta e foi ele quem me disse que eu não ia morrer sem ver o esperado. Me deu o colar para que contasse os anos. Foi esse o colar que me arrancaram. De qualquer maneira, as peônias não teriam dado para contar quase um século.

A vez em que eu descobri a planta, lá no engenho, ela estava pequenininha, e tocaram o sino e eu tive de ir embora correndo. Todos nós conhecíamos o sino de cor, os grandes e os pequenos. Porque antes não havia máquinas. Nem havia carvão. Os negros pequenos com cestas grandes e os negros grandes com cestas enormes fazíamos umas montanhas de bagaço e passávamos o dia inteiro regando o bagaço para que secasse e ardesse bem. As carretas levavam o bagaço e o jogavam na fornalha para que desse fogo e moesse a cana. Os machos trabalhavam mais que nós, as fêmeas. Desde criança, os machos já serviam para guiar os bois das carretas. Havia uma balança muito grande, grande como esta casa, e aí entravam e pesavam as arrobas de cana. Quando tocavam o sino, era preciso chegar. Se não, eram *25* chicotadas nas costas, com a chibata de couro cru. Para castigar as grávidas abriam um buraco e as deitavam com o ventre dentro desse buraco. Depois do chicote pintavam as costas delas com tintura da França. O amo queria todos os anos um negrinho. Ou dois. Se saíam dois, melhor.

Tocava o sino e o maioral nos contava. Os negros grandes estavam muito vigiados, porque fugiam. O capataz trazia cachorros e os soltava nas covas dos índios, onde os negros se escondiam. Depois, batiam neles com couro cru ou cortavam uma orelha.

A plantinha estava no meio de uma clareira e para vê-la era preciso atravessar o matagal. Eu voltei. Morria de medo, mas no dia seguinte voltei. Sozinha. Sentei numa rocha e contemplei a plantinha. O ar estava claríssimo; quando o sol saía, já nos encontrava trabalhando. De um dia para o outro, a planta tinha crescido. Tinha todos os ramos cheios de botões com pontinhas amarelas, inchadas, como se fossem arrebentar, e esse dia eu fazia doze anos e sentia um calor estranho, que não era de fome, dentro do corpo. Não respondi nada, mas eu estava quieta e mesmo assim estava caminhando. Desde aquele dia, tenho esse poder de caminhar quando quero sem mexer um pé. E essa noite fiquei dormindo no barracão e então de meu corpo brotaram folhas e caracóis.

Então eu sabia. Tantos anos que passaram desde os tempos da Espanha e ninguém sabia, mas eu sim. Eu sabia que ele ia chegar. Fiquei quase um século esperando e sabendo. Eu estava esperando por ele mesmo sem conhecê-lo. Sabia que faltava um e que ia chegar para salvar-nos todos.

O dia em que ele chegou, eu estava vestida de branco, um vestido comprido. Só gosto de vestidos longos: acho mais majestoso. Eu ia caminhando e as pessoas comentavam: "Olha, olha". Todo mundo dizia: "Lá vai". Ele chegou da serra com uma barba negra e pombas nos ombros. Antes tinham chegado muitos homens, com cabelos compridos e barbas como as dos profetas e disparavam tiros ao ar. Eu o vi chegando e para mim não foi nenhum espanto.

Agora penso na planta e não sei o que terá sido dela. Deve ter continuado a crescer, em algum lugar. Uma vez voltei para buscá-la, mas não a encontrei. Eu tinha entendido tudo que ele me dissera. Mas não sei se depois ele foi um *flamboyant*, que tem essas flores que se incendeiam. Ou um *cupey*, que tem folhas para mandar recados, que a gente escreve com um pauzinho e não se apagam. Ou uma *guásima*, dessas que são boas para dar sombra e para enforcar.

BANDEIRAS

As fontes

Você podia ter ficado longe e sem correr riscos. Mas voltou. Entrou sem bigodes, com os cabelos tingidos e cortados curtos e óculos de mentira e um nome qualquer. Tinham se passado dois longos anos. Você pôde caminhar pelas ruas da cidade, embora pouco e com cuidado, e o coração parecia dar murros no peito e a cidade reconhecia você em segredo e o aceitava. E você me disse, com voz de touro, enquanto mordia uma maçã: "Tinha de voltar. Não se pode ficar sentado na própria segurança como se fosse a maior bunda do mundo". Você estava muito nervoso e queria rir e não conseguia.

Pouco depois veio o verão, você mandou um recado, nos encontramos para tomar cerveja gelada. Você falou na frente de um exército de garrafas vazias. Você tinha podido mexer-se um pouco, quase nada, mas tinha sido suficiente: suficiente para que você sentisse o cheiro da fúria nos bairros, a cidade tinha os dentes apertados: "Se demoro um ano a mais, só encontro cinzas. E ainda não existem condições objetivas? Tem uns caras de pau... Você quer contradições mais superantagônicas? Daqui a pouco as pessoas vão brigar até pelo capim que cresce nas calçadas".

As moscas passeavam, lentas, pelo ar pegajoso.

– Essa desgraça toda vem grávida – você disse.

Bebeu a cerveja de um gole só e limpou a espuma da boca com as costas da mão.

Não quero dizer que seja tão fácil como soprar garrafas. Já sei que a fome também produz faquires. Você soma miséria e mais miséria e às vezes o resultado é apenas mais miséria. Já sei, a gente precisa respeitar a realidade. Foi difícil aprender isso. E mais difícil foi aprender que ela não tem nenhum motivo para nos respeitar. E, se tivermos de nos arrebentar, a solução é arrebentar-se e pronto, não é? Foi difícil aprender isso.

Um ar úmido e quente pesava sobre as ruas. Cedo ou tarde choveria, teria de chover, de repente estourariam os ventres das nuvens paridoras de tormentas. Você disse:

– Será certo que no fundo somos cristãos apressados? Baixar o céu com as mãos. Nós também trazemos a boa notícia. O reino dos justos e dos livres... Juan teria gostado da ideia. Quero dizer, se estivesse vivo.

A cerveja estava densa, a espuma era um creme frio, era sentida na boca e na garganta e nas tripas. "As coisas são fáceis" – você disse –, "estão mais claras." E em seguida você disse: "Mas serão mais difíceis para mim, agora. Já estão sendo, sabe?" E em seguida:

– Foi muito duro para mim vir, sabe?

Você estava sentado, as costas contra a parede.

– Porque agora tenho mulher.

Você nunca dava as costas a ninguém.

– Nem mesmo podemos nos escrever. Não me queixo. É um preço que se paga e está bem e acontece a muitos outros.

Você falava com os olhos fixos na porta do bar, estava tenso, não movia nem um único músculo:

– Quem sabe se vou vê-la de novo.

E, em seguida, olhando para a palma da mão aberta:

– São os riscos da profissão, como dizia um samurai amigo.

Na janela, ondulava um bando de gaivotas. As gaivotas se precipitaram sobre o porto; um alvoroço branco entre mastros e fumaça e você dizia: "Eu tinha conseguido o que procurava e não me animava a lhe dizer. Nunca lhe disse. Veja só. Devem ser problemas de caráter. Ou talvez tenha sentido que não tinha esse direito. Sei lá. É uma desgraça. Ou nem isso".

Calculou as palavras:

– Já sei que, se não tivesse voltado, teria me sentido um traidor.

As gaivotas levantaram voo mais além das nuvens que estavam, escuras de chuva, no céu.

– E já sei, também, porque soube, porque eu não sabia, que não estamos brigando apenas por um montão de coisas muito grandes e muito nobres. Não é que eu queira nada para mim. Não. É muito mais simples. E veja como foi besta o tempo que demorei para saber. Anos. Anos sem saber que também se podia estar nisso pelo sorriso triste de uma mulher e pela cintura livre de pistolas.

A iniciação

Fernando tinha forçado a janelinha com a chave de fenda e abrira a porta do Renault. Depois, apagara a luz vermelha do freio e ligara o motor com um fio de arame. Com fita isolante e esparadrapo, pedacinhos negros e pedacinhos brancos, Pancho mudara os números da chapa: o cinco virou três, o oito virou seis, o seis virou nove.

 O vento empurrava as ondas violentamente contra o cais e multiplicava o ruído da maré alta por toda a Cidade Velha. Uivou a sirena de um barco; por alguns segundos, vocês ficaram paralisados e com os nervos à flor da pele. O Gato Romero olhou o relógio. Eram duas e meia da manhã – em ponto.

 Você não tinha comido nada desde o meio-dia e sentia borboletas no estômago. O Gato explicara que é melhor com a barriga vazia, e que convém também esvaziar os intestinos, porque pode entrar chumbo, e você sabe... O vento, vento de janeiro, soprava quente, como saído da boca de um forno, e todavia um suor gelado grudava a camisa em seu corpo. A sonolência paralisava sua língua e os braços e as pernas, mas não era sonolência de sono. A boca tinha ficado seca, e você sentia uma moleza tensa, uma doçura carregada de eletricidade. Do espelhinho do Renault pendia um diabinho de arame, que dançava com o tridente na mão.

 Depois, você não reconheceu a própria voz quando escutou-a dizer: "Se mexe, e eu te queimo", deixando cair como marteladas uma sílaba atrás da outra, nem seu próprio braço quando afundou o cano da Beretta no pescoço do guarda, nem suas próprias pernas quando foram capazes de sustentá-lo sem tremer e de correr sem perceberem que uma delas, a perna esquerda, tinha um furo calibre trinta e oito que atravessava o músculo e jorrava sangue. Você foi o último a sair, esvaziou três pentes de balas antes de se meter no automóvel em movimento e a cada curva tudo caía e levantava e tornava a cair e a levantar, os pneus mordiam as sarjetas, ficavam atrás as fileiras de árvores e as caras dos edifícios e os brilhos dos faróis; arrastados pelo vento, os pedaços do mundo se atropelavam e se confundiam e voavam em rajadas escuras. E só então, quando você ficou enrolado como um novelo, arquejando no banco de trás, descobriu, extenuado e sem assombro, que a primeira vez da violência é como a primeira vez em que se faz o amor.

Onde ela estava acontecia o verão

Onde ela estava acontecia o verão.

Pensa que soam passos na escada e prega as costas contra a parede. Prende a respiração: espera quatro golpes espaçados na porta ou uma rajada de tiros. Passam os segundos, tic-tac, tic-tac, tracatrac, enquanto sua camisa azul-claro se escurece nas axilas e as placas de plástico duro do cabo do Colt 45 vão imprimindo marcas, a pressão, contra a palma úmida de sua mão.

Em seguida suspira, com alívio, e deixa-se cair em uma cadeira. Atira a pistola na mesa e se aproxima dela, lento, como quem se aproxima de um bicho: apalpa, acaricia, pega, confirma que a pistola pesa menos que um quilo e que as sete balas dormem, limpas e ordenadas, no pente.

Não pensa na revolução, embora ache que deveria. Investiga as marcas do frio na pele eriçada. Não pensa no que será dele sem cigarros, esse pânico, nem pensa que tampouco sobrou comida para continuar esperando, nem no que fará. Se o cercassem, não poderia escapar pelos telhados nem por nenhum porão com longos túneis e corredores; está longe do último andar, e longe do andar térreo.

Este é o último cigarro que sobrou. Fuma com uma pressa que seria inexplicável, tragada após tragada, se não fosse pela urgência que sente em inundar de fumaça morna o corpo inteiro, da cabeça aos dedos intumescidos dos pés.

Queria lembrar-se do filho, mas o filho é uma mancha branca, sem feições, no fundo dos longos corredores da memória. O filho já tinha três anos quando viu o pai pela primeira vez. "Quem é este senhor?", perguntou, e ele não se animou a dizer nada, e os outros também não disseram nada, porque estar ausente – já se sabe – é estar morto.

Está encurralado, agora, entre quatro paredes mofadas, e pela janela entreaberta só se vê um pedaço de outro muro com sua baba de umidade. O ar fede a fumaça e a comida fermentada. Há quantos dias não vê ninguém? Dá um abraço em seu próprio corpo, agora, envolvido no cobertor úmido, tremendo por culpa do frio e também, embora ache errado, por culpa do medo. Tinha aprendido, tempos atrás, a ser mais forte que coisas tão fortes como a necessidade de fumar e o medo de morrer.

Olha para o paletó e a gravata, dependurados num prego na frente de seus olhos, e olha a parede, gasta pelos anos e pelo descuido, mas que ainda não foi triturada pelas balas. Olha a própria mão, ainda viva.

Olha a esferográfica entre os dedos, a necessidade de escrever alguma coisa, o papel em branco, a impotência de escrever coisa nenhuma, a tampa da caneta mordida por alguém que se chamava Lúcia. (A chuva soava como um galope contínuo de cavalos que faziam o amor até serem recolhidos por uma colherona e depois sentiam dores nos ossos durante três dias. Lúcia esperava, apoiada no tronco de uma acácia, com meias marrons até os joelhos, meias de menina de colégio, e um colar de fios coloridos cheios de nós, para lembrar-se das coisas. Lúcia se afastava, correndo, na neblina. Lúcia se desculpava: "Eu não choro nunca. Porque sou desidratada. Nunca tomo água".)

O homem desliza a língua por trás dos dentes ressecados e pensa naquele estado de graça, com Lúcia, mais contagiosa que qualquer doença, e naquela maneira secreta de saber dos acontecimentos ainda não acontecidos: aquela capacidade que tinham para recordar de antemão as horas e os dias que iam chegar, quando estavam juntos e eram invencíveis.

Conto um conto de Babalu

Uma bruma fresca, o anúncio da madrugada, vai-se desprendendo da terra e vaga, cinzenta, pelo ar. Ela passou toda a noite com os olhos abertos. Finalmente saiu do único lençol, tão suavemente como foi possível; a cama uivou, como de costume, com toda essa grita de velha louca das molas arrebentadas, mas ele não acordou. É estranho que ele continue dormindo. Realmente muito estranho que consiga. Ela olhou para ele, tomando distância; fez um longo esforço para senti-lo longe ou alheio ou não senti-lo. O ar estava um pouco frio, e ela envolveu-se na camisa dele, que encontrou tateando, caída junto a uma das absurdas patas de bronze, patas como garras, da cama. Neste casarão abandonado pelos donos, as tábuas apodrecidas são armadilhas mortais no chão ou lançam golpes súbitos no rosto dos incautos; os ratos leram e esvaziaram toda uma biblioteca de livros amarelecidos; os generais e coronéis, pintados a óleo com monóculos, bigodões e medalhas, parecem ainda acreditar em sua própria imortalidade, impávidos apesar das manchas de bolor e umidade que os deixaram aleijados ou manetas ou leprosos e já não resta nenhuma das molduras de bronze ao redor dos quadros antigos.

Ela nunca mais pisará, e sabe disso, neste lugar onde foi feliz. Este é o único tipo de perigo que realmente teme: estará proibido olhar, proibido retroceder até este tempo que agora está terminando e até esta armação de uma fazenda em ruínas. Começou a caminhar, descalça, pelo terraço, até aborrecer-se dos passos de preso, cinco, seis, ida e volta, e ficou sentada sobre a moldura da janela aberta. No dormitório há uma poltrona de monarca, com a heráldica ainda visível no encosto de caoba, mas não tem assento; sobram uma ou duas molas soltas, como de uma caixa de surpresas sem palhaço.

Ela apoia a cabeça, suavemente, contra o marco de madeira da janela. Olha em direção ao leste, lá em cima, em direção aos arvoredos que se erguem no horizonte de montanhas. O bosque se confunde ainda com o negror desafiante da noite; logo as primeiras estrias do sol partirão as sombras em pedaços e a natureza recobrará suas formas e seus limites. Ah, como gostaria de deixar-se ganhar pela pulsação da terra, lenta, lenta. Esfrega os olhos, acende o cigarro que tem há tempos apertado entre os dentes: ah, se pudesse, o pulsar da terra que dorme, sem ansiedades nem ruídos, se pudesse flutuar, fazer sua a profunda respiração da terra.

Ele continua dormindo. É estranho que durma tanto. Não se consegue nunca dormir mais do que algumas horas, e até isso é difícil, por culpa do maldito zumbido que não se apaga nunca no centro de sua cabeça. A camisa dele, aberta sobre os peitos dela, parece um camisolão de fantasma; chega até seus joelhos, ou quase. O vento sopra, em rajadas leves, e então a camisa vira vela de barquinho, e a pele dela se estremece pelo roçar do tecido: a camisa branca dele, que tem o cheiro dele e a forma do corpo dele. Ela pensa que pedirá que deixe a camisa. Não, um presente não, não quero que me dê como presente; quero tê-la, mas que continue sendo sua. Ele não a vê, não vê nada, nem ao menos sabe que pela primeira vez desde aquela vez está conseguindo dormir longamente: dormir, que festa, parece mentira.

Ele abre, finalmente, os olhos, para fechá-los em seguida. Pisca, não quer acreditar: desapareceu essa fúria de abelhas no crânio. A luz recorta o corpo dela contra o vão da janela e acende uma aura dourada que faz com que tudo fique mais baixo, ao longo do perfil de seu corpo. Está toda luminosa, do queixo erguido e do longo pescoço em arco até os joelhos onde descansa a mão com o cigarro abandonado entre os dedos. Os jasmins erguem-se ao lado do terraço. A camisa esvoaça; os jasmins balançam levemente. Ele escuta o silêncio, sente seu gosto. Ela vira a cabeça, olha-o sem sorrir. Uma suave rajada de vento empurra seu cabelo negro. É como se estivesse vendo-a a galope, a primeira vez que a viu, a galope lento, com os cabelos negros também galopando e o rosto que virou para olhá-lo, sem susto, balançando-se ao ritmo do cavalo que ele não via, por cima das pontas de lança ainda verdes do milho. Ele sim, sorri. Estivera preso pelo som; recebe o silêncio como a liberdade. Devora com os olhos esta imagem dela, brilhante de luz dourada, para imprimir este resplendor por cima de todas as outras imagens da memória: esta janela, esta boca do dia. Respira fundo, deixa-se invadir pelo intenso aroma dos jasmins. Abre a boca mas ela se adianta e, sem olhar para ele, diz:

– Já sei que você vai embora. Sei que você vai hoje, agora.

Ele se assusta. Tinha esquecido. É incrível. A voz baixa, quase rouca, da mulher soa a notícia, não a recriminação. Mas tinha realmente se esquecido? Esta mulher, esta menina: deslizava nela como por uma veia. Morde os lábios:
— Sabe? Não sinto nem um pouco a tortura do zumbido. Ia dizer isso para você. Não sinto nada. Entende o que isso quer dizer? Agora posso pensar, posso falar, posso... é como um presente! Estava tão acostumado. Sempre despertava acossado por esse rumor intenso, insuportável. Nos primeiros tempos apertava os ouvidos com as mãos, gritava. Tinha gritado no primeiro dia, quando despertou naquela rede, com o corpo desfeito e uma dor como se todos os nervos estivessem à mostra. Depois soube que estava debaixo de uma cabana de folhas de palmeira, longe de tudo, a salvo de tudo, e que aqueles rostos nebulosos pertenciam à boa gente que o tinha recolhido, meio morto, no aterro. Foram eles que o curaram. Durante mais de dois meses, deram-lhe de beber, a água em gotas, ajudaram-no a mover-se aos poucos, cobriram sua pele, de acordo com a zona e com a ferida, com algas, unguentos e óleos vegetais. Desapareceram as chagas, os ossos se recompuseram, e os dentes, que dançavam na boca, recobraram sua firmeza. Mas ficou o mancar ao caminhar, lembranças das porradas que os soldados lhe haviam dado às toneladas, e ficou o zumbido. O zumbido o acompanhava dia e noite, às vezes muito intenso, enlouquecedor, às vezes distante e quase imperceptível, como se necessitasse dele para não esquecer as sessões de dias e noites de interrogatórios, os fios amarrados às orelhas e aos testículos ou metidos até o fundo dos ouvidos e do nariz e do rabo, as mordidas da eletricidade arrancando-lhe as vísceras aos pedaços a cada golpe na alavanca da bateria manejada por um oficial de bigodes vermelhos.

Com as mãos na nuca, ele diz:
— Talvez não seja mais que uma trégua, não sei. Mas me sinto tão bem. Tão diferente.

E diz:
— Sonhei com um pássaro gigante, que tinha uma cidade dentro. O pássaro subia e subia...

Ela move a cabeça, os olhos tristes, a boca contente. Tantas coisas que queria dizer.
– Você vai ficar doente, aí na janela.
Dizer-lhe: desde que conheço você, todos dizem que estou mudada. Dizer-lhe: quero ter você como tenho minhas mãos e minhas pernas. Dizer-lhe: já sei que para você também será difícil. Mas eu não sei o que quero nem para que nasci, para que fui feita, porque....
E simplesmente comprova, sem o menor dramatismo:
– Eu já sabia que você ia embora.
Ele franze o cenho, não diz nada. Olha para ela. Queria lambê-la, como um sorvete. Nunca havia sentido, com ninguém, o que sente com ela. Seria possível, agora, voltar a ser nada mais que a metade de alguma coisa? Será necessário arrepender-se de ter sido feliz? Ela, que nem ao menos conhece seu verdadeiro nome.
– Vou trazer café.
– Sobrou?
– Um pouco.
– Bom.
Escuta o breve ruído de cozinha, e em seguida ela regressa, precedida pelo aroma do café e os rangidos do chão, com duas xícaras fumegantes nas mãos. Sentam-se frente a frente, as pernas cruzadas, em cima da cama. Ela, que talvez pense que seu crânio vibra porque vibra e pronto. Ela, que nem sabe qual foi o lugar onde ele nasceu. Ela, que não faz perguntas. Que aceita o que ele disser: "Venho da lua". Que faz cara de quem acredita, quando ele conta: "Da lua, como aqueles índios de Zulia. Lá de cima eu via a terra, os vales verdes, as árvores cheias de frutas, uma mulher igual a você. E ficava tentado e queria vir. Então me despedi de minha gente e me pendurei por um cipó comprido, e quando eu estava quase chegando na terra o cipó arrebentou. É por isso que não posso voltar, e é por isso que fiquei assim, manco, com esta perna sempre atrasada, sempre atrás: por causa do tombo". Ela, que diz: "Mago".
– Conta um conto para mim, Mago.

Agora o dia avança como um trem desesperado. É pouco o tempo que sobra. Semana passada recebeu a notícia. Soube, além disso, dos companheiros mortos. Soube, embora já o soubesse antes, que a dor se multiplica e a alegria não. Mário. Também chamado Jacaré. Tratei de não me lembrar dele nunca, porque não queria trazer-lhe má sorte. E para que serviu isso? De que valeu?

Olha para o relógio, e ela vê quando ele olha o relógio: olha para ele com olhos opacos, apertando os dentes. Mudo, com a xícara de café vazia entre os dedos, ele escuta os minutos caminhando, sente o passar implacável da manhã rumo ao meio-dia.

Não se anima a tocá-la, nem a dizer-lhe nada. Os corpos nus nem ao menos se roçam. A cada pequeno movimento, a cama protesta, range, geme. De qualquer maneira, se ela conhecesse a verdadeira história ou a loucura dos protestos, as coisas mudariam? Como? Já não há tempo para nada. Poderia dizer-lhe: "Não é uma vingança pessoal, entende? Esta raiva coincide com a necessidade de vingança de milhões de homens, embora essa vingança não tenha ainda despertado. Entende?". Poderia explicar-lhe que os companheiros caídos aparecem na sua frente o tempo todo. Poderia dizer-lhe que é preciso nadar para não se afogar, e que não existe outra maneira de fazê-lo nem de explicá-lo. Volto a lutar contra a corrente, poderia dizer isso, embora não veja ainda a costa. Embora nunca, nunca veja a costa. Há anos estou nisso, e devo a isso todos os anos que tenho pela frente. Ou dizer-lhe qual foi meu nome, com o qual eu nasci, dar-lhe um sinal de identidade anterior a tantos passaportes falsos e a tantas fronteiras atravessadas? Para quê? Você mesma contou-me que entre os índios do Alto Orinoco é proibido mencionar os mortos: eles sim, são sábios, você disse. Não vale a pena. Nem pedir a você que me espere, embora morra de vontade de pedir, voltarei para buscar você, não deixe de me esperar, nunca, logo, quando: voltarei e... chegarão outros homens, ela os amará: esta certeza passa por sua cabeça como uma sombra de asa de pássaro gigante, o mesmo com o qual havia sonhado. Passa por sua cabeça e dói. Calhorda – se acusa. Sente-se inútil. Tudo se faz tão difícil. Ir embora, é um dever ou um furto? Pensa: será duro partir e duro viver sem você:

matar você na memória, para que não doa. Poderei? E ela, como se tivesse escutado, pensa que sente ódio dele porque ele poderá.

Ele percorre com os lábios o fio de umidade que atravessa a face dela. Sequestra seu dedo mindinho, morde, lambe e propõe: "Troco o dedo por uma história que me contaram uma vez, em uma ilha".

Como nas mil e uma noites, pensa. Trocar uma história por um novo dia de vida. Um novo dia de vida sem aqueles ruídos insuportáveis na cabeça. Um milagre. Quer dizer que Chaplin tinha razão, quando dizia que o silêncio é o ouro dos pobres. Estou salvo? Se durasse...

– Termina bem?
– Você vai ver.
– Se não terminar bem, não conte.
– Você conhece Babalu? E Olofi? Olofi é o deus mais importante de todos. Fez o mundo com as mãos. Fez também Babalu, Babalu-ayé, o negro lindo e forte de quem todas as mulheres gostam. Deus lhe disse: "Você pode fazer o amor quando quiser, Babalu". E Babalu ficou muito contente. Dava pulos de alegria. Mas também lhe disse: "Qualquer dia, menos nas sextas-feiras. Nas sextas-feiras, nada". Babalu desobedeceu-o depressa. E então Deus ficou furioso. Para castigá-lo, condenou-o à lepra. Isolaram Babalu, e Deus lhe disse: "Você merece". E o pobre Babalu se queixava, e Deus não o escutava, e o corpo de Babalu foi caindo, pedaço a pedaço.
– Não gosto dessa história. Não continue.
– Por quê?
– Sou uma boba.
– Não, não. Você já vai ver. Porque então chegou Oxum ao reino de Olofi. Oxum, você conhece? Não? É a deusa da sensualidade e das águas doces. É uma mulata pequeninha e tem os cabelos negros, ondulados e compridos, como você. Usa um vestido amarelo, como o seu, e gosta de comer fruta, como você. Também gosta de tocar tambor e tomar cerveja e rum e comer batata-doce.

— Proibido, como hoje.
— Quê?
— Hoje é sexta-feira. Não tinha percebido?
Ele ri, e ela também ri. Agora se sentem melhor.
— Então, Oxum chegou ao reino de Olofi para salvar Babalu da lepra. Ela dançou a noite inteira em volta da casa de Deus, e enquanto dançava ia regando em volta da casa com os sumos de seu corpo. Quando Deus saiu, bem cedinho, provou aquele mel e se deliciou. São tão saborosos os sumos de Oxum! Deus lambeu o chão até que não ficou nenhuma gota. E quis mais, mais. Quem trouxe esse mel tão delicioso? "Esse mel é meu", disse Oxum. E disse que, se quisesse mais, teria que perdoar Babalu. Deus se negou. De jeito nenhum, disse. Ele foi castigado porque me desobedeceu. E Oxum disse: "Babalu foi castigado porque gostava muito deste mel de mulher. E agora você, Deus, você também quer desse mel. Você também quer continuar comendo esse mel". Então Deus compreendeu tudo. Creio que foi a única vez que compreendeu tudo. E livrou Babalu de sua pena. Devolveu-lhe o corpo e a saúde. Mas impôs, claro, uma condição. Babalu curou-se da lepra mas ficou obrigado a levar todos os dias a carreta dos mortos para o cemitério. Quem for ao cemitério de manhã vai vê-lo com a carreta.

— Oxum deve ter muitos poderes – diz ela.
— Todos os poderes. Não existe nenhuma mulher que...
— Ela é sua amiga?
— Muito mais que isso. Sabe de uma coisa? Quando o deus Olofi criou as outras divindades, deu a cada uma um lápis com uma borracha na ponta, para escrever de um lado e apagar do outro. O lápis que ele deu a Oxum estava incompleto. O que ela escreve não se pode apagar. Mesmo que ela queira, não pode. O que ela faz não é possível esquecer. Nunca se pode esquecer. O que ela faz, faz para sempre.

Escutam as tosses do motor de um velho automóvel, que para junto ao portão da casa.

E ela diz:
— Agora, você vai embora.

E ele diz:
— Agora, eu vou embora.

A cidade como um tigre

Tinham chegado cedo, depois de caminhar algumas quadras, ao azar, debaixo da chuvinha fina que fazia cócegas em seus narizes.

Dave aspirou seu *Camel* sem filtro, sentiu a fumaça invadindo, cálida, seus pulmões. Voltou a pendurar sua mão direita no encosto da cadeira de Jimmy e passeou o olhar, sem vontade, pelo lugar. As tiras de plástico penduradas como baba colorida do forro de taquaras e os gordos frutos de papel irradiavam uma luz vermelha e fraca: em vez de atenuar a desolação do grande espaço aberto onde ninguém dançava, os resplendores mortiços faziam mais agudo o desamparo geral. As vibrações com ritmo de fox-trot da orquestra permanente do El Chiltepe — marimbas, rostos ossudos — pareciam procurar um lugar e não encontrá-lo entre as mesas vazias de clientes e a pista deserta.

No extremo oposto, um velho se deixava acariciar: estava a quilômetros de distância. Dave sentia explodir ao seu lado a risada de Tom, sentia que Tom batia em seu joelho com a mão, e tudo parecia ser de outro planeta. Mergulhado na neblina de cores do bar e em sua própria tristeza, Dave ergueu os ombros. Amassou o cigarro meio fumado sobre a mesinha de plástico. Pensou que seria melhor estar longe dali, metido até os cabelos na missão mais perigosa de todas, ou talvez fosse melhor estar em nenhuma parte, com ninguém. Mas será que Dave tinha nenhuma parte onde estar? Um dia, alguém tinha dito: o que nos move é um secreto desejo de morte.

Nem bem o pacote da velha cai no chão, um pacote embrulhado em jornais que cai junto à sarjeta, ela sente um choque. Às suas costas, uma voz gritou "alto". A velha não atina em virar a cabeça e fica com as mãos paralisadas na atitude do abraço. Não sente a chuva fraca saltando em seu corpo e deslizando, insidiosa, sob suas roupas, mas escuta os passos do soldado de guarda que cruza a rua, vindo da esquina oposta.

O soldado afasta-a com a arma, e ela escorrega e seus ossos vão dar no chão molhado. A baioneta destripa o pacote. Restos de comida, trapos, lixo.

A velha se levanta como pode e se mete em casa; fecha a porta com a tranca antes de começar a se queixar. Não encontra quem a escute gemer pela humilhada sorte dos pobres. A manta de Sebastian, frouxa como uma pele sem couro, está abandonada, sozinha, sobre a esteira estendida no chão, ao lado de sua própria esteira. E ela geme *ai Jesus Cristo, ele me abandonou outra vez*, geme *ai, puríssima Virgem, quanta desgraça, veja, podem matá-lo, Deus meu, cuide dele*, enquanto tremem as altas luzes das velas, *um filho meu, meu filhinho, o único, ai Jesus Cristo*, e os brilhos avermelhados lambem seu rosto, *que não penso em outra coisa que nessa sepultura, Ave Maria puríssima, estão cavando essa sepultura, ai Jesus Cristo de minhas angústias, meu filhinho, meu único filho*, e uma cortina de lágrimas separa os olhos da velha da fileira de casas vizinhas, todas iguais entre si, chatas, gastas, e que podem nada mais que serem adivinhadas na luz enevoada que a lua, prisioneira de uma nuvem, projeta sobre a cidade, ainda.

Enquanto escala a pequena encosta no *Cerro del Carmen*, Sebastian percebe que já não chove e dobra o jornal com que vinha cobrindo a cabeça. No topo, a igreja não parece, como nas tardes, um brinquedo que saltou da caixa de surpresas de um menino gigante. As nuvens se retorcem contra a negrura do céu e da igreja emana um resplendor branco e gelado.

Sebastian senta-se no paredão, com o olhar fixo, através do arvoredo, na rua deserta e levemente iluminada que abraça o morro. A brisa, que sopra suavemente, desperta rumores na folhagem. Sebastian torna a olhar o relógio, comprova que só passaram quatro minutos desde que chegou, pensa que pode ter-se enganado: responde a si mesmo que não, já passou a hora do encontro, passou há cinco minutos, e Sebastian torna a descobrir, como em outras vezes, que a suspeita de um erro no horário é melhor que outras suspeitas. Há uma semana, Medio Litro apareceu ao pé de um barranco, com um pedaço da cara devorado pelas formigas.

Os vagalumes semeiam chispas voadoras na escuridão. As sombras se movem, mais negras que a noite. Sebastian apura o ouvido. Não se distingue o ruído de passos entre o cicio das folhas e o canto das cigarras. As noites sem luz da infância no sul. O Cadejo tem cara de morcego, orelhas de coelho, cascos de bode, rouba meninas de tranças compridas e dá nós nas crinas dos cavalos: seus olhos de brasa e seu cheiro de enxofre guiam os caminhantes bêbados. Ele sorri. Será que o diabo protege os revolucionários? Coça a orelha. Marco Antonio acredita. E já não há mais Marco Antonio. Toca os botões da camisa, um por um. Havia moscas na morgue, a morte era uma tela de vidro cobrindo as pupilas de Marco Antonio e até a roupa, dura de sangue e toda perfurada, parecia ter morrido também. Marco Antonio tivera cara de índio e corpo de vulcão, uma quantidade inumerável de dentes no sorriso e dedos longos e chatos como espátulas: tinha tido vinte anos: foi parado pelas balas e continuou tendo seus vinte anos. Como Alberto. Alberto estendido com as pernas e os braços abertos. A polícia amarrou em seu tornozelo um cartão com o nome de seu documento falso. Tinha furos nas solas dos sapatos. Baixou à fossa com nome de outro.

"Nenhum deles tem idade, agora. E eu, qual a minha idade? É mais velho um homem de cinquenta que vai morrer de câncer daqui a dez anos, ou um tipo de vinte? Quero dizer: se esse tipo de vinte anos vai ser morto dentro de dez minutos." Sebastian sente que sobre suas costas existe o peso de um século. A seus pés, a cidade, silenciosa, negra, está esparsa. Algumas poucas luzes brilham, lá embaixo, como olhos amarelos. Sebastian prega as costas contra a parede fantasmagórica da igreja. Tem as mãos muito afundadas nos bolsos e o rosto erguido contra o ventinho molhado da noite.

– Meu amigo está um pouco amargurado. São os nervos – disse Tom à menina. Ela sorriu porque não entendia inglês.

Tom tinha ido com ela para uma mesa afastada e havia instalado a moça sobre seus joelhos com o movimento de um braço – não precisara do outro.

Um senhor bêbado, flutuando dentro de um smoking, piscava os dois olhos e anunciava "O Poder do Amor", pelo grande

Conjunto Trinidad, senhores e senhoras, nesta noite inesquecível: os gorjeios voavam, nascidos da fileira de tabuinhas das marimbas, ondulavam no ar morno de fumaça do salão e, ao ritmo das ondas, desciam sobre a escassa plateia. Tom deslizava os dedos através dos botões da blusa apertada e confirmava uma das mais importantes diferenças entre o Caribe e a Ásia. A moça disse que se chamava Dóris e se deixava bolinar; mas, para não roubar-lhes o prazer de vencer resistências, mexia um pouco o corpo, entre uma risadinha e outra.
– Dave.
– Sim.
Dave pestanejou, como se tivesse dormido e agora despertasse em outra cidade. Liquidou de um trago o resto da água gelada cheirando a uísque que tinha ficado no fundo do copo. Acendeu outro cigarro, pausadamente, e deixou uns dólares sobre a mesa. Disse a Jimmy: "Vamos".
Tom alcançou-os antes que chegassem à saída. Passou o braço ao redor dos ombros de Dave. Dave dirigiu um olhar opaco ao desertor.
– Posso pedir para você ir? Não é nada além de um serviço de rotina. O cara... bem, você sabe. À uma, no Pan Am Bar. O cara vai dar um jeito. Entrega a mercadoria imunda e você diz que sábado que vem ele verá mais dólares do que jamais havia sonhado. Se a informação merecer, claro.
Dave abriu a cortina. A música diminuía, às suas costas. Da rua, chegava um cheiro agradável de asfalto molhado. Encarou com alívio e lástima a cidade e a noite, em silêncio. Atrás, a voz de Tom, novamente.
– Dave.
– Sim.
– Você se incomoda?
– De ir?
– Quero dizer: de eu não ir.
Virou-se para o rosto congestionado de Tom.
– Bem – disse. – É melhor você voltar, Tom.
– O que você quer dizer com isso?
– Que você deve voltar para a sua garota e ficar com ela.

– Mas o que está acontecendo com você, porra?
Então, Dave fez pose de boxeador e Tom dobrou-se agarrando a barriga. Riu.

Durante a noite, a cidade, encolhida sobre si mesma, não oferecia outra coisa que um silêncio cheio de rancor e frequentemente rasgado pelos estampidos e os ecos da violência. Quando chegasse a manhã, entrariam nela as vozes gritando *El Gráfico* e *Prensa Libre,* oferecendo frutas de todas as cores e sucos tropicais, *tortillas* cheirando a gordura. Um perfume adocicado, penetrante, andaria solto, balançando no ar, junto aos lentos redemoinhos de pó quente. Se escutaria o alvoroço dos carrinhos de lixo e o estrépito dos ônibus quebra-ossos; o colorido de caleidoscópio das roupas dos índios daria de maneira tão intensa uma aparência de alegria, que acreditar nela seria uma tentação: deixar-se enganar pelo tecnicolor de um cartão-postal tamanho gigante. Mas logo a noite cairia sobre o espetáculo, como uma cortina metálica.

Dave e Jimmy subiram, lentos, a nona ladeira. Seus passos retumbavam na calçada brilhante de chuva e transmitiam um aviso ao sistema nervoso da cidade.

O Jicaque dirige sem deixar de olhar para trás pelo espelhinho retrovisor. A trinta metros, vem o Volkswagen de Miguel Angel, com as mãos da Aliança para o Progresso pintadas nas portas. Sebastian pergunta:

– Você viu? Mário, você viu ele?

O Jicaque é magro e peludo como um morcego. Vão pela sexta avenida. O automóvel atravessa brilhos vermelhos, azuis, dourados; ainda existe iluminação em algumas lojas; dentro de meia hora, as pessoas sairão dos cinemas. A plateia de "O direito de nascer" abandonará a sala com os olhos chorosos: cada um irá diretamente para sua casa, sem alterar esse silêncio de funeral com que a cidade pressente, noite a noite, seus próximos mortos.

– Vamos agora mesmo. Não é longe.

O automóvel vira à esquerda antes de chegar ao mercado; atrás, o Volkswagen faz a mesma coisa. De repente, uma luz branca atravessa o para-brisas e cega a todos com a intensidade de cal viva. O Jicaque oprime o freio até o fundo, e a sacudida faz com que bata com o peito no volante. Reprime a tempo o reflexo de levar a mão para baixo da axila: ali, não tem agora outra coisa que a chaga deixada pelo coldre. Os três policiais se aproximam, e Sebastian sente o coração chutando o peito por dentro. O cano cheio de furinhos de uma metralhadora entra pela janela. O automóvel de Miguel Angel passa, lento, e continua seu caminho. Sebastian ordena à sua mão que tire os documentos do bolso. A mão obedece. O Jicaque brinca: "Não é dia de batizado, compadre – diz –, grandinhos do jeito que o senhor vê". O guarda olha os documentos, sorri e diz que não batizem com cachaça, que essas são coisas de Deus, e onde manda capitão não manda marinheiro.

O automóvel começa a andar novamente, e o sangue torna a circular pelas veias de Sebastian. Algumas quadras adiante, Miguel Angel espera em pé, apoiado no muro. Sebastian reconhece sua pequena figura de longe: os óculos grossos como fundo de garrafa, os dentes de coelho, a eterna pasta de couro na mão direita.

– Já vi três placas de quarenta e dois e quarenta e três mil por aqui perto – diz Miguel Angel. Melhor ir eu primeiro. Subam, se a janela do meio for iluminada.

Dave, homem de um único fósforo, fumava sem tréguas; se envolvia em densas nuvens de fumaça como uma aranha em sua teia. Ofereceu outro *Camel* a Jimmy.

O Pan American Bar tinha poltronas realmente confortáveis, dessas que dão vontade de despejar o corpo e esquecer o resto. Fazendo cruz com o balcão, alguém tocava, sem nenhuma vontade, "Be Careful, it's my heart". Sobre o piano, uma jarra grande como um barril deixava escorrer espuma de cerveja.

Jimmy fazia comentários breves sobre qualquer assunto, primeiras palavras que morriam sem resposta, e Dave olhava um ponto fixo no ar. O uísque estava muito frio e ligeiramente ácido, como se tivesse sido deixado na geladeira antes de misturá-lo com o gelo. Um homem bebia sozinho no balcão, e um casal se apertava no extremo mais escuro do bar.

– Quanto tempo ficaremos aqui, Dave?
Dave sacudiu a cabeça: "Você pode ir quando quiser", disse.
– Não estou com sono. Quero dizer: quanto tempo estaremos neste país?
– Se dependesse de mim...
– Já sei, mas...
– Você está de férias, não é?
– Bem, até agora, na verdade...
– O quê?
– Não sei muito bem para que estamos aqui.
– Já repeti isso até o fim. Você deveria saber de cor. Nossa missão consiste em treinar nossos aliados, dar assessoria no...
– Mas concretamente...
– ...Kama Sutra: as cem posições para matar.
Jimmy sorriu. Dave olhou-o com olhos semicerrados.
– Bem, suponho que Tom poderia explicar melhor. Gritar e ensinar a gritar que somos os mais fortes e somos os melhores. Tom tem culhões e está provando isso o tempo todo, não é mesmo? Ele poderia contar a quantidade de coisas que aprendeu no campo de batalha. Poderia dizer a você: "Estive no Vietnã dois anos, três meses e seis dias, dedicado ao negócio de caçar homens e matá-los quando era necessário (e, algumas vezes, quando não era). Trabalhei junto com alguns bons tipos. Desfrutei minha cota de mulheres e provavelmente bebi mais do que o estabelecido em minha cota de bebidas. Aprendi a economizar os fundos públicos atirando vivos os presos, lá de cima, lá dos helicópteros. Aprendi a usar orelhas como amuletos".
Dave deixou cair a cinza do cigarro, pausadamente, e esvaziou seu copo. Não se ouvia mais que acordes de piano e a conversa do homem sentado no balcão, que protestava contra seu automóvel.
Dave sorriu, mas os músculos de seu rosto continuavam contraídos e a boca endurecida. Murmurou:
– Esse homem não acredita.
– Quem? – perguntou Jimmy, sem entender.
– Esse homem. Não tem a menor vontade de tocar, mas toca assim mesmo.

Em seguida, Dave falou do Vietnã. Falou e falou do Vietnã. E do irmão Tri.

Lá fora, a chuva caía com violência.

O Jicaque fuma, de costas para os outros, na janela. Miguel Angel está sentado à direita de Mário. Mário coloca o pente com suas sete balas na quarenta e cinco, ajusta o silenciador e Sebastian recebe a pistola, acaricia o gatilho, o polegar brinca com o ponto vermelho da trava. O Jicaque sorri, sem virar: na janela da frente surge um vulto.

– Ponha a roupa.

Da pasta de Miguel Angel aparece um lenço negro, cuidadosamente dobrado e passado. Há também um missal e um rosário. O selo e a numeração da pistola foram limados. Mário diz que passou vaselina no cano, mas que as balas talvez sintam falta de um banho de sol. Depois diz:

– O nome é Thomas Vaughan. É um *boina verde*. Um assassino. Veio do Vietnã. Um louro de cabelos curtinhos e costas larguíssimas. Miguel Angel vai buscá-lo para você. Já está tudo combinado.

Dave contava:

– Nos cercaram. Nos agarraram como se fôssemos ratos. Choviam balas de todos os lados. Tri estava ao meu lado com os braços abertos, e eu achei que estava morto. Também achava que eu estava morrendo. O céu era mais bonito que nunca e, apesar disso, nesse momento deixei de acreditar em Deus. Nesse exato momento Deus foi embora para sempre. Quando eu mais precisava dele, não é? É estranho. Soube de repente que tudo morreria comigo.

Dave soprou uma nuvem de fumaça que ficou quieta, como se tivesse sido amestrada, na altura de seus olhos. O pianista sumiu.

– Não sentia medo. Sentia uma insuportável sensação de perda. Descobri pela primeira vez na vida, em cada um dos pelos da costa da mão, a excitação dos poros, via besouros circulando na areia e via *as balas* – entende? – *eu via as balas* picando e levantando pó a milímetros da minha cara e me sentia nu.

Dave falava com os olhos fixos no copo. Sua voz grave, gasta pelos cigarros e pela bebida, parecia estar se revelando um segredo.

– Nos salvamos por engano – disse. – Fomos os únicos sobreviventes do grupo. E então voltamos e precisávamos convencer-nos de que estávamos *vivos*, antes de ir buscar mulheres rua abaixo. Precisávamos falar bem alto, escutar nossas vozes fortes de profissionais, depois de termos ficado sussurrando tantos dias. E encher nossas veias de álcool. E foi o que fizemos. Passamos da conta, já tinha acontecido outras vezes, mas desta vez Tri soltou a língua. Eu nunca tinha ouvido ninguém dizer aquelas coisas do *nosso* lado, compreende? Coisas que Tri dizia sobre seu país ocupado, ocupado por nós, e toda aquela corja de ladrões que era o governo. Depois, Tri desapareceu. Ficou trancado em seu quarto, esperando a polícia militar com uma faca na mão.

As palavras transmitiam eletricidade.

– Me apresentou à sua família. Comecei a sair com a irmã. A mulher mais formidável que...

A tensão da voz aliviou, os nervos afrouxaram. Dave negou com a cabeça, como respondendo a ele mesmo:

– Não tinha os cabelos cor de mel. Tinha os cabelos morenos. Os cabelos morenos compridos e brilhantes. Tinha sido posta para fora de seu emprego, no bar mais luxuoso de Saigon.

Houve silêncio. Dave fumava. Dave continuou:

– Visitava-os todos os dias. Comia com eles peixe, arroz, aqueles molhos. A família fez uma pequena cerimônia para me aceitar como irmão.

Jimmy tinha pedido mais uísque. Tinha os olhos vidrados. Dave encheu a boca com um trago gelado e manteve-o até que lhe passou o arrepio nos dentes. Dave tinha ficado quieto novamente, as mãos afundadas nos bolsos, as rugas na testa, os olhos fechados. Jimmy tinha dois copos cheios pela frente: não podia nem olhar para eles. Sentia-se dominado pela náusea, mas acima da náusea sentia-se dominado por uma espécie secreta de respeito, que não havia sentido por ninguém antes, e que era mais forte que sua necessidade de vomitar.

Dave disse:

— Bom. Havia um traidor. E era preciso matar o traidor. Isso era tudo. O major mostrou-me o traidor. Mas eu já o conhecia. Eu sabia quem era. Só faltava prová-lo. E pôr um ponto final no assunto. Pôr um ponto final no assunto de uma vez por todas.

Dave bebeu de novo, mas empurrando o copo com a mão. Os músculos do rosto se endureceram. Aspirou profundamente a fumaça do cigarro, deixou-a escapar entre os dentes apertados. As náuseas continuavam nascendo da boca do estômago de Jimmy.

— A missão seguinte foi feita para isso. Tiramos os paraquedas no meio da selva inimiga, e ele foi em uma direção e eu em outra. Mas dei a volta e surpreendi-o por trás. Vi. Era a prova. Em uma pequena clareira no meio do mato, vi quando ele entregava informação ao inimigo. Voltei e esperei. Era a hora em que o sol morria e havia o barulho de animais movendo-se e pássaros levantando voo. Ele vinha caminhando pelo mato e me viu. E continuou caminhando. Não me traíram nem minhas pernas nem meus braços. Estávamos a uns três metros um do outro, e ele olhou para mim e sorriu. Sorriu com uma tristeza irremediável e fraternal, como dizendo: "Já sei que você tem de fazê-lo", como dizendo: "Já sei por que você vai fazê-lo". Olhei minha mão fechada, e a faca estava nela, embora eu não me lembrasse de tê-la tirado da bainha amarrada em minha coxa.

Aos olhos de Jimmy, enevoados de vapores, Dave se abria em dois, tornava a fechar-se, desdobrava-se e se juntava consigo mesmo num ritmo balanceado. Aos ouvidos de Jimmy, a voz de Dave soava como um som remoto e ondulado.

— Ele mesmo o fez — disse Dave. — Poupou-me disso.

Então houve um furtivo brilho de alarma nos olhos ausentes de Jimmy.

— Aproximou-se de mim caminhando, com os braços abertos, sem tropeçar nem alterar nem um pouco o ritmo dos passos, e eu com a faca erguida na mão. O irmão Tri veio e me abraçou e fundiu-se comigo. Eu senti seus dedos crispados contra minhas costas, senti a longa lâmina que deslizava para cima, pelo ventre, e chegava ao coração. Seu corpo se estremeceu contra meu corpo e senti como tremia e a cara dele estava cravada em meu ombro.

Depois caiu, deslizou ao longo de meu corpo. O sangue saía da barriga dele como uma maré. Abriu os olhos no chão. Um trejeito retorcia sua cara. Olhava como dizendo para mim: "Obrigado, filho da puta".

A mão de Dave crispou-se sobre o copo. Jimmy levantou-se. A mão de Dave quebrou o copo.

Na montanha, a gente pode tornar-se verde com os infinitos verdes das plantas, escolher qualquer uma das quatrocentas vozes do *cenzontle* e babar a baba que embaba, a baba da iguana; pode-se matar com a sombra como os *chinchintores*, ou com o olhar, como matam os *basiliscos*, contrair-se como a *sensitiva*, ante a menor advertência vinda pelo ar ou flutuar nas copas das árvores e oferecer ao inimigo frutos que adormecem: ser como o rei *quiché*, sete dias águia e sete dias tigre, sete dias serpente. A selva disfarça: a cidade despoja. Sebastian sente-se nu apesar da batina. A chuva precipita-se na frente de seu rosto; às suas costas, o Edifício Horizontal abriga, entre cristal e aço, centenas de olhos possivelmente curiosos, esconde centenas de bocas possivelmente indiscretas: centenas de possíveis inimigos. No campo, nas noites assim, as únicas testemunhas são os fantasmas que saem dos rios quando chove muito.

O Jicaque não está, agora, ao seu lado. Sebastian não escuta a voz cordial de Miguel Angel, nem tem pela frente sua figura cômica baixinha e cabeçuda como um fósforo, nem se sente guardado pela serenidade sem titubeios dos olhos de Mário. Na memória, é visitado como acontece sempre que está sozinho e em perigo – pelos mortos: um exorcismo, talvez, para conjurar o medo, a antiga magia dos feiticeiros da fraternidade contra o demônio do medo. Alberto dizia que um homem pode considerar-se virgem até que tenha matado outro homem e criado outro: matar, ter um filho. É estranho não ter matado, como é estranho não ter morrido. Sebastian queria ter duas pistolas e que o gringo escolhesse e atirassem ao mesmo tempo. Mas coloca a primeira bala, clic, na agulha.

Quando Jimmy voltou à mesa, muito pálido, com a testa banhada de suor, encontrou um desconhecido que acabava de entrar

e se inclinava, solícito, sobre a mesa. Estava empapado pela chuva. Tinha óculos de vidros grossos e um sorriso agradável.
— O senhor sofreu um acidente — disse.
O sangue corria, abundante, da palma da mão de Dave.
— Se me permite... — disse o desconhecido, desdobrando o lenço.
— Não tem importância — agradeceu Dave. — Não tem nenhuma importância.
— O tenente Thomas Vaughan?
Jimmy comprovou que o homem chegava na altura de sua axila — e nada mais, apesar do chapéu. O chapéu, dobrado para baixo como um sino, escorria água da chuva. Rios de chuva. Jimmy sentia-se fraco:
— Faz um tempinho que Tom... — começou a dizer.
— Sou eu — interrompeu Dave, e levantou-se.
— Onde é que nosso amigo...?
— Na porta do Edifício Horizontal — respondeu o desconhecido, apontando para a direita —, quarta avenida, esquina com a sexta rua. A duas quadras daqui.
— Vou com você — disse Jimmy.
Dave negou, com a cabeça. Aproximou-se do balcão para pagar.

Sebastian quisera poder ver além da noite e do outro lado da chuva, seguir vendo a partir do momento exato em que o inimigo saísse do Pan American Bar: Thomas Vaughan vindo rua acima, rumo à quarta avenida, protegendo-se da chuva sob um guarda-chuva ou debaixo das marquises dos edifícios ou debaixo do seu próprio braço ou não se protegendo da chuva em absoluto, abrindo a chuva com seus grandes passos de bruto — virá, aí vem, Dave saiu do bar, entra na chuva, Dave caminha, envolvido ainda nos efeitos de sua tristeza teimosa, sem celebrar a frescura da chuva na cara e no corpo, a camisa grudada na pele, a pele empapada, a densa cortina de chuva fria se desloca, enquanto ele passa, junto com ele, sobre ele, através dele: não desconfia da mistura escorregadia de barro e graxa que está pisando, não descobre a ameaça vibrando na chuva, não adivinha que há um enigma nesse encontro ao qual ele comparece em lugar de outro: não sabe que ele está cumprindo, sem possibilidade de traição ou renúncia, com um encontro que estava marcado a esta determinada hora e neste determinado lugar – marcado para ele: Sebastian sente um arrepio que atravessa seu crânio, escorre pela nuca e pelo couro cabeludo: a história é assunto de dinâmica e de machos, dizia Marco Antonio, e Alberto, que dizia?, tantas coisas ele dizia, tantas coisas tinha para dizer, um homem nasce com uma quantidade de palavras para dizer e de coisas para fazer ao longo da vida, e Alberto tinha uma quantidade extra de palavras para dizer e coisas para fazer, e quando morreu pensei: talvez já tenha dito todas as suas palavras, feito todas as suas coisas, e me respondi que não e soube que era um crime, que um crime era exatamente isso: é ele, não é ele, Thomas não-sei--quê, não enxergo direito, se aproxima, cara de gringo ele tem, mas quer dizer que era um tipo magro, este não é, é sim, vem para cá, na certa me viu, já me viu, a doze metros, a dez; aliados piedosos como poucos, pensa Dave, aliados de batina, quem diria, isto prova que Deus está do nosso lado – não é? – a oito metros, a seis, é uma velha convicção americana; uma onda ao mesmo tempo fervendo e gélida sobe e desce pelas costas de Sebastian e Dave a cinco metros, Dave a quatro, o dedo no gatilho debaixo da batina, e oh, não tenho forças, não posso fazer isso, não posso, mãos geladas, lábios ressecados, dois metros, o terror nos olhos e boa-noite amigo e uma detonação surda da bala no segundo em que Dave se atira sobre Sebastian e outra bala e Dave se retorce e cai e Sebastian subitamente está seguro de que já tinha feito isso antes, alguma vez, ainda que não soubesse, que havia matado esse homem tempos atrás embora não soubesse e agora um cheiro acre de pólvora e sangue vai atravessando, lentamente, o cheiro da chuva.

Morrer

O corneteiro tocou a diana – o toque de silêncio – pouco antes da alvorada. Delfino chorava. Pediu que trouxessem sua mulher, mas disseram que não. Marcos tinha sido o primeiro a chegar ao pátio, escoltado pelos guardas. Perguntou: "E não veio aquele covarde do promotor? Ele não era todo macho?" Delfino abraçou o sacerdote.

Os caracóis perambulavam pelo muro branco do quartel de Matomoros. (Até esse momento, Suárez tinha pensado: que me fuzilar que nada. Mas agora seus joelhos tinham afrouxado.)

Do lado de fora, um menino estava sentado de costas contra o muro, com a cabeça grudada no muro, os olhos muito abertos, não podia piscar, não sentia o frio, e ao seu lado havia um cachorro com as orelhas em pé.

Deram cigarros aos três. "Não chora, Delfino", disse Marcos. Os sacerdotes da Ordem das Mercês se despediram seis vezes.

– Não, padre – disse Marcos. – De costas, não. De frente.

Suárez achou que era melhor ajudar que lhe colocassem a venda nos olhos. As lágrimas de Delfino corriam por baixo da venda. Marcos não quis venda nenhuma. Suárez perguntou:

– Que horas são? Quanto falta?

– Cinco minutos.

Um pássaro brincava no céu escuro: abria e fechava as asas, anunciava com alegria o nascimento do dia. Eles viam o passarinho. Escutavam seu canto. Cantava como se estivesse chamando os três. Antes, na cela, Marcos quis voltar até as pessoas e os lugares aos quais pertencera, quando estava vivo; mas agora passeava os olhos pelos rostos dos soldados do pelotão, as duas filas de dez, um por um, todos iguais, e escutava gritar *pelootããoo*, *fiiiirmes*, gritar *fiila da freeente*, gritar *joelhos no chããão*, via-os mover os ferrolhos das carabinas, os soldados a um metro e meio prontos para abrir um rombo no seu corpo, e o tempo todo se sentia longe dos soldados e longe da cerimônia e de tudo, estivera longe desde antes de xingar o promotor de filho da puta e de se plantar na frente do muro com as mãos atadas: longe, mas muito longe, muito mais além do que qualquer viagem e de qualquer tempo ou qualquer destino. Olhou para Delfino, que continuava chorando porque não entendia. Marcos tinha dito: "Os homens não choram", mas na verdade tinha querido dizer: "Os mortos não choram, Delfino". Marcos escutou gritar *apooontaaaar*, e a vida não era um jogo de sombras na parede da memória, nem era um calor de fumaça de cigarro no peito, nem era nada. Então o oficial gritou *fooogo* e houve um silêncio longo e estúpido.

Quando explodiram os tiros, todos os tiros como um único tiro, a primeira claridade do dia já se arrastava, nebulosa, na altura do chão. O oficial disse *termine*, e o cabo se inclinou sobre o corpo de Marcos. Marcos viu-o através da cortina de seus próprios cílios: viu-o pelo espaço de dois segundos, e apesar disso poderia descrevê-lo com todos os detalhes, como se tivesse olhado para ele durante anos. O cabo apertou os dentes e apontou no coração.

Os sobreviventes

Roberto quer saber quanto tempo falta para ficar louco. Joel exala um cheiro acre. Longe dali, muito ao norte da cidade, Flávia não chora. Flávia não se trancou para chorar, mas para fugir das lágrimas dos outros.

Não há luz elétrica na cela onde Roberto afunda a cara nas mãos, e é uma sorte. A noite despencou, violenta, através das grades. Roberto está banhado de suor. O calor arranca um cheiro insuportável do corpo de Joel. Assim como está, Joel parece mais alto. Ainda que a caída da noite não alivie a asfixia da umidade quente da cela, ao menos serve para bonar os rasgos do rosto desolado estentido aqui no chão, ao alcance da mão, com a mandíbula destroçada por um dos tiros. Desde que os guardas atiraram o cadáver de Joel no chão de cimento, Roberto, agachado contra a parede, não foi capaz de se mover. "Aqui deixamos teu amigo, para te fazer companhia." Tinham moído os ossos de Roberto a porradas, mas não é por isso que ele está paralisado.

Flávia não sabe onde está Joel. Reclamamos o corpo, Flávia. As vozes parecem trapos. Ela tampouco se mexeu. Há horas permanece deitada sobre o altar, com a testa afundada num buraco de pedra e os braços caídos, inertes, junto ao corpo. Sobre a cabeça de Flávia ergue-se a lança do santo guerreiro, relampejando à luz das velas que trazem calor ao ar inchado de dezembro. Atrás do cavalinho branco de São Jorge – patas voadoras, crinas flamejantes – há um porta-retratos de moldura dourada. Dentro do porta-retratos sorri, melancólico, envolvido em barba rala e fumaça de um charuto *Partagás*, o rosto de outro santo vingador muito mais atual.

A maré dos murmúrios surge sem descanso através da parede de papelão, coitadinha, ave-maria, coitadinha, as orações e as queixas dos parentes e dos amigos e dos vizinhos. Flávia não quer sair, Flávia não quer ficar.

    Roberto continua sentado no chão. As estrelas arrebentam no céu e Roberto não as vê, os habitantes da cidade se atropelam pelas avenidas e ele não os ouve. Os habitantes da cidade estão sãos e salvos e lembram disso uns aos outros, alguém vira porque alguém passa, cada um sente as próprias pernas no ritmo das pernas dos outros: cada formiga toca as antenas de outra formiga. Roberto escuta nada mais que o ir e vir dos passos do guarda, que não tem rosto nem responde perguntas. Escuta, também, às vezes, chiado de uma centopeia que cai do teto. Um retângulo de luz, cortado pelas sombras das barras de ferro, se projeta na parede; de tanto em tanto, é coberto pelo corpo do guarda que passa. Passou um dia. Quanto falta, Roberto? Quanto tarda um homem em ficar louco? Ontem à noite, a esta hora, Roberto estava livre, o motor se negava a responder, uma sensação de náusea subia do fundo do estômago de Roberto, e ele preferia jogar a culpa sobre os cigarros. Antes dos tiros, Joel tinha dito: "Não te desejo sorte, conspirador. Gente como você não precisa de sorte". Tinham se abraçado, e depois Joel tinha tocado com o dedo indicador a linha de vida de sua mão esquerda. Joel sempre fazia isso. Tinha uma linha de sete vidas, longa e sem rachaduras. Sorria com todos os dentes: "Coisa ruim não morre".

    Fazia mais de um ano que Flávia não via Joel. Joel nunca soube que seu filho dizia *papai* para o sapato. Flávia sim, sabe que nunca inventará com ninguém o que inventara, era tanta a alegria, para Joel. Para quem, agora? Para quê, agora? Todos os quadrinhos vazios de todos os futuros calendários... Todos os dias serão quarta-feira de cinzas; dias de derrota. Um cara assim se acaba e não há substituto. Joel, que era capaz de acender o fogo com os olhos ou com as mãos. Flávia, que vai precisar, mas não vai querer esquecer. Roberto, que se pergunta se existe um jeito de defender-se da loucura, quando a loucura avança na escuridão como um gato que fede a coisa podre e tem lanternas nos olhos. Flávia quebra as unhas contra o altar de pedra e as gotas de suor despencam, lentas, das sobrancelhas de Roberto. Roberto morde os lábios até sentir o sabor do próprio sangue. Sente prazer; e alívio. E se gritasse? Esse morto está tomando meu lugar. Mas eu não sabia, Joel. Por que você não saiu? Que culpa...? Foi uma loucura ficar, Joel. O motor não pegava, Roberto triturava a chave do carro e o motor não pegava. A bateria? As velas? O platinado? Você mesmo, Joel, tinha dito que esse carro não servia. E soaram os primeiros tiros e finalmente o motor pegou, Joel, a explosão da chispa, o rumor da salvação, os quatro pistões comprimindo e libertando toda aquela força, e eu esperava você, Joel, eu esperei durante um século, os tiros estouravam na minha cabeça e eu não via ninguém, nem você nem eles nem ninguém e o pé esmagou o acelerador por conta própria, o acelerador até o fundo, e eu acreditei... Sim, eu, eu comecei a voar. Mas o motor falhava. O motor estava morrendo, Joel.

Esvaziaram nele os carregadores de várias pistolas, dessas de regulamento. Uma boa quantidade de chumbo no corpo de Joel. As balas 45 são gordas como dedos. A mão de Joel ficou crispada no cabo do revólver que já estava com o tambor vazio. Desenharam com giz os limites do corpo no asfalto. O giz escorregava. Também o crivaram os disparadores das máquinas fotográficas, os polegares dos fotógrafos nos gatilhos das *rolleys* e das *leikas*, antes e depois de que virassem o corpo e aparecesse este rosto que tinha sido tão simpático.

"Tem um homem morto ali. Tem nove furos de bala." E Flávia não desmaiou nem chorou nem nada. Recordou: "Feitiço, coisa feita... O fogo não sente frio. A água não sente sede. O vento não sente calor. O pão não sente fome". E Roberto despertou, depois do capuz e dos choques e da surra, no chão da cela, e, mesmo que não tivessem ainda trazido Joel, os olhos abertos de Joel já estariam acusando-o de continuar vivo.

Uma bala quente

Eu não tinha nem idade. Menino fui para a serra e menino vim de lá. Os guardas tinham dito ao meu padrinho:

— Escute, Tomazinho. Quer que ele dure? Não deixe que saia. Porque eu jogava garrafas neles e o diabo e eles nos perseguiam a tiros. Todo mundo era inimigo.
E meu padrinho me disse:
— Vou mandar você para o campo, para Cárdenas.
Mas eu já tinha resolvido cair fora. Tinha resolvido com o Conde e com Baltazar. Os três nos jogávamos da amurada e como nadávamos! Por trinta centavos, que os pescadores pagavam para a gente, íamos nadando até o horizonte, com os anzóis entre os dentes. Então Baltazar arrebentou-se contra as rochas num mergulho, e só se viu dele foi o sangue que subia, nem os cabelos foram encontrados.
— Vamos para Oriente, Conde. Num caminhão de carga. Lá em Oriente sim, vamos poder inventar.
Poucos dias depois, encontramos as colinas onde estava a guerra. O acampamento se mudava o tempo todo, e os guerrilheiros andavam para lá de Minas de Huesito. E eu perguntei:
— Isso é um acampamento? E onde durmo? E o que vou comer?
E o capitão me disse:
— Mas você está pensando que vai dormir? Está achando que vai comer aqui? Aqui, o que se faz é dar tiro, e muito.
— E com quê?
— Isso você vai ter de conseguir sozinho.
E eu pensei: ui. Isso está ruim. Que ruim está isso. Que culpa tenho eu, se eles resolveram fazer uma revolução sem armas?
Fiquei encarregado de contar caminhões com outro garoto, Chavito era seu nome, que era ainda mais pequeno que eu mas muito duro, sério mesmo, já estava há um bocado de tempo na coisa. Escondidos sobre um aterro, num desvio da estrada, contávamos os caminhões do exército da ditadura. Por ali eles traziam a comida e as armas. Para Chavito era bom eu ter vindo contar caminhões, porque quando ele chegava nos treze ou catorze se perdia.

Passaram os meses nas colinas. Cada vez tínhamos mais gente. Nossa bandeira aparecia nos povoados da serra e os inimigos as descobriam nas sombras do amanhecer e não sabiam como.

Um belo dia, perto de Uvero, o capitão nos chamou e disse:
– Escuta, é preciso que vocês levem essa mensagem para a planície.

Quem levava a mensagem era meu companheiro.
– Se agarram você, já sabe: engula o papel.

Levava a mensagem debaixo de um curativo na sobrancelha. Tinham passado uma tintura vermelha embaixo do curativo. Caminhamos e caminhamos, sempre nos escondendo, e finalmente encontramos o pessoal que buscávamos. Eram três companheiros que vinham da cidade.

– Vamos entrar no monte, que aqui perto estão os de capacete e com uma bateria de morteiro.

Um dos companheiros tinha uma Baby Thompson, que tinha arrancado de um guarda. E eu apontava para o céu, isso sim é bom, não vou devolver coisa nenhuma, rapaz, uma Baby Thompson! A verdade é que os ianques são uns filhos da mãe, mas lá sim fabricam coisas gostosas, essa Thompson pequeninha e tão fácil de manejar: você mete fogo em alguém com a Baby Thompson e nunca mais ele levanta. Essa sim, transforma um animal em caçador. Eu já sabia distinguir o que é bom, entre todas as armas. Sabia que a gente não ouve os estampidos quando está combatendo, e sim o zumbido de abelha das balas que passam roçando. Sabia atirar granadas. A granada é uma coisa perigosa, que você tem de saber esticar o braço e flexionar o corpo para atirá-la medindo justo a distância, porque depois que arrancam o pino a granada choca com um mosquito no ar e pode ter certeza que acaba com você na hora. Tudo isso eu sabia. Mas nunca tinha apertado o gatilho de um fuzil. E aquela Baby Thompson! E apontava para as nuvens e as perseguia pela mira, sem pressa, e perdoava a vida das nuvens enquanto me encantava com a Baby Thompson apertada entre as mãos e contra a cara e erguia a mira, ajustava, continha a respiração, me imaginava apertando o gatilho e lançando balas quentes contra o céu com aquela maravilha e até sentia o cheiro de pólvora no ar, e então, de repente, ocorreu uma explosão, a explosão nos ouvidos, e quando tornei a abrir os olhos me disseram:

— Não ponha a mão aí, não toque nisso, você está com as tripas todas de fora.

Estava num hospitalzinho improvisado, desses de folhas de *guano* que tinham na serra. Me amarraram as mãos no jirau de madeira. Eu não me lembrava nem de meu nome, nem bem pude falar e o primeiro que me ocorreu foi perguntar pela Thompson. Estava com ela dentro do meu corpo. Tinham feito a gente voar aos pedaços com um tremendo morteiro e todos tinham morrido e a Baby Thompson tinha se metido, em pedacinhos, por todo meu corpo. Ainda tenho uns ferrinhos metidos entre os ossos. Imagine se eu teria gostado de ter aquela arma.

No hospitalzinho o único desinfetante era a gasolina dos caminhões. Esse era o cheiro que eu sentia, o cheiro de gasolina, e também o cheiro de coisa podre que me saía das feridas. Olhava para o céu e via os urubus, com suas asas abertas, dando voltas e esperando. Via suas cabeças chatas à espreita e os bicos abertos e tão perto que até pareciam estar piscando um olho para mim dizendo: "Rapaz, como você é gostoso". Eu gritava:

— Desgraçado! Vocês não vão me comer, eu não.

Estava amarrado. Não podia atirar pedras neles, nem ameaçá-los com o punho.

Estendido e amarrado, tinham que me dar comida na boca. Dia e noite eu escutava as detonações e as explosões da guerra e pensava: "Não", pensava:

— Aqui eu não fico.

Nem bem me desamarraram, eu fui embora. Fui com o Conde, que também estava ali porque tinham voado com os dedos de sua mão. Roubamos um revólver e fomos embora.

Chegamos à coluna de Raul. Nos levaram ao estado-maior e aí:

— Olha aí, uns fujões.

Nos mandaram para a retaguarda. Eu só podia manejar revólveres, e com muito cuidado. A mão estava ficando inútil, com os dedos retorcidos que cada vez me doíam mais. Com um braço arrastava o outro braço e com uma perna a outra perna. Um dos olhos já não me servia mais para piscar.

Um dia, me disseram:
— Escuta, fique sabendo que seu sócio caiu.
Quem? Como? Onde? Como estava vestido? Era o Conde, não era o Conde: era. A cara branquinha, seu cavanhaque e as costeletas muito fininhas, parecia um tipo de teatro. Tinham metido um tiro de canhão em seu peito, durante o assalto a um comboio.

Quando chegou a vitória, entrei grogue de sono dentro de um tanque. Cheguei grogue e não vi nada. Aquela gente toda, a alegria, as bandeiras: nada. Fui levado direto para um hospital, para pôr platina nas cadeiras e umas injeções na nuca para mover as pernas. Lá na serra tinham ligado mal minhas tripas, e eu vomitava tudo.

E veio a limpeza de Escambray e lá fui eu. E aconteceu o da Praia Girón, e Fidel ia em um tanque praguejando e gritando maldições. As pessoas marchavam abraçando o tanque, toda a infantaria ali, para cobri-lo, e isso era o contrário do que deveria ser. Eu via essas caras sem uso, todas aquelas crianças que não se sabia se iam para a glória ou para a morte ou para onde, e não me deixavam ir, um oficial me disse:
— Você não está em condições.
— E você, o que está pensando, que eu vim só para olhar?
E disse mais para ele:
— Filho da mãe. Quer a guerra só para você?
E com a perna boa pisava duro nesta terra.
Na confusão toda, me incorporei ao pessoal de Efigênio. Tivemos muitos mortos, porque sempre partíamos para lá das linhas. Esses vermes, dizíamos, era preciso esmagá-los bem, até acabar com eles. Eles atiravam contra nós balas teleguiadas com os Garand, a gente via as centelhas na noite, e nós avançando quatro ou cinco de cada vez e buscando aquelas chaminhas e depois não se sabia quem derrubava quem. As nossas balas eram normais, mas saíam as línguas de fogo das bocas dos fuzis, por isso era preciso pular para o lado em seguida, correndo do tiroteio de resposta. Nem bem dávamos um tiro, e eles já estavam disparando, bang-bang, e eu estendido no chão sem capacete, não sabia o que era lutar com capacete, como é que vou enfiar

um capacete na cabeça, se nem sei como se faz? Os tiros deles eram verdadeiras rajadas, e os nossos eram tiros mesmo, um a um, para não desperdiçar e porque, além disso, não é nada fácil correr depois de dar tiros depressinha, sério mesmo, ainda mais se você estiver atirando há tempo e o fuzil não estiver muito limpo, o coice tremendo que ele tem, bup! bup! bup!, e que quantidade de granadas! As granadas flutuavam nos pântanos, como os mortos e as roupas. Eu me arrumava com a canhota. A mão direita já tinha virado garra. Como agora, que quando deixo cair alguma coisa, digo: esta mão de merda. Ainda que nem sempre seja culpa da mão.

Esta mão já não me acompanha. A última vez que fui ao hospital para que me fizessem uma mão de borracha, os médicos queriam cortá-la aqui pela metade. Uns queriam abrir-me por aqui, outros por este lado. Tomavam minhas medidas e discutiam entre eles o jeito que iam me cortar a mão e eu saí correndo:
– Não sou cobaia, porra!
Enquanto eu tiver uma perna para correr, nenhum médico me agarra. Já me operaram sete vezes, desde que voltei da serra. Não é bastante, para eles?
Sei que não estou bem. Qualquer dia desses caio dormindo e não acordo mais. Eu antes não sofria falta de ar, não me afogava, e agora tem vezes que fico com o pensamento em branco. Assim, como se me faltasse vida. Para a safra, não volto. Comecei a cortar cana e me amarraram. Não me deixam nem distribuir água. Uma vez fugi para colher laranjas e a ferida em minha barriga abriu, esta aqui que parece uma aranha gigante. Me agacho, e sinto a folha de um facão entrando pouco a pouco em mim.
Mas eu tenho medo que os médicos me digam:
– Você fica no hospital.
E eu me veja trancado e saiba que isso é o fim. Não, eu não vou nem ao dentista, eu não. É só ver os aparelhos e os médicos e toda aquela gente com curativos, que sinto arrepios. Eu morro com os pedacinhos da Baby Thompson no corpo, que, quando doem, mais que doer é como se conversassem comigo. E, se houver

outra guerra, eu vou para a briga com meus pedacinhos da Baby Thompson no corpo.

Ruim mesmo, anda a mão. Dói e arde, uma vela metida aqui dentro, e às vezes esfria e o braço termina num bloco de gelo que não é meu. O ar-condicionado ataca muito minha mão. Eu gosto de ver os filmes umas dez vezes, mas no cinema tenho de meter a mão no bolso da calça e apertar com força, para dar-lhe calor e poder aguentar.

A Mariana, essa moça que é de Oriente, eu falei de ir ao cinema, e ela me diz:
– Agora não posso, porque estou trabalhando. Mas olha, amanhã sim.
E então acontece que amanhã quem não pode ir sou eu, porque sou eu quem está trabalhando e não vou chegar para o administrador e dizer:
– Hoje não trabalho porque vou ao cinema.
Imagine só.
– Escuta, mas em que país você acha que está vivendo?
De vez em quando fico louco por causa da Mariana, a vontade de dizer para ela duas ou três coisas do muito que gosto dela, mas chego até onde está e fico mudo.
– Você ia me dizer alguma coisa. Você tinha algo para me dizer.
E eu mudo de assunto.
Sei que tem uns sapos com os olhos vidrados na menina, e eu: eu sou medroso. E, mesmo assim, ela me dá uma atenção especial. Mas eu penso: e se eu falhar? E se ela não quiser nada comigo?
A última vez que me operaram, eu estava mal mesmo. Queria morrer porque a morte era o fim da dor que eu sentia. E fechava os olhos e via Mariana parada aos pés da cama, com as mãos apoiadas na grade de ferro, e ela me dizia: vim, viu só?
– Soube que você estava doente. Não me pergunte como, mas eu soube.
E então ela fechava as mãos contra a grade de ferro e seus dedos ficavam brancos:

— Vim para dizer que te quero.
Eu fechava os olhos e pensava nessa alegria.

Tenho certeza de que, quando disser a ela, ela vai dizer:
— Mas por que você não me falou antes?
Deve ser a falta de coragem. Mas amanhã, eu falo. Falo mesmo. Ou na segunda-feira. Segunda-feira, sem falta, eu falo. E agora mesmo vou passar pelo trabalho dela. Que horas são? Para ver ela. Para fazer uma graça e esperar sua risada.

A paixão

Já não tinham lembranças para dividir, nem piadas para contar nem vontade de cavar túneis ou ficarem invisíveis ou atravessar os muros A cadeia tinha se transformado em costume, e a liberdade consistia, agora, em perambular pelo pátio de baixo durante o tempo permitido, os homens sós ou em pequenos grupos, dando pulinhos contra o frio, sem falar nada, torcendo de vez em quando o pescoço para perseguir as nuvens que, lá em cima, lá longe, também caminhavam. Mas as nuvens caminhavam para onde o vento de inverno as levava.

Uma manhã, o garoto Oscar veio com a notícia. Ele tinha sido agarrado: "É um dos chefes. Alguém o entregou". Do quarto andar brotou, de repente, o estrépido de uma música da moda, *obrigaaado, senhoor, pelas estreelaas,* o rádio chiava, *obrigaaado, senhor, por mais uuum diia,* e todos os presos do pátio de baixo olharam para a janela dessa cela do quarto andar, e *uuumma veez maaaaais, obrigaado senhoor,* e em seguida se olharam uns aos outros, longamente, *tuuudo, tuudo vai melhoor, bem melhoor com cooca-coooola,* o interrogatório havia começado, *atlaaantic serviço nota deeez,* eles sabiam, *sóó esso dáá ao seu carro o mááximo,* e pararam as orelhas para distinguir o uivo de uma voz humana através da salada de avisos e música, mas não, era só um cantor qualquer que gritava: *não queeero nuuuunca maaais amaaar.*

Estavam ali porque não havia lugar. O garoto Oscar estava esperando, como todos os outros, a transferência de uma cadeia a outra. Faltavam ainda onze anos para que saísse, e contava os dias. O garoto Oscar estava preso em lugar de outro, ou pelo menos tinha achado isso no começo, e tinha aprendido, com o tempo, a não protestar. O garoto comentou, erguendo os ombros: "Este é um dos líricos. Não roubam para eles". Disse que o conhecia dos velhos tempos, de antes da fuga, e que era um homem que falava pouco. Imaginava-o, agora, de costas contra o chão gelado, com uma venda sobre os olhos ou um capuz embolorado amarrado ao pescoço, nu, os braços em cruz e as pernas atadas às estacas, surdo à música que os atordoava e surdo às vozes dos homens que apagavam cigarros contra a sua pele.

Mas desta vez, vai cantar, pensou o garoto Oscar. "Não vai aguentar. Todos cantaram. Já não é como antes." O garoto Oscar, abraçado a si mesmo, massageava as costelas para se esquentar e olhava, para não pensar, os malabarismos que Sapato Usado fazia com quatro moedas no ar.

Ao entardecer, no corredor que levava ao banheiro, o garoto Oscar cruzou com o Zorro. O Zorro, antes, tinha vivido bem, injetando chá em garrafas de puro uísque escocês. O Zorro comentou que este era um dos últimos importantes que tinham ficado de fora, e que o movimento estava desfeito: "Nem eles se acreditam mais". O Zorro sabia; ele lia os jornais. Havia coisas que os jornais não publicavam, mas o Zorro tinha experiência: os golpes na nuca como lâminas de navalha e nos rins como balas de canhão e nos ouvidos como um estalo de granadas, as perguntas e os insultos, as investidas contra o fígado: vai cantar ou vai morrer? Sabia que já estavam havia nove horas nesse assunto. "Vinham com a maquininha de choque e era como se arrancassem o meu braço."

Na manhã seguinte, no pátio, o garoto Oscar perguntou, e o Zorro respondeu:

– Até agora, nem o próprio nome.

Sapato Usado os escutava como quem ouve chover. Sapato Usado não falava nunca e os outros achavam que era filho de um palhaço de circo: mantinha suas moedas dançando no ar e isso era tudo que fazia, a única coisa que sabia fazer, brincar com as moedas durante todo o dia e também durante as muitas noites que passava sem dormir. Se alguém contasse para ele o que sua memória se negava a recordar, teria falado do pesadelo de ser uma bola chutada por várias botas e a carne arrancada aos pedaços pelas mordidas da eletricidade no pescoço, nas axilas, no chamado ventre, e então, esse alguém teria dito a ele, você procurou uma gilete para abrir as veias e bebia o próprio mijo e lambia o lodo do chão da cela e quando abriram a porta você olhou para eles e disse: "Estou morto", mas tudo recomeçou, Sapato Usado, novamente. Até que uma noite, esse alguém contaria, você se arrastou até o banheiro e abriu a torneira e em vez de água saíam gritos e levaram você para o hospício.

Jorge Martínez Dias ou Eusébio Sosa ou Julián Echenique (também conhecido como Pouca Roupa), que tinha estrangulado uma bicha velha com uma meia de seda, comentou em voz baixa: "Deve ter desmaiado. Tem que ter desmaiado". Sapato Usado estava junto e sorriu: não entendia nada. E Pouca Roupa, entendia? Pouca Roupa pensava que já tinham sido vinte quatro horas seguidas de tratamento no quarto andar e pensava que aquele cara já deveria ter passado os limites, porque tem de haver um limite, e este cara não pode continuar calado além desse limite, porque, além do limite, pensava Pouca Roupa, o cara diz o que querem que ele diga, fala de pessoas que nem conhece, troca seu pai ou seu irmão por uma trégua.

Durante a segunda noite, depois que desligaram o rádio, os presos de baixo esperaram, em vão, uma voz nova que sacudisse as paredes, entre os gritos roucos de sempre que noite a noite diziam: me bateram, estou sem roupa, morro de frio. filhos da puta, me arrebentaram.
"Se acabou", pensavam. Houve quem imaginou a comunicação oficial, a tentativa de fuga, ou o suicídio por um pulo de mais de quatro metros de altura, mas muito antes da madrugada foram despertados novamente pelo rádio a todo volume, música de dança, *eeera aqueele cheeiro de saudaaaaaade,* ressoando pelo corredor,

quee me traaz você a cada instaaaante, atravessando as paredes, *ca-boooclo*, escorrendo pelos pátios, *êêêêta cafezinho booooooom*, e metendo-se nas celas e nos calabouços, embora não fosse exatamente o barulho do rádio o que tinha aberto os olhos de todos e os manteriam abertos pelo resto da noite.

– E? – se perguntaram, na terceira manhã.
– Dizem que continua mudo.
– Dizem que tirou o capuz e cuspiu na cara deles.
– Dizem que deu risada.

Este homem está louco, pensou o negro Viana. O negro Viana tivera o braço forte e tivera um inimigo: acabara com ele, com uma única punhalada deixara-o pregado na carroceria de madeira de um caminhão: o homem ficara pendurado no caminhão, com os olhos abertos de assombro e um cabo de punhal duro em seu peito e os pés balançando no ar. O negro Viana achava que a política acaba enlouquecendo as pessoas, por melhores que sejam essas pessoas. Tanta confusão por causa da política. O negro Viana pensava que o cara achava que ia morrer: pensava que o cara pensava nos outros, os que tinham soltado a língua, tinham apertado a ponta de um lápis no peito deles, e eles venderam o melhor amigo, me venderam, me entregaram, e então, pensava o negro Viana: Vale a pena? Para quê?

Ao seu lado, olhando para os próprios sapatos, o garoto Oscar comentou:

– Esse cara... não sei não.
– Esquisito, não é?
– Sei lá.
– Estou querendo que ele morra, para que parem de encher o saco.

O rádio continuava: *meeu coraçããããão, não sei porquêêêê, ba-aaate feliiiiz.*

O Zorro estava bem informado.
– Mas não disse nada? Nada?
– A cara dele está o dobro do tamanho.

Todos rodeavam o Zorro, e ele garantia que daquela cela do quarto andar não tinha saído nenhum preso, mas ninguém acre-

ditava nisso. Olhavam para as grades que guardavam aquela janelinha fechada de onde vinha o barulho, o muro cinzento e muito alto escorrido de umidade, e mais acima o céu que ia mudando de cor e ia mudando as sobras de lugar.
– Era um lindo garoto. Parecia bem-nascido.
E se está morto, pensavam, porque continuam batendo nele?

A quarta manhã nasceu nublada. Os presos do pátio de baixo se apertavam uns contra os outros disputando o raio de sol que abria caminho, aparecia e desaparecia, através dos fiapos de nuvens do céu de chumbo.
Então, trouxeram-no. Sem roupas.
Trouxeram-no arrastado e deixaram-no contra a parede. Puseram-no de costas contra a parede e ele escorregou e ficou deitado no chão, com a cabeça contra o ombro: sem ossos, um boneco de trapo, um judas pronto para a malhação de aleluia.
Primeiro, foi o espanto. Olhavam para ele e continuavam, mudos, sem acreditar. Olhavam para ele de uma certa distância, e ninguém se mexia. Ele não era mais que um montinho de pele, todo cor de violeta por causa das manchas e do frio, sem forças nem para tremer.

Finalmente, se mexeu. Apoiando-se nas costas e nos cotovelos, tratou de se erguer e caiu. A cabeça caía de lado, pendurada, balançando como se tivessem arrebentado sua nuca.
Várias vezes quis levantar e várias vezes ficou caído, mas cada vez as costas avançavam um pouco mais da parede acima; cada vez eram mais altas as manchas de sangue que ia deixando.
Ninguém se animava a ajudá-lo porque ninguém pode sentir pena de um cara assim, e uns tinham vontade de abraçá-lo mas não sabiam como se faz para abraçar um cara assim. Havia um músculo secreto dentro daquele cara: o músculo secreto tinha despertado e se contraía e se esticava lutando a um ritmo furioso e erguendo-o contra a morte, contra a puta morte: os poros tinham-se aberto como bocas, e a transpiração vinha aos borbotões, e era assustador que a transpiração pudesse mais que o ar gelado de uma manhã

de inverno dura como esta, e era assustador que ainda lhe restasse suco para largar.

Antes do meio-dia, ficou em pé. Ficou lá, contra a parede, com as pernas abertas e o queixo caído contra o peito.

Foi levantando, pouco a pouco, a cara. Pôde entreabrir, aos poucos, os olhos inchados, enquanto apertava os dentes num trejeito de dor. Não balançava mais. Os minutos se esticavam como elásticos.

Percorreu com os olhos a fila de presos que olhavam para ele sem pestanejar, cada um colado à sua própria sombra. Olhou para eles que o olhavam, calados e distantes, a cara torcida e a cor do sangue seco. Todos olhavam sua cara, como esperando alguma coisa. Quis falar e o coração deu um salto e atravessou-lhe a garganta. Mas finalmente pôde gritar: "Companheiros!", com uma voz quebrada, e caiu.

Algumas noites depois, no hospital militar, uma moça aproximou-se da última cama, onde ele estava. Não havia nenhum enfermeiro na sala, e os guardas estavam adormecidos na porta, com os fuzis sobre os joelhos.

A moça, inclinada, sussurrava perguntas em seu ouvido. Ele respondia com os olhos, pequenas fendas abertas entre os bolos inchados do rosto, e todas as imagens de tudo que havia ocorrido se sucediam nos olhos dele e a moça ia vendo elas passarem, como num filme. Os olhos eram tudo de vivo que sobrava nele.

OUTROS CONTOS

A garota com o corte no queixo

1

O temporal a trouxe.

Veio do norte, atravessando o vento, no carro do velho Matías. Eu a vi chegar, e minhas pernas afrouxaram. Estava com uma tiara vermelha e os cabelos revoltos por causa das rajadas do vento arenoso.

O tempo andava nos maltratando. Uma semana antes vimos que a tormenta estava chegando, porque o sul estava escuro e as franjas das nuvens corriam no céu como brancas caudas de éguas, e no mar os golfinhos saltavam como loucos: a tormenta veio, e ficou.

Era novembro. As fêmeas dos tubarões chegavam para parir na costa: esfregavam o ventre contra a areia do fundo do mar.

Nestes dias, quando a tormenta dava uma trégua, os cavalos percherões levavam as lanchas para além da rebentação e os pescadores se lançavam mar adentro. Mas o mar estava muito agitado. Os molinetes giravam e as redes subiam numa confusão de algas e porcarias e com uns poucos tubarões mortos ou moribundos. Perdia-se tempo desenredando e cerzindo os tremalhos. De repente o vento mudava, acometia brutalmente pelo leste ou pelo sul, o céu se carbonizava, as ondas varriam o barco: havia que virar a proa em direção à costa.

Três dias antes de ela chegar, um barco tinha virado, traído pela ventania súbita. A maré tinha levado um pescador. E não o tinha devolvido.

Estávamos falando deste homem, o Calabrês, e eu estava de costas, inclinado contra o balcão. Então me virei, como se tivessem me chamado, e a vi.

2

Esta noite contemplamos juntos, encostados na janela aberta de minha casa, o brilho dos relâmpagos iluminando os ranchos do povoado. Esperamos juntos os trovões, a rebentação da chuva.

– Você sabe cozinhar?

– Faço alguma coisa, sim. Batatas, peixe...

Debruçado à janela, sozinho, eu passava as noites acariciando a garrafa de gim e esperando que viessem o sono ou os doentes. Meu consultório, com piso de terra e lâmpada à querosene, consistia em uma cama turca e um estetoscópio, um par de seringas, bandagens, agulhas, fio de cerzir e as amostras grátis dos remédios que Carrizo me mandava, de vez em quando, de Buenos Aires. Com isso, mais os dois anos de faculdade, eu dava um jeito de costurar homens e lutar contra as febres. Em minhas noites de tédio, sem querer, desejava alguma desgraça para não me sentir inteiramente inútil.

Rádio eu não escutava, porque ali na costa corria o risco ou a tentação de topar com alguma emissora de meu país.

– Não vi nenhuma mulher neste povoado. Desistiu disso também?

Eu dormia sozinho em minha cama de faquir. Os elásticos do colchão tinham atravessado a malha e as pontas das molas de arame assomavam perigosamente. Tinha que dormir todo encolhido para não me machucar.

– Sim – respondi, me fazendo de engraçadinho. – Para mim acabou a clandestinidade. Já não tenho encontros clandestinos nem com mulheres casadas.

Calamo-nos.

Fumei um cigarro, dois.

Afinal, perguntei a ela para que tinha vindo. Me disse que precisava de um passaporte.

– Ainda os faz?

– Pensando em voltar?

Disse-lhe que, estando as coisas como estavam, isso era pura estupidez. Que não existia o heroísmo inútil. Que...

– Isso é assunto meu – disse-me. – Perguntei se ainda os faz.

– Se for preciso.

– Quanto tempo leva?

– Para os outros – disse-lhe – um dia. Para você, uma semana.

Ela riu.

Nesta noite cozinhei com vontade pela primeira vez. Fiz para Flavia uma corvina na brasa. Ela preparou um molho com o pouco que havia.

Lá fora chovia a cântaros.

3

Tínhamos nos conhecido na época do estado de sítio. Precisávamos caminhar abraçados e nos beijar quando qualquer pessoa de uniforme se aproximava. Os primeiros beijos foram por razões de segurança. Os seguintes, pela vontade que tínhamos um do outro.

Naquele tempo, as ruas da cidade estavam vazias.

Os torturados e os moribundos diziam seus nomes uns aos outros e roçavam-se com as pontas dos dedos.

Flavia e eu nos encontrávamos em lugares diferentes a cada vez, tomados de horror com os minutos de atraso.

Abraçados, escutávamos as sirenes das patrulhas e os sons da passagem da noite ao amanhecer. Não dormíamos nunca. De fora chegavam o canto do galo, a voz do leiteiro, o barulho das latas de lixo, e então tomar o café da manhã juntos era muito importante.

Nunca nos dissemos a palavra *amor*. Isso se insinuava de contrabando quando dizíamos: "Está chovendo", ou quando dizíamos: "Me sinto bem", mas eu teria sido capaz de romper-lhe a memória a balaços para que ela não lembrasse nada de nenhum outro homem.

– Um dia, talvez – dizíamos –, quando as coisas mudarem.

– Vamos ter uma casa.

– Seria lindo.

Por algumas noites pudemos pensar, aturdidos, que se lutava para isso. Que as pessoas se empenhavam para que isso fosse possível.

Mas era uma trégua. Logo soubemos, ela e eu, que antes disso iríamos nos esquecer ou morrer.

4

O céu amanheceu límpido e azul.

Ao entardecer vimos, ao longe, pontinhos que cresciam, os barcos dos pescadores. Voltavam com os porões repletos de tubarões.

Eu conhecia essa agonia horrível. Os tubarões, estrangulados pelas brânquias, revolviam-se contra as redes e lançavam mordidas cegas antes de caírem empilhados.

5

– Aqui ninguém vai te encontrar. Fica. Até que as coisas mudem.
– As coisas mudam sozinhas?
– O que você vai fazer? A revolução?
– Sou uma formiguinha. As formiguinhas não fazem coisas tão grandiosas como a revolução ou a guerra. Apenas levamos folhinhas ou mensagens. Ajudamos um pouco.
– Folhinhas, pode ser. Algumas plantas sobraram.
– E algumas pessoas.
– Sim. Os velhos, os milicos, os presos e os loucos.
– Não é bem assim.
– Você não quer que seja bem assim.
– Estive muito tempo fora. Longe. E agora... agora estou quase de volta. Pertinho, bem em frente. Quer saber o que sinto? Aquilo que os bebês sentem quando olham para o dedão do pé e descobrem o mundo.
– A realidade não se importa nem um pouquinho com o que você sente.
– E por isso vamos ficar chorando pelos cantos?
– Seis vezes sete dão quarenta e dois, e não noventa e quatro, e já está furiosa: "Quem foi o filho da puta que andou mudando os números?".
– Mas... me conta como é que se derruba uma ditadura? Com flechinhas de papel?
– Não sei como.
– Se derruba daqui? Por controle remoto?
– Ah, sim. A heroína solitária procura a morte. Não, não é machismo pequeno-burguês, é femismo.
– E você? Pior, é egoísmo.
– Ou covardia. Diz logo.
– Não, não.
– Me chama de irresponsável. Me chama de desertor.
– Você não entende, *flaco*.
– Você é que não entende.
– Por que reage assim?

– E você?
– Já sei que não precisa provar nada. Não seja bobo.
– E, no entanto, você me disse que...
  – Você também me disse. Vamos começar de novo? Tá. Eu agi mal.
– Me desculpa.
– Seria uma estupidez brigarmos nestes poucos dias em que...
– Sim. Nestes poucos dias.
– *Flaco.*
– O que?
– Sabe de uma coisa, *flaco*? Estamos todos sem pai nem mãe.
– Sim.
– Todos. Sem pai nem mãe.
– Sim. Mas eu gosto de ti.

6

Íamos visitar o Capitão.

Em terra, o Capitão estava sempre como que de passagem. Sua verdadeira residência era o mar, na embarcação *Forajida*, que se perdia longe do horizonte nos dias bons.

Tinha erguido uns toldos entre os carvalhos, para os dias ruins, e ali ficava tomando mate, à sombra, rodeado por seus cães magros e pelas galinhas e porcos criados como Deus manda.

O Capitão tinha músculos até nas sobrancelhas.

Nunca havia escutado uma previsão do tempo nem consultado uma carta de navegação, mas conhecia aquele mar como ninguém.

Às vezes, ao entardecer, eu ia até a praia para vê-lo chegar. Via-o de pé à proa, com as pernas abertas e os braços na cintura, aproximando-se da costa, e adivinhava-lhe a voz dando ordens ao timoneiro. O Capitão vinha chegando, à beira da onda brava; ele a montava quando queria, cavalgava-a, domava-a, fazia-se levar suavemente até a costa.

O Capitão fazia o que sabia, e o fazia bem, e amava o que fazia e o que havia feito. Eu gostava de escutá-lo.

Se o norte foi perdido, pelo sul anda escondido. O Capitão me ensinou a pressentir as mudanças de vento. Também me ensinou por que os tubarões, que não têm marcha a ré nem outro olfato que não seja o do sangue, enredam-se nos tremalhos, e como as corvinas negras comem mexilhões no fundo do mar, de barriga para baixo, cuspindo as cascas, e como as baleias fazem amor nos mares gelados do sul e assomam à superfície com as caudas enroscadas.

Tinha percorrido muito mundo, o Capitão. Escutá-lo era como empreender uma longa viagem ao revés, saindo do destino ao porto de partida, e pelo caminho aparecia o mistério e a loucura e a alegria do mar e de vez em quando, raramente, também a dor muda. As histórias mais antigas eram as mais divertidas e eu imaginava que, quando jovem, antes das feridas de que pouco falava, o Capitão tinha conseguido ser feliz até mesmo nos velórios.

Enquanto conversávamos, chegavam aos toldos do Capitão o rumor de uma serra infinita e os mugidos das vacas no tambo, e também as marteladas do sapateiro amaciando couros sobre a chapa de ferro que segurava entre os joelhos.

Me falava da minha cidade, que conhecia bem. Ou melhor, conhecia o porto, e a baía, mas sobretudo as ruelas da baixada e os bares. Me perguntava por certos cafés e arcadas e eu lhe dizia que tinham desaparecido e ele se calava e cuspia fumo.

– Não acredito nestes tempos de agora – dizia o Capitão.

Uma vez me disse:

– Quando as paredes duram menos que os homens, as coisas não andam bem. Em teu país as coisas não andam bem.

Também falava do passado daquele povoado de pescadores, que tinha conhecido sua época de glória quando o fígado do tubarão valia seu peso em ouro e os marinheiros passavam as noites de temporal com uma puta francesa em cima de cada perna, mais algum anão abanando e os violeiros cantando coplas de amor.

Desde o início, olhou para Flavia com desconfiança.

Franziu o cenho e lhe falou baixinho, para que eu não ouvisse.

– Quando este homem chegou aqui – mentiu, apontando para mim – ele mesmo matou o cavalo que o trouxe. Matou o bicho com um tiro.

7

Em plena noite fomos despertados pelas batidas e pelos gritos. Por pouco não me derrubam a porta.

Saímos voando, Flavia e eu, até a casa do manco Justino. Levei o que pude.

Anos atrás, um tubarão-tigre havia arrancado o braço de Justino. O tubarão tinha se virado enquanto ele o estava desenredando. Eu conhecia pouco a Justino, mas isso todo mundo sabia.

No rancho, a lâmpada à querosene cambaleava.

A mulher do manco urrava com as pernas abertas. Tinha as coxas inchadas e de cor violeta.

Na pele esticada se via uma selva de pequenas veias.

Pedi a Flavia que fervesse água numa panela. Mandei o manco – que andava muito nervoso e aos tropeços – esperar lá fora.

Um cachorro veio se esconder embaixo da cama e tirei-o de lá aos pontapés.

Me lancei com tudo ao ventre da mulher. Ela urrava como um animal, urrava e xingava, não aguento mais, dói muito, caralho, vou morrer, fervendo de suor, e a cabecinha já aparecia entre as pernas mas não saía, não saía nunca, e eu fazia força com o corpo inteiro e nisso a mulher acertou um golpe numa viga de madeira que quase botou a casa abaixo, e lançou um grito longo e agudo.

Flavia estava a meu lado.

Fiquei paralisado. A bebezinha tinha saído com duas voltas do cordão enroscadas no pescoço. Tinha a cara roxa, era puro inchaço, sem traços definidos, e estava toda oleosa e envolta em merda verde e sangue e trazia a dor no rosto. Não dava para ver sua fisionomia mas sim a dor em seu rosto, e acho que pensei: "Pobrezinha", pensei: "Já, tão cedo".

Eu tremia da cabeça aos pés. Quis segurá-la. As mãos me faltaram. Ela escorregou.

Foi Flavia quem desenroscou o cordão. Atinei, não sei como, a fazer um par de nós bem fortes, com uma cordinha qualquer, e com uma lâmina cortei o cordão de uma vez só.

E esperei.

Flavia a mantinha no ar, agarrada pelos tornozelos.
Dei uma palmadinha em suas costas.
Passavam os segundos.
Nada.
E esperamos.
Acho que o manco estava na porta, de joelhos, rezando. A mulher gemia, se queixava com um fio de voz. Estava longe. Esperávamos, e a menininha de cabeça para baixo, e nada.
Bati em suas costas outra vez.
Aquele cheiro imundo e adocicado estava me deixando enjoado.
Então, de repente, Flavia abraçou a cabeça da criança e a levou à boca e a beijou violentamente. Aspirou e cuspiu e de novo aspirou e cuspiu crostas e muco e baba branca. E por fim a menininha chorou. Tinha nascido. Estava viva.
Flavia a passou para mim e eu a banhei. As pessoas entraram. Flavia e eu saímos.
Estávamos exaustos e atordoados. Fomos nos sentar na areia, junto ao mar, e sem dizer nada nos perguntávamos: "Como foi?", "como foi?".
E confessei:
– Nunca tinha feito isso. Não sabia como era. Para mim foi a primeira vez.
E ela disse:
– Para mim também.
Apoiou a cabeça contra meu peito. Senti a pressão de seus dedos afundando-se em minhas costas. Adivinhei que tinha lágrimas presas entre as pestanas.
Pouco tempo depois, perguntou, ou se perguntou:
– Como será ter um filho? Um filho da gente mesmo.
E disse:
– Eu nunca vou ter.
E depois veio um marinheiro, de parte do manco, perguntar a Flavia qual era o seu nome. Precisavam o nome para o batismo.
– Mariana – disse Flavia.
Me surpreendi. Não disse nada.

O marinheiro nos deixou uma garrafa de grapa. Bebi do bico. Flavia também.

– Sempre quis me chamar assim – ela disse.

E me lembrei que esse era o nome que aparecia no passaporte que eu estava fazendo – lento, lento – para que ela pudesse partir.

8

Submergi as fotos em chá, para envelhecê-las. Apaguei letra por letra com uns ácidos franceses que tinha guardado. Passei fluido para isqueiro sobre a impressão digital e depois uma borracha macia e uma borracha para tinta. Alisei as folhas com ferro morno. O passaporte ficou nu. Eu o fui vestindo, aos poucos. Copiei selos e assinaturas. Depois esfreguei as folhas com as unhas.

9

O fim do ano estava chegando. Flavia estava ali há um mês. A lua nasceu com os cornos virados para cima.

Longe, nem tão longe, alguém praguejava, alguém se quebrava, alguém ficava louco de solidão ou de fome. Bastava apertar um botão: a máquina zumbia, crepitava, abria as mandíbulas de aço. Um homem conseguia ver seu filho preso depois de muito tempo, através de uma grade, e só conseguia reconhecê-lo por causa dos sapatos marrons que lhe tinha dado de presente.

– Diga a esses cães que se calem.

Flavia se sentia culpada de comer comida quente duas vezes por dia e por ter abrigo no inverno, e liberdade, e me disse:

– Diga a esses cães que se calem. Se eles se calarem, eu fico.

10

Dormimos tarde e acordei sozinho.
Me servi de gim. Minhas mãos tremiam.
Apertei o copo. Com força. Quebrei-o. Minha mão sangrou.

11

Mais ou menos um mês depois Carrizo chegou. Custou a me contar. Não quis saber detalhes. Não quis guardar dela a memória de uma morte repugnante. Assim, me neguei a saber se a tinham asfixiado com um saco plástico ou numa piscina de água e merda ou se tinham arrebentado seu fígado aos pontapés.

Pensei no pouco que tinha durado para ela a alegria de se chamar Mariana.

12

Decidi ir embora com Carrizo, ao amanhecer.

O velho Matías, que era um guia, preparou os cavalos para nós. Nos acompanharia.

Me esperaram do outro lado do arroio. Fui me despedir do Capitão.

– Não vai me deixar lhe dar um abraço?

O Capitão estava de costas. Ouviu minhas explicações. Abriu a janela, investigou o céu, farejou a brisa. Era um bom dia para navegar.

Esquentou água para o mate, calmamente. Não dizia nada e continuava de costas para mim. Tossi.

– Anda – me disse, por fim, com a voz rouca. – Anda de uma vez.

– Vamos queimar a sua casa – me disse – e tudo que for seu.

Montei e fiquei esperando, sem me decidir.

Então ele saiu e deu com o rebenque nas ancas do cavalo.

13

Andávamos a trote largo e pensei nesse corpo terno e violento. Vai me perseguir até o final, pensei. Quando abrir a porta vou querer encontrar alguma mensagem dela, e quando me atirar para dormir em algum chão ou cama vou escutar e contar os passos na escada, um por um, ou o ranger do elevador, andar por andar, não por medo dos milicos mas sim pela vontade louca de que esteja viva e volte. Vou confundi-la com outras. Vou procurar seu nome, sua voz, sua cara. Vou sentir seu cheiro em plena rua. Vou me embebedar e não vai me servir de nada, pensei, e soube, a não ser que seja com a saliva ou as lágrimas dessa mulher.

Cinzas

1

Era meio-dia, mas rapidamente foi-se fazendo noite. O temporal de Santa Rosa estava prestes a desabar, com hora marcada. Alvoroçadas nos telhados, as cigarras anunciavam chuva. Talvez impedido por essa súbita escuridão, Alonso não o viu chegar, ou então porque ele amarrou seu barco no ancoradouro quando Alonso estava de costas, trabalhando no forno de pão. Também não o ouviu, pois ele havia chegado em silêncio, deslizando pelo rio. Remava lentamente, em pé no barco, com dignidade de cavalheiro.

Alonso estava tirando as brasas do forno com uma pá, jogando-as no carrinho de mão. Teresa tinha preparado os pães com o bom fermento e as tortas, recheadas de torresmo. Os músculos das grandes costas de Alonso contraíam-se a cada movimento que ele fazia com a pá. O esplendor das brasas lambia a sua pele e sua transpiração se iluminava, brilhando como pequenas gotas avermelhadas. Teresa sentiu um forte desejo de tocar suas costas. Aproximou-se e estendeu a mão. Nesse momento Alonso se virou:

– É preciso abrir o respiradouro do forno – disse.

Caminhou alguns passos. Quase esbarrou no forasteiro. Era mais alto que ele, o que já era descomunal, e usava uma grande capa negra que lhe caía dos ombros. O forasteiro saudou-o com um leve toque de dedos na aba do seu grande chapéu, enterrado até os olhos. Pediu um copo de vinho e bebeu, gole a gole, com o cotovelo apoiado no balcão de metal.

Teresa foi até o rio molhar uns sacos de estopa, e Alonso terminou de tirar as brasas do forno. O forasteiro não disse nada e foi embora.

Teresa e Alonso ficaram olhando sua majestosa figura de falcão, até se perder de vista na negra bruma do rio. Colocaram os

pães e as tortas no forno. Alonso fechou a porta de ferro e cobriu-a com os grossos panos molhados. Então, sentou-se para fumar um cigarro. Ao seu lado, Teresa descascava batatas e as colocava num tacho.
— Eu vi o que ele trazia — disse Teresa, sem se mover.
— Trazia onde?
— No barco. Aproximei-me e vi. Não aguentava mais de curiosidade.
— Hum!
Alonso se levantou, abriu e fechou a porta do forno: os pães tinham crescido rapidamente e estavam assando bem.
— Ataúdes. Era o que trazia — disse Teresa. — Dois.
— Podiam ser latas de gasolina ou algo assim — disse Alonso.
— Não. Eram caixões de defunto. Eu vi bem.
— Estavam escondidos?
— Não, estavam à vista.
— Vazios?
— Não sei.
— Estavam.
— O quê?
— Vazios. Ainda estavam vazios.
— Quem sabe.
— Veio para matar — disse então Alonso, que tinha visto a ponta de um fuzil sob a capa.
— Quem será que ele vai matar?
Alonso deu de ombros, mas ele sabia.
— Ele vai esperar que comam e depois façam a sesta — disse.

2

O Lobo dormia mal. Respirava com dificuldades. Seus ossos e seus dentes doíam. Passava os dias deitado. Poderia caminhar e salvar-se, mas não queria; nenhuma voz tinha força suficiente para tirá-lo daquele estado. Às vezes, na gelada escuridão antes do amanhecer, fixava os olhos no teto, fumando, e viajava. Isso lhe trazia algum alívio, mas não ocorria com frequência. Despertando ao seu lado a Galega quase sempre o encontrava com os dentes apertados pelas secretas dores da memória ou do corpo.

Lobo tinha a cara escondida pela barba. Não fazia a barba porque sentia impulsos de quebrar o espelho a socos. Quanto tempo fazia que não ia pescar peixe-rei? As iscas apodreciam nas linhas. Quando tomaria a decisão de calafetar o bote? Se tomasse o sol do verão, no estado em que se encontrava a madeira, o bote não chegaria ao outono.

Naquela madrugada o Lobo ouviu um galo cantar: nenhum outro respondeu. Levantou-se, nervoso, para esquentar café e no chão da cozinha viu sua sombra sem cabeça.

Quando em pleno dia o céu escureceu, a Galega viu a tormenta aproximar-se. Antes, nos dias chuvosos, o Lobo assobiava. Somente nos dias de chuva sabia assobiar. Mas agora não assobiava nunca.

A Galega esquentou o guisado do jantar da noite anterior e serviu somente um copo de vinho. Os dois tomaram do mesmo copo e, no entanto, o Lobo não adivinhou o segredo dela. Ela tinha dito: "Tenho um segredo". Ele resmungou qualquer coisa, pediu mais vinho, não olhou e nem falou mais nada; depois foi caminhando até o ancoradouro. A Galega apertou as mãos, cravando-se as unhas, e sufocou a vontade de chorar. Queria que ele percebesse por si só, sem ter que dizer nada. A criançada da ilha andava ao seu redor, seguindo-a como galinhas, excitados, e isso era muito mais seguro que a menstruação que não vinha fazia dois meses. A Galega pensava que aquele era o melhor dia para que ele percebesse, porque há dez anos atrás, naquele mesmo dia, ela tinha ouvido sua voz pela primeira vez.

3

A Galega cozinhava num casarão cheio de coisas que valiam muito dinheiro. Era uma cozinheira de mão cheia e, por isso, lhe pagavam bem e não a obrigavam a levantar-se cedo. Ela punha o despertador para as sete horas, mas somente para ter o gostinho de continuar dormindo, quentinha debaixo das cobertas.

Como de costume, uma manhã se levantou para ir ao banheiro e topou com um cara mascarado que lhe encostou uma pistola no peito.

– O que é isso, homem? – disse, assim que pôde engolir saliva.
– Desvia isso daí.

Discutiram.

– Espera um momento – dizia ela. – Eu não aguento mais. Foi por isso que levantei e não aguento mais. Espere um momento. Não estou aguentando, homem!

O homem disse que tinha que consultar o chefe. O chefe era mais alto e mais forte. Também tinha uma meia enfiada na cabeça. Ele disse que podia ir, mas com a porta aberta. Ela viu suas mãos, os dedos pálidos e ossudos segurando a arma e essa foi a primeira vez que ela recebeu, através dos dois buracos na meia, o fogo dos olhos dele. Quando entrou no banheiro já tinha perdido a vontade e ficou furiosa.

Depois, a amarraram e a jogaram no chão do quarto onde estavam os outros. Não havia jeito de fazê-la ficar calada.

Gritava:

– Levem tudo, malandros! Limpem tudo! E não esqueçam de passar a flanela!

Tiveram de amordaçá-la.

– Querem café? Servirei com cianureto!

Passaram-se os dias. Uma manhã, quando saiu para fazer compras, ela o encontrou encostado em um muro, numa esquina, fumando. Reconheceu-o pelas mãos, pelo fogo dos olhos e pela voz rouca que a convidou para um encontro no domingo à noite, em um café do centro. Ela o olhou, querendo odiá-lo e querendo dizer-lhe:

– Espere, que irei com a polícia.

Naquele domingo, fechou-se no seu quarto e não foi. A partir de então esteve lutando, dias e noites, contra a vontade de ir e encontrá-lo de novo.

O domingo da semana seguinte amanheceu ensolarado. A Galega saiu para caminhar. Andou pelos parques e quando anoiteceu suas pernas a levaram ao café só pela curiosidade de saber

como era. Sentou-se e pediu um café grande. Pôs açúcar. Estava mexendo com a colherinha quando o viu em pé, à sua frente.
— Você demorou, hein? — disse ele.
Parecia que seus dentes estavam ficando moles.
— Acaba logo com isso — disse ele.
— Está quente — balbuciou ela.
Da primeira noite ela iria recordar, para sempre, o barulho dos sapatos caindo e a medalha de Santa Rita que no dia seguinte não estava mais em seu pescoço.
E ele disse a ela: "Ao seu lado, me sinto mais feliz que pobre quando tira a sorte grande", e ela era um carrapicho grudado para sempre no colo dele, e não havia nada que não fosse aplaudido, nada que não fosse perdoado.

4

Sentou-se junto ao Lobo. Suas pernas ficaram balançando no ancoradouro. A única coisa que nele se movia era o cigarro apagado, que ia de um canto para outro da boca. Tinha se levantado da mesa depois de ter provado uns bocados. Quanto tempo fazia que ele tinha perdido o prazer de desfrutar de uma refeição? Quanto tempo fazia que ela já não sentia vontade de preparar para ele frango à calabresa ou raviólis caseiros? Quanto tempo fazia que a vida perigosa e o dinheiro tinham terminado?
— Veja esta noite tão estranha — disse a Galega.
Colou-se a ele e agarrou em seu braço.
— Cheiro coisa feia, homem. Vem coisa ruim. Vamos embora daqui. O que estamos esperando?
O Lobo não respondeu. Então ela perguntou pelo Colt. Tinha revirado a casa e não tinha encontrado o revólver. Ele, com um puxão, se desvencilhou do seu braço.
— Já sei. Você o vendeu — disse a Galega.
Ele se levantou. Ela se pôs na sua frente.
— Você vai me contar — disse ela.
Ele a empurrou para o lado, e ela o perseguiu, aos tropeções, segurando-o pela camisa e golpeando-lhe o peito.

– Você está doente, Lobo. Está louco. O que estamos esperando? Que venham matar-nos? Eu já não posso viver assim. Porque eu, agora, eu... Quero que você saiba que...

Lobo cuspiu o cigarro e disse:

– Reze. Se quiser, ou lembrar.

Ela deu um passo para trás e seus olhos brilharam:

– Você já não tem grandeza nenhuma, nem para se gabar, Lobo.

Com a mão aberta, ele deu um tapa no rosto dela.

5

O riacho carregava uma água barrenta em direção ao rio aberto. A maré estava subindo.

O matador, escondido atrás dos juncos, estava com o dedo no gatilho do fuzil. Tinha amarrado seu barco na entrada de um canal e se aproximou, rodeando a ilha pelo lado de trás. Estava perto dos acossados. De onde estava, apesar de estar escuro e dos salgueiros, dava para ver bem os dois. Sempre pensara que matá-los de longe não teria graça. "Meu corpo é do tamanho do caixão desse homem", tinha pensado sempre, "e o corpo dele tem o tamanho do meu". Também sempre soube que era preciso matar a Galega, para que o Lobo morresse de verdade. Uma ou outra vez nas perseguições que o levaram a cidades e praias distantes, pensou que não seria má ideia amarrá-los cara a cara, levá-los para o barco e jogá-los no mar, para que tivessem o tempo suficiente de, atados um ao outro, odiarem-se até o fundo da alma antes que a sede queimasse suas gargantas. Mas decidiu-se pelas balas. Ia precisar de muita bala para acabar com as sete vidas que eles tinham.

Agora estava à mão. Era fácil.

Levantou o fuzil e o apoiou ao longo do rosto.

Então, ouviu a discussão.

Viu o Lobo dar o tapa e a Galega cair no chão. Viu quando o Lobo caiu de joelhos. O Lobo apertou a cabeça entre as mãos. O matador pensou ouvi-lo gemer. O Lobo passou a mão no rosto da Galega, pegou água do rio e molhou seu rosto. A Galega não reagia.

Mas o matador não matou. Passou anos perseguindo-os, mas não os matou. Talvez porque, junto com o momento da morte, chegou a revelação de que o castigo não está na morte, mas no mal que sua sombra faz; talvez porque tenha percebido que acossar era o que dava sentido a seus próprios dias de perseguidor.

Abaixou o fuzil.

6

Alonso cruzou com o barco que voltava. Na escuridão, ainda conseguiu ver os ataúdes. O forasteiro remava em pé, como na viagem de ida, sem pressa. Alonso deteve seu bote e esperou com os remos no ar. O forasteiro não voltou a cabeça.

"Não há nada que fazer", pensou Alonso. Mas seguiu viagem rio acima. Não demorou a ver a ilha aparecendo como um castelo de árvores na neblina negra: havia alguma coisa nela, uma luminosidade fantasmagórica, que gelava o sangue.

Alonso não escutou quando a Galega disse ao Lobo:
– Não voltarei. Não estou esquecendo nada aqui.

A Galega estava em pé no ancoradouro, com a mala ao lado, esperando. Sozinha.

– Está vivo? – perguntou Alonso.
– Sim – disse a Galega.

Alonso viu seu rosto machucado mas não perguntou nada mais. Colocou a mala no bote, e ela se sentou, de frente para a proa.

Os ventos raivosos do Sul

1

Quando a alegria de Rafa terminou, todo o povoado se deu conta. O sapateiro deixou de cantar. Na cantina não se ouvia nada além de murmúrios e zumbidos de moscas. Dizem que as gaivotas perderam a vontade de voar e que as vacas davam leite azedo e que até os cavalos andavam de cabeça baixa. Matías, o carroceiro, exagerava nas chicotadas, e o comissário disparava tiros para o ar perturbando a ordem pública imprescindível à hora da sesta. As redes dos pescadores voltavam vazias ao convés, como se alguma onda traiçoeira tivesse lhes arrancado a sorte. Para todos aqueles homens da costa sul, acossados pelas febres e pelos bichos assassinos e pelos sonhos maus, a alegria de Rafa era algo que fazia falta.

Rafa usava uma camisa de losangos negros e brancos. Gostava de subir até o mastro mais alto, dizem, e ficar sentado com as pernas cruzadas na cruzeta. Lá em cima recebia no rosto o vento salgado, sacudia as pernas, abria bem a boca para esperar o jorro de vinho do odre de couro: o vinho escorria pelo queixo, fazia cócegas em seu pescoço. Comia os peixes quase vivos, com um pouquinho de limão. Saudava os albatrozes que perseguiam o barco fazendo-lhes reverências de arlequim, varrendo o convés com a boina. Suas jornadas a bordo esvaíam-se em tragos e bocados, coplas e piruetas; trabalhar não trabalhava muito, mas ninguém se importava com isso.

Rafa gostava de tudo, e sobretudo gostava de desatar o riso nos outros. Sabia que cada um tem um riso preso em alguma parte do corpo. Penso que poderia ter sido um desses cômicos saltimbancos ou um violeiro e cantador se tivesse um ofício e um destino de terra firme. Quer dizer: se tivesse nascido de um repolho e não do ventre da mulher do Capitão.

Assim era Rafa, o marinheiro, ou assim dizem que foi, até que sua alegria se acabou.

2

Rafa tinha sido criado junto com Luciano. Mas Luciano não era filho do Capitão. O Capitão o tinha encontrado adormecido no porão do barco, nos tempos em que corria os sete mares num pesqueiro grande e Luciano era pequenino e vagabundo e não se chamava Luciano mas sim Mostarda. Onde comem sete comem oito, pensou o Capitão, que sempre contava o cachorro e os dois porcos como sendo de casa, e quando o barco chegou ao sul

Luciano já tinha ganhado um teto. Até então havia dormido nos mercados ou nos quiosques vazios ou embaixo das arquibancadas dos estádios. Andava abandonado, batendo perna pelas ruas da Cidade Grande, e se chamava Mostarda porque era metade loiro e metade negro. Ele não era de lá. Tinham-no jogado do outro lado do rio, mas ele não era de lá. Desde que aprendeu a caminhar, Mostarda soube se virar: comia quando dava, ia levando. Não sabia assinar o nome mas sabia fumar, e nunca lhe faltou dinheiro para o cigarro: pedia para o leite dos irmãozinhos e sempre havia alguém que caía no seu conto. Uma noite suas pernas o levaram até os molhes. Escolheu o barco pela cor. Deslizou para dentro dele, e ninguém o viu.

Luciano não chamava o Capitão de papai. Chamava-o de Capitão. Nunca esqueceu quem era o seu pai. Tinham estado muito juntos, sempre, ele e o pai, e estavam juntos quando abriram o fígado de seu pai com uma punhalada. Anos depois, Luciano chegou a dizer que seu pai tinha morrido de um ataque do fígado, o que de certo modo era verdade, ainda que ele nunca falasse sobre o pai nem sobre nada mais. Em algumas noites batia a cabeça contra a parede, desesperado pela necessidade de dormir, e fugia e se perdia no mato. Somente Rafa era capaz de encontrá-lo. Rafa era o único que conhecia os lugares e as palavras.

Não tinham nascido irmãos, mas se tornaram irmãos. Foram piratas, enterraram tesouros nas ilhas, perseguiram a baleia branca em alto mar. No mato caçaram jiboias e elefantes, lagartixas e mariposas; viajaram em lombo de crocodilo, acenderam fogueiras na beira do arroio, fumaram o cachimbo da paz com os índios. Tiveram máscaras e espadas, cavalos de verdade. Dividiram esconderijos e senhas; e uma tarde, embaixo da árvore solitária que erguia sua copa rubra no centro do bosque, cada um deles abriu um talho na palma da mão direita e assim misturaram seus sangues.

E cresceram. Já moços se tornaram pescadores, incorporaram-se à tripulação do Capitão. Um era bom em falar e cantar e jogar; o outro em encarar o trabalho e lutar e calar.

3
No fim do verão, a garota chegou ao povoado. Tinha ido para ensinar o que fosse possível naquela escolinha tomada pela umidade e coberta de mato.

4
Os três saíam a passear. Rafa a divertia com piadas e demonstrações de saltimbanco. Luciano galopava de pé sobre os potros ou se deixava tragar pelas ondas nos dias de maré brava. A Rafa a garota devolvia risadas enamoradas, mas quando seu olhar se encontrava com o de Luciano ela sentia ser uma folhinha e ele, o vento.

Uma noite, Rafa saiu do barco com um enorme caracol de nácar e chegou ofegante à porta da escola. Ela colocou o caracol na cabeceira da cama, junto à estrela do mar que Luciano tinha lhe dado de presente no dia anterior.

5
Afinal decidiram jogar os dados para ver quem ficava com ela. Formou-se uma roda de marinheiros e os dados rodaram sobre o convés. Ganhou Rafa, que ganhava sempre. Mas ela preferiu Luciano, que sempre perdia. E foi aí que começou a aflição geral.

Agora o mudo era Rafa. Bebia sozinho, evitava os amigos. Ninguém reconhecia o homem que, antes, por sua mera presença, proibia a tristeza.

Quando o cachorro de Luciano apareceu degolado, ele preferiu suspeitar dos vizinhos.

6
Era inverno, uma noite ou madrugada, e ela dormia.

Inicialmente não despertou, mas sentiu que Luciano se metia debaixo dos cobertores e se apertava, nu, contra seu corpo. Ainda adormecida, sentiu a tepidez e o abraço e a invasão.

E então, súbito, despertou. Um alarme, nascido não sei de onde, abriu-lhe os olhos e a gelou de espanto. Conseguiu soltar-se, jogar-se para o lado: riscou um fósforo, um grito tomou-lhe a garganta. À luz da chama conseguiu enxergar o susto nos olhos de Rafa. Ele escondeu o rosto entre as mãos.

Assim é que alguns contam essa história, e dizem que então Rafa fugiu a toda velocidade e que correu durante o resto da noite e boa parte do dia e que afinal apareceu caído na praça, de bruços, bêbado, com o nariz enterrado em seu próprio vômito.

Outros dizem que Rafa não foi trabalhar porque adormeceu na casa da garota, e que o viram sair assobiando e dando pulos de leão.

Uns dizem que não conseguiu fazer o que queria. Outros, que aquele abraço marcou a garota para sempre.

O certo é que de manhã não estava ali, porque Luciano passou pela escola ao amanhecer, antes de ir ao barco, e foi então que ela lhe contou. Não quis dizer a ele quem fora.

– Não preciso. Já sei.

Imagino que Luciano pode tê-la sacudido pelos ombros, pode ter lhe dito:

– Me diz que te deu nojo. Me diz que não sentiste nada além de nojo.

E então bateu nela. Dizem.

7

O pesqueiro partiu sem Rafa. O Capitão também não estava. O Capitão estava com uma ferida horrível no braço direito. O barco não se afastou muito da costa; a cerração devolveu-o ao entardecer.

Talvez Luciano tenha chegado a bordo pensando em Rafa, querendo encontrá-lo; talvez tenha desejado navegar para não pensar em Rafa nem em nada, porque havia aprendido a acreditar que o mar é um lugar mais perigoso que uma cama ou um campo de batalha.

Sabe-se que aquela foi a única vez que Luciano ficou mareado. Andou encurvado, segurando a barriga, boa parte da viagem.

Também se sabe que num dos tresmalhos chegou, enredado entre os escassos tubarões, um peixe estranho e muito bonito.

Tinha escamas acobreadas e grandes barbatanas e uma cauda de gaze longa e ondulante. Estava vivo e lutou; morreu abrindo bem a boca. Os outros pescadores disseram que era um peixe guerreiro, que tinha vindo de mares distantes e que sua carne era saborosa, branca, sem espinhas. Era a vez de Luciano ficar com ele. Ele não o quis.

Luciano sentia um chumbo nas pernas e uma tesoura no ventre. Pensava: "Então era isso. Tudo termina assim. E agora, o quê?". E pensava: "Então era isso. Hay una nuca para cada cara y toda carta tiene contra y toda contra se da".* Trabalhava com obstinação cega, caindo de tanto enjoo, manejando com fúria o arpão e o garrote. Aquele estado de graça tinha sido uma coisinha de nada: o mais importante era mais leve que o ar. Cuidado: a gente sopra e a coisa se vai. Ao lado dessa mulher, em qualquer cama de cachorro ele tinha sido rei, filho de reis; sentia o fim disso como um pedaço de morte que lhe chegasse adiantado.

8

Enquanto isso, o Capitão cevava o mate sentado em frente à janela que dava para o mar, olhava para o braço dolorido e reclamava. Naquela época a casa do Capitão tinha um aspecto melhor do que agora. Com o passar dos anos, ele foi ficando sozinho e a casa foi se desmoronando e ele não moveu um dedo para reerguê-la; deixou que fosse invadida pelos bichos e pelos dejetos. Para um homem velho e só, um pedaço de teto é suficiente; e ele nunca sentiu como verdadeiramente sua nenhuma coisa de terra firme. Mas, naquele tempo, o Capitão não estava só.

Rafa acordou e fumou. Ficou sentado na cama, de braços cruzados, com o olhar fixo no chão. Quis rezar. Não lembrava.

Ao sair, cruzou com o olhar do Capitão. Muitas vezes tinha ouvido ele dizer:

– As ondas bravas têm que ser quebradas de frente. De lado, elas te fazem virar.

Rafa disse:

– Tenho medo.

O Capitão não perguntou por quê. O Capitão tinha resolvido esperar em silêncio que a tristeza passasse. Agora bem podia esperar que passasse o medo.

9

Luciano o viu de longe, apesar da névoa que atravessava, aos pedaços, o ar gelado da tarde.

Rafa o esperava na praia. Tinha o torso nu, as pernas abertas, as mãos na cintura.

Quando Luciano desembarcou, trazia o arpão na mão direita. Rafa viu o afiado ferro negro que o vinha buscando e desfazendo a névoa, mas não se moveu. Luciano chegou caminhando lentamente. Os dois homens ficaram cara a cara, separados pelo arpão, e a neblina se insinuava e se enroscava em seus corpos. Luciano disse:

– Me pede perdão.

E pensou que Rafa pensava: "Tu só tens que afundá-lo, filho da puta". Rafa não abriu a boca, nem piscou. Mas Luciano acreditou ouvir:

– Não foi por causa do frio que me enfiei naquela cama. Ela não me convidou. Mas também não me pôs para fora.

No verão, o Sol nasce no mar e no mar se esconde; no inverno, sai da terra e nela se esconde. Aquela tarde, o Sol era um resplendor branco liquefeito pela névoa e estava caindo atrás do arroio, sem pressa, atrás de Rafa. A noite ainda não havia vencido essa luz leitosa quando Rafa abriu os braços e fechou os olhos e o arpão saiu-lhe pelas costas. Luciano sentiu o choque da carne em seu punho e durante uns instantes manteve no ar o corpo de Rafa. De repente soltou o arpão e se lançou a correr, enquanto Rafa caía na areia molhada por seu sangue.

Luciano foi perseguido.

10

Subiu no carvalho de um salto. Escondeu-se na copa; esperou que os perseguidores passassem.

E continuou correndo. Retrocedeu, fez um rodeio, atravessou o pinheiral; subiu até as dunas altas. Chegou, sem fôlego, em casa. O Capitão estava de pé à porta. Escutavam-se ruídos de matilhas, estrépitos como de tambores se aproximando.
– Me salva – rogou Luciano.
Jogou-se de costas, ofegante, contra a parede.
O Capitão apontou para o poço.

11

Os homens não demoraram.
– Não o viu? – perguntavam. – Tem certeza?
– Tem que ter passado por aqui – diziam.
– Não viu nada? Não ouviu nada, Capitão?
Tinham facas e punhos cerrados.
No fundo do poço, com água até a cintura, Luciano escutava.
– O senhor sabe o que ele fez? – perguntaram as vozes.
– Está sabendo?
– Ele matou o seu filho, Capitão – disseram.
– Acaba de matá-lo.
– Ainda está certo de que não o viu por aqui?
– Não o viu mesmo, Capitão?
Depois houve silêncio. Luciano contava os segundos. Sentia o coração galopando no peito.
Depois de um tempo, o Capitão sacudiu a corda. Luciano subiu no balde e se agarrou com força à corda. Apoiado na roldana com o braço esquerdo, o Capitão o fez subir.
Luciano não olhou para ele.
– É verdade? – perguntou o Capitão.
– O quê?
– Isso. O que disseram.
– Sim – disse Luciano.
Suponho que então Luciano se deu conta de que estava vazio. Não lhe sobrava nada que valesse a pena guardar.
O Capitão se sentou. Franziu o cenho. Massageou o ombro do braço ferido. Tirou tabaco da bolsinha de couro. Cuspiu. Depois perguntou, ou se perguntou:
– E agora?

12

Conheço esta história pelos que vivem lá e pelos que vão e vêm. Todos a conhecem. Mas existem tantas histórias quanto vozes para contá-las.

Alguns dizem que então o Capitão colocou uma pistola nas mãos de Luciano. Uma pistola Browning, com a trava solta e uma bala na câmara.

Acredito no que dizem outros: que o Capitão ficou imóvel. Mas sem dúvida soube que Luciano ia em busca da pistola quando se meteu casa adentro, e essa foi uma maneira de dar a ele a pistola.

Ficou imóvel quando o viu sair, em direção ao monte.

Não o chamou.

Soube que logo ouviria o estampido, mas não se mexeu nem o chamou.

Acredito que falava disso quando me contou, anos depois, que havia algo que ele não podia se perdoar. O Capitão nunca me contou a história de Rafa e Luciano e da garota que chegou ao povoado no outono. Mas creio que falava disso. Estávamos bebendo gim, aquela noite, nos fundos de sua casa em ruínas, e à luz da lanterna vi que os músculos de seu rosto se contraíam. Esperei, não falei nada. Não quis olhar para a única lágrima que havia brotado e escorria devagar pelo rosto do Capitão.

O resto é mentira

(a Pedro Saad)

1

– Vou no domingo – digo. – Há um voo direto para Barcelona.
– Não – diz Pedro.
– Não?
– No domingo você irá, iremos, a Guaiaquil. E dali....
Dou uma risada.
– Escuta – diz Pedro, e eu:

— Não posso ficar mais nenhum dia. Tenho que...
— Você vai me escutar?

2

Quando comento com Alejandra a mudança dos planos, ela diz:
— Então você vai ver Adão e Eva.
Fuma e diz:
— Eu quero morrer assim.

3

Na península de Santa Elena, que se chamava Zumpa, o tempo é quase sempre cinzento. Não longe daqui, mais ao norte, o mundo se parte em dois, de uma só vez. Aqui o tempo se parte. Metade do ano é sol e a outra metade é cinza.

Caminhamos pela terra empoeirada. Pedro me explica que há milhares de anos o mar vinha até estas terras. Basta escavar um pouco e aparecem conchas do mar. Os ventos do sul deixaram a península árida. Os ventos e o petróleo que se descobriu por aqui. Também as cozinhas de Guaiaquil, porque os bosques de *guayacán* foram parar nos seus fogões e, não faz muito tempo, meio século apenas, cobriam este deserto e serviam para fazer a oferenda de incenso de pau-santo aos deuses. Da vegetação sobrou apenas este mato baixo, arbustos cheios de espinhos que servem para espetá-lo e para que você fique entre estas máquinas que procuram petróleo – e o resto é uma imensidão de pó e nada mais.

4

— É aqui – diz Pedro, e levanta a tampa de madeira. Estão quase à flor da terra, metidos em dois num pequeno buraco.

Olhamos em silêncio, e o tempo passa.

Estão abraçados. Ele, de boca para baixo. Um braço e uma perna dela debaixo dele. Uma mão dele sobre o púbis dela. A perna dele a cobre.

Uma grande pedra achata a cabeça do homem e outra, o coração da mulher. Há uma pedra grande sobre o sexo dela e outra sobre o sexo dele.

Olho a cabeça da mulher apoiada ou refugiada nele, sorrindo, e comento que tem a cara luminosa, cara de beijo.

– Cara de espanto – contradiz Pedro. – Ela viu os assassinos e ergueu o braço. Foram mortos com essas pedras.

Olho o braço levantado. A mão protegeu os olhos de alguma súbita ameaça ou mau sonho, enquanto o resto do corpo seguia dormindo, enroscado no corpo dele.

– Está vendo? – diz Pedro. – Quebraram a cabeça dele com esta pedra.

Mostra-me a teia de aranha na rachadura do crânio do homem e diz:

– Pedras grandes como essas não são encontradas por aqui. Trouxeram de longe para matá-los. Quem sabe de onde as trouxeram?

Estão abraçados há milhares de anos. Os arqueólogos dizem oito mil anos. Antes do tempo dos pastores e dos lavradores. Dizem que a argila impermeável da península conservou os seus ossos intactos.

Ficamos olhando e passa o tempo. Sinto o sol brilhando entre o céu sem cor e a terra quente e sinto que esta península de Zumpa ama os seus amantes e que por isso soube guardá-los em seu ventre e não os comeu.

E sinto outras coisas que não entendo e que me deixam tonto.

5

Estou tonto e nu.

– Eles crescem – digo.

– É só o começo. Espera e verá – adverte Pedro, enquanto o carro se dirige para a costa entre nuvens de pó.

E eu sei que me perseguirão.

Magdalena os viu e gritou quando ia embora.

6

– Foram descobertos por uma mulher – diz Pedro. – Uma arqueóloga chamada Karen. Estão tal qual ela os encontrou há dois anos e meio.

Espero que não venham despertá-los. Faz oito mil anos que dormem juntos.

– Que farão aqui? Um museu?

– Algo assim – sorri Pedro. – Um museu... por que não um templo?

Penso: "Sua casa é esse buraquinho e ficou invulnerável. Quantas noites cabem dentro de uma noite tão longa?"

Estremeço, pressentindo o supershow dos amantes de Zumpa nas mãos dos *tour operators,* uma experiência inesquecível, um tesouro da arqueologia mundial, câmeras e filmadoras escoltadas por enxames de turistas compradores de emoções. Penso no belo corpo que eles formam no longo abraço dos anos e nos tantos olhos sujos que não os merecerão. Logo em seguida, acuso-me de egoísta e um pouco de vergonha me sobe na cara.

7

Comemos no litoral, na casa de Júlio. Servem um bom vinho, que aparece na mesa como milagre; sei que o peixe está saboroso e que a conversa vale a pena, mas estou ali como se não estivesse. Uma parte de mim bebe, come e escuta, e de vez em quando diz algo, enquanto a outra parte anda vagando pelos ares e fica imóvel frente ao pássaro que nos observa através da janela. Todo meio-dia esse passarinho vem, pousa num galhinho e observa enquanto dura o almoço.

Depois me estendo numa rede ou me deixo cair nela. O mar canta baixinho para mim. Eu abro você, eu descubro você, eu faço você nascer, canta-me o mar, ou por sua boca sussurram aqueles dois que vêm antes da história e o inauguram. As ramagens atravessadas pela brisa repetem a melodia. Antigos ares, que tão bem conheço, me recolhem, me envolvem e me embalam. Festa e perigo num eterno desenrolar...

— Levanta, dorminhoco!
Coloco as mãos frente aos olhos para protegê-los.
A súbita voz de Pedro devolve-me ao mundo.

8

— Não — diz Karen. — Não os mataram. As pedras foram colocadas posteriormente.

Pedro insinua um protesto.

— As pedras teriam rolado — insiste a arqueóloga. — Se elas tivessem sido jogadas, teriam rolado. Elas estariam nos lados e não em cima. Estão cuidadosamente colocadas sobre os corpos.

— Mas... e essa parte do crânio quebrada?

— É muito posterior. Quem sabe algum carro ou caminhão estacionou sobre eles. Quando os descobrimos, estavam assim, a um palmo da superfície. Somente ossos muito antigos podem quebrar-se como louça.

Pedro a olha, desarmado. Eu queria perguntar-lhe o que sentiu quando os descobriu, mas fico como um bobo e não pergunto nada.

— As pedras foram colocadas quando os enterraram, para protegê-los — continuou Karen. — Neste lugar encontramos um cemitério. Havia muitos esqueletos e não apenas os dos... dos...

— Amantes — digo.

— Amantes? — diz. — Sim, é assim que os chamam. Os amantes de Zumpa. É um nome simpático.

— Mas encontraram também restos de casas — diz Pedro. — E de comida: conchas de mariscos, ostras. Talvez enterrassem os mortos em suas casas, como outras tribos que...

— Talvez — admite Karen. — Não é muito o que sabemos.

— Ou pode haver uma diferença no tempo, não é? Uma diferença de milhares de anos entre o cemitério e as casas. Os amantes podem ser muito posteriores ou anteriores aos demais esqueletos.

— Talvez — diz Karen —, mas duvido.

Ela nos serve café, enquanto seus filhos correm atrás de um cachorro, e nos explica que não é possível remover esses ossos depois de tanto tempo.

— Não tocamos neles — diz — para não despedaçar tudo. Que eu saiba, é a primeira vez que descobrem um casal enterrado assim. A descoberta pode ter certo valor científico. Vieram os ossólogos, como os chamam por aqui. Eles confirmaram que se trata de um homem e uma mulher e que eram jovens quando morreram. Tinham entre vinte e vinte e cinco anos. Os... ossólogos dizem que os esqueletos correspondem todos ao mesmo período.

— E o carbono catorze? — pergunta Júlio. — Fizeram essas provas.

— Enviamos aos Estados Unidos outros ossos do mesmo cemitério. O carbono catorze retificado revelou uma antiguidade de seis a oito mil anos. Com os ossos dos... amantes não é possível uma análise. Só enviamos um dente que arrancamos do homem. O laboratório analisou-o. Termoluminescência, os senhores sabem. A resposta não serve para nada. Dá uma antiguidade de seis a onze mil anos. Se soubéssemos, teríamos deixado o dente em paz.

Pedro esperava esta oportunidade.

— Suponhamos — diz, triunfal — que dentro de muito, muito tempo, os técnicos analisassem com os mesmos métodos os restos de nossa civilização. Encontrariam maços de Marlboro no Coliseu de Roma.

Karen, sentindo até onde ia a conversa, dá uma boa risada franca e depois, na segunda xícara de café, adverte-nos:

— Eu não sei se vocês vão gostar do que eu vou dizer.

Olha para nós três, medindo-nos sem pressa e baixando a voz, como quem dita uma sentença secreta, explica:

— Eles não morreram abraçados. Foram enterrados assim. O motivo, não se sabe. Nunca ninguém saberá por que os enterraram assim. Talvez porque fossem marido e mulher, mas isso não basta. Por que não os enterraram como a outros casais? Não se sabe. Talvez tenham morrido ao mesmo tempo. Não há sinais de violência nos ossos. Talvez tenham se afogado. Estavam pescando e afogaram-se. Talvez. Por algum motivo, que nunca saberemos, os enterraram abraçados. Não morreram assim, nem os mataram. Nós os encontramos em sua tumba, não em sua casa.

Vamos caminhando pelo areal, enquanto a noite cai. O mar brilha além das dunas.

— Os cientistas afirmam — diz Pedro — que há milhares de anos não poderia haver amantes num grupo de pescadores seminômades, que não conheciam a propriedade e... Eu acho que *hoje* é que não há lugar para eles.

Continuamos calados, os três, olhando a areia.

Eu penso na sua grandeza, tão pequenininhos, como nós, e no seu mistério. Mais misterioso que o grande pássaro de Nazca, penso. Como símbolo, fez mais parte de mim do que a cruz, penso. E vou pensando: monumento mais da América do que a fortaleza de Machu Picchu ou as pirâmides do sol e da lua.

— Alguma vez vocês viram alguém que tivesse morrido afogado? — pergunta Júlio.

E segue:

— Eu já. Os afogados ficam contraídos, com o corpo na posição de... horror, e quando os tiram da água estão mais rígidos do que madeira. Se tivessem morrido afogados, ninguém conseguiria abraçá-los como estão.

— E se não tivessem se afogado? Havia outras maneiras de morrer.

— Eu também não acredito — diz-me Júlio. — Os mortos se endurecem rápido. Eu não sei... — vacila. — Karen sabe. Ela sabe, mas... Não sei. Não creio que... Estão numa posição tão natural. Ninguém teria sido capaz de enterrá-los assim. O abraço é tão verdadeiro... Não é mesmo?

— Eu acredito neles — digo.

— Em quem?

— Neles — digo.

9

Malditos amantes de Zumpa que não me deixam dormir.

Levanto-me no meio da noite. Vou para a sacada, respiro fundo, abro os braços.

E os vejo, traídos pela lua, em algum ponto do ar ou da paisagem. Vejo os homens nus que se arrastam em silêncio pelo mangue e atacam armados de punhais de pedra negra ou ossos afiados de tubarão. Vejo o sobressalto dela e o sangue. Depois vejo os verdugos colocando sobre os corpos as pesadas pedras que trouxeram de longe. Os primeiros agentes da ordem ou os primeiros sacerdotes de um deus inimigo colocam uma pedra sobre a cabeça dele, outra sobre o coração dela e uma pedra sobre cada sexo, para impedir a saída dessa fumacinha que baila no ar, fumacinha inebriante, fumacinha de loucura que põe o mundo em perigo – e sorrio, sabendo que não há pedra que possa com ela.

10

Na manhã seguinte, a volta.

A vegetação cresce à medida que me distancio do deserto, e no ar vem chegando o cheiro do verde ao entrar no luminoso mundo molhado de Guaiaquil. Acompanham-me, para sempre, aqueles que melhor morreram.

Dias e noites de amor e de guerra

Tradução de ERIC NEPOMUCENO

Tudo o que aqui é contado aconteceu.
O autor escreve tal como a
memória guardou. Alguns nomes,
poucos, foram mudados.

Calella de la Costa,
agosto de 1977.

Este livro é dedicado
a Helena Villagra

"Na história, como na natureza,
a podridão é o laboratório da vida."

Karl Marx

O vento na cara do peregrino

Edda Armas me falou, em Caracas, do bisavô. Era pouco o que ela sabia, porque a estória começava quando ele andava pelos setenta anos e vivia em uma aldeia nos confins da comarca de Clarines. Além de velho, pobre e mambembe, o bisavô era cego. E se casou, não se sabe como, com uma menina de dezesseis.

Volta e meia, escapava. Ela, não: ele. Escapava e ia para a estrada. Agachava entre as árvores e esperava um ruído de cascos ou de rodas. E então saía do mato e pedia que o levassem a qualquer lugar.

Assim o imaginava, agora, a bisneta: no lombo de uma mula, morrendo de rir pelos caminhos, ou sentado atrás de uma carroça, envolvido por nuvens de pó e agitando, feliz, suas pernas de passarinho.

Fecho os olhos e estou no meio do mar

Perdi várias coisas em Buenos Aires. Pela pressa ou por azar, ninguém sabe onde foram parar. Saí com um pouco de roupa e um punhado de papéis.

Não me queixo. Com tantas pessoas perdidas, chorar pelas coisas seria desrespeitar a dor.

Vida cigana. As coisas me acompanham e vão embora. São minhas de noite, perco-as de dia. Não estou preso às coisas; elas não decidem nada.

Quando me separei de Graziela deixei a casa de Montevidéu intacta. Ficaram os caracóis de Cuba e as espadas da China, os tapetes da Guatemala, os discos e os livros e tudo. Levar alguma coisa teria sido um roubo. Tudo isso era dela, tempo compartido, tempo que agradeço; e me larguei no caminho, rumo ao não sabido, limpo e sem carga.

A memória guardará o que valer a pena. A memória sabe de mim mais que eu; e ela não perde o que merece ser salvo.

Febre de meus adentros: as cidades e as gentes, soltas da memória, navegam para mim: terra onde nasci, filhos que fiz, homens e mulheres que me aumentaram a alma.

Buenos Aires, maio de 1975:
O petróleo é um tema fatal

1

Ontem apareceu morto, perto de Ezeiza, um jornalista de *La Opinión*. Se chamava Jorge Money. Tinha os dedos queimados e as unhas arrancadas.

Na redação da revista, Villar Araújo me pergunta mastigando o cachimbo:

– E nós, quando chegará a nossa vez?

Acabamos rindo.

Na edição de *Crisis* que está na rua publicamos a última parte do trabalho de Villar sobre o petróleo na Argentina. O artigo denuncia o estatuto colonial dos contratos de petróleo vigentes no país e conta a história do negócio com toda sua tradição de infâmia e crime.

Quando há petróleo no assunto, escreve Villar, as mortes acidentais não existem. Em outubro de 1962, numa casa de Bella Vista, Tibor Berény levou três tiros, de ângulos diferentes e em diferentes partes do corpo. Segundo o laudo oficial, foi suicídio. Acontece que Berény não era contorsionista: era um alto assessor da Shell. E, ao que parece, era também uma espécie de agente duplo ou triplo, trabalhando para as companhias norte-americanas. Mais recente, de fevereiro deste ano, é o cadáver de Adolfo Cavalli. Cavalli, que tinha sido dirigente sindical dos trabalhadores de petróleo, caíra em desgraça. Perder o poder ajudara sua cabeça. Ultimamente, predicava a nacionalização integral do petróleo. Tinha, acima de tudo, bastante influência na área militar. Quando foi costurado a tiros em Villa Soldati, levava nas mãos uma pasta. A pasta desapareceu. Os jornais informaram que estava cheia de dinheiro. O roubo foi, assim, a causa do crime.

Villar vinculava estes casos argentinos a outros assassinatos internacionais com cheiro de petróleo. E advertia em seu artigo: "Se você, leitor, souber que depois de escrever estas linhas fui atropelado por um ônibus, pense com maldade – e acertará".

2

Novidades. Villar me espera em meu escritório, muito assustado. Alguém telefonou para ele e com voz nervosa disse que a pasta de Cavalli não tinha dinheiro, tinha documentos:
— Ninguém sabe que documentos eram. Só eu sei. E sei porque fui eu quem deu os documentos a ele. Tenho medo. E quero que o senhor também saiba, Villar. A pasta tinha... e nesse momento, clic, caiu a ligação.

3

Ontem Villar Araújo não dormiu em casa.

4

Revolvemos céu e terra. Os jornalistas anunciam greve. Os jornais do interior não apareceram hoje. O ministro prometeu cuidar pessoalmente do caso. A polícia diz que não tem nenhuma informação. Na revista recebemos telefonemas anônimos contraditórios.

5

Villar Araújo apareceu ontem à noite, vivo, em uma estrada deserta perto de Ezeiza. Foi abandonado com outras quatro pessoas.
Passou dois dias sem comer ou beber e com um capuz cobrindo a cabeça. Foi interrogado, entre outras coisas, sobre as fontes de informação de seus artigos. Desses homens, ele só viu os sapatos.
A polícia federal divulga um comunicado. Diz que Villar Araújo foi preso por engano.

Há dez anos eu assisti ao ensaio geral desta obra

1

Quantos homens serão arrancados de suas casas, esta noite, e jogados nos terrenos baldios com uns tantos furos nas costas?

Quantos serão mutilados, arrebentados, queimados? O terror sai das sombras, atua e volta à escuridão. Os olhos avermelhados na cara de uma mulher, uma cadeira vazia, uma porta despedaçada, alguém que não regressará: Guatemala 1967, Argentina 1977.

Aquele fora oficialmente declarado "o ano da paz" na Guatemala. Mas já não se pescava na zona de Gualán, porque as redes traziam corpos humanos. Hoje a maré devolve pedaços de homens às margens do rio da Prata. Há dez anos, os cadáveres apareciam nas águas do rio Motagua ou eram descobertos, ao amanhecer, nos barrancos ou na beira dos caminhos: esses rostos sem traços não seriam identificados jamais. Às ameaças se sucediam os sequestros, os atentados, as torturas, os assassinatos. A NOA (Nova Organização Anticomunista), que proclamava operar "junto ao glorioso exército da Guatemala", arrancava a língua e cortava a mão esquerda de seus inimigos. A MANO (Movimento Anticomunista Nacionalista Organizado), que funcionava na órbita da polícia, marcava com cruzes negras as portas dos condenados.

No fundo do lago San Roque, em Córdoba, aparecem agora corpos submergidos com pedras, como encontraram os camponeses guatemaltecos, nas vizinhanças do vulcão Pacaya, um cemitério clandestino cheio de ossos e corpos em decomposição.

2

Nas câmaras de tormento, os torturadores almoçam na frente de suas vítimas. As crianças são interrogadas sobre o paradeiro de seus pais; os pais, pendurados e eletrocutados para que digam onde estão seus filhos. Noticiário de cada dia: "Indivíduos vestidos de civil com os rostos cobertos por máscaras negras... Chegaram em quatro automóveis Ford Falcon... Todos estavam fortemente armados, com pistolas, metralhadoras e carabinas... Os primeiros policiais chegaram uma hora depois da matança". Os presos, arrancados das prisões, morrem na lei de fuga ou em batalhas onde não há feridos nem baixas do lado do exército. Humor negro de Buenos Aires: "Os argentinos", dizem, "estamos divididos em enterrados e desterrados". A pena de morte foi incorporada ao Código Penal em meados de 1976; mas no país se mata todos os dias sem processo ou sentença. Em sua maioria, são mortos sem cadáver. A ditadura chilena não demorou em imitar esse procedimento bem-sucedido. Um único fuzilado pode desencadear um escândalo mundial: para milhares de desaparecidos, sempre resta o benefício da dúvida. Como na Guatemala, parentes e amigos realizam a perigosa peregrinação inútil, de prisão em prisão, de quartel em quartel, enquanto os corpos apodrecem nos baldios e nos depósitos de lixo. Técnica das *desaparições*: não há presos que reclamar nem mártires que velar. Os homens, a terra engole; e o governo lava as mãos: não há crimes que denunciar nem explicações para dar. Cada morto morre várias vezes e no final só resta, na alma, uma névoa de horror e incerteza.

3

Mas foi a Guatemala o primeiro laboratório latino-americano para a aplicação da *guerra suja* em grande escala. Homens treinados, orientados e armados pelos Estados Unidos levaram adiante o plano de extermínio. O ano de 1967 foi uma longa noite de São Bartolomeu.

A violência tinha começado na Guatemala anos antes, quando num entardecer de junho de 1954, os aviões P-47 de Castillo Armas cobriram o céu. Depois as terras foram devolvidas à United Fruit e se aprovou um novo Código do Petróleo traduzido do inglês.

Na Argentina, as Três A (Aliança Anticomunista Argentina) fizeram sua grande aparição pública em outubro de 1973. Se na Guatemala se desencadeou a *guerra suja* para esmagar a sangue e fogo a reforma agrária, e se multiplicou em seguida para apagá-la da memória dos camponeses sem terra, na Argentina o horror começou quando Juan Domingo Perón decepcionou, do poder, as esperanças que tinha despertado durante o longo exílio. Humor negro de Buenos Aires: "O poder", dizem, "é como o violino: pega-se com a esquerda e toca-se com a direita". Depois, no fim do verão de 1976, os militares voltaram à Casa Rosada. Agora os salários valem a metade. Os desocupados se multiplicam. Estão proibidas as greves. As universidades retornaram à Idade Média. As grandes empresas multinacionais recuperaram a distribuição de combustíveis, os depósitos bancários, o comércio da carne e dos cereais. O novo código permite levar a tribunais de outros países as disputas entre empresas e a nação. Foi revogada a lei de investimentos estrangeiros: agora podem levar o que quiserem.

Na Argentina se celebram cerimônias astecas. A que deus cego se oferece tanto sangue? Pode-se impor, por acaso, este programa ao movimento operário mais bem organizado da América Latina sem pagar o preço de cinco cadáveres por dia?

O Universo visto pelo buraco da fechadura

Valéria pede ao pai que vire o disco. Explica que *Arroz con Leche* vive do outro lado.

Diego conversa com seu companheiro de dentro, que se chama Andrés e vem a ser seu esqueleto.

Fanny conta que hoje se afogou com sua amiga no rio da escola, que é muito fundo, e que lá embaixo era tudo transparente e as duas viam os pés da gente grande, as solas dos sapatos.

Cláudio agarra um dedo de Alejandra, e diz: "Me empresta o dedo", e depois afunda o dedo na caneca de leite que está em cima do fogão, porque quer saber se o leite está quente demais.

Do quarto, Florência me chama e pergunta se sou capaz de tocar o nariz com o lábio de baixo.

Sebastián me propõe escapar em um avião, mas me adverte que é preciso tomar cuidado com os *sefámoros* e as *hécile*.

Na varanda, Mariana empurra a parede, que é para ajudar a terra a girar.

Patrício segura um fósforo aceso entre os dedos e seu filho sopra e sopra a chaminha que não se apagará jamais.

Dos rapazes que naquele tempo conheci nas montanhas, quem estará vivo?

1

Eram muito jovens. Estudantes da cidade e camponeses de comarcas onde um litro de leite custava dois dias inteiros de trabalho. O exército ia em seus calcanhares e eles contavam piadas e morriam de rir.

Estive com eles alguns dias. Comíamos bolos de milho. As noites eram muito frias na alta selva da Guatemala. Dormíamos no chão, abraçados todos com todos, bem juntos os corpos, para dar-nos calor e para que não nos matasse a geada da madrugada.

2

Havia, entre os guerrilheiros, uns quantos índios. E eram índios quase todos os soldados inimigos. O exército os caçava na saída das festas e quando acordavam da bebedeira já tinham uniforme e arma na mão. Assim marchavam para as montanhas, matar quem morria por eles.

3

Uma noite os rapazes me contaram como Castillo Armas tinha se livrado de um ajudante perigoso. Para que não lhe roubasse o poder ou as mulheres, Castillo Armas mandou-o em missão secreta a Manágua. Levava um envelope lacrado para o ditador Somoza. Somoza recebeu-o no palácio. Abriu o envelope, leu-o na sua frente, e disse:

– Será como pede seu presidente.

Ofereceu-lhe bebida.

No fim de uma conversa agradável, acompanhou-o até a saída. De repente, o enviado de Castillo Armas se viu sozinho e com a porta fechada às suas costas.

O pelotão, já formado, o esperava, joelhos na terra.

Todos os soldados dispararam ao mesmo tempo.

4

Conversa que não sei se escutei ou imaginei, naqueles dias:
— Uma revolução de mar a mar. O país inteirinho levantado. E penso ver isso com estes meus olhos...
— E vai mudar tudo, tudo?
— Até as raízes.
— E não teremos mais de vender os braços por nada?
— De jeito nenhum.
— Nem aguentar ser tratado que nem bicho?
— Ninguém será dono de ninguém.
— E os ricos?
— Não haverá mais ricos.
— E quem é que vai pagar aos pobres, nas colheitas?
— É que também não vai ter mais pobre. Não entende?
— Nem rico nem pobre.
— Nem pobre nem rico.
— Mas, então, não vai ficar ninguém na Guatemala. Porque aqui, você sabe, o que não é rico é pobre.

5

O vice-presidente se chamava Clemente Marroquín Rojas. Dirigia um jornal, de estilo estrepitoso, e na porta de seu escritório montavam guarda dois gordos com metralhadoras.

Marroquín Rojas me recebeu com um abraço. Me ofereceu café; dava tapinhas em minhas costas e olhava para mim com ternura.

Eu, que tinha estado na montanha com os guerrilheiros até a semana anterior, não entendia nada. "É uma armadilha", pensei, pelo gostinho de sentir-me importante.

Então Marroquín me explicou que Newbery, o irmão do famoso aviador argentino, fora seu grande amigo nos anos juvenis e que eu era seu retrato vivo. Esqueceu que estava ante um jornalista. Convertido em Newbery, escutei-o bramar contra os norte-americanos porque não faziam as coisas como deveriam. Uma esquadrilha de aviões norte-americanos, pilotados por aviadores norte-americanos, tinha partido do Panamá e descarregado napalm sobre uma montanha da Guatemala. Marroquín Rojas estava furioso porque os aviões voltaram ao Panamá sem tocar terra guatemalteca.

"Podiam ter aterrissado, não acha?", me dizia, e eu dizia que sim:

– Podiam ter aterrissado, pelo menos.

6

Os guerrilheiros me contaram.

Várias vezes tinham visto estalar o napalm no céu, sobre as montanhas vizinhas. Tinham encontrado com frequência as marcas e pegadas da espuma derramada: as árvores queimadas até as raízes, os animais carbonizados, as rochas negras.

7

A meados de 1954, os Estados Unidos sentaram Ngo Dinh Diem no trono de Saigon e fabricaram a entrada triunfal de Castillo Armas na Guatemala.

A expedição de resgate da United Fruit cortou de um golpe a reforma agrária que tinha expropriado e distribuído, entre os camponeses pobres, as terras feudais da empresa.

Minha geração apareceu para a vida política com aquela marca na testa. Horas de indignação e de impotência... Lembro o orador corpulento que nos falava com voz serena, mas jorrando fogo pela boca, aquela noite de gritos, raiva e bandeiras em Montevidéu. "Viemos denunciar o crime..."

O orador se chamava Juan José Arévalo. Eu tinha então catorze anos e o impacto jamais se apagou.

Arévalo iniciara, na Guatemala, o ciclo das reformas sociais que Jacobo Arbenz aprofundou e que Castillo Armas afogou em sangue. Durante seu governo tinha evitado – contou para nós – trinta e duas tentativas de golpe de Estado.

Anos depois, Arévalo se converteu em funcionário. Perigosa espécie, a dos arrependidos: Arévalo se fez embaixador do general

Arana, senhor de forca e facão, administrador colonial da Guatemala, organizador de açougues.

Quando eu soube disso, fazia anos que tinha perdido a inocência, mas me senti um garotinho enganado.

8

Conheci Mijangos em 1967, na Guatemala. Me recebeu em sua casa, sem perguntas, quando desci da serra para a cidade.

Ele gostava de cantar, beber bem, celebrar a vida: não tinha pernas para dançar, mas batia palmas animando as festas.

Tempos depois, enquanto Arévalo era embaixador, Adolfo Mijangos foi deputado.

Uma tarde, Mijangos denunciou uma fraude na Câmara. A Hanna Mining Co., que no Brasil derrubara dois governos, tinha feito com que nomeassem ministro de Economia um de seus funcionários. Assinou-se então um contrato para que a Hanna explorasse, em sociedade com o Estado, as reservas de níquel, cobalto, cobre e cromo das margens do lago Izabal. Segundo o acordo, o Estado se beneficiaria com migalhas e a empresa com milhões de dólares. Em sua condição de sócia do país, a Hanna não pagaria imposto de renda e usaria o porto pela metade do preço.

Mijangos ergueu sua voz de protesto.

Pouco depois, quando ia subir em seu *Peugeot*, uma rajada de balas entrou em suas costas. Caiu da cadeira de rodas com o corpo cheio de chumbo.

9

Escondido em um armazém dos subúrbios, eu esperava o homem mais procurado pela polícia militar guatemalteca. Se chamava Ruano Pinzón, e era também, ou tinha sido, da polícia militar.

– Olha este muro. Salta. Consegue?

Torci o pescoço. A parede do fundo não terminava nunca.

– Não – disse.

– Mas se eles vierem, você pula ou não?

Pular nada. Se eles viessem, eu ia é voar. O pânico é capaz de converter qualquer um em campeão olímpico.

Mas eles não vieram. Ruano Pinzón chegou essa noite e eu pude falar longamente com ele. Tinha um blusão de couro negro e os nervos faziam seus olhos dançar. Ruano Pinzón tinha desertado.

Ele era a única testemunha ainda viva da matança de vinte dirigentes políticos suprimidos na véspera das eleições.

Tinha sido no quartel de Matamoros. Ruano Pinzón foi um dos quatro policiais que levaram os sacos, grandes e pesados, para as camionetas. Percebeu por que as mangas de sua roupa se encharcaram de sangue. No aeroporto La Aurora levaram os sacos para um avião 500 da Força Aérea. Depois, eles foram jogados no Pacífico.

Viu como eles chegaram vivos no quartel, arrebentados pelas porradas: e tinha visto o ministro da Defesa comandando pessoalmente a operação.

Dos homens que carregaram os cadáveres, Ruano Pinzón era o único que sobrava. Um amanheceu com um punhal no peito, em uma cama da pensão La Posada. Outro levou um tiro nas costas, numa cantina de Zacapa, e outro foi crivado de balas no bar que fica atrás da estação central.

Por que choram as pombas ao amanhecer?

Porque uma noite o pombo e a pomba foram a um baile e alguém que não gostava do pombo matou-o numa briga. O baile estava lindo e a pomba não quis parar de se divertir. "Esta noite eu canto", disse ela, "e quando amanhecer eu choro." E chorou quando o sol apareceu no horizonte.

Quem me contou essa estória foi Malena Aguilar, tal como ouvira da avó, mulher de olhos cinzentos e nariz de lobo, que nas noites, no calorzinho do fogão de lenha, enfeitiçava os netos com estórias de almas penadas e mistérios.

A tragédia tinha sido uma profecia certeira

1

Em meados de 1973 Juan Domingo Perón voltou à Argentina depois de dezoito anos de exílio.

Foi a maior concentração política de toda a história da América Latina. Nos prados de Ezeiza e ao longo da autopista se reuniram mais de dois milhões de pessoas que chegaram, com filhos e bumbos e violões, de todos os lugares do país. O povo, de paciência longa e vontade de ferro, tinha recuperado seu caudilho e devolvia-o à sua terra, abrindo para ele a porta da frente.

Havia um clima de festa. A alegria popular, beleza contagiosa, me abraçava, me levantava, me dava fé. Eu tinha frescas na retina as tochas da Frente Ampla nas avenidas de Montevidéu. Agora, nos arrabaldes de Buenos Aires, se reuniam em um gigantesco acompanhamento sem fronteiras os trabalhadores maduros, para quem o peronismo representava uma memória viva da dignidade, e os jovens, que não tinham vivido a experiência entre 1946 e 1955, e para quem o peronismo estava feito mais de esperança que de nostalgia.

A festa terminou em matança. Em Ezeiza, em uma única tarde, caíram mais peronistas que durante os anos de resistência contra as ditaduras militares anteriores. "E agora, quem vamos odiar?", se perguntava, atônito, o povo. A emboscada tinha sido armada por peronistas contra peronistas. O peronismo continha gregos e troianos, operários e patrões; e nesse palco a história real ocorria como uma contradição contínua.

Os burocratas sindicais, os politiqueiros e os agentes dos donos do poder tinham revelado, nos campos de Ezeiza, seu desamparo. Tinham ficado, como o rei da estória, nus na frente de todo mundo. Os assassinos profissionais ocuparam, então, o lugar das multidões, que eles não tiveram nunca.

Os mercadores, fugazmente expulsos do templo, entravam pela porta de trás.

Ezeiza foi um pressentimento do que viria depois. O governo de Hector Cámpora durou o que dura um lírio. A partir daí as promessas se separaram da realidade até sumirem do mapa. Triste epílogo para um movimento popular: "Deus tem prestígio porque se mostra pouco", me dissera Perón, anos antes, em Madrid. Aumentaram os salários, mas isso servia para provar que os operários eram os culpados pela crise. Uma vaca chegou a valer menos que um par de sapatos, e, enquanto pequenos e médios produtores se arruinavam, a oligarquia, invicta, se exibia em farrapos e punha a boca no mundo, através dos jornais, das rádios e da televisão. A reforma agrária não foi mais que um espantalho de papel, e continuaram abertos os buracos pelos quais escorria, e escorre, a riqueza gerada pelo país. Os donos do poder, como em toda a América Latina, põem suas fortunas bem guardadas em Zurique ou Nova Iorque. Lá, o dinheiro dá um pulo desses de circo, e volta ao país convertido em caríssimos empréstimos internacionais.

2

É possível realizar a unidade nacional por cima e através e apesar da luta de classes? Perón tinha encarnado essa ilusão coletiva.

Certa manhã, nos primeiros tempos do exílio, o caudilho tinha explicado ao seu anfitrião, em Assunção do Paraguai, a importância política do sorriso.

– Quer ver meu sorriso? – perguntou.

E pôs a dentadura postiça na palma da mão dele.

Durante dezoito anos, por Perón ou contra Perón, a política argentina girou à sua volta. Os sucessivos golpes militares não foram mais que homenagens que o medo prestava à verdade: se havia eleições livres, o peronismo ganhava. Tudo dependia das bênçãos ou maldições de Perón, polegar para cima, polegar para baixo, e das cartas que escrevia de longe, com a mão esquerda ou com a direita, dando ordens sempre contraditórias aos homens que arriscavam a vida.

Em Madrid, no outono de 1966, Perón me dissera:

– Sabe como os chineses fazem para matar pardais? Não deixam que eles pousem nos galhos das árvores. Ameaçam com varas e não os deixam pousar, até que morrem no ar: os corações estouram, e eles caem no chão. Os traidores têm voo de pardal. Basta espantá-los, não deixar que descansem, para que terminem no chão. Não, não... para conduzir homens é preciso voo de águia, não de pardal. Conduzir homens é uma técnica, uma arte, de precisão militar. Os traidores, deixe-os voar, mas sem dar descanso. Depois, é só esperar que a Providência faça sua obra. É preciso deixar a Providência agir... especialmente porque o que maneja a providência sou eu.

Na hora da verdade, quando ele recuperou o poder, o peronismo explodiu. Se arrebentou muito antes do caudilho morrer.

3

José Luís Nell foi uma das vítimas da matança de Ezeiza. Uma bala cruzou sua coluna vertebral. Ficou paralítico.

Um dia decidiu acabar com a impotência e a pena.

Escolheu a data e o lugar: a cancela de uma estação sem trens. Alguém levou-o até lá na cadeira de rodas e deixou em sua mão uma pistola carregada.

José Luís tinha sido um militante de ferro. Tinha sobrevivido aos tiros e à cadeia, e aos anos de fome e clandestinidade.

Mas então mordeu o cano e apertou o gatilho.

Um esplendor que demora entre minhas pálpebras

Ocorreu esta tarde, na estação, enquanto eu esperava o trem para Barcelona.

A luz acendeu a terra entre os trilhos. A terra teve de repente uma cor muito viva, como se o sangue tivesse subido ao seu rosto, e inchou debaixo dos trilhos.

Eu não estava feliz, mas a terra estava, enquanto durou esse longo momento, e era eu o que tinha consciência para saber e memória para guardar.

Crônica do perseguido e a dama da noite

Se conhecem, de madrugada, num bar de luxo. Ao amanhecer ele acorda na cama dela. Ela esquenta o café; tomam na mesma xícara. Ele descobre que ela rói as unhas e que tem lindas mãos de menina. Não se dizem nada. Enquanto se veste, ele busca palavras para explicar que não poderá pagar. Sem olhar para ele, ela diz, como quem não quer nada:

– Não sei nem como você chama. Mas, se quiser ficar, fique. A casa não é feia.

E ele fica.

Ela não faz perguntas. Ele tampouco.

Pelas noites ela vai trabalhar. Ele sai pouco ou nada.

Passam os meses.

Uma madrugada, ela encontra a cama vazia. Em cima do travesseiro, uma carta que diz:

"Quisera levar tuas mãos. Roubo uma luva.
Perdoe. Tchau e obrigado por tudo".

Ele atravessa o rio, com documentos falsos. Poucos dias depois, cai preso. Cai por uma bobagem. Estava sendo procurado há mais de um ano.

O coronel insulta e bate. Ergue-o pela gola:

– Vai dizer onde esteve. Vai contar tudo.

Ele responde que viveu com uma mulher em Montevidéu. O coronel não acredita. Ele mostra a fotografia: ela sentada na cama, nua, as mãos na nuca, o cabelo negro e longo deslizando sobre os peitos:

– Com essa mulher – diz. – Em Montevidéu.

O coronel arranca a fotografia das mãos dele e de repente ferve de fúria, dá um murro na mesa, grita "puta que a pariu, traidora filha da puta, vai me pagar, desgraçada, vai me pagar".

E então ele entende. A casa tinha sido uma armadilha, armada para caçar gente como ele. E lembra o que ela tinha dito, um meiodia, depois do amor:

– Sabe de uma coisa? Eu nunca senti com ninguém esta... esta alegria dos músculos.

E pela primeira vez entende o que ela tinha acrescentado com uma sombra estranha nos olhos:

– Alguma vez ia acontecer comigo, não é? – tinha dito. – Foda-se. Eu sei perder.

(Isto aconteceu em 56 ou 57, quando os argentinos acossados pela ditadura cruzavam o rio e se escondiam em Montevidéu.)

O Universo visto pelo buraco da fechadura

Na sala de aula, Elsa e Ale sentavam juntas. Nos recreios caminhavam de mãos dadas pelo pátio. Dividiam os deveres e os segredos, as travessuras.

Um dia, de manhã, Elsa disse que tinha falado com a avó morta.

Desde então a avó começou a mandar mensagens para as duas. Cada vez que Elsa afundava a cabeça na água escutava a voz da avó.

Um dia Elsa anunciou:

– Vovó diz que vamos voar.

Tentaram no pátio da escola e na rua. Corriam em círculos e em linha reta até caírem exaustas. Se arrebentaram umas quantas vezes saltando dos muros.

Elsa afundou a cabeça e a avó disse:

– No verão vocês voam.

Chegaram as férias. As famílias viajaram para praias diferentes.

No fim de fevereiro Elsa voltava com seus pais a Buenos Aires. Pediu que parassem o carro na frente de uma casa que nunca tinham visto.

Ale abriu a porta.

– Voou? – perguntou Elsa.

– Não – disse Ale.

– Nem eu – disse Elsa.

Se abraçaram chorando.

Buenos Aires, julho de 1975:
Voltando do Sul

Carlos tinha ido para longe. Foi cozinheiro em hotéis, fotógrafo em praias, jornalista de vez em quando, homem sem casa; tinha jurado não voltar a Montevidéu.

Está em Buenos Aires agora, sem um tostão no bolso e com um documento de identidade meio em frangalhos – e vencido.

Nos devíamos muitas palavras. No fim de semana viajamos para o litoral, para colocar-nos em dia.

Eu me lembrei de como escutava, com assombro de menino, vinte anos atrás, as histórias de suas andanças de sete ofícios pelos arrozais do leste e as plantações de cana do norte do Uruguai. Naquela época eu me senti amigo deste homem pela primeira vez. Aconteceu no café *Tupí Nambá* da praça da Independência. Ele tinha uma viola. Era cantador e poeta, nascido em San José.

Com os anos criou fama de brigão. Bebia muito desde que voltou do Paraguai. Tinha estado um ano preso em um campo de concentração, para os lados de Tacumbú: jamais se apagaram as marcas dos golpes de corrente nas costas. Tinham arrancado à faca suas sobrancelhas e seus bigodes. Cada domingo os soldados apostavam corrida e os presos serviam de cavalo, com freio e tudo, enquanto o sacerdote tomava tereré debaixo de um umbu e ria agarrando a pança. Brigão e silencioso, Carlos se maltratava por dentro e andava buscando inimigos com os olhos nos cafés e nas bodegas de Montevidéu. Ao mesmo tempo, era a festa de meus filhos: ninguém como Carlos contava histórias e disparates com tanta graça, e não havia no mundo palhaço capaz de fazê-los rolar pelo chão de tanto rir. Vinha em casa, punha um avental e cozinhava frango à portuguesa ou pratos que inventava para nós, porque ele sempre foi homem de pouco comer.

Agora estávamos voltando do litoral, rumo a Buenos Aires, muitas horas de ônibus sem dormir e conversando, e ele me falou de Montevidéu. Durante todo o fim de semana nenhum de nós tinha mencionado nossa cidade. Não podíamos ir até lá; mais valia não falar dela.

Soltando tristeza me falou da Pacha:

– Uma noite cheguei muito tarde e me deitei sem fazer barulho ou acender a luz. Pacha não estava na cama. Procurei por ela no banheiro e no quarto onde dormia o filho. Não estava. Encontrei fechada a porta da sala. Fui abrir e percebi: do outro lado estavam as cobertas no chão. Na manhã seguinte esperei por ela na cozinha, para tomar mate como sempre. Pacha não fez nenhum comentário. Nem eu. Falamos um pouco, as coisas de sempre, tempo bom, tempo ruim, governo sacana, ou dá cá o mate que vou dar volta na erva para que não perca o gosto. E quando cheguei de noite encontrei a cama vazia. Outra vez a porta da sala trancada. De manhã cedo nos sentamos na cozinha para tomar mate. Ela não disse nada, e eu não perguntei. Às oito e meia chegaram seus alunos, como todos os dias. E assim, durante uma semana: a cama sem ela, a porta trancada. Até que uma manhãzinha, quando me passou o último mate, eu disse: "Olha, Pacha. Eu sei que é muito incômodo dormir no chão. Por isso, essa noite vem para a cama, tranquila, porque eu não vou estar". E não voltei nunca.

É a hora dos fantasmas:
Eu os convoco, persigo, caço

Desenho-os com terra e sangue no teto da caverna. Me vejo com os olhos do primeiro homem. Enquanto dura a cerimônia sinto que em minha memória cabe toda a história do mundo, desde que aquele homem esfregou duas pedras para se esquentar com o primeiro foguinho.

O Sistema

Eu tinha catorze ou quinze anos. Era contínuo de um banco. Passava as tardes subindo e descendo escadas com montanhas de expedientes nos braços. Ficava parado em um canto, como um soldadinho, à disposição das campainhas, luzes ou vozes.

Os diretores do banco se reuniam todas as sextas-feiras, no último andar. Durante as reuniões os diretores tomavam café várias vezes. Eu corria para a cozinha esquentar o café; quando não tinha ninguém olhando eu deixava o café ferver, para dar diarreia no pessoal.

Uma sexta-feira entrei com a bandeja, como sempre, e encontrei o salão vazio. Na mesa de caoba, bem ordenadas, as pastas com o nome de cada diretor e, em volta, as cadeiras sem ninguém. Só o senhor Alcorta estava sentado em seu lugar. Ofereci café e ele não respondeu. Tinha posto os óculos e lia um papel. Leu muitas vezes. Quieto, atrás dele, eu olhava os rolinhos rosados de sua nuca e contava as sardas de sua mão. A carta era o texto de sua demissão. Assinou, tirou os óculos e ficou sentado com as mãos nos bolsos, olhando o vazio. Tossi. Depois tornei a tossir; mas eu não existia. A bandeja repleta de xícaras de café me dava cãibras no braço.

Quando voltei para recolher as pastas e levá-las para a secretaria, o senhor Alcorta tinha ido embora. Tranquei a porta e abri as pastas, como fazia sempre, uma por uma. Em cada pasta havia uma carta de demissão igual à que o senhor Alcorta tinha lido e relido e assinado. Todas as cartas estavam assinadas.

Na terça-feira seguinte os diretores tiveram uma reunião extraordinária. O senhor Alcorta não foi convocado. Os diretores resolveram, por unanimidade, primeiro: retirar os pedidos de demissão apresentados na sexta-feira passada, e segundo: aceitar a demissão do senhor Alcorta, agradecendo os serviços prestados e lamentando que novas obrigações reclamem o concurso de sua capacidade ímpar.

Eu li as resoluções no livro de atas, quando me mandaram levá-lo à Gerência-Geral.

O Sistema

Que programa o computador que alarma o banqueiro que alerta o embaixador que janta com o general que ordena ao presidente que intima o ministro que ameaça o diretor-geral que humilha o gerente que grita com o chefe que pisa no empregado que despreza o operário que maltrata a mulher que bate no filho que chuta o cachorro.

O Sistema

Caminhamos pelas *ramblas* de Barcelona, bulevares largos, frescos túneis no verão, e nos aproximamos de uma barraca onde um homem vende passarinhos.

Gaiolas com vários, gaiolas com um só. Adoum me explica que nas gaiolas em que só deixam um pássaro colocam também um espelho, para que ele não se sinta sozinho.

Depois, no almoço, Guayasamín conta coisas de Nova Iorque. Conta que viu homens bebendo sozinhos nos balcões. Atrás das filas de garrafas há um espelho. Às vezes, bem avançada a noite, os homens atiram o copo, e o espelho voa aos pedaços.

Sonhos

Os corpos, abraçados, vão mudando de posição enquanto dormimos, virando para cá, para lá, sua cabeça em meu peito, minha perna sobre seu ventre, e ao girarem os corpos vai girando a cama e giram o quarto e o mundo. "Não, não", você me explica, achando que está acordada: "Não estamos mais aí. Mudamos para outro país enquanto dormíamos".

Crônica do Burro, do Vovô Catarino e de como São Jorge chegou a galope em seu cavalo branco e salvou-o das maldades do Diabo

1

Os automóveis exibiam escudos de plástico, com as cores da pátria: *Brasil: contigo ninguém pode*. Pelé já era diretor de um banco.

Além das cidades, os mendigos acossavam os ônibus de turismo. O Dodge Dart prometia nos anúncios: *Você passará à classe dominante*. A Gillette dizia: *Brasil, eu confio em você*. Os cadáveres do Esquadrão da Morte apareciam mutilados na Baixada Fluminense. Para que ninguém os reconhecesse, desfaziam as caras a tiros e cortavam os dedos das mãos. Du Pont, Dow Chemical, Shell e Standard Oil proclamavam, nos jornais e nas televisões: *We believe in Brazil*. Nos barracões, as crianças dormiam no chão ou em caixas de papelão: dali olhavam a televisão comprada a prestações. A classe alta brincava com as estatísticas; a classe média jogava na bolsa; a classe baixa apostava na loteria esportiva. Quem acordaria milionário na manhã da segunda-feira? Um pedreiro desempregado, uma lavadeira, um engraxate: alguém seria escolhido: entre oitenta milhões de condenados da terra alguém seria apontado, na manhã da segunda-feira, pelo dedo de Deus.

2

Eu dormia na casa de Artur Poerner.

Os estúdios da televisão estavam a poucas quadras da casa. Cada tarde de domingo, os candidatos a ganhar concursos que enchiam a rua: quem é capaz de comer mais bananas em uma hora? Quem é o brasileiro de nariz mais comprido? Uma vez se reuniu uma multidão de anões que se olhavam com ódio. Havia uma fortuna esperando o anão menor do Brasil.

Outra vez se disputou um campeonato de desgraçados. Desfilou uma corte de milagres: prostitutas desde os oito anos, paralíticos abandonados pelos filhos, cegos por culpa da fome ou das surras, leprosos, sifilíticos, presidiários de toda a vida por delitos que não cometeram, crianças que tinham tido uma orelha devorada por um rato, mulheres que tinham passado anos atadas a um pé de cama. Prometiam prêmios de fábula ao desgraçado mais desgraçado de todos. Alguns levavam torcida. A torcida delirava como no futebol: "Já ganhou!, já ganhou!", gritavam da plateia.

Pelas noites escutávamos, na casa de Artur, estrépitos de tambores. Era o tantã, ritmo de febre e trovão, que vinha do Corcovado. Lá do alto, Cristo protegia a cidade com seus braços. Nos bosques da montanha, celebravam-se missas selvagens. Os fantasmas vingadores traziam a esta terra, à luz da lua e das fogueiras, o Paraíso prometido pelos profetas.

3

Fora, o exílio: casinhas de quatro latas e duas tábuas presas na montanha, lençóis de jornal, crianças barrigudas, pernas de alfinete, olhos de susto.

Dentro, o reino: ardia o fogo no chão de terra e soavam os atabaques; homens e mulheres balançavam, sonhavam acordados, batiam nas portas do amor ou da morte.

Entrei com Artur. Encontramos o Diabo em farrapos.

– Para que quero a salvação?

Os chifres de trapo caíam sobre os olhos. Brincava sentado no alto de um monte de vidros em chamas, seu trono de fundos de garrafas e lixo, e batia no chão com um tridente enferrujado:

– Eu não quero a salvação! – roncava do fogo. – Lá no inferno está gostoso. O inferno é minha casa. E lá eu não tenho patrão.

As filhas de santo, vestidas de vermelho, cantavam:

O sol já vem,
já vem, baiano.
O sol já vai,
baiano, já vai.

Havia dois altares no terreiro de Nossa Senhora da Conceição, mãe de Exu: no do céu, um São Jorge avançava a cavalo; no do inferno, a luz doentia das velas esculpia caveiras e tridentes.

As ondas do mar batiam...

A cerimônia do Diabo era a festa da favela.

– Sem feitiço a vida não dá pé, não dá, não dá.

Vovô Catarino esfregava um galo vivo, penas negras, penas vermelhas, ao longo das pernas de um namorado sem sorte.

— Pense nela.
Afiou uma faca virgem na pedra do altar. Arrancou lentamente as penas do pescoço do galo. Ergueu a faca:
— Pensa na menina.
O pescoço recém-cortado avançava e se contraía. O namorado abriu a boca e bebeu.
— Esta noite — anunciou Vovô — no lençol dela haverá uma mancha de sangue. Não será sangue de ferida nem de menstruação.

4

Uma velha esperava a vez desde a tarde.
— Quem é teu patrão?
— Um herói de guerra.
— Estou perguntando como se chama.
— Charles Mann.
— Esse nome não é daqui.
— Ele vem de um lugar que se chama Estados Unidos.
— E como é que veio parar no Brasil?
— O navio dele afundou, e ele veio pra cá.
— Que herói é esse, que corre?
— Ele tem muitas medalhas.
— Um herói de merda, isso é o que ele é.
— Não diga isso, Vovô. Meu patrão é almirante.
— Almirante de banheira.
— Mas Vovô, ele perdeu um olho na guerra, tem um olho de vidro.
— Quando o negro estrepa a vista — disse Vovô — fica sem olho. Mas um branco rico compra um olho de vidro. E sabem o que acontece? Que deixa o olho de vidro num copo d'água enquanto dorme. E um dia bebe a água e engole o olho de vidro. E o olho de vidro tapa o rabo e fica olhando pra fora.

Explodiram tambores e risadas. Tomé também se divertia: a cerimônia ia bem. Tomé era um bode gordo, vestido como Exu, que fumava charutos e tocava o tambor com os chifres. Tinha sido levado para ser sacrificado e Vovô criara afeição por ele.

Agora governava as cerimônias: quando avançava chifrando paredes ou gente, Vovô entendia que alguma coisa andava mal, e ia embora.

5

Com giz vermelho e giz negro, Vovô desenhou os signos de Exu no chão de terra. Derramou pólvora, fez uma explosão de fumaça branca.

– A doença entra pelo pé e pelo pé vai embora – me disse Eunice, uma sacerdotisa de Vovô. – Embora às vezes entre pela boca, quando o vizinho manda bolo envenenado.

O doente, rosto sem cor, ventre inchado, pés de elefante, ardia de febre. Seus irmãos tinham subido com ele, carregando-o. Traziam uma garrafa de cachaça.

Vovô ficou furioso:

– Quando eu digo traz uma garrafa, quero dizer: traz sete. Você quer santo barato?

Examinou bem o doente e diagnosticou:

– Pode preparar a mortalha. Este feitiço foi bem feito.

6

Vovô erguia seu punho contra Deus, chamava-o verdugo e carniceiro, mas no fundo sabia que se tratava de um colega.

– Por que tanta tristeza?

A negra movia a cara molhada de lágrimas. Tinha uma barriga enorme.

– Aí não tem uma criança – sentenciou Vovô. – Aí tem vinte.

Mas ela não ria.

– Por que tanta tristeza, minha filha?

– Por causa do meu filho, Vovô.

– Pelos vinte que estão aí?

– Eu sei que meu filho vai nascer morto.

– Como?

– É sim, Vovô.

– E quem te disse essa besteira?

— Ninguém disse, mas eu sei. Minha vizinha fez um pacto. Ela me odeia. Quer roubar meu marido. Fez um pacto para que meu filho nasça morto.
— E com quem ela fez o pacto?
— Com Deus.
— Quem?
— Deus.
Vovô ria, agarrando a barriga.
— Com Deus, Vovô.
— Não, minha filha — disse Vovô, disse o Diabo:
— Deus não é *tão* besta para fazer isso.

7

Antes do amanhecer, Vovô Catarino ia embora, para as profundezas do inferno.

De noite, voltava à terra, entrava pelo pé do seu Burro e era o médico, o palhaço, o profeta e o vingador da favela. O homem que o recebia em seu corpo, o Burro do Vovô, trabalhava durante o dia limpando aviões no aeroporto do Galeão.

Artur e eu subíamos a ladeira do Corcovado. No entardecer conversávamos com o Burro, homem suave e humilde, que nos oferecia café. À meia-noite tomávamos cachaça ou vinho no copo do Vovô. Assistíamos aos transes e aos sacrifícios e escutávamos quando ele cagava nas instituições e nas boas maneiras.

Tinham vozes diferentes, e diferentes maneiras de chamar-nos. O Burro chamava Artur de Carioca, e eu de Uruguaio; para Vovô éramos Curiboca e Furagaio. Vovô falava com a voz rouquíssima e enredada de seus milhares de anos de idade, e o Burro não se lembrava de nada do que Vovô dizia ou fazia através dele.

Na véspera de minha partida, e sem que eu pedisse, Vovô me deu de presente uma guia de segurança. Colocou o colar de lata como se arma um cavaleiro: pus um joelho no chão e ergui a cabeça, repicou um tambor, cantaram as vozes.

O colar me fechou o peito. Durante um ano não entrariam tiros nem desgraças.

8

A filha de Eunice, Roxana, tinha poucos dias de nascida quando foi consumida pela febre. O bebê era puro choro, e se negava a comer. Eunice vestiu-a e subiu o morro até o terreiro do Vovô.

– Morre – disse a ele.
– Não.

Caminharam até o bosque. Vovô batizou Roxana com dois minúsculos talhos de punhal na testa. Adotou-a como neta. Depois jogou doze rosas brancas na cascata, para que a cascata levasse a peste para as ondas do mar.

A partir de então, Eunice se incorporou ao terreiro.

9

Ela me contou a história do Burro e do Vovô.

O Burro era um vagabundo. Estava vivendo com outros mulambos debaixo de uma ponte no Rio. Uma noite de fome caçaram um rato, que foi assado e comido. O Burro sentiu uma coisa estranha no corpo e desmaiou. Acordou convertido em Vovô Catarino. Disse:

– Agora eu vou ajudar todo mundo. Tenho milhares de anos. Para vir a esta terra escolhi o que sofria mais.

E começou a cantar.

– Vovô não se porta bem com o Burro – me disse Eunice. – Principalmente no tempo da Quaresma. Vovô adora fazer maldades na Quaresma.

Fazia-o trabalhar tanto que o Burro não dormia. Além disso, me contou Eunice, obrigava-o a beber urina nas cerimônias.

Um belo dia o Burro se rebelou.

– Eu não sou um cachorro pra levar esta vida. Me corto e queimo o rabo e ando bebendo mijo em troca da fome e bananas. Não vou fazer mais nada por ninguém. Por mim, que morram.

Terminou de dizer e sentiu uma tontura. Uma voz segredou-lhe no ouvido:

– É que o senhor não comeu nada. Nem mesmo o café da manhã. Vamos ao bar tomar alguma coisa. Vamos.

Vovô ia cruzar a rua e caiu violentamente para trás. Esticou um braço para se levantar e tornou a cair. Tentou se apoiar em uma mão e paf, outra vez. Os golpes arrebentaram seu nariz e abriram um talho na cabeça. Voltou ao morro sangrando e furioso:
– Que ele nem pense em descer à terra hoje. Não dou mais bola para esse desgraçado do Vovô.

Acabou a frase e caiu fulminado. Ficou de fuça no chão. Não podia se mexer de tanta dor. Chorou.

Então desceu Ogum, São Jorge, o santo guerreiro, e levantou-o pelas axilas. Era esquisito que aparecesse uma terça-feira, porque São Jorge vinha, quando vinha, nas noites de sexta.

O Burro contou tudo para ele, e pediu ajuda. São Jorge é o único que o Diabo ouve.

Essa noite Vovô bebeu vinho e cachaça. Nunca mais exigiu xixi.

– Às vezes – me disse Eunice – o Burro merece castigo, porque é desobediente.

O Burro estava arrumando os altares, enquanto se preparava para ir trabalhar no aeroporto, quando descobriu um copo de vinho. Vovô deixara o copo ali para tentá-lo. O Burro só podia beber durante as cerimônias, quando era Vovô. Tomou um golinho e recebeu uma tremenda bofetada na boca. Perdeu dois dentes.

Desceu do morro para tomar o ônibus e cruzou com um carro fúnebre. O carro parou. O Burro escutou alguém chamá-lo por seu nome. Nem bem se aproximou e foi agarrado pelo pescoço. Taparam sua boca e mergulharam-no dentro. Esteve três dias e três noites na região da morte. São Jorge arrancou-o dali. Trouxe-o a galope em seu cavalo branco e devolveu-o à sua casa.

10

Carlos Widmann, correspondente estrangeiro, me pediu que o levasse ao terreiro do Vovô para escrever um artigo. Eu estava indo embora, e não dava tempo; mas deixei as indicações.

Depois, em Montevidéu, recebi uma carta de Widmann.

Me dizia que na Sexta-feira da Paixão tinha estado com Vovô Catarino. Vários bodes negros foram assados e comidos no dia de jejum obrigatório. A cerimônia durou até a manhã seguinte. Tomé assistiu, fumando, o sacrifício de seus irmãos. Os bodes tinham sido degolados pouco a pouco, para que sofressem toda a dor que Deus reservava aos homens, e nos aliviassem. Os convidados beberam sangue quente na concha da mão.

Já tinham sido comidos os bodes, quando Vovô embebedou um sapo gigante com aguardente. Cada um dos devotos meteu na boca do sapo o nome ou a imagem de seu inimigo. O sapo escorregava da mão do Vovô. Depois, ele costurou a boca com agulhas que não tinham sido usadas antes. Fio vermelho e fio negro, em cruz. Soltou-o na porta e o sapo se afastou pulando feito louco.

Eu sabia que isso significava morte lenta. O sapo morre de fome. Se alguém quer a morte rápida do inimigo, enterra-se o sapo em um pequeno ataúde ao pé de uma figueira, a árvore maldita por Cristo, e o sapo morre por asfixia.

"Vovô me disse que pusesse um nome", me escreveu Carlos, "e não me ocorria nenhum. Mas eu acabava de chegar da Bolívia. Trazia gravadas as imagens das matanças dos mineiros. Então escrevi o nome do general René Barrientos em um papelzinho, dobrei-o e meti-o na boca do sapo."

Quando li a carta de Widmann, o ditador boliviano já se queimara vivo em Cañadón del Arque, envolvido nas chamas do helicóptero que tinha ganho da Gulf Oil Co.

Introdução à Teologia

Naqueles dias descobri Maria Padilha.

Ela nasceu nos bairros baixos do Rio; em poucos anos invadiu os bairros pobres do norte da cidade.

Tinha o tamanho de uma mulher.

Vestia meias de seda e saia muito curta, aberta de um lado, que mostrava a liga e despia as coxas, e uma blusa justa, meio aberta, de onde saltavam os peitos. Estava coberta de pulseiras e colares, oferta dos fiéis. Entre os dedos de longas unhas vermelhas, sustentava um cigarro de filtro.

A figura de cera de Maria Padilha montava guarda nas portas das lojas de umbanda. Mas onde ela realmente vivia era nos corpos de suas sacerdotisas nos terreiros. Maria Padilha entrava nessas mulheres e lá de dentro ria, gargalhava, bebia, fumava, recebia consultas, dava conselhos, desfazia feitiços e era até capaz de seduzir o Diabo para conseguir que ajudasse alguém que estivesse necessitando.

Maria Padilha, deusa maldita, puta divinizada, encarnava as mulheres que eram, na vida real, putas profissionais. Elas se encarnavam em si mesmas, de certo modo, mas ao contrário. Cada cerimônia era um ritual de dignidade: achavam que eu era uma cadela? Sou uma deusa.

Tudo isso já não existe

Muitas favelas foram arrancadas do Rio. Foram jogadas longe dos olhos dos turistas.

Com elas, foram embora seus deuses. Os tambores que clamam maldição ou dão ajuda já não perturbam o sono dos cidadãos.

A polícia fechou o terreiro de Vovô Catarino. Ele foi expulso da cidade.

Introdução à Teologia

1

Há sete anos, eu ia atravessando a pracinha gelada de Llallagua, caminhando devagar, com as mãos afundadas num blusão negro de gola alta.

– Padre! Padrezinho!

Um homem surgiu, correndo, de dentro da escuridão. Agarrou-me um braço. À luz mortiça do único lampião, qualquer um podia ler o desespero naquele rosto ossudo. Usava um capacete de mineiro, paletó de mineiro; sua voz soava como uma tosse:

– O senhor tem de me acompanhar, padre, por favor, padre.

Expliquei que não era sacerdote. Várias vezes. Era inútil.

– O senhor vem, padrezinho, o senhor vai vir comigo.

Quis com toda força me converter em padre, mesmo que fosse só por alguns minutos. Um filho do mineiro estava morrendo.

– É o menorzinho, padre, o menorzinho. O senhor tem de vir para dar os santos óleos para ele. Agorinha, padre, que ele já está indo.

Cravava os dedos em meu braço.

2

Há poucas crianças nas minas bolivianas. E não há velhos.

Esses são homens condenados a morrer antes dos trinta e cinco anos, com os pulmões transformados em papelão, por causa do pó de silício.

Deus sozinho não basta.

Antes, Lúcifer em pessoa abria o carnaval mineiro. Entrava, montado em um cavalo branco, pela rua principal de Oruro. Hoje em dia, as *diabladas* atraem um enxame de turistas de todas as partes do mundo.

Mas, nas minas, o Diabo não reina só em fevereiro. Os mineiros o chamam de Tio e ergueram para ele um trono em cada galeria. O Tio é o verdadeiro dono do minério: concede ou nega os filões de estanho, extravia nos labirintos os que quer que se percam e aponta os veios escondidos aos seus filhos prediletos. Libera os aluviões da terra, ou provoca desabamentos. Dentro da galeria é mortal pronunciar o nome de Jesus, embora a Virgem possa ser invocada sem perigo. Às vezes, o Tio pactua com os contratistas ou os empreiteiros: vende a riqueza a troco da alma. Foi ele quem piscou para os camponeses, que abandonaram as plantações e se afundaram para sempre nas grutas.

Em torno de sua imagem de barro os mineiros se reúnem para beber e conversar. É a *ch'alla*. Colocam velas, acesas ao contrário, e oferecem cigarro, cerveja e *chicha*. O Tio esgota os cigarros e deixa os copos vazios. Aos seus pés, os mineiros deixam cair algumas gotas de aguardente, e esta é a maneira de oferecer bebida à deusa da terra.

Os mineiros pedem ao Diabo que floresça o mineral.
– Tio, ajuda a gente. Não nos deixe morrer.
A *ch'alla* funciona como uma universidade política. Os ditadores a proíbem. Estes homens se reúnem ao redor do Tio, em cantos secretos da mina, e falam de seus problemas e da maneira de mudar as coisas. Sentem-se protegidos, ganham ânimo e coragem. Não se ajoelham ante o Diabo. Na hora de ir embora, colocam em seu pescoço serpentinas coloridas.

Guerra da rua, guerra da alma

Cada uma de minhas metades não poderia existir sem a outra. Pode-se amar a intempérie sem odiar a jaula? Viver sem morrer, nascer sem matar?

Em meu peito, arena de touros, lutam a liberdade e o medo.

O Sistema

Quem está contra, ensina a máquina, é inimigo do país. Quem denuncia a injustiça comete delito de lesa-pátria.

Eu sou o país, diz a máquina. Este campo de concentração é o país: esta podridão, este imenso baldio vazio de homens.

Quem crê que a pátria é uma casa de todos será filho de ninguém.

Foi enterrado vivo em um poço

Tem de ser um nervo, a ternura. Um nervo que se rompe e não se pode costurar. Poucos homens conheci que tivessem atravessado as provas de dor e violência, façanha rara, com a ternura invicta.

Raul Sendic foi um desses homens.

Me pergunto, agora, o que terá sobrado de Raul.

Lembro dele com seu sorriso de bebê de cara tosca, cara de barro, perguntando-me entre os dentes:

– Tem uma gilete aí?

Raul acabava de comprar um terno na lojinha de um turco que vendia roupa usada, na Cidade Velha, e se sentia o mais elegante do mundo naquele saco de estopa marrom com listinhas da mesma cor. Mas o terno não tinha o bolsinho da calça, tão necessário para as moedas. E ele fez o bolsinho com uma gilete e um grampeador de escritório.

Eu tinha catorze anos e era o desenhista de *El Sol*, o semanário socialista. Me deram uma mesa, na sede do Partido, e eu era dono de gilete, tinta nanquim, têmpera e pincéis. Cada semana tinha de fazer uma caricatura política. As melhores charges eram as que inventava Raul, que lançava faíscas pelos olhos, quando se aproximava para contar o que imaginara.

Algumas noites íamos embora juntos, depois das reuniões da Juventude Socialista.

Morávamos perto. Ele descia na rua Duílio e eu continuava um par de quadras mais. Raul dormia na varanda. Não suportava ter um teto em cima da cabeça.

Várias vezes me perguntei, anos depois, como terá feito Raul para não enlouquecer durante o tempo enorme que passou preso nos poços. De quartel em quartel, deitaram-no no fundo da terra, com uma tampa em cima, e desciam água e pão por uma corda, para que não visse jamais o sol nem falasse com ninguém.

Não posso imaginá-lo nessas sombras. Vejo Raul na intempérie, no meio do campo, sentando sobre o crânio de vaca que era a poltrona de seu escritório jurídico. Os operários dos canaviais, que o chamavam de Justiceiro, escutaram de seus lábios e entenderam, pela primeira vez, palavras como: direitos, sindicatos, reforma agrária.

Fecho os olhos e torno a ver Raul frente a uma fogueira, na costa do rio Uruguai. Ele me aproxima uma brasa aos lábios porque outra vez deixei apagar, cidadão de meia-tigela, o cigarro de palha e fumo picado.

Buenos Aires, julho de 1975:
Os homens que cruzam o rio

Hoje fico sabendo que todos os meses, no dia em que sai a revista, um grupo de homens atravessa o rio Uruguai para ler.

São uns vinte. Encabeça o grupo um professor de sessenta e tantos anos, que esteve preso um tempo.

Pela manhã saem de Paysandú e cruzam para a terra argentina. Compram um único exemplar de *Crisis* e se instalam num bar. Um deles lê em voz alta, página por página, para todos. Escutam e discutem. A leitura dura o dia inteiro. Quando termina, deixam a revista de presente para o dono do bar e voltam ao meu país, onde ela está proibida.

– Ainda que fosse só para isso – penso – valeria a pena.

Esta tarde rasguei a Porky e joguei os pedacinhos no lixo

Tinha me acompanhado por todas as partes. Aguentou, ao meu lado, intempéries e maus-tratos e tombos. Perdeu a espiral de arame e saíram as folhas. Das capas, cor de lacre, não ficaram mais que farrapos. A *Porky*, que teve seu tempo de elegante agenda francesa, tinha se reduzido a um montão de papéis e papeizinhos atados com um elástico, e andava toda rasgada e borrada e suja de tinta e terra.

A decisão me custou um bocado. Eu gostava dessa gorda desmantelada. Estalava em minhas mãos cada vez que eu lhe pedia um endereço ou um telefone.

Nenhum computador teria podido com ela. A *Porky* estava a salvo de espiões e policiais. Nela eu encontrava o que buscava sem esforço: sabia decifrá-la, manchinha por manchinha, risco por risco.

Entre o A e o Z, a *Porky* continha dez anos de minha vida. Nunca foi passada a limpo. Por preguiça, eu dizia; mas era medo.

Hoje eu a matei.

Uns poucos nomes me doeram de verdade. A maioria eu já não reconhecia. A caderneta estava cheia de mortos; e também de vivos que já não tinham nenhum significado para mim.

Confirmei que nestes anos quem tinha morrido várias vezes e várias vezes nascido era eu.

Minha primeira morte foi assim

1

Eu passava as noites sentado na cama, lotando cinzeiros.

Sílvia, inocente, dormia como uma pedra. Eu sentia ódio dela na hora do amanhecer. Acordava-a, sacudia seus ombros, queria dizer: estas são as perguntas que não me deixam dormir. Queria dizer: me sinto sozinho, eu perseguidor, cão que ladra para a lua, mas não sei que troço me saía da boca no lugar das palavras. Acho que gaguejava disparates, ou seja: pureza, sagrado, culpa, fome de magia. Cheguei a me convencer de que tinha nascido no século errado ou me enganara de planeta.

Eu tinha perdido Deus poucos anos antes. Meu espelho se quebrara. Deus tinha o rosto que eu inventava e dizia as palavras que eu esperava. Enquanto fui criança, me pôs a salvo da dúvida e da morte. Eu perdera Deus e não me reconhecia nas pessoas.

A militância política não me aliviava, embora em mais de uma ocasião, encharcado da cabeça aos pés pelo visgo da cola dos cartazes políticos, pude sentir o alegre cansaço ou sensação de combate que valia a pena. Em volta havia um mundo quieto e domesticado para a obediência, no qual cada cidadão representava seu personagem (alguns tinham um elenco inteiro) e derramavam pontualmente sua saliva os cachorrinhos de Pavlov.

Várias vezes tentei escrever. Eu intuía que essa podia ser uma maneira de tirar de dentro de mim a fera que tinha crescido. Escrevia uma palavra, uma frase às vezes, e em seguida riscava. No fim de algumas semanas ou meses a folha estava toda machucada, quieta em seu lugar sobre a mesa, e não dizia nada.

2

Quis chorar. Chorei. Eu tinha acabado de fazer dezenove anos e preferi pensar que chorava por causa da fumaça de todas as minhas coisas que estavam queimando. Armei um bom incêndio de papéis, retratos e desenhos para que não sobrasse nada de mim. A casa se encheu de fumaça e eu me sentei no chão e chorei. Depois saí, percorrendo farmácias, e comprei *luminal* suficiente para matar um cavalo.

Já tinha escolhido o hotel. Enquanto caminhava pela rua Rio Branco, ladeira abaixo, senti que estava morto há horas ou anos, vazio de curiosidade e desejo, e que só faltavam os detalhes finais. Mesmo assim, ao chegar na esquina da rua São José, um automóvel avançou em cima de mim e meu corpo, que estava vivo, deu um salto de tigre até a calçada.

A última coisa de que eu me lembro de minha primeira vida é a ranhura de luz na porta fechada enquanto eu me afundava em uma noite serena que não iria terminar nunca.

3

Acordei, depois de vários dias em coma, na sala de presos do hospital Maciel. Era, para mim, um mercado de Calcutá: via fulanos meio despidos, com turbantes, vendendo porcarias. Eram muito magros, puro osso. Estavam sentados de cócoras. Outros faziam dançar serpentes tocando flauta.

Quando saí de Calcutá não havia sujeira nem sombras dentro de mim. Por fora estava destroçado, culpa do ácido do mijo e da merda que o corpo continuara soltando, por sua conta, enquanto eu dormia minha morte no hotel. O corpo nunca me perdoou. Ficaram as cicatrizes: a pele de cebola que agora me impede de montar cavalo em pelo, como gostaria, porque se abre e sangra, e nas pernas as marcas das feridas que chegaram até o osso. Todas as manhãs as vejo, quando me levanto e ponho as meias.

Mas isso era o de menos, naqueles dias do hospital. Tinha os olhos lavados: via o mundo pela primeira vez, e queria comê-lo. Todos os dias seguintes seriam um presente.

Volta e meia me esqueço, e ofereço à tristeza essa vida que veio de quebra.

Deixo que, volta e meia, esse Deus castigador que não acaba de ir de dentro de mim me expulse do Paraíso.

4

Então pude escrever e comecei a assinar com meu sobrenome materno, Galeano, os artigos e os livros.

Até pouco tempo atrás eu achava que tinha decidido isso por causa das dificuldades fonéticas que em castelhano tem meu sobrenome paterno. No final das contas, foi por isso que eu o tinha "castelhanizado": assinava Gius, em vez de Hughes, os desenhos que, desde garoto, publicava em *El Sol*.

E só agora, numa dessas noites, percebi que me chama Eduardo Galeano foi, desde fins de 1959, um modo de dizer: sou outro, sou um recém-nascido, nasci de novo.

No fundo, tudo é uma questão de História

Vários séculos antes de Cristo, os etruscos enterravam seus mortos entre paredes que cantavam o júbilo de viver.

Em 1966 desci com Graziela nas tumbas etruscas e vimos as pinturas. Havia amantes em todas as posições, gente comendo e bebendo, cenas de música e celebração.

Eu tinha sido amestrado catolicamente para a dor e fiquei vesgo nesse cemitério que era um prazer.

E de coragem

Uma noite, há muitos anos, num boteco do porto de Montevidéu, estive até o amanhecer bebendo com uma puta amiga, e ela me contou:

– Sabe uma coisa? Eu, na cama, não olho nunca os olhos dos homens. Eu trabalho com os olhos fechados. Porque se eu olhar para os olhos dos homens fico cega, sabe?

Mas é preciso escolher

Quantas vezes confundimos a bravura com vontade de morrer?

A histeria não é história nem o revolucionário um amante da morte.

A morte, que algumas vezes me tomou e me largou, volta e meia me chama até hoje, e eu mando ela para a puta que a pariu.

Minha segunda morte foi assim

1

Me levantei, aos tropeções, e acendi a única lâmpada do quarto. No relógio eram oito e meia da noite. Abri de par em par as duas folhas da porta que davam para um terraço de madeira sobre a praia. A lua cheia excitava os cães. Eu não podia dormir, mas não por causa dos latidos.

Ficar em pé me deixava tonto. Deitei, dobrei o travesseiro; quis ler. A cama fervia. Soprava uma brisa quente que deixava cair, aos meus pés, as folhas das amendoeiras.

Aquele tinha sido um dia importante para mim. Na saída do hospital, tinham me dado um certificado de ressurreição.

Dei uns passos, tonto, e abri o chuveiro. Me olhei no espelho: vi um monte de ossos com olheiras.

Estava na miséria. Tinha joelhos de gelatina. Meu queixo tremia, meus dentes sacudiam. Juntei toda a força que me restava e apertei o queixo com as duas mãos. Eu queria parar esse chocalho contínuo. Não consegui.

Me sentei na cama, com a toalha nos joelhos. A água repicava forte contra o chão de cimento do banheiro. Fiquei sentado um tempão, pensando em nada e olhando os dedos dos pés. Rios de transpiração escorregavam por meu corpo nu. Sequei a transpiração e vesti, devagar, a camisa e as calças.

O chuveiro continuava aberto. Percebi que não tinha tomado banho. Tirar a roupa me dava preguiça. Fechei a torneira e saí.

Caminhei descalço sob as amendoeiras de Macuto.

2

Caracas era um supermercado gigante. Só os automóveis podiam viver ali sem que se envenenassem suas almas ou seus pulmões. Por isso eu tinha alugado um quarto nesse hotelzinho da costa, frente ao mar. Não ficava longe. Cada dia eu ia e voltava através das montanhas.

Aquele, sim, era um bom lugar. O ar estava sempre limpo e o sol entrava cedo no quarto e então eu ia nadar um bocado antes de começar o dia. Na costa se alinhavam vários cafés e restaurantes com mesinhas debaixo das árvores, na beira da praia. Havia muitas pombas. Foi lá que eu soube, porque não sabia, que quando a pomba une seu bico ao bico do filhote não é para beijá-lo, e sim para dar-lhe de comer o leite nascido em seu papo.

3

Ao amanhecer, hora de trégua, tinham me dado alta.

Alejandro Mondolfi, o médico, deu-me tapinhas nas costas e disse:

— Te solto.

E disse:

— Você teve dois impaludismos em um mês. Te cuida, ou vai virar cadáver. Você vai ter de comer muita lentilha. Essas são suas pílulas: quinina, ferro.

Agora eu sabia que um mosquito pode ser pior que uma serpente e também sabia que seria perseguido, até o fim de meus dias, pelo pânico de voltar ao incêndio e ao gelo daquela febre. Na selva ela é chamada de "econômica", porque mata em um dia e ninguém precisa gastar dinheiro em remédio.

Tínhamos ficado presos pela chuva, Daniel Pacheco, Arnaldo Mendoza e eu, nas minas de diamantes da selva de Guaniamo. O desastre valeu a pena. Ali um homem adormecia milionário e ao amanhecer estava morto ou sem um tostão para comprar nem uma bolacha. O negro Barrabás tinha fundado a estirpe dos mineiros. Encontrou um diamante do tamanho de um ovo de pomba e mandou arrancar todos os dentes para usar uma dentadura de ouro puro. Terminou seus dias em uma mina perdida na fronteira, pedindo fiado o café da manhã.

Nos acampamentos mineiros dormia-se em redes entre as árvores, cada rede era uma casa, mas se consumia uísque *Ballantine's* e conhaque francês. Um café custava dez vezes mais que em Caracas e nós ficamos, em poucos dias, sem um centavo. Fomos salvos pela Nena. Ela vinha de La Guayra. Tinha dezenove anos e em uma noite de amor ganhava mais que eu em um mês de trabalho. Quando olhei suas pernas, pensei: "É justo". A Nena nos dava cerveja e comida; e finalmente conseguimos entrar em um aviãozinho que nos tirou da selva. Os mosquitos tinham nos devorado e os três estávamos levando a malária no sangue. Eu tive as duas malárias: a benigna, e em seguida a brava.

Minha cabeça era uma chaga viva quando cheguei ao hospital. A febre cavoucava com punhais, acendia fogo. Entre os lábios partidos eu deixava escapar queixas e disparates. Sentia que estava morrendo e não esperava que ninguém aparecesse em meio ao delírio e abrisse seus braços para salvar-me das fervuras e punhaladas da febre: a dor era tanta que não cabia em mim nada mais que ela, e eu simplesmente queria morrer porque a morte doía menos.

Mas gostei de acordar vivo na manhã seguinte. A febre tinha caído. Entreabri os olhos: percorri as camas de meus vizinhos; esfreguei os olhos. Estava rodeado de caras que a leishmaniose tinha destroçado. A lepra tinha comido orelhas, lábios, narizes: via seus ossos e gengivas.

Passei um bom tempo prisioneiro. Creio que era o único caso de impaludismo. Os leprosos, homens do campo, não falavam. Eu dividia com eles as maçãs que meus amigos traziam. Eles tinham um rádio. Escutavam boleros.

A quinina, uma dose cavalar que meteram em minhas veias, tinha me salvado. Pouco a pouco ia me recuperando. Assustei quando vi meu mijo negro, meu sangue morto, e mais ainda quando do voltou a febre. Apertei o braço do médico e pedi que não me deixasse morrer, porque eu não queria mais morrer, e ele riu e me disse que não enchesse o saco.

4

Lembro o tempo do hospital como uma longa viagem. Eu ia em um trem, atravessando o mundo, e da bruma da noite escapavam cidades e resplendores, caras queridas, e eu lhes dizia adeus.

Via o mar e o porto de Montevidéu e as fogueiras de Paysandú, as esquinas e as planícies onde tinha sido garoto e feliz. Via um potrinho galopando. Via ranchos de terra e aldeias fantasmas. Passarinhos no lombo de uma vaca deitada. O casco de uma fazenda em ruínas. Me via entrando na capela invadida pelos arbustos. Eu metia a chave enorme e a porta rangia e gemia. De fora chegava o ruído da alegria das calandras e dos *teru-teru*. A luz atravessava os vitrais e banhava, avermelhada, minha cara, enquanto eu abria caminho entre as ervas e chegava ao altar e conversava com Deus e o perdia.

Via meu irmão despertando-me debaixo das árvores, sacudindo-me, no amanhecer do terceiro dia de nossa travessia a cavalo pelo campo aberto. Ele me despertava e me perguntava: "Você esteve alguma vez com uma mulher?", e eu espreguiçava e mentia.

Via mares e portos. Cantinas de subúrbio, cheias de fumaça, cheirando a comida quente. Prisões. Comarcas distantes. Povoados perdidos nas montanhas. Acampamentos com fogueiras. Via olhares, ventres, brilhos: mulheres amadas sob a chuva violenta ou no mar ou nos trens, mulheres cravadas à meia-noite contra uma árvore na rua; abraços de besouros que rodam pelas areias nas dunas. Via meus filhos e via amigos de quem nunca mais se soube.

Eu tinha passado toda a vida dizendo adeus. Merda. Toda a vida dizendo adeus. Que acontecia comigo? Depois de tanta despedida, o que eu tinha deixado? E em mim, o que havia ficado? Eu tinha trinta anos, mas entre a memória e a vontade de continuar se amontoavam muita dor e muito medo. Eu tinha sido muitas pessoas. De quantas carteiras de identidade era dono?

Outra vez havia estado a ponto de naufragar. Tinha escapado de morrer uma morte não escolhida e longe de minha gente, e essa alegria era mais intensa que qualquer pânico ou ferida. Não teria sido justo morrer, pensei. Não tinha chegado ao porto esse barquinho? Mas, e se não houvesse nenhum porto para esse barquinho?

Vai ver navegava pelo puro prazer de andar ou por causa da loucura de perseguir aquele mar ou céu luminoso que tinha perdido ou inventado.

Agora, morrer teria sido um erro. Eu queria dar tudo antes que a morte chegasse, ficar vazio, para que a filha da puta não encontrasse nada para levar. Tanto suco eu ainda tinha! Sim, era isso o que tinha ficado em mim ao fim de tanto adeus: muito suco e vontade de navegar e desejo de mundo.

5

Meus amigos me trouxeram do hospital de automóvel. Chegamos a Macuto pouco antes do cair da tarde. Sentamos em um bar, pedimos cerveja.

Da luz do crepúsculo saíam entardeceres de outros tempos. Quando eu era pequeno ia pescar, não pela pesca, porque na verdade sentia pena dos peixes, mas pela alegria de estar ali no cais vendo como o mar engolia lentamente o sol. Tinham passado os anos e agora era igual. Eu sentia a mesma coisa no peito. Pensei que alguma coisa essencial não tinha mudado dentro de mim, apesar de tudo.

Ri com meus amigos. Eles me ofereceram muletas, me disseram que a malária tinha me deixado o mal de São Vito, propuseram que eu começasse a cuidar da aposentadoria.

Ao anoitecer voltaram a Caracas. Eu subi ao quarto e deitei. Quis dormir, não pude.

6

Depois me levantei e caminhei. Sentia a areia nas plantas dos pés descalços e as folhas das árvores tocavam meu rosto. Tinha saído do hospital feito um trapo, mas tinha saído vivo, e não me importavam porra nenhuma o tremor do queixo ou a frouxidão das pernas. Me belisquei, ri. Não tinha dúvidas nem medo. O planeta inteiro era terra prometida.

Pensei que conhecia umas tantas estórias boas para contar aos outros, e descobri, e confirmei, que meu assunto era escrever. Muitas vezes tinha chegado a me convencer de que esse ofício solitário não valia a pena se um o comparava, digamos, com a militância ou a aventura. Tinha escrito e publicado muito, mas me faltou coragem para chegar ao fundo de mim e abrir-me por completo e oferecer isso. Escrever era perigoso, como fazer o amor quando se faz como deve.

Aquela noite percebi que eu era um caçador de palavras. Para isso tinha nascido. Essa ia ser minha maneira de estar com os demais depois de morto e assim não iam morrer totalmente as pessoas e coisas que eu tinha querido.

Escrever era um desafio. Eu sabia. Desafiar-me, me provocar, dizer a mim mesmo: "Não vai conseguir". E também sabia que para que nascessem as palavras eu tinha de fechar os olhos e pensar intensamente em uma mulher.

7

Então senti fome e me meti no restaurante chinês de Macuto. Sentei perto da porta, para receber a brisa fresca que vinha do mar.

No fundo do restaurante estava uma moça comendo sozinha. Via-a de perfil; quase não prestei atenção. Além disso, sou curto de vista, e estava sem óculos.

Não lembro o que comi. Enrolados, suponho, e sopa e frango saltado ou qualquer coisa assim. Bebi cerveja, que é sempre melhor que mau vinho. Tomei a cerveja como gosto, com a espuma gelada nos lábios e o líquido dourado atravessando a espuma e roçando-me os dentes.

Comendo esqueci o tremor do queixo. A mão levava com firmeza o garfo à boca.

Ergui os olhos. A moça pálida se aproximava, com passos lentos, vinda lá do fundo.

Levantou do chão um aviãozinho de papel e rasgou-o em pedacinhos. Olhei-a, me olhou.

– Te mandei um recado – disse.

Engoli saliva. Sorri me desculpando.

– Senta – convidei.

– Não percebi – expliquei.

Perguntei o que dizia o bilhete.

– Não sei – me disse.
– Senta – repeti, e estendi uma cadeira.
Moveu a cabeça; vacilou. Finalmente sentou. Olhava o chão, sem jeito.
Quis continuar comendo, mas era difícil.
– Dá para perceber que você não toma sol – disse.
Encolheu os ombros.
O resto da comida esfriou no prato.
Ela estendeu a mão, buscando cigarros. Cheguei a ver as cicatrizes dos cortes nos pulsos.
Acendi seu cigarro. Tossiu.
– São fortes – disse.
Examinou o maço, fez com que desse voltas na mão:
– Não são daqui – afirmou.
A luz lambia sua cara. Era bonita, apesar da palidez e da magreza. Cravou os olhos em mim e eu desejei que sorrisse e não soube como.
– Sabe por que joguei o aviãozinho em você? – perguntou, e respondeu:
– Porque você tem cara de louco.
Acho que havia uma música chinesa, tristonha, soando baixinho. Uma voz de mulher, se não me engano, que se cortava na metade de cada queixa.
– Eu nunca tomo sol – explicou. – Passo o dia inteiro trancada em meu quarto.
– E o que você faz, trancada?
– Espero – disse.

8

No final apagaram as luzes, o que era um jeito não muito chinês de mandar a gente embora, e caminhamos uns passos até a areia. Sentamos.
Ergui os olhos para o céu daquele país. Era um céu diferente do nosso. Comecei a caçar estrelas. Surpreendido, descobri o Cruzeiro do Sul no horizonte. A moça pálida me disse que o Cruzeiro do Sul se mostrava em maio.

Falou como se tivesse passado anos calada. Falava e mordia as unhas. Tinha as unhas todas roídas.

Meus joelhos estavam frouxos e meus olhos cheios de sono; tinha voltado o tremor do queixo. Mas me sentia bem ali.

Não sei por quê, disse que ela era linda mas magra, e ela se defendeu. Levantou a saia para confirmar.

Depois caminhamos algumas quadras sob as árvores. Apontou vagamente para as casas de telhas vermelhas, em uma ruazinha estreita que desembocava na praia.

– Eu moro ali – disse.

Eu também gostava de sua voz um pouco rouca.

Parou, se apoiou de costas contra uma parede.

Fazia calor. Havia mosquitos na luz do poste.

– Me desculpe por falar tanto – disse ela.

Mordeu os lábios. Uma gotinha de sangue escorreu rumo ao seu queixo.

9

Gostei de vê-la tirar a roupa à luz da lua. Não tinha mentido ao dizer que era uma falsa magra.

Creio que nunca estive pior. Mover um braço me custava um triunfo. Saí dela aos pedaços.

Me acordou agitada, me sacudindo:

– Que é isso?

Virei; esfreguei os olhos.

Num ângulo da porta aberta brilhavam dois olhos dourados, deslumbrantes no negror.

– Não sei – disse. – Um gato.

Estava deslizando novamente no sono quando ela me apertou um braço.

– Olha – disse.

– O quê?

– Continua aí.

Os olhos não piscavam nem se moviam.

Então, eu também não consegui dormir.

Acendi a luz e não vi nem gato nem nada. Apaguei e virei a cara contra a parede. Mas sentia na nuca o disparo de eletricidade.
A moça pálida se levantou e avançou.
– Deixa disso – murmurei.
Vi como ela se agachou, adivinhei os murmulhos que o ruído do mar apagava. O corpo dela se interpôs entre os olhos dourados e eu.
De repente ela deu um grito.

10

Acendi a luz da cabeceira. Ela estava meio abobada, olhando a mão. Vi as marcas da mordida.
– Esse gato tinha raiva – falou, e começou a chorar.
Para falar, tive que obrigar a garganta. Creio ter sido sincero: disse que os cães transmitem raiva, os gatos, não. A sonolência me arrastava. A mão dela começou a inchar.
– Sim – insistia ela – tinha. Esse gato tinha raiva.
– Você não se importa de me ver morrer – gemia.
Decidiu sair para perguntar. Quando fiquei em pé, o mundo deu uma volta completa. Me vesti, não sei como, e continuei tonto, quando descemos.
Encontramos um marinheiro que dormia de costas contra a muralha de pedras da praia. Respondeu sem pressa e sem raiva, enquanto dava as primeiras pitadas num cigarro. Era preciso perseguir o gato e agarrá-lo, para saber.
E andamos, agachados os três, chamando gatos na escuridão. Tínhamos uma única lanterna. Vimos gatos de todas as cores e tamanhos. Nós miávamos e eles respondiam, apareciam, deslizavam pelas sarjetas e fugiam.
A cada poucos metros eu me sentava no chão e juntava forças para os próximos passos. Não resfolegava, porque já não tinha fôlego nem para isso. Tampouco piscava: se deixasse que as pálpebras se juntassem, dormia.

11

Sua mão começou a ficar avermelhada. Tinha o braço paralisado, mas já não se queixava. Era preciso ir ao hospital. Quis ir sozinha.

Meu corpo tinha entrado em greve: eu dava ordens e ele não se movia. "Companheiro corpo", pedi, "o senhor não pode falhar."

Para ir ao hospital tínhamos de chegar até a autopista e esperar que a Divina Providência nos mandasse um táxi.

A estrada ficava do outro lado de uma ladeira empinada e longa.

No hospital injetaram soro. A moça pálida saiu com a mão enfaixada. Me disse, seca, que tinha de ir a Caracas, ao Instituto Antirrábico, durante catorze dias, todos os dias, para levar injeções. A primeira era às oito da manhã. Prometi acompanhá-la. Ela não disse nada.

Quando voltamos, já se erguia no horizonte a bruma da alvorada. Com a primeira luz, um barco pesqueiro apareceu, solitário, na frente da praia.

Subi as escadas, com movimentos de sonâmbulo, e me afundei na cama. Acho que cheguei a colocar em seu devido lugar os ponteiros do despertador, mas não dei corda.

Acordei às quatro da tarde.

12

Procurei por ela.

Percorri, casa por casa, a quadra onde tinha dito que morava. Eu não sabia seu nome. Ofereci o que pude: o rosto, a brancura da pele, as roupas, o lenço no pescoço, as sandálias. Ninguém tinha visto. Ninguém tinha ouvido.

Andei pela costa. Caminhei, perguntei, insisti.

Tive de ir a Caracas. Já era tarde quando voltei.

O garçom do restaurante chinês estava espalhando serragem no chão. Se apoiou na vassoura. Sorriu e concordou com a cabeça.

Não me disse nada.

O sol extinguia as cores e as formas das coisas

Cinco anos depois voltei a Macuto.

O Hotel Alemanha não estava igual. Encontrei escangalhadas as poltronas de vime do terraço e arrebatados os mosquiteiros das portas, mais machucados o soalho e as paredes, mais opacos os rostos dos velhinhos que passavam os dias sentados na sombra dos portais.

Lá fora havia, como sempre, sol, pombas e gente.

Meu quarto estava livre. Dormi na mesma cama, gasta por outros corpos, e acordei cedo.

Não encontrei o calção que deixara para secar na varanda. Pode ter sido um ladrão, que não tinha por onde entrar e, mesmo que tivesse, não valeria a pena; ou o vento, que não havia. Talvez Macuto quisesse me tomar alguma coisa; e ficar com ela.

Andei caminhando pela costa todo o dia.

Fazia muito calor. A luz reverberava, fervia; bastava cravar a vista em um ponto qualquer do ar, para que se desatasse um incêndio branco. Com razão Luís Britto diz que a luz do trópico é um exército de formigas que devora o que toca. Luz de Macuto, punhais dos olhos de Deus: o pintor Reverón, que ergueu sua casa de pedra ali e ficou louco perseguindo essa luz e morreu sem conseguir.

Mas eu prefiro os resplendores da gente

1

"Traidor", eu disse. E mostrei o recorte de um jornal cubano: ele aparecia vestido de *pitcher,* jogando beisebol. Lembro que ele riu, rimos; se respondeu alguma coisa, não sei. A conversa saltava, como uma bolinha de ping-pong, de um assunto a outro.

– Eu não quero que cada cubano aspire a ser Rockfeller – disse ele.

O socialismo tinha sentido se purificava os homens, se os lançava além do egoísmo, se os salvava da competição e da avareza.

Contou-me que quando era presidente do Banco Central tinha assinado as notas com a palavra *Che* para se divertir, e me disse que o dinheiro, fetiche de merda, deveria ser feio.

Che Guevara se delatava, como todos, pelos olhos. Lembro um olhar limpo, como recém-amanhecido: essa maneira de olhar dos homens que acreditam.

2

Conversando, era impossível esquecer que aquele homem tinha chegado a Cuba ao fim de uma peregrinação ao longo da América Latina. Tinha estado, e não como turista, no torvelinho da revolução boliviana e na agonia da revolução guatemalteca. Tinha carregado bananas na América Central e tirado fotografias nas praças do México, para ganhar a vida, e para apostá-la se lançou na aventura do *Granma*.

Não era homem de gabinete. Tinha que estalar, cedo ou tarde, aquela tensão de leão enjaulado que era fácil de advertir quando o entrevistei em meados de 1964.

Este foi o caso insólito de alguém que abandona uma revolução já feita por ele e um punhado de loucos, para se lançar no começo de outra. Não viveu para o triunfo, e sim para a luta, a sempre necessária luta pela dignidade humana.

Candela, o chofer que me acompanhou naquela primeira volta por Cuba, costumava chamá-lo *cavalo*. Ele só aplicava este supremo elogio à cubana a três pessoas: Fidel, Che e Shakespeare.

3

Três anos depois, fiquei com os olhos cravados na primeira página dos jornais. As radiofotos mostravam seu corpo imóvel em todos os ângulos. A ditadura do general Barrientos exibia ao mundo seu grande troféu.

Olhei vagamente seu sorriso, ao mesmo tempo irônico e terno, e me voltaram à cabeça frases daquele diálogo de 1964, definições do mundo ("Uns têm a razão, mas outros têm as coisas"), da revolução ("Cuba não será nunca uma vitrina do socialismo, e sim um exemplo vivo") e de si mesmo ("Eu me equivoquei muito, mas creio que...").

Pensei: "Fracassou. Está morto". E pensei: "Não fracassará nunca. Não morrerá jamais", e com os olhos fixos nessa cara de Jesus Cristo do Rio da Prata senti vontade de cumprimentá-lo.

Buenos Aires, outubro de 1975:
A vida cotidiana da máquina

1

Orlando Rojas é paraguaio, mas vive em Montevidéu há anos. Conta que uns policiais surgiram em sua casa e levaram os livros. Todos: os de política e os de arte, os de história e os de flora e fauna. No grupo havia um sujeito jovem, sem uniforme, que se punha lívido e uivava, ante certos títulos, como um inquisidor ante uma festa de bruxas.

Um oficial desafiou Orlando:

– Vocês gritam muito, mas são uma meia dúzia.

– Somos meia dúzia. Por enquanto somos meia dúzia – disse o paraguaio, que fala muito devagar. – Mas quando formos sete...

Levaram-no também. Ficou preso e depois o soltaram. Na semana seguinte tornaram a prendê-lo:

– Seu depoimento sumiu.

Foi maltratado e depois expulso do Uruguai. Em Buenos Aires, a polícia estava esperando por ele. Tiraram seus documentos.

– Tive sorte – diz Orlando.

– Vá embora – digo. – Eles vão te matar.

2

Encontro Ana Basualdo. Ela também teve sorte.

Vendaram seus olhos e arrancaram-na de sua casa de Buenos Aires. Não sabe onde esteve. Foi amarrada com cordas, mãos e pés.

Apertaram seu pescoço com um fio de náilon. Batiam e chutavam enquanto faziam perguntas sobre um artigo que ela tinha publicado.

– Esta é uma guerra santa. Você foi julgada e condenada. Vamos te fuzilar.

Ao amanhecer, mandaram que ela saísse de um automóvel. Apertaram seu corpo contra uma árvore. Ela estava de costas e com os olhos vendados, mas sentia que vários homens se punham

em fila e se ajoelhavam. Escutou o clic das armas. Uma gota de transpiração correu por sua nuca. E então veio a rajada.
Depois Ana descobriu que continuava viva. Apalpou o corpo; estava inteira. Escutou ruídos de motores que se afastavam. Conseguiu soltar-se, e arrancou a venda. Chovia, e viu o céu muito escuro. Em algum lugar latiam cachorros. Ela estava rodeada de árvores altas e velhas.
– Uma manhã feita para morrer – pensou.

Buenos Aires, outubro de 1975: Ela não apagou nunca, mesmo sabendo que estava condenada

1

Nove e meia da noite. O porteiro já deve ter desligado o velho elevador. Em alguma parte se fecha uma janela. Longe, perto, soam televisores e motores. Latidos, vozes humanas: alguém brinca, alguém protesta. Chamam para comer, que vai esfriar; cheiros de frituras e carne assada invadem, pela janela meio aberta, o ar espesso de fumaça de tabaco.

Penso em Elda. Já foi internada. Está dopada, para que não sofra ou não saiba que sofre. Os médicos cruzam os braços: não há nada a ser feito. Devo ir ao hospital. Custa.

A última vez, Elda disse:
– Quando eu sair disto, me leva pra comer em tua casa? Quero comida chinesa e vinho.

Há uns tantos dias que Elda não me diz: "Quando sair disto", nem "Quando eu curar".

Antes pedia ou prometia viagens ao cinema ou à praia ou ao Brasil, mas agora não pode falar e nem diz isso nem nada.

Eu a conheci no dia em que desapareceu Villar Araújo. Fiquei assombrado com os olhos que tinha, tão grandes e de pestanas imensas, e que pareciam estar chegando da dor.

Depois continuamos nos encontrando.
— De onde você tirou tanta doçura?
— Quando eu era pequena me davam muita beterraba. Em Chivilcoy, conhece?
Nos encontrávamos no *Tolón* ou no *Ramos*.

2

O mal abocanhou seu peito quando ela tinha dezesseis anos. Levava oito lutando e continuava invicta, mas o corpo tinha sido ferozmente castigado pelo cobalto e as operações e os erros dos médicos. Não falava do assunto, ou falava pouco. Tinha aprendido a se entender com sua maldição, e não mentia: guardava sua história clínica no guarda-roupas.

Quando a vi em casa, antes que fosse internada, já não podia falar, porque o peito saltava, enlouquecido, com cada palavra: bebia um gole de água e agitava a mão pedindo a máscara de oxigênio. Ao redor da cama havia parentes e amigos que eu não conhecia. Elda estava muito pálida, tinha a testa úmida; o rosto inclinado, jazia sobre o travesseiro com os cabelos abertos na testa. Havia sol lá fora, e a luz da tarde entrava através das cortinas. A camisola azul ficava bem, e disse a ela. Elda sorriu, triste, e então me aproximei e vi os primeiros sinais da morte em sua cara. O nariz tinha afilado e a pele estava um pouco apertada contra as gengivas. O olhar, sem brilho, se perdia no vazio; um brilho fugaz atravessava suas pupilas quando espantava com a mão inimigos ou nuvens ou moscas. Beijei-a. Os lábios estavam frios.

3

Uma vez me contou um sonho que a perseguia desde menina. O metrô saía dos trilhos e avançava, esmagando gente, pela plataforma. Ela estava ali e o metrô vinha para cima dela. Conseguia evitá-lo, correndo, e subia a escadaria aos saltos. Saía ao ar livre, feliz por ter escapado. E então percebia, de repente, que tinha esquecido alguma coisa lá embaixo. Era preciso voltar.

4

Chego ao hospital. Há um mundo de gente. Alguns choram. Pergunto por Elda. Abrem a porta para que eu a veja. Veste a camisola azul, mas mudou a cor de sua pele e está toda crivada de agulhas e sondas. Tem um tubo na boca. Pela boca sai um fio de sangue. O corpo se agita em convulsões violentas, apesar dos soporíferos e dos calmantes.

Penso que Deus não tem o direito de fazer uma coisa dessas. Depois não penso em porra nenhuma. Desço as escadas, sonâmbulo e aos tropeções. Escuto a voz da melhor amiga de Elda, chamando meu nome. Ficamos um tempão parados, frente a frente, silenciosos, olhando um para o outro. Entra e sai gente pela porta do hospital.

E ela diz:

– Aquele domingo... você lembra?

Não passou um século. Só dez dias ou umas duas semanas. Elda já não podia se levantar da cama. Pouco a pouco os pulmões iam morrendo. Já não respirava: arfava. Pediu-me que a tirasse dali. Era um disparate, mas ninguém disse nada. Vestiram-na, pentearam seus cabelos. A duras penas chegamos a um táxi. Caminhávamos com passinhos curtos, com tréguas a cada metro ou metro e meio. Ela sufocava; eu a suspendia pelo braço, para que não caísse. Propus teatro ou cinema. Quis vir para minha casa. Naquela noite de domingo Elda teve três pulmões. De madrugada me piscou um olho e pôde dizer, sorrindo: "Fiz um pacto com o Diabo".

E agora sua melhor amiga me diz:

– Quero que você saiba o que ela disse quando voltou. Quando voltou para casa, me disse: "O Diabo não mente".

Uma moça navega cantando entre as pessoas

Na estação do metrô, a multidão abre caminho para a moça cantora.

Ela caminha balançando o corpo docemente.

No violão leva pendurado um cesto de palha, onde as pessoas jogam moedas.

A moça tem cara de palhaço e, enquanto caminha, canta e pisca para as crianças.

Ela canta melodias quase secretas em meio ao barulho da estação.

Fui feito de barro, mas também de tempo

Desde que eu era garoto soube que no Paraíso não existia memória. Adão e Eva não tinham passado.

Pode-se viver cada dia como se fosse o primeiro?

Para que se abram as largas alamedas

1

Não reconheci a voz nem o nome. Disse que tinha me encontrado em 1971, no café *Sportman* de Montevidéu, quando ela estava para viajar ao Chile. Eu tinha escrito algumas linhas apresentando-a a Salvador Allende. "Lembra?"

— Agora preciso te ver. Tenho de falar com você, sem falta — disse.

E contou que me trazia um recado dele.

Desliguei o telefone. Fiquei olhando a porta fechada. Fazia seis meses que Allende tinha caído crivado de balas.

Não pude continuar trabalhando.

2

No inverno de 1963, Allende me levou ao Sul. Com ele vi neve pela primeira vez. Conversamos e bebemos muito, nas noites longuíssimas de Punta Arenas, enquanto caía a neve do outro lado da janela. Ele me acompanhou para comprar ceroulas longas até os pés, boas contra o frio. Lá, eram chamadas *matapasiones*.

No ano seguinte, Allende foi candidato à presidência do Chile. Atravessando a cordilheira da costa, vimos juntos um cartaz que proclamava: "Com Frei, as crianças pobres terão sapatos". Alguém tinha rabiscado embaixo: "Com Allende não haverá crianças pobres". Ele gostou, mas sabia que era poderosa a maquinaria do medo. Contou que uma empregada tinha enterrado seu único vestido no fundo da casa do patrão, porque se a esquerda ganhasse viriam tomar o vestido dela. O Chile sofria uma inundação de dólares e nas paredes das cidades os barbudos arrancavam os bebês dos braços de suas mães para levá-los a Moscou.

Nas eleições de 1964, a Frente Popular foi derrotada.

Passou o tempo; continuamos nos vendo.

Em Montevidéu acompanhei-o às reuniões políticas e aos comícios; fomos juntos ao futebol; dividimos a comida e as bebidas, as *milongas*. Ele se emocionava com a alegria da multidão nas tribunas, o modo popular de celebrar os gols e as boas jogadas, o estrépito dos tambores e dos foguetes, as chuvas de papeizinhos coloridos. Adorava panqueca de maçã no velho *Morini* e o vinho *Cabernet* de Santa Rosa fazia com que estalasse a língua, por pura cortesia, porque nós dois sabíamos bem que os vinhos chilenos são muito melhores. Dançava com vontade, mas no estilo dos cavaleiros antigos, e se inclinava para beijar a mão das moças.

3

Vi-o pela última vez pouco antes de que assumisse a presidência do Chile. Nos abraçamos em uma rua de Valparaíso, rodeados pelas tochas do povo que gritava seu nome.

Essa noite me levou a Concón, e de madrugada ficamos sozinhos no quarto. Tirou um cantil de uísque. Eu estava chegando da Bolívia e de Cuba. Allende desconfiava dos militares nacionalistas bolivianos, embora soubesse que iria precisar deles. Me perguntou por nossos amigos comuns de Montevidéu e Buenos Aires. Depois me disse que não estava cansado. Seus olhos se fechavam de sono e ele continuava falando e perguntando. Abriu uma fresta na janela, para cheirar e escutar o mar. Não faltava muito para o amanhecer.

Essa manhã ele teria uma reunião secreta, ali no hotel, com os chefes da Marinha.

Uns dias depois jantamos em sua casa, junto com José Tohá, um fidalgo pintado por El Greco, e Jorge Timossi. Allende nos disse que o projeto de nacionalização do cobre iria ser devolvido pelo Congresso. Pensava em um grande plebiscito. Atrás da bandeira do cobre para os chilenos a Unidade Popular ia romper os moldes da institucionalidade burguesa. Falou disso. Depois nos contou uma parte da conversa que tinha tido com os altos oficiais da Marinha, em Concón, aquela manhã, enquanto eu dormia no quarto do lado.

4

E depois foi presidente. Eu passei pelo Chile duas vezes. Nunca me animei a gastar seu tempo.

Vieram tempos de grandes mudanças e fervores, e a direita desatou a guerra suja. As coisas não aconteceram como Allende pensava; os monopólios foram nacionalizados e a reforma agrária estava partindo a espinha dorsal da oligarquia. Mas os donos do poder, que tinham perdido o governo, conservavam as armas e a justiça, os jornais e as rádios. Os funcionários não funcionavam, os comerciantes escondiam, os industriais sabotavam e os especuladores jogavam com a moeda. A esquerda, minoritária no Parlamento, se debatia na impotência; e os militares agiam por conta própria. Faltava de tudo: leite, verdura, peças, cigarros; e, mesmo assim, apesar das filas e da raiva, oitocentos mil trabalhadores desfilaram pelas ruas de Santiago, uma semana antes do fim, para que ninguém achasse que o governo estava sozinho. Essa multidão tinha as mãos vazias.

5

E agora acabava o verão de 74, fazia seis meses que tinham arrasado o Palácio de la Moneda, e esta mulher estava sentada na minha frente, no meu escritório da revista em Buenos Aires, e me falava de Chile e de Allende.

— E ele me perguntou por você. Me disse: "E onde está Eduardo? Diga-lhe que venha comigo. Diga a ele que estou chamando".
— Quando foi isso?
— Três semanas antes do golpe de Estado. Procurei você em Montevidéu e não te encontrei: você estava viajando. Um dia telefonei para a sua casa e me disseram que você tinha vindo morar em Buenos Aires. Depois, pensei que já não valia a pena te contar.

Verão de 42

Há anos, em Kiev, me contaram por que os jogadores do Dínamo tinham merecido uma estátua.

Contaram uma estória dos anos da guerra.

Ucrânia ocupada pelos nazistas. Os alemães organizam um jogo de futebol. A seleção nacional de suas forças armadas contra o Dínamo de Kiev, formada pelos operários da fábrica de tecidos: os super-homens contra os mortos de fome.

O estádio está lotado. As arquibancadas se encolhem, silenciosas, quando o exército vencedor mete o primeiro gol da tarde: se acendem quando o Dínamo empata, estalam quando o primeiro tempo termina com os alemães perdendo por 2 a 1.

O comandante das tropas de ocupação envia seu assistente aos vestiários. Os jogadores do Dínamo escutam a advertência:

— Nosso time nunca foi vencido em territórios ocupados.

E a ameaça:

— Se ganharem, serão fuzilados.

Os jogadores voltam ao campo.

Poucos minutos depois, terceiro gol do Dínamo. O público acompanha o jogo em pé, e em um único longo grito. Quarto gol: o estádio vem abaixo.

De repente, antes da hora, o juiz dá por terminado o jogo.

Foram fuzilados com as camisetas, no alto de um barranco.

Mais forte que qualquer tristeza ou ditadura

Em Montevidéu, nos primeiros tempos do exílio, Darcy Ribeiro tinha um papagaio que ficava em pé em seu ombro e arrancava cabelinhos de seu peito. O papagaio dormia no terraço. Na costa montevideana os ventos são bravos. Uma manhã, o papagaio amanheceu afogado na piscina de Trouville.

Quando tornei a encontrá-lo, no Rio, Darcy não tinha nenhum papagaio. Mas me recebeu pulando e com brasas nos olhos: me chamou, como sempre, de "mulato ideológico". Perguntou-me por meus trabalhos e meus dias e contou, sem queixas, a história de seus andares de país em país. Falou-me do Brasil, disse que uma república volkswagen não é essencialmente diferente de uma república bananeira, e em poucos minutos fez uma análise completa da crise estrutural argentina e explicou as causas da tragédia do Chile, e me disse o que se podia fazer no Uruguai.

Eu escutava, encantado, suas teorias audazes e suas definições brilhantes. Darcy tem um cérebro parecido com ele, não está quieto nunca, e vale a pena conhecer essa inteligência agitada mesmo quando se engana ou quando resolve perseguir a verdade a tiros de disparates. Por algum motivo não podem suportá-lo os que fizeram do marxismo um catequismo nem os sociólogos especializados em chatear o próximo.

Então perguntei pelo câncer.

Darcy tirou a camisa e me mostrou a cicatriz. Tinha um corte horrível, em forma de L, que percorria suas costas.

– Olha aí – disse, rindo. – Sou um resto de tubarão.

Darcy tinha querido ser operado no Brasil. Os militares autorizaram que ele morresse em seu país. Estavam esperando por ele: levaram-no do aeroporto ao hospital. Darcy tinha pouco fôlego. Com suas últimas forças passava a mão nas enfermeiras. Tiraram-lhe um pulmão e continuou vivo. O governo sentiu-se ludibriado.

Aquela noite, no Rio, era a véspera de sua partida para Lima. Darcy riu o tempo todo, mas me confessou que a ideia de não tornar a fumar era uma foda.

— Grave, não? Eu, que fumava cinco maços...
— Sabe o que descobri? – perguntou. – Que, na verdade, a gente faz todas as coisas pelo prazer de fumar. Para que a gente se mete no mar? Para que conversa com os amigos? E lê? Para que a gente escreve? Para que faz o amor?
— O prazer está no cigarrinho – dizia. – Essa é a cerimônia.
E ria.

Última voz

Num pátio de Assunção do Paraguai, Don Jover Peralta erguia o punho, que parecia um galho seco, contra o ditador Stroessner.
— A gente vai dar a volta nesse Führer analfabeto! – clamava, com seu resto de voz. – Com a verdade daremos a volta nesses sacripantas!

O velho Peralta cheirava a mijo e era puro osso quando eu o escutei maldizer durante horas.

Me disse que tinha escrito uma carta aos estudantes, explicando a eles por que tinham de lutar pela América como uma pátria única, dona de suas riquezas e sem nada de ianques: mas tinha dado a carta a um cara, para que ele pusesse no correio, e o cara era um espião.

Falou de Solano Lopez e sua maneira nobre de morrer e falou da guerra da Tríplice Aliança.
— A oligarquia portenha fez muito mal a nós – sussurrou. – Nos fez desconfiados, suspicazes. A oligarquia portenha nos arruinou a alma.
— Badulaques! – gritava, e para ouvi-lo era preciso esticar a orelha.

O corpinho estava imóvel debaixo da árvore frondosa. Don Jover só podia mexer os lábios, mas a indignação fazia com que tremessem suas mãos e seus pés. Tinha os pés sem sapatos ou polainas, inchados pelo reumatismo. Quando caiu a noite, dormiu.

Jover Peralta tinha escrito alguns livros e tinha lutado a vida inteira para que os paraguaios fossem livres.

Depois morreu.

A missão mais difícil de minha vida

1

Eu pensava:
— Você é melhor que eu. Eu sei que você vai poder resistir. Você é um duro. Tenho de fazê-lo, peço a você que me ajude.

Aquele tipo tinha aguentado duas guerras nas montanhas. Quando trouxeram ele para baixo, numa liteira, desmaiado, a única coisa que ainda pesava em seu corpo eram as botas desfeitas e cheias de barro. Foi torturado e pendurado num tronco: batiam em seus rins porque sabiam que estava doente e mijava sangue. Ele não abriu a boca. Quando conseguiu se levantar, tempos depois, entrou na cela do traidor e arrebentou-lhe a cabeça.

— Que me ajude — eu pensava. — Que me ajude a quebrá-lo.

Aos catorze anos tinha entrado na luta. Desde então vivia para a revolução e para uma mulher. Eu ia matar a metade de sua fé.

— Missão de merda — pensava.

Na cadeia, ele fazia bolsas de couro. Com o que ganhava, mandava comprar para ela meias de náilon e sapatos. Tinha um baú de trinta quilos cheio de roupa nova que ia levar para ela, quando voltasse, porque ela ia estar esperando na estação.

Mas essa mulher vivia com outro homem.

O partido tinha decidido contar que ela pedia o divórcio. O partido queria ser o primeiro a dizê-lo, para evitar que a notícia fosse usada pelo inimigo. O inimigo podia usar esta situação para debilitar sua consciência e para conseguir que ele se sentisse sozinho.

Eu tinha entrado na cadeia, com algum pretexto, e tinha a missão de dizer isso a ele.

2

— Quer dizer que vive com outro — respondeu.
— Não, não é isso — respondi. — Mas ela quer... Se acontecesse... Quer estar livre. Tem direito. Passou muito tempo e não se sabe quantos anos faltam para... Tem direito. Você não acha que ela tem direito? Ela não jogou sujo.

— Quer dizer que vive com outro — repetiu.
Era homem de falar pouco.
— E, se vive com outro, para que quer o divórcio? E esse cara, como é? Não fez ainda nenhum filho nela?

3

Tempos depois me entregou uma carta, enrolada como um cigarro, para que a fizesse chegar até sua mãe.

Eu sempre fui muito indiscreto com as cartas. A carta dizia: "Mãe:

Você que foi trouxa por ter-se deixado enganar por essa vagabunda. Eu desde o princípio sabia que ela ia acabar nessas andanças. Diz para ela que não quero que venha depois com choramingos.

Quero que você apanhe minhas coisas sem deixar nenhuma. Leve a medalha, a roupa e os sapatos. Recebi a foto das crianças. Leve também os meninos. Agora ela não tem nenhum direito e depois que não se queixe.

Diz ao Negro que é para ele ir até Santa Rita e que na avenida central, na frente do hospital, aí está a Amália, se não que pergunte ao Chino. Ela tem cabelo negro e uma pulseira de flores esmaltadas que eu tinha dado de presente. Que ele diga para a Amália que se prepare para quando eu voltar dentro de um tempo grande.

Também avise a Clara, prima do Ernesto, que me espere. Ela vive atrás do cemitério da Enramada, onde está a acácia grande.

Abraços a todos, a bênção".

(Isto aconteceu há alguns anos em lugares que não posso contar.)

Buenos Aires, outubro de 1975: A violenta luz da glória

Hoje o Bidente veio me ver. Contou sua fuga do Uruguai e me pôs em dia com as últimas aventuras. Disse que logo vai visitar seu neto em Dacar.

O Bidente, assim chamado porque tem dois dentes faz quarenta anos esta semana. "Aos quarenta pode-se ser santo ou crápula. Mas puro", advertiu.

O Bidente é um narrador oral admirável. Morro de inveja. Sabe salvar-se pela fantasia: e quase sempre o convite chega na hora. Senta na sua frente e viaja com você.

Durante a Segunda Guerra Mundial, forma parte do comando do general Stern que tira os judeus de Varsóvia pelos esgotos.

A libertação o encontra em Paris. Ali aprende os mistérios do amor. Uma japonesa revela para ele, em camas compridas, a linguagem secreta da ponta dos dedos e da língua e ensina a descobrir o universo das pintas, poros e cartilagens.

Em Paris, o Bidente é campeão de judô e caratê. Um xeque árabe o contrata para que organize seu exército de mercenários. É longa e dura a guerra contra os republicanos. O Bidente se arrasta pelo deserto junto ao único soldado sobrevivente. Dias e noites dividindo a sede e a esperança: avançam em silêncio pelas dunas, riem juntos, choram juntos. Não podem conversar porque não se entendem. No fim da espantosa travessia chegam a Meca. E nessa mesma noite, no Meca Hilton, grande banquete em sua homenagem. Estão banhados, barbeados: vestem túnicas limpas. O árabe brinda e o intérprete traduz. O árabe diz que homem de tamanha coragem nunca se viu, e pede por favor que ele o possua esta noite.

No Amazonas, o Bidente passa dois anos junto aos índios bororos. Atravessa as nove provas do guerreiro. A mais dura é a das formigas sobre o corpo untado de mel. A tribo o aceita como filho. Ele não faz amor com nenhuma índia. Se fizesse, teria de ficar para sempre: dessa aldeia ninguém foge. Na selva das vizinhanças, o Bidente contou, uma por uma, oito mil onças.

Em Manaus, é contratado por uma antropóloga norte-americana. Viajam de canoa. Ela é uma loura esplêndida. O Bidente esfrega suas costas nuas com banha de tartaruga para espantar os mosquitos. Quando por fim chegam na aldeia xavante, depois de alguns naufrágios e emboscadas, o cacique propõe a ele:

– Troco a mulher por minha filha.

– Ela não é minha mulher – explica o Bidente.

– Tonto – diz o cacique. – Não vê que então é melhor para você?

O Bidente vai e vem pelo rio. Uma vez chega exausto a uma reserva indígena do Alto Xingu. Encontra ali um frade, que lhe convida a dormir em sua choça. Comem frutas e bebem aguardente. O frade fala demais. Conta ao Bidente como explora os índios, trocando seu valioso artesanato por santinhos da Virgem. O Bidente desconfia. Percebe que se converteu em uma testemunha perigosa. Banca o bêbado: cabeceia de sono. Mas dorme com a rede bem estirada para que ela vibre com os passos. À meia-noite, o frade se aproxima na ponta dos pés e aponta uma espingarda. O Bidente dá um salto e corta a cabeça do frade com um facão.

O Bidente viaja rio abaixo. No primeiro posto policial, encontra um delegado, seu Zacarias, que é um velho amigo. Conta o que aconteceu. Seu Zacarias caminha até a canoa, agarra pelos cabelos a cabeça do frade e joga-a no rio.

– As piranhas vão fazer o expediente – diz e convida o Bidente para tomar café.

No ano seguinte, na Colômbia...

Rio de Janeiro, outubro de 1975: Essa manhã saiu de sua casa e nunca mais foi visto vivo

1

Estamos no *Luna*, bebemos cerveja, comemos casquinhas de siri.

Tenho os sapatos brancos de talco e meus amigos querem me convencer de que o talco deve ser posto antes.

Esta tarde uma jornalista me entrevistou, na casa de Galeno de Freitas. Gravou duas ou três horas de conversa. O gravador não registrou nada. A única coisa que ficou foi um zumbido. Zé Fernando propôs que se escrevesse um artigo sobre a vida sexual das abelhas.

Zé anuncia um banquete, uma enorme travessa de moqueca de robalo para o próximo domingo, em sua casa de Niterói.

Peço mais casquinhas de siri, e depois mais; me dizem que sou um congresso de piranhas.

Rimos de qualquer coisa, esta noite, no *Luna,* rimos de tudo; e ficamos mudos quando aparece, na porta, uma mulher de olhos grandes e pele de azeitona, que leva um lenço vermelho atado à cabeça, como uma cigana. Ela se mostra por um instante, por um instante é uma deusa, e desaparece.

2

Estamos no *Luna* quando Ary traz a notícia:
– Suicidaram ele – diz.
Torres contou por telefone. Foi avisado de São Paulo.
Eric se levanta, pálido, boquiaberto. Aperto seu braço; torna a sentar. Eu sei que ele tinha combinado de se encontrar com Vlado e que Vlado não tinha ido nem telefonado.
– Mas se ele não estava em nada – diz.
– Mataram porque ele não sabia – diz Galeno.
– A máquina está louca – penso, ou digo. – Devem ter atribuído a ele até a Revolução de 1917.
Eric diz:
– Eu achava que isso tinha acabado.
Sua cabeça cai entre as mãos.
– Eu... – se queixa.
– Não, Eric – digo.
– Você não entende – diz. – Não entende nada. Não entende merda nenhuma.
Os copos estão vazios. Peço mais cerveja. Peço que encham nossos pratos.
Eric me crava um olhar furioso e se mete no banheiro.
Abro a porta. Encontro-o de costas contra a parede. Tem a cara amassada e os olhos úmidos; os punhos em tensão.

— Eu achava que tinha acabado. Achava que tudo isso tinha acabado – diz.

Eric era amigo de Vlado e sabe o que Vlado tinha feito e tanta coisa que ia fazer e não pôde.

3

Não faz muito tempo que o filho de Eric nasceu. Se chama Felipe.

— Dentro de vinte anos – diz – vou contar para ele as coisas de agora. Vou falar para ele dos amigos mortos e presos e de como era dura a vida nos nossos países, e quero que ele me olhe nos olhos e não acredite e me diga que estou mentindo. A única prova será que ele esteve aqui, mas já não vai recordar nada disto. Eu quero que ele não possa crer que tudo isso foi possível algum dia. Quero que me diga que este tempo não existiu nunca.

4

Felipe nasceu às cinco e meia da manhã do dia 4 de setembro. Eric telefonou para seu melhor amigo em São Paulo:

— Martha está tendo um filho. Me sinto sozinho. Me sinto mal.

O amigo anunciou que viria em meia hora, mas dormiu e não foi.

Eric saiu à rua. Comprou um jornal. Pagou com uma nota de cem cruzeiros.

— Não – disse o jornaleiro. – Não tenho troco.

Eric ergueu a mão e apontou o edifício da maternidade.

— Está vendo? – disse. – Naquela janela minha mulher está tendo um filho. Venha tomar uma cerveja comigo. Você convida – com esta nota.

5

Felipe está no berço e Eric conta coisas:

— Sabe que sou uma besta em questão de gasolina? Hoje fiquei sem gasolina outra vez. Você devia me avisar quando passamos um posto.

Diz:

— Você nasceu com tudo decidido. Tem um pai que não vai parar nunca nem vai nunca ter dinheiro. Os amigos de seu pai estão fodidos. Agora vamos para Buenos Aires. Desculpe: estou sendo injusto. Te levo, e você não pode decidir.

E pensa:

— E se amanhã ele achar que o mundo não está errado? E se tivesse preferido nascer filho de um corretor da Bolsa?

Ergue-o, leva-o ao terraço, mostra as plantas:

— Olha. É o segundo jasmim que temos em quatro anos. O primeiro nunca deu flores. Este deu quatro. Nasceram quando eu estava fora. Senti pena de não tê-las visto nascer. Eu tinha matado os bichos do jasmim e cheguei a ver os brotos. Agora, é preciso esperar um ano. Eu tinha de ir, sabe? Não tinha remédio. Era preciso. Coisas do trabalho.

No campo, Eric sobe nas árvores, para que Felipe aprenda.

6

Vlado Herzog tomou banho, fez a barba; beijou a mulher. Ela não se levantou para acompanhá-lo até a porta.

— Não há nada a temer — disse ele. — Me apresento, esclareço tudo e volto para casa.

O noticiário da televisão, esta noite, saiu assinado por ele. Quando as pessoas viram o noticiário, ele já estava morto.

O comunicado oficial disse que ele tinha se enforcado. As autoridades não permitiram uma nova autópsia.

Vlado não foi enterrado no setor dos suicidas.

O chefe da segurança pública de São Paulo declarou: "Esta é uma guerra crua, uma guerra nua, e é uma guerra na qual nós temos de utilizar as mesmas técnicas de nossos inimigos, se não quisermos ser derrotados. Vamos almoçá-los, antes que eles nos jantem".

7

Sabe como é o amanhecer no Rio, irmão, visto da janela de sua casa? Há uma claridade no céu que vai subindo atrás dos telhados e os morros vão ficando avermelhados, pouco a pouco. Fogem as nuvens carregadas de chuva. Um pássaro passa perto, como uma chicotada: é o sinal do novo dia. O ar limpo estremece seu corpo, incha seu peito. Casa sua, casa minha: o mar está mais além, e já não se mostra, por culpa dos edifícios novos, mas eu o sinto, cheiro de mariscos, rugidos das ondas, e sei que alguma vez vai me tragar e me levar por aí, ela, a mar, deusa glutona vestida de branco.

8

Vamos ao velho *Lamas,* para dizer-lhe adeus. Logo será derrubado e já não haverá onde respirar este aroma mesclado de frutas, tabaco e tempos idos. Entramos no *Lamas* atravessando montanhas de laranjas, bananas, abacaxis, goiabas e maracujás.

Tristes e mudos bebemos cerveja, um copo atrás do outro. Da mesa do fundo, Canarinho, peregrino dos bares do Rio, desafia o mundo.

– Eu li Nietszche e vocês não sabem nada – ataca Canarinho. Está pequenino e magro e sozinho e muito bêbado. Escapa um assobio do papo no final de cada frase. Um silvo de canarinho.

– Não podemos parar de falar – diz, e assobia.

– E vamos falar sempre. Acham que vão nos fazer calar a boca? Não, não! Covardes!

Canarinho assobia.

– São todos jovens! Eles odeiam os jovens!

E assobia.

– São Paulo não pode parar de matar. Não pode parar de matar.

E assobia.

O Sistema

Meio milhão de uruguaios fora do país. Um milhão de paraguaios, meio milhão de chilenos. Os barcos zarpam repletos de rapazes que fogem da prisão, do fosso ou da fome. Estar vivo é um perigo; pensar, um pecado; comer, um milagre.

Mas quantos são os desterrados dentro das fronteiras do próprio país? Que estatística registra os condenados à resignação e ao silêncio? O crime da esperança não é pior que o crime das pessoas?

A ditadura é um costume da infâmia: uma máquina que te faz surdo e mudo, incapaz de escutar, impotente para dizer e cego para o que está proibido olhar.

O primeiro morto na tortura desencadeou, no Brasil, em 1964, um escândalo nacional. O morto número dez na tortura quase nem apareceu nos diários. O número cinquenta foi normal.

A máquina ensina a aceitar o horror como se aceita o frio no inverno.

Buenos Aires, novembro de 1975: Gosto de me sentir livre e ficar se quiser

1

As gotas de transpiração deslizam e caem, clip, clop, entre os papéis esparramados sobre a mesa. Esta mesa é um chiqueiro. Os papéis avançam, se aproximam, me cercam. As cartas a que devo responder se misturam com os artigos que teriam de ser revistos e titulados e os trabalhos que ainda não li. Passo a mão pela testa. A mão atravessa um monte de papéis: cavouca, apalpa. Não encontra o lenço. Aparecem, em compensação, os cigarros. Levanto para roubar fósforos. Ao caminhar, sinto que me arde o vão das pernas.

Entre a papelada surge a carta de Marta, viúva de Rodolfo Gini. Vai fazer um ano que o liquidaram. Foi arrancado de sua casa de Huanguelén, de madrugada, e depois arrojaram ao caminho, cinco quilômetros adiante, o corpo crivado de balas. Desde então, sua mulher me traz ou me manda as coisas que ele tinha escrito e que ela vai encontrando. Eu me fiz amigo desse homem que não conheci nunca. Ele se aproxima de mim através das palavras que deixou. "Pode amar-se o rio e não o mar?", escreveu. "Deus não vive porque não pode morrer. Por isso Deus não te conhece nem te ama."

Gini era professor. Não tinha cometido outro delito além de ensinar seus meninos a olharem de frente as coisas deste mundo. "Cada noite penso que é a última", me escreve Marta. "Não temo por mim, mas pelos meninos." (Aquela noite ela soltou a mordaça com os dentes e aos arrancos se livrou dos nós dos pulsos e gritou e correu na escuridão.) O filho de dez anos perguntou, na semana passada, olhando o crucifixo:
— Mamãe, quando esses homens entraram aqui, Ele estava? Eu achava que onde Ele estivesse não ocorriam essas coisas.

2

Carta de Juan Gelman, de Roma. Ele era secretário de redação da revista. Fazia tempo que estava condenado. Tomou um avião; se salvou por um triz.

"Há três semanas estou com taquicardia", escreve, "e não posso evitar. Não porque me sinta culpado – cristã, estupidamente culpado –, mas porque estou longe e, sobretudo, porque a gravidade do que ocorre aí choca aqui com uma parede de borracha. Me agarram fúrias e tristezas irrefreáveis, e como resultado final esta taquicardia que não me deixa nem me deixa respirar.

Perdoe a solenidade. Faz tempo que não descarrego. Me resulta muito difícil escrever para Buenos Aires. Não sei se é autodefesa ou vontade de escapar, não da dor, mas de falar. Sei que está mal e isso me dá pesadelos de noite.

Como você vê, sou duro com essas coisas de afeto. A maior parte do tempo me basta com gostar. Sei que não é suficiente. Somos muitos os que andamos com o carinho estropiado, mas é preciso ter valor para tirá-lo de dentro, estropiado e tudo. Acho, agora, que é algo que temos de aprender, como tantas coisas na vida. Morreremos aprendendo, se quisermos viver distraídos de morrer."

Me parece estar vendo Juan na manhã em que me deixou sobre a mesa um pacote enrolado em papel de jornal e amarrado com barbante. Ali estava toda a sua roupa e sua mobília. Disse:

— Tive de mudar de casa. Não sei para onde. Vou procurar. Cuide de meus pertences.

Deu meia-volta com a mão na maçaneta e acrescentou:
— Mas, antes, me conta a estória da galinha, porque ando meio triste.

Era uma história de Paco Espínola. Juan a sabia de cor, mas mesmo assim engasgava de rir cada vez que eu a repetia. Paco tinha lavado a honra da família degolando uma galinha que o mandara à puta que o pariu.

Como poderia agora, de longe, ajudá-lo?

Escrevo uma carta gozadora.

Juan diz que custa, que é difícil, mas ele pode abrir o peito e convidar, quando gosta: "Como o pão à boca", soube escrever a uma mulher, "como a água à terra, oxalá eu te sirva para algo", e soube pedir-lhe: "Teus pés caminhem em meus pés, teus pés. Esteja em mim como está a madeira no palito". Porque Juan, o poeta, queria que o corpo dela fosse o único país onde o derrotassem.

3

Afundo as mãos nos bolsos. Estico as pernas. A sonolência me dá estremecimentos de prazer e de fadiga. Sinto a noite metida na cidade. É tarde. Estou sozinho.

Não devo ficar sozinho aqui. Já sei. Mas esta noite me deixei ficar, fui ficando, fazendo nada ou abrindo portinhas na imaginação ou na memória.

Preguiçoso, fiquei grudado na cadeira. Por causa do calor; ou porque sim.

Sinto muita gente, conhecida ou inventada, assobiando em minha cabeça. Dentro de mim se cruzam e se misturam as caras e as palavras. Nascem, crescem, voam. Sou este ouvido que escuta ou sou a melodia? Não sou o olho que vê: sou as imagens.

4

O telefone toca e dou um pulo. Olho o relógio. Nove e meia da noite. Atendo, não atendo? Atendo. É o comando José Rucci, da Aliança Anticomunista Argentina.
— Vamos matar vocês, filhos da puta.

– O horário de ameaças, senhor, é das seis às oito – respondo. Desligo e me felicito. Estou orgulhoso de mim. Mas quero levantar e não consigo: tenho pernas de trapo. Tento acender um cigarro.

Buenos Aires, novembro de 1975:
Despertou no barro

Foi acordado pela chuva, que o golpeava com ferocidade, em algum lugar do delta. As águas do Tigre estavam marrons e ele achou que esses eram os rios do inferno. Andou aos tombos pelas ilhas. Entrou em uma birosca e sentou perto do fogo. Trouxeram vinho e ele chamou uma mulher para a sua mesa. Quando chegou a convidada, era loura; mas com as horas foi mudando de cor e envelheceu muitos anos. Ele apertava as garras da bruxa entre suas mãos e contava que seu irmão tinha morrido em Montevidéu, uma morte boba, e que ele não tinha podido ir, nem podia, mas que o pior não era isso. O pior era outra coisa, dizia ele, e ela queria ir embora, e ele não deixava. O pior era que ele não podia lembrar qual a última vez que tinha visto o irmão, nem o que tinham dito, nem nada.

Emílio Casablanca me conta isso, e não sabe se aconteceu ontem ou há um ano, e me parece vê-lo naquela bodega da calle Soriano, uma noite de fúrias, quando colocou contra a parede a fileira de garrafas de vinho tinto e arrebentou-as uma por uma na porrada e depois ficou muito tempo sem poder pintar.

Nos encontramos por casualidade, numa esquina de Buenos Aires. Agora vamos comer alguma coisa juntos. Amanhã iremos à feira. Vamos levar sua filhinha a passear, porque há muita estrela no céu e o dia será lindo.

O Sistema

Os encapuzados se reconhecem pelas tosses.

Massacram alguém durante um mês e depois dizem ao que sobrou desse alguém: "Foi um engano". Quando sai, perdeu o trabalho. Os documentos também.

Por ler ou dizer uma frase duvidosa, um professor pode ser demitido; e fica sem trabalho se for preso, mesmo que por uma hora e por engano.

Aos uruguaios que cantem com certa ênfase, em uma cerimônia pública, a estrofe do hino nacional que diz: *"Tiranos tremei!"*, se aplica a lei que condena "o ataque à moral das Forças Armadas": dezoito meses a seis anos de prisão. Por rabiscar em um muro *Viva a liberdade* ou jogar um folheto na rua, um homem passará na cadeia, se sobreviver à tortura, boa parte de sua vida. Se não sobreviver, o atestado de óbito dirá que pretendeu fugir, ou que se enforcou, ou que faleceu vítima de um ataque de asma. Não haverá autópsia.

Inauguram uma cadeia por mês. É o que os economistas chamam de Plano de Desenvolvimento.

Mas e as jaulas invisíveis? Em que relatório oficial ou denúncia da oposição figuram os prisioneiros do medo? Medo de perder o trabalho, medo de não encontrá-lo; medo de falar, de escutar, de ler. No país do silêncio, pode-se terminar em um campo de concentração por culpa do brilho do olhar. Não é necessário despedir um funcionário: basta fazer com que saiba que pode ser demitido sem sumário, e que ninguém lhe dará nunca outro emprego. A censura triunfa de verdade quando cada cidadão se converte no implacável censor de seus próprios atos e palavras.

A ditadura converte em cadeias os quartéis e as delegacias, os vagões abandonados, os barcos em desuso. Não converte também em cárcere a casa de cada um?

O Sistema

Era aniversário do pai de Karl. Por uma vez, deixaram que ele ficasse com a gente grande depois do jantar. Ele ficou sentado em um canto, caladinho, olhando os parentes e amigos que bebiam e conversavam. Ao se levantar, Karl trombou na mesa e derrubou no chão um copo de vinho branco.

— Não foi nada — disse o pai.

A mãe varreu os vidros e limpou o chão com um trapo. O pai acompanhou Karl até o dormitório e disse:

— Às onze, quando os convidados forem embora, vou te bater.

Durante mais de duas horas, na cama, Karl esteve atado às vozes e ao passar dos minutos.

Às onze da noite em ponto chegou o pai, tirou o cinto e o surrou.

— Faço por seu bem, para que você aprenda — disse o pai, como dizia sempre, enquanto Karl chorava, nu, com a cabeça enterrada no travesseiro.

Há alguns anos, Karl me contou, em Montevidéu, esta estória de sua infância na Alemanha.

Buenos Aires, dezembro de 1975: Comunhões

Junto lenha, trago água do arroio.

— Prove, mestre. Está no ponto.

— Hummm.

— Está bom, não é?

— Está ótimo, maninho.

Conseguimos uma linguiça sem gordura e muito gostosa. Vale a pena demorar a carne do peito de porco na boca. E depois entramos no churrasco de costela, cortando osso a osso na grelha e comendo aos poucos, como se deve. Engasgamos de tanto rir.

— Os *chinchulines* ficaram bem sequinhos. Estalam.

— Furei-os antes de colocá-los na grelha. Este é o segredo.

Deixamos o vinho respirar, um par de garrafas de *Carcassone*, e o sentimos deslizar, morno, espesso, pelas tripas e pelas veias.

Comemos e bebemos até que, na grelha, já não sobra nem um ossinho. Eduardo agarra o último pedaço com a ponta da faca. Eu olho para ele, com olhos de cão, e penso: "Vai se arrepender", mas ele, impávido, engole.

Depois nos deitamos na relva, com o sol na cara e a ilha inteira só para nós. Fumamos. Não há mosquitos. A brisa faz assobiar as copas das casuarinas. De vez em quando escutamos, longe, o mergulhar de remos.

    Sozinho, pouco gosto teria, ou nenhum, este churrasco com Eduardo Mignogna. De certo modo nós fazemos, juntos, o sabor de maravilha da carne e do vinho. Comemos e bebemos como celebrando, com a boca e ao mesmo tempo com a memória. A qualquer momento uma bala poderá nos deixar parados no ar, ou um de nós poderia até desejar essa bala, mas nada disso tem a menor importância.

    Quando acordo da sesta, Eduardo está sentado no cais, com as pernas balançando. A luz do entardecer belisca as águas do rio Gambado.

    – Tive um sonho, uma noite dessas – diz ele. – Esqueci de te contar. Sonhei que vínhamos para cá, na lancha de passageiros. Nós estávamos sentados um na frente do outro, do lado da popa, conversando. Deste lado não havia mais ninguém. Os outros passageiros estavam todos juntos, nos assentos da proa, muito separados de nós. Daí olhei para eles e notei algo estranho. Estavam muito quietos e mudos e eram todos exatamente iguais. Disse a você: "espera", e caminhei até a outra ponta do barco. Toquei um dos passageiros e ploc, caiu no chão. Quando caiu, a cabeça de gesso se soltou. Gritei: "Pula, pula!", e mergulhei. Nadamos embaixo d'água. Quando pus a cabeça fora d'água, te vi. Tornamos a mergulhar e continuamos nadando com desespero. Estávamos bastante longe quando a lancha voou aos pedaços. Eu senti a explosão e tirei a cabeça fora d'água: vi a fumaça e as chamas. Você estava ao meu lado. Te abracei e acordei.

Buenos Aires, dezembro de 1975: Comunhões

Jairo me telefona. Chegou ontem de Porto Alegre; passará uns dias em Buenos Aires. Me convida para jantar.

    Faz cinco ou seis anos que não nos vemos. Me impressiona. Disfarço. Tem a cara deformada, um olho meio caído, e sorri torcendo a boca. A mão esquerda, mão de garra, move-se pouco: uma luva a protege contra o frio da noite.

Caminhamos pelo centro. O corpo de Jairo vacila, me empurra sem querer. Para. Respira fundo. As pontadas da dor nas costas o acossam. Está nervoso. Caminha e cospe.

Não faço perguntas. Às vezes ele menciona o acidente: "Quando sofri o acidente", diz, ou diz: "Desde que sofri o acidente".

Conta suas investigações históricas, os documentos apaixonantes que descobriu em Portugal, a vida nos mocambos de Palmares, as insurreições de escravos na cidade de Salvador; me explica sua tese sobre a escravidão como centro da história do Brasil.

Entramos em um restaurante. Continuamos discutindo. Jairo estudou a fundo o Paraguai da época da ditadura de Francia. Discordamos. Tampouco estamos de acordo sobre os caudilhos montoneros da Argentina do século passado.

Mas não é disso que ele quer falar comigo. O tempo inteiro sinto que o som é outro, que é outra a melodia.

Pedimos mais vinho.

Finalmente me fala dessa mulher. Conta do amor ardente e diz que uma noite ela o surpreendeu com outra. Dez dias mais tarde, Jairo foi pedir-lhe perdão. Ela não disse nada. Ele beijou-a e acariciou-a. Ela perguntou:

– Quer dormir comigo?

E disse:

– Se quiser, vai ter de pagar.

Ele sentou e olhou para ela. Perguntou:

– E quanto você cobra?

– Três mil cruzeiros – disse ela.

Ele preencheu o cheque, devagar. Assinou, soprou a tinta e estendeu o cheque.

Ela guardou-o e disse:

– Espera que vou descer para comprar cigarros.

E então ele ficou sozinho. Investiu contra o vidro da janela e saltou. Ficou estendido na calçada. O apartamento dela era no terceiro andar.

Depois passaram um tempo sem se ver. Quando se encontraram, ele andava de muletas. Se abraçaram trocando insultos.

Peço outra garrafa de vinho.

– Estou farto de mentir – diz Jairo. – Todo mundo me pergunta o que aconteceu e eu digo que foi uma trombada. Eu ia de carro pela estrada e... Ultimamente, conto até os detalhes.

Buenos Aires, dezembro de 1975: Comunhões

Luís Sabini, chefe de produção da revista, desapareceu.

Temos esperança de que esteja preso, mas a polícia nega. Aníbal e Fico revolveram céu e terra. Faz mais de uma semana e não temos novidades.

Às vezes, pelas noites, depois do trabalho, Luís ficava falando de seu pai, que chegara a Montevidéu vindo de uma aldeia de Parma que tinha cem casas e uma igreja.

Quando Luís era pequeno, faziam vinho em sua casa de Montevidéu. Amassavam uvas com os pés descalços, e o caldo chegava até suas coxas. Se embebedavam todos por causa dos vapores. A lua decidia quando se faria a filtragem entre os barris de carvalho.

Cada vinho tinha um nome. *Beija-me e verás* era o rosado forte; *Negro louco*, o tinto suave; *Grugnolino* o tinto, tão espesso que se você metesse uma colherzinha dentro, ela ficava em pé.

Entrou no Ano-Novo em um trem vazio de gente

Ariel saiu da casa de um chileno que acabara de morrer. Tinha morrido longe de sua terra.

Daqui a pouco o ar ficaria cor de cinza, anunciando o primeiro dia de 1976. Ariel também estava longe de sua terra e o próximo amanhecer na França não teria nenhum significado para ele. Na terra de Ariel era outra hora, hora do Chile; nas mesas de lá havia cadeiras vazias e os sobreviventes erguiam os copos de vinho e estavam começando a celebrar o fim de um ano de merda.

Ariel Dorfman caminhava, lento, pelas ruas deste subúrbio afastado de Paris.

Mergulhou em uma estação de trem. Escutava o eco de seus próprios passos e buscava algum ser humano nos vagões vazios.

Encontrou o único passageiro. Sentou-se em frente.

Ariel tirou do bolso um livrinho, *The Clown*, e começou a ler.

O trem partiu e pouco depois o homem disse que gostaria de ser palhaço:

– *I'd like to be a clown* – disse, olhando o quadrado negro da janela.

Ariel não levantou os olhos do livro.

– *Must be a sad profession* – disse.

O homem disse que sim, mas que ele era triste.

– *Yes. But I am sad.*

Então se olharam.

– *I am sad, you are sad* – disse Ariel.

O homem disse que juntos fariam um bom par de palhaços e Ariel perguntou onde, em que circo.

– Em qualquer um – disse o homem. – Em qualquer circo de meu país.

– *And which is your country?*

– Brasil – disse o homem.

– Porra! Então posso falar espanhol!

E começaram a falar de suas terras perdidas enquanto o trem deslizava rumo a Paris.

– Eu sou triste – disse o homem – porque quero que a gente ganhe, mas no fundo sei que a gente não vai ganhar.

Depois se disseram adeus com o punho erguido.

Buenos Aires, janeiro de 1976: Introdução à Música

1

Julio está em casa. Teve de ir embora de Montevidéu. Foi levado preso pela sétima vez e teve de ir embora. Anda sem dinheiro e sem vontade; não encontra trabalho.

Esta noite comemos bife à milanesa com salada, que ele preparou, e bebemos vinho.

Julio se estende na cama e fuma. Eu quisera escutá-lo e ajudá-lo, mas ele se cala, se nega a me oferecer dores. Eu mesmo estou como uma sombra boba. Não desperto as coisas ao tocar nelas: caem de minhas mãos.

Escolho um disco de barrocos italianos. Não sei quando o comprei, nem com quem; não me lembro de tê-lo escutado.

Albinoni chega no momento preciso.

Celebramos a melodia, cantarolamos em voz alta: o quarto se enche subitamente de boas notícias.

Lembro uma das estórias de Paco Espínola.

Parece que estou escutando-o: a vozinha tossida, arrastada, o cigarrinho sem brasa pendurado no lábio, nas rodas ao redor do fogão ou no café até de madrugada. Nos arredores de San José havia um curandeiro, negro velho, analfabeto, que Paco tinha conhecido por lá mesmo, em sua infância. O homem atendia sentado debaixo de uma árvore enorme. Punha óculos para examinar os pacientes com olhos de doutor e para fazer de conta que lia o jornal.

Todo o povo o respeitava e queria. Como bom curandeiro de lei, o negro sabia salvar com ervas e mistérios.

Uma tarde trouxeram para ele uma doente que estava na miséria. Era puro osso e pele, a moça; muito pálida, o olhar sem luz, tinha perdido a fome e estava muda e sem forças nem para caminhar.

O negro fez um sinal e se aproximaram da árvore os pais e o irmão.

Ele, sentado, meditava: eles, em pé, esperavam.
– Família – disse, finalmente.
E diagnosticou:
– Esta moça está com a alma toda esparramada.
E receitou:
– É preciso música para juntar.

Era uma manhã cinzenta e de frio bravo

Um amanhecer no fim de junho de 1973, cheguei a Montevidéu no vapor que atravessa o rio vindo de Buenos Aires.

Eu estava em pé na proa. Tinha os olhos fixos na cidade que lentamente avançava na neblina.

Minha terra tinha sido atingida por duas desgraças e eu não sabia. Paco Espínola estava morto e os militares tinham dado um golpe de Estado e tinham dissolvido os partidos, os sindicatos e todo o resto.

Não via a luz nem podia caminhar mais de três passos

Pouco antes do golpe, voltando de outra viagem, soube que a polícia tinha ido me buscar em minha casa de Montevidéu.

Me apresentei sozinho. Senti medo ao entrar. A porta se fechou às minhas costas com um ruído seco, de armadilha. O medo durou uma hora. Depois, foi-se de meu corpo. O que poderia me acontecer, pior que a morte? Não ia ser a primeira visita.

Estava de cara contra a parede, no pátio. O andar de cima era um centro de torturas. Atrás de mim passavam os presos. Eram arrastados pelo pátio. Alguns voltaram desfeitos: eram jogados no chão. À meia-noite soava a sirena do transmissor. Eu escutava o estrépito, os insultos, a excitação dos caçadores lançando-se à caça do homem. Os policiais regressavam ao amanhecer.

Um par de dias depois me puseram em um automóvel. Me transportaram, fui trancado em uma cela.

Risquei meu nome na parede.
Pelas noites escutava gritos.
Comecei a sentir necessidade de conversar com alguém. Me fiz amigo de um ratinho. Eu não sabia se ia ficar trancado dias ou anos, e em pouco tempo se perde a conta. Foram dias. Sempre tive sorte.

À noite em que me soltaram, escutava murmúrios e vozes distantes, ruídos de metais, enquanto caminhava pelos corredores com um guarda de cada lado. Então os presos se puseram a assobiar, suave, baixinho, como se estivessem soprando paredes. O assobio foi crescendo até que a voz, todas as vozes em uma, começou a cantar. A canção sacudia as paredes.

Caminhei até minha casa. Era uma noite cálida e serena. Em Montevidéu começava o outono. Fiquei sabendo que uma semana antes tinha morrido Picasso.

Passou um tempinho e começou o exílio.

Buenos Aires, janeiro de 1976: Reencontro

1

Cristina conta suas cerimônias de exorcismo. Se trancou, sozinha em casa, durante dias e noites, e chamou os vivos, os mortos e os esquecidos. Acertou contas, diz, com todos. Com alguns andou aos insultos; a outros disse, pela primeira vez, que os amava.

Alguém abria a porta da cela e oferecia laranjas. Depois, a porta tornava a se fechar.

Caía a noite e ela cantava:

– *Eres alta y delgada...*

– Canta isso de novo – pedia uma voz, vinda de uma cela do alto.

E ela cantava de novo.

– Obrigado – dizia a voz.

Todas as noites pedia que ela cantasse isso, e ela nunca viu esse rosto.

2

— Há várias noites — diz — não sonho com a máquina. Sabe? Às vezes tenho medo de dormir. Sei que vou sonhar com isso, e sinto medo. Também sinto medo, ainda, dos passos nas escadas. Eu estava acordada quando vieram. Nunca te contei. Escutei os passos deles e quis que as paredes se abrissem e pensei: vou me jogar pela janela. Mas deixei que me levassem.

— Vai falar ou não? — disseram.

— Não tenho nada a dizer.

— Tirem a roupa dela.

Me deram choque na boca até que meus dentes afrouxaram.

E aqui, e aqui e aqui. Mas na banheira é muito pior. A eletricidade na água é muito pior. Sabe? Nunca mais pude nadar debaixo d'água. Não posso suportar a falta de ar debaixo d'água.

Me arrancaram o capuz.

— Os rapazes dizem que você está muito gostosa — disse o chefe — e eu vou dar o gostinho a eles.

Entrou um cara e tirou a roupa. Atirou-se em cima de mim e começou a forcejar. Eu olhava o que acontecia, como se fosse outra. No rádio, me lembro, cantava Palito Ortega. E eu disse:

— Você é um pobre coitado. Não consegue nem na marra.

Me deu várias porradas.

Veio outro. Era um gordo. Tirou a camisa xadrez e a camiseta.

— Parece que você é meio arisca. Mas comigo, não banque a viva.

Terminou de se despir e se jogou em cima de mim. Me mordia o pescoço e os peitos. Eu estava muito longe. Sentia um hálito gelado, que saía dos meus poros.

Então veio o chefe, furioso. Me revirou pelo chão, a chutes. Sentou em cima de mim e afundou o cano do revólver entre minhas pernas.

Depois me chamou de *puta* porque eu não chorava.

O Sistema

Não se esgota na lista de torturados, assassinados e desaparecidos a denúncia dos crimes de uma ditadura. A máquina domestica para o egoísmo e a mentira. Para se salvar, ensina a máquina, você terá de se fazer hipócrita ou sacana. Quem esta noite te beija amanhã te venderá. Cada boa ação gera uma vingança. Se você diz o que pensa, te arrebentam; e ninguém merece o risco. No fundo, o operário desempregado não deseja que a fábrica despeça outro para que ele possa ocupar esse lugar? Não é o próximo um competidor e um inimigo? Há pouco, em Montevidéu, um menino pediu à mãe que o levasse de volta ao hospital, porque queria desnascer.

Sem uma gota de sangue, sem nem ao menos uma lágrima, se executa a cotidiana matança do melhor que cada um tem dentro de si. Vitória da máquina: as pessoas têm medo de se falar e se olhar. Que ninguém se encontre com ninguém. Quando alguém te olha e sustenta esse olhar, você pensa: "Vai me foder". O gerente diz ao empregado, que era seu amigo:

– Tive de denunciar você. Pediram listas. Era preciso dar algum nome. Se puder, perdoe.

De cada trinta uruguaios, um tem a função de vigiar, perseguir, castigar os outros. Não há trabalho fora dos quartéis ou das delegacias; e em todo caso, para conservar o emprego, é imprescindível o certificado de fé democrática que a polícia fornece. Se exige dos estudantes que denunciem os companheiros, se exorta as crianças a denunciar os professores. Na Argentina, a televisão pergunta: "O senhor sabe o que seu filho está fazendo nesse momento?"

Por que não figuram nas páginas de crimes e escândalos o assassinato da alma por envenenamento?

Buenos Aires, janeiro de 1976: Introdução à Literatura

Passo uns dias com Eduardo e meus filhos. Escrevo tristezas. Uma noite, mostro-as a Eduardo. Ele afasta os papéis com uma careta:

– Você não tem direito – diz.
Fico aborrecido.
– Como que não?
E Eduardo me conta que na sexta-feira foi comprar presunto e salame no armazém da esquina de sua casa. A mulher do armazém é uma gorda que passa os dias cortando salame e salsichão e presunto em rodelas e fatias, fazendo embrulhos, contas, cobrando; cuida sozinha do negócio e, quando cai a noite e ela fecha as portas de ferro, sente agulhas nos rins e nas pernas. Eduardo esperou a vez, pediu e pagou. Então viu que debaixo da caixa registradora havia um livro aberto, que a mulher lia aos poucos, enquanto trabalhava. Era um livro que eu tinha escrito.
– Já li esse livro várias vezes – disse a mulher do armazém. – Leio porque me faz bem, esse livro. Eu sou uruguaia, sabe?
E agora Eduardo me diz: "Você não tem direito", enquanto afasta as coisinhas choronas que eu escrevi esses dias.

Buenos Aires, janeiro de 1976: Ninguém pode nada contra tanta beleza

Ao cair da tarde, sento em uma mesinha do café *I Musici*.
Chino Foong, recém-chegado de Caracas, me mostra as fotos de um mural e de alguns quadros que pintou recriando os rostos e temas de Leonardo, Van Gogh e Matisse. Mostra os seus últimos desenhos e serigrafias. Fala sobre uma exposição que projeta fazer.
– É a história da América – diz Chino – vista através da *Primavera* de Botticelli.
Fico olhando para ele.
– Entende? Toda a história de pilhagem e matança através dessa mulher. Porque essa mulher nua é a América. Entende?
E diz:
– Quando olho a Gioconda, vejo como ela envelhece. Posso emputecê-la, posso inventar-lhe outra memória. Mas com essa mulher de Botticelli me acontece o contrário. Se a envelheço, não

existe. Isolo as mãos, os olhos, um pé, não adianta: não posso magoá-la por nenhum lado.
Penso no assombro da América nos olhos dos conquistadores.
— Carlos V foi um momentinho na História e no fundo não pôde fazer nada a ela — diz Chino. — Teddy Roosevelt não pôde fazer-lhe nada. E os de agora também não podem.
— Todos a perseguiram — ri ele. — E Colombo, que foi o primeiro a entrar, morreu sem perceber.

O Universo visto pelo buraco da fechadura

Todos os dias — conta Freddy — eu o ajudo a preparar as tirinhas de massinha que ele usa para escrever. Papel e lápis não usa. Ele escreve gravando sinais na massinha. Eu não sei ler o que ele escreve. O que ele escreve não se lê com os olhos. Se lê com os dedos.

Com ele aprendi a *sentir* uma folha. Eu não sabia. Ele me ensinou. Fecha os olhos, me disse. Com paciência me ensinou a sentir uma folha de árvore com os dedos. Demorei a aprender porque não tinha o hábito. Agora gosto de acariciar as folhas, que os dedos escorreguem pelo lado de cima, tão liso, sentir a pelugem de baixo e os fiozinhos como veias que a folha tem dentro.

Outro dia trouxeram à escola um leão recém-nascido. Ninguém pôde tocar no bichinho. Ele foi o único que deixaram. E depois eu pedi:

— Você, que pôde tocar nele, me diz como era.
— Era quentinho — disse. — Era suave.

E pediu:

— Você, que viu o filhote, diga: como era?

E eu disse que era amarelo.

— Amarelo? Como é o amarelo, Freddy?
— Como o calor do sol — respondi.

Quito, fevereiro de 1976: Primeira noite

Acendo a luz pela milésima vez. Não há nenhuma coisa, neste quarto de hotel, que não seja inimiga. Reviro entre os lençóis:

afundo a cara no travesseiro quente. Em meu corpo não há lugar para nenhuma certeza, por menor que seja.

Durmo, não sei como, ao amanhecer.

Acordo com a campainha prolongada do telefone. Apalpo o aparelho; cai de minhas mãos. Do telefone, escapam palavras; finalmente se encontram com minha orelha.

– Bem-vindo! – diz a voz. – A cidade de Quito lhe dá as boas-vindas! Ainda ontem soube e disse: vou telefonar para ele, para expressar a satisfação e o orgulho que...

– Senhor – digo, ou suplico. – Que horas são, senhor?

– Sete da manhã! – diz a voz, triunfal. – Em nome da cidade de Quito...

Deixo o telefone na mesinha de cabeceira.

Tento dormir outra vez. O telefone, que balança no ar, emite ruídos e zumbidos, suspenso pelo fio. Não adianta. Aproximo a cara. As palavras se arrastam, lentas:

– Estou dormindo, senhor – murmuro.

– Ah! – exclama, comprova a voz. – Que diferentes são os hábitos de nossos povos! Mas no fundo nos une uma única vocação americana! Enviarei ao senhor, imediatamente, uma obra minha na qual o senhor poderá perceber a vibração de...

Jogo o telefone no chão e atiro em cima dele um travesseiro e um cobertor. Viro na cama.

O toc-toc na porta me arranca do segundo soninho.

Me levanto, nu, tonto, e abro. Vagamente vislumbro uma coisa parecida a um mensageiro, que deixa um envelope em minhas mãos e foge.

Deslizo as costas contra a porta fechada. Minha cabeça range. Esfrego os olhos. O envelope contém vários exemplares mimeografados de um manual de instruções para os escoteiros do Equador. Todos com dedicatória.

Mergulho na banheira. Abro o chuveiro. Não sei quanto tempo passo com a chuva na cabeça.

Estou me secando quando lembro de desenterrar o telefone e devolvê-lo ao seu lugar.

Então, toca. Atendo. A mesma voz pergunta se recebi o pacote e se tive oportunidade de ler o trabalho. Digo que achei estupendo.

— Não vou ofendê-lo – digo – com uma opinião meramente literária. Obras assim não podem ser consideradas livros ou folhetos. São ladrilhos que vão construindo nossa Pátria Grande!

Quito, fevereiro de 1976: Uma palestra na Universidade

Hoje conversamos sobre isso que chamam de alienação cultural.

Neste país tudo gira agora ao redor do petróleo. A época da banana chegou ao seu fim: promete-se que, em dez anos, o Equador terá uma renda como a da Venezuela. Este país paupérrimo se aproxima do delírio dos milhões e se atordoa, entra em órbita: antes de escolas, hospitais ou fábricas, chega a televisão em cores. Logo haverá enceradeira em casas com chão de terra e geladeiras elétricas em povoados iluminados a querosene. Seis mil estudantes de Filosofia e Letras, apenas dois de Tecnologia do Petróleo: na Universidade toda ilusão está permitida, mas a realidade não é possível.

O país se incorpora subitamente à civilização, ou seja: há um mundo onde se fabrica em escala industrial os sabores, as cores, os cheiros e também a moral e as ideias, e onde a palavra Liberdade é o nome de uma prisão, como no Uruguai, ou onde uma câmara subterrânea de torturas se chama, como no Chile, Colonia Dignidad. As fórmulas de esterilização das consciências são testadas com mais êxito que os planos de controle da natalidade. Máquinas de mentir, máquinas de castrar, máquinas de dopar: os meios de comunicação se multiplicam e divulgam democracia ocidental e cristã junto com violência e molho de tomates. Não é necessário saber ler e escrever para escutar os rádios transistores ou olhar a televisão e receber o recado cotidiano que ensina a aceitar o domínio do mais forte e confundir a personalidade com um automóvel, a dignidade com um cigarro e a felicidade com uma salsicha.

Hoje conversamos, também, sobre a importação de uma falsa "cultura de protesto" na América Latina. Agora são produzidas em série, nos países desenvolvidos, os fetiches e símbolos da revolta juvenil dos anos sessenta nos Estados Unidos e na Europa. A roupa com desenhos psicodélicos é vendida ao grito de "Liberte-se", e a grande indústria derrama sobre o Terceiro Mundo a música, os cartazes, os penteados e os vestidos que reproduzem os modelos estéticos da alucinação pelas drogas. Nossas comarcas oferecem um terreno fértil. Aos rapazes que querem fugir do inferno, dão de presente passagens ao purgatório; convida-se as novas gerações a abandonar a História, que dói, para viajar ao Nirvana. Aventuras para paralíticos: deixa-se intacta a realidade, mas se altera sua imagem. Promete-se amor sem dor e paz sem guerra.

De tudo isso, e de outras coisas. conversamos hoje.

Esmeraldas, fevereiro de 1976: Você nunca se lembra de quando nasceu?

1

Me convidam para dar uma palestra no litoral.

Desço do altiplano ao mar. Em Esmeraldas me recebem com violões e aguardente. Outro mundo: homens de pele negra, terras úmidas e quentes, mulheres que dançam ao caminhar.

Na noite seguinte, me perco na praia. Resolvo subir em um monte alto e depois me ponho a seguir, através do matagal, o leito de um rio seco. Quando volto já é noite fechada e não há uma alma.

Chamo meus amigos, aos gritos. Não escuto mais que o ruído do mar. Caminho pela areia, sem rumo nem roupa nem dinheiro. Os mosquitos, ferozes, vão jantando meu corpo. Me canso de bater em mim com a mão. Não tenho a menor ideia de onde estou. A cada tanto dou gritos, espero resposta, continuo.

Tiro o calção e me enfio no mar. A água está morna e luminosa com a lua. Ao sair, sinto frio. Corro e salto na areia, dou murros no ar. Os mosquitos não me deixam em paz. Tenho fome; minha barriga faz barulho.

Busco lenha para armar uma fogueira. Estou fazendo isso quando aparece, entre as árvores, um ser humano. É um rapaz que perdeu o último ônibus para Esmeraldas. Me olha com desconfiança. Forçado pelos mosquitos, chega perto do fogo. Ofereço um cigarro. Depois me confessa que tem medo dos cachorros e das aranhas caranguejeiras, dos caranguejos e dos tubarões.

2

Estou querendo dormir quando escuto as vozes de meus amigos.

Em um barracão acordamos um cozinheiro chinês. Decidimos suborná-lo. Nos serve cerveja e prepara uma travessa gigante de camarões para nós, com um inesquecível molho vermelho.

Meus amigos estiveram me procurando a tarde inteira. Fico sabendo que o lugar onde me perdi se chama Penhasco do Suicida.

Dormimos em umas cabanas de madeira.

3

Quando desperto, a luz está incendiando as montanhas azuis. Sinto a areia deslizar entre meus dedos. Está vivo cada grão de areia, está vivo cada poro de minha pele. Uma boa música nasce de mim.

Quito, fevereiro de 1976: Introdução à História da América

Havia dois povoados indígenas que eram vizinhos. Viviam das ovelhas e do pouco que a terra dava. Cultivavam, em patamares, a ladeira de uma montanha que desce até um lago muito belo, perto de Quito. As duas aldeias tinham o mesmo nome e se odiavam.

Entre uma e outra havia uma igreja. O padre morria de fome. Uma noite enterrou uma Virgem de madeira e jogou sal em cima. Ao amanhecer, as ovelhas cavaram a terra e apareceu a Milagrosa.

A Virgem foi coberta de oferendas. Das duas aldeias traziam alimentos, roupas e enfeites. Os homens de cada aldeia pediam à Virgem a morte dos homens da aldeia vizinha e, pelas noites, os assassinavam a facão. Dizia-se: "É a vontade da Milagrosa".

Cada promessa era uma vingança e assim os dois povoados, que chamavam Pucará, se exterminaram mutuamente. O padre ficou rico. Aos pés da Virgem tinham ido parar todas as coisas, as colheitas e os animais.

Então uma cadeia hoteleira internacional comprou por um punhado de moedas as terras sem ninguém.

Nas margens do lago se levantará um centro turístico.

Quito, fevereiro de 1976:
A boa vontade

Margarita, me conta Alejandra Adoum, passou um tempo em Cañar.

Naqueles rincões altos, os índios ainda se vestem de negro, por causa do crime de Atahualpa. A comunidade divide o pouco que arranca das terras áridas.

Não há jornais: e além disso, ninguém sabe ler. Tampouco há rádios; e, de qualquer maneira, as rádios falam a língua dos conquistadores. Como fazem as pequenas aldeias para ficar sabendo o que ocorre na comunidade? Cada aldeia envia dois ou três atores a percorrer a comarca: eles *representam* as notícias e *atuam* os problemas. Ao contar o que acontece com eles, contam o que são:

– Nos roubaram o sol e a lua. Nos trouxeram outros deuses. Não os compreendemos; mas por eles estamos nos matando.

Margarita não foi a Cañar para ensinar teatro, e sim para aprender e ajudar.

Passaram-se os meses. Margarita sofria o frio e as lonjuras.

O chefe da comunidade, que se chama Quindi, pôs uma mão em seu ombro:

– Márgara – disse ele. – Você está muito triste. E, se é assim, é melhor você ir embora. Para as penas, as nossas bastam.

O Sistema

De cada cem crianças que nascem vivas na Guatemala ou no Chile, morrem oito. Morrem oito, também, nos subúrbios populares de São Paulo, a cidade mais rica do Brasil. Acidente ou assassinato? Os criminosos têm as chaves das prisões. Esta é uma violência sem tiros. Não serve para as novelas policiais. Aparece, congelada, nas estatísticas – quando aparece. Mas as guerras reais nem sempre são as mais espetaculares e bem se sabe que os relâmpagos dos tiros deixaram muita gente cega e surda.

A comida é mais cara no Chile que nos Estados Unidos: o salário mínimo, dez vezes mais baixo. A quarta parte dos chilenos não possui renda e sobrevive de teimosa. Os motoristas de táxi de Santiago já não compram dólares dos turistas: oferecem meninas que farão o amor a troco de um jantar.

O consumo de sapatos se reduziu cinco vezes, no Uruguai, nos últimos vinte anos. Nos últimos sete, o consumo de leite em Montevidéu caiu pela metade.

Os presos da necessidade, quantos são? É livre um homem condenado a viver perseguindo o trabalho e a comida? Quantos têm o destino marcado na testa desde o dia em que aparecem ao mundo e choram pela primeira vez? A quantos se nega o sol e o sal?

Quito, fevereiro de 1976:
Não descansará até que caiam

Esta mulher viu morrer seu melhor amigo.

Estavam ocupando uma fábrica, nos subúrbios de Santiago do Chile, nos dias seguintes ao golpe. Esperavam armas para resistir.

Foi esquartejado na tortura, mas não disse que a conhecia.

Foi arrastado até onde ela estava. Por onde passava ia deixando um caminho de sangue. Continuou negando. Ela escutou que o oficial dava a ordem de fuzilá-lo. Foi atirado contra uma parede e o *carabinero* tomou distância e vacilou. De repente ergueu o fuzil, apontou, e ela viu como estalava a cabeça do amigo.

Então o *carabinero* lançou um uivo e atirou o fuzil e saiu correndo, mas não chegou longe. O oficial disparou-lhe uma rajada na cintura e partiu-o pela metade.

Quito, fevereiro de 1976:
Acendo o fogo e chamo por ele

1

Noite na casa de Iván Egüez. Desando a falar de Roque Dalton. Roque era um disparate vivo que não parava nunca. Está correndo, agora, em minha memória. Como é que a morte conseguiu agarrá-lo?

Iam fuzilá-lo e quatro dias antes da execução caiu o governo. Outra vez iam fuzilá-lo e um terremoto rachou as paredes da prisão e ele escapou. As ditaduras de El Salvador, o país pequenino que era seu país e que ele levava tatuado por todo o corpo, nunca puderam com ele. A morte se vingou desse tipo que tanto tinha caçoado dela. No final, foi baleado à traição: mandou-lhe os tiros do exato lugar de onde ele não os esperava. Não vibraram os teletipos para informar do assassinato desse poeta que não tinha nascido em Paris ou em Nova Iorque.

Ele era o mais alegre de todos nós. E o mais feio. Há feios que pelo menos podem dizer: "Sou feio, mas simétrico". Ele não. Tinha a cara torta. Se defendia dizendo que não tinha nascido assim. Tinham feito ele ficar assim, dizia. Primeiro uma tijolada no nariz quando jogava futebol, por culpa de um pênalti duvidoso. Depois, uma pedrada no olho direito. Depois, a garrafada de um marido cheio de suspeitas. Depois, as sovas dos milicos de El Salvador, que não compreendiam sua paixão pelo marxismo-leninismo. Depois, uma misteriosa surra em uma esquina de Malá Strana, em Praga. Um bando deixou-o estendido no chão com fratura dupla no maxilar e comoção cerebral.

Um par de anos mais tarde, durante uma manobra militar, Roque vinha correndo, fuzil na mão e com a baioneta calada, quando caiu num buraco. Ali havia uma porca recém-parida, com todos os seus porquinhos. A porca desfez o que restava dele.

Em julho de 1970 me contou, morrendo de rir, a estória da porca, e me mostrou um álbum de historietas com as façanhas dos famosos irmãos Dalton, pistoleiros de filmes de bangue-bangue, que tinham sido seus antepassados.

A poesia de Roque era, como ele, carinhosa, brincalhona e brigadora. Sobrava-lhe valentia, e portanto não precisava mencioná-la.

Falo de Roque e o trago, esta noite, à casa de Iván. Dos que estão aqui, ninguém o conheceu. Que importa isso? Iván tem um exemplar de *Taberna y otros lugares*. Eu também tive esse livro, tempos atrás, em Montevidéu. Busco em *Taberna*, e não encontro, um poema que talvez imaginei, mas que ele bem poderia ter escrito, sobre a sorte e a beleza de nascer na América.

Iván, que conhece a taverna *Ufleka*, de Praga, lê, em voz alta, um poema. Luís lê um longo poema ou crônica de amor. O livro passa de mão em mão. Escolho uns versos que falam da beleza da cólera, quando chega de repente.

2

Cada um entra na morte do jeito que lhe é parecido. Alguns, em silêncio, caminhando na ponta dos pés: outros, recuando; outros, pedindo perdão ou licença. Há quem entre discutindo ou exigindo explicações e há quem abre caminho nela a porrada, e xingando. Há quem a abrace. Há os que fecham os olhos: há quem chore. Eu sempre pensei que Roque se meteria na morte às gargalhadas. Me pergunto se terá conseguido. Não terá sido mais forte a dor de morrer assassinado pelos que tinham sido seus companheiros?

Então toca a campainha. É Humberto Vinueza, que vem da casa de Agustín Cueva. Nem bem Iván abre a porta, Humberto diz, sem que ninguém tenha explicado ou perguntado nada.

– Foi uma facção dissidente.

– Quê? Como?

– Os que mataram Roque Dalton. Agustín me disse. No México publicaram que...

Humberto se senta entre nós.
Ficamos todos calados, escutando a chuva que bate nas janelas.

A terceira margem do rio

Guimarães Rosa tinha sido advertido por uma cigana: "Você vai morrer quando realizar sua maior ambição".

Coisa rara: com tantos deuses e demônios que este homem continha, era um cavalheiro dos mais formais. Sua maior ambição consistia em ser nomeado membro da Academia Brasileira de Letras.

Quando foi designado, inventou desculpas para adiar o ingresso. Inventou desculpas durante anos: a saúde, o tempo, uma viagem...

Até que decidiu que tinha chegado a hora.

Realizou-se a cerimônia solene, e, em seu discurso, Guimarães Rosa disse: "As pessoas não morrem. Ficam encantadas".

Três dias depois, ao meio-dia de um domingo, sua mulher encontrou-o morto quando voltou da missa.

Devo a ele um par de estórias, embora ele não saiba, e vou pagar

Não conheço Don Alejo Carpentier. Alguma vez terei de vê-lo. Tenho de dizer-lhe:

– Olhe, Don Alejo, eu acho que o senhor nunca terá ouvido falar de Mingo Ferreira. Ele é um compatriota meu que desenha com graça e com drama. Me acompanhou durante anos nas sucessivas aventuras dos jornais e das revistas e dos livros. Trabalhou ao meu lado e soube alguma coisa dele, embora pouco. Ele é um tipo sem palavras. O que sai dele são desenhos, não palavras. Vem de Tacuarembó, é filho de um sapateiro; sempre foi pobre.

E dizer-lhe:

– Em Montevidéu, ele arranjou várias prisões e surras. Uma vez esteve preso durante alguns meses, quase um ano, acho, e quando saiu me contou que no lugar em que estavam trancados se podia ler em voz alta. Era um barracão imundo. Os presos se amontoavam um em cima do outro, rodeados de fuzis, e não podiam se mexer nem para mijar. Cada dia um dos presos ficava em pé e lia para todos.

Eu queria contar-lhe, Don Alejo, que os presos quiseram ler *El siglo de las luces* e não puderam. Os guardas deixaram o livro entrar, mas os presos não puderam ler. Quero dizer: começaram várias vezes e várias vezes tiveram de abandoná-lo. O senhor os fazia sentir a chuva e os aromas violentos da terra e da noite. O senhor os levava o mar e o barulho das ondas rompendo contra a quilha de um barco e mostrava a eles o pulsar do céu na hora em que nasce o dia e eles não podiam continuar lendo isso.

E dizer-lhe:

— De Milton Roberts pode ser que o senhor se lembre. Milton era aquele rapaz grandalhão e de olhar lindo, que fez uma entrevista com o senhor para *Crisis*. Ele tinha viajado a Paris, acho que em meados de 1973, e eu o encarreguei de uma entrevista. Lembra? Milton tinha ido para que uns médicos franceses o vissem, porque eram os mais entendidos na doença que ele tinha. Mas não havia nada a ser feito. Voltou a Buenos Aires e já não pôde mais se levantar da cama. Foi uma agonia longa. Inchou. Foi perdendo a pouca força que lhe restava e também foi perdendo a voz. Antes que o mal subisse à sua garganta, Milton me falou umas quantas vezes da entrevista que tinha feito com o senhor. Contou-a inteirinha. Recordava tudo, palavra por palavra. Me falou do senhor como se tivesse sido seu amigo a vida inteira. Me contou o que o senhor tinha falado de seus amores com a música e com a literatura. Contou suas estórias de piratas e ditadores, uma por uma, com detalhes de costumes e pequenos vícios de dois ou três séculos atrás. Falava disso tudo e seus olhos se acendiam; e é com essa cara que tenho ele em minha memória.

Depois que morreu, Claudine, a companheira, revolveu seus papéis buscando as anotações da entrevista, e buscou e rebuscou mas não encontrou nada. Esses papéis não apareceram nunca.

E dizer-lhe:

– Eu queria contar-lhe essas coisas, companheiro Alejo, e deixá-las, porque são suas.

As cerimônias da angústia

1

Tipo áspero, o Velho. Se defende, evita que gostem dele. Ele me ajudou muito. Eu tinha vinte anos quando o conheci. Passou o tempo. Visitava, levava para ele o que escrevia. Ele grunhia e me dava opiniões implacáveis; eu fazia o possível para diverti-lo um pouquinho.

Uma vez, há muitos anos, fui buscá-lo na Prefeitura. O Velho tinha um emprego por lá, meio fantasmagórico: dirigia bibliotecas que não existiam. Trabalhava rodeado de velhas funcionárias, cada uma mais feia que a outra, que falavam o tempo inteiro de orçamentos e bebês. Me aproximei do guichê e esperei. Estava o harém inteirinho. Elas tomavam mate e comiam biscoitinhos. Por fim, uma chegou perto. Perguntei por ele.

– Não... – disse a funcionária, e tirou os óculos.

Começou a limpar as lentes com o lenço.

– Não... – disse. – Ele não veio. Faz muito tempo que não vem.

– O que há com ele? – perguntei. – Está doente?

Ergueu as sobrancelhas em um gesto de compaixão. Olhou a luz através das lentes.

– Coitadinho... – disse. – Coitadinho.

E acrescentou:

– Sabe? Ele não é deste mundo.

2

Encontrei-o atirado na cama. Passava longas épocas assim. Aquela vez, em Montevidéu, creio que ainda tinha junto da cama o alambique de cristal, complicado mecanismo de tubos, serpentinas e vasos, que tinham trazido de Viena para ele. O aparelho cumpria a função de poupar o Velho do esforço de se servir de vinho.

Bastava mover um bocadinho a mão: o copo pressionava uma válvula e se enchia de vinho. Era como se ele ordenhasse vinho.

Nesses períodos o Velho não se levantava nunca nem comia nada. Se organizava para morrer aos poucos.

– Escrevo gota a gota. Já não vem mais aquele impulso de escrever a noite inteira, até o amanhecer.

Tomava vinho bem ordinário, desses que fazem mijar cor de violeta, e engolia pastilhas para estar sempre adormecido. Mas às vezes estava acordado e era isso que ele chamava de insônia. À luz da lâmpada de cabeceira lia novelinhas policiais que iam se amontoando, montanhas de lixo, ao redor da cama. O retrato de Faulkner presidia, da cabeceira.

Aquela vez abri as janelas e as persianas, na porrada, e o golpe da luz do dia quase o mata. Ficamos nos xingando um tempinho. Ofereci morcegos. Contei piadas e fofocas políticas, ele gostava, enquanto resmungava contra o calor ou o frio ou a luz, e afinal consegui um sorriso. Discutimos, como sempre, no estilo lento e de má vontade em que ele discute, porque eu não acho que o homem foi e será uma porcaria e porque não entro na canoa quando ele me convida a acompanhá-lo até o fundo do poço da desesperança. Não posso brincar com isso: se me deixo cair, fico. Não posso acariciar a morte sem penetrar nela.

Eu sabia que não era piada. Sabia, sei, porque o conheço e leio o que ele escreve, que o Velho tem seu corpo ossudo cheio de demônios que o acossam e revolvem as tripas e afundam punhais, e é para ver se consegue deixá-los tontos que ele enche o corpo de vinho e fumo, com os olhos cravados nas manchas de umidade do teto. Dormir, talvez sonhar, é uma trégua. As novelinhas policiais são uma trégua. Escrever, quando consegue fazê-lo, é também uma trégua, e talvez o único triunfo que está permitido a ele. Então, quando escreve, ele se ergue e converte em ouro sua porcaria e seus escombros, e vira rei.

3

Às vezes, se esquecia de ser porco-espinho. E me dizia:

— Quando eu era menino, estava na quadrilha do Corsário Negro. Havia a quadrilha de Sandokan e umas outras, mas eu estava jurado na do Corsário Negro.
— O noivo de Honorata. Conheço.
— Ele estava apaixonado por uma loura, que eu saiba, e era um amor impossível.
— Errou. Esse era o Tigre de Mompracem.
— O Corsário Negro, animal. O Corsário estava louco pela loura. Como não vou saber, se eu era da quadrilha?
— São um perigo.
— O quê?
— As louras.
— Essa loura, Honorata, não tinha nada a ver com a de Sandokan. Você está misturando coisas que não têm nada a ver. Sandokan operava na Malásia. O Corsário Negro era mesmo do Caribe.
— Honorata gostava do Corsário Negro.
— Gostar, gostava. Mas e o governador de Maracaibo? Você acha que o assunto é gostar e pronto? Coitado do Corsário Negro. Foi se apaixonar justo pela sobrinha de seu inimigo mortal.
— Morreu, no fim.
— Que morrer que nada, esse filho da puta.
— Estou falando da Honorata. O governador, não. Tinha uma saúde de merda, mas não morreu. Você lembra? Sofria de gota. Pensava maldades com o pé em cima de um pufe. Ele não morreu. Honorata sim.
— Foi morta, você quer dizer.
— Os soldados do tio.
— Tiro de mosquetão.
— Ela jogou-se da varanda e o Corsário Negro recebeu-a nos braços. Os cavalos esperavam na ponte.
— A bala era para ele, mas ela pôs o corpo. Apareceram os soldados, que estavam esperando pelos dois, e ela abriu os braços e...
— Entrou no peito. Aqui.
— Mais abaixo. Atravessou o escapulário.
— Diga uma coisa: você esteve em Maracaibo?
— Estive.

– Conta.
– Há edifícios enormes, com ar-condicionado, e um lago cheio de torres de petróleo.
– Cretino. Você não viu nada. Não sabe que em Maracaibo não se pode nem caminhar, de tanto fantasma que anda pela rua?

4

Em meados de 1973, o Velho foi nomeado jurado em um concurso de novelas e cruzou o rio. Uma noite me convidou para jantar. Ele estava com uma mulher. Caminhamos uns quarteirões, os três, pelo centro de Buenos Aires, por essa zona que os portenhos chamam de City. Para ele, caminhar custava; andava lento, se cansava fácil. Custava mas queria continuar, e parecia bastante satisfeito, embora dissesse que não reconhecia as ruas dessa cidade onde tinha vivido, tempos antes, uns quantos anos.

Fomos a uma cervejaria da rua Lavalle. O Velho comeu um bocadinho e deixou os talheres cruzados sobre o prato. Estava calado. Eu comia. Ela falava.

De repente, o Velho perguntou a ela:
– Você não quer ir ao toalete?
E ela disse:
– Não, não.

Terminei a salsicha com salada russa. Chamei o garçom. Pedi uma costeleta de porco, defumada, com batatas redondinhas. Três chopes.

O Velho insistia:
– Mas tem certeza que não está querendo ir ao toalete?
– Sim, tenho – disse ela. – Não se preocupe.

Logo depois, outra vez.
– Você está com a cara brilhante – disse ele. – Seria conveniente dar um pulinho no banheiro e passar um pouco de pó de arroz.

Ela tirou um espelhinho da bolsa.
– Não está brilhando – disse, surpreendida.
– Mas eu acho que você está morrendo de vontade de ir ao banheiro – insistiu o Velho. – Eu acho que você quer ir.

Então ela reagiu:
— Se você quer ficar sozinho com seu amigo, é só dizer. Se eu incomodo, pode dizer, eu vou embora.
Se levantou, me levantei. Pus uma mão em seu ombro, pedi que tornasse a sentar. Disse:
— Vamos pedir a sobremesa. Você não...
— Se ele quer que eu vá, eu vou.
Soluçava.
— Você não vai sair daqui sem comer a sobremesa. Ele não quis dizer isso. Ele quer que você fique.
O Velho, impávido, olhava as cortininhas douradas da janela.
Aquela foi a sobremesa mais difícil da minha vida. Ele não tocou seu prato. Ela comeu uma colheradinha de sorvete. Minha salada de frutas ficou entalada na garganta.
Finalmente ela se levantou. Despediu-se, com a voz quebrada pelo choro, e se foi. O Velho não moveu um músculo.
Continuou calado por um tempão. Aceitou o café com uma leve inclinação da cabeça.
Tentei dizer algo, qualquer coisa, e ele concordava sem palavras. Tinha a testa enrugada e o olhar de infinita tristeza, que eu conhecia de antes.
— A gente tem mesmo é de se foder — disse, finalmente. — Sabe para que eu queria que ela fosse um instante à toalete? Para dizer a você que me sinto muito feliz. Eu queria dizer a você que nunca estive tão bem com ela como nesses dias. Que estou feliz como um menino, que estou como um potrinho, que...
E movia a cabeça.
— A gente tem mesmo é de se foder.

O homem que soube calar

Juan Rulfo disse o que tinha para dizer em poucas páginas, puro osso e carne sem gordura, e depois guardou silêncio.
Em 1974, em Buenos Aires, Rulfo me disse que não tinha tempo para escrever como queria, por causa do trabalhão que tinha em seu emprego na administração pública. Para ter tempo preci-

sava de uma licença e essa licença tinha de pedi-la aos médicos. E a gente não pode, me explicou Rulfo, ir ao médico e dizer: "Me sinto muito triste", porque por essas coisas os médicos não dão licença.

Quito, março de 1976: Última noite

Toca o telefone. É hora de partir. Não dormimos mais que uns minutos, mas estamos frescos e acordados.

Fizemos o amor e comemos e bebemos, com o lençol como toalha de mesa e nossas pernas como a própria mesa, e tornamos a fazer o amor.

Ela me contou das dores do Chile. É difícil, me disse, que estejam mortos os companheiros, depois de tê-los visto tão vivos. Ela salvou-se raspando e agora se pergunta o que fazer com tanta liberdade e sobrevida.

Chegamos tarde ao aeroporto. O avião sai atrasado. Tomamos o café da manhã três vezes. Nos conhecemos há meio dia.

Caminho, sem virar para trás, até o avião. A pista está rodeada de vulcões azuis. Fico assombrado pela eletricidade e a fome de meu corpo.

O Universo visto pelo buraco da fechadura

Quando era pequena, Mônica não queria sair de noite, para não pisar nos pobres caracóis. Além disso, tinha medo do riacho de sangue que vinha de um caminhão abandonado na estrada e se perdia campo adentro, entre o capim.

Mônica se apaixonou pelo filho do padeiro, que era meio bandido e a quem todas as mães odiavam. Ela olhava para ele com o canto dos olhos, enquanto cantavam o hino nacional, na hora de entrar na classe. Depois a fila se desfazia e ela batia, pum, contra o busto de bronze de Artigas.

Quando era pequena, Mônica queria ser dançarina de cabaré. Queria andar com plumas coloridas na bunda e sentir-se pássara e voar e pecar.

Não pôde nunca.

Anos mais tarde, Mônica foi uma das poucas pessoas que atravessaram, sem ficar seca nem se quebrar, as provas do horror. Eu gostava de escutá-la. Mônica Lacoste e seu companheiro eram meus vizinhos em Buenos Aires; a casa deles estava sempre cheia de uruguaios.

Um meio-dia, acompanhei-a até o mercado. O mercado, que funcionava na antiga estação de trem, era uma festa de aromas e cores e pregões: me dá três tomates, três, mas bem madurinhos. Cebola, quanto será, olha que linda alface, põe aí, e me dá outra maior, ah, alho e salsicha, não tem pimentão?, como não?, e que pimentões, pimentões verdes, recomendo, abre caminho, abre caminho por favor, que o que não trabalha que tome seu rumo, por favor.

Mônica pôs um par de rabanetes nos cabelos e sorria para todo mundo.

Voltávamos carregados de bolsas e pacotes.

Pancho, o filho de Mônica, ficava para trás, paralisado por alguma maravilha da rua, como a balaustrada de uma varanda, uma vitrine, uma porta de ferro, uma pombinha comendo. Ficava com a boca aberta, assombrado com o mundo, e tínhamos de voltar para buscá-lo.

– Vamos, Pancho – eu disse. Ele me pediu que comprasse um fantasma pequeno.

Depois adiantou-se correndo para cumprimentar o jornaleiro, e ofereceu-lhe um amendoim. O jornaleiro disse que não.

"Por que não aceita?", perguntei, irritado. O jornaleiro baixou a cabeça e confessou:

– Tenho alergia.

Buenos Aires, março de 1976:
Os negrores e os sóis

Uma mulher e um homem celebram, em Buenos Aires, trinta anos de casados. Convidam outros casais daqueles tempos, gente que não se via há anos, e sobre a toalha amarelenta, bordada para o casamento, todos comem, riem, brindam, bebem. Esvaziam umas quantas garrafas, contam piadas picantes, engasgam de tanto comer e rir e trocar tapinhas nas costas. Em algum momento, passada a meia-noite, chega o silêncio. O silêncio entra, se instala, vence. Não há frase que chegue até a metade, nem gargalhada que não soe como se estivesse fora do lugar. Ninguém se atreve a ir embora. Então, não se sabe como, começa o jogo. Os convidados brincam de quem leva mais anos morto. Se perguntam entre si quantos anos faz que você está morto: não, não, se dizem, vinte anos não: você está diminuindo. Você leva vinte e cinco anos morto. E é isso.

Alguém me contou, na revista, esta estória de velhices e vinganças ocorridas em sua casa na noite anterior. Eu terminava de escutá-la quando tocou o telefone. Era uma companheira uruguaia que me conhecia pouco. De vez em quando vinha me ver para passar informação política, ou para ver o que se podia fazer por outros exilados sem teto nem trabalho. Mas agora não me telefonava para isso. Esta vez telefonava para me contar que estava apaixonada. Me disse que finalmente tinha encontrado o que estava buscando sem saber que buscava e que precisava contar para alguém e que desculpasse o incômodo e que ela tinha descoberto que era possível dividir as coisas mais profundas e queria contar porque é uma boa notícia, não? e não tenho a quem contá-la e pensei...

Me contou que tinham ido juntos ao hipódromo pela primeira vez na vida e ficaram deslumbrados pelo brilho dos cavalos e dos blusões de seda. Tinham uns poucos pesos e apostavam tudo, certos de que ganhariam, porque era a primeira vez, e tinham apostado nos cavalos mais simpáticos ou nos nomes mais engraçados. Perderam tudo e voltaram a pé e absolutamente felizes pela beleza dos animais e a emoção das corridas e porque eles também eram jovens e belos e capazes de tudo. Agora mesmo, me disse ela, morro de vontade de ir na rua, tocar corneta, abraçar as pessoas, gritar que amo ele e que nascer é uma sorte.

Essa velha é um país

1

A última vez que a Avó viajou para Buenos Aires chegou sem nenhum dente, como um recém-nascido. Eu fiz que não percebi. Graciela tinha me advertido, por telefone, de Montevidéu: "Está muito preocupada. Me perguntou: Eduardo não vai me achar feia?"

A Avó parecia um passarinho. Os anos iam passando e faziam com que ela encolhesse.

Saímos do porto abraçados.

Propus um táxi.

– Não, não – disse a ela. – Não é porque ache que você vá ficar cansada. Eu sei que você aguenta. É que o hotel fica muito longe, entende?

Mas ela queria caminhar.

– Escuta, Avó – falei. – Por aqui não vale a pena. A paisagem é feia. Esta é uma parte feia de Buenos Aires. Depois, quando você tiver descansado, vamos juntos caminhar pelos parques.

Parou, me olhou de cima a baixo. Me insultou. E me perguntou, furiosa:

– E você acha que eu olho a paisagem, quando caminho com você?

Se pendurou em mim.

– Eu me sinto crescida – disse – debaixo da tua asa.

Me perguntou: "Você lembra quando me levava no colo, no hospital, depois da operação?"

Falou-me do Uruguai, do silêncio e do medo:

– Está tudo tão sujo. Está tão sujo tudo.

Falou-me da morte:

– Vou me reencarnar num carrapicho. Ou em um neto ou bisneto seu vou aparecer.

– Mas, ô, velha – falei. – Se a senhora vai viver duzentos anos. Não me fale da morte, que a senhora ainda vai durar muito.

– Não seja perverso – respondeu.

Disse que estava cansada de seu corpo.
– Volta e meia eu falo para ele, para meu corpo: "Não te suporto". E ele responde: "Eu tampouco".
– Olha – disse ela, e esticou a pele do braço.
Falou da viagem:
– Lembra quando a febre estava te matando, na Venezuela, e eu passei a noite chorando, em Montevidéu, sem saber por quê? Na semana passada, disse para Emma: "Eduardo não está tranquilo". E vim. E agora também acho que você não está tranquilo.

2

Vovó ficou uns dias e voltou para Montevidéu.
Depois escrevi uma carta para ela. Escrevi que não cuidasse, que não se chateasse, que não se cansasse. Disse que eu sei direitinho de onde veio o barro com que me fizeram.
E depois me avisaram que tinha sofrido um acidente.
Telefonei para ela.
– Foi minha culpa – falou. – Escapei e fui caminhando até a Universidade, pelo mesmo caminho que fazia antes para ver você. Lembra? Eu já sei que não posso fazer isso. Cada vez que faço, caio. Cheguei ao pé da escada e disse, em voz alta: "Aroma do Tempo", que era o nome do perfume que você uma vez me deu de presente. E caí. Me levantaram e me trouxeram aqui. Acharam que eu tinha quebrado algum osso. Mas hoje, nem bem me deixaram sozinha, me levantei da cama e fugi. Saí na rua e disse: "Eu estou bem viva e louca, como ele quer".

Buenos Aires, abril de 1976: O companheiro anda na corda bamba

1

Não faz muito tempo telefonou para ele um fulano de voz imperiosa. Disse que tinha urgência em vê-lo. No começo Vicente não o reconheceu. Depois, lembrou. Como advogado, Vicente tinha cuidado dele uns anos atrás por um problema de cheques sem fundo. Não tinha cobrado nada.

Vicente disse que andava enlouquecido de trabalho e que não tinha nenhum minuto livre e que...

Se encontraram em um café. O sujeito insistiu que tinham de beber uísque estrangeiro. Vicente disse que não queria e que a essa hora da manhã...

Beberam uísque estrangeiro.

Então Vicente ficou sabendo que o fulano era oficial da polícia.

– Estou em um comando de operações especiais – disse ele – e recebi ordem de te matar.

Disse que convinha desaparecer por uma semana. Na semana seguinte receberiam outras listas, com outros nomes. Todas as semanas as listas mudavam.

– Não estou garantindo sua vida nem nada. Simplesmente digo que se esconda por uma semana. Temos muito que fazer. Você não é importante.

Vicente disse que agradecia e que não sabia como fazer para...

– Agora estamos em paz – disse o outro. – Já não te devo nada. Você foi legal comigo há dois anos. Estamos quites. Se tornam a me dar a ordem e eu te encontro, te mato.

Chamou o garçom. Se levantou sem esperar o troco.

– Não te dou a mão – disse – nem quero que você me dê a sua.

2

Há cinco anos, no campo de futebol de Villa Lugano, Vicente Zito Lema fez um discurso. Era o último dia da greve de fome dos presos políticos. Vicente se ergueu na tribuna e mais além da multidão viu Cláudia e suas filhas brincando no campo com as vacas e os cachorros, e então se esqueceu das frases políticas e das palavras de ordem e começou a falar do amor e da beleza. Lá de baixo puxavam seu paletó, mas não havia jeito de fazer com que ele parasse.

3

No ano passado íamos jogar futebol em Palermo, todas as quarta-feiras de manhã. Atrás, Vicente era o dono da área. Na frente, avançava a toda. Eu gostava de servir-lhe os escanteios para que ele enfiasse de cabeça. "Boa, Eduardo!", gritava sempre, até que eu, perna de pau de nascença, errava gols feitos.

Às vezes, saíamos juntos dos vestiários. Ele me contava coisas do avô, sapateiro, anarquista, bom de faca e de baralho, que aos setenta anos perseguia meninas pelas ruas.

4

Agora, não vamos jogar futebol.

O time se desintegrou.

Vicente dirige, com Fico e comigo, a revista. Volta e meia vamos comer pizzas por aí, porque gostamos e porque ajuda a não pensar que cada noite pode ser a última. Vicente conhece as melhores pizzarias de cada bairro de Buenos Aires.

– Nesta, senta perto do forno do fundo, não o da frente, e peça uma pizzeta meia massa, bem cozida embaixo, com roquefort, tomate e cebolinhas. Depois me diz.

A sabedoria vem dos tempos de estudante, quando ele corria pelas pizzarias de Buenos Aires vendendo a mozarela de merda que um amigo fabricava. As pizzarias boas são as que não compravam.

Outro dia, de noite, fomos comer pizzas juntos. Vicente andava meio triste. Nessa manhã os jornais tinham publicado, meio perdida, a notícia da morte de um militante que ele tinha defendido. O cadáver apareceu em uma represa, junto com o filho pequeno. Ele se chamava Sebastián. A mulher, Diana, tinha sido assassinada quatro meses antes.

– Sabe qual foi o dia mais feliz da minha vida? – disse Vicente.
– O dia em que consegui juntar os dois, nos tribunais. Fazia dois anos que estavam presos, e sem se verem. Iam mudando os dois de cadeia, e sempre acabavam em cadeias diferentes. Quando ele era mandado para o norte, ela ia para o sul. Quando ela ia parar no interior, ele era metido em uma cadeia de Buenos Aires. Final-

mente consegui juntar os dois, pretextando uma acareação. Nunca vi ninguém se beijar assim.

O Sistema

A máquina acossa os jovens: os tranca, tortura, mata. Eles são a prova viva de sua impotência. Os expulsa: os vende, carne humana, braços baratos, ao estrangeiro.

A máquina, estéril, odeia tudo que cresce e se move. Só é capaz de multiplicar as prisões e os cemitérios. Não pode produzir outra coisa que presos e cadáveres, espiões e policiais, mendigos e desterrados.

Ser jovem é um delito. A realidade comete esse delito todos os dias, na hora da alvorada; e também a História, que cada manhã nasce de novo.

Por isso a realidade e a História estão proibidas.

Crônica de um voo sobre a terra púrpura

1

As nuvens formavam uma tartaruga pré-histórica.

A aeromoça nos trouxe café. Acendeu uma luzinha e escutamos uma campainha; uma voz ordenou que apertássemos os cintos. Tínhamos entrado num poço de ar. O café tremelicava nas mesinhas. Não apertamos nada. Tomei o café sem açúcar, como sempre; não estava ruim. Eric viajava do lado da janela. Espiou.

No avião viajava, rumo a Buenos Aires, um batalhão de turistas. Iam armados com câmaras e flashes e filmadoras portáteis. O porão estava repleto de malas vazias, que voltariam ao Rio ou a São Paulo inchadas de casacos de couro e outros troféus de caça. Conhecia a estória de cor. Turistas.

– Agora entendo – falei – por que os aviões levam saquinhos para vomitar.

Eric espiou pela janela do Boeing. Olhou o relógio e disse:

— Esta é a tua terra.

Estávamos saindo do banco de nuvens. O avião não faria escala em Montevidéu; voava direto para Buenos Aires.

Debaixo de nós se estendiam campos sem ninguém: terra arrasada, terra violada, não amada por seus donos. Ali tinham erguido lanças os cavaleiros pastores. Ali um caudilho de poncho rústico tinha ditado, há mais de um século e meio, a primeira reforma agrária da América Latina. Hoje está proibido falar disso nas escolas.

— Estamos voando sobre teu país — disse Eric.

Eu falei:

— Sim.

Eric não falou mais.

E eu pensei: Esta terra minha se lembrará de mim?

2

Tinha voltado, pelas noites, com frequência. Depois de muito chamar o sono em minha casa de Buenos Aires, meus olhos se fechavam e se acendiam as luzes de Montevidéu: eu caminhando pela avenida beira-mar, ou pelas ruas do centro, meio escondido, acossado, procurando minha gente. Acordava banhado de suor e estrangulado pela angústia de voltar e não ser reconhecido. Então me levantava e ia ao banheiro. Molhava a cabeça e bebia água da torneira. Depois ficava, até o amanhecer, sentado na cama, o queixo nos joelhos. Fumava e pensava. Por que não voltava hoje mesmo ao lugar ao qual eu pertencia? Meu país estava quebrado e eu proibido. Eu sabia que tinha tido mais sorte que meus amigos engaiolados ou assassinados ou arrebentados pela tortura, e que a proibição era, de certo modo, uma homenagem: a prova de que escrever não tinha sido uma paixão inútil. Mas pensava: mereço estar? Valerei a pena para alguém? Há alguma marca ou pisada nossa nas ruas vazias da cidade? Que posso fazer eu ali, além de calar ou apodrecer na cadeira porque sim ou por via das dúvidas?

O sol deslizava no meu quarto de Buenos Aires e eu me levantava, maldormido, todo rangendo, antes que tocasse o despertador. Tomava um chuveiro, me vestia e fechava a porta do elevador e continuava pensando: e se fôssemos uma pedra partida? Uma pedra que se quebrou, pedaços de uma pedra rolando por aí? Peregrinos condenados a estarem sempre de passagem. (Um copo de cachaça na mesa. Quem espera o copo, a boca de quem? Uma velha torna a encher o copo cada vez que a cachaça evapora.)

Seria capaz de arrancar de minhas entranhas, algum dia, as dúvidas que envenenavam meu sangue? Eu queria mudar todas as minhas noites de insônia e tontura pela melodia que busca o preso solitário em sua cela ou pelo ventinho de alegria que espera uma mulher, a cabeça afundada entre as mãos, numa cozinha suja. Eu queria atravessar o rio e a alfândega e chegar a tempo. (Um menino, arrastado pelos policiais, roda pelas escadarias. A roupa esfarrapada está manchada de sangue. Uma multidão de velhos olha sem se mexer. O guri ergue o rosto sujo de barro. Brilha o ódio nos olhos.)

Uma dessas manhãs, quando caminhava para a revista, me veio à cabeça um filme polonês que tinha visto anos antes. O filme relatava a fuga de um grupo de homens das cloacas de Varsóvia, em tempos de guerra. Entravam todos juntos debaixo da terra. Só um conseguia sobreviver. Alguns se perdiam em labirintos imundos: outros sucumbiam de fome ou asfixiados pelos gases. Eu recordava a cara do sobrevivente, quando por fim abriu o bueiro e saiu das sombras e da merda: piscava, ferido pela luz do dia e atônito ante o mundo. Então fechava a tampa sobre a cabeça e tornava a entrar na cloaca onde estavam os companheiros mortos. Essa imolação tinha me golpeado duro, e me indignei com a reação do público, que não entendia o gesto de grandeza e gritava para a tela: babacão, otário, o que é que você está fazendo, trouxa, que é isso, vai ser imbecil, a puta que te pariu.

Tinha passado muito tempo desde a noite em que eu havia visto este filme num cinema de bairro em Montevidéu. Naquela manhã, andando pelas ruas de Buenos Aires, descobri que o público tinha razão. Aqueles caras da plateia sabiam mais que eu, embora não tivessem a menor ideia de quem era Andrej Wajda e isso lhes importasse um caralho.

3

Eric dormia ao meu lado no avião, e minha cabeça estalava.

Quando regressar, pensava, vou percorrer os lugares em que me fiz ou me fizeram: e vou repetir, sozinho, tudo o que alguma vez vivi acompanhado pelos que já não estão.

Alguma voz cantarolava baixinho, dentro de mim, a canção de Milton Nascimento:

Descobri que minha arma é
o que a memória guarda...

Sabor do primeiro leite bebido da mãe. Que manjares poderiam ser comparados com os chocolates que Vovó me comprava na padaria vizinha? E as lentilhas que cozinhava para mim cada quinta-feira, até que fui embora de Montevidéu? Continuo perseguindo seu gosto pelas mesas do mundo.

Descobri que tudo muda e
que tudo é pequeno...

Vou ao pátio da casa onde aprendi a caminhar agarrado no rabo da cadela Lili. Ela era uma vira-latas, cadela de vida à-toa: por isso ninguém tinha cortado seu rabo. Tinha um rabo longo, um olhar doce e lânguido e a barriga sempre cheia de filhotes. Dormia debaixo de meu berço e mostrava os dentes a quem quisesse se aproximar. Pelas noites, os cachorros do bairro uivavam ante o portão de casa e se matavam por ela a mordidas. Lili me ensinou a caminhar, com paciência e aos tombos.

Voltarei às ruas que descem ao mar e que antes eram descampados, os campos de guerra e futebol dos primeiros anos. Ali lutávamos com paus e pedras. Pintávamos olhos e caras espantosas nos troncos das palmeiras, nos cascos do início das folhas, que nos serviam de escudos. Ir comprar raviólis era uma aventura. Era preciso atravessar território inimigo. Nesses baldios da costa me deixaram os dentes tortos e meu irmão se salvou por pouco de ficar zarolho para sempre. Mamãe, que não aceitava queixas, curava nossas feridas: elas nos ensinou a morder forte e a não nos acovardarmos. Meu irmão Guillermo, que sempre foi de falar pouco, se batia a porradas contra o pessoal, em defesa dos direitos dos passarinhos e dos cães. Ele, na cidade, não se deu bem nunca. Eu nunca o vi feliz na cidade. Ali se opacava, se apoucava; ele era ele nos campos de Paysandú.

A maior das maravilhas foi...

Percorrerei a cavalo os prados do arroio Negro, onde aprendi a galopar. De muito pequeno apostava corrida com meu irmão. Nas tardes de verão escapávamos da sesta, quase nus, e de um pulo nos agarrávamos nas crinas dos cavalos sem sela nem freio: eu voava e em meu corpo batiam as veias do animal, troar de cascos, cheiro de couro molhado, fervuras da transpiração, comunhão com aquela força que se metia no vento: quando descia, meus joelhos tremiam. Até a noite durava meu assombro de menino.

Muitos anos depois posso reconhecer essa felicidade violenta, como quem recorda o próprio parto ou a primeira luz. Me acontece às vezes, no mar, quando entro nu e sinto que pertenço a ele. E acontece quando toco uma mulher e a nasço e me roça e me faz, e entro nela e somos imortais os dois por um tempinho, muitos, os dois, no voo alto.

4

Vou voltar ao rancho de Pepe Barrientos, em Buceo.

Nos dias bravos, Pepe soube fazer para mim um lugarzinho nessa casa. Soube abrir para mim a porta e me sentou em sua mesa junto aos seus.

Ali chegou, uma semana, Jorge Irisity, que militava comigo nos sindicatos. Parou o automóvel na porta e me chamou com a buzina. Detrás da cerca gritou-me que tinham invadido Cuba. Pepe ligou o rádio em seguida. O informativo anunciava a vitória dos invasores de Playa Girón. Minha língua ficou seca. Passei a tarde inteira bebendo água e não havia maneira de evitar aquele ardor. Aquela tarde, no trabalho, caiu um pedaço da pele de minha língua. Pepe quis me levar ao médico. Curou sozinha.

Passaram-se os anos. Pepe e eu partilhamos algumas aventuras. Uma noite de verão estávamos sentados no cais do portinho de Buceo, e ele me perguntou que andava fazendo. Me disse que não havia pão no mundo capaz de matar minha fome.

5

A voz anunciou que o avião estava aterrissando em Ezeiza. Eric me sacudiu. Achou que eu estava dormindo.

Entardecia no rio. Havia uma luz inocente, como só se encontra no nascimento ou no fim de cada dia.

Caminhamos até um táxi, com as malas na mão. Por um instante me senti feliz e com vontade de pular.

O automóvel deslizou pela beira-rio e depois mergulhou na cidade.

Os filhos

Na beira do mar, onde a costa se abre e o rio se torna mar, foram feitos meus filhos. Verônica, na velha enseada de Buceo, ao amparo de uns troncos caídos. Cláudio, no bairro sul. Florência na praia de Atlântida.

Graziela e eu tínhamos tomado o ônibus que leva ao cassino de Atlântida. O dinheiro não dava para terminar o mês, como sempre, e essa vez, fartos das pobrezas, decidimos jogar o resto.

Compramos passagem de ida e volta, por via das dúvidas. Se ganhássemos, passaríamos o fim de semana em um bom hotel e depois poderíamos chegar ao fim do mês sem vender nossas reservas de livros de arte e garrafas usadas. Se perdêssemos, dormiríamos na praia.

Apostamos em vários plenos. 17, 24, 32... Provamos o zero. Chances. Cor, rua, quadro. Não entendíamos nada disso tudo.

Depois de meia hora não tínhamos nem pó nos bolsos.

Então nos banhamos no mar e dormimos abraçados na areia de Atlântida.

Os filhos

Verônica e eu nos escrevíamos cartas violentas.
Havia silêncios prolongados, às vezes. Cada um ficava esperando que o outro descesse do cavalo – e no fundo cada um sabia que o outro não desceria. Questão de estilo.
Verônica acende o cigarro como Humphrey Bogart. Segura o fósforo enquanto fala de qualquer coisa, e quando a chama já está queimando suas unhas a aproxima, lenta, ao cigarro. Ergue uma sobrancelha, acaricia o queixo, e apaga a chaminha soprando fumaça pelo canto da boca.
Quando veio me ver, em Buenos Aires, disse:
– Se você e eu não fôssemos pai e filha, já teríamos nos desquitado há muito tempo.
Uma noite saiu de farra com Martha e Eric.
Verônica levou sua boneca de trapo, que se chama Anônima.
Quando acordou, depois do meio-dia, me contou:
– Estivemos por aí. Fomos ao *Bárbaro* e tomamos cerveja e comemos amendoim. Estava linda a noite. Tivemos sorte: conseguimos a mesa da janela. Havia boa música.
– E Anônima?
– Penduramos ela num gancho, na parede, e pedimos cerveja para ela também. A cerveja deixou-a com sono.
– Ficaram até muito tarde?
– Estivemos nos amando – disse – até as três da madrugada.

Os filhos

Há onze anos, em Montevidéu, eu estava esperando Florência na porta de casa. Ela era muito pequena: caminhava como um ursinho. Eu a encontrava pouco. Ficava no jornal até qualquer hora e pelas manhãs trabalhava na Universidade. Pouco sabia da vida dela. Beijava-a adormecida; às vezes levava chocolate ou brinquedos para ela.
A mãe não estava, aquela tarde, e eu esperava na porta o ônibus que trazia Florência do jardim de infância.

Chegou muito triste. No elevador fez beicinho. Depois deixou que o leite esfriasse na xícara. Olhava o chão.

Sentei-a em meus joelhos e pedi que me contasse. Ela negou com a cabeça. Acariciei-a, beijei sua testa. Deixou escapar uma lágrima. Com o lenço sequei sua cara e assoei seu nariz. Então, pedi outra vez:

– Vamos, conta.

Contou-me que sua melhor amiga tinha dito: "Eu não gosto mais de você".

Choramos juntos, não sei quanto tempo, abraçados os dois, ali na cadeira.

Eu sentia as mágoas que Florência ia sofrer pelos anos afora e quisera que Deus existisse e não fosse surdo, para poder rogar que me desse toda a dor que tinha reservado para ela.

Os filhos

1

Álvaro, o melhor amigo de Cláudio, o convida para as sessões de seu circo de besouros. Cláudio me contou como é o circo. Há uma pista de capinzinhos, cercada por uma paliçada feita de pregadores de roupa. Com arames, madeirinhas e barbantes, Álvaro inventou uma enorme quantidade de jogos desses que os besouros gostam. São desajeitados, os coitados dos bichos, com suas armaduras de guerreiros, mas Cláudio os viu, no circo de Álvaro, fazendo piruetas em grande estilo: balançam nos trapézios, dão o salto mortal, dão a volta no palco e cumprimentam o público.

2

Uma noite Álvaro ficou na casa de Cláudio. Na manhã seguinte, as camas continuavam arrumadas e eles estavam mortos de sono, vestidos.

Cláudio explicou:

– Abrimos a janela. Havia lua cheia. Passamos a noite inteira cantando e contando estórias e falando das namoradas, e coisa e tal.

3

Cláudio concorda em tomar sopa, mas com o garfo. Gosta de decifrar enigmas e se perder de vista.
— Lindo parque para a gente se perder! — comenta.
E pergunta:
— Que horas são, papai? Já estão as Três Marias no céu? E o Cruzeiro do Sul? Não é verdade que tudo o que nós inventamos já estava inventado antes por aquele que inventou a gente?

4

Quando tinha três anos, Cláudio era fraco. Então entrou na morte, e saiu.

Arfava, a cabeça era um incêndio: e ele abria passo como podia, entre o sufoco e a febre, e sorria apertando os dentes:
— Estou bem, mamãe — balbuciava. — Não vê que estou bem? Quase não respirava quando entrou no hospital, mas ressuscitou no balão de oxigênio. Viajou até a lua no balão de oxigênio, através do universo fresco e azul.
— Os astronautas não usam chupeta — rejeitou, quando oferecemos.

Depois foi passado para a maca, que ia levá-lo para a sala de operações. Na maca, longa, parecia ainda menor. Deu adeus e disse obrigado a todos, um por um, e a porta do elevador fechou.

Quando acordou da anestesia estava morto de fome:
— Quero comer dentes — dizia, meio tonto. Quis levantar a cabeça e não conseguiu. Quando conseguiu, desenhou uma galinha no lençol.

Passou um tempo antes de recuperar os pulmões. Punha um lápis na boca e explicava:
— Sou um senhor muito pequenino. Fumo e tusso. Por isso tenho tanta tosse e tusso.

Foi dado alta. Tinha perdido o medo. Dormia sem chupeta e nunca mais molhou os lençóis.

Buenos Aires, maio de 1976: Está morto? Quem sabe

1

Escutamos o ruído do motor crescendo de longe. Estávamos no embarcadouro, em pé, esperando. Haroldo balançava o lampião com um braço; com o outro, envolvia Marta, que tremia de frio.

A lanterna atravessou a neblina e nos encontrou.

Saltamos na lancha.

Por um instante consegui ver a canoa capenga, a corda esticada; em seguida a neblina nos engoliu. Nessa canoa eu tinha remado ao cair da tarde, até a ilha do armazém.

A neblina brotava no rio escuro, como uma fervura.

Fazia muito frio na lancha. Os passageiros cochichavam. O frio golpeava mais porque a noite estava se acabando. Subimos um arroio estreito, depois outro mais largo, e desembocamos no rio. A primeira claridade do dia rompeu atrás das silhuetas dos álamos. A vaga luz ia despindo as casinhas de madeira meio comidas pelas enchentes, uma igreja branca, as fileiras de árvores. Pouco a pouco se iluminavam os penachos das casuarinas.

Fiquei em pé na popa. Sentia-se um cheiro limpo. A brisa fresca me batia na cara. Fiquei olhando o talho de espuma que perseguia a lancha e o brilho crescente das ondas do rio.

Haroldo tinha ficado em pé ao meu lado. Me fez dar a volta, e vi: um enorme sol de cobre estava invadindo a boca do rio.

Nós tínhamos passado uns dias no delta, lá dentro, e voltávamos a Buenos Aires.

2

Haroldo Conti conhece como poucos este mundo do rio Paraná. Sabe quais são os bons lugares para pescar e quais os atalhos e rincões ignorados das ilhas; conhece o pulsar das marés e as vidas de cada pescador e cada bote, os segredos da comarca e da gente. Sabe andar pelo delta como sabe viajar, quando escreve, pelos túneis do tempo. Vagabundeia pelos arroios ou navega dias e noites pelo rio aberto, à aventura, buscando aquele navio fantasma no qual navegou uma vez lá na infância ou nos sonhos. Enquanto persegue o que perdeu vai escutando vozes e contando estórias aos homens que se parecem com ele.

3

Hoje faz uma semana que foi arrancado de sua casa. Vendaram seus olhos, bateram e levaram ele embora. Tinham armas com silenciadores. Deixaram a casa vazia. Roubaram tudo, até os cobertores. Os jornais não publicaram uma linha sobre o sequestro de um dos melhores novelistas argentinos. As rádios não disseram nada. O jornal de hoje traz a lista completa das vítimas do terremoto de Udine, na Itália.

Marta estava em casa quando isso aconteceu. Também seus olhos foram vendados. Deixaram que ela se despedisse: ficou com um gosto de sangue nos lábios.

Hoje faz uma semana que o levaram e eu já não tenho como dizer a ele o quanto o quero e que nunca disse, de vergonha ou de preguiça.

Buenos Aires, maio de 1976: Essa voz que segura a emoção com rédea curta

Alfredo Zitarrosa canta sem tremores ou falsetes, voz de macho nascida para falar do amor, que é sempre perigoso, e da honra dos homens.

Esta noite fui à sua casa. Havia gente que eu não conhecia.

Há alguns anos Alfredo tem dor de cabeça. Não há médico que possa com essa dor de cabeça. A dor do país:

– Estou de porre – me disse.

Falava de outras coisas e interrompia a fala para me explicar:

— Estou de porre. Acontece muito comigo, isso.
Três vezes me perguntou por Haroldo.
— Fiquei sabendo outro dia — me disse. — Não se pode fazer nada por ele?
Me serviu vinho. Cantou sem vontade. Do outro lado da sala alguém fazia gracinhas e ria sozinho.
— Eu não tinha lido nada de Haroldo — disse Alfredo. — Comprei um livro outro dia. Gostei. Não há nada que eu possa fazer por ele?
Ficou um tempo dedilhando o violão, com os olhos cravados no chão, e logo depois insistiu:
— Achei muito boa essa novela, *Sudeste*. Não conhecia esse livro porque leio pouco, essa é que é a verdade, e não conheci nunca Haroldo. Sabia que era seu amigo, mas não o conheci nunca. E agora... não se pode fazer nada?
Bebeu até o fundo do copo e depois me disse:
— Quer dizer que não se pode fazer nada por ele.
Moveu a cabeça. Os outros arrancaram com uma milonga, em coro. Chegaram até a metade.
Alfredo olhou para mim, como se me acusasse:
— Não tenho seu endereço — disse.
— Nunca estou em casa — expliquei.
— Você não me deu seu endereço — disse. — Tenho o telefone da revista, mas não tenho seu endereço. Você não me deu.
— Anoto para você.
Me estendeu uma caderneta de capa negra. Passei as folhas buscando o índice e sem querer me encontrei com a página da agenda do dia anterior.
Os outros conversavam em voz baixa.
Li na agenda:
Ensaio.
Gravar no estúdio Ion.
Telefonar para Eduardo.
Ir embora.

Existem as cidades? Ou são vapores que as pessoas jorram pela boca?

1

Debaixo de que rua eu gostaria de jazer quando me mandarem para o outro lado? Debaixo das pisadas de quem? Que passos gostaria de escutar para sempre?

Que é Montevidéu senão a soma da gente que nela amei e odiei e de tanta coisa dada e recebida? Desses homens e dessas mulheres vêm minhas fúrias e melancolias. Eles são minha história nacional.

Quando Emílio me ofereceu um mural para meu quarto em Buenos Aires, eu pedi que me pintasse um porto de cores vivas. Um porto montevideano para chegar, não para partir: para dizer como vai, não adeus.

Ele pintou, e lá ficou.

2

Na hora da sesta, presos no quarto, meu irmão e eu estávamos alertas às vozes da rua, que nos chamavam. Naqueles tempos a cidade tinha outra música: escutávamos os cascos dos cavalos da carroça de gelo e a flautinha do amolador de facas, e depois iam passando o triângulo do vendedor de bijus, o pregão do sorveteiro e o realejo vendedor de sorte, que tinha um papagaio que adivinhava os destinos com o bico.

Ao menor descuido de mamãe, escapávamos. Percorríamos as ruas jogando pedrinhas nas janelas dos amigos. Quando a turma estava completa, íamos fumar barba de milho nos terrenos baldios. Os peixes imundos dos córregos eram mais saborosos que os almoços familiares e melhor que cinema era fazer fogueira, ao abrigo dos arvoredos da costa, para assar e comer linguiça roubada. Cada um tinha direito a uma mordida. Nossa mochila jorrava gotinhas de gordura fervendo e ficávamos todos com a boca cheia d'água.

3

Esperávamos o verão; e no verão, tempo de festas, o carnaval. Floresciam os eucaliptos, Marte se punha vermelho no céu e se enchia de sapinhos a terra quente.

Percorríamos os barrancos buscando argila boa para fazer máscaras. Amassávamos os moldes, narizes bicudos, olhos saltados, e banhávamos os moldes no gesso. Com papel de jornal armávamos as máscaras e depois tia Emma nos ajudava a pintá-las. Pendurávamos no pescoço uma panela velha e a orquestra dos mascarados ia percorrer os corsos.

Cada bairro tinha um palanque, alguns tinham dois. Entre os imensos bonecos coloridos cantavam bandinhas pelas noites.

Os primeiros beijos aconteciam debaixo do palanque, no escurinho, com o barulho em cima.

4

O que terá sido feito da cidade onde o poeta Parrilla e o pintor Cabrerita dividiam um único terno e faziam rodízio para usá-lo?

Que haverá agora no lugar de *La Telita*? O Lito, tão gordo que dormia sentado, montava guarda na porta, com um charuto na boca. Eu tinha catorze anos quando fui pela primeira vez. Tive sorte. Dá para ver que eu tinha pinta de pacífico, porque o gordo me admitiu.

– Você, guri, entra.

O irmão de Lito, Rafa, fazia a conta dos clientes na parede. Quando pintavam a parede, os devedores eram perdoados, e por isso não pintavam nunca.

Todas as noites havia vinho e violas, salsichão e queijo.

Sentávamos para beber e conversar nos caixotes que depois amanheciam cheios de tomates, alfaces, cebolas e laranjas. *La Telita*, no coração da Cidade Velha, era adega de noite, e de dia vendia frutas e verduras.

Ali conheci as canções da guerra espanhola e certas melodias que me acompanham até hoje. E também aprendi outras coisas de poetas e marinheiros.

5

Os bêbados eram todos heróis da liberdade de expressão. "Calar a boca, eu?", diziam. "Calar a boca, eu? Você sabe com quem está falando nesses momentos da atualidade presente?"

Discutia-se em voz alta, podia-se andar sem documentos pelas ruas; ninguém tinha medo.

Os republicanos espanhóis se reuniam no *Sorocabana*, na praça da Liberdade. Brigavam entre si como na guerra, mas depois saíam abraçados. Os políticos e o pessoal de teatro preferiam o *Tupí Nambá*. Nós, os jornalistas, ocupávamos o *Palace* na hora em que os aposentados iam dormir. Eu era dono de uma mesa na janela.

O *gin-fizz* do meio-dia se bebia no *Jauja*. A bagaceira dos sábados, no *Fun Fun* do mercado velho. O *Boston* era dos músicos e das bailarinas. No *Britânico* jogava-se xadrez e dominó. Ali havia mesas de catalães, socialistas e mudos. Quando alguém cumpria trinta anos de cliente, o *Britânico* o aposentava. Desse dia em diante, bebia sem pagar.

Guardei esses lugares invictos na memória, com suas mesinhas de madeira ou de mármore, seu burburinho de muita conversa, sombras douradas, ar azulado de fumaça, aromas de tabaco e café recém-feito: heroicamente resistiram à invasão do acrílico e da fórmica e no final foram vencidos.

O *Monterrey*, que também dava para a praça Independência, não fechava nunca. Ali, os pudins eram comidos com colher de sopa, e podia-se jantar na hora do café da manhã, no fim de uma noite de vinho e cantorias, antes de ir trabalhar.

Sentada na janela do *Monterrey*, Glória sussurrava tangos, nas madrugadas, com sua vozinha rouca. Não se escutava nem uma mosca. (Glória amava um homem chamado Maia, que trabalhava nos barcos de cabotagem. Uma noite o amor se acabou, e ela o matou e se matou. Foi velada sobre uma mesa. Uma vela grossa ardia em cada ponta.)

Sonhos

Eu te contava estórias de quando era menino e você via essas estórias acontecendo na janela.

Você me via menino pelos campos, e via os cavalos e a luz e tudo se movia suavemente.

Então você apanhava uma pedrinha verde e brilhante do marco da janela e apertava na mão. A partir desse momento, era você a que brincava e corria na janela de minha memória, e atravessava galopando os prados de minha infância e de seu sonho, com meu vento em sua cara.

O Universo visto pelo buraco da fechadura

Lembro o dia em que começou a violência.

Meu irmão Guillermo estava brincando com o Galego Paz na calçada de nossa casa da rua Osório.

Era um meio-dia de verão.

Sentado no patamar da porta de casa, eu os olhava chutando a bola de pano.

O Galego, maior que a gente, tinha fama de valente e era o chefe da turma. Nos bairros vizinhos, abriam passo quando ele chegava.

Houve um gol duvidoso, ou qualquer coisa assim, e se agarraram a porradas. Meu irmão ficou no chão e o Galego, que tinha prendido seus braços com os joelhos, batia, sentado em cima dele.

Eu olhava o Galego bater, e não me mexia nem dizia nada.

De repente alguma coisa como um gatilho disparou dentro de mim e me enevoou o olhar e me empurrou e avancei.

Não soube direito o que aconteceu depois. Me contaram que foi uma chuva de porradas e chutes e cabeçadas e que me agarrei no pescoço do Galego como um cão raivoso e que não havia jeito de me arrancar.

Lembro que eu estava atônito, depois, escutando tudo isso como se fosse estória de outro, enquanto tremia e lambia o sangue dos nós de meus dedos.

O Universo visto pelo buraco da fechadura

Uma manhãzinha de chuva, na casa de meu amigo Jorge, jogávamos ludo ou damas e depois, não sei como, eu estava no dormitório de sua irmã maior e erguia na mão umas roupas dela, que eu tinha descoberto sobre a cama, entre os lençóis revoltos por ela e ainda mornos de seu sono. Senti o olhar atônito de Deus.

Buenos Aires, maio de 1976: Introdução à Economia Política

Os decretos do ministro de Economia se referem aos tipos de câmbio, ao regime impositivo, à política de preços? Por que não mencionam nunca coisas como a vida e a morte ou o destino? É mais sábio o que decifra as linhas da mão ou o que sabe ler o que dizem, sem dizer, esses decretos?

Um belo dia o pai de Carlitos Domínguez decidiu queimar o último cartucho. Os filhos já estavam grandes e não precisavam tanto dele. Vendeu a casa, uma casa grande, para comprar um apartamento e um automóvel.

– Tiro a velha da cozinha – disse – e vamos desfrutar a vida.

Eles não tinham viajado nunca. Iam cruzar a cordilheira. Como seria isso? Como seria andar tão alto?

O pai de Carlitos assinou o compromisso de venda e esse dia o ministro de Economia ditou um decreto. Os jornais o publicaram no dia seguinte. Com o que obteve pela venda da casa, o pai de Carlitos conseguiu comprar um apartamento minúsculo e nada mais. Ficou um restinho, que deu para pagar seu enterro.

Quando estava internado, Carlitos ia visitá-lo e o pai lhe rogava que arrancasse de seu corpo as sondas do soro.

– Eu te entendo – dizia Carlitos –, mas não sei como se faz.

A mãe não chegou a conhecer o bairro. Entrou no apartamento, tropeçou, caiu de mau jeito. Não quis se levantar mais.

– Vejo estrelas do mar, negras e grandes – dizia. – Têm olhos enormes.

Depois, de repente, o vento fechou a janela do pátio e não houve quem a abrisse. Foram caindo os quadros das paredes. A geladeira deixou de funcionar. A máquina de lavar roupas quebrou. O telefone ficou mudo.

Carlitos entra nesse apartamento escuro como uma armadilha e lê as cartas que os dois se escreviam antes de ele nascer.

O Sistema

A única coisa livre são os preços. Em nossas terras, Adam Smith precisa de Mussolini. Liberdade de investimentos, liberdade de preços, liberdade de câmbio: quanto mais livres são os negócios, mais presa a gente está. A prosperidade de poucos amaldiçoa todos os outros. Quem conhece uma riqueza que seja inocente? Em tempos de crise, não se tornam conservadores os liberais, e fascistas os conservadores? A serviço de quem cumprem suas tarefas os assassinos de pessoas e países?

Orlando Letelier escreveu em *The Nation* que a economia não é neutra, nem os técnicos. Duas semanas depois, Letelier voou aos pedaços numa rua de Washington. As teorias de Milton Friedman significam, para ele, um Prêmio Nobel: para os chilenos, significam Pinochet.

Um ministro de Economia declarava no Uruguai: "A desigualdade na distribuição da renda é o que gera a poupança". Ao mesmo tempo, confessava que as torturas o horrorizavam. Como vencer essa desigualdade se não for a golpes de choque elétrico? A direita ama as ideias gerais. Ao generalizar, absolve.

Buenos Aires, maio de 1976:
Uma bomba em cima da mesa

1

Alguém se faz anunciar:
– O senhor Castro – me dizem.

Apareço. Na sala de espera há um jovenzinho com um pacote nos joelhos. Dá um pulo e me abraça sem soltar o pacote. Eu não o reconheço. Me diz que temos de conversar em particular.

Entramos no escritório e fecha a porta. Senta na minha frente. Olha para mim.

– Às ordens – digo.
– Eu sou uruguaio – me diz. E acrescenta: – Você também.
– Acho isso muito bom – digo.
– Sabe o que é isso que tenho aqui? – diz, apontando o pacote.
– Não tenho a menor ideia.

Apoia o pacote suavemente sobre a mesa e se inclina até roçar minha cara. Sussurra:

– É uma bomba.

Dou um pulo. Castro torna a se sentar. Sorri.

– Uma bomba – repete.

Eu olho a porta com o canto dos olhos. Confirmo que é inútil ter uma pistola guardada na gaveta.

– Eu estou com os pobres. Estou ao lado do povo, eu – me diz Castro. – E você?

– Completamente – asseguro.

Põe a mão sobre o pacote e oferece:

– Quer que eu abra?

Do pacote salta um montão de folhas escritas a máquina:

– Uma bomba! – proclama Castro, eufórico. – Esta novela fará cair o governo!

2

Me consolo pensando que não é meu primeiro louco.

Quando fazíamos *Época*, em Montevidéu, um gigante percorria os jornais. Fugia do manicômio todas as semanas e entrava nas redações, avassalador, com seu macacão puído, cor de cinza, a cabeça raspada, e se sentava na mesa que mais lhe agradava. Ameaçava: "Vou arrebentar tudo". Já se sabia o que era preciso fazer: ele se deitava de bruços em cima de uma mesa, e nós coçávamos suas costas. Então sorria, beatífico, e ia embora.

Outro vinha denunciar a sabotagem do imperialismo: cada vez que abria a torneira do banheiro de sua casa saíam formigas. Outro, que era escultor, tinha o hábito de despedaçar anjinhos nas praças da cidade. Chegava a qualquer hora da noite, com as asas ou as mãozinhas de bronze ou mármore debaixo do casaco, a pedir refúgio no jornal porta-voz das causas populares. E os inventores? Havia um italiano baixote que andava com um enorme pergaminho enrolado debaixo do braço. Era o desenho de um canhão que apagava incêndios disparando terra e areia contra o fogo.

3

Quando Achával era diretor literário da EUDEBA, a editora universitária de Buenos Aires, recebeu uma tarde a visita de um cavalheiro grisalho vestido com terno feito sob medida.

Trazia o manuscrito de uma novela inédita.

– Sou o autor desta obra – disse o cavalheiro – e trouxe-a porque vai ser publicada aqui.

– Bem... – vacilou Acha. – Agradecemos muito que tenha se lembrado de nós. Nossos assessores verão se...

– Não é preciso ver nada – sorriu o cavalheiro. – Se eu lhe digo que vocês vão editá-la, é porque vocês vão editá-la.

Acha concordou, compreensivo. Disse que ele também esperava que pudesse ser publicada e que com muito prazer colocaria a obra para ser examinada e...

– Talvez eu não tenha sido claro – disse o cavalheiro.

– Sim, sim – disse Acha. Explicou que cada coleção tinha um diretor e assessores e que não se podia tomar nenhuma decisão passando por cima de...

– Já lhe disse que trouxe meu romance porque vai ser publicado aqui – repetiu o cavalheiro, sem se alterar, e sem se alterar Achával disse que Eudeba publicava textos universitários, que para cumprir essa função tinha sido criada a editora e que as obras de ficção formavam parte das coleções para estudantes ou das séries de divulgação popular da literatura clássica, nacional e universal, mas que de todos os modos faria o que estivesse ao seu alcance para...

– Senhor Achával – disse o cavalheiro –, agradeço a explicação. Como lhe disse antes, eu trouxe minha novela a esta editora porque *sei* que ela será publicada aqui.
Acha olhou para ele. Engoliu em seco. Acendeu um cigarro. E suavemente perguntou:
– E se pode saber quem lhe disse que a novela será publicada aqui?
– Deus – respondeu o cavalheiro.
– Quem?
– Deus. Apareceu há três dias e me disse: "É só levar, que publicam".
Achával nunca tinha recebido um escritor tão bem recomendado.

Claromecó, maio de 1976:
Homenagem a um homem que não conheci

1

Daqui se avista o caracoleiro. Quanto tempo faz que me deixo levar pelas pernas? Já vem baixando o pouco sol.
No céu, gritam as gaivotas. Suas sombras viajam na minha frente.
Chego à lápide de Cristián. Leio a inscrição, que sei de cor. Fico parado na frente da pedra. Cada vez que venho aqui faço este longo caminho, como se não pensasse nisso.
Estas minhas pisadas foram antes deixadas por ele e foram apagadas, há muitos anos, por este vento e este mar. Em outras tardes ele sentiu que era, como eu sinto que sou, este pássaro que voa sobre minha cabeça e plana sobre o areal e se deixa cair ao mar em voo vertical.
Ninguém sabe como chegou o velho Cristián a estas praias: mas contam-se coisas. Fala-se que escapou, nadando, de um barco dinamarquês que beirava a costa. Vivia do que pescava e das nútrias que caçava no arroio. Nunca permitiu que o mar lhe roubasse uma linha: nadava até onde fosse, soltava a linha com as mãos ou

com os dentes. Também se diz que não houve polícia capaz de pôr a mão em cima dele.

Estava sempre disposto a ser amigo, sem aceitar nada em troca; e tinha salvado alguns homens da morte. Nunca teve nada e dava tudo. Tinha inventado um prêmio de trinta pesos para o melhor aluno da escola da região.

A égua Lola o ajudava a puxar a rede. Pelas noites o velho Cristián percorria os botecos do povoado. Os seis cachorros galgos e a égua Lola o esperavam nas portas de cada bar. Quando não aguentava mais de tão bêbado, alguém o jogava no lombo da égua, para que ela o levasse, ao longo da costa, até a tapera de lata que ele tinha feito aqui nas dunas. A égua o sacudia com as ancas, balançando-se ao compasso do vai e vem do corpo. Às vezes o velho escorregava e ficava esparramado na areia. Então os galgos deitavam em cima dele e dormiam sobre seu corpo, para que a geada não o matasse.

Eu não sei dele mais do que se conta e o que me disse uma vez a foto de seu rosto ossudo e de olhar doce, e o que dele aprendo percorrendo seu caminho. Sei que nunca ninguém conheceu mulher dele, mas talvez, quando bebia até cair, saudava ou amaldiçoava a moça distante, à qual tinha dado todo seu suco, até ficar seco.

2

Depois dos temporais aparecem, nestas restingas, grandes caracóis e coisas do mar. Esteve sereno o tempo nesses últimos dias. Não encontro nada entre a areia e as pedras. Recolho, por aí, uns restos de vidro negro. São de uma garrafa que a maré quebrou contra as rochas.

Yala, maio de 1976:
Guerra da rua, guerra da alma

1

Hector Tizón esteve na Europa. Lá, não foi feliz. Voltou a Yala. Estas são horas duras, mas ele está certo de se parecer à terra que pisa.

Fazia mais de um ano que não nos víamos. Chego a Yala com dor de cabeça. Levo duas semanas com a nuca ardendo.

Caminhamos pelo atalho que leva ao rio.

O rio tem o mesmo nome do povoado. É ruidoso e corre sobre pedras coloridas. Na primavera, deságua o gelo das montanhas. Às margens do rio Yala dormem, pelas noites, as violas. Os musiqueiros as deixam lá, para serem temperadas pelo sereno.

– Estamos todos em liberdade condicional – diz Hector.

– Vou ficando sozinho aqui – diz.

O medo é a pior notícia. No enterro de Alberto Burnichón, em Córdoba – conta Hector – não houve mais do que doze pessoas.

Eu também conheci esse inocente, mercador de belezas invendíveis, que percorria as planícies e as serras com os braços carregados de desenhos e poesias. Burnichón conhecia o país pedra por pedra, pessoa por pessoa, o sabor dos vinhos, a memória da gente e da terra. Arrebentaram-lhe o crânio e o peito a tiros de fuzil Itaka e jogaram-no num poço. Da casa, dinamitada, não ficou nem cinza. As *plaquettes* e os livros que ele tinha editado a duras penas, obras dos rapazes de província nos quais ele acreditou descobrir talento ou garra, foram parar, num piscar de olhos, nos porões das livrarias ou nas fogueiras. Vinte e cinco anos de trabalho apagados de repente. Os assassinos tiveram êxito.

– No enterro só havia um homem – diz Hector. – Onze mulheres e um homem.

O medo é a pior notícia. Um casal de amigos, conta, atirou os livros na lareira. Um por um, todos os livros: um ritual dos nossos tempos. Começaram por Lênin e terminaram queimando *Alice no País das Maravilhas.* Quando já não restava nada para ser jogado no fogo, foi como uma febre: quebraram os discos. Depois ela soltou o choro num canto, olhando as chamas.

Uns garotinhos, conto eu, chutam um pacote num terreno baldio de Buenos Aires. O pacote se abre: está cheio de livros. Nos terrenos baldios vão parar as coleções de nossa revista, proibida nas províncias, sequestrada nas batidas policiais. Você começa a sentir que alguém cumprimenta em voz baixa ou vira a cabeça. Até pelo telefone você pode transmitir a lepra. Redescobrimento dos demais, agora que vem subindo a maré: quem não se deixa afogar? Quem não foi vencido pela máquina?

Seguindo os trilhos chegamos à estação. Sentamos para fumar um cigarrinho. Nas lajes da plataforma descubro um leão, uma mulher penteando os cabelos, um rapaz com os braços erguidos em atitude de oferenda. Sobre as pedras passaram os anos e as pisadas, mas não se apagaram essas imagens. Já não está vivo o vigia ferroviário que gravou essas lajes com um buril. Se fizera escultor pela necessidade de esperar. Naquele tempo, o trem passava uma vez por mês.

– Yala tinha vida própria – diz Hector. – Havia gente aqui. Até barbeiro havia. Sofria do mal de São Vito. Era um perigo.

Da Europa, não me conta muita coisa. Uma frase no escudo de uma casa de armas da Andaluzia: *Padecer por viver*. E um filme em Paris, a vida asséptica e lentíssima de uma mulher madura. Uma noite, Jeanne descobre o orgasmo. Se levanta para se lavar, encontra uma tesoura em cima da cômoda, enterra-a na garganta do homem.

2

Uma mão de aço aperta minha nuca. Eu digo, como para me convencer, que não tenho medo da dor. Eu sou, digo, este desespero que me avisa que estou vivo. Não vou pagar nenhum palhaço ou puta dentro de mim.

Conto a Hector que estou tratando de escrever para fixar as certezas pequeninas que vou conquistando, antes que elas sejam levadas pelos vendavais da dúvida – as palavras como garras de leão ou tamarindos na areia das dunas revoltas. Viagem de regresso à alegria das coisas simples: a luz da vela, o copo d'água, o pão que divido. Humilde dignidade, limpo mundo que vale a pena.

3

Hector me conta estórias da velha Yala. A moça abandonada pelo forasteiro saía para cavalgar todas as tardes. Levava ao lado o cavalo dele, selado e sem cavaleiro. Almoçava e jantava na mesa posta para dois, junto ao seu prato vazio. Ela envelheceu.

– Aí na esquina – diz Hector –, vivia uma mulher que não cresceu. Tinha corpo e mente de menina; e era cega. Passou a vida sentada num balanço. Quando a balançavam, cantava como um passarinho. Era a única coisa que sabia fazer.

Caminhamos pela margem do arroio, acompanhados por seu rumor suave. Arranco uma folha cinzenta de uma árvore. Depois, amasso-a entre os dedos.

Falo de Buenos Aires. Há quantas horas não escuto o alarido de uma sirena? Quanto vale a vida de um homem, desde a última queda da moeda nacional? No país semeiam cadáveres e trigo. Risca-se um nome na lista. O que se chamava desse tal modo, onde amanhecerá? Te amordaçam, amarram tuas mãos, te metem num Ford Falcon: escutas os sons da cidade que se afasta e dizes adeus, ou pensas, porque tua boca está amordaçada.

– Não, não. Esperem. Assim não. De frente, não, não merece. Pelas costas.

Um homem percebe que está sendo seguido. Corre pelas ruas, entra numa cabina telefônica. Todos os números estão ocupados, ou não atendem. Através do vidro ele vê os assassinos à sua espera.

Por que me custa tanto ir embora, apesar das advertências e das ameaças? Será que amo esta tensão de fora, porque se parece com minha tensão de dentro?

4

Voltamos para casa.

Crepita o fogo na lareira.

Falamos de nosso ofício. Celebração dos encontros, duelo dos adeuses: não é verdade que às vezes as palavras são capazes de levar você a um lugar no qual você já não está? Não se come e se bebe, escrevendo, em mesas de um lugar qualquer? Não entramos em mulheres que são de ontem ou de amanhã? Coisa boa saber disso, quando se é um teimoso perdedor de pátrias, com os filhos e os papéis espalhados por aí.

Hector me pergunta por Haroldo. Digo que não sabemos nada. Falamos de outros presos e mortos e perseguidos: das ameaças e das proibições contra as palavras e os vínculos. Até quando continuará a caçada? Até quando a traição?

Falamos da revista. Esta semana a censura proibiu um trabalho de Santiago Kovadolff. Era um artigo contra as drogas, uma denúncia de que as drogas são máscaras do medo. Sustentava a ideia de que as drogas produzem jovens conservadores. A censura resolveu ficar com os originais. Avisei-o por telefone. Quando desligou, Dieguito, o filho, viu sua cara de preocupado. Perguntou o que estava acontecendo e Santiago respondeu:

– Não deixam a gente falar. Não deixam a gente dizer nada.

E Dieguito disse:

– Minha professora faz a mesma coisa comigo.

5

Falamos também das censuras invisíveis.

Saberão Bergman ou Antonioni que a inflação tem algo a ver com a incomunicação humana? Desde o número um, o preço da revista se multiplicou por quarenta. O custo de uma página nua é sempre maior que o preço da página impressa; e não temos anúncios para compensar, por causa da sabotagem das empresas e das agências de publicidade. Mas a quem dizemos o pouco ou nada que nos permitem dizer? Isso vai ficando cada vez mais parecido, Hector, ao diálogo de dois silêncios.

E as ameaças não são uma forma de censura? A gráfica foi condenada a voar aos pedaços. Das pessoas nossas, o que não está preso está morto, dorme em casa alheia ou com um olho aberto.

6

Sentamos para comer o picante de galinha que Eulália cozinhou para nós.

Chicha conta a estória do homem de Humahuaca que pactuou com o Diabo, para se fazer invisível.

Me faz bem comer nessa mesa. Divido o pão e o vinho, as lembranças e as notícias, como nos tempos antigos, quando a comunhão era o alento dos que acreditavam.

7

Na manhã seguinte, Hector me espera no andar térreo da casa. Estou ainda meio adormecido.

– Escutei o noticiário – diz. – Tenho de dar uma notícia ruim, embora você já esteja meio à espera. Encontraram os cadáveres de Michelini e Gutierrez Ruiz.

Buenos Aires, maio de 1976: Abro a porta do quarto onde dormirei esta noite

Estou sozinho. E me pergunto: existe uma metade de mim que ainda me espera? Onde está? Que faz, enquanto isso?

Virá magoada, a alegria? Terá os olhos úmidos? Resposta e mistério de todas as coisas: e se já nos cruzamos e perdemos sem nem ao menos ficar sabendo?

Coisa curiosa: não a conheço, e mesmo assim sinto sua falta. Tenho saudades de um país que ainda não existe no mapa.

Diz o velho provérbio: Mais vale avançar e morrer que se deter e morrer

1

Chegaram em vários automóveis brancos, desses que a polícia usa. Vinham armados para uma guerra. Sem pressa, durante uma longa hora, saquearam a casa de Gutierrez Ruiz. Levaram ele e levaram tudo, até as revistinhas das crianças. Poucos metros além estavam os guardas armados das embaixadas de vários países. Ninguém interveio.

Duas horas depois, foram buscar Zelmar Michelini. Michelini, que nesse dia tinha comemorado seu aniversário, vivia em um hotel no centro de Buenos Aires. Também dali levaram tudo. Não se salvaram nem os relógios de seus filhos. Os assassinos não usavam luvas e as impressões digitais ficaram espalhadas por todas as partes. Ninguém se ocupou de examiná-las.

Nas delegacias, negaram-se a receber as queixas, apesar de Gutierrez Ruiz ter sido presidente da Câmara de Deputados do Uruguai e Michelini legislador durante muitos anos. "Seria desperdiçar papel", disseram os policiais.

No dia seguinte, o ministro da Defesa da Argentina declarou aos jornalistas, sem pestanejar: "Trata-se de uma operação uruguaia. Não sei ainda se oficial ou não".

Tempos depois, em Genebra, disse o embaixador uruguaio ante a Comissão de Direitos Humanos da ONU: "A respeito das vinculações entre a Argentina e o Uruguai, naturalmente existem. Nos sentimos orgulhosos delas. Estamos irmanados pela História e pela cultura".

2

Uns meses antes, Gutierrez Ruiz tinha vindo à revista com um sorriso de orelha a orelha:

– Venho convidar você – me disse. – No fim do ano, tomaremos mate juntos, em Montevidéu.

E Michelini tinha me dito:

– O que será pior, velho: Montevidéu ou Buenos Aires? Parece que teremos de escolher entre a tortura e o tiro na nuca.

Contou-me que estava sendo ameaçado por telefone. Não lhe perguntei por que não ia embora. Como a milhares de uruguaios, a Michelini tinham negado o passaporte. Mas não era por isso. Não perguntei a ele por que não ia embora para que ele não me perguntasse por que não ia embora eu. O menino assobia forte quando passa pela porta do cemitério.

Buenos Aires, junho de 1976: A terra os engole

Raimundo Gleizer desapareceu. A história de sempre. Foi arrancado de sua casa, em Buenos Aires, e não se sabe nada mais. Tinha feito filmes imperdoáveis.
    Eu o vi pela última vez em fevereiro. Fomos jantar com nossos filhos, perto do mar. Varando a noite, me falou do pai.
    A família de Raimundo vinha de um povoado na fronteira da Polônia com a Rússia. Lá, cada casa tinha duas bandeiras diferentes para hastear, e dois retratos para pendurar, de acordo com o rumo das coisas. Quando os soldados russos iam embora, chegavam os poloneses – e vice-versa. Era uma zona de guerra contínua, infinito inverno e fome sem fim. Sobreviviam os duros e os picaretas, e nas casas escondiam pedaços de pão debaixo das tábuas do chão.
    A Primeira Guerra Mundial não foi novidade para ninguém naquela comarca sofrida, mas piorou o que já era ruim. Os que não morriam começavam os dias com as pernas bambas e um nó no estômago.
    Em 1918 chegou à região um carregamento de sapatos. A Sociedade de Damas de Beneficência tinha enviado sapatos dos Estados Unidos. Vieram os famintos de todas as aldeias e disputaram os sapatos a dentadas. Viam um sapato pela primeira vez. Nunca ninguém tinha usado sapatos naquelas comarcas. Os mais fortes iam embora dançando de alegria com sua caixa de sapatos novos debaixo do braço.
    O pai de Raimundo chegou à casa, desamarrou os trapos que enrolavam seus pés, abriu a caixa e experimentou o sapato esquerdo. O pé protestou, mas entrou. O que não entrou foi o pé direito. A família inteira empurrava, mas não adiantou. Então a mãe percebeu que os dois sapatos tinham a ponta virada para o mesmo lado. Ele voltou correndo ao centro de distribuição. Já não havia ninguém.
    E começou a perseguição ao sapato direito.
    Durante meses caminhou o pai de Raimundo, de aldeia em aldeia, averiguando.

Depois de andar muito, e perguntar muito, encontrou o que buscava. Num povoado perdido, além das colinas, estava o homem que calçava o mesmo número e que tinha levado dois sapatos direitos. Lá estavam eles, brilhantes, em cima de um nicho. Eram o único enfeite da casa.

O pai de Raimundo ofereceu o sapato esquerdo.

– Ah, não – disse o outro. – Se os americanos mandaram os sapatos assim, é porque assim deve ser. Eles sabem o que fazem. Eles fazem as coisas direito.

E não houve jeito de convencê-lo.

Buenos Aires, junho de 1976: Guerra da rua, guerra da alma

Sumir ou somar? Apago os demais, ou os chamo? A solidão é um engano. Vou comer meu próprio vômito, como os camelos? Que risco corre o punheteiro? No máximo poderia deslocar o pulso.

A realidade, os outros: alegria e perigo. Chamo os touros, aguento o avanço. Eu sei que esses chifres bravos podem arrebentar minha veia femural.

Destas coisas converso, em longas noites, com Santiago Kovadolff. E em longas cartas com Ernesto González Bermejo.

O Sistema

Os cientistas latino-americanos emigram, os laboratórios e as universidades não têm recursos, o *know-how* industrial é sempre estrangeiro e se paga caríssimo, mas por que não reconhecer um certo mérito de criatividade no desenvolvimento da tecnologia do terror?

De nossas terras, os donos do poder fazem contribuições universais ao progresso dos métodos de torturas, as técnicas do assassinato de pessoas e de ideias, o cultivo do silêncio, a multiplicação da impotência e a semeadura do medo.

Eu nunca tinha ouvido falar em tortura

Há quinze anos, quando eu trabalhava no semanário *Marcha*, entrevistei um dirigente estudantil da Argélia. A guerra colonial terminara naqueles dias.

O argelino torceu a boca quando lhe sugeri que falasse de si. Mas ao longo das horas foram caindo as barreiras invisíveis e contou-me sua história, ferozes lágrimas de triunfo ao fim de sete anos de briga. Ele tinha sido torturado na Cité Améziane. Tinha sido amarrado a uma cama de metal pelos pulsos e tornozelos, e tinha levado choques.

— A gente sente que o coração vai embora, o sangue vai embora, tudo dança e vai embora.

Depois, tinha sido passado para uma banheira.

Deram tiros em sua testa com balas de festim.

Oito oficiais violaram uma companheira na sua frente.

Naqueles tempos eu nem desconfiava que a tortura ia se transformar num costume nacional. Eu não sabia, há quinze anos, que nas prisões e quartéis de meu país iam acontecer *black-outs* por causa do uso excessivo de corrente elétrica.

O sobrevivente na mesa do café

Uma vez, em Montevidéu, eu estava comendo fainá com cerveja no café da esquina da universidade, quando vi chegar René Zavaleta.

René estava muito magro, recém-chegado da Bolívia, e falava sem parar.

A ditadura de Barrientos trancara René em Madidi, um forte militar perdido no meio da selva. De noite, contou René, podiam-se ouvir os jaguares e as tropas de porcos do mato, que avançavam com um cataclisma. O ar estava sempre pesado de calor e escuro de mosquitos, e o rio era perigoso pelas arraias e piranhas. Para entrar nas choças era preciso matar os morcegos a paulada.

Os presos políticos recebiam, cada dia, um punhado de trigo e meia banana. Para conseguir algo mais de comida, era preciso abaixar e lavar os pés do cabo.

Os soldados, que também estavam em Madidi de castigo, passavam o tempo olhando para o céu, à espera de um avião que não chegava nunca. René escrevia cartas de amor sob encomenda. Não havia jeito de fazê-las chegar às namoradas, mas os soldados gostavam das cartas que René escrevia por eles, e iam guardando as cartas e a cada tanto pediam que ele as lesse.

Um dia dois soldados se destroçaram a porradas. Brigaram de vida e morte, por ciúmes de uma vaca que tinha nome de mulher.

Depois René me contou uma estória que acontecera com um amigo nos anos da Guerra do Chaco.

O Sistema

1

Um famoso *playboy* latino-americano fracassa na cama de sua amante. "Ontem à noite bebi demasiado", se desculpa na hora do café da manhã. Na segunda noite, a culpa é do cansaço. Na terceira noite troca de amante. Depois de uma semana vai consultar um médico. Tempos depois, começa a psicanálise. Experiências submergidas ou suprimidas vão surgindo, sessão após sessão, à superfície da consciência. E lembra:

1934. Guerra do Chaco. Seis soldados bolivianos perambulam pela *puna* buscando sua tropa. São os sobreviventes de um destacamento em derrota. Se arrastam pela estepe gelada sem ver alma ou comida. Este homem é um deles.

Uma tarde descobrem uma indiazinha que leva um rebanho de cabras. A perseguem, derrubam, violam. Entram nela um atrás do outro.

Chega a vez deste homem, que é o último. Ao se atirar sobre a índia, percebe que ela já não respira.

Os cinco soldados formam um círculo à sua volta.

Cravam os fuzis em suas costas.

E então, entre o horror e a morte, este homem escolhe o horror.

2

Coincide com mil e uma estórias de torturadores. Quem tortura? Cinco sádicos, dez tarados, quinze casos clínicos? Os que torturam são bons pais de família. Os oficiais cumprem seu horário e depois assistem televisão junto aos seus filhos. O que é eficaz é bom, ensina a máquina. A tortura física é eficaz: arranca informação, rompe consciências, difunde o medo. Nasce e se desenvolve uma cumplicidade de missa negra. Quem não torturar será torturado. A máquina não aceita inocentes nem testemunhas. Quem se nega? Quem pode conservar as mãos limpas? A pequena engrenagem vomita a primeira vez. Na segunda vez aperta os dentes. Na terceira se acostuma e cumpre com seu dever. Passa o tempo e a rodelinha da engrenagem fala a linguagem da máquina: capuz, plantão, pau de arara, submarino, cepo, cavalete. A máquina exige disciplina. Os mais dotados acabam encontrando um prazerzinho.

Se são enfermos os torturadores, o que dizer do sistema que os fez necessários?

O Sistema

O torturador é um funcionário. O ditador é um funcionário. Burocratas armados, que perdem seu emprego se não forem eficientes. Isso, e nada mais que isso. Não são monstros extraordinários. Não vamos dar essa grandeza de presente a eles.

Introdução ao Direito

Tinha vindo de Buenos Aires e continuava sendo um intruso em Jujuy, embora estivesse apegado ao lugar depois dos anos e trabalhos. Certo dia, distraído, pagou com um cheque sem fundos o conserto de um pneu do automóvel. Foi julgado e condenado. Perdeu o emprego. Os amigos mudavam de calçada quando viam que ele se aproximava. Não era convidado a nenhuma casa e ninguém bebia com ele, como antes.

Uma noite, tarde, foi ver o advogado que tinha defendido sua causa.
— Não, não — disse. — Nada de apelações. Eu sei que não há nada a ser feito. Deixa pra lá. Vim me despedir e dar um abraço de boas-festas. Muito obrigado por tudo.

Nesta mesma madrugada, dormindo, o advogado deu um pulo na cama. Acordou a mulher:
— Disse feliz Natal e para o Natal faltam dois meses.

Se vestiu e saiu. Não o encontrou. De manhã ficou sabendo: o homem tinha dado um tiro na cabeça.

Pouco depois, o juiz que iniciou o processo sentiu uma dor esquisita no braço. O câncer devorou-o em uns poucos meses. O promotor que fez a acusação foi morto por um coice de cavalo. Seu substituto perdeu primeiro a fala, depois a vista, depois a metade do corpo. O automóvel de um escrivão do tribunal se arrebentou na estrada e pegou fogo. Um advogado que tinha se negado a intervir no assunto recebeu a visita de um cliente ofendido, que tirou uma pistola e disparou a queima-roupa.

Hector me contou esta estória em Yala, e eu pensei nos assassinos de Guevara.

René Barrientos, o ditador, deu a ordem de matá-lo. Terminou engolido pelas chamas de seu helicóptero, um ano e meio mais tarde. O coronel Zenteno Anaya, chefe das tropas que cercaram e agarraram Che em Ñancahuazú, transmitiu a ordem. Muito tempo depois, se meteu em conspirações. O ditador de turno ficou sabendo. Zenteno Anaya caiu crivado de balas em Paris, uma manhã de primavera. O comandante *ranger*, Andrés Selich, preparou a execução. Em 1972 foi morto a porradas por seus próprios funcionários, os torturadores profissionais do Ministério do Interior. Mario Terán, sargento, executou a ordem. Foi ele quem disparou a rajada contra o corpo de Guevara, que estava estendido na escolinha de La Higuera. Terán está internado em um hospício: baba e responde besteiras a qualquer pergunta. O coronel Quintanilla anunciou ao mundo a morte de Che. Exibiu o cadáver a fotógrafos e jornalistas. Quintanilla morreu com três tiros em Hamburgo, em 1971.

Buenos Aires, junho de 1976: Meio-dia

Carlitos telefonou. Tinha um par de horas livres.

Nos encontramos em uma esquina. Compramos um vinho que não conhecíamos, o borgonha *Santa Isabel*: simpatizamos com o velho que o recomendou, estalando a língua, no armazém.

Subimos para comer em um apartamento emprestado. Era um apartamento de um cômodo único. Os lençóis estavam amassados no chão e havia uma linda desordem generalizada. Gostei do cheiro:

– Aqui vive uma mulher – disse. – E é uma boa mulher.

– Sim – disse Carlitos. – Ela é muito mágica.

Contou-me que o médico tinha dito que ela não podia nascer. Certa madrugada a mãe fez um pacto com as estrelas. Ela nasceu sadia e no dia em que veio ao mundo morreram as vacas.

O vinho acabou sendo excelente. Forte, bom para ser demorado na boca.

Conversamos e comemos.

Depois Carlitos foi trabalhar. Combinamos um novo encontro para o fim de semana, no sítio de Fico.

Me sobrava algum tempo e fiquei à toa, caminhando. Num gramado adormeci, com o sol do outono na cara.

Quando acordei, havia dois elefantes comendo grama ao meu lado.

Escrito num muro, falado na rua, cantado nos campos

1

A cultura não terminava, para nós, na produção e consumo de livros, quadros, sinfonias, filmes e obras de teatro. Nem começava ali. Entendíamos por cultura a criação de qualquer espaço de encontro entre os homens e eram cultura, para nós, todos os símbolos da identidade e da memória coletivas: testemunhas do que somos, as profecias da imaginação, as denúncias do que nos impedem de ser. Por isso *Crisis* publicava, entre os poemas e contos e desenhos, relatórios e reportagens sobre o ensino mentiroso da História nas escolas ou sobre os truques das grandes empresas multinacionais que vendem automóveis e também ideologia. Por isso a revista denunciava um sistema de valores que sacramenta as coisas e despreza as pessoas, e o jogo sinistro da competição e do consumo que induz os homens a usarem-se entre si e a esmagarem-se uns aos outros. Por isso nos ocupávamos de tudo: as fontes do poder político dos donos da terra, o cartel do petróleo, os meios de comunicação...

2

Queríamos conversar com as pessoas, devolver-lhes a palavra: a cultura é comunicação ou não é nada. Para chegar a não ser muda, achávamos, a cultura nova tinha de começar por não ser surda. Publicávamos textos sobre a realidade, mas também, e principalmente, textos *vindos* da realidade. Palavras recolhidas na rua, nos campos, nas minas, estórias da vida, quadras populares.

Os indígenas do Alto Paraná cantam sua própria agonia, encurralados pela civilização que os converte em escravos das plantações ou que os mata para roubar sua terra:

> *Tu vigiarás a fonte da neblina que engendra as palavras inspiradas. Aquilo que eu concebi em minha solidão, faz que teus filhos vigiem, os Jakaira de coração grande. Faz com que se chamem: donos da neblina das palavras inspiradas.*

Os presos políticos escrevem cartas:
Vou te contar coisas das gaivotas para que não tornes a associá-las com a tristeza.

Mãos anônimas escrevem em um muro do cais de Mar del Plata:

Busco Cristo e não o encontro.
Me busco a mim mesmo e não me encontro.
Mas encontro ao meu próximo e juntos vamos os três.

Do manicômio, viaja o poeta às regiões secretas:

Estava deitado no mar. Eu caminhava sobre as águas e chamei por ele: Lautréamont, Lautréamont, falei. E ele me respondeu que gostava de mim. Que seríamos amigos agora no mar, porque nós dois tínhamos sofrido na terra.

As crianças nas escolas suburbanas de Montevidéu relatam a conquista da América:

— *Venho civilizar. Olha que barco lindo tenho.*
— *Eu não querer. Eu ter casa, família e ganhar bem.*
— *Mas é melhor do jeito que estou te dizendo, você vai poder falar como eu.*
— *Não encher saco e me deixar tranquilo.*

O operário de uma fábrica explica sua relação com o sol:

Quando você entra para trabalhar ainda é de noite e quando você vai embora o sol já está indo. E por isso, no meio-dia, todo mundo consegue cinco minutos para ver o solzinho na rua, ou no pátio da fábrica, porque não se vê o sol no galpão. Entra a luz mas você não vê o sol nunca.

3

Pouco depois do golpe de Estado, o governo militar ditou novas normas para os meios de comunicação. Segundo o novo código de censura, estava proibido publicar reportagens ou entrevistas feitas na rua, e opiniões não especializadas sobre qualquer tema.

Apoteose da propriedade privada. Não só tinham dono a terra, as fábricas, as casas e as pessoas: também tinham proprietários os temas. O monopólio do poder e da palavra condenava ao silêncio o homem comum.

Era o fim de *Crisis*. Pouco podíamos fazer, e sabíamos disso.

Canta o oleiro, porque há barro para o ninho

1

– A gente é cego – disse Carlitos.

Mastigava o talo de um trevo.

Estávamos estendidos no pasto, longe dos outros. O sol branco mal e mal esquentava.

Matias nos ajudou a preparar as costelas na brasa. Comemos e as pessoas conversavam em grupos.

Carlitos tinha passado a vida, contou, fugindo dos seus. Quando descobriu sua mãe, quando aprendeu a vê-la pela primeira vez, ela era uma menininha tombada na cama e só dizia pedaços de coisas cômicas ou loucas e já não ia se levantar nunca.

– A gente é cego – disse Carlitos. – De vez em quando a gente adivinha. De vez em quando, e só.

2

De noite, grande ravióli. Sarlanga, autor da maravilha, contou suas desventuras no campo do *Boca Juniors*, o domingo anterior. A multidão tinha levado um de seus sapatos e ele voltou para casa, no metrô, com um pé descalço e cara de sério. Achával lembrava estórias do velho Jauretche, sábio e astuto, que soubera recomendar um "lutinho" àquele arquiteto de roupas brilhantes e cores gritantes.

Volta e meia cruzava o riso e o olhar com uma moça chamada Helena.

Eu gostava de sua maneira de comer, desfrutando.

Ela tinha estado conosco todo o fim de semana, mas foi na hora do jantar que eu descobri esse rosto de índia que Siqueiros gostaria de ter pintado. Vi a muita luz desses olhos esverdeados, também seus prantos secos, a dignidade dos pômulos, a boca muito fêmea marcada pela cicatriz: uma mulher assim deveria ser proibida, pensei, com assombro. Eu ainda não sabia que tinha sido um tiro o que havia roçado sua cara, mas talvez já entendesse que nenhum arranhão da garra da morte podia ser capaz de desfigurá-la.

Depois houve baralho, e ela apostou até o último feijão. Ganhou. Então empurrou tudo o que tinha até o centro da mesa. E perdeu. Não moveu nenhum músculo.

Caminhamos juntos, no bom frio da noite. A lua, apagada, deixava ver os movimentos da maré das copas das árvores, ondas lentas, e estavam vivas as árvores, estavam cúmplices, e o mundo circulava suave debaixo dos pés.

– Isto é bom e limpo – falei, ou falou.

Na noite seguinte choveu forte em Buenos Aires. Não estávamos juntos. Passamos a noite em claro, escutando chover a mesma chuva. E descobrimos que não podíamos dormir separados.

3

A melodia se encontrou conosco. A melodia preguiçosa por causa das preguiças do amor se esticou e deslizou pelo ar, de quarto em quarto, e se encontrou conosco, voo lânguido da flecha no ar, melodia de *Asa Branca*: Eric soprava a harmônica para seu filhinho Felipe em algum lugar da casa e a melodia chegou até onde estávamos no momento justo em que eu te dizia, ou você me dizia, que sobreviver tinha valido a pena.

O meu corpo tinha crescido para te encontrar, depois de tanto caminhar e cair e se perder por aí. Não o porto, o mar: o lugar onde vão parar todos os rios e onde navegam os navios e os barquinhos.

4

Estado de sítio, guerra de extermínio, cidade ocupada. Dormíamos em uma cama diferente cada vez. Nos cuidávamos, medíamos os passos e as palavras.

Mas uma noite, não sei até hoje como, nos encontramos cantando e dançando em plena estrada, na frente do maior quartel de Buenos Aires. Eric, campeão de tênis que perdia sempre, girava como um pião; Acha e o Gordo brincavam abraçados e proclamavam a candidatura de Vicente ao governo de todos os impérios, monarquias e repúblicas; Vicente dava voltas e pulava e quebrava um pé gritando "que bela é a vida". Helena e eu celebrávamos nós dois como se fôssemos um aniversário.

Os refletores nos localizaram, da torre do quartel. A sentinela ergueu a arma e titubeou: quem são esses loucos disfarçados que dançam na rua?

E não disparou.

Sonhos

Você acordou, agitada, no meio da noite:

– Tive um sonho horrível. Conto amanhã, quando estivermos vivos. Quero que já seja amanhã. Por que você não faz que agora seja amanhã? Como eu gostaria que já fosse amanhã.

A memória nos dará licença para sermos felizes?

Houve um momento em que a dor começou e desde então não se deteve nunca, vinha mesmo que não fosse chamada, sombra de asa de corvo repetindo junto ao ouvido: "Não sobrará nenhum. Nenhum ficará vivo. São muitos os erros e as esperanças que terão de ser pagos".

A Sarracena arrancou o trapo que cobria o corpo do teu irmão Tin, em Córdoba, e enquanto ela se queixava do calor e do muito trabalho torceu a cara dele para que você visse o buraco do tiro. Você não percebeu as próprias lágrimas até que tocou a pele molhada.

Quando balearam Rodolfo, o primeiro tiro alcançou você na boca. Você se inclinou sobre o corpo dele e não tinha lábios para beijá-lo.

Depois...
Iam caindo, um depois do outro, os seres queridos, culpados de atuar ou pensar ou duvidar ou de nada.

Aquele rapaz de barba e olhar triste chegou ao velório de Sílvio Frondizi bem cedinho, quando não havia ninguém. Deixou sobre o caixão uma maçã vermelha e brilhante. Você viu-o deixar a maçã e se afastar caminhando.

Depois, você soube que aquele rapaz era filho de Sílvio. O pai tinha pedido uma maçã. Estavam comendo, ao meio-dia, e ele se levantou para dar-lhe a maçã quando entraram, de repente, os assassinos.

Buenos Aires, julho de 1976: Longa viagem sem nos movermos

Ritmo de pulmões da cidade que dorme. Fora, faz frio.

De repente, um barulho atravessa a janela fechada. Você aperta as unhas em meu braço. Não respiro. Escutamos um barulho de golpes e palavrões e o longo uivo de uma voz humana. Depois, silêncio.

– Não peso muito?
Nó marinheiro.
Formosuras e dormidezas, mais poderosas que o medo.
Quando entra o sol, pestanejo e espreguiço com quatro braços. Ninguém sabe quem é o dono deste joelho, nem de quem é este cotovelo ou este pé, esta voz que murmura bom-dia.

Então o animal de duas cabeças pensa ou diz ou queria:
– Para gente que acorda assim, não pode acontecer nada ruim.

O Universo visto pelo buraco da fechadura

Naquele tempo, tudo era gigante. Tudo: a casa de pedra no alto da colina, o caminho de hortênsias, os homens que voltavam para casa, pelo caminho, quando caía a noite. Nos arredores cresciam amoras e morangos silvestres e a terra era vermelha e dava vontade de mordê-la.

Descias para a cidade para acompanhar a Avó Deidamia à missa das seis. Os pátios e as calçadas, recém-molhados, cheiravam a frescura de verão.

A Avó Deidamia guardava num baú, enrolados em paninhos, os umbigos de seus dez filhos.

– As sem-vergonhices vêm de Buenos Aires – dizia, quando vocês voltavam da capital com blusas de manga curta.

A Avó Deidamia jamais tinha recebido um raio de sol no rosto e não tinha descruzado nunca suas mãos.

Sentada na sombra, na cadeira de balanço, mão sobre mão, a Avó dizia:

– Aqui estou, estando.

As mãos da Avó Deidamia eram transparentes, azuladas de veias, e tinham as unhinhas muito perfeitas.

O Universo visto pelo buraco da fechadura

Você roubou um copo-de-leite do canteiro. Respirou profundamente seu aroma. Atravessou o pátio e os calores do verão, passinhos lentos, com a flor alta erguida na mão. As lajes frescas do pátio eram uma alegria para os pés descalços.

Você chegou à bica d'água. Para abrir a torneira, subiu num banquinho. A água caía em cima da flor e de sua mão e você sentia que a água ia deslizando por toda a sua pele e fechou os olhos, tonta por um prazer inexplicável, e então passou um século.

– Meus pensamentos caíram, mamãe – você explicou depois, mostrando o ralo no chão. – Caíram e foram embora por aí.

Buenos Aires, julho de 1976: Quando as palavras não podem ser mais dignas que o silêncio, mais vale ficar calado

1

Somos obrigados a entregar, na Casa Rosada, as provas das páginas da revista, vindas da gráfica.

– Isto, não. Nem isto – nos dizem.

A última reunião com os militares foi assim:

Tínhamos ido Vicente e eu.

Depois de discutir durante uma hora sobre o material da revista, falamos de Haroldo Conti.

– Ele é um redator de *Crisis* – dissemos – e foi sequestrado. Não se sabe nada. Os senhores nos dizem que ele não está preso e que o governo não tem nada com este assunto. Por que não nos deixam publicar a notícia? A proibição pode se prestar a interpretações torcidas. Os senhores sabem que no exterior há pessoas que pensam mal, pessoas mal-intencionadas que...

– Vocês têm alguma queixa contra nós? – perguntou-nos o capitão. – Foram tratados sempre com correção. Recebemos vocês, os escutamos. Para isso estamos aqui e esta é nossa função no governo. Mas lhes advertimos: este país está em guerra, e se nós nos encontrássemos em outro terreno, o tratamento seria bem diferente.

Toquei o joelho em meu companheiro.

– Vamos, Vicente, está ficando tarde – disse.

Caminhamos, devagar, pela Plaza de Mayo.

No meio da praça ficamos parados um longo tempo sem nos olharmos. Havia um céu limpo e um ruído de gente e pombas. O sol arrancava brilhos nas cúpulas de cobre esverdeadas.

Não falamos nada.

Entramos em um café, para tomar alguma coisa, e nenhum dos dois se animava a dizer:

– Isso significa que Haroldo está morto, não é?

De medo que o outro dissesse:
– Sim.

2

A revista não dá mais.

De manhã, reúno os companheiros e falo com eles. Quero mostrar-me firme e dizer esperanças, mas a tristeza escapa por meus poros. Explico que nem Fico, nem Vicente nem eu tomamos a decisão: que as circunstâncias decidem. Não aceitamos a humilhação como epílogo da linda aventura que nos reuniu durante mais de três anos. *Crisis* não seria agachada por ninguém: vamos enterrá-la em pé, como viveu.

3

Esvazio as gavetas da escrivaninha, repletas de papéis e cartas. Releio, ao azar, palavras de mulheres que amei e de homens que foram meus irmãos. Acaricio com o dedo o telefone que me transmitiu vozes amigas e ameaças.

Caiu a noite. Os companheiros partiram há um par de horas ou de meses. Os escuto, os vejo; seus passos e suas vozes, a luz que cada um irradia e a fumacinha que deixa quando vai embora.

4

No jornal *Época*, de Montevidéu, também era assim. A gente entrava naquela redação de garotos e se sentia abraçado mesmo que ali não houvesse ninguém.

Se passaram dez anos ou um instante. De quantos séculos está feito esse momento que vivo agora? De quantos ares o ar que respiro? Anos idos, ares idos: anos e ares guardados em mim e de mim multiplicados quando me sento e visto a capa de mago ou o boné de capitão ou o nariz de palhaço e aperto a lapiseira e escrevo. Escrevo, ou seja: adivinho, navego, convoco. Virão?

Palco mulambento, navio, circo mambembe. No jornal trabalhávamos pela fé, que sobrava e ninguém recebia nada. Tínhamos poucos anos e muita vontade de fazer e dizer: éramos alegres e confiantes, contagiosos.

A cada tanto nos fechava o governo, e amanhecíamos na polícia. Recebíamos a notícia com mais alívio que indignação. Cada dia sem sair era um dia de tempo para juntar dinheiro e sair no dia seguinte. Íamos à Chefatura de Polícia, Andrés Cultelli, Manrique Salbarrey e eu, e ao chegar na porta nos despedíamos por via das dúvidas.

Sairemos hoje? Nunca se sabia. Chegava a meia-noite e as agências tinham levado os teletipos, por falta de pagamento; o nosso telefone tinha sido cortado; o único rádio caía e quebrava. As máquinas de escrever não tinham fita e às duas da manhã saíamos para buscar bobinas de papel. Era coisa de olhar da varanda e esperar um drama passional ali na esquina, mas não tínhamos nem filmes para as fotos. Houve até um incêndio, que arrebentou as máquinas da gráfica. E, mesmo assim, não sei como, *Época* estava nas ruas. Prova da existência de Deus ou magias da solidariedade?

Faltava idade a todos nós para que nos arrependêssemos da alegria. Às três da manhã, quando terminava a tarefa, abríamos um campo entre as escrivaninhas da redação e jogávamos futebol com uma bola de papel. Às vezes o que era juiz se vendia por um prato de lentilhas ou por um cigarrinho, e então voavam murros até que, lá da gráfica, subiam o primeiro exemplar do jornal, cheirando a tinta fresca, manchado de dedos, recém-nascido da boca da rotativa. Isso era um parto. Depois íamos embora, abraçados, rumo às avenidas à beira-mar, à espera do sol. Isso era um ritual.

Quem poderia esquecer esses tipos lindos? Não reconheço aquele pulso, aquele som, em minha gente de agora? Serve para alguma coisa, a minha memória? Quisemos quebrar a máquina de mentir... A memória: meu veneno, minha comida.

"A árvore voa", diz o poeta, "no pássaro que a abandona"

1

Uma tarde, em Montevidéu, verão de 60 ou 61, eu descobri que não podia mais suportar o fulano que cada jornada punha a gravata e o paletó de brim na hora indicada e contava notas e dava trocos e bons-dias com os dentes apertados. Fechei a caixa, fiz o balanço, assinei, e disse ao gerente do banco:
– Vou embora.
E ele me disse:
– Ainda não está na hora.
E eu disse:
– Vou embora para sempre.
E fui para Buenos Aires pela primeira vez.
Eu tinha vinte anos. Conhecia pouca gente em Buenos Aires, mas achava que podia me arrumar.

A princípio me tratou bastante mal, a Babilônia. Me sentia sozinho e acossado pela multidão e os calores e a falta de dinheiro.

Estive um tempinho trabalhando na revista *Che*, até que uma segunda-feira chegamos à redação, Chiquita Constela, Pablo Giussani e eu, e encontramos o edifício rodeado pelas tropas. Eram tempos da greve ferroviária. Os operários incendiavam vagões e a revista achava que isso não era nenhum crime. Os soldados arrombaram a porta.

Passei uma semana sem ver ninguém, enterrado numa pensão, dessas de encontros furtivos, por lá dizem *hotel-alojamiento*, onde não pediam documentos nem faziam perguntas. Eu me virava na cama dia e noite, transformado em uma sopa de transpiração e tristezas, sem poder fechar os olhos por culpa dos gritos e batidas de portas e dos casais que gemiam através das paredes.

2

Daquela primeira época em Buenos Aires, ficou-me uma imagem que não sei se vivi ou sonhei em alguma noite ruim: a multidão apinhada em uma estação do metrô, o ar pegajoso, a sensação de asfixia e o metrô que não vinha. Passou meia hora, talvez mais, e então se soube que uma moça tinha se jogado nos trilhos da estação anterior. No começo houve silêncios, comentários em voz baixa, e como de velório: "Coitada, coitadinha", diziam. Mas o metrô continuava sem aparecer e começava a ficar tarde para chegar ao trabalho e então as pessoas pisavam duro no chão, nervosas, e diziam: "Por que não resolveu se jogar em outra linha? Justo nesta, tinha de ser justo nesta?"

Cruzei o rio e jurei não voltar. Mas voltei, muitas vezes. E no começo de 1973, Fico Vogelius me encarregou de dirigir uma revista que ia se chamar *Crisis*.

3

Em meados de 1976, não havia outra solução além de ir embora.

Não era fácil. A cidade que em outro tempo eu soube odiar tinha me oferecido perigos, júbilos e amores. A quanta gente davam sombra as magnólias da Plaza Francia? Que multidão cabia na minha memória quando eu passava pelo *Ramos*, o *Ciervo* ou o *Bachín*?

No *Ramos*, ao meio-dia, Manolo jogava amendoins no chão de madeira. Algumas pombas deixavam o solzinho da calçada e entravam e se serviam. Com Manolo, garçom do *Ramos*, víamos passar as pessoas pela avenida.

– Como vai?
– Como o país.
– Sobrevivendo?
– Quem, eu?
– Não, o país.
– Mentindo, coitado.

4

Às vésperas da partida, Helena e eu comemos com Achával e Carlitos Domínguez. Acha ergueu o copo de vinho e brindou:

– Pelas coisas melhores – disse. – As piores nós já conhecemos.
Achával vivia longe, a mais de uma hora de Buenos Aires. Não gostava de esticar a noite na cidade, porque era triste a madrugada solitária no trem.

Todas as manhãs Acha subia no trem das nove para ir trabalhar. Subia sempre no mesmo vagão e se sentava no mesmo lugar.

Na sua frente viajava uma mulher. Todos os dias, às nove e vinte e cinco, essa mulher descia por um minuto numa estação, sempre a mesma, onde um homem a esperava parado sempre no mesmo lugar. A mulher e o homem se abraçavam e se beijavam até que soava o sinal. Então ela se soltava e voltava ao trem.

Essa mulher se sentava em frente, mas Acha nunca ouviu sua voz.

Uma manhã ela não veio e às nove e vinte e cinco Acha viu, pela janela, o homem esperando na plataforma. Ela não veio nunca mais. Depois de uma semana, também o homem desapareceu.

Guerra da rua, guerra da alma

De repente, estou debaixo de céus alheios e terras onde se fala e se sente de outro modo e até a memória fica sem gente para dividir ou lugares para se reconhecer. É preciso batalhar duro para ganhar o pão e o sono, e a gente fica meio aleijado com tanta coisa faltando.

Em seguida chega uma tentação de choramingar, o viscoso domínio da nostalgia e da morte, e corre-se o risco de viver com a cabeça virada para trás, viver morrendo, que é uma maneira de dar razão ao sistema que despreza os vivos. Desde que éramos pequenos, na hipocrisia dos velórios, nos ensinaram que a morte é uma coisa que melhora as pessoas.

Os ventos e os anos

1

O holandês esticava o pescoço entre os barcos mortos. Do boné, que tinha sido azul, escapavam mechas de cabelo muito branco.

Não me cumprimentava. Me olhava sem pestanejar, com seus olhos transparentes imensos na cara escorrida.

Eu me sentava ali por perto, no resto de algum casco, enquanto ele esquartejava as armações com serrote, alicate e paciência.

O holandês brigava com as gaivotas. Dizia que roubavam sua comida. Custou a se convencer que eu ia por puro prazer. O dique ficava a uns dez ou doze quarteirões de casa e era bom caminhar rua abaixo, nas tardes de sol, e encontrar o mar. Às vezes o holandês me deixava ajudá-lo. Eu saltava de barco em barco a resgatar âncoras tapadas pela ferrugem, timões quebrados e cordas que cheiravam a breu.

Ele trabalhava em silêncio. Nas tardes de bom humor contava estórias de naufrágios e motins e perseguições de baleias pelos mares do sul.

2

Quando fui convidado para ir a Cuba, em 1970, como jurado do concurso da Casa das Américas, desci ao cais para dizer-lhe adeus.

– Eu estive em Havana – me disse ele. – Naquela época eu era jovem e tinha um terno branco. Trabalhava em um barco cargueiro. Gostei desse porto, e fiquei. Tomando o café da manhã li um anúncio no jornal. Uma dama francesa desejava iniciar relação com jovem instruído e de boa presença. Tomei banho, fiz a barba e calcei os sapatos que combinavam com o terno. A casa ficava perto da catedral. Subi a escadinha e bati na porta com minha bengala. Havia uma aldrava grande, mas eu tinha a bengala. Então a porta foi aberta. A francesa estava completamente nua. Fiquei com a boca aberta. E perguntei: "Madame ou mademoiselle?"

Rimos.

– Faz muitos anos que isso aconteceu – disse o holandês. – E agora eu quero pedir-lhe uma coisa.

3

Nem bem cheguei a Cuba, fui ao morro de Havana. Não pude entrar. Era uma zona militar. Falei com meio mundo e não consegui a autorização.

Quando voltei a Montevidéu, caminhei até o dique e fiquei um tempo olhando o holandês trabalhar. Fumei dois ou três cigarros. Ao pé do morro se levantava a chama da refinaria. O holandês não me perguntou nada. Eu disse a ele que em Havana tinha visto, intactas, como recém-gravadas na pedra branca do morro, as palavras de amor que ele tinha escrito ali, em 1920, com a ponta de um prego.

Crônica da Terra Grande

1

Eu tinha estado em Cuba, pela primeira vez, em meados de 1964. Eram tempos de pleno bloqueio: impedia-se a passagem das pessoas e das coisas.

Viajamos até Lima e depois ao México. Do México a Windsor e Montreal. Estivemos cinco dias esperando em Montreal – *la belle province* nas placas dos automóveis; *private property* nos cartazes nas margens dos lagos – e dali a Paris e de Paris a Madrid.

A Madrid chegamos de manhã. Só nos faltava passar pela Oceania. Mas em Madrid soubemos que o avião partia rumo a Havana aquela noite.

Resolvemos, Reina e eu, visitar o Museu do Prado. Reina, companheira de delegação ao aniversário do assalto ao quartel Moncada, era uma avó gorda e sábia, professora de várias gerações, com um incansável brilho de inteligência nos olhos e um jeito muito seu de suspirar. Tínhamos nos transformado em cupinchas na longa viagem.

Por obra e graça do bloqueio me ofereciam, naquela tarde, uma experiência desejada há muito tempo: ver os cavalheiros de El Greco tal como tinham sido pintados por sua mão, a luz de Velázquez não mentida nas reproduções e, acima de tudo, a pintura negra de Goya, os monstros que tinham nascido de sua alma e tinham ficado com ele, na Quinta del Sordo, até o final de seus dias.

Chegamos às portas do museu. O Paseo del Prado estava uma maravilha naquele meio-dia limpo de verão.

— Tomamos um cafezinho, antes de entrar?
Havia mesas nas calçadas. Pedimos café e xerez seco.
Reina não guardava rancores, mas bocejava ao recordar seu primeiro matrimônio. Tinha vivido uns anos de mãe formal e dona de casa. Uma noite, numa festa, foi apresentada a um senhor. Deu-lhe a mão e ele apertou-a e a reteve, e ela sentiu, pela primeira vez, uma eletricidade desconhecida, e de repente descobriu que seu corpo tinha vivido, até esse instante, mudo e sem música. Não se disseram nem uma palavra. Reina nunca mais o viu. Desse homem que mudou sua vida, ela não lembrava o nome ou a cara.
Pedimos mais café e mais xerez.
Reina falava de seus amores e nem percebi o passar das horas. Quando quisemos acordar, já era tarde. Não fomos ao Museu do Prado. Esqueci que existia o Museu do Prado.
Depois entramos no avião morrendo de rir.

2

Quando voltei a Cuba, seis anos depois, a revolução vivia sua hora mais difícil. A safra dos dez milhões tinha fracassado. A concentração de esforços na cana-de-açúcar tinha deixado manca a economia do país. Finalmente os meninos tinham leite e sapatos, mas nos restaurantes dos centros de trabalho a carne era um milagre e de algumas frutas e verduras não havia mais que a lembrança.
Com voz grave, Fidel Castro leu cifras dramáticas para a multidão: "Aqui estão os segredos da economia cubana", disse.
— Sim, senhores imperialistas! – disse. – É muito difícil construir o socialismo!
A revolução tinha derrubado os muros altos. Agora eram de todos o teto e a roupa e a comida, o alfabeto e o médico, a liberdade de escolher. Mas não tinha sido o país treinado durante séculos para a impotência e a resignação? Com que pernas podia a produção alcançar o galope do consumo? Podia Cuba correr, se estava acabando de aprender a ficar em seus próprios pés?
Fidel falou, enquanto anoitecia na praça imensa, das tensões e dificuldades. E mais longamente falou dos erros. Analisou os vícios da desorganização, os desvios burocráticos, os equívocos

cometidos. Reconheceu sua própria inexperiência, que tinha feito com que atuasse às vezes com pouco realismo, e disse que havia quem achava que ele estava onde estava porque gostava do poder e da glória.
– Eu entreguei a esta revolução os melhores anos de minha vida – disse.
E com o cenho franzido perguntou:
– Que significa a glória? Se todas as glórias do mundo cabem em um grão de milho!
Explicou que uma revolução, quando é verdadeira, trabalha para os tempos e os homens que virão. A revolução vivia com o pulso acelerado e sem fôlego, ante o acosso e o bloqueio e a ameaça.
– O inimigo diz que em Cuba temos dificuldade – disse Fidel.
A multidão, que escutava em silêncio, crispou rostos e punhos.
– Nisso o inimigo tem razão.
– O inimigo diz que em Cuba há descontentamento – acrescentou. – E também nisso o inimigo tem razão.
– Mas há uma coisa na qual o inimigo se engana.
E então afirmou que o passado não ia voltar, com voz de trovão afirmou que nunca Cuba regressaria ao inferno da plantação colonial e ao prostíbulo para estrangeiros e a multidão lhe respondeu com um alarido que fez a terra tremer.
Naquela noite os teletipos enlouqueceram anunciando a iminente queda de Fidel Castro. Treinados para a mentira, certos jornalistas não puderam entender a coragem da verdade. A sinceridade de Fidel tinha dado, aquela noite, a medida da grandeza e da força da revolução.
Eu tive a sorte de estar lá, e não esqueço.

3

Em sua casa de Havana, Bola de Nieve me sufocou de perguntas sobre Montevidéu e Buenos Aires. Queria saber o que tinha sido feito da vida das pessoas e lugares que ele tinha conhecido e gostado trinta ou quarenta anos antes. Em seguida entendi que não tinha sentido continuar dizendo: "Já não existe" ou: "Foi esquecido". Ele também compreendeu, acho, porque começou a falar de Cuba, disso que ele chamava de yoruba-marxismo-leninismo, síntese invencível da magia africana e da ciência dos brancos, e passou horas contando estórias da alta sociedade que antes pagava para que ele cantasse: "Rosália Abreu tinha dois orangotangos. Vestia os dois com macacões. Um servia o café da manhã, o outro fazia o amor com ela".

Mostrou-me quadros de Amália Peláez, que tinha sido sua amiga:

– Morreu de burra – disse. – Aos setenta e um anos ainda era senhorita. Nunca tinha tido um amante ou amanta nem nada.

Confessou seu pânico pelos galos vivos e os macacos soltos. Sentou-se ao piano. Cantou *Drume, negrito*. Depois cantou *Ay, mama Inés*, e o pregão do vendedor de amendoim. Tinha a voz muito gasta, mas o piano o ajudava a levantá-la cada vez que caía.

Num momento interrompeu a canção e ficou com as mãos no ar. Virou-se para mim e com estupor me disse:

– O piano acredita em mim. Acredita em tudo, tudinho.

4

Quando terminaram os trabalhos na Casa das Américas, Sérgio Chaple me propôs que fôssemos até a Terra Grande.

Voamos em uma casca de noz sobre a selva. Aterrissamos no final do país. As montanhas do Haiti brilhavam, azuis, no horizonte.

– Não, não – disse Magüito. – Aqui não termina Cuba. Aqui, Cuba começa.

São secas as terras da ponta de Maisí, embora estejam na beira do mar. As secas arrasam as plantações de verdura e feijão. Em Maisí os quatro ventos se cruzam, levam embora as nuvens e afastam as chuvas.

Magüito nos levou até sua casa, para tomarmos café.

Ao entrar, despertamos uma porca que dormia no portal. Ficou furiosa. Bebemos o café rodeados de meninos, porcos, bodes e galinhas. Nas paredes, Santa Bárbara se erguia flanqueada por dois Budas e um Coração de Cristo. Havia muitas velas acesas. Na semana anterior Magüito tinha perdido uma neta.

— O tempo chegado. Ficou sem cor; estava que nem uma flor de algodão. Nada adianta nada quando o tempo chega. E às vezes antes desse tempo as pessoas vão pondo as velas, como fizeram comigo há trinta e sete anos, e não aguenta a manhã, dizem, e nisso a gente endireita.

Pela porta, aberta de par em par, vimos passar os pescadores. Vinham do mar, com peixes pendurados nas varas, já limpos e salgados, prontos pra secar. O pó do caminho levantava nuvens de névoa às suas costas.

Quando apareceu nessas comarcas o primeiro helicóptero, as pessoas fugiram apavoradas. Até o triunfo da revolução, os enfermos graves eram transportados no braço, em liteiras, através da selva, e morriam antes de chegar a Baracoa. Mas ninguém se assustou quando nosso aviãozinho chegou ao novo aeroporto; e fazia tempo que os barbudos tinham construído o primeiro hospital em Los Llanos.

— O homem de sangue não pode ver abuso — disse Magüito. — É meu defeito. Se tenho inimigos, são escondidos. Fui bailarino de *son* e *danzón*, bebedor e farrista, bom amigo. Daqui para cima, todinhos me conhecem.

E nos advertiu:

— Aqui não somos bronqueadores. Nos curtimos, mas não nos surramos. Os de lá do alto, os da Terra Grande, são mais ruins que o mosquito azul.

5

No caminho, os brilhos feriam os olhos. O vento, que soprava baixo e em redemoinhos, cobria com máscaras de pó avermelhado homens e coisas.

Atravessamos umas plantações de café. Foi um alívio entrar nos túneis de sombras.

A gente do lugar odiava os morcegos. Pelas noites, os morcegos saíam das covas e se abatiam sobre o café. Mordiam os grãos, arrancavam seu mel. Os grãos se secavam e caíam.

6

Sobre as colinas, dominando o mar, Patana Arriba. Ao pé, frente aos arrecifes, Patana Abajo. Todo mundo se chamava Mosqueda.

– Entre filhos e netos – disse Don Cecílio – estive contando essas noites, e havia uma aproximação de trezentos. Já não há mulher em casa. Estou cumprindo oitenta e sete. Eu antes tinha criadeiro de bodes, reses e porcos, lá embaixo. Aqui parece que me chegou a sorte no café. Se pesquei? Pesquei ou pequei? Se eu me lembro?

Nos piscou:

– Alguma coisa sobrou. Na memória e no impulso.

E acrescentou, com um sorriso que lhe deixava ao ar as gengivas sem dentes:

– Por alguma razão Mosqueda é o sobrenome deste reino, o que multiplica.

Tínhamos sede. Don Cecílio Mosqueda saiu da cadeira de balanço.

– Deixa que eu subo – disse.

Um dos netos, ou bisnetos, Bráulio, agarrou o velho pelo braço e sentou-o novamente.

Bráulio trepou pelo alto tronco com os pés amarrados. Balançou o corpo nos ramos, facão na mão. Uma chuva de cocos caiu ao solo.

Don Cecílio morria de curiosidade por causa do gravador. Mostrei como funcionava.

– Este aparelhinho é verdadeiramente científico – opinou – porque conserva viva a voz dos mortos.

Coçou o queixo. Apontou o gravador com o dedo indicador e disse: "Quero que meta isso aí". E falou enquanto balançava com os olhos fechados.

Bráulio era o chefe dos carcereiros do patriarca. As brigadas de netos e bisnetos faziam rodízio para dormir. Ao menor descuido, Don Cecílio escapava a cavalo e de um só galope atravessava a selva e chegava a Baracoa ao amanhecer, para galantear a menina que o enlouquecera, ou ia caminhando pelas colinas até Montecristo, que era bem longe, pra cantar serenatas a outra menina que estava roubando seu sono.

Don Cecílio achava que a revolução não era ruim.

– A gente vivia muito isolada, como em pé de guerra – explicou-me. – Agora, as culturas se intercambiam.

Ele tinha descoberto o rádio. O papagaio da casa tinha aprendido uma canção dos Beatles e Don Cecílio ficou sabendo de certas coisas que ocorriam em Havana.

– Eu não sou muito de gostar de praia. Quase quase nem vou. Mas escutei que em Havana há uma coisa que se chama biquíni, que as mulheres ficam com todas as miudezas no ar. E acho que nesses causos acontece uma coisa. Que o que é da sua mulher quem há de ver é o senhor e se acabou. O senhor não é quem cuida dela? Eu sou homem de muita ordem e pela praia e pelos bailinhos é que a gente entra no relaxo. Como se vestia minha mulher? Pela cabeça, rapaz, e ficava nua pelos pés.

Também andava preocupado com o divórcio. Tinha sabido que havia muito divórcio, e isso não é sério.

– Mas Don Cecílio – interrompeu Sérgio. – É ou não é verdade que o senhor teve quarenta e tantas mulheres?

– Quarenta e nove – reconheceu Don Cecílio. – Mas não me casei nunca. O que casa se fode.

Depois quisemos que ele contasse mais coisa, que largasse a língua, mas Don Cecílio não deu nenhuma pista do tesouro. Na região, todos sabiam que ele tinha um tesouro escondido numa gruta.

7

Íamos rumo a um povoado que se chamava La Máquina.

O caminhão recolhia as pessoas. Todo mundo para a assembleia.

– Plácido, vem, vamos lá! Não foge não, Plácido!

– É que ninguém me avisou!

Esperavam pelo caminhão banhados e de roupas passadas, as velhas com sombrinhas coloridas, as moças vestidas de festa, os homens mancando por causa dos sapatos novos. No caminhão, o

pó cobria num instante as peles e as roupas e era preciso fechar os olhos: eles se reconheciam pelas vozes.
— Don Cecílio? Esse é um velho antigo, dos de antes. Tem mais de cem anos.
— Vai morrer sem dizer onde tem o tesouro. Ninguém vai rezar sua missa.
— Que é isso, Ormídia?
— Sua alma não vai descansar, Iraida.
— Como é que ia descansar... Com tanto pecado e a tremenda carga de terra que vai ter em cima...
— E eu, levo muita terra?
— Não vejo, Urbino.
— Ah, claro: a que se necessita, e nada mais.
— Ninguém te perguntou nada, Arcónida.
O caminhão pulava de buraco em buraco. As ramas nos açoitavam as caras e das árvores se desprendiam caracóis coloridos. Aos punhados, entre um pulo e outro, eu os metia em meus bolsos.
— Não se assusta não, que o mundo não termina.
— O mundo nem começou direito ainda, Urbino!
Também viajavam conosco vários meninos, dois cachorros e um papagaio. Cada um se agarrava como podia. Eu ia abraçado a um barril de água.
Volta e meia o motor engasgava, e era preciso descer para empurrar.
— Eu sou o eleito – dizia Urbino. – Bom para tudo menos para ir embora.
Faltava muito para chegar quando furou um pneu.
— Não tem jeito. Morreu de vez.
E começou a procissão pelo caminho.
Tudo o que faltava era ladeira acima.
Homens e mulheres, crianças e bichos subiam a montanha cantando.
— Aprumei a voz, viram? Que peito tenho eu!
Iam pegajosos de suor e pó e investiam, felizes, contra o sol de verão, sol de três da tarde, que castigava sem piedade.

O dia em que eu morrer
quem se lembrará de mim?
Só mesmo a biquinha
da água que bebi.

Urbino era manco, caminhava agarrado à minha camisa.
– Eu canto o que sei e ao mundo não devo nem temo – disse.
– Esse ritmo, conhece? É nosso. Se chama *nengón*. É um ritmo de Patana, mas de Patana Abajo. Toca-se com maracas. E com viola de quatro cordas de arame, que também é um invento nosso. No país de Patana, naquele monte deserto, temos de inventar.

As cristas das palmeiras ardiam contra um fulgor branco: se eu erguesse o olhar, ficava tonto. Pensei: uma cerveja gelada seria como uma transfusão de sangue.

– Dez mil coisas estão acontecendo aqui e Fidel nem desconfia – dizia Urbino. – Você diz lá em Havana que me mandem logo os *habelitos* que me prometeram. Não esquece, tá?

Ele tinha comprado um motor elétrico para sua oficina de carpinteiro. Tinha consultado antes, e disseram a ele que sim, que o comprasse, pois assim poderia dar luz ao pessoal de Patana Abajo e, além disso, fazer móveis para todos. Mas o motor não funcionou nunca, e o pessoal caçoava dele: esses ferros vazios, diziam, esse motor é um tremendo pacote, Urbino, te levaram no bico.

– Sem o motor, continuamos no escuro. Me entende? Você diz lá para eles que me mandem logo os tais *habelitos*, que é para *habelitar* o motor, entende? Os *habelitos*, o que vem dentro, e *habelita* tudo, entende?

A ladeira ficou para trás e vimos as primeiras casinhas de madeira. Uns touros cor de café atravessaram o caminho e fugiram a galope. Dos bananais surgiam pendurados os capulhos violeta, inchados, a ponto de estourar. Parei para esperar uma velha que vinha arrastando seu longo vestido verde:

– Eu, quando era jovem, voava – disse. – Agora, não.

Toda Terra Grande estava na assembleia. Ninguém se queixava e as brincadeiras e canções continuaram até que tomou a palavra um camponês loiro, de altos pômulos e rasgos duros, que falou da organização e das tarefas. Era o técnico em mecanização agrícola mais importante da região.

Depois ele nos convidou, Sérgio e eu, para comer banana frita. Havia aprendido a ler e a escrever aos vinte e cinco anos.

8

Juntamos uma boa quantidade de caracóis coloridos. Esvaziamos com uma agulha um por um, e os deixamos secar ao sol. Eu estava deslumbrado por essas minúsculas maravilhas, as polimitas, de cores e desenhos sempre diferentes. Viviam nos troncos das árvores e debaixo das folhas largas das bananeiras. Cada babosa pintava sua casa melhor que Picasso ou Miró.

Nas Patanas tinham me dado um caracol difícil de encontrar. – Se chamava ermitão. Esvaziá-lo me custou bastante trabalho. A babosa estava escondida no fundo de um longo túnel de nácar; morta e tudo, se negava a sair. O ermitão largava um cheiro asqueroso, mas era de uma beleza rara. Sua carcaça, com estrias cor de cobre e forma de punhal malaio, não parecia criada para girar gordamente como um pião, e sim para soltar-se, se abrir e voar.

9

Aurélio nos contou que tinha sido advertido: "Não vá a Patana, que ali queimam as pessoas e as enterram escondidas. Além disso, caminham depressa para caralho, os pataneros".

Estávamos em La Asunción. Durante o dia, Aurélio nos acompanhava a todas as partes. De noite, não dormia. Ficava conosco até que alguém, lá de baixo, assobiava três vezes. Aurélio pulava a janela e se perdia na folhagem. Logo depois regressava. Ficava na cama, fumando, até o amanhecer.

– Você está perdido, Aurélio – dizia Sérgio.

Batia a porta a qualquer hora da noite.

Tinha medo dos pesadelos. Se concentrava pensando num ponto dentro do círculo e quando conseguia dormir chegava um prego gigante que se afundava em seu peito, ou um enorme ímã do

qual ele não podia se desprender, ou um pistão de ferro que o apertava contra a parede e quebrava uma de suas vértebras.
Aurélio era do exército, sétimo curso da arma de artilharia.
— Quiseram dar-me baixa. Eu pedi que esperassem. Estou lá até o pescoço, porque gosto.
Tinha tentado ir lutar na Venezuela. Já estavam saindo, ele e outros bolsistas, quando foram pescados. Fidel falou com eles. Disse que eram muito jovens, que era melhor estudar.
— Quando eu vinha vindo para a Terra Grande, no avião, pensava que tinha uma missão. Que era correio e estava na Venezuela ou na Bolívia. No aeroporto, a polícia me esperava. Eu escapava no teto de um trem.

10

Cruzamos com Aurélio, cedinho, na saída do povoado. Levava uma forquilha e um facão. Disse que vinha de matar serpentes. Procurava entre as rochas e os arbustos, e cortava suas cabeças ou arrebentava seus ossos.
Mostrou-nos o facão, que tinha sido de seu pai.
— Uma vez, em Camaguey, o haitiano Matias tirou-o de mim. Não arrancou brusco nem nada. Eles sabiam fazer isso. Olha que vou te dar o golpe, falei, e ergui o facão. O velho Matias nem se tocou. Cruzou os braços, descruzou e eu fiquei que nem cego, não sei, e ele já tinha o facão amarrado pelo cabo.
Na cafeteria encontramos uma nuvem de moças.
— Que fizeram do caracol? — perguntou uma delas. — Ficou contigo, trigueiro?
Aurélio ficou vermelho.
Sérgio recomendava, segredando:
— Essa magrinha é malandra.
Elas discutiam:
— Para os gostos foram feitas as cores.
— A forma de vestir não tem nada a ver. Isso não influi na maneira de ser da pessoa.
— Que nada. O melhor vestido de noiva é a pele.
— A gente se casa de uma vez para sempre.

— E se o homem acaba sendo um mariquinha? Há que viver com ele, para saber.
— Diz aí, Narda. De onde era aquele que dizia que era para se apaixonar...?
— Pois eu tenho uma moral mais alta que o Pico Turquino.
— Ai, Deus meu. Aqui vivemos uma antiguidade que eu já não resisto. Nem aguento.
A magrinha se chamava Bismânia. Ela mesma tinha escolhido o nome, quando deixou de gostar do que tinha antes.

11

Ali perto havia uma brigada levantando paredes. Nos oferecemos para dar uma mão.
— Eu, destas, não gosto de nenhuma — disse Aurélio.
Trabalhamos até o anoitecer. Ficamos os três brancos de cal e duros de cimento.
Aurélio nos confessou que tinha vindo à Terra Grande perseguindo uma moça. Tinham se conhecido em Havana, quando ela foi estudar. Agora, estava presa a chave. Era ela quem mandava os mensageiros que assobiavam de noite ao pé da janela. Assim se encontravam, um instante, entre as árvores.
Mas naquela noite ninguém assobiou e Aurélio não bateu a porta.
Não o vimos na manhã seguinte.
Quando perguntamos por ele, já estava voando de volta para Havana.
— Queria roubar a franguinha — nos disseram. — O pai dele mandou buscá-lo.
O pai de Aurélio usava na gola as três barras de primeiro capitão. (Aurélio tinha seis anos e fazia quatro dias que Fulgêncio Batista tinha fugido em um avião. Viu chegar um homem imenso pela praia de Baracoa. Usava barba até o peito e um uniforme cor de oliva.
— Olha — disse a mãe. — Esse é o seu pai.
Aurélio correu pela praia. O homem imenso ergueu-o e o abraçou.
— Não chora — disse o homem. — Não chora.)

Notícias

Do Uruguai.
Uma moça de Salto morre na tortura. Outro preso que se suicida.
O preso estava na cadeia de Libertad há três anos. Um dia encrespou, ou olhou torto, ou algum guarda se levantou de mau humor. O preso foi enviado à cela de castigo. A que chamam "a ilha": incomunicáveis, esfomeados, asfixiados, na "ilha" os presos cortam os pulsos ou ficam loucos. Este passou um mês na cela de castigo. Então se enforcou.
A notícia é de rotina, mas há um detalhe que me chama a atenção. O preso se chamava José Artigas.

Guerra da rua, guerra da alma

Seremos capazes de aprender a humildade e a paciência?
Eu sou o mundo, mas muito pequenino. O tempo de um homem não é o tempo da História, embora, tenho de reconhecer, bem que eu gostaria que fosse.

O Sistema

Me vem à cabeça uma coisa que me contou, há uns cinco ou seis anos, Miguel Littin. Ele acabava de filmar *La Tierra Prometida* no vale de Ranquil, uma comarca pobre do Chile.
Os camponeses do lugar faziam o papel de extras nas cenas de massa. Uns se representavam a si mesmos. Outros faziam o papel de soldados. Os soldados invadiam o vale e a ferro e fogo arrancavam as terras dos camponeses. O filme era a história da matança.
No terceiro dia, começaram os problemas. Os camponeses que vestiam farda, andavam a cavalo e disparavam balas de festim se tinham feito arbitrários, mandões e violentos. Eles acossavam os outros camponeses *depois* de cada dia de filmagens.

Guerra da rua, guerra da alma

Quantas vezes fui um ditador? Quantas vezes um inquisidor, um censor, um carcereiro? Quantas vezes proibi, aos que mais queria, a liberdade e a palavra? De quantas pessoas me senti dono? Quantas condenei pelo delito de não serem eu? Não é a propriedade privada das pessoas mais repugnante que a propriedade das coisas? A quanta gente usei, eu, que me acreditava tão à margem da sociedade de consumo? Não desejei ou celebrei, secretamente, a derrota dos outros, eu que em voz alta me cagava no valor do êxito? Quem não reproduz, dentro de si, o mundo que o gera? Quem está a salvo de confundir seu irmão com um rival, e a mulher que ama com a própria sombra?

Guerra da rua, guerra da alma

Escrever tem sentido? A pergunta me pesa na mão. Se organizam alfândegas de palavras. Para que nos resignemos a viver uma vida que não é a nossa, nos obrigam a aceitar como própria uma memória alheia. Realidade mascarada, estória contada pelos vencedores: talvez escrever não seja mais que uma tentativa de pôr a salvo, em tempos de infâmia, as vozes que darão testemunho de que aqui estivemos e assim fomos. Um modo de guardar para os que ainda não conhecemos, como queria o poeta catalão Salvador Espríu, "o nome de cada coisa". Quem não sabe de onde vem como pode averiguar aonde vai?

Introdução à História da Arte

Janto com Nicole e Adoum.
Nicole fala de um escultor que ela conhece, homem de muito talento e fama. O escultor trabalha num estúdio imenso, rodeado de crianças. As crianças do bairro são seus amigos.
Um belo dia a prefeitura encomendou-lhe um grande cavalo para uma praça da cidade. Um caminhão trouxe para o estúdio

um bloco gigante de granito. O escultor começou a trabalhá-lo, em cima de uma escada, a golpes de martelo e cinzel. As crianças observavam.

Então as crianças partiram, de férias, rumo às montanhas ou ao mar.

Quando regressaram, o escultor mostrou-lhes o cavalo terminado.

E uma das crianças, com os olhos muito abertos, perguntou:
— Mas... como você sabia que dentro daquela pedra havia um cavalo?

Notícias

Da Argentina.
Luís Sabini se salvou. Conseguiu sair do país. Tinha desaparecido no fim de 75 e no mês seguinte soubemos que tinha sido preso. De Haroldo Conti não há rastros. Foram buscar Juan Gelman em sua casa de Buenos Aires. Como não estava, levaram seus filhos. A filha apareceu uns dias depois. Do filho não se sabe nada. A polícia diz que não está com ele; os militares dizem a mesma coisa. Juan ia ser avô. A nora, grávida, também desapareceu. Cacho Paoletti, que nos mandava textos lá da Rioja, foi torturado e continua preso. Outros escritores que publicavam na revista: Paco Urondo, baleado, tempos atrás, em Mendoza; Antonio Di Benedetto, na cadeia; Rodolfo Walsh desapareceu. Na véspera de seu próprio sequestro, Rodolfo enviou uma carta denunciando que as Três A são as Três Armas, "a fonte do terror que perdeu o rumo e só pode balbuciar o discurso da morte".

Sonhos

Você queria fogo e os fósforos não acendiam. Nenhum fósforo dava fogo. Todos os fósforos estavam decapitados ou molhados.

Calella de la Costa, junho de 1977:
Para inventar o mundo cada dia

Conversamos, comemos, fumamos, caminhamos, trabalhamos juntos, maneiras de fazer o amor sem entrar-se, e os corpos vão se chamando enquanto viaja o dia rumo à noite.

    Escutamos a passagem do último trem. Badaladas no sino da igreja. É meia-noite.

    Nosso trenzinho próprio desliza e voa, anda que te anda pelos ares e pelos mundos, e depois vem a manhã e o aroma anuncia o café saboroso, fumegante, recém-feito. De sua cara sai uma luz limpa e seu corpo cheira a molhadezas.

    Começa o dia.

    Contamos as horas que nos separam da noite que vem. Então, faremos o amor, o tristecídio.

Entre todos, se escutamos direito, formamos uma única melodia

Atravessando o campo de juncos, chego à margem de um rio.

    Esta é uma manhã de luz limpa. Corre uma brisa suave. Da chaminé da casa de pedra a fumaça se solta e ondula. Na água navegam os patos. Uma vela branca desliza entre as árvores.

    Meu corpo tem, esta manhã, o mesmo ritmo que a brisa, a fumaça, os patos e a vela.

Guerra da rua, guerra da alma

Persigo a voz inimiga que me ditou a ordem de estar triste. Às vezes, acontece de eu sentir que a alegria é um delito de alta traição, e que sou culpado do privilégio de continuar vivo e livre.

    Então me faz bem recordar o que disse o cacique Huillca, no Peru, falando ante as ruínas: "Aqui chegaram. Romperam até as pedras. Queriam fazer-nos desaparecer. Mas não conseguiram, porque estamos vivos e isso é o principal". E penso que Huillca tinha razão. Estar vivos: uma pequena vitória. Estar vivos, ou seja: capazes da alegria, apesar dos adeuses e dos crimes, para que o desterro seja a testemunha de outro país possível.

A pátria, tarefa por fazer, não vamos levantá-la com ladrilhos de merda. Serviríamos para alguma coisa, na hora do regresso, se voltássemos quebrados?

Requer mais coragem a alegria que a pena. À pena, afinal de contas, estamos acostumados.

Calella de la Costa, julho de 1977:
A feira

A ameixa gorda, de puro caldo que te inunda de doçura, deve ser comida, como você me ensinou, com os olhos fechados. A ameixa vermelhona, de polpa apertada e vermelha, deve ser comida sendo olhada.

Você gosta de acariciar o pêssego e despi-lo a faca, e prefere que as maçãs venham opacas para que cada um possa fazê-las brilhar com as mãos.

O limão inspira a você respeito, e as laranjas, riso. Não há nada mais simpático que as montanhas de rabanete e nada mais ridículo que o abacaxi, com sua couraça de guerreiro medieval.

Os tomates e os pimentões parecem nascidos para se exibir de pança para o sol nas cestas, sensuais de brilhos e preguiças, mas na realidade os tomates começam a viver sua vida quando se misturam ao orégano, ao sal e ao azeite, e os pimentões não encontram seu destino até que o calor do forno os deixa em carne viva e nossas bocas os mordem com desejo.

As especiarias formam, na feira, um mundo à parte. São minúsculas e poderosas. Não há carne que não se excite e jorre caldos, carne de vaca ou de peixe, de porco ou de cordeiro, quando penetrada pelas especiarias. Nós temos sempre presentes que se não fosse pelos temperos não teríamos nascido na América, e nos teria faltado magia na mesa e nos sonhos. Ao fim e ao cabo, foram os temperos que empurraram Cristóvão Colombo e Simbad, o Marujo.

As folhinhas de louro têm uma linda maneira de se quebrarem em sua mão antes de cair suavemente sobre a carne assada ou os raviólis. Você gosta muito do romeiro e da verbena, da noz-moscada, da alfavaca e da canela, mas nunca saberá se é por causa dos aromas, dos sabores ou dos nomes. A salsinha, tempero dos pobres, leva uma vantagem sobre todos os outros: é o único que chega aos pratos verde e vivo e úmido de gotinhas frescas.

Enquanto dura a cerimônia nós somos, como ela, um pouquinho sagrados

Abro a garrafa de vinho. Em Buenos Aires, a garrafa negra e barriguda do borgonha *San Felipe*. Aqui, o *Sangre de Toro*.

Sirvo o vinho e o deixamos repousar um pouco nos copos. O respiramos e celebramos sua cor, luminoso ao foguinho da vela.

As pernas se procuram e se enrolam por baixo da mesa.

Os copos se beijam. O vinho está contente com a nossa alegria. O bom vinho, que despreza o bêbado e se põe azedo em boca de quem não o merece.

Na caçarola pula o molho, com borbulhas de marmita, lentas marés de molho espesso, avermelhado, fumegante: comemos lentamente, saboreando, conversando sem pressa.

Comer sozinho é uma obrigação do corpo. Com você, uma missa.

Notícias

Do Uruguai.

Queimaram as coleções e os arquivos de *Marcha*.

Fechar o jornal parecia pouco.

Marcha tinha vivido trinta e cinco anos. Cada semana demonstrava, só com sua existência, que não se vender era possível.

Carlos Quijano, que foi seu diretor, está no México. Se salvou por um triz.

Marcha já não existia e Quijano insistia em ficar, como num velório. Chegava à redação na hora de sempre e sentava na escrivaninha e lá permanecia até o anoitecer, fantasma fiel de um castelo vazio: abria as poucas cartas que ainda chegavam e atendia o telefone, que tocava por engano.

O Sistema

Plano de extermínio: arrasar a erva, arrancar pela raiz até a última plantinha ainda viva, regar a terra com sal. Depois, matar a memória da erva. Para colonizar as consciências, suprimi-las; para suprimi-las, esvaziá-las de passado. Aniquilar toda prova de que na comarca houve algo mais que silêncio, cadeias e tumbas.

Está proibido lembrar.

Formam-se quadrilhas de presos. Pelas noites, os obrigam a tapar com pintura branca as frases de protesto que em outros tempos cobriam os muros da cidade.

A chuva, de tanto golpear contra os muros, vai dissolvendo a pintura branca. E reaparecem, pouco a pouco, as palavras teimosas.

Notícias

Da Argentina.

Às cinco da tarde, purificação pelo fogo. No pátio do quartel do Regimento Catorze, em Córdoba, o comando do Terceiro Exército "procede a incinerar esta documentação perniciosa, em defesa de nosso mais tradicional acervo espiritual, sintetizado em Deus, Pátria e Lar".

Jogam-se os livros nas fogueiras. De longe, se avistam as chamas altas.

O livro dos abraços

Tradução de Eric Nepomuceno

Recordar: Do latim *re-cordis*, voltar a passar pelo coração.

Este livro é dedicado
a Claribel e Bud
a Pilar e Antonio
a Martha e Eric

O mundo

Um homem da aldeia de Neguá, no litoral da Colômbia, conseguiu subir aos céus.

Quando voltou, contou. Disse que tinha contemplado, lá do alto, a vida humana. E disse que somos um mar de fogueirinhas.

– *O mundo é isso* – revelou. – *Um montão de gente, um mar de fogueirinhas.*

Cada pessoa brilha com luz própria entre todas as outras. Não existem duas fogueiras iguais. Existem fogueiras grandes e fogueiras pequenas e fogueiras de todas as cores. Existe gente de fogo sereno, que nem percebe o vento, e gente de fogo louco, que enche o ar de chispas. Alguns fogos, fogos bobos, não alumiam nem queimam; mas outros incendeiam a vida com tamanha vontade que é impossível olhar para eles sem pestanejar, e quem chegar perto pega fogo.

A origem do mundo

A guerra civil da Espanha tinha terminado fazia poucos anos, e a cruz e a espada reinavam sobre as ruínas da República. Um dos vencidos, um operário anarquista, recém-saído da cadeia, procurava trabalho. Virava céu e terra, em vão. Não havia trabalho para um comuna. Todo mundo fechava a cara, sacudia os ombros ou virava as costas. Não se entendia com ninguém, ninguém o escutava. O vinho era o único amigo que sobrava. Pelas noites, na frente dos pratos vazios, suportava sem dizer nada as queixas de sua esposa beata, mulher de missa diária, enquanto o filho, um menino pequeno, recitava o catecismo para ele ouvir.

Muito tempo depois, Josep Verdura, o filho daquele operário maldito, me contou. Contou em Barcelona, quando cheguei ao exílio. Contou: ele era um menino desesperado que queria salvar o pai da condenação eterna e aquele ateu, aquele teimoso, não entendia.

– *Mas papai* – disse Josep, chorando –, *se Deus não existe, quem fez o mundo?*

– *Bobo* – disse o operário, cabisbaixo, quase que segredando.
– *Bobo. Quem fez o mundo fomos nós, os pedreiros.*

A função da arte/1

Diego não conhecia o mar. O pai, Santiago Kovadloff, levou-o para que descobrisse o mar.
Viajaram para o Sul.
Ele, o mar, estava do outro lado das dunas altas, esperando.
Quando o menino e o pai enfim alcançaram aquelas alturas de areia, depois de muito caminhar, o mar estava na frente de seus olhos. E foi tanta a imensidão do mar, e tanto o seu fulgor, que o menino ficou mudo de beleza.
E quando finalmente conseguiu falar, tremendo, gaguejando, pediu ao pai:
– *Me ajuda a olhar!*

A uva e o vinho

Um homem dos vinhedos falou, em agonia, junto ao ouvido de Marcela. Antes de morrer, revelou a ela o segredo:
– *A uva* – sussurrou – *é feita de vinho.*
Marcela Pérez-Silva me contou isso, e eu pensei: se a uva é feita de vinho, talvez a gente seja as palavras que contam o que a gente é.

A paixão de dizer/1

Marcela esteve nas neves do Norte. Em Oslo, uma noite, conheceu uma mulher que canta e conta. Entre canção e canção, essa mulher conta boas histórias, e as conta espiando papeizinhos, como quem lê a sorte de soslaio.
Essa mulher de Oslo veste uma saia imensa, toda cheia de bolsinhos. Dos bolsos vai tirando papeizinhos, um por um, e em cada papelzinho há uma boa história para ser contada, uma história de

fundação e fundamento, e em cada história há gente que quer tornar a viver por arte de bruxaria. E assim ela vai ressuscitando os esquecidos e os mortos; e das profundidades desta saia vão brotando as andanças e os amores do bicho humano, que vai vivendo, que dizendo vai.

A paixão de dizer/2

Esse homem, ou mulher, está grávido de muita gente. Gente que sai por seus poros. Assim mostram, em figuras de barro, os índios do Novo México: o narrador, o que conta a memória coletiva, está todo brotado de pessoinhas.

A casa das palavras

Na casa das palavras, sonhou Helena Villagra, chegavam os poetas. As palavras, guardadas em velhos frascos de cristal, esperavam pelos poetas e se ofereciam, loucas de vontade de ser escolhidas: elas rogavam aos poetas que as olhassem, as cheirassem, as tocassem, as provassem. Os poetas abriam os frascos, provavam palavras com o dedo e então lambiam os lábios ou fechavam a cara. Os poetas andavam em busca de palavras que não conheciam, e também buscavam palavras que conheciam e tinham perdido.

Na casa das palavras havia uma mesa das cores. Em grandes travessas as cores eram oferecidas e cada poeta se servia da cor que estava precisando: amarelo-limão ou amarelo-sol, azul do mar ou de fumaça, vermelho-lacre, vermelho-sangue, vermelho-vinho...

A função do leitor/1

Quando Lucia Peláez era pequena, leu um romance escondida. Leu aos pedaços, noite após noite ocultando o livro debaixo do travesseiro. Lucia tinha roubado o romance da biblioteca de cedro onde seu tio guardava os livros preferidos.

Muito caminhou Lucia, enquanto passavam-se os anos. Na busca de fantasmas caminhou pelos rochedos sobre o rio Antióquia, e na busca de gente caminhou pelas ruas das cidades violentas.

Muito caminhou Lucia, e ao longo de seu caminhar ia sempre acompanhada pelos ecos daquelas vozes distantes que ela tinha escutado, com seus olhos, na infância.

Lucia não tornou a ler aquele livro. Não o reconheceria mais. O livro cresceu tanto dentro dela que agora é outro, agora é dela.

A função do leitor/2

Era o meio centenário da morte de César Vallejo, e houve celebrações. Na Espanha, Julio Vélez organizou conferências, seminários, edições e uma exposição que oferecia imagens do poeta, sua terra, seu tempo e sua gente.

Mas naqueles dias Julio Vélez conheceu José Manuel Castañón; e então a homenagem inteira ficou capenga.

José Manuel Castañón tinha sido capitão na guerra espanhola. Lutando ao lado de Franco, tinha perdido a mão e ganhado algumas medalhas.

Certa noite, pouco depois da guerra, o capitão descobriu, por acaso, um livro proibido. Chegou perto, leu um verso, leu dois versos, e não pôde mais se soltar. O capitão Castañón, herói do exército vencedor, passou a noite toda em claro, grudado no livro, lendo e relendo César Vallejo, poeta dos vencidos. E ao amanhecer daquela noite, renunciou ao exército e se negou a receber qualquer peseta do governo de Franco.

Depois, foi preso; e partiu para o exílio.

Celebração da voz humana/1

Os índios shuar, chamados de jíbaros, cortam a cabeça do vencido. Cortam e reduzem, até que caiba, encolhida, na mão do vencedor, para que o vencido não ressuscite. Mas o vencido não está totalmente vencido até que fechem a sua boca. Por isso os índios costuram seus lábios com uma fibra que não apodrece jamais.

Celebração da voz humana/2

Tinham as mãos amarradas, ou algemadas, e ainda assim os dedos dançavam, voavam, desenhavam palavras. Os presos estavam encapuzados; mas inclinando-se conseguiam ver alguma coisa, alguma coisinha, por baixo. E embora fosse proibido falar, eles conversavam com as mãos.

Pinio Ungerfeld me ensinou o alfabeto dos dedos, que aprendeu na prisão sem professor:

– *Alguns tinham caligrafia ruim* – me disse . – *Outros tinham letra de artista.*

A ditadura uruguaia queria que cada um fosse apenas um, que cada um fosse ninguém: nas cadeias e quartéis, e no país inteiro, a comunicação era delito.

Alguns presos passaram mais de dez anos enterrados em calabouços solitários do tamanho de um ataúde, sem escutar outras vozes além do ruído das grades ou dos passos das botas pelos corredores. Fernández Huidobro e Mauricio Rosencof, condenados a essa solidão, salvaram-se porque conseguiram conversar, com batidinhas na parede. Assim contavam sonhos e lembranças, amores e desamores; discutiam, se abraçavam, brigavam; compartilhavam certezas e belezas e também dúvidas e culpas e perguntas que não têm resposta.

Quando é verdadeira, quando nasce da necessidade de dizer, a voz humana não encontra quem a detenha. Se lhe negam a boca, ela fala pelas mãos, ou pelos olhos, ou pelos poros, ou por onde for. Porque todos, todos, temos algo a dizer aos outros, alguma coisa, alguma palavra que merece ser celebrada ou perdoada pelos demais.

Definição da arte

P*ortinari saiu* – dizia Portinari. Por um instante espiava, batia a porta e desaparecia.

Eram os anos trinta, caçada de comunistas no Brasil, e Portinari tinha se exilado em Montevidéu.

Iván Kmaid não era daqueles anos, nem daquele lugar; mas muito tempo depois, ele espiou pelos furinhos da cortina do tempo e me contou o que viu: Cândido Portinari pintava da manhã à noite, e noite afora também.

– *Portinari saiu* – dizia.

Naquela época, os intelectuais comunistas do Uruguai iam tomar posição frente ao realismo socialista e pediam a opinião do prestigiado camarada.

– *Sabemos que o senhor saiu, mestre* – disseram, e suplicaram:
– *Mas a gente não podia entrar um momento? Só um momentinho.*

E explicaram o problema, pediram sua opinião.

– *Eu não sei não* – disse Portinari.

E disse:

– *A única coisa que eu sei é o seguinte: arte é arte, ou é merda.*

A linguagem da arte

Chinolope vendia jornais e engraxava sapatos em Havana. Para deixar de ser pobre, foi-se embora para Nova York.

Lá, alguém deu de presente a ele uma máquina de fotografia. Chinolope nunca tinha segurado uma câmera nas mãos, mas disseram a ele que era fácil:

– *Você olha por aqui e aperta ali.*

E ele começou a andar pelas ruas. Tinha andado pouco quando escutou tiros e se meteu num barbeiro e levantou a câmera e olhou por aqui e apertou ali.

Na barbearia tinham baleado o gângster Joe Anastasia, que estava fazendo a barba, e aquela foi a primeira foto da vida profissional de Chinolope.

Pagaram uma fortuna por ela. A foto era uma façanha. Chinolope tinha conseguido fotografar a morte. A morte estava ali: não no morto, nem no matador. A morte estava na cara do barbeiro que a viu.

A fronteira da arte

Foi a batalha mais longa de todas as lutadas em Tuscatlán ou em qualquer outra região de El Salvador. Começou à meia-noite, quando as primeiras granadas caíram da montanha, e durou a noite toda e foi até a tarde do dia seguinte. Os militares diziam que Cinquera era inexpugnável. Os guerrilheiros tinham atacado quatro vezes, e quatro vezes tinham fracassado. Na quinta vez, quando foi erguida a bandeira branca no mastro do quartel-general, os tiros para o alto começaram os festejos.

Julio Ama, que lutava e fotografava a guerra, andava caminhando pelas ruas. Levava seu fuzil na mão e a câmera, também carregada e pronta para ser disparada, pendurada no pescoço. Andava Julio pelas ruas poeirentas, procurando os irmãos gêmeos. Esses gêmeos eram os únicos sobreviventes de uma aldeia exterminada pelo exército. Tinham dezesseis anos. Gostavam de combater ao lado de Julio; e nas entre-guerras, ele os ensinava a ler e a fotografar. No turbilhão daquela batalha, Julio tinha perdido os gêmeos, e agora não os via entre os vivos ou entre os mortos.

Caminhou através do parque. Na esquina da igreja, meteu-se numa viela. E então, finalmente, encontrou-os. Um dos gêmeos estava sentado no chão, de costas contra um muro. Sobre seus joelhos jazia o outro, banhado em sangue; e aos pés, em cruz, estavam os dois fuzis.

Julio se aproximou, e talvez tenha dito alguma coisa. O gêmeo que vivia não disse nada, nem se moveu: estava lá, mas não estava. Seus olhos, que não pestanejavam, olhavam sem ver, perdidos em algum lugar, em nenhum lugar; e naquela cara sem lágrimas estavam a guerra inteira e a dor inteira.

Julio deixou o fuzil no chão e empunhou a câmera. Rodou o filme, calculou num instante a luz e a distância e colocou a imagem em foco. Os irmãos estavam no centro do visor, imóveis, perfeitamente recortados contra o muro recém-mordido pelas balas.

Julio ia fazer a foto da sua vida, mas o dedo não quis. Julio tentou, tornou a tentar, e o dedo não quis. Então baixou a câmera, sem apertar o botão, e se retirou em silêncio.

A câmera, uma Minolta, morreu em outra batalha, afogada pela chuva, um ano mais tarde.

A função da arte/2

O pastor Miguel Brun me contou que há alguns anos esteve com os índios do Chaco paraguaio. Ele formava parte de uma missão evangelizadora. Os missionários visitaram um cacique que tinha fama de ser muito sábio. O cacique, um gordo quieto e calado, escutou sem pestanejar a propaganda religiosa que leram para ele na língua dos índios. Quando a leitura terminou, os missionários ficaram esperando.

O cacique levou um tempo. Depois, opinou:
– *Você coça. E coça bastante, e coça muito bem.*
E sentenciou:
– *Mas onde você coça não coça.*

Profecias/1

No Peru, a maga cobriu-me de rosas vermelhas e depois leu a minha sorte. A maga anunciou:
– *Dentro de um mês, receberás uma distinção.*

Eu ri. Ri pela infinita bondade da mulher desconhecida, que me presenteava com rosas e bons presságios, e ri por causa da palavra distinção, que tem um sei lá o quê de cômica, e porque me veio à cabeça um velho amigo do bairro, que era muito tosco mas muito certeiro, e que costumava dizer, sentenciando, levantando o dedo: "Cedo ou tarde, os escritores se hamburguesam". E então ri; e a maga riu da minha risada.

Um mês depois, exatamente um mês depois, recebi em Montevidéu um telegrama. No Chile, dizia o telegrama, tinham me outorgado *uma distinção*. Era o prêmio José Carrasco.

Celebração da voz humana/3

José Carrasco era um jornalista da revista *Análisis*. Certa madrugada, na primavera de 1986, foi arrancado de casa. Poucas horas antes tinha acontecido o atentado contra o general Augusto Pinochet. E poucos dias antes, o ditador tinha dito:
— *Nós estamos cevando certos senhores, feito leitão de banquete.*
Ao pé de um muro, nos arredores de Santiago, meteram catorze tiros na cabeça de Carrasco. Foi ao amanhecer, e ninguém apareceu. O corpo ficou lá, estendido, até o meio-dia.

Os vizinhos nunca lavaram o sangue. O lugar transformou-se em santuário dos pobres, sempre coberto de velas e flores, e José Carrasco virou alma milagreira. No muro mordido pelos tiros foram escritos agradecimentos pelos favores recebidos.

No começo de 1988 viajei para o Chile. Fazia quinze anos que eu não ia. Fui recebido no aeroporto por Juan Pablo Cárdenas, o diretor de *Análisis*.

Condenado por ofensa ao poder, Cárdenas dormia na cadeia. Todas as noites, às dez em ponto, entrava na prisão, e saía com o sol.

Crônica da cidade de Santiago

Santiago do Chile mostra, como outras cidades latino-americanas, uma imagem resplandecente. Por menos de um dólar por dia, legiões de trabalhadores lustram a máscara da cidade.

Nos bairros altos, vive-se como em Miami, vive-se em Miami, miamiza-se a vida, roupa de plástico, comida de plástico, gente de plástico, enquanto os vídeos e os computadores domésticos se transformam em perfeitas contrassenhas da felicidade.

Mas os chilenos são cada vez menos, e cada vez são mais os subchilenos: a economia os amaldiçoa, a polícia os persegue e a cultura os nega.

Alguns viram mendigos. Burlando as proibições, dão um jeito para aparecer debaixo do sinal fechado ou em qualquer portal. Há mendigos de todos os tamanhos e cores, inteiros e mutilados, sinceros ou fingidos: alguns, na desesperação total, caminhando na beira da loucura; e outros exibindo caras retorcidas e mãos trêmulas graças a muito ensaiar, profissionais admiráveis, verdadeiros artistas do bom pedir.

Em plena ditadura militar, o melhor dos mendigos chilenos era um que comovia dizendo num lamento:
– *Sou civil.*

Neruda/1

Fui a Isla Negra, à casa que foi, que é, de Pablo Neruda.

Era proibido entrar. Uma cerca de madeira rodeava a casa. Lá, as pessoas tinham gravado seus recados para o poeta. Não tinham deixado nenhum pedacinho de madeira descoberta. Todos falavam com ele como se estivesse vivo. Com lápis ou pontas de pregos, cada um tinha encontrado sua maneira de dizer-lhe: obrigado.

Eu também encontrei, sem palavras, a minha maneira. E entrei sem entrar. E em silêncio ficamos conversando vinhos, o poeta e eu, caladamente falando de mares e amares e de alguma poção infalível contra a calvície. Compartilhamos camarões ao *pil-pil* e uma prodigiosa torta de *jaibas* e outras dessas maravilhas que alegram a alma e a pança, que são, como ele sabe muito bem, dois nomes para a mesma coisa.

Várias vezes erguemos taças de bom vinho, e um vento salgado golpeava nossas caras, e tudo foi uma cerimônia de maldição da ditadura, aquela lança negra cravada em seu torso, aquela puta dor enorme, e foi também uma cerimônia de celebração da vida, bela e efêmera como os altares de flores e os amores passageiros.

Neruda/2

Aconteceu em La Sebastiana, outra casa de Neruda, debruçada sobre a montanha, sobre a baía de Valparaíso. A casa estava fechada à pedra e cal, com tranca e cadeado e debaixo de sete chaves, habitada por ninguém, fazia muito tempo.

Os militares tinham usurpado o poder, o sangue tinha corrido pelas ruas, Neruda estava morto de câncer ou de dor. E então uns ruídos estranhos, no interior da casa fechada, chamaram a atenção dos vizinhos. Alguém chegou perto e viu, por um janelão alto, os olhos brilhantes e as garras de ataque de uma águia inexplicável. A águia não podia estar ali, não podia ter entrado, não tinha por onde entrar, mas estava lá dentro; e lá dentro agitava violentamente as asas.

Profecias/2

Helena sonhou com quem tinha guardado o fogo. As velhas tinham guardado, as velhas muito pobres, nas cozinhas dos subúrbios; e para oferecê-lo, lhes bastava soprar, suavemente, a palma das mãos.

Celebração da fantasia

Foi na entrada da aldeia de Ollantaytambo, perto de Cuzco. Eu tinha me soltado de um grupo de turistas e estava sozinho, olhando de longe as ruínas de pedra, quando um menino do lugar, esquelético, esfarrapado, chegou perto para me pedir que desse a ele de presente uma caneta. Eu não podia dar a caneta que tinha, porque estava usando-a para fazer sei lá que anotações, mas me ofereci para desenhar um porquinho em sua mão.

Subitamente, correu a notícia. E de repente me vi cercado por um enxame de meninos que exigiam, aos berros, que eu desenhasse em suas mãozinhas rachadas de sujeira e frio, pele de couro queimado: havia os que queriam um condor e uma serpente, outros preferiam periquitos ou corujas, e não faltava quem pedisse um fantasma ou um dragão.

E então, no meio daquele alvoroço, um desamparadozinho que não chegava a mais de um metro do chão mostrou-me um relógio desenhado com tinta negra em seu pulso:

– *Quem mandou o relógio foi um tio meu, que mora em Lima* – disse.

— *E funciona direito?* — perguntei.
— *Atrasa um pouco* — reconheceu.

A arte para as crianças

Ela estava sentada numa cadeira alta, na frente de um prato de sopa que chegava à altura de seus olhos. Tinha o nariz enrugado e os dentes apertados e os braços cruzados. A mãe pediu ajuda:
— *Conta uma história para ela, Onélio* — pediu. — *Conta, você que é escritor...*
E Onélio Jorge Cardoso, esgrimindo a colher de sopa, fez seu conto:
— *Era uma vez um passarinho que não queria comer a comidinha. O passarinho tinha o biquinho fechadinho, fechadinho, e a mamãezinha dizia: "Você vai ficar anãozinho, passarinho, se não comer a comidinha". Mas o passarinho não ouvia a mamãezinha e não abria o biquinho...*
E então a menina interrompeu:
— *Que passarinho de merdinha* — opinou.

A arte das crianças

Mario Montenegro canta os contos que seus filhos lhe contam. Ele senta no chão, com seu violão, rodeado por um círculo de filhos, e essas crianças ou coelhos contam para ele a história dos setenta e oito coelhos que subiram um em cima do outro para poder beijar a girafa, ou contam a história do coelho azul que estava sozinho no meio do céu: uma estrela levou o coelho azul para passear pelo céu, e visitaram a lua, que é um grande país branco e redondo e todo cheio de buracos, e andaram girando pelo espaço, e saltaram sobre as nuvens de algodão, e depois a estrela se cansou e voltou para o país das estrelas, e o coelho voltou para o país dos coelhos, e lá comeu milho e cagou e foi dormir e sonhou que era um coelho azul que estava sozinho no meio do céu.

Os sonhos de Helena

Naquela noite, os sonhos faziam fila, querendo ser sonhados, mas Helena não podia sonhá-los todos, não dava. Um dos sonhos, desconhecido, se recomendava:

— *Sonhe-me, vale a pena. Sonhe-me, que vai gostar.*

Faziam fila alguns sonhos novos, jamais sonhados, mas Helena reconhecia o sonho bobo, que sempre voltava, esse chato, e outros sonhos cômicos ou sombrios que eram velhos conhecidos de suas noites voadoras.

Viagem ao país dos sonhos

Helena acudia, em carruagem, ao país onde os sonhos são sonhados. Ao seu lado, também sentada na boleia, ia a cachorrinha Pepa Lumpen. Pepa levava, debaixo do braço, uma galinha que ia atuar em seu sonho. Helena trazia um imenso baú cheio de máscaras e trapos coloridos.

O caminho estava muito cheio de gente. Todos iam para o país dos sonhos, e faziam muita confusão e muito ruído ensaiando os sonhos que iam sonhar, e por isso Pepa ia resmungando, porque não a deixavam concentrar-se como se deve.

O país dos sonhos

Era um imenso acampamento ao ar livre.

Das cartolas dos magos brotavam alfaces cantoras e pimentões luminosos, e por todas as partes havia gente oferecendo sonhos para trocar. Havia os que queriam trocar um sonho de viagem por um sonho de amores, e havia quem oferecesse um sonho para rir a troco de um sonho para chorar um pranto gostoso.

Um senhor andava ao léu buscando os pedacinhos de seu sonho, despedaçado por culpa de alguém que o tinha atropelado: o senhor ia recolhendo os pedacinhos e os colava e com eles fazia um estandarte cheio de cores.

O aguadeiro de sonhos levava água aos que sentiam sede enquanto dormiam. Levava a água nas costas, em uma jarra, e a oferecia em taças altas.

Sobre uma torre havia uma mulher, de túnica branca, penteando a cabeleira, que chegava aos seus pés. O pente soltava sonhos, com todos seus personagens: os sonhos saíam dos cabelos e iam embora pelo ar.

Os sonhos esquecidos

Helena sonhou que deixava os sonhos esquecidos numa ilha. Claribel Alegria recolhia os sonhos, os amarrava com uma fita e os guardava bem guardados. Mas as crianças da casa descobriam o esconderijo e queriam vestir os sonhos de Helena, e Claribel, zangada, dizia a eles:
– Nisso ninguém mexe.
Então Claribel telefonava para Helena e perguntava:
– O que eu faço com os seus sonhos?

O adeus dos sonhos

Os sonhos iam viajar. Helena ia até a estação de trem. Da plataforma, dizia adeus aos sonhos com um lencinho.

Celebração da realidade

Se a tia de Dámaso Murúa tivesse contado sua história a García Márquez, talvez a *Crônica de uma morte anunciada* tivesse outro final.

Susana Contreras, que é como se chama a tia de Dámaso, teve em seus bons tempos a bunda mais incendiária de todas as que onduralam na cidadezinha de Escuinapa e em todas as comarcas do golfo da Califórnia.

Há muitos anos, Susana se casou com um dos numerosos galãs que sucumbiram ao seu remelexo. Na noite de núpcias, o marido descobriu que ela não era virgem. Então soltou-se da ardente Susana como se ela contagiasse de peste, bateu a porta e foi-se embora para sempre.

O despeitado desandou a beber nos botequins, onde os convidados da festa continuavam a farra. Abraçado aos amigos, ele se pôs a mastigar rancores e a proferir ameaças, mas ninguém levava a sério seu tormento cruel. Com benevolência o escutavam, enquanto ele segurava, macho forte, as lágrimas que aos borbotões lutavam para sair, mas depois lhe diziam que a notícia não era de nada, que não desse bola, que claro que Susana não era virgem, que a cidade inteira sabia menos ele, e que afinal esse era um detalhe que não tinha a menor importância, e deixa de ser babaca, meu irmão, que a gente só vive uma vez. Ele insistia, e no lugar de gestos de solidariedade recebia bocejos.

E assim foi avançando a noite, aos trambolhões, em triste bebedeira cada vez mais solitária, até o amanhecer. Um atrás do outro, os convidados foram dormir. A alvorada encontrou o ofendido sentado na rua, completamente sozinho e exausto de tanto se queixar sem que ninguém lhe desse atenção.

O homem já estava se cansando de sua própria tragédia, e as primeiras luzes desvaneceram a vontade de sofrer e de se vingar.

No meio da manhã tomou um bom banho e um café bem quente e ao meio-dia voltou, arrependido, aos braços da repudiada.

Voltou desfilando, em passo de grande cerimônia, vindo lá da outra ponta da rua principal. Ia carregando um enorme ramo de rosas, encabeçando uma longa procissão de amigos, parentes e público em geral. A orquestra de serenatas fechava a marcha. A orquestra soava a todo vapor, tocando para Susana, à maneira de desagravo, *La negra consentida* e *Vereda tropical*. Com essas musiquinhas, tempos atrás, ele tinha se declarado a ela.

A arte e a realidade/1

Fernando Birri ia filmar o conto do anjo, de García Márquez, e me levou para ver os cenários. No litoral cubano, Fernando tinha fundado um povoado de papelão e o tinha enchido de galinhas, de caranguejos gigantes e de atores. Ele ia fazer o papel principal, o papel de um anjo depenado que cai na terra e fica trancado num galinheiro.

Marcial, um pescador do lugar, tinha sido solenemente designado Alcaide-Mor daquele povoado de cinema. Depois das formais boas-vindas, Marcial nos acompanhou.

Fernando queria me mostrar uma obra-prima do envelhecimento artificial: uma gaiola desmantelada, leprosa, mordida pela ferrugem e por uma imundície antiga. Esta ia ser a prisão do anjo, depois de sua fuga do galinheiro. Mas no lugar daquele bagulho sabiamente arruinado pelos especialistas, encontramos uma gaiola limpa e bem-armada, com suas barras perfeitamente alinhadas e recém-pintadas de dourado. Marcial ficou inchado de orgulho ao mostrar-nos aquela preciosidade. Fernando, metade atônito, metade furioso, quase o comeu vivo:

— *O que é isto, Marcial? O que é isto?*

Marcial engoliu saliva, ficou rubro, agachou a cabeça e coçou a barriga. Então confessou:

— *Eu não podia permitir. Não podia permitir que metessem naquela gaiola imunda um homem bom como o senhor.*

A arte e a realidade/2

Eraclio Zepeda fez o papel de Pancho Villa em *México insurgente*, o filme de Paul Leduc, e fez tão bem que desde então tem gente que acha que Eraclio Zepeda é o nome que Pancho Villa usa quando trabalha no cinema.

Estavam em plena filmagem, numa aldeia qualquer, e as pessoas participavam em tudo o que acontecia, de modo muito natural, sem que o diretor desse palpite. Pancho Villa tinha morrido há meio século, mas ninguém se surpreendeu que ele aparecesse por ali. Certa noite, depois de uma intensa jornada de trabalho, algumas mulheres se reuniram na frente da casa onde Eraclio dormia, e pediram que ele intercedesse pelos presos. Na manhã seguinte, bem cedinho, ele foi falar com o prefeito.

– *Foi preciso que o general Villa viesse, para que fizessem justiça* – comentaram as pessoas.

A realidade é uma doida varrida

Diga uma coisa. Diga se o marxismo proíbe comer vidro. Quero saber. Foi em meados de 1970, no oriente de Cuba. O homem estava lá, plantado na porta, esperando. Pedi desculpas. Disse a ele que era pouco o que eu entendia de marxismo, uma coisinha ou outra, pouquinha, e que era melhor consultar um especialista em Havana.

– *Já me levaram para Havana* – disse. – *Os médicos de lá me examinaram. E também o comandante. Fidel me perguntou: "Vem cá, será que o seu caso não é de ignorância?".*

Porque comia vidro, tinham tomado seu carnê da Juventude Comunista:

– *Aqui, em Baracoa, abriram um processo.*

Trígimo Suárez era miliciano exemplar, cortador de cana de primeira fila e trabalhador de vanguarda, desses que trabalham vinte horas e recebem oito, sempre o primeiro a acudir para tombar cana ou atirar tiros, mas tinha paixão pelo vidro:

– *Não é vício* – explicou. – *É necessidade.*

Quando Trígimo era mobilizado para colheita ou guerra, a mãe enchia sua mochila de comida: punha algumas garrafas vazias, para o almoço e o jantar, e, de sobremesa, tubos de lâmpada fluorescente usada. Também punha algumas lâmpadas queimadas, para o lanche.

Trígimo me levou na casa dele, no bairro Camilo Cienfuegos, em Baracoa. Enquanto conversávamos, eu bebia café e ele comia lâmpadas. Depois de acabar com o vidro, chupava, guloso, os filamentos.

– *O vidro me chama. Eu amo o vidro como amo a revolução.*

Trígimo afirmava que não havia nenhuma sombra em seu passado. Ele nunca tinha comido vidro alheio, exceto uma vez, uma vez só, quando estava louco de fome e devorou os óculos de um companheiro de trabalho.

Crônica da cidade de Havana

Os pais tinham fugido para o Norte. Naquele tempo, a revolução e ele eram recém-nascidos. Um quarto de século depois, Nelson Valdés viajou de Los Angeles a Havana, para conhecer seu país.

A cada meio-dia, Nelson tomava o ônibus, a *guagua* 68, na porta do hotel, e ia ler livros sobre Cuba. Lendo passava as tardes na biblioteca José Martí, até que a noite caía.

Naquele meio-dia, a *guagua* 68 deu uma tremenda freada num cruzamento. Houve gritos de protesto, pela tremenda sacudida, até que os passageiros viram o motivo daquilo tudo: uma mulher prodigiosa, que tinha atravessado a rua.

– *Me desculpem, cavalheiros* – disse o motorista da *guagua* 68, e desceu. Então todos os passageiros aplaudiram e lhe desejaram boa sorte.

O motorista caminhou balançando, sem pressa, e os passageiros viram como ele se aproximava da maravilha que estava na esquina, encostada no muro, lambendo um sorvete. Da *guagua* 68 os passageiros seguiam o ir e vir daquela linguinha que beijava o sorvete enquanto o motorista falava sem resposta, até que de repente ela riu, e brindou-lhe um olhar. O motorista ergueu o polegar e todos os passageiros lhe dedicaram uma intensa ovação.

Mas quando o chofer entrou na sorveteria, produziu-se uma certa inquietação generalizada. E quando depois de um instante saiu com um sorvete em cada mão, espalhou-se o pânico nas massas.

Tocaram a buzina. Alguém grudou-se na buzina com alma e vida, e tocou a buzina como alarme de roubos ou sirena de incêndios; mas o motorista, surdo, continuava grudado na maravilha.

Então avançou, lá dos fundos da *guagua* 68, uma mulher que parecia uma bala de canhão e tinha cara de mandona. Sem dizer uma palavra, sentou-se no assento do chofer e ligou o motor. A *guagua* 68 continuou sua rota, parando nos pontos habituais, até que a mulher chegou no seu próprio ponto e desceu. Outro passageiro ocupou seu lugar, durante um bom trecho, de ponto em ponto, e depois outro, e outro, e assim a *guagua* 68 continuou até o fim.

Nelson Valdés foi o último a descer. Tinha esquecido a biblioteca.

A diplomacia na América Latina

W*hat is that?* – perguntavam os turistas.
Balmaceda sorria, se desculpando, e negava com a cabeça. Ele usava, como todos, guirlandas de flores no pescoço, óculos escuros e camisa com palmeiras, mas estava todo empapado de suor por causa do pacote muito pesado.
Parecia condenado à carga perpétua. Tinha tentado abandonar o embrulho no banheiro de um hotel de Manila e no balcão da alfândega de Papeete; tinha tentado jogá-lo pela borda do navio e tinha tentado esquecê-lo em frondosas paragens das ilhas do arquipélago de Tahiti. Mas sempre havia alguém que o alcançava correndo:
– *Cavalheiro, cavalheiro, o senhor esqueceu isto!*
Esta triste história tinha começado quando o ditador Ferdinando Marcos convidou o ditador Augusto Pinochet para visitar as Filipinas. Então a chancelaria chilena tinha enviado um busto de bronze do general O'Higgins, de Santiago para Manila. Pinochet ia inaugurar essa efígie do prócer nacional numa praça central da cidade. Mas Marcos, assustado pelas fúrias de seu povo, cancelou subitamente o convite. Pinochet foi obrigado a voltar para o Chile sem aterrissar. Então o funcionário Balmaceda recebeu categóricas instruções na embaixada chilena em Manila. Por telefone, ordenaram, de Santiago:
– *Basta de papelões. Desfaça-se desse busto do jeito que for. Se voltar com ele para o Chile, está na rua.*

Crônica da cidade de Quito

Desfila à cabeça das manifestações de esquerda. Costuma assistir aos atos culturais, embora se aborreça, porque sabe que depois vem a farra. Gosta de rum, sem gelo nem água, desde que seja cubano.

Respeita os sinais de trânsito. Caminha Quito de ponta a ponta, pelo direito e pelo avesso, percorrendo amigos e inimigos. Nas subidas, prefere o ônibus, e vai de penetra, sem pagar passagem. Alguns choferes bronqueiam: quando desce, gritam para ele *zarolho de merda*.

Chama-se *Choco* e é brigão e apaixonado. Luta até com quatro de uma só vez; e nas noites de lua cheia, foge para buscar namoradas. Depois conta, alvoroçado, as loucas aventuras que acaba de viver. Mishy não compreende os detalhes, mas capta o sentido geral.

Certa vez, faz anos, foi levado para longe de Quito. A comida era pouca, e resolveram deixá-lo num povoado distante, onde tinha nascido. Mas voltou. Depois de um mês, voltou. Chegou na porta de casa e ficou lá, esticado, sem forças para celebrar movendo o rabo, ou para se anunciar latindo. Tinha andado por muitas montanhas e avenidas e chegou nas últimas feito um trapo, os ossos saltando, o pelo sujo de sangue seco. Desde aquela época odeia os chapéus, as fardas e as motocicletas.

O Estado na América Latina

Já faz alguns anos, muitos, que o coronel Amen me contou. Acontece que um soldado recebeu a ordem de mudar de quartel. Por um ano, foi mandado a outro destino, em algum lugar de fronteira, porque o Superior Governo do Uruguai tinha contraído uma de suas periódicas febres de guerra ao contrabando.

Ao ir embora, o soldado deixou sua mulher e outros pertences ao melhor amigo, para que tivesse tudo sob custódia.

Passado um ano, voltou. E encontrou seu melhor amigo, também soldado, sem querer devolver a mulher. Não tinha nenhum problema em relação ao resto das coisas; mas a mulher, não. O litígio ia ser resolvido através do veredicto do punhal, em duelo, quando o coronel Amen resolveu parar com a brincadeira:

– *Que se expliquem* – exigiu.

– *Esta mulher é minha* – disse o ausentado.

– *Dele? Terá sido. Mas já não é* – disse o outro.

– *Razões* – disse o coronel. – *Quero explicações.*
E o usurpador explicou:
– *Mas coronel, como vou devolvê-la? Depois do que a coitada sofreu! Se o senhor visse como este animal a tratava... A tratava, coronel... como se ela fosse do Estado!*

A burocracia/1

Nos tempos da ditadura militar, em meados de 1973, um preso político uruguaio, Juan José Noueched, sofreu uma sanção de cinco dias: cinco dias sem visita nem recreio, cinco dias sem nada, por violação do regulamento. Do ponto de vista do capitão que aplicou a sanção, o regulamento não deixava margem de dúvida. O regulamento estabelecia claramente que os presos deviam caminhar em fila e com as mãos nas costas. Noueched tinha sido castigado por estar com apenas uma das mãos nas costas.

Noueched era maneta.

Tinha sido preso em duas etapas. Primeiro tinham prendido seu braço. Depois, ele. O braço caiu em Montevidéu. Noueched vinha escapando, correndo sem parar, quando o policial que o perseguia conseguiu agarrá-lo e gritou: "*Teje preso!*", e ficou com o braço na mão. O resto de Noueched caiu preso um ano e meio depois, em Paysandú.

Na cadeia, Noueched quis recuperar o braço perdido:
– *Faça um requerimento* – disseram a ele.
Ele explicou que não tinha lápis:
– *Faça um requerimento de lápis* – disseram.
Então passou a ter lápis, mas não tinha papel.
– *Faça um requerimento de papel* – disseram a ele.
Quando finalmente teve lápis e papel, formulou seu requerimento de braço.

Tempos depois, responderam. Não. Não era possível: o braço estava em outro expediente. Ele tinha sido processado pela justiça militar. O braço, pela justiça civil.

A burocracia/2

Tito Sclavo conseguiu ver e transcrever alguns boletins oficiais do cárcere chamado *Libertad*, nos anos da ditadura militar uruguaia. São atas de castigo: condena-se ao calabouço os presos que tenham cometido o delito de desenhar pássaros, ou casais, ou mulheres grávidas, ou que tenham sido surpreendidos usando uma toalha estampada de flores. Um preso, cuja cabeça estava, como todas, raspada a zero, foi castigado por *entrar despenteado no refeitório*. Outro, por *passar a cabeça por baixo da porta*, embora debaixo da porta houvesse um milímetro de luz. Houve calabouço para um preso que *pretendeu familiarizar-se com um cão de guerra*, e para outro que *insultou um cão integrante das Forças Armadas*. Outro foi castigado porque *latiu como um cão sem razão justificada*.

A burocracia/3

Sixto Martínez fez o serviço militar num quartel de Sevilha.

No meio do pátio desse quartel havia um banquinho. Junto ao banquinho, um soldado montava guarda. Ninguém sabia por que se montava guarda para o banquinho. A guarda era feita porque sim, noite e dia, todas as noites, todos os dias, e de geração em geração os oficiais transmitiam a ordem e os soldados obedeciam. Ninguém nunca questionou, ninguém nunca perguntou. Assim era feito, e sempre tinha sido feito.

E assim continuou sendo feito até que alguém, não sei qual general ou coronel, quis conhecer a ordem original. Foi preciso revirar os arquivos a fundo. E depois de muito cavoucar, soube-se. Fazia trinta e um anos, dois meses e quatro dias, que um oficial tinha mandado montar guarda junto ao banquinho, que fora recém-pintado, para que ninguém sentasse na tinta fresca.

Causos/1

Nas fogueiras de Paysandú, Mellado Iturria conta causos. Conta acontecidos. Os acontecidos aconteceram alguma vez, ou quase aconteceram, ou não aconteceram nunca, mas têm uma coisa de bom: acontecem cada vez que são contados.

Este é o triste causo do bagrezinho do arroio Negro.

Tinha bigodes de arame farpado, era vesgo e de olhos saltados. Nunca Mellado tinha visto um peixe tão feio. O bagre vinha grudado em seus calcanhares desde a beira do arroio, e Mellado não conseguia espantá-lo. Quando chegou no casario, com o bagre feito sombra, já tinha se resignado.

Com o tempo, foi sentindo carinho pelo peixe. Mellado nunca tinha tido um amigo sem pernas. Desde o amanhecer o bagre o acompanhava para ordenhar e percorrer campo. Ao cair da tarde, tomavam chimarrão juntos; e o bagre escutava suas confidências.

Os cachorros, enciumados, olhavam o bagre com rancor; a cozinheira, com más intenções. Mellado pensou em dar um nome para o peixe, para ter como chamá-lo e para fazer-se respeitar, mas não conhecia nenhum nome de peixe, e batizá-lo de Sinforoso ou Hermenegildo poderia desagradar a Deus.

Estava sempre de olho nele. O bagre tinha uma notória tendência às diabruras. Aproveitava qualquer descuido e ia espantar as galinhas ou provocar os cachorros:

– *Comporte-se* – dizia Mellado ao bagre.

Certa manhã de muito calor, quando as lagartixas andavam de sombrinha e o bagrezinho se abanava furiosamente com as barbatanas, Mellado teve a ideia fatal:

– *Vamos tomar banho no arroio* – propôs.

Foram, os dois.

E o bagre se afogou.

Causos/2

Nos antigamentes, dom Verídico semeou casas e gentes em volta do botequim El Resorte, para que o botequim não se sentisse sozinho. Este causo aconteceu, dizem por aí, no povoado por ele nascido.

E dizem por aí que ali havia um tesouro, escondido na casa de um velhinho todo mequetrefe.

Uma vez por mês, o velhinho, que estava nas últimas, se levantava da cama e ia receber a pensão.

Aproveitando a ausência, alguns ladrões, vindos de Montevidéu, invadiram a casa.

Os ladrões buscaram e buscaram o tesouro em cada canto. A única coisa que encontraram foi um baú de madeira, coberto de trapos, num canto do porão. O tremendo cadeado que o defendia resistiu, invicto, ao ataque das gazuas.

E assim, levaram o baú. Quando finalmente conseguiram abri-lo, já longe dali, descobriram que o baú estava cheio de cartas. Eram as cartas de amor que o velhinho tinha recebido ao longo de sua longa vida.

Os ladrões iam queimar as cartas. Discutiram. Finalmente, decidiram devolvê-las. Uma por uma. Uma por semana.

Desde então, ao meio-dia de cada segunda-feira, o velhinho se sentava no alto da colina. E lá esperava que aparecesse o carteiro no caminho. Mal via o cavalo, gordo de alforjes, entre as árvores, o velhinho desandava a correr. O carteiro, que já sabia, trazia sua carta nas mãos.

E até São Pedro escutava as batidas daquele coração enlouquecido de alegria por receber palavras de mulher.

Causos/3

O que é a verdade? A verdade é uma mentira contada por Fernando Silva.

Fernando conta com o corpo inteiro, e não apenas com palavras, e pode se transformar em outra gente ou em bicho voador ou no que for, e faz isso de tal maneira que depois a gente escuta, por exemplo, o sabiá cantando num galho, e a gente pensa: *Esse passarinho está imitando Fernando quando imita o sabiá.*

Ele conta causos da linda gente do povo, da gente recém-criada, que ainda tem cheiro de barro; e também causos de alguns tipos extravagantes que ele conheceu, como aquele espelheiro que fazia espelhos e se metia neles, se perdia, ou aquele apagador de vulcões que o diabo deixou zarolho, por vingança, cuspindo em seu olho. Os causos acontecem em lugares onde Fernando esteve: o hotel que abria só para fantasmas, aquela mansão onde as bruxas morreram de chatice ou a casa de Ticuantepe, que era tão sombreada e fresca que a gente sentia vontade de ter, ali, uma namorada à nossa espera.

Além disso, Fernando trabalha como médico. Prefere as ervas aos comprimidos e cura a úlcera com plantas e ovo de pombo; mas prefere ainda a própria mão. Porque ele cura tocando. E contando, que é outra maneira de tocar.

Noite de Natal

Fernando Silva dirige o hospital de crianças, em Manágua.

Na véspera do Natal, ficou trabalhando até muito tarde. Os foguetes espocavam e os fogos de artifício começavam a iluminar o céu quando Fernando decidiu ir embora. Em casa, esperavam por ele para festejar.

Fez um último percorrido pelas salas, vendo se tudo ficava em ordem, e estava nessa quando sentiu que passos o seguiam. Passos de algodão: virou e descobriu que um dos doentinhos andava atrás dele. Na penumbra, reconheceu-o. Era um menino que estava sozinho. Fernando reconheceu sua cara marcada pela morte e aqueles olhos que pediam desculpas, ou talvez pedissem licença.

Fernando aproximou-se e o menino roçou-o com a mão:

– *Diga para...* – sussurrou o menino. – *Diga para alguém que eu estou aqui.*

Os ninguéns

As pulgas sonham com comprar um cão, e os ninguéns com deixar a pobreza, que em algum dia mágico a sorte chova de repente, que chova a boa sorte a cântaros; mas a boa sorte não chove ontem, nem hoje, nem amanhã, nem nunca, nem uma chuvinha cai do céu da boa sorte, por mais que os ninguéns a chamem e mesmo

que a mão esquerda coce, ou se levantem com o pé direito, ou comecem o ano mudando de vassoura.
Os ninguéns: os filhos de ninguém, os donos de nada.
Os ninguéns: os nenhuns, correndo soltos, morrendo a vida, fodidos e malpagos:
Que não são, embora sejam.
Que não falam idiomas, falam dialetos.
Que não praticam religiões, praticam superstições.
Que não fazem arte, fazem artesanato.
Que não são seres humanos, são recursos humanos.
Que não têm cultura, e sim folclore.
Que não têm cara, têm braços.
Que não têm nome, têm número.
Que não aparecem na história universal, aparecem nas páginas policiais da imprensa local.
Os ninguéns, que custam menos do que a bala que os mata.

A fome/1

Na saída de San Salvador, e indo na direção de Guazapa, Berta Navarro encontrou uma camponesa desalojada pela guerra, uma das milhares e milhares de camponesas desalojadas pela guerra. Em nada se distinguia das muitas outras, ou dos muitos outros, mulheres e homens que desceram da fome para a fome e meia. Mas esta camponesa mirrada e feia estava em pé no meio da desolação, sem nada de carne entre os ossos e a pele, e na mão tinha um passarinho mirrado e feio. O passarinho estava morto e ela arrancava muito lentamente suas penas.

Crônica da cidade de Caracas

Preciso de alguém que me escute! – gritava.
– *Dizem sempre que é para eu voltar amanhã!* – gritava.
Jogou a camisa fora. Depois, as meias e os sapatos.
José Manuel Pereira estava parado na marquise de um décimo oitavo andar de um edifício em Caracas.

Os policiais quiseram agarrá-lo e não conseguiram.
Uma psicóloga falou com ele da janela mais próxima.
Depois, um sacerdote levou a ele a palavra de Deus.
– *Não quero mais promessas!* – gritava José Manuel.
Dos janelões do restaurante da Torre Sul, viam Manuel em pé na marquise, com as mãos pregadas na parede. Era a hora do almoço, e este acabou sendo o tema de conversa em todas as mesas.

Lá embaixo, na rua, tinha se juntado uma multidão.
Passaram-se seis horas.
No fim, as pessoas estavam cansadas.
– *Decida-se de uma vez!* – diziam as pessoas. – *Que se jogue de uma vez e pronto!* – pensavam.
Os bombeiros aproximaram uma corda. No começo, ele não deu confiança. Mas finalmente esticou uma das mãos, e depois outra, e agarrado na corda deslizou até o décimo sexto andar. Então tentou entrar pela janela aberta e escorregou e despencou no vazio. Ao bater no chão, o corpo fez um ruído de bomba que explode.
Então as pessoas foram embora, e foram embora os vendedores de sorvete e de cachorro-quente e os vendedores de cerveja e de refrigerantes em lata.

Anúncios

Vende-se:
– *Uma negra meio boçal, da nação cabinda, pela quantidade de 430 pesos. Tem rudimentos de costurar e passar.*
– *Sanguessugas recém-chegadas da Europa, da melhor qualidade, por quatro, cinco e seis vinténs uma.*
– *Um carro, por quinhentos patacões, ou troca-se por negra.*
– *Uma negra, de idade de treze a catorze anos, sem vícios, de nação bangala.*
– *Um mulatinho de idade de onze anos, com rudimentos de alfaiate.*
– *Essência de salsaparrilha, a dois pesos o frasquinho.*

– Uma primeiriça com poucos dias de parida. Não tem cria, mas tem abundante leite bom.
– Um leão, manso feito um cão, que come de tudo, e também uma cômoda e uma caixa de embuia.
– Uma criada sem vícios nem doenças, de nação conga, de idade de uns dezoito anos, e além disso um piano e outros móveis a preços cômodos.

(Dos jornais uruguaios de 1840, vinte e sete anos depois da abolição da escravatura.)

Crônica da cidade do Rio de Janeiro

No alto da noite do Rio de Janeiro, luminoso, generoso, o Cristo Redentor estende os braços. Debaixo desses braços os netos dos escravos encontram amparo.

Uma mulher descalça olha o Cristo, lá de baixo, e apontando seu fulgor, diz, muito tristemente:

– Daqui a pouco, já não estará mais aí. Ouvi dizer que vão tirar Ele daí.

– Não se preocupe – tranquiliza uma vizinha. – Não se preocupe: Ele volta.

A polícia mata muitos, e mais ainda mata a economia. Na cidade violenta soam tiros e também tambores: os atabaques, ansiosos de consolo e de vingança, chamam os deuses africanos. Cristo sozinho não basta.

Os numerinhos e as pessoas

Onde se recebe a *Renda per Capita*? Tem muito morto de fome querendo saber.

Em nossas terras, os numerinhos têm melhor sorte do que as pessoas. Quantos vão bem quando a economia vai bem? Quantos se desenvolvem com o desenvolvimento?

Em Cuba, a Revolução triunfou no ano mais próspero de toda a história econômica da ilha.

Na América Central, as estatísticas sorriam e riam quanto mais fodidas e desesperadas estavam as pessoas. Nas décadas de 50, de 60, de 70, anos atormentados, tempos turbulentos, a América Central exibia os índices de crescimento econômico mais altos do mundo e o maior desenvolvimento regional da história humana.

Na Colômbia, os rios de sangue cruzam os rios de ouro. Esplendores da economia, anos de dinheiro fácil: em plena euforia, o país produz cocaína, café e crimes em quantidades enlouquecidas.

A fome/2

Um sistema de desvínculo: *Boi sozinho se lambe melhor...* O próximo, o outro, não é seu irmão, nem seu amante. O outro é um competidor, um inimigo, um obstáculo a ser vencido ou uma coisa a ser usada. O sistema, que não dá de comer, tampouco dá de amar: condena muitos à fome de pão e muitos mais à fome de abraços.

Crônica da cidade de Nova York

É madrugada e estou longe do hotel, bem ao sul da ilha de Manhattan. Tomo um táxi. Digo aonde vou em perfeito inglês, talvez ditado pelo fantasma de meu tataravô de Liverpool. O chofer me responde em perfeito castelhano de Guayaquil.

Começamos a rodar, e o chofer me conta a sua vida. Dispara a falar, e não para. Fala sem olhar para mim, com os olhos grudados no rio de luzes dos automóveis na avenida. Conta dos assaltos que sofreu, das vezes em que quiseram matá-lo, da loucura do trânsito nesta cidade de Nova York, e fala do sufoco, do compre, compre, use, jogue fora, seja comprado, seja usado, seja jogado, e aqui o negócio é abrir caminho na porrada, na base do esmague ou será esmagado, passam por cima de você, e ele está nessa desde que era garoto, desse jeito, desde que era um garoto recém-chegado do Equador – e conta que agora foi abandonado pela mulher.

A mulher foi-se embora depois de doze anos de casamento. Não é culpa dela, diz. Entro e tchau, diz. Ela nunca gozou, diz.

Diz que a culpa é da próstata.

Dizem as paredes/1

No setor infantil da Feira do Livro, em Bogotá:
O Loucóptero é muito veloz, mas muito lento.
Na avenida costeira de Montevidéu, na frente do rio-mar:
Um homem alado prefere a noite.
Na saída de Santiago de Cuba:
Como gasto paredes lembrando você!
E nas alturas de Valparaíso:
Eu nos amo.

Amares

Nos amávamos rodando pelo espaço e éramos uma bolinha de carne saborosa e suculenta, uma única bolinha quente que resplandecia e jorrava aromas e vapores enquanto dava voltas e voltas pelo sonho de Helena e pelo espaço infinito e rodando caía, suavemente caía, até parar no fundo de uma grande salada. E lá ficava, aquela bolinha que éramos ela e eu; e lá no fundo da salada víamos o céu. Surgíamos a duras penas através da folhagem cerrada das alfaces, dos ramos do aipo e do bosque de salsa, e conseguíamos ver algumas estrelas que andavam navegando no mais distante da noite.

Teologia/1

O catecismo me ensinou, na infância, a fazer o bem por interesse e a não fazer o mal por medo. Deus me oferecia castigos e recompensas, me ameaçava com o inferno e me prometia o céu; e eu temia e acreditava.

Passaram-se os anos. Eu já não temo nem creio. E em todo caso – penso –, se mereço ser assado cozido no caldeirão do inferno, condenado ao fogo lento e eterno, que assim seja. Assim me salvarei do purgatório, que está cheio de horríveis turistas de classe média; e no final das contas, se fará justiça.

Sinceramente: merecer, mereço. Nunca matei ninguém, é verdade, mas por falta de coragem ou de tempo, e não por falta de querer. Não vou à missa aos domingos, nem nos dias de guarda. Cobicei quase todas as mulheres de meus próximos, exceto as feias, e assim violei, pelo menos em intenção, a propriedade privada que Deus pessoalmente sacramentou nas tábuas de Moisés: *Não cobiçarás a mulher de teu próximo nem seu touro, nem seu asno...* E como se fosse pouco, com premeditação e deslealdade, cometi o ato do amor sem o nobre propósito de reproduzir a mão de obra. Sei muito bem que o pecado carnal não é bem visto no céu; mas desconfio que Deus condena o que ignora.

Teologia/2

O deus dos cristãos, Deus da minha infância, não faz amor. Talvez o único deus que nunca fez amor, entre todos os deuses de todas as religiões da história humana. Cada vez que penso nisso, sinto pena dele. E então o perdoo por ter sido meu superpai castigador, chefe de polícia do universo, e penso que afinal Deus também foi meu amigo naqueles velhos tempos, quando eu acreditava Nele e acreditava que Ele acreditava em mim. Então preparo a orelha, na hora dos rumores mágicos, entre o pôr do sol e o nascer subir da noite, e acho que escuto suas melancólicas confidências.

Teologia/3

Errata: onde o Antigo Testamento diz o que diz, deve dizer aquilo que provavelmente seu principal protagonista me confessou:
   Pena que Adão fosse tão burro. Pena que Eva fosse tão surda. E pena que eu não soube me fazer entender.
   Adão e Eva eram os primeiros seres humanos que nasciam da minha mão, e reconheço que tinham certos defeitos de estrutura, construção e acabamento. Eles não estavam preparados para escutar, nem para pensar. E eu... bem, eu talvez não estivesse preparado para falar. Antes de Adão e Eva, nunca tinha falado com ninguém.

Eu tinha pronunciado belas frases, como "Faça-se a luz", mas sempre na solidão. E foi assim que, naquela tarde, quando encontrei Adão e Eva na hora da brisa, não fui muito eloquente. Não tinha prática.
A primeira coisa que senti foi assombro. Eles acabavam de roubar a fruta da árvore proibida, no centro do Paraíso. Adão tinha posto cara de general que acaba de entregar a espada e Eva olhava para o chão, como se contasse formigas. Mas os dois estavam incrivelmente jovens e belos e radiantes. Me surpreenderam. Eu os tinha feito; mas não sabia que o barro podia ser tão luminoso.
Depois, reconheço, senti inveja. Como ninguém pode me dar ordens, ignoro a dignidade da desobediência. Tampouco posso conhecer a ousadia do amor, que exige dois. Em homenagem ao princípio de autoridade, contive a vontade de cumprimentá-los por terem-se feito subitamente sábios em paixões humanas.
Então, vieram os equívocos. Eles entenderam queda onde falei de voo. Acharam que um pecado merece castigo se for original. Eu disse que quem desama peca: entenderam que quem ama peca. Onde anunciei pradaria em festa, entenderam vale de lágrimas. Eu disse que a dor era o sal que dava gosto à aventura humana: entenderam que eu os estava condenando, ao outorgar-lhes a glória de serem mortais e loucos. Entenderam tudo ao contrário. E acreditaram.
Ultimamente ando com problemas de insônia. Há alguns milênios custo a dormir. E gosto de dormir, gosto muito, porque quando durmo, sonho. Então me transformo em amante ou amanta, me queimo no fogo fugaz dos amores de passagem, sou palhaço, pescador de alto-mar ou cigana adivinhadora da sorte; da árvore proibida devoro até as folhas e bebo e danço até rodar pelo chão...
Quando acordo, estou sozinho. Não tenho com quem brincar, porque os anjos me levam tão a sério, nem tenho a quem desejar. Estou condenado a me desejar. De estrela em estrela ando vagando, aborrecendo-me no universo vazio. Sinto-me muito cansado, me sinto muito sozinho. Eu estou sozinho, eu sou sozinho, sozinho pelo resto da eternidade.

A noite/1

Não consigo dormir. Tenho uma mulher atravessada entre minhas pálpebras. Se pudesse, diria a ela que fosse embora; mas tenho uma mulher atravessada em minha garganta.

O diagnóstico e a terapêutica

O amor é uma das doenças mais bravas e contagiosas. Qualquer um reconhece os doentes dessa doença. Fundas olheiras delatam que jamais dormimos, despertos noite após noite pelos abraços, ou pela ausência de abraços, e padecemos febres devastadoras e sentimos uma irresistível necessidade de dizer estupidezes.

O amor pode ser provocado deixando cair um punhadinho de pó-de-me-ame, como por descuido, no café ou na sopa ou na bebida. Pode ser provocado, mas não pode impedir. Não o impede nem a água benta, nem o pó de hóstia; tampouco o dente de alho, que nesse caso não serve para nada. O amor é surdo frente ao Verbo divino e ao esconjuro das bruxas. Não há decreto de governo que possa com ele, nem poção capaz de evitá-lo, embora as vivandeiras apregoem, nos mercados, infalíveis beberagens com garantia e tudo.

A noite/2

Arranque-me, senhora, as roupas e as dúvidas. Dispa-me, dispa-me.

As chamadas

A lua chama o mar e o mar chama o humilde fiapinho de água, que na busca do mar corre e corre de onde for, por mais longe que seja, e correndo cresce e avança e não há montanha que pare seu peito. O sol chama a parreira, que desejando sol se estica e sobe. O primeiro ar da manhã chama os cheiros da cidade que desperta, aroma de pão recém-dourado, aroma do café recém-moído, e os aromas do ar entram e do ar se apoderam. A noite chama as flores da dama-da-noite, e à meia-noite em ponto explodem no rio esses brancos fulgores que abrem o negror e se metem nele e o rompem e o comem.

A noite/3

Eu adormeço às margens de uma mulher: eu adormeço às margens de um abismo.

A pequena morte

Não nos provoca riso o amor quando chega ao mais profundo de sua viagem, ao mais alto de seu voo: no mais profundo, no mais alto, nos arranca gemidos e suspiros, vozes de dor, embora seja dor jubilosa, e pensando bem não há nada de estranho nisso, porque nascer é uma alegria que dói. *Pequena morte*, chamam na França a culminação do abraço, que ao quebrar-nos faz por juntar-nos, e perdendo-nos faz por encontrar-nos e acabando conosco nos principia. *Pequena morte*, dizem; mas grande, muito grande haverá de ser, se ao nos matar nos nasce.

A noite/4

Solto-me do abraço, saio às ruas.
    No céu, já clareando, desenha-se, finita, a lua.
    A lua tem duas noites de idade.
    Eu, uma.

O devorador devorado

O polvo tem os olhos do pescador que o atravessa. É de terra o homem que será comido pela terra que lhe dá de comer. O filho come a mãe e a terra come o céu cada vez que recebe a chuva de seus peitos. A flor se fecha, glutona, sobre o bico do pássaro faminto de seus méis. Não há esperado que não seja esperador nem amante que não seja boca e bocado, devorador devorado: os amantes se comem entre si de ponta a ponta, todos todinhos, todo-poderosos, todo-possuídos, sem que fique sobrando a ponta de uma orelha ou um dedo do pé.

Dizem as paredes/2

Em Buenos Aires, na ponte da Boca:
Todos prometem e ninguém cumpre. Vote em ninguém.
Em Caracas, em tempos de crise, na entrada de um dos bairros mais pobres:
Bem-vinda, classe média.
Em Bogotá, pertinho da Universidade Nacional:
Deus vive.
Embaixo, com outra letra:
Só por milagre.
E também em Bogotá:
Proletários de todos os países, uni-vos!
Embaixo, com outra letra:
(Último aviso.)

A vida profissional/1

Em fins de 1987, Héctor Abad Gómez denunciou que a vida de um homem não valia mais do que oito dólares. Quando seu artigo foi publicado num jornal de Medellín, ele já tinha sido assassinado. Héctor Abad Gómez era o presidente da Comissão de Direitos Humanos.

Na Colômbia, é difícil morrer de doença.
— *Como vosmecê quer o cadáver?*
O matador recebe a metade, por conta. Carrega a pistola e faz o sinal da cruz. Pede a Deus que o ajude em seu trabalho.

Depois, se a pontaria não falhar, recebe a outra metade. E na igreja, de joelhos, agradece o favor divino.

Crônica da cidade de Bogotá

Quando as cortinas baixavam a cada fim de noite, Patricia Ariza, marcada para morrer, fechava os olhos. Em silêncio agradecia os aplausos do público e também agradecia outro dia de vida roubado da morte.

Patricia estava na lista dos condenados, por pensar à esquerda e viver de frente; e as sentenças estavam sendo executadas, implacavelmente, uma após a outra.

Até sem casa ela ficou. Uma bomba podia acabar com o edifício: os vizinhos, respeitadores da lei do silêncio, exigiram que ela se mudasse.

Patricia andava com um colete à prova de balas pelas ruas de Bogotá. Não tinha outro jeito; mas era um colete triste e feio. Um dia, Patricia pregou no colete algumas lantejoulas, e em outro dia, bordou umas flores coloridas, flores que desciam feito chuva sobre seus peitos, e assim o colete foi por ela alegrado e enfeitado, e seja como for, conseguiu acostumar-se a usá-lo sempre, e já não o tirava nem mesmo no palco.

Quando Patricia viajou para fora da Colômbia, para atuar em teatros europeus, ofereceu o colete antibalas a um camponês chamado Julio Cañón.

Julio Cañón, prefeito do povoado de Vistahermosa, tinha perdido à bala a família inteira, só como advertência, mas negou-se a usar o colete florido:

– *Eu não uso coisas de mulheres* – disse.

Com uma tesoura, Patricia arrancou os brilhos e as cores, e então o colete foi aceito pelo homem.

Naquela mesma noite ele foi crivado de balas. Com colete e tudo.

Elogio da arte da oratória

No poder, existe divisão de trabalho: o exército, os grupos armados e os assassinos profissionais cuidam das contradições sociais e da luta de classes. Os civis cuidam dos discursos.

Em Bogotá existem várias fábricas de discursos, embora só uma das empresas, a Fábrica Nacional de Discursos, tenha telefone registrado na lista. Estes estabelecimentos industriais discursaram as campanhas de numerosos candidatos à presidência, na Colômbia e nos países vizinhos, e habitualmente produzem discursos sob medida para interpelar ministros, inaugurar escolas ou cárceres, celebrar bodas ou aniversários e batizados, comemorar próceres da história ou elogiar defuntos que deixam vazios impossíveis de serem preenchidos:
– *Eu, talvez o menos indicado...*

A vida profissional/2

Têm o mesmo nome, o mesmo sobrenome. Ocupam a mesma casa e calçam os mesmos sapatos. Dormem no mesmo travesseiro, ao lado da mesma mulher. A cada manhã, o espelho lhes devolve a mesma cara. Mas ele e ele não são a mesma pessoa:
– *E eu, o que tenho a ver com isso?* – diz ele, falando dele, enquanto sacode os ombros.
– *Eu cumpro ordens* – diz, ou diz:
– *Sou pago para isso.*
Ou diz:
– *Se eu não fizer, outro faz.*
Que é como dizer:
– *Eu sou o outro.*
Frente ao ódio da vítima, o verdugo sente estupor, e até uma certa sensação de injustiça: afinal, ele é um funcionário, um simples funcionário que cumpre seu horário e suas tarefas. Terminada a jornada extenuante de trabalho, o torturador lava as mãos.
Ahmadou Gherab, que lutou pela independência da Argélia, me contou. Ahmadou foi torturado por um oficial francês durante vários meses. E a cada dia, às seis em ponto da tarde, o torturador secava o suor da fronte, desligava da tomada a máquina de dar choques e guardava os outros instrumentos de trabalho. Então se sentava ao lado do torturado e falava de sua mulher insuportável e do filho recém-nascido, que não deixara grudar o olho a noite

inteira; falava contra Orã, esta cidade de merda, e contra o filho da puta do coronel que...

Ahmadou, ensanguentado, tremendo de dor, ardendo em febre, não dizia nada.

A vida profissional/3

Os banqueiros da grande bancaria do mundo, que praticam o terrorismo do dinheiro, podem mais do que os reis e os marechais e mais do que o próprio Papa de Roma. Eles jamais sujam as mãos. Não matam ninguém: se limitam a aplaudir o espetáculo.

Seus funcionários, os tecnocratas internacionais, mandam em nossos países: eles não são presidentes, nem ministros, nem foram eleitos em nenhuma eleição, mas decidem o nível dos salários e do gasto público, os investimentos e desinvestimentos, os preços, os impostos, os juros, os subsídios, a hora do nascer do sol e a frequência das chuvas.

Não cuidam, em troca, dos cárceres, nem das câmaras de tormento, nem dos campos de concentração, nem dos centros de extermínio, embora nesses lugares ocorram as inevitáveis consequências de seus atos.

Os tecnocratas reivindicam o privilégio da irresponsabilidade:
– *Somos neutros* – dizem.

Mapa-múndi/1

O sistema:
Com uma das mãos rouba o que com a outra empresta.
Suas vítimas:
Quanto mais pagam, mais devem.
Quanto mais recebem, menos têm.
Quanto mais vendem, menos compram.

Mapa-múndi/2

Ao Sul, a repressão. Ao Norte, a depressão.
 Não são poucos os intelectuais do Norte que se casam com as revoluções do Sul só pelo prazer de ficarem viúvos. Prestigiosamente choram, choram a cântaros, choram mares, a morte de cada ilusão; e nunca demoram muito para descobrir que o socialismo é o caminho mais longo para chegar do capitalismo ao capitalismo.
 A moda do Norte, moda universal, celebra a arte neutra e aplaude a víbora que morde a própria cauda e acha que é saborosa.
 A cultura e a política se converteram em artigos de consumo. Os presidentes são eleitos pela televisão, como os sabonetes, e os poetas cumprem uma função decorativa. Não há maior magia que a magia do mercado, nem outros heróis mais heróis do que os banqueiros.
 A democracia é um luxo do Norte. Ao Sul é permitido o espetáculo, que não é negado a ninguém. E ninguém se incomoda muito, afinal, que a política seja democrática, desde que a economia não o seja. Quando as cortinas se fecham no palco, uma vez que os votos foram depositados nas urnas, a realidade impõe a lei do mais forte, que é a lei do dinheiro. Assim determina a ordem natural das coisas. No Sul do mundo, ensina o sistema, a violência e a fome não pertencem à história, mas à natureza, e a justiça e a liberdade foram condenadas a odiar-se entre si.

A desmemória/1

Estou lendo um romance de Louise Erdrich.
 A certa altura, um bisavô encontra seu bisneto.
 O bisavô está completamente lelé *(seus pensamentos têm a cor da água)* e sorri com o mesmo beatífico sorriso de seu bisneto recém-nascido. O bisavô é feliz porque perdeu a memória que tinha. O bisneto é feliz porque não tem, ainda, nenhuma memória.
 Eis aqui, penso, a felicidade perfeita. Não a quero.

A desmemória/2

O medo seca a boca, molha as mãos e mutila. O medo de saber nos condena à ignorância; o medo de fazer nos reduz à impotência. A ditadura militar, medo de escutar, medo de dizer, nos converteu em surdos e mudos. Agora a democracia, que tem medo de recordar, nos adoece de amnésia; mas não se necessita ser Sigmund Freud para saber que não existe tapete que possa ocultar a sujeira da memória.

O medo

Certa manhã, ganhamos de presente um coelhinho das Índias.
Chegou em casa numa gaiola. Ao meio-dia, abri a porta da gaiola.
Voltei para casa ao anoitecer e o encontrei tal e qual o havia deixado: gaiola adentro, grudado nas barras, tremendo por causa do susto da liberdade.

O rio do Esquecimento

A primeira vez que fui à Galícia, meus amigos me levaram ao rio do Esquecimento. Meus amigos me disseram que os legionários romanos, nos antigos tempos imperiais, tinham querido invadir aquelas terras, mas dali não haviam passado: paralisados de pânico, tinham parado nas margens daquele rio. E não o haviam atravessado nunca, porque quem cruza o rio do Esquecimento chega à outra margem sem saber quem é ou de onde vem.
Eu estava começando meu exílio na Espanha, e pensei: se bastam as águas de um rio para apagar a memória, o que acontecerá comigo, que atravessei um mar inteiro?
Mas eu tinha andado, percorrendo os pequenos povoados de Pontevedra e Orense, e tinha descoberto tavernas e cafés que se chamavam *Uruguay* ou *Venezuela* ou *Mi Buenos Aires Querido* e cantinas que ofereciam *parrilladas* ou *arepas*, e por tudo que era

canto havia flâmulas do Peñarol e do Nacional e do Boca Juniors, e tudo aquilo era dos galegos que tinham regressado da América e sentiam, ali, saudades pelo avesso. Eles tinham ido embora de suas aldeias, exilados como eu, embora afugentados pela economia e não pela polícia, e depois de muitos anos estavam de volta à sua terra de origem, e nunca tinham esquecido nada. Nem ao ir embora, nem ao estar lá, nem ao voltar: nunca tinham esquecido nada. E agora tinham duas memórias e duas pátrias.

A desmemória/3

Nas ilhas francesas do Caribe, os textos de história ensinam que Napoleão foi o mais admirável guerreiro do Ocidente. Naquelas ilhas, Napoleão restabeleceu a escravidão em 1802. A sangue e fogo obrigou os negros livres a voltarem a ser escravos nas plantações. Disso, os textos não dizem nada. Os negros são os netos de Napoleão, não as suas vítimas.

A desmemória/4

Chicago está cheia de fábricas. Existem fábricas até no centro da cidade, ao redor do edifício mais alto do mundo. Chicago está cheia de fábricas, Chicago está cheia de operários.

Ao chegar ao bairro de Heymarket, peço aos meus amigos que me mostrem o lugar onde foram enforcados, em 1886, aqueles operários que o mundo inteiro saúda a cada primeiro de maio.

– *Deve ser por aqui* – me dizem. Mas ninguém sabe. Não foi erguida nenhuma estátua em memória dos mártires de Chicago na cidade de Chicago. Nem estátua, nem monolito, nem placa de bronze, nem nada.

O primeiro de maio é o único dia verdadeiramente universal da humanidade inteira, o único dia no qual coincidem todas as histórias e todas as geografias, todas as línguas e as religiões e as culturas do mundo; mas nos Estados Unidos, o primeiro de maio é um dia como qualquer outro. Nesse dia, as pessoas trabalham normalmente, e ninguém, ou quase ninguém, recorda que os direitos da classe operária não brotaram do vento, ou da mão de Deus ou do amo.

Após a inútil exploração de Heymarket, meus amigos me levam para conhecer a melhor livraria da cidade. E lá, por pura curiosidade, por pura casualidade, descubro um velho cartaz que está como que esperando por mim, metido entre muitos outros cartazes de música, rock e cinema.

O cartaz reproduz um provérbio da África: *Até que os leões tenham seus próprios historiadores, as histórias de caçadas continuarão glorificando o caçador.*

Celebração da subjetividade

Eu já estava há um bom tempo escrevendo *Memória do Fogo*, e quanto mais escrevia mais fundo ia nas histórias que contava. Começava a ser cada vez mais difícil distinguir o passado do presente: o que tinha sido estava sendo, e estava sendo à minha volta, e escrever era minha maneira de bater e abraçar. Supõe-se, porém, que os livros de história não são subjetivos.

Comentei isso tudo com José Coronel Urtecho: neste livro que estou escrevendo, pelo avesso e pelo direito, na luz ou na contraluz, olhando do jeito que for, surgem à primeira vista minhas raivas e meus amores.

E nas margens do rio San Juan, o velho poeta me disse que não se deve dar a menor importância aos fanáticos da objetividade:
– Não se preocupe – me disse. – *É assim que deve ser. Os que fazem da objetividade uma religião, mentem. Eles não querem ser objetivos, mentira: querem ser objetos, para salvar-se da dor humana.*

Celebração de bodas da razão com o coração

Para que a gente escreve, se não é para juntar nossos pedacinhos? Desde que entramos na escola ou na igreja, a educação nos esquarteja: nos ensina a divorciar a alma do corpo e a razão do coração.

Sábios doutores de Ética e Moral serão os pescadores das costas colombianas, que inventaram a palavra *sentipensador* para definir a linguagem que diz a verdade.

Divórcios

Um sistema de desvínculos: para que os calados não se façam perguntões, para que os opinados não se transformem em opinadores. Para que não se juntem os solitários, nem a alma junte seus pedaços.

O sistema divorcia a emoção do pensamento como divorcia o sexo do amor, a vida íntima da vida pública, o passado do presente. Se o passado não tem nada para dizer ao presente, a história pode permanecer adormecida, sem incomodar, no guarda-roupa onde o sistema guarda seus velhos disfarces.

O sistema esvazia nossa memória, ou enche a nossa memória de lixo, e assim nos ensina a repetir a história em vez de fazê-la. As tragédias se repetem como farsas, anunciava a célebre profecia. Mas entre nós, é pior: as tragédias se repetem como tragédias.

Celebração das contradições/1

Como trágica ladainha a memória boba se repete. A memória viva, porém, nasce a cada dia, porque ela vem do que foi e é contra o que foi.

Aufheben era o verbo que Hegel preferia, entre todos os verbos do idioma alemão. *Aufheben* significa, ao mesmo tempo, conservar e anular; e assim presta homenagem à história humana, que morrendo nasce e rompendo cria.

Celebração das contradições/2

Desamarrar as vozes, dessonhar os sonhos: escrevo querendo revelar o real maravilhoso, e descubro o real maravilhoso no exato centro do real horroroso da América.

Nestas terras, a cabeça do deus Eleguá leva a morte na nuca e a vida na cara. Cada promessa é uma ameaça; cada perda, um encontro. Dos medos nascem as coragens; e das dúvidas, as certezas. Os sonhos anunciam outra realidade possível, e os delírios, outra razão.

Somos, enfim, o que fazemos para transformar o que somos. A identidade não é uma peça de museu, quietinha na vitrine, mas a sempre assombrosa síntese das contradições nossas de cada dia.

Nessa fé, fugitiva, eu creio. Para mim, é a única fé digna de confiança, porque é parecida com o bicho humano, fodido mas sagrado, e à louca aventura de viver no mundo.

Crônica da Cidade do México

Meio século depois de Superman ter nascido em Nova York, Superbarrio anda pelas ruas e telhados da Cidade do México. O prestigioso norte-americano de aço, símbolo universal do poder, vive numa cidade chamada Metrópolis. Superbarrio, um mexicano qualquer de carne e osso, herói dos pobres, vive num subúrbio chamado Nezahualcóyotl.

Superbarrio tem barriga e pernas tortas. Usa máscara vermelha e capa amarela. Não luta contra múmias, fantasmas ou vampiros. Numa ponta da cidade enfrenta a polícia e salva uns mortos de fome de serem despejados; na outra ponta, ao mesmo tempo, encabeça uma manifestação em defesa dos direitos da mulher ou contra o envenenamento do ar; e no centro, enquanto isso, invade o Congresso Nacional e dispara um discurso denunciando as porcarias do governo.

Contrassímbolos

Por arte de alquimia ou diabrura popular, os símbolos se desinimigam e o veneno se transforma em pão.

Em Havana, a um passo da Casa das Américas, existe um monumento estranho: um par de sapatos de bronze no alto de um grande pedestal.

Os solitários sapatos pertenciam ao serviçal Tomás Estrada Palma. O povo em fúria derrubou sua estátua e aquilo foi a única coisa que sobrou.

Quando o século nascia, Estrada Palma tinha sido o primeiro presidente de Cuba, sob a ocupação colonial dos Estados Unidos.

Paradoxos

Se a contradição for o pulmão da história, o paradoxo deverá ser, penso eu, o espelho que a história usa para debochar de nós.

Nem o próprio filho de Deus salvou-se do paradoxo. Ele escolheu, para nascer, um deserto subtropical onde jamais nevou, mas a neve se converteu num símbolo universal do Natal desde que a Europa decidiu europeizar Jesus. E para mais *inri*, o nascimento de Jesus é, hoje em dia, o negócio que mais dinheiro dá aos mercadores que Jesus tinha expulsado do templo.

Napoleão Bonaparte, o mais francês dos franceses, não era francês. Não era russo Josef Stálin, o mais russo dos russos; e o mais alemão dos alemães, Adolf Hitler, tinha nascido na Áustria. Margherita Sarfatti, a mulher mais amada pelo antissemita Mussolini, era judia. José Carlos Mariátegui, o mais marxista dos marxistas latino-americanos, acreditava fervorosamente em Deus. O Che Guevara tinha sido declarado *completamente incapaz para a vida militar* pelo exército argentino.

Das mãos de um escultor chamado Aleijadinho, que era o mais feio dos brasileiros, nasceram as mais altas formosuras do Brasil. Os negros norte-americanos, os mais oprimidos, criaram o *jazz*, que é a mais livre das músicas. No fundo de um cárcere foi concebido o Dom Quixote, o mais andante dos cavaleiros. E cúmulo dos paradoxos, Dom Quixote nunca disse sua frase mais célebre. Nunca disse: *Ladram, Sancho, sinal que cavalgamos.*

"Acho que você está meio nervosa", diz o histérico. "Te odeio", diz a apaixonada. "Não haverá desvalorização", diz, na véspera da desvalorização, o ministro da Economia. "Os militares respeitam a Constituição", diz, na véspera do golpe de Estado, o ministro da Defesa.

Em sua guerra contra a revolução sandinista, o governo dos Estados Unidos coincidia, paradoxalmente, com o Partido Comunista da Nicarágua. E paradoxais foram, enfim, as barricadas sandinistas durante a ditadura de Somoza: as barricadas, que fechavam as ruas, abriam o caminho.

O sistema/1

Os funcionários não funcionam.
    Os políticos falam mas não dizem.
    Os votantes votam mas não escolhem.
    Os meios de informação desinformam.
    Os centros de ensino ensinam a ignorar.
    Os juízes condenam as vítimas.
    Os militares estão em guerra contra seus compatriotas.
    Os policiais não combatem os crimes, porque estão ocupados cometendo-os.
    As bancarrotas são socializadas, os lucros são privati-zados.
    O dinheiro é mais livre que as pessoas.
    As pessoas estão a serviço das coisas.

Elogio ao bom-senso

Ao amanhecer de um dia nos fins de 1985, as rádios colombianas informaram:
A cidade de Armero sumiu do mapa.
O vulcão vizinho matou a cidade. Ninguém conseguiu correr mais rápido que a avalancha de lodo fervente: uma onda grande como o céu e quente como o inferno atropelou a cidade, jorrando vapor e rugindo fúrias de animal ruim, e engoliu trinta mil pessoas e todo o resto.
O vulcão vinha avisando há um ano. Um ano inteiro ficou jorrando fogo, e quando não podia esperar mais, descarregou sobre a cidade um bombardeio de trovões e uma chuva de cinzas, para que os surdos escutassem e os cegos enxergassem tanta advertência. Mas

o prefeito dizia que o Governo Superior dizia que não havia motivos para alarme, e o padre dizia que o bispo dizia que Deus estava cuidando do assunto, e os géologos e os vulcanólogos diziam que tudo estava sob controle e fora de perigo.

A cidade de Armero morreu de civilização. Não tinha nem cumprido um século de vida. Não tinha hino nem escudo.

Os índios/1

Vindo de Temuco, adormeço na viagem.

De repente, os fulgores da paisagem me despertam. O vale de Repocura aparece e resplandece frente aos meus olhos, como se alguém tivesse aberto, de repente, as cortinas de outro mundo.

Mas estas terras já não são, como antes, de todos e de ninguém. Um decreto da ditadura de Pinochet rompeu as comunidades, obrigando os índios à solidão. Eles insistem, porém, em juntar suas pobrezas, e ainda trabalham juntos, dizem juntos:

– *Vocês vivem uma ditadura há quinze anos* – explicam aos meus amigos chilenos. – *Nós, há cinco séculos.*

Nos sentamos em círculo. Estamos reunidos em um centro médico que não tem, nem nunca teve, um médico, nem um estagiário, nem enfermeiro, nem nada.

– *A gente é para morrer, e só* – diz uma das mulheres.

Os índios, culpados por serem incapazes de propriedade privada, não existem.

No Chile não existem índios: apenas chilenos – dizem os cartazes do governo.

Os índios/2

A linguagem como traição: gritam *carrascos* para eles. No Equador, os carrascos chamam de carrascos as suas vítimas:

– *Índios carrascos!* – gritam.

De cada três equatorianos, um é índio. Os outros dois cobram dele, todos os dias, a derrota histórica.

— *Somos os vencidos. Ganharam a guerra. Nós perdemos por acreditar neles. Por isso* — me diz Miguel, nascido no fundo da selva amazônica.

São tratados como os negros na África do Sul: os índios não podem entrar nos hotéis ou nos restaurantes.

— *Na escola metiam a lenha em mim quando eu falava a nossa língua* — me conta Lucho, nascido ao sul da serra.

— *Meu pai me proibia de falar quechua. É pelo seu bem, me dizia* — recorda Rosa, a mulher de Lucho.

Rosa e Lucho vivem em Quito. Estão acostumados a ouvir:

— *Índio de merda.*

Os índios são bobos, vagabundos, bêbados. Mas o sistema que os despreza, despreza o que ignora, porque ignora o que teme. Por trás da máscara do desprezo, aparece o pânico: estas vozes antigas, teimosamente vivas, o que dizem? O que dizem quando falam? O que dizem quando calam?

As tradições futuras

Existe um único lugar onde o ontem e o hoje se encontram e se reconhecem e se abraçam, e este lugar é o amanhã.

Soam como futuras certas vozes do passado americano muito antigo. As antigas vozes, digamos, que ainda nos dizem que somos filhos da terra, e que mãe a gente não vende nem aluga. Enquanto chovem pássaros mortos sobre a Cidade do México e os rios se transformam em cloacas, os mares em depósitos de lixo e as selvas em deserto, essas vozes teimosamente vivas nos anunciam outro mundo que não seja este, envenenador da água, do solo, do ar e da alma.

Também nos anunciam outro mundo possível as vozes antigas que nos falam de comunidade. A comunidade, o modo comunitário de produção e de vida, é a mais remota tradição das Américas, a mais americana de todas: pertence aos primeiros tempos e às primeiras pessoas, mas pertence também aos tempos que vêm e pressentem um novo Mundo Novo. Porque nada existe menos estrangeiro que o socialismo nestas terras nossas. Estrangeiro é, na verdade, o capitalismo: como a varíola, como a gripe, veio de longe.

O reino das baratas

Quando visitei Cedric Belfrage em Cuernavaca, a cidade de Los Angeles já continha dezesseis milhões de pessomóveis, gente com rodas no lugar das pernas, e portanto não se parecia muito à cidade que ele tinha conhecido quando chegou a Hollywood na época do cinema mudo, e nem se parecia à cidade que Cedric ainda amava quando o senador MacCarthy expulsou-o durante a caça às bruxas.

Desde a expulsão, Cedric vive em Cuernavaca. Alguns amigos, sobreviventes dos velhos tempos, aparecem de vez em quando em sua casa ampla e luminosa, e também aparece, de vez em quando, uma misteriosa borboleta branca que bebe tequila.

Eu vinha de Los Angeles e tinha estado no bairro onde Cedric vivera, mas ele não me perguntou de Los Angeles. Los Angeles não interessava, ou ele fazia de conta que não interessava. Em compensação, perguntou-me pelos meus dias no Canadá, e começamos a falar da chuva ácida. Os gases venenosos das fábricas, devolvidos à terra lá das nuvens, já tinha exterminado catorze mil lagos no Canadá. Não havia mais vida nenhuma, nem plantas nem peixes nesses catorze mil lagos. Eu tinha visto uma pequena parte daquela catástrofe.

O velho Cedric olhou-me com seus grandes olhos transparentes e simulou ajoelhar-se perante os que vão reinar sobre a terra:
– *Nós, os seres humanos, abdicamos do planeta* – proclamou – *em favor das baratas.*

Então trouxe a garrafa e encheu os copos:
– *Um golinho, enquanto podemos.*

Os índios/3

Jean-Marie Simon soube na Guatemala. Aconteceu no final de 1983, numa aldeia chamada Tabil, no sul de Quichê.

Os militares vinham em sua campanha de aniquilamento das comunidades indígenas. Tinham apagado do mapa quatrocentas aldeias em menos de três anos. Queimavam plantações, matavam índios: queimavam até a raiz, matavam até as crianças. *Vamos deixá-los sem nenhuma semente*, anunciava o coronel Horacio Maldonado Shadd.

E assim chegaram, na tarde de certo dia, na aldeia de Tabil.

Vinham arrastando cinco prisioneiros, amarrados pelos pés e pelas mãos e desfigurados pelos golpes. Os cinco eram da aldeia, nascidos ali, vividos ali, ali multiplicados, mas o oficial disse que eram cubanos inimigos da pátria: a comunidade devia resolver que castigo mereciam, e executar o castigo. No caso de resolverem fuzilá-los, deixava as armas carregadas. E disse que lhes dava prazo até o meio-dia do dia seguinte.

Em assembleia, os índios discutiram:

– *Esses homens são nossos irmãos. Esses homens são inocentes. Se não os matarmos os soldados nos matam.*

Passaram a noite inteira discutindo. Os prisioneiros, no centro da reunião, escutavam.

Chegou o amanhecer e todos estavam como no começo. Não tinham chegado a nenhuma decisão e sentiam-se cada vez mais confusos.

Então pediram ajuda aos deuses: aos deuses maias, e ao deus dos cristãos.

Esperaram em vão pela resposta. Nenhum deus disse nada. Todos os deuses estavam mudos.

Enquanto isso, os soldados esperavam, numa colina vizinha.

As pessoas de Tabil viam como o sol ia se erguendo, implacável, na direção do alto céu. Os prisioneiros, em pé, calavam.

Pouco antes do meio-dia, os soldados escutaram os tiros.

Os índios/4

Na ilha de Vancouver, conta Ruth Benedict, os índios celebravam torneios para medir a grandeza dos príncipes. Os rivais competiam destruindo seus bens. Atiravam ao fogo suas canoas, seu azeite de

peixe e suas ovas de salmão; e do alto de um promontório jogavam no mar suas mantas e vasilhas.
Vencia o que se despojava de tudo.

A cultura do terror/1

A Sociedade Antropológica de Paris os classificava como se fossem insetos: a cor da pele dos índios huitotos correspondia aos números 29 e 30 de sua escala cromática.

A Peruvian Amazon Company os caçava como se fossem feras: os índios huitotos eram a mão de obra escrava que dava borracha ao mercado mundial. Quando os índios fugiam das plantações e a empresa os agarrava, eram envolvidos numa bandeira do Peru empapada em querosene e queimados vivos.

Michael Taussig estudou a cultura do terror que a civilização capitalista aplicava na selva amazônica no começo do século 20. A tortura não era um método para arrancar informações, mas uma cerimônia de confirmação do poder. Num longo e solene ritual, os índios rebeldes tinham suas línguas cortadas e *depois* eram torturados, para que falassem.

A cultura do terror/2

A extorsão,
   o insulto,
   a ameaça,
   o cascudo,
   a bofetada,
   a surra,
   o açoite,
   o quarto escuro,
   a ducha gelada,
   o jejum obrigatório,
   a comida obrigatória,
   a proibição de sair,

a proibição de se dizer o que se pensa,
a proibição de fazer o que se sente,
e a humilhação pública
são alguns dos métodos de penitência e tortura tradicionais na vida da família. Para castigo à desobediência e exemplo de liberdade, a tradição familiar perpetua uma cultura do terror que humilha a mulher, ensina os filhos a mentir e contagia tudo com a peste do medo.

– *Os direitos humanos deveriam começar em casa* – comenta comigo, no Chile, Andrés Domínguez.

A cultura do terror/3

Sobre uma menina exemplar:

Uma menina brinca com duas bonecas e briga com elas para que fiquem quietas. Ela também parece uma boneca porque é linda e boazinha e porque não incomoda ninguém.

(Do livro Adelante, de J. H. Figueira, que foi livro escolar nas escolas do Uruguai até poucos anos atrás.)

A cultura do terror/4

Foi num colégio de padres, em Sevilha. Um menino de nove ou dez anos estava confessando seus pecados pela primeira vez. O menino confessou que tinha roubado caramelos, ou que tinha mentido para a mãe, ou que tinha copiado do colega de classe, ou talvez tenha confessado que tinha se masturbado pensando na prima. Então, da escuridão do confessionário emergiu a mão do padre, que brandia uma cruz de bronze. O padre obrigou o menino a beijar Jesus crucificado, e enquanto batia com a cruz em sua boca, dizia:

– Você o matou, você o matou...

Julio Vélez era aquele menino andaluz ajoelhado. Passaram-se muitos anos. Ele nunca pôde arrancar isso da memória.

A cultura do terror/5

Ramona Caraballo foi dada de presente assim que aprendeu a caminhar.

Lá por 1950, sendo ainda menina, ela estava como escravazinha numa casa de Montevidéu. Fazia de tudo, a troco de nada.

Um dia, a avó chegou para visitá-la. Ramona não a conhecia, ou não se lembrava dela. A avó chegou vinda do interior, do campo, muito apressada porque tinha que regressar em seguida. Entrou, deu uma tremenda surra na neta, e foi embora.

Ramona ficou chorando e sangrando.

A avó tinha dito, enquanto erguia o rebenque:

— *Você não está apanhando por causa do que fez. Está apanhando por causa do que vai fazer.*

A cultura do terror/6

Pedro Algorta, advogado, mostrou-me o gordo expediente do assassinato de duas mulheres. O crime duplo tinha sido à faca, no final de 1982, num subúrbio de Montevidéu.

A acusada, Alma Di Agosto, tinha confessado. Estava presa fazia mais de um ano; e parecia condenada a apodrecer no cárcere o resto da vida.

Seguindo o costume, os policiais tinham violado e torturado a mulher. Depois de um mês de contínuas surras, tinham arrancado de Alma várias confissões. As confissões não eram muito parecidas entre si, como se ela tivesse cometido o mesmo assassinato de maneiras muito diferentes. Em cada confissão havia personagens diferentes, pitorescos fantasmas sem nome ou domicílio, porque a máquina de dar choques converte qualquer um em fecundo romancista; e em todos os casos a autora demonstrava ter a agilidade de uma atleta olímpica, os músculos de uma forçuda de parque de diversões e a destreza de uma matadora profissional. Mas o que mais surpreendia era a riqueza de detalhes: em cada confissão, a acusada descrevia com precisão milimétrica roupas, gestos, cenários, situações, objetos...

Alma Di Agosto era cega.
Seus vizinhos, que a conheciam e gostavam dela, estavam convencidos de que ela era culpada:
– *Por quê?* – perguntou o advogado.
– *Porque os jornais dizem.*
– *Mas os jornais mentem* – disse o advogado.
– *Mas o rádio também diz* – explicaram os vizinhos. – *E até a televisão!*

A televisão/1

Era um pulgueiro dos subúrbios, o mais barato que havia em Santa Fé e em toda a República Argentina, um galpão mambembe que caía aos pedaços, mas Fernando Birri não perdia nenhum filme ou cerimônia que era celebrada na escuridão daquele grandioso templo da infância.

Nesse cinema, o cinema *Doré*, Fernando viu uma vez uns episódios sobre os mistérios do Egito Antigo. Havia um faraó, sentado em seu trono na frente de um poço. O faraó parecia adormecido, mas com um dedo enroscava a barba. Nisso, abria os olhos e fazia um sinal. Então o mago do reino pronunciava um esconjuro e as águas do poço se alvorotavam e se incendiavam. Quando as chamas se apagavam e as águas serenavam, o faraó se inclinava sobre o poço. Ali, nas águas transparentes, ele via tudo o que naquele momento estava acontecendo no Egito e no mundo.

Meio século depois, evocando o faraó de sua infância, Fernando teve uma certeza: aquele poço mágico, onde se via tudo o que acontecia, era um aparelho de televisão.

A televisão/2

A televisão mostra o que acontece?
Em nossos países, a televisão mostra o que ela quer que aconteça; e nada acontece se a televisão não mostrar.

A televisão, essa última luz que te salva da solidão e da noite, é a realidade. Porque a vida é um espetáculo: para os que se comportam bem, o sistema promete uma boa poltrona.

A cultura do espetáculo

Fora das telas, o mundo é uma sombra indigna de confiança. Antes da televisão, antes do cinema, já era assim. Quando Búfalo Bill agarrava algum índio distraído e conseguia matá-lo, rapidamente procedia a arrancar-lhe o couro cabeludo e as plumas e demais troféus e de um galope ia do Oeste aos teatros de Nova York, onde ele mesmo representava a façanha heroica que acabava de protagonizar. Então, quando as cortinas se abriam e Búfalo Bill erguia sua faca ensanguentada no palco, à luz de candelabros, então ocorria, pela primeira vez ocorria, de verdade ocorria, a realidade.

A televisão/3

A tevê dispara imagens que reproduzem o sistema e as vozes que lhe fazem eco; e não há canto do mundo que ela não alcance. O planeta inteiro é um vasto subúrbio de Dallas. Nós comemos emoções importadas como se fossem salsichas em lata, enquanto os jovens filhos da televisão, treinados para contemplar a vida em vez de fazê-la, sacodem os ombros.

Na América Latina, a liberdade de expressão consiste no direito ao resmungo em algum rádio ou em jornais de escassa circulação. Os livros não precisam ser proibidos pela polícia: os preços já os proíbem.

A dignidade da arte

Eu escrevo para os que não podem me ler. Os de baixo, os que esperam há séculos na fila da história, não sabem ler ou não tem com o quê.

Quando chega o desânimo, me faz bem recordar uma lição de dignidade da arte que recebi há anos, num teatro de Assis, na Itália. Helena e eu tínhamos ido ver um espetáculo de pantomima, e não havia ninguém. Ela e eu éramos os únicos espectadores. Quando a luz se apagou, juntaram-se a nós o lanterninha e a mulher da bilheteria. E, no entanto, os atores, mais numerosos que o público, trabalharam naquela noite como se estivessem vivendo a glória de uma estreia com lotação esgotada. Fizeram sua tarefa entregando-se inteiros, com tudo, com alma e vida; e foi uma maravilha.

Nossos aplausos ressoaram na solidão da sala. Nós aplaudimos até esfolar as mãos.

A televisão/4

Rosa Maria Mateo, uma das figuras mais populares da televisão espanhola, me contou essa história. Uma mulher tinha escrito uma carta para ela, de algum lugarzinho perdido, pedindo que por favor contasse a verdade:

– *Quando eu olho para a senhora, a senhora está olhando para mim?*

Rosa Maria me contou, e disse que não sabia o que responder.

A televisão/5

Nos verões, a televisão uruguaia dedica longos programas a Punta del Este.

Mais interessadas nas coisas do que nas pessoas, as câmaras chegam ao êxtase quando exibem as casas dos ricos que estão de férias. Estas mansões ostentosas se parecem aos mausoléus de mármore e bronze no cemitério de La Recoleta, em Buenos Aires, que é a Punta del Este do depois.

Pela tela desfilam os eleitos e seus símbolos de poder. O sistema, que edifica a pirâmide social escolhendo pelo avesso, recompensa pouca gente. Eis aqui os premiados: são os usuários de boas unhas e os mercadores de dentes bons, os políticos de nariz crescente e os doutores de costas de borracha.

A televisão se propõe a adular os que mandam no rio da Prata, mas sem querer cumpre uma função educativa exemplar: nos mostra os picos culminantes e neles dilata a breguice e o mau gosto dos triunfantes caçadores de dinheiro.
Debaixo da aparente estupidez, existe a estupidez verdadeira.

Celebração da desconfiança

No primeiro dia de aula, o professor trouxe um vidro enorme:
– *Isto está cheio de perfume* – disse a Miguel Brun e aos outros alunos. – *Quero medir a percepção de cada um de vocês. Na medida em que sintam o cheiro, levantem a mão.*
E abriu o frasco. Num instante, já havia duas mãos levantadas. E logo cinco, dez, trinta, todas as mãos levantadas.
– *Posso abrir a janela, professor?* – suplicou uma aluna, enjoada de tanto perfume, e várias vozes fizeram eco. O forte aroma, que pesava no ar, tinha se tornado insuportável para todos.
Então o professor mostrou o frasco aos alunos, um por um. Estava cheio de água.

A cultura do terror/7

O colonialismo visível te mutila sem disfarce: te proíbe de dizer, te proíbe de fazer, te proíbe de ser. O colonialismo invisível, por sua vez, te convence de que a servidão é um destino, e a impotência, a tua natureza: te convence de que *não se pode* dizer, *não se pode* fazer, *não se pode* ser.

A alienação/1

Em meus anos moços, fui caixa de banco.
Recordo, entre os clientes, um fabricante de camisas. O gerente do banco renovava suas promissórias só por piedade. O pobre camiseiro vivia em perpétua soçobra. Suas camisas não eram ruins, mas ninguém as comprava.

Certa noite, o camiseiro foi visitado por um anjo. Ao amanhecer, quando despertou, estava iluminado. Levantou-se de um salto. A primeira coisa que fez foi trocar o nome de sua empresa, que passou a se chamar Uruguai Sociedade Anônima, patriótico nome cuja sigla é U. S. A. A segunda coisa que fez foi pregar nos colarinhos de suas camisas uma etiqueta que dizia, e não mentia: *Made in U. S. A*. A terceira coisa que fez foi vender camisas feito louco. E a quarta coisa que fez foi pagar o que devia e ganhar muito dinheiro.

A alienação/2

Os que mandam acreditam que melhor é quem melhor copia. A cultura oficial exalta as virtudes do macaco e do papagaio. A alienação na América Latina: um espetáculo de circo. Importação, impostação: nossas cidades estão cheias de arcos do triunfo, obeliscos e partenons. A Bolívia não tem mar, mas tem almirantes disfarçados de Lord Nelson. Lima não tem chuva, mas tem telhados a duas águas e com calha. Em Manágua, uma das cidades mais quentes do mundo, condenada à fervura perpétua, existem mansões que ostentam soberbas lareiras, e nas festas de Somoza as damas da sociedade exibiam estolas de raposa prateada.

A alienação/3

Alaistair Reid escreve para *The New Yorker*, mas quase não vai a Nova York.
 Ele prefere viver numa praia perdida da República Dominicana. Nessa praia desembarcou Cristóvão Colombo, alguns séculos atrás, numa de suas excursões ao Japão, e desde aqueles tempos nada mudou.
 De vez em quando, o carteiro aparece entre as árvores. O carteiro vem dobrado debaixo da carga. Alaistair recebe montanhas de correspondência. Dos Estados Unidos é bombardeado por ofertas comerciais, folhetos, catálogos, luxuriosas tentações da civilização de consumo incitando a comprar.

Uma vez, entre muita papelada, chegou a propaganda de uma máquina de remar. Alaistair mostrou-a a seus vizinhos, os pescadores.
– *Dentro de casa? Se usa dentro de casa?*
Os pescadores não conseguiam acreditar.
– *Sem água? Rema-se assim, sem água?*
Não podiam acreditar, não podiam entender:
– *E sem peixes? Sem sol? E sem céu?*
Os pescadores disseram a Alaistair que eles se levantavam todas as noites, muito antes do alvorecer, e se metiam mar adentro e jogavam suas redes enquanto o sol se erguia no horizonte, e que essa era a sua vida, e que gostavam daquela vida, mas que remar era a única coisa de merda naquele assunto inteiro:
– *Remar é a única coisa que odiamos* – disseram os pescadores.
Então Alaistair explicou-lhes que a máquina de remar servia para fazer ginástica.
– *Para quê?*
– *Ginástica.*
– *Ah, bom. E o que é ginástica?*

Dizem as paredes/3

Em Montevidéu, no bairro Braço Oriental:
Estamos aqui sentados, vendo como matam os nossos sonhos.
E, no cais na frente do porto de Buceo, em Montevidéu:
Bagre velho: não se pode viver com medo a vida inteira.
Em letras vermelhas, ao longo de um quarteirão inteiro da avenida Cólon, em Quito:
E se nos juntarmos para dar um chute nesta grande bolha cinzenta?

Nomes/1

As pessoas, os bichos e as coisas acudiam à casa dos nomes, querendo chamar-se. Os nomes tiniam, oferecendo-se: prometiam bons sons e longos ecos. A casa estava sempre cheia de pessoas e bichos e coisas experimentando nomes. Helena sonhou com a casa dos nomes e lá descobriu a cachorrinha Pepa Lumpen, que estava à procura de um nome mais respeitável.

Nomes/2

Arturo Alape conta que Manuel Marulanda Vélez, o famoso guerrilheiro colombiano, não se chamava assim. Há quarenta anos, quando empunhou armas, ele se chamava Pedro Antonio Marín. Naquela época, Marulanda era outro: negro de pele, grandalhão de tamanho, pedreiro de ofício e canhoto de ideias. Quando os policiais espancaram Marulanda até matá-lo, seus companheiros se reuniram em assembleia e decidiram que Marulanda não podia se acabar. Por unanimidade deram seu nome a Marín, que o carrega desde aquele tempo.

O mexicano Pancho Villa também levava o nome de um amigo morto pela polícia.

Nomes/3

Assino Galeano, que é meu sobrenome materno, desde os tempos em que comecei a escrever. Isto aconteceu quando eu tinha dezenove anos, ou talvez apenas alguns dias, porque chamar-me assim foi um modo de nascer de novo.

Antes, quando era garoto e publicava desenhos, assinava Gius, por causa da difícil pronúncia espanhola de meu sobrenome paterno (meu tataravô galês se chamava Hughes, e aos quinze anos fez-se ao mar no porto de Liverpool e chegou ao Caribe, à República Dominicana, e tempos depois ao Rio de Janeiro, e finalmente a Montevidéu. Em Montevidéu atirou ao arroio Miguelete seu anel de maçom, e nos campos de Paysandú cravou as primeiras cercas de arame farpado e fez-se dono de terras e gentes, e morreu há mais de um século, enquanto traduzia *Martín Fierro* para o inglês).

Ao longo dos anos escutei as mais diferentes versões sobre essa questão de meu sobrenome escolhido. A versão mais boba, que ofende a inteligência, me atribui uma intenção anti-imperialista. A versão mais cômica supõe fins de conspiração ou contrabando. E a versão mais fodida me converte na ovelha vermelha da família: inventa para mim um pai inimigo e oligárquico, no lugar do pai real que tenho, que é um sujeito bacana que sempre ganhou a vida com o trabalho ou com a boa sorte que tem na loteria.

O pintor japonês Hokusai mudou de nome sessenta vezes para celebrar seus sessenta nascimentos. No Uruguai, país formal, teria sido enjaulado como louco ou perverso simulador de identidades.

A máquina de retroceder

Nos princípios do século 20, o Uruguai era um país do século 21. No final do século 20, o Uruguai é um país do século 19.

No reino da chatice, os bons modos proíbem tudo aquilo que não é imposto pela rotina. Os homens sonham com aposentar-se e as mulheres com casar-se. Os jovens, culpados do delito de ser jovens, sofrem a pena da solidão ou do desterro, a menos que possam provar que são velhos.

A pálida

No café da manhã, minhas certezas servem-se de dúvidas. E têm dias em que me sinto estrangeiro em Montevidéu e em qualquer outra parte. Nesses dias, dias sem sol, noites sem lua, nenhum lugar é o meu lugar e não consigo me reconhecer em nada, em ninguém. As palavras não se parecem àquilo que dão nome, e não se parecem nem mesmo ao seu próprio som. Então não estou onde estou. Deixo meu corpo e saio, para longe, para lugar nenhum, e não quero estar com ninguém, nem mesmo comigo, e não tenho, nem quero ter, nome algum: então perco a vontade de me chamar ou de ser chamado.

O baixo-astral

Enquanto dura o baixo-astral, perco tudo. As coisas caem dos meus bolsos e da minha memória: perco chaves, canetas, dinheiro, documentos, nomes, caras, palavras. Eu não sei se será mau--olhado. Pura casualidade, mas às vezes a depressão demora em ir embora e eu ando de perda em perda, perco o que encontro, não encontro o que busco, e sinto medo de que numa dessas distrações acabe deixando a vida cair.

Onetti

Eu não tinha nem vinte anos e ainda brincava de cabra-cega nas noites do mundo.

Queria pintar, e não podia. Queria escrever, e não sabia. Às vezes escrevia um conto, e às vezes levava esse conto para Juan Carlos Onetti.

Ele estava sempre de cama, de preguiça, de tristeza, rodeado por pirâmides de tocos de cigarros, atrás de uma muralha de garrafas vazias. Eu me sentia na obrigação de emitir frases inteligentíssimas. Mestre Onetti olhava o teto e não abria a boca a não ser para bocejar, fumar e beber, lenta sonolência, tragadas lentas, goles demorados, e talvez murmurasse algum fruto de suas prolongadas meditações sobre a situação nacional e internacional:

– A merda toda aconteceu – dizia – *no dia em que os milicos e as mulheres aprenderam a ler.*

Sentado na beira da cama, eu esperava que ele me dissesse que aqueles meus continhos eram sem nenhuma sombra de dúvida geniais, mas ele se calava e na melhor das hipóteses resmungava ou me estimulava assim:

– Olha aqui, garoto. Se Beethoven tivesse nascido em Tacuarembó, seria no máximo chefe da banda do coreto.

Arguedas

Eu estava regressando a Montevidéu, depois de uma viagem. Não lembro de onde vinha, mas sim lembro que no avião tinha lido *El zorro de arriba y el zorro de abajo*, o romance final de José María Arguedas. Arguedas tinha começado a escrever esse adeus à vida no dia em que decidiu se matar, e o romance era seu longo e desesperado testamento. Eu li o livro e acreditei no livro, a partir da primeira página: embora não conhecesse aquele homem, acreditei nele como se fosse meu sempre amigo.

Em *El zorro*, Arguedas tinha dedicado a Onetti o mais alto elogio que um escritor pode oferecer a outro escritor: tinha escrito que estava em Santiago do Chile, mas que na realidade queria estar em Montevidéu, *para encontrar Onetti e apertar a mão com a qual escreve*.

Na casa de Onetti, comentei com ele. Onetti não sabia. O romance, recém-publicado, ainda não tinha chegado a Montevidéu. Comentei com ele, e Onetti ficou calado. Fazia pouco tempo, muito pouco, que Arguedas tinha arrebentado a cabeça com um tiro.

Ficamos os dois muito tempo, minutos ou anos, em silêncio. Depois eu disse algo, perguntei algo, e Onetti não respondeu. Então ergui os olhos e vi aquele talho de umidade que atravessava a sua cara.

Celebração do silêncio/1

Fazia anos que eu não encontrava Fernando Rodríguez. O vento do exílio, que tanto separa, nos juntou. Encontrei-o como sempre, desmantelado e resmungão:

– *Você está igualzinho* – eu disse.

Ele me disse que ainda tinha alguns anos, não muitos:

– *Não se deve passar dos setenta, porque senão você se vicia e não quer mais morrer.*

Naquela tarde nos deixamos caminhar, sem rumo, entre o mar e as vias do trem, lá em Callella da Costa. Íamos lentos, calando juntos, e perto da estação paramos para tomar um café. Então Fernando

comentou alguma coisa sobre o poço onde os militares mantinham Raul Sendic, o Tupamaro preso, e juntos nos lembramos de Raul e de sua maneira de ser. Fernando me perguntou:
— *Você leu o que os jornais publicaram, quando ele foi preso?*
Os jornais tinham informado que ele tinha saído de seu esconderijo com uma pistola na mão, abrindo fogo e gritando: "Sou Rufo e não me entrego!".
— *Sim* – eu disse. – *Li.*
— *Ah. E acreditou?*
— *Não.*
— *Eu também não* – disse Fernando. – *Esse, quando cai liquidado, cai calado.*

Celebração do silêncio/2

O cantor Braulio López, que é a metade do duo Los Olimareños, chegou a Barcelona, chegou ao exílio. Vinha com uma mão quebrada.

Braulio tinha estado preso, no cárcere de Villa Devoto, na Argentina, por andar com três livros: uma biografia de José Artigas, uns poemas de Antonio Machado e *O pequeno príncipe*, de Saint-Exupéry. Quando estavam a ponto de libertá-lo, um guarda tinha entrado em sua cela e perguntado:
— *Você é o violeiro?*
E tinha pisado em sua mão esquerda com a bota.
Ofereci a ele: vamos fazer uma entrevista. Essa história podia interessar à revista *Triunfo*, de Madri. Mas Braulio coçou a cabeça, pensou um pouco e me disse:
— *Não.*
E me explicou:
— *Essa história da mão se resolve, cedo ou tarde ela fica boa. E então vou voltar a tocar e a cantar. Você entende? Eu não quero desconfiar dos aplausos.*

Celebração da voz humana/4

Manfred Max-Neef, que morou no Uruguai há mais de vinte anos, comentou comigo o que ele mais lembrava: que os cães latiam sentados e as pessoas tinham a palavra.

Depois, a ditadura militar restabeleceu a ordem, obrigando os uruguaios a mentir ou calar. Eu não sei se os cães latiam em pé; mas ter a palavra era não ter nada.

O sistema/2

Tempo dos camaleões: ninguém ensinou tanto à humanidade quanto estes humildes animaizinhos.

Considera-se culto quem oculta, rende-se culto à cultura do disfarce. Fala-se a dupla linguagem dos artistas da dissimulação. Dupla linguagem, dupla contabilidade, dupla moral: uma moral para dizer, outra moral para fazer. A moral para fazer se chama realismo.

A lei da realidade é a lei do poder. Para que a realidade não seja irreal, dizem os que mandam, a moral deve ser imoral.

Celebração das bodas entre a palavra e o ato

Leio um artigo de um escritor de teatro, Arkadi Rajkin, publicado numa revista de Moscou. O poder burocrático, diz o autor, faz com que os atos, as palavras e os pensamentos jamais se encontrem: os atos ficam no local de trabalho, as palavras nas reuniões e os pensamentos no travesseiro.

Boa parte da força de Che Guevara, penso, essa misteriosa energia que vai muito além de sua morte e de seus equívocos, vem de um fato muito simples: ele foi um raro exemplo dos que dizem o que pensam e fazem o que dizem.

O sistema/3

Quem não banca o vivo, acaba morto. Você é obrigado a ser fodedor ou fodido, mentidor ou mentido. Tempos de o que me importa, de o que se há de fazer, do é melhor não se meter, do salve-se quem puder. Tempo dos trapaceiros: a produção não rende, a criação não serve, o trabalho não vale.

No rio da Prata, chamamos o coração de *bobo*. E não porque se apaixona: o chamamos de *bobo* porque trabalha muito.

Elogio à iniciativa privada

Jesus te vê. Onde quer que vá, seus olhos o seguem.

A tecnologia moderna ajuda o filho de Deus a cumprir suas funções de vigilância universal. Três capas de plástico polarizado, que bloqueiam sucessivamente a passagem da luz, facilitam essa tarefa.

Lá por 1961 ou 1962, uma destas imagens de olhos escorregadios chamou a atenção de um jornalista. Julio Tacovilla ia caminhando por uma rua qualquer de Buenos Aires, quando se sentiu observado. De uma vitrine, Jesus tinha cravado os olhos nele. Retrocedeu e o olhar de Jesus retrocedeu com ele. Deteve-se, e o olhar também se deteve. Avançou, e o olhar avançou.

Este sinal divino mudou a sua vida e arrancou-o da situação de pobre.

Pouco depois, Tacovilla voou para Porto Príncipe, e através da embaixada de seu país no Haiti conseguiu uma audiência com o presidente vitalício Papa Doc Duvalier.

Levava um quadro grande, debaixo do braço:

– *Tenho algo para lhe mostrar, Excelência* – disse.

Era um retrato do ditador. Os olhos se mexiam.

– *Papa Doc te vê* – explicou Tacovilla.

Papa Doc concordou, com a cabeça.

– *Não é ruim* – disse, indo e vindo perante sua própria imagem. – *Quantos você pode fazer?*

– *Quanto o senhor pode pagar?*

— *Pago o que custar.*
E assim o Haiti encheu-se de olhares vigilantes e o inquieto jornalista se encheu de dinheiro.

O crime perfeito

Em Londres, é assim: os aquecedores devolvem calor a troco das moedas que recebem. Em pleno inverno, alguns exilados latino-americanos tiritavam de frio, sem nenhuma moeda para fazer funcionar a calefação de seu quarto.

Estavam com os olhos grudados no aquecedor, sem piscar. Pareciam devotos perante o totem, em atitude de adoração; mas eram uns pobres náufragos meditando sobre a maneira de acabar com o Império Britânico. Se pusessem moedas de lata ou papelão, o aquecedor funcionaria, mas o arrecadador encontraria as provas da infâmia.

O que fazer?, se perguntavam os exilados. O frio os fazia tremer como se estivessem com malária. E nisso, um deles lançou um grito selvagem, que sacudiu os alicerces da civilização ocidental. E assim nasceu a moeda de gelo, inventada por um pobre homem gelado.

Imediatamente, puseram mãos à obra. Fizeram moldes de cera, que reproduziam perfeitamente as moedas britânicas; depois encheram os moldes de água e os meteram no congelador.

As moedas de gelo não deixavam pistas, porque o calor as evaporava.

E assim aquele apartamento de Londres converteu-se numa praia do mar Caribe.

O exílio

A ditadura militar me negava passaporte, como a muitos milhares de uruguaios, e eu estava condenado a fazer filas perpétuas no Departamento de Estrangeiros da polícia de Barcelona.

Profissão? *Escritor*, escrevi, *de formulários*.

Certo dia eu não aguentava mais. Estava farto de filas de horas na rua, e farto dos burocratas cujas caras não conseguia nem mesmo ver:
— *Estes formulários estão errados.*
— *Mas me deram aqui.*
— *Quando?*
— *Semana passada.*
— *É que agora temos formulários novos.*
— *Pode me dar esses formulários novos?*
— *Não tenho.*
— *E onde é que tem?*
— *Não sei. O próximo.*

E depois faltavam as estampilhas, e nenhuma papelaria vendia essas estampilhas que faltavam, e eu tinha levado duas fotos e eram três, e as máquinas de fotografia instantâneas não funcionavam sem moedas de vinte e cinco e naquele dia não se conseguia nenhuma moeda de vinte e cinco pesetas em toda Barcelona.

Anoitecia quando finalmente subi no trem, para voltar à minha casa em Calella da Costa. Eu estava arrebentado. Mal me sentei, e dormi.

Fui acordado por uma batidinha no ombro. Abri os olhos e vi um tipo esfarrapado, vestido com um pijama rasgado:
— *Passaporte!...*

O louco tinha cortado em pedaços uma folha imunda de jornal, e ia distribuindo os pedacinhos, de vagão em vagão, entre os passageiros do trem:
— *Passaporte! Passaporte!*

A civilização do consumo

Às vezes, no final da temporada de verão, quando os turistas iam embora de Calella, ouviam-se uivos vindos do morro. Eram os clamores dos cachorros amarrados nas árvores.

Os turistas usavam os cachorros, para alívio da solidão, enquanto as férias duravam, e depois, na hora de partir, os cachorros eram amarrados morro acima, para que não seguissem os turistas que partiam.

Crônica da cidade de Buenos Aires

Em meados de 1984, viajei para o Rio da Prata.
    Fazia onze anos que não via Montevidéu; fazia oito que não via Buenos Aires. Tinha ido embora de Montevidéu porque não gostava de ser preso; e de Buenos Aires, porque não gosto de ser morto. Mas em 1984, a ditadura militar tinha acabado, deixando atrás um rastro de sangue e lodo que ninguém apagaria, e a ditadura militar uruguaia estava acabando.
    Eu acabava de chegar a Buenos Aires. Não tinha avisado os amigos. Queria que os encontros acontecessem por acaso.
    Um jornalista da televisão holandesa, que me acompanhava na viagem, estava me entrevistando na frente da porta que tinha sido da minha casa. O jornalista me perguntou o que tinha sido feito de um quadro que eu tinha em casa, a pintura de um porto para chegar e não para partir, um porto que dizia alô e não adeus, e eu comecei a responder com o olhar pregado no olho vermelho da câmera. Disse que não sabia onde esse quadro tinha ido parar, nem onde tinha ido parar o seu autor, Emilio Casablanca: o quadro e Emilio tinham-se perdido na névoa, como tantas outras pessoas e coisas engolidas por aqueles anos de terror e distância.
    Enquanto eu falava, percebi que uma sombra vinha caminhando por trás da câmera e tinha ficado de lado, esperando. Quando terminei e o olho vermelho da câmera se apagou, movi a cabeça e vi: naquela cidade de treze milhões de habitantes, Emilio tinha chegado naquela esquina, por acaso, ou como quer que se chame isso, e estava naquele exato lugar no exato instante. Nos abraçamos dançando, e depois de muito abraço Emilio me contou que há duas semanas sonhava que eu voltava, noite após noite, e agora não podia acreditar.
    E não acreditou. Naquela mesma noite telefonou para o meu hotel e perguntou se eu não era sonho ou bebedeira.

O bem-querer/1

Em Buenos Aires procurei a cafeteria que era a minha cafeteria, e não a encontrei. Procurei o restaurante onde comia mocotó em enormes travessas a qualquer hora do dia ou da noite, e ele tampouco existia. Onde antes havia a minha cantina preferida, o Bachín, havia um montão de escombros. Tinham arrasado o Bachín, e com ele o mercado onde eu ia sempre comprar frutas e flores ou pelo puro prazer do nariz e dos olhos. Alguém me disse que o Bachín tinha se mudado, e que agora tinha outro lugar e outro nome.

Uma noite, fui. Parei na frente da porta deste novo Bachín que tinha outro nome, duvidando, sim, não, perguntando-me se não seria uma traição, quando uma súbita explosão ocorreu no momento exato em que eu abria a porta: foram-se os fusíveis da eletricidade e tudo ficou absolutamente mergulhado na escuridão. Dei meia-volta e me afastei, caminhando na ponta dos pés.

E assim fiquei um tempo, doendo esquecimentos, buscando lugares e pessoas que não encontrei, ou que não soube encontrar; e finalmente cruzei o rio, rio-mar, e entrei no Uruguai.

Os generais uruguaios ainda tinham o poder, estavam quase indo embora, quase nos adeuses dos tempos do terror: entrei cruzando os dedos. Tive sorte.

E caminhando pelas ruas da cidade onde nasci, fui reconhecendo-a, e senti que voltava sem ter ido embora: Montevidéu, que dorme sua eterna sesta sobre as suaves colinas do litoral, indiferente ao vento que a golpeia e a chama: Montevidéu, chata e íntima, profundamente íntima, que no verão cheira a pão e no inverno cheira à fumaça. E soube que eu andava querendo bem-querer, e que tinha chegado a hora do fim do exílio. Depois de muito mar, o salmão nada em busca do rio, e o encontra e remonta, guiado pelo cheiro das águas, até o arroio de sua origem.

Então, quando voltei a Calella para dizer-lhe adeus, adeus à Espanha, adeus e obrigado, tive um infarto.

O bem-querer/2

Quando a seca chega e leva embora as águas do rio Uruguai, as pessoas de Pueblo Federación regressam à sua perdida querência. As águas, ao ir embora, deixam nua uma paisagem de lua; e as pessoas voltam.

Elas vivem agora numa aldeia que também se chama Pueblo Federación, como se chamava a sua velha aldeia antes que a represa de Salto Grande a inundasse e a deixasse debaixo das águas. Da velha aldeia já não se vê nem mesmo a cruz no alto da torre da igreja; e a aldeia nova é muito mais cômoda e muito mais linda. Mas eles voltam à aldeia velha que a seca lhes devolve enquanto dura.

Eles voltam e ocupam as casas que foram suas casas e que agora são ruínas de guerra. Ali, onde a avó morreu e onde aconteceram o primeiro gol e o primeiro beijo, eles fazem fogo para o chimarrão e para o churrasco, enquanto os cães cavam a terra em busca dos ossos que tinham escondido.

O tempo

Numa dessas noites – me conta Alejandra Adoum – a mãe de Alina estava se preparando para sair. Alina a olhava, enquanto a mãe, sentada na frente do espelho, pintava os lábios, as sobrancelhas e passava pó de arroz no rosto. Depois a mãe experimentou um vestido, e outro, e pôs um colar de coral negro, e uma tiara nos cabelos, e irradiava uma luz limpa e perfumada. Alina não desgrudava os olhos.

– *Como eu gostaria de ter a tua idade* – disse Alina.

– *Eu, em compensação...* – sorriu a mãe – *daria qualquer coisa para ter quatro anos, como você.*

Naquela noite, ao regressar, a mãe encontrou-a acordada. Alina abraçou suas pernas com força.

– *Morro de pena de você, mamãe* – disse, soluçando.

Ressurreições/1

Infarto agudo de miocárdio, garra da morte no centro do peito. Passei duas semanas mergulhado em uma cama de hospital, em Barcelona. Então sacrifiquei minha desmantelada agenda Porky 2, pois a coitada não aguentava mais, e a mudança de caderneta de endereços transformou-se numa visita aos anos transcorridos desde o sacrifício da Porky 1. Enquanto passava a limpo nomes e endereços e telefones para a agenda nova, eu ia passando a limpo também o entrevero dos tempos e das gentes que acabava de viver, um turbilhão de alegrias e feridas, todas muito, sempre muito, e esse foi um longo duelo entre os mortos que mortos ficaram na zona morta do meu coração, e uma enorme, muito mais enorme celebração dos vivos que acendiam meu sangue e aumentavam meu coração sobrevivido. E não tinha nada de mais, nada de mal, que meu coração tivesse se quebrado, de tão usado.

A casa

1984 tinha sido um ano de merda. Antes do infarto, tinham me operado as costas; e Helena tinha perdido um bebê no meio do caminho. Quando Helena perdeu o bebê, a roseira da varanda secou. As outras plantas também morreram, todas, uma atrás da outra, apesar de serem regadas a cada dia.

A casa parecia maldita. E no entanto, Nani e Alfredo Ahuerma tinham passado por lá alguns dias, e ao ir embora tinham escrito no espelho:
Nesta casa fomos felizes.

E também nós tínhamos encontrado alegria naquela casa de repente amaldiçoada pelos ventos ruins, e a alegria tinha sabido ser mais poderosa que a dúvida e melhor que a memória, e por isso mesmo aquela casa entristecida, aquela casa barata e feia, num bairro barato e feio, era sagrada.

A perda

Helena sonhou que estava na infância, e não via nada. Apalpando na escuridão, ela pedia ajuda, pedia luz aos gritos, mas ninguém acendia as luzes. Naquele negror não podia encontrar as suas coisas, que estavam esparramadas pela casa inteira e por toda a cidade, e ela buscava o que era dela às cegas, na cerração, e também buscava algodão ou trapos ou qualquer coisa, porque estava perdendo sangue, rios de sangue, entre as pernas, muito sangue, cada vez mais sangue, e embora não visse nada, sentia aquele rio vermelho e espesso que se soltava de seu corpo e se perdia nas trevas.

O exorcismo

Rosario, a feiticeira andaluza, estava há muitos anos lutando contra os demônios. O pior dos satanazes tinha sido seu sogro. Aquele malvado tinha morrido estendido na cama, na noite em que exclamou: *Me cago en Diós!*, e o crucifixo de bronze soltou-se da parede e quebrou-lhe o crânio.

Rosario se ofereceu para desendemoniar-nos. Jogou no lixo a nossa bela máscara mexicana de Lúcifer e esparramou uma fumaçarada de arruda, manjerona e louro bendito. Depois pregou na porta uma ferradura com as pontas para fora, pendurou alguns alhos e derramou, aqui e acolá, punhadinhos de sal e montões de fé.

– *Ao mau tempo, cara boa, e para a fome, viola* – disse.

E disse que dali para a frente era conosco, porque a sorte não ajuda quem não a ajuda a ajudar.

Os adeuses

Estávamos há nove anos no litoral da Catalunha e estávamos indo embora, faltavam três ou quatro dias para o fim do exílio, quando a praia amanheceu toda coberta de neve. O sol acendia a neve e erguia, na beira do mar, um grande fogo branco que fazia os olhos chorar.

Era muito raro que nevasse na praia. Eu nunca tinha visto, e só os velhos da aldeia recordavam algo parecido, em tempos remotos.

O mar parecia muito contente, lambendo aquele enorme sorvete, e essa alegria do mar e essa brancura radiante foram minhas últimas imagens de Calella da Costa.

Eu quis responder a despedida tão bela, mas não me ocorreu nada. Nada a fazer, nada a dizer. Nunca fui bom para essa questão dos adeuses.

Os sonhos do fim do exílio/1

Helena sonhou que queria fechar a mala e não conseguia, e fazia força com as duas mãos, e apoiava os joelhos sobre a mala, e sentava em cima, e ficava em pé em cima da mala, e não adiantava. A mala, que não se deixava fechar, transbordava coisas e mistérios.

Os sonhos do fim do exílio/2

Helena voltava para Buenos Aires, mas não sabia em que idioma falar nem com que dinheiro pagar. Parada na esquina da avenida Pueyrredón com a avenida Las Heras, esperava que o *60* passasse, mas o ônibus não vinha, não viria nunca.

Os sonhos do fim do exílio/3

As lentes dos óculos tinham se quebrado, e as chaves tinham se perdido. Ela buscava as chaves pela cidade inteira, às cegas, de joelhos, e quando finalmente as encontrava, as chaves diziam que não serviriam para abrir suas portas.

Andanças/1

Alberto, o pai de Helena, acordou de repente. Sua barriga partia-se de dor. Era meia-noite, e ele não tinha comido nada pesado.

Enquanto isso, longe dali, Helena estava parindo Mariana, a Pulguinha.

Anos depois, Helena ficou subitamente com a boca seca e os lábios em chaga enquanto seu pai sofria uma febre que por pouco não o matou, e ela dizia palavras do delírio dele, embora ela estivesse em Montevidéu e ele em Buenos Aires, e ela nada soubesse; e ao mesmo tempo, do outro lado do mar, em sua casa nos arrabaldes de Barcelona, Pilar, a amiga de Helena, despertava atordoada por uma inexplicável dor de cabeça e dizia, sem saber por quê, mas sem nenhuma dúvida:

– *Alguma coisa está acontecendo com Helena. Alguma coisa.*

Andanças/2

Não foi um vento errante, desses que vagabundeiam de déu em déu, mas uma senhora ventania certamente disparada lá do distante litoral quente até a cidade de Medellín, através das montanhas e dos países. O vento chegou até a casa de Jenny e atravessou-a de ponta a ponta: de repente abriu-se a porta da frente, como se tivesse sido chutada por algum bêbado, e em seguida abriu-se a porta dos fundos, da mesma e violenta maneira.

Jenny, então, soube. Restabelecida a calma, até o ar duvidava, o ar machucado; mas ela sabia. E a lavadeira, que morava longe, na cidadezinha de La Pintada, também sabia: estava enxaguando roupa com água da chuva, naquela mesma meia-noite, quando sentiu que havia alguém às suas costas:

– *Eu a vi, menina. Posso jurar.*

A notícia chegou a Medellín por telegrama, na manhãzinha seguinte, mas já não era necessária: à meia-noite de ontem, morreu Paula López, mãe de Jenny, muito amiga da lavadeira, na distante cidade de Guayaquil.

A última cerveja de Caldwell

Era no entardecer de um domingo de abril. Depois de uma semana de muito trabalho, eu estava bebendo cerveja numa taverna

de Amsterdam. Estava com Annelies, que tinha me ajudado com santa paciência em minhas voltas e reviravoltas pela Holanda.
Eu me sentia bem mas, sem saber por quê, meio triste.
E comecei a falar dos livros de Erskine Caldwell.
Começou com uma piada boba. Como minhas incessantes viagens ao banheiro entre cerveja e cerveja me davam vergonha, resolvi dizer que o caminho da cerveja conduz ao banheiro da mesma forma que o caminho do tabaco leva ao cinzeiro, e me senti muito arguto. Mas Annelies, que não tinha lido *O caminho do tabaco*, nem sorriu. Então expliquei a piada, que é a pior coisa que se pode fazer em qualquer circunstância, e foi assim que comecei a falar de Caldwell e de seus espantalhos do sul dos Estados Unidos; e não consegui mais parar.

Fazia mais de vinte anos que eu não falava dele. Eu não falava de Caldwell desde os tempos em que me encontrava com Horacio Petit, nas cafeterias e nos botequins de Montevidéu, e com ele andava vinhos e livros.

Agora, enquanto falava, enquanto aquela torrente incessante brotava de minha boca, eu via Caldwell, via Caldwell debaixo de seu esfiapado chapéu de palha, numa cadeira de balanço na varanda, feliz por causa dos ataques das ligas de moral e bons costumes e dos críticos literários, mascando fumo e ruminando novas porcarias e desventuras para os seus personagens miseráveis.

E a tarde se fez noite. Não sei quanto tempo passei falando de Caldwell e tomando cerveja.

Na manhã seguinte, li a notícia nos jornais: *O romancista Erskine Caldwell morreu ontem, em sua casa no sul dos Estados Unidos.*

Andanças/3

Helena sonhou que telefonava para Pilar e Antonio, e eram tantas as vontades de dar um abraço nos dois que conseguia trazê-los da Espanha pelo aparelho. Pilar e Antonio deslizavam pelo telefone como se fosse um tobogã, e caíam, suavemente, em nossa casa de Montevidéu.

Dizem as paredes/4

Em pleno centro de Medellín:
A letra com sangue entra.
Embaixo, assinando:
Carrasco alfabetizador.
Na cidade uruguaia de Melo:
Ajude a polícia: torture-se.
Num muro de Masatepe, na Nicarágua, pouco depois da queda do ditador Somoza:
Vão morrer de saudades, mas não voltarão.

Invejas do alto céu

Os maias creem que no começo da história, quando os deuses nos deram nascimento, nós, os humanos, éramos capazes de ver além do horizonte. Então estávamos recém-fundados, e os deuses atiraram pó em nossos olhos para que não fôssemos tão poderosos.

Eu pensei nessa inveja dos deuses, quando soube que meu amigo René Zavaleta tinha morrido. René, que tinha uma inteligência deslumbrante, foi fulminado por um câncer no cérebro.

De câncer na garganta tinha morrido, meio século antes, Enrico Caruso.

Notícias

Os macacos confundem Gato Félix com Tarzã, Popeye devora suas latas infalíveis, Berta Singerman geme versos no Teatro Solís, a grande tesoura de Geniol corta os resfriados, de um momento a outro Mussolini vai invadir a Etiópia, a frota britânica concentra--se no canal de Suez.

Página após página, dia após dia, o ano de 1935 vai desfilando frente aos olhos de Pepe Barrientos, na Biblioteca Nacional. Pepe está buscando sei lá qual dado na coleção do jornal *Uruguay*, a estreia de um tango ou o batizado de uma rua ou coisa parecida, e o tempo inteiro sente que esta não é a primeira vez, sente que já viu o que está vendo agora, que já passou por aqui, passou antes por aqui, por estas páginas, o cine Ariel estreia um filme de Ginger Rogers, no Artigas a pequena Shirley Temple dança e canta, uma flanela molhada em Untisal cura a dor de garganta, um navio arde em chamas a cento e cinquenta milhas destas costas de Montevidéu, uma bailarina de reputação duvidosa amanhece assassinada, Mussolini pronuncia seu ultimato. *Guerra! Vem aí a guerra!*, clama uma enorme manchete. Sim, Pepe já viu. Sim, sim: esta foto, o goleiro feito pomba voadora atravessando a página, o chute de Cea dobrando as mãos do goleiro, essas letras: talvez na infância, pensa. Surpreende-se de tão longa a viagem da memória: em 1935, há mais de meio século, ele tinha seis anos. E então, de repente, é tocado pelo medo, as unhas geladas do medo roçam sua nuca, e ele tem certeza de que deve ir embora, e tem certeza de que vai ficar.

E assim continua. Poderia mudar de jornal, ou de ano, ou simplesmente poderia caminhar até a porta de saída, mas continua. Pepe continua, chamado, não pode ir embora, não pode parar, e o Peñarol ganha e sua grande figura é Gestido, e foi firmada a paz entre o Paraguai e a Bolívia mas o problema dos prisioneiros ainda não foi resolvido, e uma tormenta afunda barcos no canal da Mancha, e foi preso o assassino da bailarina, que era o seu amante e que levava oito centavos no bolso no momento de sua detenção, e o remédio Himrod é garantido contra a asma, e de repente a mão de Pepe, que acaba de virar a página, fica paralisada, e uma foto golpeia sua cara: uma foto aberta em seis colunas, o caminhão tombado e arrebentado, a imensa foto do caminhão, e ao redor do caminhão um enxame de curiosos vendo o fotógrafo, olhando para Pepe que olha os curiosos, que não os vê: Pepe com os olhos cegos de lágrimas vendo a foto do caminhão onde seu pai morreu esmagado numa trombada espetacular que comove o bairro La Teja, em Montevidéu, ao meio-dia do dia 18 de setembro de 1935.

A morte

Nem dez pessoas iam aos últimos recitais do poeta espanhol Blas de Otero. Mas quando Blas de Otero morreu, muitos milhares de pessoas foram à homenagem fúnebre feita numa arena de touros em Madrid. Ele não ficou sabendo.

Chorar

Foi na selva, na Amazônia equatoriana. Os índios shuar estavam chorando a avó moribunda. Choravam sentados, na margem de sua agonia. Uma pessoa, vinda de outros mundos, perguntou:
– *Por que choram na frente dela, se ela ainda está viva?*
E os que choravam responderam:
– *Para que ela saiba que gostamos muito dela.*

Celebração do riso

José Luis Castro, o carpinteiro do bairro, tem a mão muito boa. A madeira, que sabe que ele a ama, deixa-se fazer.

O pai de José Luis tinha vindo lá de uma aldeia de Pontevedra para o Rio da Prata. O filho recorda o pai, o rosto aceso debaixo do chapéu-panamá, a gravata de seda no colarinho do pijama azul--celeste, e sempre, sempre contando histórias desopilantes. Onde ele estava, lembra o filho, o riso acontecia. De todas as partes vinha gente para rir, quando ele contava, e a multidão se amontoava. Nos velórios era preciso levantar o ataúde, para que todos coubessem – e assim o morto ficava em pé para escutar com o devido respeito aquelas coisas todas, ditas com tanta graça.

E de tudo o que José Luis aprendeu de seu pai, isso foi o principal:
– *O importante é rir* – ensinou-lhe o velho. – *E rir juntos.*

Dizem as paredes/5

Na faculdade de Ciências Econômicas, em Montevidéu:
A droga provoca amnésia e outras coisas que esqueci.
Em Santiago do Chile, nas margens do rio Mapocho:
Bem-aventurados os bêbados, porque eles verão Deus duas vezes.
Em Buenos Aires, no bairro de Flores:
Uma namorada sem tetas é, mais que namorada, um amigo.

O vendedor de risadas

Estou na praia de Malibu, no espigão onde há meio século o detetive Philip Marlowe encontrou um de seus cadáveres.

Jack Miles me mostra uma casa linda, lá longe, lá no alto: ali morou o homem que abastecia Hollywood de risadas. Há dez anos, Jack passou uma temporada naquela casa, quando o abastecedor de risadas decidiu ir embora para sempre.

A casa estava toda atapetada de risadas. Aquele homem tinha passado a vida recolhendo risadas. Gravador em punho, tinha percorrido os Estados Unidos de cabo a rabo, de alto a baixo, buscando risos, e tinha conseguido reunir a maior coleção do mundo. Tinha registrado a alegria das crianças brincando e o alvorocinho assim meio gasto de quem já viveu muito. Havia risos do norte e do sul, do leste e do oeste. De acordo com o que pedissem, ele podia proporcionar risadas de celebração ou risos de dor ou de pânico, risadas apaixonadas, escalafriantes gargalhadas de espectros e risos de loucos e bêbados e criminosos. Entre suas milhares e milhares de gravações, tinha risos para acreditar e risos para desconfiar, risadas de negros, de mulatos e de brancos, risadas de pobres e de ricos e de remediados.

Vendendo risos, risos para cinema, rádio e televisão, tinha ficado rico. Mas era um homem até que melancólico, e tinha uma mulher que só com uma olhada matava qualquer vontade de rir.

Ela e ele foram embora de sua casa da praia de Malibu, e nunca mais voltaram. Foram embora fugindo dos mexicanos, porque na Califórnia existem cada vez mais mexicanos que comem comida apimentada e têm o maldito costume de rir às gargalhadas. Agora eles dois vivem na ilha de Tasmânia, que fica lá pelos lados da Austrália, só que mais longe.

Eu, mutilado capilar

Os barbeiros me humilham cobrando meia tarifa.

Faz uns vinte anos que o espelho delatou os primeiros clarões debaixo da melena frondosa. Hoje o luminoso reflexo de minha calva em vitrines e janelas e janelinhas me provoca estremecimentos de horror.

Cada fio de cabelo que perco, cada um dos últimos cabelos, é um companheiro que tomba, e que antes de tombar teve nome ou pelo menos número.

A frase de um amigo piedoso me consola:

– *Se o cabelo fosse importante, estaria dentro da cabeça, e não fora.*

Também me consolo comprovando que em todos esses anos caíram muitos de meus cabelos mas nenhuma de minhas ideias, o que acaba sendo uma alegria quando a gente pensa em todos esses arrependidos que andam por aí.

Celebração do nascer incessante

Miguel Mármol serviu outra rodada de rum Matusalém e disse que estava comemorando, bebemorando, cinquenta e cinco anos de seu fuzilamento. Em 1932, um pelotão de soldados tinha acabado com ele, cumprindo ordens do ditador Martínez.

– *De idade, tenho oitenta e dois* – disse Miguelito –, *mas nem percebo. Tenho muitas namoradas. O médico receitou.*

Contou-me que tinha o costume de acordar antes do amanhecer, e que assim que abria os olhos começava a cantar, a dançar e a sapatear, e que os vizinhos do andar de baixo não gostavam nada daquilo.

Eu tinha ido levar para ele o tomo final de *Memória do Fogo*. A história de Miguelito funciona como eixo desse livro: a história

de suas onze mortes e suas onze ressurreições, tudo isso ao longo de sua vida brigona. Desde que nasceu pela primeira vez em Ilopango, em El Salvador, Miguelito é a mais certeira metáfora da América Latina. Como ele, a América Latina morreu e nasceu muitas vezes. Como ele, continua nascendo.
— Mas disso — afirmou — é *melhor não falar. Os católicos me dizem que tudo isso aconteceu por obra da Providência. E os comunistas, meus camaradas, dizem que foi tudo obra da coincidência.*

Propus fundarmos juntos o marxismo mágico: metade razão, metade paixão, e uma terceira metade de mistério.
— *A ideia é boa* — me disse ele.

O parto

Três dias de parto e o filho não saía:
— *Tá preso. O negrinho tá preso* — disse o homem.
Ele vinha de um rancho perdido nos campos.
E o médico foi até lá.

Maleta na mão, debaixo do sol do meio-dia, o médico andou até aquela longidão, aquela solidão, onde tudo parece coisa do destino feroz; e chegou e viu.

Depois, contou para Glória Galván:
— *A mulher estava nas últimas, mas ainda arfava e suava e estava com os olhos muito abertos. Eu não tinha experiência nessas coisas. Eu tremia, estava sem nenhuma ideia. E nisso, quando levantei a coberta, vi um braço pequeninho aparecendo entre as pernas abertas da mulher.*

O médico percebeu que o homem tinha estado puxando. O bracinho estava esfolado e sem vida, um penduricalho sujo de sangue seco, e o médico pensou: *Não se pode fazer mais nada.*

E mesmo assim, sabe-se lá por quê, acariciou o bracinho. Roçou com o dedo aquela coisa inerte e ao chegar à mãozinha, de repente a mãozinha se fechou e apertou seu dedo com força.

Então o médico pediu que alguém fervesse água, e arregaçou as mangas da camisa.

Ressurreições/2

Eram os tempos da ditadura militar no Brasil.

Os generais deixaram-no entrar para que morresse em sua própria terra. Darcy Ribeiro chegou do exílio e uma ambulância, que o esperava ao pé do avião, levou-o diretamente ao hospital.

Darcy sabia que estava com câncer, e que o câncer tinha devorado pelo menos um de seus pulmões, mas estava alegre de alegria por estar na sua terra e sentir que ela estava tão sempre viva e dançadoura.

O irmão de Darcy chegou da cidade de Montes Claros. Vinha para se despedir. Sentado ao lado de Darcy no hospital, olhava os próprios pés. Estava choroso e sombrio e Darcy tratava de levantar-lhe o ânimo. O cirurgião tomou Darcy pelo braço e levou-o para caminhar pelo corredor:

— *Não quero desanimá-lo* — disse —, *mas acho que o senhor deve preparar-se para o pior. Se o seu irmão sair vivo, será um milagre.*

Darcy não pôde conter o riso, e o médico não entendeu.

No dia seguinte, foi operado. Darcy despertou com um pulmão a menos. Como tem tantos, nem percebeu.

Ressurreições/3

Estive em Saint-Pierre, nos restos de Saint-Pierre. Tinha sido a cidade mais bela do mar Caribe, até que um vulcão carbonizou seus trinta mil habitantes.

Trágica profecia de um mundo pelo avesso: os que estavam a salvo foram condenados, e o condenado foi o único que se salvou. Ludger Sylbaris, preso por vadiagem, emergiu com vida, muito queimado mas com vida, três dias depois da catástrofe: só as grossas paredes do cárcere conseguiram resistir à tromba ardente do vulcão.

— *Ei-lo aqui! O verdadeiro, o autêntico! O que escapou do inferno! Um milagre de Deus! Olhem bem para ele, senhoras e senhores! E que as pessoas sensíveis tapem os olhos!*

Sylbaris passou a ser a grande atração do circo Barnum em

suas andanças pelo mundo. Ele tinha mais êxito que a mulher barbada e o menino de duas cabeças. Abria os braços e girava lentamente sobre si mesmo, mostrando seu corpo em chaga viva, e o público estremecia de horror e de prazer.

Os três irmãos

Na Nicarágua, nos anos da guerra contra Somoza, Sofía Montenegro dormia mal.
    Seus irmãos eram tema dos pesadelos mais frequentes. Ela sonhava com uma emboscada e uma chuva de balas, em pesadelos que ocorriam em paisagens de lugar nenhum ou lá pela subidinha que vai a Tiscapa. Depois da última rajada, um irmão de Sofía, tenente-coronel da ditadura, arrancava os lenços que cobriam as caras de suas vítimas; e entre os mortos estava o outro irmão.
    Junto a este irmão, o que morria no sonho, militava Sofía na Frente Sandinista. O irmão inimigo, tenente-coronel, tinha bombardeado a cidade de Estelí e tinha torturado prisioneiros. Mas nos sonhos de Sofía, os dois irmãos, o militar e o guerrilheiro, tinham seus olhos: os dois eram iguais a ela, os dois eram ela.

As duas cabeças

Pode ser que Omar Cabezas tenha esse nome porque está usando sua segunda cabeça. E talvez por isso tenha chegado até o fim no áspero caminho da revolução da Nicarágua; e por isso chegou vivo.
    Omar era criança e estava brincando de guerra de pedradas, na cidade de León. Choviam pedras, entre uma e outra esquina de uma rua qualquer, quando Omar viu vir um tremendo pedregulho que seu inimigo tinha atirado, viu clarinha a trajetória da pedra no ar, e correu: ele queria correr para o outro lado, escapar, salvar-se, mas não pôde evitar que sua cabeça se lançasse ao encontro daquele projétil que estava destinado a ele, e sua cabeça chegou ao lugar exato e no momento exato para ser golpeada e quebrada pela pedra que caía.

Assim foi que Omar perdeu aquela sua cabeça que buscava a perdição. Desde então, usa a outra, um pouco menos louca.

Ressurreições/4

Peca quem mente, diz Ernesto Cardenal, porque rouba a verdade das palavras.

Lá por volta de 1524, Frei Bobadilla fez uma grande fogueira na aldeia de Manágua e atirou nas chamas os livros indígenas. Aqueles livros eram feitos em pele de veado, em imagens pintadas com duas cores: o vermelho e o negro.

Havia séculos que estavam mentindo para a Nicarágua, até que o general Sandino escolheu essas duas cores para sua bandeira sem saber que eram as cores das cinzas da memória nacional.

A acrobata

Luz Marina Acosta era menininha quando descobriu o circo Firuliche.

O circo Firuliche emergiu certa noite, mágico barco de luzes, das profundidades do Lago da Nicarágua. Eram clarins guerreiros as cornetas de papelão dos palhaços e bandeiras altas os farrapos que ondulavam anunciando a maior festa do mundo. A lona estava toda cheia de remendos, e também os leões, aposentados leões; mas a lona era um castelo, e os leões, os reis da selva. E uma senhora rechonchuda, brilhante de lantejoulas, era a rainha dos céus, balançando nos trapézios a um metro do chão.

Então, Luz Marina decidiu tornar-se acrobata. E saltou de verdade, lá do alto, e em sua primeira acrobacia, aos seis anos de idade, quebrou as costelas.

E assim foi, depois, a vida. Na guerra, longa guerra contra a ditadura de Somoza, e nos amores: sempre voando, sempre quebrando as costelas.

Porque quem entra no circo Firuliche não sai jamais.

As flores

O escritor brasileiro Nelson Rodrigues estava condenado à solidão. Tinha cara de sapo e língua de serpente, e a seu prestígio de feio e sua fama de venenoso somava-se a notoriedade de seu contagioso azar: as pessoas ao seu redor morriam de tiro, miséria ou infelicidade fatal.

Certo dia, Nelson conheceu Eleonora. Naquele dia, dia do descobrimento, quando pela primeira vez viu aquela mulher, uma violenta alegria atropelou-o e deixou-o abobado. Então, quis dizer alguma de suas frases brilhantes, mas as pernas bambearam e a língua se enrolou e não conseguiu outra coisa a não ser gaguejar ruidinhos.

Bombardeou-a de flores. Mandava flores para o apartamento dela, no alto de um edifício do Rio de Janeiro. A cada dia mandava um grande ramo de flores, flores sempre diferentes, sem repetir jamais as cores ou aromas, e ficava esperando lá embaixo: lá de baixo via a varanda de Eleonora, e da varanda ela atirava as flores na rua, todos os dias, e os automóveis as esmagavam.

E foi assim durante cinquenta dias. Até que um dia, um meio-dia, as flores que Nelson enviou não caíram na rua e não foram pisadas pelos automóveis.

Naquele meio-dia, ele subiu até o último andar, apertou a campainha e a porta se abriu.

As formigas

Tracey Hill era menina num povoado de Connecticut, e se divertia com diversões próprias de sua idade, como qualquer outro doce anjinho de Deus no estado de Connecticut ou em qualquer outro lugar deste planeta.

Um dia, junto a seus companheirinhos de escola, Tracey se pôs a atirar fósforos acesos num formigueiro. Todos desfrutaram muito daquele sadio entretenimento infantil; Tracey, porém, ficou impressionada com uma coisa que os outros não viram, ou fizeram como se não vissem, mas que a deixou paralisada e deixou nela, para sempre, um sinal na memória: frente ao fogo, frente ao perigo, as formigas separavam-se em casais, e assim, de duas em duas, bem juntinhas, esperavam a morte.

A avó

A avó de Bertha Jensen morreu amaldiçoando.
 Ela tinha vivido a vida inteira na ponta dos pés, como se pedisse perdão por incomodar, consagrada ao serviço do marido e à sua prole de cinco filhos, esposa exemplar, mãe abnegada, silencioso exemplo de virtude: jamais uma queixa saíra de seus lábios, e muito menos um palavrão.
 Quando a doença derrubou-a, chamou o marido, sentou-o na frente da cama, e começou. Ninguém suspeitava que ela conhecesse aquele vocabulário de marinheiro bêbado. A agonia foi longa. Durante mais de um mês, a avó, da cama, vomitou um incessante jorro de insultos e blasfêmias baixíssimas. Até a sua voz mudou. Ela, que nunca tinha fumado nem bebido outra coisa além de água ou leite, xingava com vozinha rouca. E assim, xingando, morreu; e foi um alívio geral na família e na vizinhança.
 Morreu onde havia nascido, na aldeia de Dragor, na frente do mar, na Dinamarca. Chamava-se Inge. Tinha uma linda cara de cigana. Gostava de vestir-se de vermelho e de navegar ao sol.

O avô

Um homem chamado Amando, nascido numa aldeia que se chama Salitre, no litoral do Equador, me deu de presente a história de seu avô.
 Os tataranetos se revezavam no plantão. Na porta, tinham posto corrente e cadeado. Dom Segundo Hidalgo dizia que por isso padecia os ataques:
 – *Tenho reumatismo de gato castrado* – queixava-se.
 Aos cem anos completos, Dom Segundo aproveitava qualquer descuido, montava em pelo e escapava para buscar namoradas

por aí. Ninguém entendia tanto de mulheres e de cavalos. Ele tinha povoado esta aldeia de Salitre, e a comarca, e a região, desde que foi pai pela primeira vez, aos treze anos.

O avô confessava trezentas mulheres, embora todo mundo soubesse que eram mais de quatrocentas. Mas uma, uma que se chamava Blanquita, tinha sido a mais mulher de todas. Fazia trinta anos que Blanquita tinha morrido, e ele ainda a convocava na hora do crepúsculo. Amando, o neto, o que me deu esta história de presente, escondia-se e espiava a cerimônia secreta. Na varanda, iluminado pela última luz, o avô abria uma caixinha de pó de arroz de outros tempos, uma caixa redonda, daquelas com anjinhos rosados na tampa, e levava o algodão ao nariz:

– *Acho que te conheço* – murmurava, aspirando o leve perfume daquele pó de arroz. – *Acho que te conheço.*

E balançava-se muito suavemente, murmurando na cadeira de balanço.

No pôr do sol de cada dia, o avô prestava sua homenagem à mais amada. E uma vez por semana, a traía. Era infiel com uma gorda que cozinhava receitas complicadíssimas na televisão. O avô, dono do primeiro e único televisor na aldeia de Salitre, não perdia nunca esse programa. Tomava banho e fazia a barba e vestia-se de branco, vestia-se como para uma festa, o melhor chapéu, as botinas de verniz, o colete de botões dourados, a gravata de seda, e sentava-se grudado na tela. Enquanto a gorda batia seus cremes e erguia a colher, explicando os segredos de algum sabor único, exclusivo, incomparável, o avô piscava o olho e atirava beijos furtivos. A caderneta de poupança aparecia no bolso do paletó. O avô punha a caderneta assim, insinuada, como que por distração, para que a gorda visse que ele não era um pé-rapado qualquer.

Fuga

Dia desses, Maité Piñero, recém-chegada de El Salvador, trouxe a notícia:
– *Morreu.*

Um avião inimigo foi mais rápido que ele. Quando o ataque terminou, seus companheiros o enterraram. Foi enterrado ao anoitecer. Todos de costas, uns para os outros. Ninguém mostrava a cara.

Fuga tinha chegado três ou quatro anos antes, e tinha chegado para ficar. Chegou ao amanhecer, nos dias da grande chuva, e tinha se plantado no meio do acampamento, debaixo da chuva, e a chuva o metralhava e ele continuava parado.

E continuava ali quando o dilúvio acabou: um burro, ou a estátua de um burro, já muito golpeado e troncho, que com seu único olho olhava de maneira impassível e para sempre. Os guerrilheiros o expulsaram. Ele foi insultado, chutado, empurrado; não adiantou nada.

E assim ficou. Foi chamado de Fuga, porque era o mais veloz na hora de escapar, no escarcéu dos bombardeios. Foi mandado para longe, em difíceis missões de leva e traz, e voltava sempre. Os rapazes se mexiam noite e dia, de um lado para outro, através das montanhas queimadas de San Miguel, e ele os encontrava sempre. E quando o exército os cercava, Fuga dava um jeito para passar, sem dar a menor bola, pelos campos minados, e sem dar a menor bola atravessava as fileiras com seus alforjes carregados de café e *tortillas* e cigarros e balas.

– *Não vá nos trair, Fuga* – pediam a ele.

E ele os olhava, sem pestanejar, com seu único olho.

O burrinho conhecia tudo. Conhecia as bases de operações e os esconderijos de armas e víveres, as trilhas e os atalhos, o cruzamento escolhido para a próxima emboscada; e também conhecia os amigos da guerrilha em cada uma das aldeias. E mais, muito mais, todo o resto Fuga conhecia: ele era dono das confidências. Porque o burrinho sabia escutar as mágoas e as dúvidas e as bandidagens secretas de cada guerrilheiro; e até os machos mais machos, homens de ferro calado, se permitiam chorar com ele.

Celebração da amizade/1

Nos subúrbios de Havana, chamam o amigo de *minha terra* ou *meu sangue*.

Em Caracas, o amigo é minha *pada* ou minha *chave*: *pada*, por causa de padaria, a fonte do bom pão para as fomes da alma; e *chave* por causa de...
— Chave, por causa de chave — me conta Mario Benedetti.

E me conta que quando morava em Buenos Aires, nos tempos do horror, ele usava cinco chaves alheias em seu chaveiro: cinco chaves, de cinco casas, de cinco amigos: as chaves que o salvaram.

Celebração da amizade/2

Juan Gelman me contou que uma senhora brigou a guarda--chuvadas, numa avenida de Paris, contra uma brigada inteira de funcionários municipais. Os funcionários estavam caçando pombos quando ela emergiu de um incrível Ford bigode, um carro de museu, daqueles que funcionavam à manivela; e brandindo seu guarda-chuva, lançou-se ao ataque.

Agitando os braços abriu caminho, e seu guarda-chuva justiceiro arrebentou as redes onde os pombos tinham sido aprisionados. Então, enquanto os pombos fugiam em alvoroço branco, a senhora avançou a guarda-chuvadas contra os funcionários.

Os funcionários só atinaram em se proteger, como puderam, com os braços, e balbuciavam protestos que ela não ouvia: mais respeito, minha senhora, faça-me o favor, estamos trabalhando, são ordens superiores, senhora, por que não vai bater no prefeito?, senhora, que bicho picou a senhora?, esta mulher endoidou...

Quando a indignada senhora cansou o braço, e apoiou-se numa parede para tomar fôlego, os funcionários exigiram uma explicação.

Depois de um longo silêncio, ela disse:
— Meu filho morreu.

Os funcionários disseram que lamentavam muito, mas que eles não tinham culpa. Também disseram que naquela manhã tinham muito o que fazer, a senhora compreende...

— Meu filho morreu — repetiu ela.

E os funcionários: sim, claro, mas que eles estavam ganhando a vida, que existem milhões de pombos soltos por Paris, que os pombos são a ruína desta cidade...
– *Cretinos* – fulminou a senhora.
E longe dos funcionários, longe de tudo, disse:
– *Meu filho morreu e se transformou em pombo.*
Os funcionários calaram e ficaram pensando um tempão. Finalmente, apontando os pombos que andavam pelos céus e telhados e calçadas, propuseram:
– *Senhora: por que não leva seu filho embora e deixa a gente trabalhar?*
Ela ajeitou o chapéu preto:
– *Ah!, não! De jeito nenhum!*
Olhou através dos funcionários, como se fossem de vidro, e disse muito serena:
– *Eu não sei qual dos pombos é meu filho. E se soubesse, também não ia levá-lo embora. Que direito tenho eu de separá-lo de seus amigos?*

Gelman

O poeta Juan Gelman escreve erguendo-se sobre suas próprias ruínas, sobre seu pó e seu lixo.
Os militares argentinos, cujas atrocidades humanas teriam provocado em Hitler um irremediável complexo de inferioridade, golpearam-no onde mais dói. Em 1976, sequestraram seus filhos. Os filhos foram levados no lugar de Gelman. A filha, Nora, foi torturada e solta. O filho, Marcelo, e sua companheira, que estava grávida, foram assassinados e desaparecidos.
No lugar dele levaram os filhos porque ele não estava. Como se faz para sobreviver a uma tragédia destas? Digo: para sobreviver sem que a alma se apague. Muitas vezes me perguntei isso, nesses anos todos. Muitas vezes imaginei essa horrível sensação de vida usurpada, esse pesadelo do pai que sente que está roubando do filho o ar que respira, o pai que no meio da noite desperta banhado em suor: *Eu não te matei, eu não te matei.* E me perguntei: se Deus existe, por que fica de fora? Não será Deus ateu?

A arte e o tempo

Quem são os meus contemporâneos? – pergunta-se Juan Gelman. Juan diz que às vezes encontra homens que têm cheiro de medo, em Buenos Aires, em Paris ou em qualquer lugar, e sente que estes homens não são seus contemporâneos. Mas existe um chinês que há milhares de anos escreveu um poema, sobre um pastor de cabras que está longe, muito longe da mulher amada e mesmo assim pode escutar, no meio da noite, no meio da neve, o rumor do pente em seus cabelos; e lendo esse poema remoto, Juan comprova que sim, que eles sim: que esse poeta, esse pastor e essa mulher são seus contemporâneos.

Profissão de fé

Sim, sim, por mais machucado e fodido que a gente possa estar, sempre é possível encontrar contemporâneos em qualquer lugar do tempo e compatriotas em qualquer lugar do mundo. E sempre que isso acontece, e enquanto isso dura, a gente tem a sorte de sentir que é algo na infinita solidão do universo: alguma coisa a mais que uma ridícula partícula de pó, alguma coisa além de um momentinho fugaz.

Cortázar

Com um braço abraçara a nós dois. O braço era longuíssimo, como antes, mas o resto tinha se reduzido muito, e por isso Helena o sonhava com desconfiança, entre acreditando e desacreditando. Julio Cortázar explicava que tinha conseguido ressuscitar graças a uma máquina japonesa, que era muito boa mas que ainda estava em fase de experiência, e que por um erro a máquina tinha deixado-o anão.

Julio contava que as emoções dos vivos chegam aos mortos como se fossem cartas, e que ele tinha querido voltar à vida por causa da muita pena que lhe dava a pena que sua morte nos havia causado. Além disso, dizia, estar morto é uma coisa chata. Julio dizia que andava com vontade de escrever um conto sobre o assunto.

Crônica da cidade de Montevidéu

Julio César Puppo, conhecido como Lenhador, e Alfredo Gravina se encontraram ao anoitecer, num café do bairro de Villa Dolores. Assim, por acaso, descobriram que eram vizinhos:
— *Tão pertinho, e sem saber.*
Ofereceram-se uma bebida, e outra.
— *Você está muito bem.*
— *Qual o quê...*
E passaram umas poucas horas e uns muitos copos falando do tempo enlouquecido e de como a vida andava custando os olhos da cara, dos amigos perdidos e dos lugares que já não são, memórias dos anos moços:
— *Você lembra?*
— *E se lembro...*
Quando finalmente o café fechou, Gravina acompanhou o Lenhador até a porta de sua casa. Mas depois o Lenhador quis retribuir:
— *Te acompanho.*
— *Ora, não se incomode.*
— *Mas se é um prazer...*
E nesse vaivém passaram a noite inteira. Às vezes paravam, por causa de alguma recordação súbita ou porque a estabilidade deixava muito a desejar, mas em seguida continuavam na ida e volta de esquina a esquina, da casa de um à casa do outro, de uma porta a outra, como que trazidos e levados por um pêndulo invisível, acarinhando-se sem dizer nada e abraçando-se sem se tocar.

A cerca de arame

À meia-noite da noite mais gelada do ano chegou, súbita, violenta, a ordem de formar fila. Aquela era a noite mais gelada daquele ano e de muitos anos, e uma névoa inimiga mascarava tudo.

Aos gritos, debaixo de golpes das armas, os presos foram postos de cara contra a cerca de arame que rodeava as barracas. Das torres de vigia, os refletores atravessavam a névoa e lentamente percorriam a longa fileira de uniformes cor de cinza, mãos crispadas e cabeças rapadas a zero.

Dar meia-volta era proibido. Os presos escutaram ruídos de botas correndo e os sons metálicos das metralhadoras sendo armadas. Depois, silêncio.

Naqueles dias, tinha corrido na prisão o rumor:

– *Vão matar a gente.*

Mario Dufort era um daqueles presos, e estava suando gelo.

Tinha os braços abertos, como todos, com as mãos agarrando a cerca: como ele estava tremendo, a cerca de arame tremia. Tremo de frio, disse a si mesmo, e repetiu; e não acreditou.

E teve vergonha de seu medo. Sentiu-se incomodado por aquele espetáculo que estava dando na frente dos companheiros. E soltou as mãos.

Mas a cerca de arame continuou tremendo. Sacudida pelas mãos de todos os outros, a cerca de arame continuou tremendo.

E então, Mario compreendeu.

O céu e o inferno

Cheguei a Bluefields, no litoral da Nicarágua, no dia seguinte a um ataque dos *contras*. Havia muitos mortos e feridos. Eu estava no hospital quando um dos sobreviventes do tiroteio, um garoto, despertou da anestesia: despertou sem braços, olhou o médico e pediu:

– *Me mate.*

Fiquei com um nó no estômago.

Naquela noite, noite atroz, o ar fervia de calor. Eu me estendi num terraço, sozinho, olhando o céu. Não longe dali, a música soava forte. Apesar da guerra, apesar de tudo, a cidade de Bluefields estava celebrando a festa tradicional do Palo de Mayo. A multidão dançava, jubilosa, ao redor da árvore cerimonial. Mas eu, estendido no terraço, não queria escutar a música nem queria escutar nada, e estava tentando não sentir, não recordar, não pensar: em nada, em nada de nada. E estava naquilo, espantando sons e tristezas e mosquitos, com os olhos pregados na noite alta, quando um menino de Bluefields, que eu não conhecia, estendeu-se ao meu lado e começou a olhar o céu, como eu, em silêncio.

Então, passou uma estrela cadente. Eu podia ter pedido um desejo; mas não lembrei.

O menino me explicou:

– *Você sabe por que as estrelas caem? A culpa é de Deus. Deus gruda elas mal. Ele gruda as estrelas com cola de arroz.*

Amanheci dançando.

Crônica da cidade de Manágua

O comandante Tomás Borge me convidou para jantar. Eu não o conhecia. Tinha fama de ser o mais duro de todos, o mais temido. Havia mais gente no jantar, gente linda; ele falou pouco ou nada. Ficou me olhando, ficou me medindo.

Na segunda vez, jantamos sozinhos. Tomás estava mais aberto: respondeu muito solto as minhas perguntas sobre os velhos tempos da fundação da Frente Sandinista. E à meia-noite, como quem não quer nada, me disse:

– *Agora, conta um filme para mim.*

Eu me defendi. Expliquei que morava em Calella, uma cidadezinha onde o cinema quase não chegava, só filmes velhos...

– *Conta* – insistiu, ordenou. – *Qualquer filme, qualquer um, mesmo que seja velho.*

Então contei uma comédia. Contei, atuei; tentei resumir, mas ele exigia detalhes. Quando terminei:

– *Agora, outro.*

Contei um de gângster, que acabava mal.

– *Outro.*

Contei um de cowboys.

– *Outro.*

Contei, inventando de cabo a rabo, um de amor.

Acho que estava amanhecendo quando me dei por vencido, supliquei clemência e fui dormir.

Encontrei-o uma semana depois. Tomás pediu desculpas:

— *Espremi você, naquela noite. É que eu gosto muito de cinema, gosto loucamente, e nunca posso ir.*

Disse que qualquer um podia entender. Ele era ministro de Interior da Nicarágua, em plena guerra; o inimigo não dava trégua e não havia tempo para luxos como ir ao cinema.

— *Não, não* — me corrigiu. — *Tempo, tenho. Tempo... a gente sempre consegue, quando quer. Não é uma questão de tempo. Antes, quando eu estava clandestino, disfarçado, dava um jeito para ir ao cinema. Mas agora...*

Não perguntei. Houve um silêncio, ele continuou:

— *Não posso ir ao cinema porque... porque no cinema, eu choro.*

— *Ah!* — disse. — *Eu também.*

— *Claro* — respondeu —. *Percebi na hora. Na primeira vez que vi você, pensei: "Esse é dos que choram no cinema".*

O desafio

N*ão conseguiram nos transformar em eles* — escreveu-me Cacho El Kadri.

Eram os últimos tempos das ditaduras militares na Argentina e no Uruguai. Tínhamos comido medo no café da manhã, medo no almoço e no jantar, medo; mas não tinham conseguido nos transformar em eles.

Celebração da coragem/1

Gabriel Caro, colombiano, que lutou na Nicarágua, conta que ao lado dele caiu um suíço, destroçado por uma rajada de metralhadora; e ninguém sabia como era o nome do suíço. Aconteceu na Frente Sul, um par de noites ao norte do rio San Juan, pouco antes da derrota da ditadura de Somoza. Ninguém sabia o seu nome, ninguém sabia nada daquele calado miliciano louro que tinha ido tão longe para morrer na Nicarágua, pela revolução, pela lua. O suíço caiu gritando uma coisa que ninguém entendeu, caiu gritando:

– *Viva Bakunin!*

E enquanto ouço Gabriel contando a história do suíço, minha memória se acende. Há anos, em Montevidéu, Carlos Bonavita me falou de um tio dele, ou tio-avô, que redigia os relatos de batalha nos tempos das guerras gaúchas nas pradarias do Uruguai. Andava aquele tio ou tio-avô contando mortos na beira do rio onde uma batalha, não sei qual, tinha acontecido. Pela cor das fitas que os soldados usavam nos cabelos, reconhecia os grupos. Estava fazendo isso quando viu um cadáver e ficou paralisado. Era um soldado de poucos anos, era um anjo de olhos tristes. Sobre os cabelos negros, vermelhos de sangue, a fita branca dizia: *Pela pátria e por ela.* A bala tinha entrado na palavra *ela*.

Celebração da coragem/2

Perguntei a ele se tinha visto algum fuzilamento. Sim, tinha visto.

Chino Heras tinha visto um coronel ser fuzilado, no final de 1960, no quartel de La Cabaña. A ditadura de Batista tinha muitos carrascos, coisa ruim a serviço da dor e da morte; e aquele coronel era um dos muitos, um dos piores.

Estávamos em meu quarto, numa roda de amigos, em um hotel de Havana. Chino contou que o coronel não tinha querido que vendassem os seus olhos, e sua última vontade não fora um cigarro: o coronel pediu que o deixassem comandar seu próprio fuzilamento.

O coronel gritou: *Preparar!* e gritou: *Apontar!* Quando ia gritar: *Fogo!*, o fuzil de um dos soldados travou. Então o coronel interrompeu a cerimônia.

– *Calma* – disse para a fila dupla de homens que deviam matá-lo. Eles estavam tão próximos que quase podia tocá-los.

– *Calma* – disse. – *Não fiquem nervosos.*

E novamente mandou preparar armas, e mandou apontar, e quando estava tudo em ordem, mandou disparar. E caiu.

Chino contou esta morte do coronel, e ficamos calados. Éramos vários naquele quarto, e todos nos calamos.

Esticada feito uma gata sobre a cama, havia uma moça de vestido vermelho. Não recordo seu nome. Recordo suas pernas. Ela tampouco disse nada.

Passaram-se duas ou três garrafas de rum e no fim todo mundo foi dormir. Ela também. Antes de ir embora, da porta entreaberta, olhou para o Chino, sorriu e agradeceu:

– *Obrigada* – disse. – *Eu não conhecia os detalhes. Obrigada por ter me contado.*

Depois soubemos que o coronel era o pai da moça.

Uma morte digna é sempre uma boa história para se contar, mesmo que seja a morte digna de um filho da puta. Mas eu quis escrevê-la, e não consegui. Passou o tempo e esqueci.

Da moça, nunca mais ouvi falar.

Celebração da coragem/3

Sérgio Vuskovic me conta os últimos dias de José Tohá.

– *Suicidou-se* – disse o general Pinochet.

– *O governo não pode garantir a imortalidade de ninguém* – escreveu um jornalista da imprensa oficial.

– *Estava magro por causa dos nervos* – declarou o general Leigh.

Os generais chilenos odiavam-no. Tohá tinha sido ministro da Defesa no governo Allende, e conhecia os seus segredos.

Estava num campo de concentração, na ilha de Dawson, ao sul do sul.

Os prisioneiros estavam condenados a trabalhos forçados. Debaixo da chuva, metidos no barro ou na neve, os prisioneiros carregavam pedras, erguiam muros, colocavam encanamentos, pregavam postes e estendiam cercas de arame farpado.

Tohá, que tinha um metro e noventa de altura, estava pesando cinquenta quilos. Nos interrogatórios, desmaiava. Era interrogado sentado numa cadeira, com os olhos vendados. Quando despertava, não tinha forças para falar, mas sussurrava:

– *Escute, oficial.*

Sussurrava:
— *Viva os pobres do mundo.*
Estava há algum tempo tombado na barraca, quando um dia levantou-se. Foi o último dia em que se levantou.

Fazia muito frio, como sempre, mas havia sol. Alguém conseguiu café bem quente para ele e o negro Jorquera assoviou para ele um tango de Gardel, um daqueles velhos tangos dos quais ele tanto gostava.

As pernas tremiam, e a cada passo os joelhos se dobravam, mas Tohá dançou aquele tango. Dançou-o com uma vassoura, magra como ele, ele e a vassoura, ele encostando o cabo da vassoura em sua cara de fidalgo cavalheiro, os olhinhos fechados, até que numa volta caiu ao chão e já não conseguiu mais levantar.

Nunca mais foi visto.

Celebração da coragem/4

A direita mesquinha e a esquerda puritana dedi- cam boa parte de seus fervores discutindo se Salvador Allende suicidou-se ou não.

Allende tinha anunciado que não sairia vivo do palácio presidencial. Na América Latina, é tradição: todos dizem a mesma coisa. Depois, na hora do golpe de Estado, correm para o primeiro avião.

Tinham-se passado muitas horas de bombas e fogo e Allende continuava combatendo entre os escombros. Então chamou seus colaboradores mais íntimos, que resistiam com ele, e disse:

— *Desçam, que eu já vou.*

Eles acreditaram e foram embora, e Allende ficou sozinho no palácio em chamas.

Que importa de quem foi o dedo que disparou a bala final?

Um músculo secreto

No meio-dia da memória, um meio-dia do exílio. Eu estava escrevendo, ou lendo, ou me aborrecendo em minha casa no litoral de

Barcelona, quando o telefone tocou e o telefone me trouxe, cheio de assombro, a voz de Fico.

Fazia mais de dois anos que Fico estava preso. Fora solto no dia anterior. O avião o trouxera da cela de Buenos Aires para o aeroporto de Londres. Do aeroporto ele me telefonava pedindo que fosse vê-lo, venha no primeiro avião, tenho muita coisa para contar, tanta coisa para falar, mas uma coisa eu quero dizer já, quero que você saiba:

– *Não me arrependo de nada.*

Naquela mesma noite nos encontramos em Londres.

No dia seguinte, acompanhei-o ao dentista. Não tinha remédio. Os choques elétricos nas câmaras de tortura afrouxaram seus dentes de cima, e podia dar aqueles dentes por perdidos.

Fico Vogelius era o empresário que financiara a revista *Crisis*, e não havia posto somente dinheiro, mas a alma e a vida naquela aventura, e me dera plena liberdade para fazer a revista do jeito que eu quisesse. Enquanto durou, três anos e pouco, quarenta números, *Crisis* soube ser um teimoso ato de fé na palavra solidária e criativa, aquela que não é nem finge ser neutra, a voz humana que não é eco nem soa só por soar.

Por causa desse delito, pelo imperdoável delito de *Crisis*, a ditadura militar argentina sequestrou Fico, e o encarcerou e o torturou; e ele salvara a vida por um fio, graças ao fato de ter conseguido gritar o próprio nome enquanto era sequestrado.

A revista havia caído sem se curvar, e nós estávamos orgulhosos dela. Fico tinha uma garrafa de sei lá qual vinho francês antigo e bem-amado. Com aquele vinho brindamos, em Londres, à saúde do passado, que continuava sendo um companheiro digno de confiança.

Depois, alguns anos depois, acabou-se a ditadura militar. E em 1985, Fico decidiu que *Crisis* devia ressuscitar. E estava cuidando disso, outra vez disposto a queimar tempo e dinheiro, quando ficou sabendo que tinha um câncer.

Consultou vários médicos, em vários países. Uns lhe davam vida até outubro, outros até novembro. De novembro não passa, sentenciavam todos. Ele estava cadavérico, tremendo de operação a operação; mas um brilho de desafio acendia seus olhos.

Crisis reapareceu em abril de 86. E no dia seguinte ao renascimento de *Crisis*, meio ano depois de todos os prognósticos, Fico deixou-se morrer.

Outro músculo secreto

Nos últimos anos, a Avó estava se dando muito mal com o próprio corpo. Seu corpo, corpo de aranhinha cansada, negava-se a segui-la.
— *Ainda bem que a mente viaja sem passagem* — dizia.
Eu estava longe, no exílio. Em Montevidéu, a Avó sentiu que tinha chegado a hora de morrer. Antes de morrer, quis visitar a minha casa com corpo e tudo.
Chegou de avião, acompanhada pela minha tia Emma. Viajou entre as nuvens, entre as ondas, convencida de que estava indo de barco; e quando o avião atravessou uma tempestade, achou que estava numa carruagem, aos pulos, sobre a estrada de pedras.
Ficou em casa um mês. Comia mingaus de bebê e roubava caramelos. No meio da noite despertava e queria jogar xadrez ou brigava com o meu avô, que tinha morrido há quarenta anos. Às vezes tentava alguma fuga até a praia, mas suas pernas se enroscavam antes que ela chegasse na escada.
No final, disse:
— *Agora, já posso morrer.*
Disse que não ia morrer na Espanha. Queria evitar que eu tivesse a trabalheira burocrática, o transporte do corpo, aquilo tudo: disse que sabia muito bem que eu odiava a burocracia.
E regressou a Montevidéu. Visitou a família toda, casa por casa, parente por parente, para que todos vissem que tinha regressado muito bem e que a viagem não tinha culpa. E então, uma semana depois de ter chegado, deitou-se e morreu.
Os filhos jogaram as suas cinzas debaixo da árvore que ela tinha escolhido.
Às vezes, a Avó vem me ver nos sonhos. Eu caminho na beira de um rio e ela é um peixe que me acompanha deslizando suave, suave, pelas águas.

A festa

Estava suave o sol, o ar limpo e o céu sem nuvens. Afundado na areia, um caldeirão de barro fumegava. No caminho entre o mar e a boca, os camarões passavam pelas mãos de Zé Fernando, mestre de cerimônias, que os banhava em água-benta de sal e cebolas e alho.

Havia bom vinho. Sentados em roda, amigos compartilhávamos o vinho e os camarões e o mar que se abria, livre e luminoso, aos nossos pés.

Enquanto acontecia, essa alegria estava já sendo recordada pela memória e sonhada pelo sonho. Ela não terminaria nunca, e nós tampouco, porque somos todos mortais até o primeiro beijo e o segundo copo, e qualquer um sabe disso, por menos que saiba.

As impressões digitais

Eu nasci e cresci debaixo das estrelas do Cruzeiro do Sul.

Aonde quer que eu vá, elas me perseguem. Debaixo do Cruzeiro do Sul, cruz de fulgores, vou vivendo as estações de meu destino.

Não tenho nenhum deus. Se tivesse, pediria a ele que não me deixe chegar à morte: ainda não. Falta muito o que andar. Existem luas para as quais ainda não lati e sóis nos quais ainda não me incendiei. Ainda não mergulhei em todos os mares deste mundo, que dizem que são sete, nem em todos os rios do Paraíso, que dizem que são quatro.

Em Montevidéu, existe um menino que explica:

– *Eu não quero morrer nunca, porque quero brincar sempre.*

O ar e o vento

Pelos caminhos vou, como o burrinho de São Fernando, um pouquinho a pé e outro pouquinho andando.

Às vezes me reconheço nos demais. Me reconheço nos que ficarão, nos amigos abrigos, loucos lindos de justiça e bichos voadores da beleza e demais vadios e malcuidados que andam por aí e que por aí continuarão, como continuarão as estrelas da noite e as ondas do mar. Então, quando me reconheço neles, eu sou ar aprendendo a saber-me continuado no vento.

Acho que foi Vallejo, César Vallejo, que disse que às vezes o vento muda o ar.

Quando eu já não estiver, o vento estará, continuará estando.

A ventania

Assovia o vento dentro de mim.

Estou despido. Dono de nada, dono de ninguém, nem mesmo dono de minhas certezas, sou minha cara contra o vento, a contravento, e sou o vento que bate em minha cara.

O teatro do bem e do mal

Tradução de Sergio Faraco

Estes artigos foram publicados em jornais e revistas de diversos idiomas. Foram Emir Sader e Eric Nepomuceno que propuseram reuni-los num livro para os leitores brasileiros. O editor, Ivan Pinheiro Machado, e o tradutor, Sergio Faraco, acompanharam generosamente a ideia.

Se os leitores se aborrecerem com o livro, Emir e Eric devem ser apedrejados, ou talvez crucificados. O autor se declara inocente.

O TEATRO DO BEM E DO MAL

2001

Na luta do Bem contra o Mal, sempre é o povo que contribui com os mortos.

Os terroristas mataram trabalhadores de sessenta países, em Nova York e Washington, em nome do Bem contra o Mal. E em nome do Bem contra o Mal, o presidente Bush jura vingança: "Vamos eliminar o Mal deste mundo", anuncia.

Eliminar o Mal? Que seria do Bem sem o Mal? Não só os fanáticos religiosos precisam de inimigos, para justificar sua loucura. Também precisam de inimigos, para justificar sua existência, a indústria de armamentos e o gigantesco aparato militar dos Estados Unidos. Bons e maus, maus e bons: os atores trocam de máscaras, os heróis passam a ser monstros e os monstros, heróis, segundo exigem os que escrevem o drama.

Nisso não há nada de novo. O cientista alemão Werner von Braun foi mau quando inventou os foguetes V-2 que Hitler lançou sobre Londres, mas transformou-se em bom no dia em que pôs seu talento a serviço dos Estados Unidos.

Stálin foi bom durante a Segunda Guerra Mundial e mau depois, quando passou a dirigir o Império do Mal. Nos anos da guerra fria, escreveu John Steinbeck: "Talvez o mundo todo precise de russos. Aposto que também na Rússia precisam de russos. Talvez eles os chamem de americanos". Depois, os russos se regeneraram. Agora, também Putin diz: "O Mal deve ser castigado".

Saddam Hussein era bom, e boas eram as armas químicas que empregou contra iranianos e curdos. Depois, degenerou-se. Já se chamava Satã Hussein quando os Estados Unidos, que vinham de invadir o Panamá, invadiram o Iraque porque o Iraque tinha invadido o Kuwait. Bush Pai encarregou-se desta guerra contra o Mal. Com o espírito humanitário e compassivo que caracteriza sua família, matou mais de cem mil iraquianos, civis na grande maioria.

Satã Hussein está onde sempre esteve, mas o inimigo número um da humanidade descendeu para a categoria de inimigo número dois. O flagelo do mundo, agora, chama-se Osama Bin Laden.

A CIA lhe ensinara tudo o que sabe em matéria de terrorismo: Bin Laden, amado e armado pelo governo dos Estados Unidos, era um dos principais "guerreiros da liberdade" contra o comunismo no Afeganistão. Bush Pai ocupava a vice-presidência quando o presidente Reagan disse que estes heróis eram "o equivalente moral dos Pais Fundadores da América". Hollywood estava de acordo com a Casa Branca. Na época, filmou-se o *Rambo 3*: os afegãos muçulmanos eram os bons. Treze anos depois, nos tempos de Bush Filho, são maus malíssimos.

• • •

Henry Kissinger foi um dos primeiros a reagir diante da recente tragédia: "Tão culpados quanto os terroristas são aqueles que lhes dão apoio, financiamento e inspiração", sentenciou, com palavras que o presidente Bush repetiu horas depois.

Sendo assim, urgiria começar por bombardear o próprio Kissinger: ele seria culpado de muito mais crimes do que os cometidos por Bin Laden e todos os terroristas do mundo. E em muito mais países: atuando a serviço de vários governos norte-americanos, deu "apoio, financiamento e inspiração" ao terror de estado na Indonésia, no Camboja, em Chipre, no Irã, na África do Sul, em Bangladesh e nos países sul-americanos que sofreram a guerra suja da Operação Condor.

Em 11 de setembro de 1973, exatamente 28 anos antes dos incêndios de hoje, ardia o palácio presidencial no Chile. Kissinger antecipara o epitáfio de Salvador Allende e da democracia chilena, ao comentar o resultado das eleições: "Não temos por que aceitar que um país se torne marxista pela irresponsabilidade de seu povo".

O desprezo pela vontade popular é uma das muitas coincidências entre o terrorismo de estado e o terrorismo privado. Um exemplo é o ETA, que mata pessoas em nome da independência do País Basco e afirma através de um de seus porta-vozes: "Os direitos não têm nada a ver com maiorias e minorias".

Muito se parecem entre si o terrorismo artesanal e o de alto nível tecnológico, o terrorismo dos fundamentalistas religiosos e o dos fundamentalistas de mercado, o terrorismo dos desesperados e o dos poderosos, o dos loucos soltos e o dos profissionais de uniforme. Todos compartilham o mesmo desprezo pela vida humana: os assassinos dos três mil cidadãos triturados sob os escombros das torres gêmeas, que desabaram como castelos de areia seca, e os assassinos dos duzentos mil guatemaltecos, em sua maioria indígenas, que foram exterminados sem que as tevês e os jornais do mundo lhes dessem a mínima atenção. Eles, os guatemaltecos, não foram sacrificados por nenhum fanático muçulmano, mas pelos militares terroristas que receberam "apoio, financiamento e inspiração" dos sucessivos governos dos Estados Unidos.

Todos os enamorados da morte coincidem também em sua obsessão por reduzir a termos militares as contradições sociais, culturais e nacionais. Em nome do Bem contra o Mal, em nome da Única Verdade, todos resolvem tudo matando primeiro e perguntando depois. E, por tal caminho, acabam alimentando o inimigo que combatem. Foram as atrocidades do Sendero Luminoso que em grande medida incubaram o presidente Fujimori, que com considerável apoio popular implantou um regime de terror e vendeu o Peru a preço de banana. Foram as atrocidades dos Estados Unidos no Oriente Médio que em grande medida incubaram a guerra santa do terrorismo de Alá.

• • •

Suposto que agora o líder da Civilização esteja exortando a uma nova Cruzada, Alá é inocente dos crimes que se cometem em seu nome. Ao fim e ao cabo, Deus não ordenou o holocausto nazista contra os fiéis de Jeová e não foi Jeová quem decretou a matança de Sabra e Chatila e a expulsão dos palestinos de sua terra. Acaso Jeová, Alá e Deus, a rigor, não são três nomes de uma mesma divindade?

Uma tragédia de equívocos: já não se sabe quem é quem. A fumaça das explosões faz parte de uma muito maior cortina de fumaça que nos impede de ver. De vingança em vingança, os terrorismos nos obrigam a caminhar aos tombos. Vejo uma foto, recentemente publicada: numa parede de Nova York, uma mão escreveu "Olho por olho deixa todo mundo cego".

A espiral da violência engendra violência e também confusão: dor, medo, intolerância, ódio, loucura. Em Porto Alegre, no início deste ano, o argelino Ahmed Ben Bella advertiu: "Este sistema, que já enlouqueceu as vacas, está enlouquecendo os homens". E os loucos, loucos de ódio, atuam imitando o poder que os gera.

Um menino de três anos, chamado Luca, comentou um dia desses: "O mundo não sabe onde está sua casa". Ele estava olhando um mapa. Não estava olhando o noticiário.

SÍMBOLOS

2001

Negócio

"A guerra contra o terrorismo será longa", anunciou o presidente do planeta. Má notícia para os civis que estão morrendo e morrerão, excelente notícia para os fabricantes de armas.

Não importa que as guerras sejam eficazes. O que importa é que sejam lucrativas. Desde o 11 de setembro, as ações da General Dynamics, Lockheed, Northrop Grumman, Raytheon e outras empresas da indústria bélica subiram verticalmente em Wall Street. A bolsa as ama.

Como já ocorreu nos bombardeios do Iraque e da Iugoslávia, a televisão raramente mostra as vítimas no Afeganistão: está ocupada na exibição da passarela de novos modelos de armas. Na era do mercado, a guerra não é uma tragédia, mas uma feira internacional. Os fabricantes de armas precisam de guerras como os fabricantes de abrigos precisam de invernos.

Hollywood

A realidade imita o cinema: tudo explode, os meninos recebem mísseis da fita *Atlantis* na caixinha feliz do McDonald's e é cada vez mais difícil distinguir o sangue do ketchup.

Agora o Pentágono encarregou alguns roteiristas de cinema e expertos em efeitos especiais de ajudar a adivinhar os novos objetivos terroristas e a melhor maneira de defendê-los. Segundo a revista *Variety*, um dos que está nisso é o roteirista de *Duro de matar*.

Vestuário

Numa das imagens mais difundidas, o duro de matar Osama Bin Laden traz um turbante, mas veste uma túnica de serviço do exército dos Estados Unidos e em seu pulso reluz um relógio Timex, *made in USA*.

Ele é também *made in USA*, como os demais fundamentalistas islâmicos que a CIA recrutou e armou, desde quarenta países, contra o comunismo ateu no Afeganistão. Quando os Estados Unidos celebraram sua vitória naquela guerra, a presidenta do Paquistão, Benazir Bhutto, em vão alertou Bush Pai: "Vocês criaram um monstro, como o doutor Frankenstein".

E comprovou-se, uma vez mais, que os corvos arrancam os olhos de quem os cria. Mas o *sponsor* continua a aproveitar-se deles. Agora os fanáticos lhe servem de pretexto para fazer a guerra contra quem quiser e como quiser, para lhe consolidar o domínio universal. E também para dar explicações indiscutíveis. Durante o mês de setembro, as empresas estadunidenses deixaram na rua duzentos mil trabalhadores: "São os números de Bin Laden", sentenciou a Secretária do Trabalho, Elaine Chao.

Um par de semanas antes do desmoronamento das torres, desmoronava a economia mundial, e a revista *The Economist* aconselhava seus leitores: "Consigam um paraquedas". Desde que aconteceu o que aconteceu, quem não conseguir um paraquedas poderá ao menos encontrar um culpado sob medida.

Pânico

A humanidade inteira está sentindo os sintomas do ataque de antraz: vergões, dor de cabeça, aquela mancha na pele que parece uma equimose... Todos temos medo de abrir as cartas, e não porque contenham uma conta impagável de impostos ou de luz, ou a fatal notícia de que lamentamos comunicar que decidimos prescindir de seus serviços.

Os militares da Ucrânia estavam em manobras quando um míssil SA-5 derrubou um avião de passageiros e matou 78 pessoas. Foi por engano ou porque os mísseis inteligentes sabiam que os aviões de passageiros são armas inimigas? Os mísseis inteligentes atacarão agora as agências dos correios?

Armas

Um porta-aviões estadunidense, o *Nimitz*, esteve por um dia em águas uruguaias. A visita me preocupou, pois em meu bairro há um edifício que tem todo um aspecto de mesquita, e com os mísseis inteligentes nunca se sabe.

Felizmente, nada aconteceu. Ou quase nada: uns quantos políticos uruguaios foram convidados a conhecer o porta-aviões, flutuante cidade da morte, e por pouco não se matam. O avião que os levava aterrissou mal e acabou com uma asa na água.

Graças à visita, ficamos sabendo que este porta-aviões custou quatro bilhões e quinhentos milhões de dólares. Segundo os cálculos da UNICEF e de outros organismos das Nações Unidas, com três porta-aviões como o *Nimitz* poder-se-ia dar comida e remédios, durante um ano, para todas as crianças famintas e enfermas do mundo, que estão morrendo num ritmo de trinta e seis mil por dia.

Mão de obra

Não é só o terrorismo islâmico que tem seus guerreiros adormecidos: também o terrorismo de estado. Um dos protagonistas da Operação Condor nos anos das ditaduras militares na América do

Sul, o coronel uruguaio Manuel Cordero, declarou que a guerra suja "é a única maneira" de combater o terrorismo e que são necessários os sequestros, as torturas, os assassinatos e os desaparecimentos. Ele tem experiência e oferece sua mão de obra.

Diz o coronel que ouviu os discursos do presidente Bush e que assim será a terceira guerra mundial que está anunciando. Lamentavelmente, ouviu bem.

Antecedentes

Como o coronel, também o embaixador tem experiência. John Negroponte, representante estadunidense nas Nações Unidas, ameaça levar a guerra "a outros países", e sabe o que diz.

Há alguns anos, ele levou a guerra à América Central. Negroponte foi o padrinho do terrorismo dos *contras* na Nicarágua e dos paramilitares em Honduras. Reagan, o presidente de então, dizia o mesmo que agora dizem o presidente Bush e seu inimigo Bin Laden: vale tudo.

Vítimas

Esta nova guerra, faz-se contra a ditadura talibã ou contra o povo que a padece? Quantos civis assassinarão os bombardeios?

Quatro afegãos que trabalhavam para as Nações Unidas foram os primeiros "danos colaterais" entre aqueles de que se teve notícia. Todo um símbolo: eles se dedicavam a desenterrar minas.

O Afeganistão é o país mais minado do mundo. Em seu solo há dez milhões de minas prontas para matar ou mutilar quem nelas pise. Muitas foram plantadas pelos russos, durante a invasão, e muitas foram plantadas contra os russos, por doação do governo dos Estados Unidos aos guerreiros de Alá.

O Afeganistão nunca aceitou o acordo internacional que proíbe as minas antipessoais. Os Estados Unidos tampouco. E agora as caravanas de fugitivos tentam escapar, a pé ou de burro, dos mísseis que chovem do céu e das minas que explodem na terra.

Rupturas

Rigoberta Menchú, filha do povo maia, que é um povo de tecelões, adverte que estamos "com a esperança num fio".
E assim é. Num fio. No manicômio global, entre um senhor que acha que é Maomé e outro senhor que acha que é Buffalo Bill, entre o terrorismo dos atentados e o terrorismo da guerra, a violência nos está destecendo.

NOTAS DO ALÉM

2001

Informações úteis

A tradição islâmica proíbe tomar vinho na Terra, mas o Corão promete vinho incessante no Céu. O Corão, que condena o adultério na Terra, também promete belas virgens e gentis mancebos, disponíveis em quantidade, para o gozo eterno no Jardim das Delícias que aguarda os mortos virtuosos.

A tradição católica, amiga do vinho no Aquém, não oferece vinho no Além, onde os eleitos de Deus serão submetidos a uma dieta de leite e mel. E segundo o ditame do Papa João Paulo II, no Paraíso os homens e as mulheres estarão juntos, mas "serão como irmãos".

Por influência da vida ultraterrena ou por outros motivos, há trezentos muçulmanos a mais do que os católicos.

Mas quem conhece melhor o Céu não é muçulmano nem católico. O telepastor evangelista Billy Graham, cujas luzes orientam o presidente Bush nas trevas deste mundo, é o único ser humano que foi capaz de medir o reino de Deus. A Billy Graham Evangelistic Association, com sede em Minneapolis, revelou que o Paraíso mede mil e quinhentas milhas quadradas.

No fim do século XX, uma pesquisa do Gallup indicou que oito de cada dez estadunidenses acreditam que os anjos existem.

Um cientista do American Institute of Physics (College Park, Md) assegurou ser impossível que mais de dez anjos pudessem dançar ao mesmo tempo numa cabeça de alfinete, e dois colegas do Departamento de Física Aplicada na Universidade de Santiago de Compostela informaram que a temperatura do inferno é de 279 graus.

Enquanto isso, o serviço de telecomunicações de Israel divulgou o número do fax de Deus (00972-25612222) e o endereço do *site* dele (www.kotelkam.com).

Agradeço o milagre

Mensagens escritas por diversas gerações, ao longo de muitos anos, nos ex-votos de lata pintada de igrejas do México:

Em 15 de junho de 1790, um assassino se arrependeu diante da prodigiosa imagem do Senhor dos Prateiros e assim foi ressuscitado o homem que ele matou com uma grande pedra. E para comprovar o milagre, o ressuscitado trouxe a este santuário a pedra sobre a cabeça, no dia seguinte ao do crime.

•

A Sra. Margarita Canales de Gutiérrez dá graças à Virgem Nossa Senhora de Guadalupe, porque no dia 10 de janeiro de 1914 as tropas de Pancho Villa entraram em Ojinaga e violaram sua irmã e ela não.

•

O Sr. Pablo Estrada, desiludido com a morte de sua mãe, recorreu ao suicídio, batendo seis vezes contra si mesmo com um martelo, dando graças à Virgem de São João por lhe ter tirado esse mau pensamento.

•

Dou infinitas graças ao Santo Menino de Atocha por me livrar de uma pena de quarenta anos, pagando-a com apenas oito dias. José Guadalupe de la Rueda, Colônia Penal de Barrientos.

•

Dou graças ao Santo Menino porque tenho três irmãs, sou a mais feia e me casei primeiro.

•

Infinitas graças dou à Virgenzinha das Dores porque ontem à noite minha mulher fugiu com meu compadre Anselmo e assim ele vai pagar por todas que me fez.

•

Dou graças ao Divino Rosto de Acapulco porque matei meu marido e não me fizeram nada. Rosa Perea.

O turismo do depois

Enterros celestiais, preços terrenos. Por doze mil e quinhentos dólares, você pode ter seu túmulo no Vale do Silêncio: "Descanse em paz. Na lua", oferece a empresa norte-americana Celestis Inc., que já tem três satélites funerários em órbita. Os foguetes levarão as cinzas dos clientes, partindo da base de Cabo Canaveral. Por um preço adicional de cinco mil e seiscentos dólares, a empresa Earthview oferece um vídeo do lançamento e garante o envio de um epitáfio digital a uma estrela que será batizada com o nome do finado.
Estes foram os dois primeiros epitáfios enviados ao céu:
Que vista magnífica.
Meu espírito está livre para elevar-se.

Lápides

Epitáfios escritos em túmulos de diversos cemitérios, aqui na Terra:
Por querer estar melhor, estou aqui.
Eu lhes disse que não me sentia bem.
Desculpem-me por não levantar.
Nem Deus pode me tirar o que eu gozei.
Cometeu o delito de ser bom.

Esta cinza regada foi boca beijada.
E ainda lhe brotam as frutinhas.
Cumprimentou os conhecidos, abraçou os amigos, beijou os queridos. E foi-se.
Ela não era deste mundo.

O Aquém

Estimado senhor Futuro,
de minha maior consideração:
Escrevo-lhe esta carta para pedir-lhe um favor. V. Sa. haverá de desculpar o incômodo.

Não, não se assuste, não é que eu queira conhecê-lo. V. Sa. há de ser um senhor muito ocupado, nem imagino quanta gente pretenderá ter esse gosto; mas eu não. Quando uma cigana me toma da mão, saio em disparada antes que ela possa cometer essa crueldade.

E no entanto, misterioso senhor, V. Sa. é a promessa que nossos passos perseguem, querendo sentido e destino. E é este mundo, este mundo e não outro mundo, o lugar onde V. Sa. nos espera. A mim e aos muitos que não cremos em deuses que prometem outras vidas nos longínquos hotéis do Além.

Aí está o problema, senhor Futuro. Estamos ficando sem mundo. Os violentos o chutam como se fosse uma pelota. Brincam com ele os senhores da guerra, como se fosse uma granada de mão; e os vorazes o espremem, como se fosse um limão. A continuar assim, temo eu, mais cedo do que tarde o mundo poderá ser tão só uma pedra morta girando no espaço, sem terra, sem água, sem ar e sem alma.

É disso que se trata, senhor Futuro. Eu peço, nós pedimos, que não se deixe despejar. Para estar, para ser, necessitamos que V. Sa. siga estando, que V. Sa. siga sendo. Que V. Sa. nos ajude a defender sua casa, que é a casa do tempo.

Faça por nós essa gauchada, por favor. Por nós e pelos outros: os outros que virão depois, se tivermos um depois.

Saúda V. Sa. atentamente,
Um terrestre.

SATANASES

1999

Os jornais publicaram a notícia: num infausto dia do ano de 1982, o Demônio visitou, em forma de arrumadeira, os quartos do Vaticano. Para conjurar o Demônio, metido no corpo de uma mulher que uivava arrastando-se pelo chão, o Papa João Paulo II pronunciou os velhos exorcismos de seu colega Urbano VIII. Essas fórmulas – martelo e açoite do Diabo – vinham de uma época exitosa. Tinha sido o Papa Urbano VIII quem arrancara da cabeça de Galileu Galilei a diabólica ideia de que o mundo girava ao redor do sol.

Quando o Demônio apareceu na forma de uma estagiária, no Salão Oval da Casa Branca, o presidente Bill Clinton não recorreu ao antiquado método católico. Em troca, para espantar o Satanás, experimentou uns bombardeios sobre o Sudão e o Afeganistão, e depois despachou um furacão de mísseis no céu do Iraque. De pronto, as pesquisas de opinião pública revelaram que o Diabo batia em retirada: oito de cada dez norte-americanos apoiaram o ritual das armas, confirmando, ao mesmo tempo, que Deus estava, como sempre, *on our side*.

Os esconjuros contra o Maligno não cessaram. O Iraque, terra beijada pela boca chamejante de Satã, onde espreitam as serpentes e as armas químicas e biológicas, continua recebendo periódicos ataques aéreos. Também continua sofrendo o castigo do incessante cerco econômico, que o impede de vender e comprar. O bloqueio econômico começara uma década antes, quando George Bush Pai lançou sua própria Cruzada contra esses infiéis do Islã.

A diabada

Depois de seu combate corpo a corpo com o Demônio, o Papa João Paulo II não ficou muito convencido da eficácia diabicida dos esconjuros tradicionais. No princípio deste ano, o Vaticano divulgou o novo Manual do Exorcista, que inclui um guia prático, atualizado, para identificar os endemoniados. O identikit descreve as características inconfundíveis dos possuídos por Satã.

A tarefa será longa, neste mundo grande e alheio. Por volta de 1569, o demonólogo Johann Wier contou os diabos que estavam trabalhando na Terra, em horário integral, pela perdição das almas. Aquele especialista registrou 7.409.127 diabos, divididos em 79 legiões. Desde aquele censo, muita água passou sob as pontes do inferno. Agora, quantos serão? Difícil saber. Os demônios continuam sendo demônios, amigos da noite, tementes ao sal e ao alho, mas suas artes de teatro dificultam a contagem.

Calculando muito por baixo, não seria um exagero estimar que pelo menos oito de cada dez membros do gênero humano merecem estar sob suspeita. Um critério estatístico elementar começaria por contabilizar os gentios que não são brancos: suas peles de cores demoníacas, que vão desde o negro-carvão ao amarelo-enxofre, denunciam uma inclinação natural para o crime. Entre eles, é imprescindível levar em conta o um bilhão e trezentos milhões de membros da seita de Maomé. Há mil e quatrocentos anos esses enganadores usam turbantes para esconder seus cornos e túnicas que cobrem seus rabos de dragão e suas asas de morcego. Dante, contudo, já havia condenado Maomé à pena do trado perpétuo, num dos círculos do inferno n'A *divina comédia*; e dois séculos depois, Martinho Lutero alertara que as hordas muçulmanas, que ameaçavam a Cristandade, não eram formadas por seres de carne e osso, mas eram sim "um grande exército de diabos".

Ao porte da pele dever-se-ia somar o porte de ideias: quantos são os inimigos da ordem? Também eles são hábeis no ofício da transfiguração. Hoje em dia, a cor vermelho-fogo é pouco usada no mundo, mas os subversivos dispõem de todo o arco-íris para se reciclar e sabem muito bem usar máscaras, disfarces e outros ardis aprendidos com seus velhos amigos, os cômicos de outrora.

A missão divina

E a lista não termina aí. Seria preciso somar outras multidões. Tantos são os demônios e os endemoniados que o inferno há de estar vazio.

Mas não se pode generalizar. Entre os muçulmanos, por exemplo, também há santos, como aqueles xeques e reis do deserto que nutrem o Ocidente com petróleo barato e são os melhores compradores de armas. Eles amam tanto a democracia que jamais a usam, para que não se gaste.

Também soube ser santo, até pouco tempo atrás, Saddam Hussein, que afinal é um ditador laico, e continua tendo um primeiro-ministro cristão. Durante os anos da guerra entre Iraque e Irã, ele foi um modelo de santidade. Agora recebe suas vitaminas do inferno, apesar do bloqueio.

O príncipe das trevas, voraz devorador de corpos e almas, não descansa aos domingos; e tampouco seus funcionários. Contra o Iraque, toda a dureza é pouca; toda distração pode ser fatal. Necessita o Pentágono de mais dois bilhões de dólares? Clinton lhe dá doze bilhões. Quando as guerras vão bem, a economia vai melhor.

Em 12 de maio de 1996, Lesley Stahl entrevistou a chanceler Madeleine Albright no programa de tevê *Sessenta minutos*. Referindo-se às sanções econômicas contra o Iraque, que estrangulam o país, o jornalista perguntou:

– *Fala-se que, em consequência das sanções, morreu meio milhão de crianças iraquianas. Você acredita que vale a pena?*

– *Nós acreditamos que vale a pena* – respondeu a senhora Albright.

Três anos depois, tudo indica que o exorcismo vai longe. "É mais difícil matar um fantasma do que uma realidade", constatou, já faz uns quantos anos, a romancista Virginia Woolf.

ESPELHOS BRANCOS PARA CARAS NEGRAS

1999

A heroica virtude

O Vaticano está fabricando santos no vertiginoso ritmo de nosso tempo. Nos últimos vinte anos, o Papa João Paulo II beatificou mais de novecentos virtuosos e canonizou quase trezentos.

Na cabeça da lista de espera, favorito entre os candidatos à santidade, figura o escravo negro Pierre Toussaint. É voz corrente que sem demora o Papa lhe aplicará a auréola, "por mérito de sua heroica virtude".

Pierre Toussaint tinha o nome igual ao de Toussaint Louverture, seu contemporâneo, que também foi negro, escravo e haitiano. Mas esta uma imagem invertida no espelho: enquanto Toussaint Louverture encabeçava a guerra pela liberdade dos escravos do Haiti, contra o exército de Napoleão Bonaparte, o bom Pierre Toussaint praticava a abnegação da servidão. Lambendo até o fim de seus dias os pés de sua proprietária branca, exerceu a "heroica virtude" da submissão: para exemplo de todos os negros do mundo, nasceu escravo e escravo morreu, cheirando a santidade, feliz por ter feito o bem sem olhar a quem. Além da obediência perpétua, e dos numerosos sacrifícios que fez pelo bem-estar de sua ama, atribuem-se-lhe alguns outros milagres de menor importância.

O santo da vassoura

São Martín de Porres foi o primeiro cristão de pele escura admitido no branquíssimo santoral da Igreja Católica. Morreu na cidade de Lima, há três séculos e meio, com uma pedra como travesseiro e uma caveira ao lado. Havia sido doado ao mosteiro dos frades dominicanos. Por ser filho de negra escrava, nunca chegou a sacerdote, mas se destacou nas tarefas de limpeza. Abraçando com amor a vassoura, varria tudo; depois, fazia a barba nos padres e assistia os enfermos; e passava as noites ajoelhado em oração.

Ainda que se especializasse no setor Serviços, São Martín de Porres também sabia fazer milagres, e fazia tantos que o bispo teve de proibi-los. Seus raros momentos livres ele aproveitava para açoitar-se nas costas, e enquanto sangrava, gritava para si mesmo: "Cão vil!". Passou toda a vida pedindo perdão pelo seu sangue impuro. A santidade o recompensou na morte.

A pele ruim

Ao início do século dezesseis, nos primeiros anos da conquista europeia, o racismo se impôs nas ilhas do Mar do Caribe. Pretexto e salvo-conduto da aventura colonial, o desprezo racista se realizava plenamente quando se convertia em autodesprezo dos desprezados. Para escapar do trabalho escravo, muitos indígenas se rebelaram e muitos se suicidaram, enforcando-se ou tomando veneno; mas outros se resignaram a outra forma de suicídio, o suicídio da alma, e aceitaram olhar para si mesmos com os olhos do amo. Para se transformar em brancas damas de Castela, algumas mulheres índias e negras untavam o corpo todo com um unguento feito de raízes de um arbusto chamado *guao*. A pasta de *guao* queimava a pele e, segundo se dizia, limpava-a da cor ruim. Um sacrifício vão: depois dos alaridos de dor e das chagas e das bolhas, as índias e as negras continuavam sendo índias e negras.

Séculos depois, em nossos dias, a indústria de cosméticos oferece melhores produtos. Na cidade de Freetown, na costa ocidental da África, um jornalista explica: "Clareando a pele, as mulheres têm mais chance de pescar um marido rico". Freetown é a capital de Serra Leoa: segundo dados oficiais do Serra Leoa Pharmaceutical Board, o país importa legalmente 26 variedades de cremes branqueadores. Outras 150 entram de contrabando.

O cabelo ruim

A revista norte-americana *Ebony*, de luxuosa impressão e ampla circulação, propõe-se a celebrar os triunfos da raça negra nos negócios, na política, na carreira militar, nos espetáculos, na moda e nos esportes. Segundo palavras de seu fundador, *Ebony* "quer promover os símbolos do sucesso na comunidade negra dos Estados Unidos, com o lema: *Eu também posso vencer*".

A revista publica poucas fotografias de homens. Em troca, há numerosas fotos de mulheres: lendo a edição de abril deste ano, contei 182. Dessas 182 mulheres negras, apenas doze tinham o pixaim africano, e 170 exibiam cabelo liso. A derrota do cabelo crespo – "o cabelo ruim", como tantas vezes ouvi dizer – era obra do cabeleireiro ou milagre das poções. Os produtos alisadores ocupavam a maior parte do espaço publicitário dessa edição. Havia anúncios de página inteira de cremes e líquidos oferecidos por Optimum Care, Soft and Beautiful, Dark and Lovely, Alternatives, Frizz Free, TCB Health-Sense, New Age Beauty, Isoplus, CPR Motions e Raveen. Impressionou-me ver que um dos remédios contra o cabelo africano se chama, precisamente, *African Pride* (Orgulho Africano) e, segundo promete, "estica e suaviza como nenhum".

Uma herança pesada

"Parece negro" ou "parece índio" são insultos frequentes na América Latina; e "parece branco" é uma frequente homenagem. A mistura com sangue negro ou índio "atrasa a raça"; a mistura com sangue branco "melhora a espécie". Nos fatos, a chamada *democracia racial* se reduz a uma pirâmide social: o topo é branco, ou se acredita branco; e a base tem cor escura.

Desde a revolução, Cuba é o país latino-americano que mais tem atuado contra o racismo. Até seus inimigos o reconhecem. Definitivamente, ficaram para trás os tempos em que os negros não podiam banhar-se nas praias privadas ("porque tingem a água").

Mas os negros cubanos ainda se multiplicam nos cárceres e se destacam pela ausência nas telenovelas. Uma pesquisa publicada em dezembro de 98, pela revista colombiana *América Negra*, revela que os preconceitos racistas sobrevivem na sociedade cubana, apesar desses quarenta anos de mudança e progresso, e os preconceitos sobrevivem, principalmente, entre suas próprias vítimas: em Santa Clara, três de cada dez negros jovens consideram que os negros são menos inteligentes do que os brancos; e em Havana, quatro de cada dez negros de todas as idades acreditam que são intelectualmente inferiores. "Os negros sempre foram pouco afeitos ao estudo", diz um negro.

Três séculos e meio de escravidão são uma herança pesada e renitente.

FALAM AS PAREDES

2001

Segundo o dicionário da Real Academia Espanhola, as frases que mãos anônimas escrevem nas paredes das cidades se chamam *grafitos* e "são de caráter popular e ocasional, sem transcendência".

Alguma transcendência lhes reconheceu Rudolph Giuliani. Em anos recentes, ao empreender sua cruzada contra a malandragem, o prefeito de Nova York condenou os perigosos autores de palavras e desenhinhos, pois "sujando as paredes revelam uma conduta protocriminosa". Não condenou a conduta protocriminosa das empresas que cobrem as cidades de anúncios publicitários descaradamente mentirosos.

As paredes, acho eu, têm outra opinião. Elas nem sempre se sentem violadas pelas mãos que nelas escrevem ou desenham. Em muitos casos, estão agradecidas. Graças a essas mensagens, elas falam e se divertem. Bocejam de tédio as cidades intatas, que não foram rabiscadas por ninguém nos raros espacinhos não usurpados pelas ofertas comerciais.

Somos muitos os leitores de passagem. E diga o que quiser a respeitável Academia, somos muitos os que a cada dia comprovamos que as anônimas inscrições transcendem seus autores.

Alguém, sabe-se lá quem, desafoga sua implicância pessoal, ou transmite alguma ideia que lhe visitou a cabeça, ou desata a tomar as dores por si e pelos outros: às vezes esse alguém está sendo a mão de muitos. Às vezes esse alguém está sendo intérprete de sentimentos coletivos, conquanto não o saiba nem o queira.

Aqui vai uma breve compilação, dividida por temas, de frases que li ultimamente em diversas cidades: nas paredes, que vêm a ser algo assim como as mais democráticas de todas as imprensas.

Tempos modernos

Se a cadeia está cheia de inocentes, onde estão os delinquentes?
Eu não vendo minha mãe. Meu pai já a vendeu.
Escondi tão bem o que pensava que agora não o lembro.
Tanta chuva e tão pouco arco-íris.
E se houver uma guerra e não for ninguém?
Em minha fome, mando eu.

Perguntas

Viver só é tão impossível quanto viver acompanhado?
Os mudos praticam o sexo oral?
O amor morre ou troca de domicílio?
Um parto na rua é iluminação pública?
Se Maria era virgem, Jesus era adotado?
Quando eu for criança, serei poeta?

Delas sobre eles

Homem que não mente é mulher.
Uma mulher sem homem é como um peixe sem bicicleta.
99% dos homens arruina a reputação do resto.
Prometem presente e batem na gente.
Que fazem as mulheres antes de encontrar o homem de seus sonhos? Casam-se e têm filhos.

Atrás de toda mulher feliz há um machista abandonado.
Se Deus fez Adão à sua imagem e semelhança, quem nos defende de Deus?

Deles sobre elas

Mulher que não enche o saco é homem.

A cada dia morrem dezoito mil mulheres e a minha não tem nem dor de cabeça.

O lugar da mulher é em casa e de pé quebrado.

Linda como mulher do outro.

Se se calassem um momento, poderia lhes dizer quanto as amo.

Quando não te cobram, te fazem pagar.

Se as mulheres fossem necessárias, Deus teria uma.

A terceira via

Happy birthgay.

Iguais, mas diferentes.

Somos assim porque nos agrada, embora não lhes agrade.

Contra a natureza é o voto de castidade.

Não tenho medo de mim.

Eu sou Adão mais Eva.

Se Deus me fez assim, Deus é gay.

Todos

Te amo e não posso parar.

Morrer

Por que os cemitérios têm muros, se os que estão dentro não podem sair e os que estão fora não querem entrar?

Os mortos não nos deixam viver porque não os deixamos morrer.

A morte é um mal hereditário.
Falavam tão bem de mim que pensei que tinha morrido.
A morte sempre ganha, mas te dá uma vida de vantagem.
Não te preocupa tanto com a vida, pois dela não sairás vivo.
Todos os deuses foram imortais.
Certo mesmo é o quem sabe.

Zigue-zague

Com o tigre por diante não há burro com reumatismo.
A rua Depois leva à praça Nunca.
Sonhei que tinha insônia.
Eu caminho com olhos nos pés.

LINGUAGENS

2002

Uma carta de amor

Não sei o que te fiz. Queres conversar? Muitos anos de estresse, mas sempre te quero e espero que melhores. Teremos lugar para a ilusão? Vou chamar hoje para ver o que acontece. Todos os beijos.
Traduzida para a língua SMS, esta carta seria escrita assim:
n se q t fz
qrs convsar?
mts aa s3 m smpr t kro espr q mlhrs
terms lug xa ilu?
v chmr hje xa v q acotce
t2 x
O SMS, *Short Messages Service*, serviço de mensagens curtas, vai-se transformando no idioma de muitos adolescentes do mundo e no melhor negócio das empresas de telefonia móvel. A nova linguagem, que já tem dicionários e tudo, nasce da necessidade de

economizar letras: os garotos não podem usar mais do que os 160 caracteres da tarifa mínima.

Os adolescentes espanhóis, por exemplo, emitem milhões de mensagens pelo teclado de seus telefones celulares, e já estão escrevendo mais na língua SMS do que na língua de Cervantes. Seus professores estão horrorizados com as calamidades que a mudança está provocando na ortografia e na sintaxe dessa nova geração.

Mea culpa

Terrorismo internacional: *É o uso ilegal da força ou da violência, executado por grupos ou indivíduos que têm alguma conexão com uma potência estrangeira ou cujas atividades transcendem as fronteiras nacionais, contra pessoas ou propriedades, para intimidar ou coagir um governo, uma população civil ou um de seus setores, com fins políticos ou sociais.*

Esta definição do terrorismo é um tanto confusa, mas tem o valor de uma confissão. Provém do FBI – Federal Bureau of Investigations –, instituição oficial do país que maior experiência tem na prática desse mister no mundo todo. (*FBI Policy and Guidelines*, 16 de fevereiro de 1999.)

Sobre os meios

Outra definição. Não é do FBI, mas da mão anônima que a escreveu num muro do bairro de San Telmo, em Buenos Aires, neste tempo de crise atroz. E não se refere ao terrorismo internacional, mas aos meios massivos de comunicação: *Nos mijam e os jornais dizem: chove.*

Da nomenclatura urbana

E mais uma definição. Na cidade de Porto Velho, capital da Rondônia, na Amazônia brasileira, o bairro dos ricos se chama Banco Mundial. Assim o batizaram, com nome certeiro, os habitantes daquele santuário da boa fortuna, rodeados pela desgraça alheia.

Pórticos

Nosso sonho é um mundo sem pobreza. (Grande cartaz na entrada do Banco Mundial, em Washington.)
Proibida a entrada de qualquer pessoa que tenha estado vinculada à sedição. (No *hall* de entrada do Centro Militar do Uruguay, entre cujos membros figuram os sediciosos de uniforme que assaltaram as instituições democráticas em 1973 e exerceram a ditadura militar até 1984.)
O trabalho liberta. (Pórtico do campo de concentração de Auschwitz.)

Tempos modernos

Os alunos das universidades e os pacientes dos hospitais são "clientes".
Os cabeleireiros são "estilistas".
Os jornalistas são "comunicadores".
Os publicitários são "criadores".
"Muito prazer", apresenta-se um contrabandista: "Sou executivo de fronteiras".

Dicionário das cores

Amarelo: símbolo do perigo, nos Estados Unidos, nos anos seguintes ao bombardeio de Pearl Harbor.
Azul: na Roma imperial, a cor dos infernos. Os bárbaros, para provocar o pânico, pintavam-se de azul.
Branco: na Índia, a cor do luto.
Preto: na Europa antiga, símbolo da vida.
Vermelho: cor que vestem as mulheres chinesas, na cerimônia do casamento.
Verde: cor que usam, em suas mensagens publicitárias, as empresas petrolíferas, os gigantes da indústria química e outros benfeitores da natureza.

Cartazes

Preços quase honestos. (Numa loja de Nápoles.)
Analfabeto! Aprende a ler! (Do Ministério da Educação do Chile, durante a campanha de alfabetização.)
Não jogue seu cigarro aqui, porque ninguém vai urinar em seu cinzeiro. (No banheiro de um bar de Bruxelas.)
Proibido sentar-se no balcão. (No Correio da Alfândega de Montevidéu.)
Amados paroquianos, cuidado com seus pertences. (Na igreja de San Felipe Neri, Cidade do México.)
Última chance. Bomba tropical. Dinamite. Bomba energética. Bomba antigripal. Vulcão. (Lista de sucos de frutas oferecidos numa esquina do bairro Laranjeiras, no Rio de Janeiro.)

A letra mais importante

O menino uruguaio Joaquín de Souza está aprendendo a ler e pratica com os cartazes que vê. Ele acredita que a letra P é a mais importante, pois tudo começa com ela:
Proibido entrar
Proibido fumar
Proibido cuspir
Proibido estacionar
Proibido colar cartazes
Proibido jogar lixo
Proibido acender fogo
Proibido fazer ruído
Proibido...

Quando uma palavra é duas

No idioma dos sumérios, "flecha" e "vida" eram iguais: *ti*.
Na língua maia do Yucatán, "beijar" se diz *ts'uts*. "Fumar" também.

Em guarani, *che ha'u* significa "eu como" e também "eu faço amor", e *ñe'e* significa "palavra" e também "alma".
Em quíchua, *suk* é "um" e ao mesmo tempo é "outro".
Na Mongólia, *muhai* quer dizer "horrível" e "querido".
Em russo, "eclipse" também significa "loucura", e o signo chinês da palavra crise expressa "perigo" e também "oportunidade".

ALGUMAS ESTAÇÕES DA PALAVRA NO INFERNO

1999

A palavra e o crime

Em 1995, a American Psychiatric Association publicou um informe sobre a patologia criminal. Qual é, segundo os expertos, o traço mais típico dos delinquentes habituais? *A inclinação para a mentira.* Assim, querendo retratar o criminoso característico, os psiquiatras norte-americanos desenharam o perfeito *identikit* dos homens mais poderosos do planeta.

Em outro informe, publicado meio século antes, a mesma associação de psiquiatras havia diagnosticado que os delinquentes habituais mostravam "uma crônica incapacidade de aprender com a experiência". Acontece que os ladrões de galinha e os navalheiros de subúrbio aprendem com a exitosa experiência dos reis do dinheiro, da política e da guerra. Lá em cima, no topo, "a inclinação para a mentira" é tradição milenar e costume cotidiano. E desde o píncaro social se irradia esta lição universal: quem não mente está frito.

A palavra e a guerra

Num paradoxo do progresso tecnológico, a cada dia estamos mais informados e mais manipulados. Depois das duas guerras contra o Iraque, que continua sendo bombardeado, foi a vez da Iugoslávia:

outra manivelada na máquina que vende armas e mente pretextos. Para descarregar seu dilúvio de mísseis sobre a Iugoslávia, o despotismo militar inventou uma "missão humanitária". O sensível coração das potências ocidentais não podia suportar a "limpeza étnica" de Milosevic contra os albaneses de Kosovo. Entre outros instrumentos, a missão humanitária empregou helicópteros chamados Apaches e mísseis chamados Tomahawk. Apaches, Tomahawk: duas palavras que tem a ver com outra limpeza étnica, ocorrida precisamente no país que arrasou seus indígenas antes de se dedicar a redimir o mundo.

Ante a indiferença ou o aplauso de quase toda a opinião pública internacional, os Estados Unidos e seus aliados acabam de celebrar, nos Balcãs, um auto de fé que lançou às chamas a Carta das Nações Unidas, a Carta de Fundação da OTAN, a Convenção de Viena e os Acordos de Helsinki. As grandes potências do Ocidente haviam mentido, assinando com a mão tudo aquilo que depois apagaram com o cotovelo.

O escritor norte-americano John Reed escreveu, em 1917: "As guerras crucificam a verdade".

A palavra e os banqueiros

Aquele John Reed, o escritor, tinha sido amigo de Pancho Villa. Oitenta anos depois, outro John Reed é diretor-executivo do Citibank, e o Citibank é amigo de Raúl Salinas, o voraz irmão de quem fora, até poucos anos antes, presidente do México.

– *Temos uma visão de Gargântua* – diz John Reed, o de agora.
– *Aspiramos ter um bilhão de clientes. Um bilhão de amigos.*

Por essas coisas da amizade, o Citibank deu um sumiço em cem milhões de dólares de Raúl Salinas, provenientes do tráfico de drogas. Em nossos dias, o desaparecimento de pessoas é uma especialidade militar, ao passo que os banqueiros se ocupam do desaparecimento do dinheiro. Em sua edição de 14 de dezembro de 98, a revista *Time* publicou as conclusões do Congresso dos Estados Unidos, que investigou este assunto: o Citibank organizou a viagem dos cem milhões de narcodólares através de cinco países, e ajudou Dom Raúl a inventar empresas fantasmas e nomes de fantasia, até que se apagou a pista.

Segundo a revista *Time*, é improvável que a direção do Citibank possa ser processada, pois o banco alega que "ignorava que seu cliente pudesse estar envolvido em atividades criminosas". O Citibank também afirma que "este erro não autoriza que se desconheçam nossos esforços na luta contra a lavagem do dinheiro de origem ilícita".

Este apóstolo da honestidade ocupa o terceiro lugar entre os bancos privados mais poderosos do mundo. Ou seja: o Citibank é um dos seletos membros do governo planetário, que decide tudo, até a frequência das chuvas, nos países devedores.

A palavra e a ajuda

Desventuras da palavra, impunidade de seus estranguladores: o poder predica com o exemplo. Jamais o poder faz o que diz, ou diz o que faz, ou cumpre o que promete.

Em 1974, os países desenvolvidos se comprometeram a destinar 0,7% de seu Produto Interno Bruto à ajuda aos chamados "países em desenvolvimento", o que vinha a ser algo assim como uma minúscula compensação pela quantidade de suco que lhes espremem. Hoje um juramento, amanhã uma traição, como diz o tango: em 1997, a ajuda chegou apenas a 0,2%. Nesse ano, a diferença entre o dito e o feito foi de 120 bilhões de dólares. Segundo o economista espanhol Manuel Iglesia-Caruncho, a diferença entre o prometido e o cumprido, somando-se somente os últimos doze anos, bastaria para pagar toda a dívida externa do chamado Terceiro Mundo.

A palavra e a publicidade

Hoje em dia, a publicidade tem a seu cargo o dicionário da linguagem universal. Se ela, a publicidade, fosse Pinóquio, seu nariz daria várias voltas ao mundo.

"Busque a verdade": *a verdade* está na cerveja Heineken. "Você deve apreciar a autenticidade em todas suas formas": *a autenticidade* fumega nos cigarros Winston. Os tênis Converse são *solidários* e a nova câmara fotográfica da Canon se chama *Rebelde*: "Para que você mostre do que é capaz". No novo universo da computação, a empresa Oracle proclama *a revolução*: "A revolução está em nosso destino". A Microsoft convida ao *heroísmo*: "Podemos ser heróis". A Apple propõe *a liberdade*: "Pense diferente". Comendo hambúrgueres Burger King, você pode manifestar seu *inconformismo*: "Às vezes é preciso rasgar as regras". Contra *a inibição*, Kodak, que "fotografa sem limites". *A resposta* está nos cartões de crédito Diner's: "A resposta correta em qualquer idioma". Os cartões Visa afirmam *a personalidade*: "Eu posso". Os automóveis Rover permitem que "você expresse sua potência", e a empresa Ford gostaria que "a vida estivesse tão bem-feita" quanto seu último modelo. Não há melhor *amiga da natureza* do que a empresa petrolífera Shell: "Nossa prioridade é a proteção do meio ambiente". Os perfumes Givenchy dão *eternidade*; os perfumes Dior, *evasão*; os lenços Hermès, *sonhos e lendas*. Quem não sabe que *a chispa da vida* se acende para quem bebe Coca-Cola? Se você quer *saber*, fotocópias Xerox, "para compartilhar o conhecimento". Contra *a dúvida*, os desodorantes Gillette: "Para você se sentir seguro de si mesmo".

A palavra e a história

Em 1532, o conquistador Pizarro aprisionou o inca Atahualpa, em Cajamarca. Pizarro prometeu-lhe a liberdade, se o Inca enchesse de ouro um grande quarto. O ouro chegou, desde os quatro cantos do império, e abarrotou o quarto até o teto. Pizarro mandou matar o prisioneiro.

Desde antes, desde quando as primeiras caravelas apontaram no horizonte, até nossos dias, a história das Américas é uma história de traição à palavra: promessas quebradas, pactos descumpridos, documentos assinados e esquecidos, enganos, ciladas. "Te dou minha palavra", segue-se dizendo, mas poucos são os que dão, com a palavra, algo mais do que nada.

Não haverá o que aprender com os perdedores, como em tantas outras coisas? Os primeiros habitantes das Américas, derrotados pela pólvora, pelos vírus, pelas bactérias e também pela mentira, compartilhavam a certeza de que a palavra é sagrada, e muitos dos sobreviventes ainda acreditam nisso:

– *Dizem que nós não temos grandes monumentos* – diz um indígena mapuche, ao sul do Chile. – *Para nós, a palavra continua sendo um grande monumento.*

Em língua guarani, *ñe'e* significa "alma" e também significa "palavra":

– *A palavra vale* – diz um indígena avá-guarani, no Paraguai – *porque é nossa alma. Não precisamos colocá-la no papel, para que nos creiam.*

As culturas americanas mais americanas de todas foram desqualificadas, desde o início, como ignorâncias. Em sua maioria, não conheciam a escrita. A *Ilíada* e a *Odisseia*, as obras fundadoras disso que chamam a cultura ocidental, também foram criadas por uma sociedade sem escrita, e suas palavras voam cada vez melhor. Oral ou escrita, a palavra pode ser um instrumento do poder ou ponte de encontro. A desqualificação tinha, e continua tendo, outro motivo muito mais realista: estamos amestrados para ouvir e repetir a voz do vencedor.

A propósito, vale a pena mencionar a importância que teve a palavra, uma só palavra, durante o recente processo contra os militares que executaram a matança da comunidade indígena de Xamán, na Guatemala. A carnificina ocorreu em 1995, já no período que chamam democrático, e havia uma montanha de provas que condenavam os assassinos; mas até agora o assunto deu em nada. A secretária que transcreveu o auto processual cometera um erro ortográfico na qualificação penal: *ejecusión extrajudicial*, escreveu. Os advogados do exército sustentaram que esse delito, escrito assim, *ejecusión*, não existe. O promotor protestou: foi ameaçado de morte e partiu para o exílio.

A MÁQUINA

2002

Sigmund Freud aprendera com Jean-Martin Charcot: as ideias podem ser implantadas, por hipnotismo, na mente humana.

Passou-se mais de um século. Desenvolveu-se muito, desde então, a tecnologia da manipulação. Uma máquina colossal, do tamanho do planeta, manda-nos repetir as mensagens que nos enfia goela abaixo. É a máquina de trair palavras.

●●●

O presidente da Venezuela, Hugo Chávez, foi eleito e reeleito, por esmagadora maioria, em pleitos muito mais transparentes do que a eleição que consagrou George W. Bush nos Estados Unidos.

A máquina deu manivela no golpe que tentou derrubá-lo. Não pelo seu estilo messiânico, não pela sua tendência à verborragia, mas pelas reformas que propôs e pelas heresias que cometeu. Chávez tocou nos intocáveis. Os intocáveis, donos dos meios de comunicação e de quase todo o resto, puseram-se a bradar aos céus. Com toda liberdade, denunciaram o extermínio da liberdade. Dentro e fora das fronteiras, a máquina transformou Chávez num "tirano", num "autocrata delirante" e num "inimigo da democracia". Contra ele estava a "cidadania". Com ele, "as turbas", que não se reuniam em locais, mas em "covis".

A campanha midiática foi decisiva na avalancha que desembocou no golpe de estado, programado desde muito contra aquela feroz ditadura que não tinha um só preso político. Ocupou então a presidência um empresário, votado por ninguém. Democraticamente, como primeira medida de governo, dissolveu o Parlamento. No dia seguinte, subiu a Bolsa; mas uma revolta popular devolveu Chávez ao seu legítimo lugar. O golpe midiático conseguiu gerar um poder virtual, comentou o escritor venezuelano Luis Britto García; e pouco durou. A televisão venezuelana, baluarte da liberdade de informação, não se inteirou dessa desagradável notícia.

• • •

Entrementes, outro votado por ninguém, que chegou ao poder através de um golpe de estado, desfila com êxito seu novo *look*: o general Pervez Musharraf, ditador militar do Paquistão, transfigurado pelo beijo mágico dos grandes meios de comunicação. Musharraf diz e repete que nem lhe passa pela cabeça a ideia de que seu povo possa votar, mas ele mesmo fez voto de obediência à chamada "comunidade internacional", e este, afinal, é o único voto que importa na hora da verdade.

Quem te viu e quem te vê: ontem, Musharrat era o melhor amigo de seus vizinhos, os talibãs, e hoje se transformou no "líder liberal e corajoso da modernização do Paquistão".

• • •

E a todas essas, continua a matança de palestinos, que as fábricas mundiais de opinião pública chamam de "caça aos terroristas". Palestino é sinônimo de "terrorista", mas o adjetivo jamais foi aplicado ao exército de Israel. Os territórios usurpados pelas contínuas invasões militares se chamam sempre "territórios em disputa". E os palestinos, que são semitas, acabam sendo "antissemitas". Há mais de um século eles estão condenados a expiar as culpas do antissemitismo europeu e a pagar, com seu sangue e sua terra, o holocausto que não cometeram.

• • •

Concurso de cabisbaixos na Comissão de Direitos Humanos das Nações Unidas, que aponta sempre para o sul e nunca para o norte.

A Comissão especializa-se em disparar contra Cuba e neste ano tocou ao Uruguai a honra de liderar o pelotão. Outros governos latino-americanos o acompanharam. Nenhum disse: "Faço isto para que me comprem o que eu vendo", nem: "Faço isto para que me empresem o que eu preciso", nem: "Faço isto para que afrouxem a corda que me aperta o pescoço". A arte do bom governo autoriza não pensar o que se diz, mas proíbe dizer o que se pensa. E a mídia aproveitou a ocasião para confirmar, uma vez mais, que a ilha bloqueada continua sendo o lobo dos três porquinhos.

●●●

No dicionário da máquina, chamam-se "contribuições" os subornos que os políticos aceitam, e "pragmatismo" as traições que cometem. As "boas ações" já não são nobres gestos do coração, mas as ações valorizadas na Bolsa, e é na Bolsa que ocorrem as "crises de valores". Onde se lê "a comunidade internacional exige", leia-se: a ditadura financeira impõe.

●●●

"Comunidade internacional" é também o pseudônimo que resguarda as grandes potências em suas operações militares de extermínio, ou "missões de pacificação". Os "pacificados" são os mortos. Já se prepara a terceira guerra contra o Iraque. Como nas outras duas, os bombardeadores serão as "forças aliadas" e os bombardeados as "hordas de fanáticos a serviço do carniceiro de Bagdá". E os atacantes deixarão no solo atacado um carreiro de cadáveres civis, que serão chamados de "danos colaterais".

Para explicar a próxima guerra, o presidente Bush não diz: "O petróleo e as armas precisam dela e meu governo é um oleoduto e um arsenal". Tampouco diz, para explicar o multimilionário projeto de militarização do espaço: "Vamos anexar o céu assim como anexamos o Texas". Nada disso. É o mundo livre que precisa se defender da ameaça terrorista, aqui na terra como no céu, embora o terrorismo tenha demonstrado que prefere as facas de cozinha aos mísseis. E embora os Estados Unidos se oponham, como também se opõe o Iraque, ao Tribunal Penal Internacional que acaba de nascer para castigar os crimes contra a humanidade.

●●●

A regra do poder não é expressar seus atos, mas disfarçá-los; e isso não tem nada de novo. Há mais de um século, na gloriosa batalha de Omdurman, no Sudão, onde Winston Churchill foi cronista e soldado, 48 britânicos sacrificaram suas vidas. Além disso, morreram 27 mil selvagens. A coroa britânica incrementava a fogo e sangue sua expansão colonial e a justificava dizendo: "Estamos civilizando a África através do comércio". Não dizia: "Estamos comercializando a África através da civilização". E ninguém perguntava aos africanos o que achavam do assunto.

Mas nós temos a sorte de viver na era da informação, e os gigantes da comunicação massiva amam a objetividade. Eles permitem que também o inimigo manifeste seu ponto de vista. Durante a guerra do Vietnã, por exemplo, o ponto de vista do inimigo ocupou três por cento das notícias veiculadas pelas cadeias ABC, CBS e NBC.

•••

A propaganda, confessa o Pentágono, integra o gasto bélico. E a Casa Branca incorporou ao gabinete de governo a experiente publicitária Charlotte Beers, que impusera no mercado local certas marcas de alimento para cães e de arroz para pessoas. Agora ela está ocupada em impor no mercado mundial a cruzada terrorista contra o terrorismo. "Estamos vendendo um produto", explica Colin Powell.

•••

"Para não ver a realidade, o avestruz afunda a cabeça no televisor", conclui o escritor brasileiro Millôr Fernandes.

A máquina dita ordens, a máquina atordoa.

Mas no 11 de setembro também ditaram ordens, também atordoaram, os alto-falantes da segunda torre gêmea de Nova York, quando ela começou a ranger. Enquanto as pessoas fugiam, lançando-se escada abaixo, os alto-falantes mandavam os empregados voltarem aos seus postos de trabalho.

Salvaram-se os que não obedeceram.

ESTE MUNDO É UM MISTÉRIO

2002

Um grupo de extraterrestres visitou recentemente nosso planeta. Eles queriam nos conhecer, por mera curiosidade ou sabe-se lá com que ocultas intenções.

Os extraterrestres começaram por onde deviam começar. Iniciaram a expedição estudando o país que é o número um em tudo, número um até nas linhas telefônicas internacionais: o poder obedecido, o paraíso invejado, o modelo que o mundo inteiro imita. Começaram por ali, tratando de entender o mandachuva para depois entender todos os outros.

● ● ●

Chegaram em tempo de eleições. Os cidadãos acabavam de votar e o prolongado acontecimento havia mantido o mundo todo em suspenso.

A delegação extraterrestre foi recebida pelo presidente que saía. A entrevista teve lugar no Salão Oval da Casa Branca, reservado exclusivamente aos visitantes do espaço sideral, para evitar escândalos. O homem que concluía seu mandato respondeu às perguntas sorrindo.

Os extraterrestres queriam saber se no país vigorava um sistema de partido único, pois tinham ouvido na tevê apenas dois candidatos e os dois diziam a mesma coisa.

E tinham também outras inquietudes:

Por que demoraram mais de mês para contar os votos? Aceitariam os senhores nossa ajuda para superar este atraso tecnológico?

Por que sempre vota apenas a metade da população adulta? Por que a outra metade nunca se dá o trabalho?

Por que ganha aquele que chega em segundo? Por que perde o candidato que tem 328.696 votos de vantagem? A democracia não é o governo da maioria?

E outro enigma os preocupava: por que os outros países aceitam que este país lhes tome a lição de democracia, dite-lhes normas e lhes vigie as eleições?

As respostas os deixaram ainda mais perplexos.

Mas continuaram perguntando:

Aos geógrafos: por que se chama América este país que é um dos muitos países do continente americano?

Aos dirigentes esportivos: por que se chama Campeonato Mundial (*World Series*) o torneio nacional de beisebol?

Aos chefes militares: por que o Ministério da Guerra se chama Secretaria da Defesa, num país que nunca foi invadido por ninguém?

Aos sociólogos: por que uma sociedade tão livre tem o maior número de presidiários do mundo?

Aos psicólogos: por que uma sociedade tão sã engole a metade de todos os psicofármacos que o planeta fabrica?

Aos dietistas: por que tem o maior número de obesos o país que dita o cardápio dos demais países?

Se os extraterrestres fossem simples terrestres, esta absurda perguntalhada teria acabado muito mal. No melhor dos casos, teriam recebido um portaço no nariz. Toda tolerância tem limite. Mas eles seguiram curioseando, a salvo de qualquer suspeita de impertinência, má-educação ou segundas intenções.

E perguntaram aos estrategistas da política externa: se os senhores têm, aqui pertinho, uma ilha onde estão à vista os horrores do inferno comunista, por que não organizam excursões ao invés de proibir as viagens?

E aos signatários do tratado de livre comércio: se agora está aberta a fronteira com o México, por que morre mais de um mexicano por dia querendo cruzá-la?

E aos especialistas em direitos trabalhistas: por que McDonald's e Wal-Mart proíbem os sindicatos, aqui e em todos os países onde operam?

E aos economistas: se a economia duplicou nos últimos vinte anos, por que a maioria dos trabalhadores ganha menos do que antes e trabalha mais horas?

Ninguém negava resposta àquelas figurinhas, que persistiam em seus disparates.

E perguntaram aos responsáveis pela saúde pública: por que proíbem que as pessoas fumem, enquanto fumam livremente os automóveis e as fábricas?

E ao general que dirige a guerra contra as drogas: por que as prisões estão cheias de drogadinhos e vazias de banqueiros lavadores de narcodólares?

E aos diretores do Fundo Monetário e do Banco Mundial: se este país tem a maior dívida externa do planeta, e deve mais do que todos os outros países juntos, por que os senhores não o obrigam a cortar gastos públicos e eliminar seus subsídios?

E aos cientistas políticos: por que os que aqui governam falam sempre de paz, enquanto este país vende a metade das armas de todas as guerras?

E aos ambientalistas: por que os que aqui governam falam sempre no futuro do mundo, enquanto este país gera a maior parte da contaminação que está acabando com o futuro do mundo?

●●●

Quanto mais explicações recebiam, menos entendiam. Mas durou pouco a expedição. Os turistas se deram por vencidos.

TROFÉUS

2002

1.

Apesar dos terroristas que nascem, com certa frequência, em suas sagradas areias, a Arábia Saudita é o principal bastião do Ocidente no Oriente Médio.

Uma monarquia democrática: a cada dia vende aos Estados Unidos um milhão e meio de barris de petróleo, a baixo preço, e a cada dia lhe compra armas, a alto preço, por dez milhões de dólares.

Uma monarquia que ama a liberdade: proíbe os partidos políticos e os sindicatos, decapita ou mutila seus prisioneiros ao estilo talibã e não permite que as mulheres dirijam automóveis, nem que viajem sem permissão do marido ou do papai.

Desde maio de 2000, a Arábia Saudita é membro da Comissão de Direitos Humanos das Nações Unidas.

2.

Este reconhecimento internacional dos méritos da Arábia Saudita, que tanto faz pelos direitos humanos de seus cinco mil príncipes, anima-me a propor outras recompensas.

Bem que se poderia, por exemplo, outorgar a Copa Mundial da Democracia Representativa à empresa petrolífera Unocal, dos Estados Unidos. Antes de conseguir emprego como presidente do Afeganistão, o elegante Hamid Karzai trabalhava para a empresa, e outro tanto fazia Zalmay Khalilzad, que agora é delegado do governo de Washington em Cabul. A chuva de mísseis que varreu a tirania dos talibãs limpou o caminho para a democracia representativa dos representantes da Unocal, que já estão começando a concretizar seu velho projeto: o gasoduto que permitirá a saída do gás do Mar Cáspio para o Ocidente, através do território afegão.

3.

Numerosos candidatos fariam jus, quem sabe, ao galardão latino-americano das Mãos Limpas.

Um final cabeça a cabeça: muitos são os governantes que cobraram caro pelos serviços prestados aos seus países, neste últimos anos da grande rifa das privatizações.

Raúl Salinas, irmão daquele que foi presidente do México, era chamado "Senhor Quinze por Cento". Carlos Menem criou a Secretaria de Assuntos Especiais para tornar efetivas suas comissões. O filho do presidente equatoriano Abdalá Bucaram fez uma festa para celebrar seu primeiro milhão. Com aquilo que foi encontrado nas contas de Vladimiro Montesinos, braço direito do presidente peruano Fujimori, poder-se-ia construir quinhentas escolas.

Enquanto foi prefeito de Manágua e presidente da Nicarágua, Arnoldo Alemán, que vale seu peso em ouro, aumentou sua fortuna de 26 mil dólares para 250 milhões, segundo denunciou quem lhe conhece os negócios, seu embaixador junto à União Europeia. Foi para chegar a isto que Ronald Reagan dessangrou, numa longa guerra, um dos países mais pobres do mundo?

4.

Também me atrevo a sugerir que se conceda à empresa Daimler-Chrysler o troféu da Responsabilidade Social.

No ano passado, no Fórum de Davos, que é algo assim como o Fórum de Porto Alegre ao contrário, um diretor da Daimler-Chrysler pronunciou o discurso mais aplaudido. Jürgen Shrempp emocionou a assistência exortando à "responsabilidade social das empresas no mundo de hoje". De hoje, ele disse. No dia seguinte, sua empresa despediu 26 mil trabalhadores.

5.

Para seguir com as felicitações, creio que George W. Bush merece o Prêmio da Honestidade Involuntária.

Como se sabe, o presidente da humanidade tem alguns problemas com a boca. Apesar dos conselhos de sua mamãe, às vezes se esquece de mastigar antes de engolir e se engasga com algum *pretzel* marca Enron. E amiúde se enreda com as palavras que diz e acaba dizendo o que deveras pensa. Suas dificuldades de expressão atuam a serviço da verdade. A 2 de março do ano passado, para dar um exemplo, Bush declarou: "Quero comunicar esta equívoca mensagem ao mundo: é preciso abrir os mercados".

Equívoca mensagem, como bem disse. Nos Estados Unidos, mercado fechado, multiplicaram-se por sete os subsídios agrícolas nos últimos cinco anos. E entrementes, nos países do sul do mundo, mercados abertos, milhões e milhões de trabalhadores agrícolas foram condenados a viver como o caracol, que pode passar um ano sem comer.

6.

O prêmio à Impunidade do Poder deveria ser atribuído à revista *Newsweek*.

Um par de meses depois da queda das torres, a revista publicou um artigo de seu jornalista-estrela, Jonathan Alter, que sem papas na língua recomenda a tortura. O jornalista se promove desenvolvendo as ideias do presidente Bush, que em seus discursos avisara: de agora em diante, vale tudo. Segundo o artigo, a tortura é o método mais adequado para fazer frente ao inimigo nos tempos vindouros.

O jornalista não diz, porque isto não se diz, mas a guerra contra Satã e a guerra contra o terrorismo não são pretextos novos para o exercício do terror de estado. Desde os verdugos da Inquisição até os militares que aprenderam a torturar na Escola das Américas, sabe-se que a tortura não é muito eficaz para arrancar informação, mas é eficacíssima para semear o medo.

7.

O prêmio ao Dinamismo da Economia teria de ser concedido, parece-me, à indústria do medo.

Agora que se privatiza tudo, também se privatiza a ordem. A delinquência cresce e assusta. No Brasil, as empresas privadas de segurança formam um exército cinco vezes mais numeroso do que as Forças Armadas. Somando-se os empregados legais e os ilegais, chega-se ao milhão e meio.

Este é o setor mais dinâmico da economia no país mais injusto do mundo. Uma implacável cadeia produtiva: o Brasil produz injustiça que produz violência que produz medo que produz trabalho.

8.

A Medalha do Mérito Militar deveria ser pendurada no peito do aposentado Norberto Roglich.

Aconteceu na Argentina, no início deste ano. Em plena guerra contra o povo, os bancos tinham confiscado os depósitos. Roglich, aposentado, doente, desesperado, lançou-se ao assalto de uma fortaleza financeira. Na mão, uma granada:

– *Ou me dão meu dinheiro ou todos vamos voar.*

A granada era de brinquedo, mas lhe devolveram o dinheiro.

Depois, foi preso. O promotor pediu de oito a dezesseis anos de prisão: para ele, não para o banco.

9.

Não tenho dúvida. O troféu das Ciências Sociais ficaria muito bem nas mãos de Catalina Álvarez-Insúa. Ela definiu a pobreza melhor do que ninguém:

— *Pobres são os que têm a porta fechada.*
Aplicando-se o critério dela, impõe-se uma correção dos cálculos: os pobres do mundo são muito mais numerosos do que os confessados pelas estatísticas.
Catalina tem três anos de idade. A melhor idade para olhar o mundo, e ver.

O ESPELHO

2001

Os irmãos gêmeos não precisam de espelho. Cada gêmeo é o espelho de seu irmão.
Joseph Stiglitz foi vice-presidente do Banco Mundial até o início deste ano. Em abril, como despedindo-se, publicou na revista *The New Republic* um artigo que retrata, sem piedade, uma organização todo-poderosa: não o Banco Mundial, em cujos píncaros esteve sentado, mas o Fundo Monetário Internacional. O retrato produziu também um involuntário autorretrato. Se Deus quiser e a Virgem, o vice-presidente do Fundo Monetário Internacional nos oferecerá, ao aposentar-se, a verdadeira fotografia de frente e perfil do Banco Mundial, que será idêntica àquela de seu irmão gêmeo. "Porque o mesmo é o mesmo e além disso é igual", como bem diz um anônimo filósofo que perambula pelos cafés do meu bairro; e porque a ditadura financeira universal é exercida a dois, mas os dois são um, segundo o mistério da Santíssima Dupla.

O sol que veio do oeste

O retrato traçado por Stiglitz parece obra de um daqueles milhares de artistas da denúncia que armaram um tremendo alvoroço em Seattle, Washington e Praga.
Os irmãos gêmeos haviam projetado a reunião de Praga, prevista desde alguns anos, como uma celebração. O evangelho do

mundo livre e o catecismo do livre mercado tinham salvo os países do leste, e o milagre merecia uma festa.

Acaso fracassou a festa por culpa dos convidados de pedra, esses provocadores que têm o mau costume de meter o nariz onde não são chamados? Eis aqui o milagre, segundo Stiglitz: "A rápida privatização exigida de Moscou pelo FMI e pelo Departamento do Tesouro dos Estados Unidos permitiu que um reduzido grupo de oligarcas se apoderasse dos bens públicos (...). Enquanto o governo não dispunha de fundos para pagar as pensões, esses oligarcas enviavam às suas contas nos bancos do Chipre e da Suíça o dinheiro proveniente do desmantelamento do estado e da venda dos preciosos recursos nacionais (...). Tão só dois por cento da população vivia na pobreza, ao final do triste período soviético, mas a 'reforma' elevou a taxa de pobreza a quase 50%, com mais da metade das crianças russas vivendo aquém de suas necessidades mínimas".

O computador infiel

Um desenho de Plantu, publicado no *Le Monde*, mostra um taxista de olhos rasgados levando um passageiro. O passageiro é um técnico do Fundo Monetário. O taxista pergunta:
– O senhor vem à Ásia com frequência?
– Não. Mas te ensinarei o caminho.

Stiglitz diz a mesma coisa de outro modo: "Quando o FMI decide ajudar um país, despacha uma 'missão' de economistas. Frequentemente, esses economistas carecem de experiência no país; conhecem melhor os hotéis de cinco estrelas do que as aldeias do campo". E conta: "Ouvi versões sobre um infortunado incidente. Uma dessas equipes de técnicos copiou uma extensa parte do relatório sobre um país e a passou, tal como estava, ao relatório sobre outro país. Teria ficado por isso mesmo, não fosse o processador de texto, que não funcionou como devia e deixou o nome do país original em alguns parágrafos". E comenta: "Uuuui".

Além de exercer, até há pouco, a vice-presidência do Banco Mundial, Stiglitz foi também chefe de seus economistas. Vê-se que foi mais cuidadoso com os computadores na hora de processar, para cada país, os projetos fabricados em série.

Tal e qual

O Egito sofreu nada menos do que sete pragas, mas isso ocorreu muito antes da globalização. As calamidades de agora são programadas e aplicadas em escala universal.

Escreve Stiglitz: "O FMI não gosta que lhe façam perguntas. Na teoria, ajuda as instituições democráticas nos países onde opera. Na prática, solapa o processo democrático ao impor suas políticas".

E pressente as explosões de protesto: "Dirão que o FMI é arrogante. Dirão que o FMI não escuta os países em desenvolvimento aos quais se supõe que ajuda. Dirão que o FMI funciona em segredo e sem contabilidade democrática. Dirão que os 'remédios' do FMI amiúde pioram as coisas... E não lhes faltará razão".

Exatamente o mesmo dirão do Banco Mundial, e tampouco lhes faltará razão.

Mas o presidente do Banco Mundial, James Wolfensohn, é um incompreendido: "É desmoralizante ver toda essa mobilização por justiça social, quando nós a colocamos em prática todos os dias. Ninguém no mundo está fazendo tanto pelos pobres quanto nós", diz. E como expressa o Banco Mundial esse amor pelos pobres? Como seu irmão gêmeo: multiplicando-os.

A MONARQUIA UNIVERSAL

2000

Já desmoronou a cortina de ferro, como se fosse de purê, e as ditaduras militares são um pesadelo que muitos países deixaram para trás.

Vivemos, então, num mundo democrático? Inaugura este século XXI a era da democracia sem fronteiras? Um luminoso panorama, com umas poucas nuvens negras que confirmam a claridade do céu?

Os discursos prestam pouca atenção aos dicionários. Segundo os dicionários de todas as línguas, a palavra democracia significa "governo do povo". E a realidade do mundo de hoje se parece, antes, com uma poderocracia: uma poderocracia globalizada.

Dia após dia, em cada país mais e mais vão-se estreitando as margens de manobra dos políticos locais, que em regra prometem o que não farão e raramente têm a honestidade e a coragem de anunciar o que farão. Chama-se realismo o exercício do governo como dever de obediência: o povo assiste às decisões que, em seu nome, tomam os governos governados pelas instituições que nos governam a todos, em escala universal, sem necessidade de eleições.

A democracia é um erro estatístico, costumava dizer dom Jorge Luis Borges, porque na democracia decide a maioria e a maioria é formada de imbecis. Para evitar esse erro, o mundo de hoje outorga o poder de decisão ao grupinho que o comprou.

O FMI e o Banco Mundial

Na época do esplendor democrático de Atenas, uma pessoa em cada dez tinha direitos civis. As outras nove, nada. Vinte e cinco séculos depois, evidencia-se que os gregos, em matéria de generosidade, abriam demais a mão.

Cento e oitenta e dois países integram o Fundo Monetário Internacional. Destes, 177 não piam nem apitam. O Fundo Monetário, que dita ordens ao mundo inteiro e em todos os lugares decide o destino humano e a frequência do voo das moscas e a altura das ondas, está nas mãos dos cinco países que detêm 40% dos votos: Estados Unidos, Japão, Alemanha, França e Grã-Bretanha. Os votos dependem dos aportes de capital: o que mais tem, mais pode. Vinte e três países africanos, juntos, somam 1%; os Estados Unidos, 17%. A igualdade de direitos, traduzida em fatos.

O Banco Mundial, irmão gêmeo do FMI, é mais democrático. Não são cinco os que decidem, são sete. Cento e oitenta países integram o Banco Mundial. Destes, 173 aceitam o que ordenam os sete países donos de 45% das ações do banco: Estados Unidos, Alemanha, Japão, Grã-Bretanha, França, Itália e Canadá. Os Estados Unidos, de resto, têm o poder de veto.

As Nações Unidas

O poder de veto significa, em última instância, todo o poder. A Organização das Nações Unidas é algo assim como a grande família que a todos nos reúne. Na ONU, os Estados Unidos compartilham o poder de veto com a Grã-Bretanha, França, Rússia e China: os cinco maiores fabricantes de armas, que graças aos céus zelam pela paz mundial. Estas são as cinco potências que tomam as decisões quando o feijão passa do ponto, na mais alta instituição internacional. Os demais países têm a possibilidade de formular recomendações – que isso, afinal, não se nega a ninguém.

A Organização Mundial do Comércio

Existem direitos que são outorgados para não ser usados. Na Organização Mundial do Comércio, todos os países podem votar em igualdade de condições. Mas jamais se vota. "O voto por maioria é possível, mas nunca foi utilizado na OMC e era muito raro no GATT, o organismo que a antecedeu", informa sua página oficial na Internet. As resoluções da Organização Mundial do Comércio são tomadas por consenso e a portas fechadas, que se bem me lembro era o sistema adotado pelas cúpulas do poder estalinista, para evitar o escândalo da dissidência, antes da vitória da democracia no mundo.

Assim, a OMC patrocina em segredo, impunemente, o sacrifício de centenas de milhões de pequenos agricultores em todo o planeta, nos altares da liberdade de comércio. Nem tão em segredo e nem tão impunemente, no entanto: até há pouco, ninguém sabia muito bem o que era a OMC, mas as coisas mudaram desde que cinquenta mil desobedientes tomaram as ruas da cidade de Seattle, no fim do ano passado, e desnudaram ante a opinião pública um dos reis da monarquia universal.

Os manifestantes de Seattle foram chamados delinquentes, loucos, desorientados, pré-históricos e inimigos do progresso pelos grandes meios de comunicação. Por algo será.

NEM DIREITOS NEM HUMANOS

2002

Se a maquinaria militar não mata, oxida-se. O presidente do planeta anda passeando o dedo pelos mapas, para ver sobre qual país cairão as próximas bombas. A guerra do Afeganistão foi um êxito: castigou os castigados e matou os mortos; e já fazem falta novos inimigos.

Mas as bandeiras não têm nada de novo: a vontade de Deus, a ameaça terrorista e os direitos humanos. Tenho a impressão de que George W. Bush não é exatamente o tipo de tradutor que Deus escolheria, se tivesse algo a nos dizer; e o perigo terrorista se torna cada vez menos convincente como pretexto do terrorismo militar. E os direitos humanos? Ainda serão alegações úteis a quem deles faz purê?

• • •

Há mais de meio século as Nações Unidas aprovaram a Declaração Universal dos Direitos do Homem, e não há documento internacional mais citado e elogiado.

Não é criticar por criticar: nessa altura, parece-me evidente que à Declaração falta muito mais do que aquilo que tem. Por exemplo, ali não figura o mais elementar dos direitos, o direito de respirar, que se tornou impraticável neste mundo onde os pássaros tossem. Nem figura o direito de caminhar, que já passou à categoria de façanha, ao remanescerem apenas duas classes de caminhantes, os ligeiros e os mortos. E tampouco figura o direito à indignação, que é o menos que a dignidade humana pode exigir quando condenada a ser indigna; e nem o direito de lutar por outro mundo possível, ao tornar-se impossível o mundo tal qual é.

Nos trinta artigos da Declaração, a palavra liberdade é a que mais se repete. A liberdade de trabalhar, receber salário justo e fundar sindicatos, para exemplificar, está garantida no artigo 23. Mas são cada vez mais numerosos os trabalhadores que, hoje em dia, não têm sequer a liberdade de escolher o tempero com que serão devorados. Os empregos duram menos do que um suspiro, e o medo obriga a calar e obedecer: salários mais baixos, horários mais dilatados, e lá para as calendas vão as férias pagas, a aposentadoria, a assistência social e demais direitos que todos temos, conforme asseguram os artigos 22, 24 e 25. As instituições financeiras internacionais, as Meninas Superpoderosas do mundo contemporâneo, impõem a "flexibilização da legislação trabalhista", eufemismo que designa o sepultamento de dois séculos de conquistas operárias. E as grandes empresas internacionais exigem acordos *union free*, livres de sindicatos, nos países que competem entre si para oferecer mão de obra submissa e barata. "Ninguém será mantido em escravatura ou em servidão", adverte o artigo 4. Menos mal.

Não figura na lista o direito humano de desfrutar os bens naturais, terra, água, ar, e de defendê-los contra qualquer ameaça. Tampouco figura o direito suicida de exterminar a natureza, exercitado com entusiasmo pelos países que compraram o planeta e estão a devorá-lo. Os demais países pagam a conta. Num mundo que tem o costume de condenar as vítimas, a natureza leva a culpa dos crimes que contra ela são cometidos.

"Toda pessoa tem o direito de circular livremente", afirma o artigo 13. Circular, sim. Entrar, não. As portas dos países ricos se fecham nos narizes de milhões de fugitivos que peregrinam do sul para o norte, e do leste para oeste, fugindo das lavouras aniquiladas, dos rios envenenados, das florestas arrasadas, dos mercados despóticos e dos salários nanicos. Uns quantos morrem na tentativa, mas outros conseguem se esgueirar por baixo da porta. E lá dentro, na terra prometida, eles são os menos livres e os menos iguais.

Todos os seres humanos nascem livres e iguais em dignidade e direitos, diz o artigo 1. Que nasçam, vá lá, mas poucos minutos depois já se faz o reparte. O artigo 28 estabelece que "todos temos direito a uma justa ordem social e internacional". As mesmas Nações Unidas nos informam, em suas estatísticas, que quanto mais progride o progresso, menos justo se torna. A partilha dos pães e dos peixes é muito mais injusta nos Estados Unidos e na Grã-Bretanha do que em Bangladesh ou em Ruanda. E na ordem internacional, os numerozinhos das Nações Unidas também revelam que dez pessoas possuem mais riqueza do que toda a riqueza produzida por 54 países juntos. Dois terços da humanidade sobrevivem com menos de dois dólares diários, e a distância entre os que têm e os que precisam triplicou desde a assinatura da Declaração Universal dos Direitos do Homem.

Cresce a desigualdade e para salvaguardá-la crescem os gastos militares. Obscenas fortunas alimentam a febre guerreira e promovem a invenção de demônios para justificá-la. O artigo 11 nos garante que toda pessoa é inocente enquanto não se prove o contrário. Do jeito que vão as coisas, daqui a pouco será culpada de terrorismo qualquer pessoa que não caminhe de joelhos, ainda que se prove o contrário.

A economia de guerra multiplica a prosperidade dos prósperos e cumpre funções de intimidação e castigo. Ao mesmo tempo, irradia sobre o mundo uma cultura militar que sacraliza a violência exercida contra aquela gente "diferente", que o racismo reduz à categoria de subgente. Ninguém poderá ser discriminado por seu sexo, raça, religião ou qualquer outra condição, adverte o artigo 2, mas as novas superproduções de Hollywood, ditadas pelo Pentágono para glorificar as aventuras imperiais, pregam um racismo clamoroso que herda as piores tradições do cinema. E não só do cinema. Há poucos dias, por acaso, caiu em minhas mãos uma revista das Nações Unidas, de novembro de 86, edição em inglês do *Correio da Unesco*. Ali fiquei sabendo que um antigo cosmógrafo escrevera que os indígenas das Américas tinham a pele azul e a cabeça quadrada. Chamava-se, acredite-se ou não, John of Hollywood.

• • •

A Declaração proclama, a realidade trai. Ninguém poderá suprimir nenhum destes direitos, assegura o artigo 30, mas há alguém que bem poderia comentar: "Não vê que eu posso?". Alguém, ou seja: o sistema universal de poder, sempre acompanhado pelo medo que infunde e pela resignação que impõe.

Segundo o presidente Bush, os inimigos da humanidade são o Iraque, o Irã e a Coreia do Norte, principais candidatos para seus próximos exercícios de tiro ao alvo. Suponho que chegou a essa conclusão ao cabo de profundas meditações, mas sua certeza absoluta me parece, ao menos, passível de dúvida. E o direito à dúvida, afinal, também é um direito humano, embora não o mencione a Declaração das Nações Unidas.

UM TEMA PARA ARQUEÓLOGOS?

2001

A cada semana, mais de noventa milhões de clientes acorrem às lojas Wal-Mart. Aos seus mais de novecentos mil empregados é vedado filiar-se a qualquer sindicato. Quando um deles tem essa ideia, passa a ser um desempregado a mais. A vitoriosa empresa, sem nenhum disfarce, nega um dos direitos humanos proclamados pelas Nações Unidas: a liberdade de associação. O fundador da Wal-Mart, Sam Walton, recebeu em 1992 a Medalha da Liberdade, uma das mais altas condecorações dos Estados Unidos.

Um de cada quatro adultos norte-americanos e nove de cada dez crianças comem no McDonald's a comida plástica que os engorda. Os empregados do McDonald's são tão descartáveis quanto a comida que servem: são moídos pela mesma máquina. Também eles não têm o direito de se sindicalizar.

Na Malásia, onde os sindicatos de operários existem e atuam, as empresas Intel, Motorola, Texas Instruments e Hewlett Packard conseguiram evitar esse aborrecimento, graças a uma gentileza do governo.

Também não podiam agremiar-se as 190 operárias que morreram queimadas na Tailândia, em 1993, no galpão trancado por fora onde fabricavam os bonecos de Sesame Street, Bart Simpson e os Muppets.

Durante sua disputa eleitoral, Bush e Gore coincidiram na necessidade de continuar impondo ao mundo o modelo norte-americano de relações trabalhistas. "Nosso estilo de trabalho", como ambos o chamaram, é o que está determinando o ritmo da globalização, que avança com botas de sete léguas e entra nos mais remotos rincões do planeta.

A tecnologia, que aboliu as distâncias, permite agora que um operário da Nike na Indonésia tenha de trabalhar cem mil anos para ganhar o que ganha, em um ano, um executivo da Nike nos Estados Unidos, e que um operário da IBM nas Filipinas fabrique computadores que ele não pode comprar.

É a continuação da era colonial, numa escala jamais vista. Os pobres do mundo seguem cumprindo sua função tradicional: proporcionam braços baratos e produtos baratos, ainda que agora produzam bonecos, tênis, computadores ou instrumentos de alta tecnologia, além de produzir, como antes, borracha, arroz, café, açúcar e outras coisas amaldiçoadas pelo mercado mundial.

Desde 1919, foram assinados 183 convênios internacionais que regulam as relações de trabalho no mundo. Segundo a Organização Internacional do Trabalho, desses 183 acordos, a França ratificou 115, a Noruega 106, a Alemanha 76 e os Estados Unidos... quatorze. O país que lidera o processo de globalização só obedece suas próprias leis. E assim garante suficiente impunidade às suas grandes corporações, que se lançam à caça de mão de obra barata e à conquista de territórios que as indústrias sujas possam contaminar ao seu bel-prazer. Paradoxalmente, este país que não reconhece outra lei além da lei do trabalho fora da lei, é o mesmo que agora diz: não há outro remédio senão incluir "cláusulas sociais" e de "proteção ambiental" nos acordos de livre comércio. Que seria da realidade sem a publicidade que a mascara?

Essas cláusulas são meros impostos que o vício paga à virtude, debitados na rubrica Relações Públicas, mas a simples menção dos direitos trabalhistas deixa de cabelo em pé os mais fervorosos advogados do salário de fome, do horário de elástico e da livre despedida. Quando deixou a presidência do México, Ernesto Zedillo passou a integrar a diretoria da Union Pacific Corporation e do consórcio Procter & Gamble, que opera em 140 países. Além disso, encabeça uma comissão das Nações Unidas e divulga seus pensamentos na revista *Forbes*: em idioma tecnocratês, indigna-se contra "a imposição de estândares laborais homogêneos nos novos acordos comerciais". Traduzido, isso significa: lancemos de uma vez no latão do lixo toda a legislação internacional que ainda protege os trabalhadores. O presidente aposentado ganha para pregar a escravidão. Mas o principal diretor-executivo da General Eletric se expressa com mais clareza: "Para competir, é preciso espremer os limões". Os fatos são os fatos.

Diante das denúncias e dos protestos, as empresas lavam as mãos: não fui eu. Na indústria pós-moderna, o trabalho já não está concentrado. Assim é em toda parte e não só na atividade privada. As três quartas partes dos carros da Toyota são fabricadas fora da Toyota. De cada cinco operários da Volkswagen no Brasil, apenas um é empregado da Volkswagen. Dos 81 operários da Petrobrás mortos em acidentes de trabalho nos últimos três anos, 66 estavam a serviço de empresas terceiristas que não cumprem as normas de segurança. Através de trezentas empresas contratadas, a China produz a metade de todas as bonecas *Barbie* para as meninas do mundo. Na China há sindicatos, sim, mas obedecem a um estado que, em nome do socialismo, ocupa-se em disciplinar a mão de obra: "Nós combatemos a agitação operária e a instabilidade social para assegurar um clima favorável aos investidores", explicou recentemente Bo Xilai, secretário-geral do Partido Comunista num dos maiores portos do país.

O poder econômico está mais monopolizado do que nunca, mas os países e as pessoas competem no que podem: vamos ver quem oferece mais em troca de menos, vamos ver quem trabalha o dobro em troca da metade. À beira do caminho vão ficando os restos das conquistas arrancadas por dois séculos de lutas operárias no mundo.

Os estabelecimentos moageiros do México, América Central e Caribe, que por algo se chamam sweat shops, oficinas de suor, crescem num ritmo muito mais acelerado do que a indústria em seu conjunto. Oito de cada dez novos empregos na Argentina são precários, sem nenhuma proteção legal. Nove de cada dez empregos em toda a América Latina correspondem ao "setor informal", eufemismo para dizer que os trabalhadores estão ao deus-dará. Acaso a estabilidade e os demais direitos dos trabalhadores, dentro de algum tempo, serão temas para arqueólogos? Não mais do que lembranças de uma espécie extinta?

A liberdade do dinheiro exige trabalhadores presos no cárcere do medo, que é o cárcere mais cárcere de todos os cárceres. O deus do mercado ameaça e castiga; e bem o sabe qualquer trabalhador, em qualquer lugar. Hoje em dia o medo do desemprego, que os empregadores usam para reduzir seus custos de mão de obra e multiplicar a produtividade, é a mais universal fonte de angústia. Quem está a salvo de ser empurrado para as longas filas dos que procuram trabalho? Quem não teme ser transformado num "obstáculo interno", isso para usar as palavras do presidente da Coca-Cola, que há um ano e meio explicou a demissão de milhares de trabalhadores dizendo "eliminamos os obstáculos internos"?

E uma última pergunta: diante da globalização do dinheiro, que divide o mundo em domadores e domados, seremos capazes de internacionalizar a luta pela dignidade do trabalho? Haja desafio...

HUMOR NEGRO

2001

Piada 1

A gasolina com chumbo é uma invençãozinha norte-americana. Lá pelos anos vinte, impôs-se no Estados Unidos e no mundo. Quando o governo estadunidense a proibiu, em 1986, a gasolina com chumbo estava matando adultos num ritmo de cinco mil por ano, segundo a agência oficial que se ocupa da proteção ambiental. De resto, segundo as inúmeras fontes citadas pelo jornalista Jamie Kitman em sua investigação para a revista *The Nation*, o chumbo havia provocado danos no sistema nervoso e no nível mental de muitos milhões de crianças, ninguém sabe quantas, durante sessenta anos.

Charles Kettering e Alfred Sloan, diretores da General Motors, foram os principais promotores desse veneno. Eles passaram à história como benfeitores da medicina, porque fundaram um grande hospital.

Piada 2

Os gregos e os romanos já sabiam que o chumbo era inimigo do sangue, do solo, do ar e da água. Isso não tem nada de novo. No entanto, alguns países continuam agregando chumbo à gasolina. E nosso país, por exemplo, vai mais longe: castiga a boa conduta. No Uruguai, a gasolina sem chumbo é mais cara. Quem contamina menos, paga mais.

Piada 3

Uma empresa norte-americana, Ethyl, e uma empresa inglesa, Octel, vendem fora o que está proibido dentro. O aditivo de chumbo para gasolina é exportado para os países que podem ser intoxicados impunemente: quase toda a África e alguns países do sul do mundo. Para um negócio em agonia, não está tão mal. O balanço de 1999 revelou que a Ethyl teve um lucro bruto de 190 milhões de dólares.

O problema de Jack, o Estripador, é que estava mal-assessorado. O pobre Jack não tinha agentes de relações públicas que maquiassem sua imagem, nem expertos em publicidade que bendissessem seus atos. Em contrapartida, a empresa Ethyl, nascida do casamento da General Motors com a Standard Oil, diz em sua propaganda que "o respeito à pessoa" é o valor mais importante que orienta suas ações, e que faz o que faz desenvolvendo "uma cultura fundamentada na confiança mútua e no respeito mútuo". E a empresa Octel explica: "Octel continua desempenhando um papel primordial no processo universal de eliminação dos combustíveis com chumbo, através do fornecimento seguro e eficiente de chumbo para combustíveis, que continuará disponibilizando aos seus clientes enquanto eles o requeiram". Uma obra-prima: praticar o crime é a melhor maneira de colaborar na luta contra o crime.

Piada 4

Segundo o último informe do Banco Mundial, 15% da população do planeta devora a metade de toda a energia que o planeta consome. Os automóveis comem boa porção dessa metade. Nos países ricos, há 580 veículos para cada mil habitantes; nos países pobres, há dez.

Os países ricos proibiram a gasolina com chumbo, mas seus habitantes de quatro rodas cospem outros venenos. Da vertiginosa motorização das ruas provém boa parte dos gases que requentam o planeta, enlouquecem o clima e perfuram o ozônio. Os automóveis são cada vez mais numerosos e cada vez maiores. Talvez os 4 x 4, que todos os meninos do mundo sonham possuir, sejam assim chamados porque consomem quatro vezes mais combustíveis do que os carros pequenos.

Faça-se a nossa vontade, assim na terra como no céu: tirante os bebês, todos têm automóvel próprio no país que mais energia engole e mais veneno cospe. O país mais glutão e mais dissipador abriga nada mais do que 4% da população mundial, emite nada menos do que 24% do dióxido de carbono que agride a atmosfera e gasta uma dinheirama na publicidade que o absolve.

Uma organização modestamente chamada Força-Tarefa dos Líderes Globais do Meio Ambiente do Amanhã divulgou um mapa-múndi ecológico, publicado com grande destaque pela revista *Newsweek* e por outros meios, junto com um texto explicativo. Os

Líderes Globais demonstram que os países ricos são os melhores amigos da natureza, os mais *eco-friendly*, e que os principais culpados das calamidades ecológicas do planeta são Bangladesh e Uganda.

Piada 5

O dióxido de carbono afeta a memória? Seria bom saber. Em sua campanha presidencial, George W. Bush prometeu limitar as emissões de gases tóxicos. Mal abriu a porta da Casa Branca, esqueceu sua promessa. Disse não ao acordo internacional de Kyoto e assim, uma vez mais, confirmou que os únicos discursos que merecem crédito são os discursos não pronunciados.

Piada 6

As empresas petrolíferas foram as que com mais dinheiro contribuíram para a campanha de Bush, a mais cara da história. O presidente havia fundado a empresa petrolífera Arbusto Oil, que logo passou a chamar-se Bush Exploration e finalmente foi vendida para a Harken Oil & Gas. O vice, Dick Cheney, acumulou sua fortuna pessoal na empresa petrolífera Halliburton. Na chefia da Segurança Nacional está Condoleeza Rice, que integrou a diretoria da empresa petrolífera Chevron entre 1991 e 2000. Don Evans, Secretário de Comércio, foi presidente da empresa petrolífera Tom Brown Inc. e diretor da empresa petrolífera TMBR/Sharp Drilling. Kathleen Cooper, que se ocupa do comércio na Secretaria de Assuntos Econômicos, foi executiva da empresa petrolífera Exxon. Thomas White, da Secretaria da Defesa, foi vice-presidente da empresa petrolífera Enron Corporation.

Piada 7

Poderia chamar-se Associação para o Extermínio do Planeta e seus Arredores. Mas não: chama-se Centro Mundial para o Meio Ambiente.

Entre seus membros figuram British Petroleum, Occidental Petroleum, Exxon, Texaco, International Paper, Weyerhaeuser, Novartis, Monsanto, BASF, Dow Chemical e Royal Dutch Shell. Todos estes amigos da natureza e da espécie humana, que periodicamente se condecoram entre si, anunciaram que a empresa Shell receberá a Medalha de Ouro do Meio Ambiente, correspondente ao ano 2001. Entre os muitos méritos da empresa, cabe mencionar seus esforços para arrasar o delta do Níger e para conseguir que a ditadura da Nigéria mandasse à forca, em 1995, o escritor Ken Saro-Wiwa e outras pessoas impertinentes que andavam protestando.

A ERA DE FRANKENSTEIN

2001

Em seu romance *Admirável mundo novo*, Aldous Huxley profetizou a fabricação em série de seres humanos. Em tubos de laboratório, os embriões se desenvolveriam conforme suas futuras funções na escala social, desde os alfas, destinados ao mando, até os épsilos, produzidos para a servidão.

Setenta anos depois, a biogenética nos promete, como brinde do nascente milênio, uma nova raça humana. Mudando o código genético das gerações vindouras, a ciência produzirá seres inteligentes, belos, sãos e talvez imortais, de acordo com o preço que cada família possa pagar.

James Watson, prêmio Nobel, descobridor da estrutura do DNA e chefe do Projeto Genoma Humano, prega o despotismo científico. Watson não aceita nenhum limite à manipulação das células humanas reprodutivas: nenhum limite à investigação nem ao negócio. Sem papas na língua, proclama: "Devemos nos manter à margem das normas e das leis".

Gregory Pence, que leciona Ética Médica na Universidade de Alabama, reivindica o direito dos pais de escolher o filho que terão "do mesmo modo que os canicultores fazem cruzamentos para obter o cão mais adequado a uma família".

E o economista Lester Thurow, do Massachusetts Institute of Technology, exitoso teórico do êxito, pergunta-se quem poderia negar-se a programar um filho com maior coeficiente intelectual. "Se você não o fizer", adverte, "seus vizinhos o farão, e seu filho será o mais estúpido do bairro".

Se a sorte nos acompanhar, os viveiros do futuro haverão de gerar superbebês parecidos com estes gênios. O aperfeiçoamento da espécie já não requererá os fornos de gás onde a Alemanha purificou a raça, nem a cirurgia que os Estados Unidos, a Suécia e outros países aplicaram para evitar a reprodução de produtos humanos de má qualidade. O mundo fabricará pessoas geneticamente modificadas, como fabrica, atualmente, alimentos geneticamente modificados.

2001, uma odisseia no espaço: já estamos em 2001 e já comemos comida química, como havia anunciado, há mais de trinta anos, a película de Stanley Kubrick. Agora, os gigantes da indústria química nos dão de comer. Questão de siglas: depois do DDT e do PCB, que por fim foram proibidos, embora já se soubesse, há muitos anos, que davam mais mortalidade do que felicidade, chegou a vez dos GM, os alimentos geneticamente modificados. Desde os Estados Unidos, Argentina e Canadá, os GM invadem o mundo inteiro, e todos somos cobaias dessas experiências gastronômicas dos grandes laboratórios.

Na verdade, nem sequer sabemos o que comemos. Com escassas exceções, os invólucros não nos informam se o produto contém ingredientes que sofreram manipulação de um ou vários genes. A empresa Monsanto, a principal provedora, não faz constar este dado em suas etiquetas de origem, nem sequer no caso do leite proveniente de vacas tratadas com hormônios transgênicos de crescimento. Esses hormônios artificiais favorecem o câncer de próstata e de seio, segundo várias investigações publicadas em *The Lancet, Science, The International Journal of Health Services* e outras revistas científicas, mas a Food and Drug Administration dos Estados Unidos autorizou a venda do leite sem menção nas etiquetas, porque ao fim e ao cabo os hormônios apressam o crescimento e aumentam o rendimento, e portanto também aumentam a rentabilidade. O primeiro é o primeiro, e o primeiro é a saúde da economia. De qualquer modo, quando a Monsanto vê-se obrigada a confessar o que vende, como no caso dos herbicidas, a coisa não muda muito. Há um par de anos, a empresa teve de pagar uma multa por "75 menções inexatas" nos recipientes do venenoso herbicida Roundup. Fizeram-lhe um precinho camarada. Pagou três mil dólares por cada mentira.

Alguns países se defendem, ou ao menos tentam defender-se. Na Europa, a importação de produtos da engenharia genética está proibida em alguns casos, e em outros submetida a controle. Desde 1998, por exemplo, a União Europeia exige etiquetas claras para a soja geneticamente modificada, mas torna-se muito difícil levar à prática esta boa intenção. O rastro se perde nas múltiplas combinações: segundo o Greenpeace, a soja GM está presente em 60% de toda a comida processada que é oferecida nos supermercados do mundo.

Nas manifestações ecológicas, um grande peixe levanta um cartaz: *Não se metam com meus genes*. Ao lado, um tomate gigante exige o mesmo. Em todo o mundo, multiplicam-se as vozes de protesto. A atitude europeia é um resultado da pressão da opinião pública. Quando os granjeiros franceses incendiaram os silos cheios de milho transgênico, por causa dos danos notórios que fazia ao ecossistema, o agitador camponês José Bové se converteu em herói nacional, um novo Asterix que alegou, em sua defesa:

— *Nós, os granjeiros e os consumidores, quando fomos consultados sobre isso? Nunca.*

O governo francês, que o prendera, desautorizou os cultivos do milho inventado pela biotecnologia. Algum tempo depois, a empresa norte-americana Kraft Foods devolveu milhões de tortas de milho transgênico, incomodada com as queixas dos consumidores que tinham sofrido reações alérgicas. Enquanto isso, a chanceler Madeleine Albright dizia e repetia na Europa, porque isso é obrigação prioritária da diplomacia norte-americana: "Não há nenhuma prova de que os alimentos geneticamente modificados sejam prejudiciais à saúde ou ao ambiente".

Os europeus têm concretos motivos para desconfiar das piruetas tecnocráticas na mesa da copa. Estão ressabiados por sua recente experiência com as vacas loucas. Enquanto comiam pasto e alfafa, durante milhares de anos, as vacas se comportaram com uma cordura exemplar e aceitaram, resignadas, seu destino. Assim foi, até que o louco sistema que nos rege decidiu obrigá-las ao canibalismo. As vacas comeram vacas, engordaram mais, deram à humanidade mais carne e mais leite, foram felicitadas por seus donos e aplaudidas pelo mercado – e acabaram loucas. O assunto deu origem a muitas piadas, até que começou a morrer gente. Um morto, dez, vinte, cem...

Em 1996, o ministério britânico da Agricultura havia informado à população que a ração de sangue, sebo e gelatina de origem animal era um alimento seguro para o gado e inofensivo para a saúde humana.

OS ATLETAS QUÍMICOS

2001

Há um par de anos caíram mortos, no meio da corrida, dois dos cavalos que competiam no Palio. Um deles era Pena Branca, o campeão dessa festa que, desde a Idade Média, é celebrada na grande praça da cidade de Siena. Segundo foi publicado na imprensa, os cavalos morreram de *overdose* de anfetaminas.

Entrementes, em outros lugares da Itália foram presos vinte proprietários de ferozes pitbulls que eram as estrelas de lutas clandestinas de cães. Os cães lutadores estavam dopados. Os esteroides anabolizantes lhes haviam multiplicado a musculatura e a energia.

Ao mesmo tempo, o promotor público Rafaele Guarinello fazia sentar no banco dos réus os clubes de futebol da primeira, segunda e terceira divisões: com supostos fins medicinais, os clubes tinham ministrado numa centena de jogadores fármacos que, na verdade, aumentavam-lhes artificialmente a resistência e a potência e mascaravam-lhes a fadiga dos torneios extenuantes.

Comprovou-se que os controles *antidoping* eram malfeitos ou milagrosamente desapareciam. Um ano antes, em meados de 98, o diretor-técnico do clube Roma, Zdenek Zeman, havia denunciado que as drogas eram de uso corrente no futebol italiano.

Enquanto se publicavam tais notícias, no país vizinho se disputava o Tour de France, e os ciclistas avançavam se esquivando de seringas. Michel Drucker, jornalista esportivo, comentou: "Estamos em plena hipocrisia. Qualquer um sabe que é impossível suportar, com um tubinho de vitamina C, uma corrida atrás da outra: o Clássico belga, a Paris-Roubaix, a Milão-San Remo, o Tour de France e a Volta da Itália. E o mesmo vale para todos os esportes. Sobre os ombros dos atletas profissionais pesa a dinheirama dos patrocinadores".

João Havelange, monarca aposentado da FIFA, advertiu: "Todos os ciclistas se dopam. No futebol, isso é raro. Deixem o futebol em paz". Não têm a mesma opinião os astros da seleção francesa campeã do mundo. Emmanuel Petit declarou: "Joga-se uma partida a cada três dias. Nenhum atleta pode suportar tanto esforço. Eu não quero que as drogas sejam corriqueiras no futebol, mas caminhamos para isso". E Frank Leboeuf coincidiu: "Agora os jogadores se esgotam cedo. Preocupam-me os jovens. Nesse passo, não vão durar mais do que cinco ou seis anos". Alguns anos antes, o célebre arqueiro alemão Toni Schumacher tinha sido acusado de traidor da pátria ao revelar que os jogadores da seleção de seu país eram farmácias ambulantes, e que não se sabia se representavam a Alemanha ou a indústria farmacêutica germânica. E no outro lado do oceano, Luis Artime, um dos melhores jogadores de todos os tempos, havia constatado: "A droga é um negócio em todos os esportes, e no futebol também. O futebol argentino não me dá asco: me dá pena".

Penso, por pensar, no joelho de Ronaldo, o joelho de cristal do melhor jogador do mundo. Recuperará Ronaldo seu joelho perdido? Voltará Ronaldo a ser Ronaldo? Imagens: o ídolo cai, agarra o joelho direito, as câmaras focalizam seu rosto contorcido de dor. Imagens: seis anos antes, chega à Europa um garotinho de dentes de coelho e magia nas pernas, oriundo de um subúrbio pobre do Rio de Janeiro. Chega magro como um arame. Imagens: dois anos depois, já transformado em negócio milionário, Ronaldo parece Tarzan. O dobro de músculos para os mesmos tendões; o dobro de carroceria para o mesmo motor. E me pergunto: essa assombrosa metamorfose é explicada tão só pela carne que comeu e o leite que bebeu?

As drogas zombam dos controles. Bem poucos atletas foram flagrados nos exames *antidoping* no ano passado, durante as Olimpíadas de Sydney. Jacques Rogge, um dos dirigentes do Comitê Olímpico Internacional, explicou assim: "Foram flagrados por estúpidos, porque se doparam por conta própria, ou porque vêm de países pobres. Os países ricos têm um sistema sofisticado de *doping*, que custa muito dinheiro, com drogas caras, supervisão especializada e exames secretos. Os pobres não podem pagá-lo. É apenas isso". O Comitê Olímpico Internacional consagrou Carl Lewis como o atleta do século. Em Sydney, durante a cerimônia, o rei da velocidade e do salto em distância expressou sua opinião, um pouquinho diferente: "Os dirigentes mentem", disse Lewis. "Os controles *antidoping* não funcionam. Eles podem controlar, mas não querem. O esporte está sujo".

Seja como for, por habilidade científica ou vista grossa, ou por obra e graça dos dois, o fato é que é perfeitamente possível mascarar a eritropoietina sintética, os hormônios artificiais de crescimento, os esteroides anabolizantes e outras drogas. Aplicadas massivamente nos esportistas, podem produzir medalhas de ouro, troféus internacionais, infartos, apoplexias, alterações do metabolismo, transtornos glandulares, impotência, deformações musculares e ósseas, câncer e velhice prematura.

Segundo as investigações publicadas pelas revistas *Scientific American* e *New Scientist*, isso tudo é apenas brincadeira de criança comparado com o que virá. Em dez anos, anuncia-se, teremos atletas geneticamente modificados. Ao preço da hipoteca do corpo, porque nada é grátis neste mundo, o *doping* de genes artificiais fará maravilhas de velocidade e força com uma só injeção e será impossível detectá-la no sangue ou na urina.

● ● ●

Por esses dias, meu amigo Jorge Marchini, recém-chegado da Finlândia, trouxe-me de presente o regulamento do futebol infantil e juvenil daquele país. Assim fico sabendo que, na Finlândia, o árbitro mostra não apenas o cartão amarelo, que adverte, e o cartão vermelho, que castiga, mas também o cartão verde, que premia o jogador que ajuda o adversário caído, o que pede desculpas quando bate e o que reconhece uma falta cometida.

No futebol profissional, tal como hoje em dia se pratica em todo o mundo, o cartão verde pareceria ridículo ou resultaria inútil. Por lei do mercado, a maior rentabilidade exige maior produtividade, e para alcançá-la vale tudo: a deslealdade, as trapaças e as drogas, que fazem parte do jogo sujo de um sujo sistema de jogo.

No futebol, como nas demais competições, o esporte profissional está mais dopado do que os esportistas. O grande intoxicado é o esporte transformado em grande empresa da indústria do espetáculo, que acelera mais e mais o ritmo de trabalho dos atletas e os obriga a esquecer qualquer escrúpulo para conseguir rendimentos de super-homens. A obrigação de ganhar é inimiga do prazer de jogar, do sentido da honra e da saúde humana; e é a obrigação de ganhar que está impondo o consumo das drogas do êxito.

Há meio século, o Uruguai venceu o Brasil no Estádio Maracanã e, contra todos os prognósticos, contra toda evidência, sagrou-se campeão mundial de futebol. O principal protagonista dessa façanha impossível se chamava Obdulio Varela. Ele se dopava com vinho. Chamavam-no *Vinacho*. Eram outros tempos.

MÃOS AO ALTO

1999

1.

Há pouco, minha casa foi assaltada. Os ladrões deixaram uma serra (lê-se no cabo: *Facilitando seu trabalho*) e um rastro de coisas que tiveram de abandonar na fuga. Entre as coisas que puderam levar, estava um computador que eu acabara de comprar e seria o primeiro de minha vida. Meu progresso tecnológico foi interrompido pela delinquência.

Bem sei que o episódio carece de importância e que, de resto, faz parte da rotina da vida no mundo de hoje, mas o fato é que não tive outro remédio senão instalar grades sobre grades e agora minha casa, como todas, parece uma jaula. Como em todos, uma nova dose de veneno me foi inoculada: o veneno do medo, o veneno da desconfiança.

2.

É uma antiga lenda chinesa. Na hora de ir para o trabalho, um lenhador dá falta do machado. Observa seu vizinho: tem o aspecto típico de um ladrão de machados, o olhar e os gestos e o modo de falar de um ladrão de machados. Mas o lenhador encontra sua ferramenta, que estava caída por ali. E quando torna a observar seu vizinho, constata que não se parece nem um pouco com um ladrão de machados, nem no olhar, nem nos gestos, nem no modo de falar.

3.

O filósofo britânico Samuel Johnson dizia, em meados do século XVIII: "A segurança, dê no que dê, dá o melhor". Dois séculos depois, dizia o filósofo italiano Benito Mussolini: "Na história da humanidade, a polícia sempre precedeu o professor". E agora grandes cartazes nos advertem, nos supermercados: "Sorria: para sua segurança, você está sendo filmado".

4.

Sabem muito bem os políticos e os demagogos de uniforme: a insegurança é o pânico de nosso tempo. As estatísticas confirmam que o mundo está transpirando violência por todos os poros.

A Colômbia é o país mais violento do mundo. Os assassinatos do ano todo da Noruega equivalem a um fim de semana em Cali ou Medellín. Supõe-se que a violência colombiana seja obra do narcotráfico e da guerra entre militares, paramilitares e guerrilheiros. Mas a organização Justiça e Paz atribui a maioria dos crimes, sete em cada dez, à "violência estrutural da sociedade colombiana". A Colômbia é um dos países mais injustos do mundo: 80% de pobres, 7% de ricos; de cada cem adultos, 22 estão desempregados e 55 trabalham ao deus-dará, naquilo que os peritos chamam *mercado informal*.

5.

No Brasil, rouba-se um carro a cada um minuto e meio. Durante as horas mais perigosas, que são as horas da noite, os condutores de veículos do Rio de Janeiro estão autorizados a desrespeitar o sinal vermelho. E não só se roubam carros. Grande êxito está obtendo um escultor de alegorias carnavalescas que está fabricando guardas virtuais para as empresas de segurança: são manequins de uniforme policial, feitos de fibra de vidro, com microcâmaras no lugar dos olhos. Outros guardas, de carne e osso, disparam e matam e perguntam depois. Muitas de suas vítimas são meninos de rua.

O Brasil, como a Colômbia, é um país violento e um país injusto: o mais injusto do mundo, o que mais injustamente distribui os pães e os peixes. Vinte e um milhões de crianças vivem, sobrevivem, na miséria.

Hélio Luz, que até há pouco foi Chefe de Polícia no Rio, lembrou recentemente, numa entrevista, que a polícia brasileira não nasceu para proteger os cidadãos: foi criada, em 1808, para controlar os escravos.

Os escravos eram negros; e negros são, hoje em dia, a maioria de suas vítimas.

6.

A Nova York acorrem os policiais e políticos latino-americanos, em peregrinação. Ali aprendem a fórmula mágica contra a delinquência. A *tolerância zero* se aplica para baixo, como a *repressão zero* se aplica para cima. Esta criminalização da pobreza castiga o delinquente antes que ele viole a lei. Até os grafitos merecem castigo, porque indicam "uma conduta protocriminosa".

A delinquência diminuiu em Nova York e em todo o território estadunidense. Mas não como resultado da política de intolerância: no reino do prefeito Giuliani, a mão de ferro só serviu para multiplicar os horrores policiais contra os negros. Como bem disse o juiz argentino Luis Niño, nos Estados Unidos a taxa da criminalidade caiu na mesma medida em que caiu a taxa do desemprego: há menos delito porque há pleno emprego.

O milagre do pleno emprego, ou, em todo caso, algo que a isso se assemelha, só foi possível naquele país porque trabalha para ele o mundo inteiro. Mas a insegurança é um bom negócio e os presídios privados necessitam de presidiários assim como os pulmões necessitam de ar. Mais vale prevenir do que remediar: quanto menos delitos são cometidos, mais presidiários há. Nos últimos quinze anos, por exemplo, multiplicou-se o número de menores de idade confinados em prisões de adultos, "para que os meninos se transformem em adultos produtivos", como explica James Gondles, porta-voz das empresas privadas especializadas em engaiolar gente no país que tem a maior quantidade de presos do mundo.

A REPÚBLICA DAS CONTRADIÇÕES

1999

Os uruguaios temos certa tendência a crer que nosso país existe, embora o mundo não o perceba. Os grandes meios de comunicação, aqueles que têm influência universal, jamais mencionam esta nação pequenina e perdida ao sul do mapa.

Por exceção, meses atrás a imprensa britânica ocupou-se de nós, na véspera da visita do príncipe Charles. O conceituado jornal *The Times* informou aos seus leitores que a lei uruguaia autoriza o marido traído a cortar o nariz da esposa infiel e a castrar o amante.

The Times atribuiu à nossa vida conjugal aqueles maus costumes das tropas coloniais britânicas. Agradecemos a amabilidade, mas a verdade é que tão baixo não caímos. Este país bárbaro, que aboliu os castigos corporais nas escolas 120 anos antes da Grã-Bretanha, não é o que parece ser quando visto de cima e de longe. Se os jornalistas descessem do avião, poderiam ter algumas surpresas.

Os uruguaios somos poucos, nada mais do que três milhões. Cabemos, todos, num só bairro de qualquer das grandes cidades do mundo. Três milhões de anarquistas conservadores: não nos agrada que ninguém nos mande e nos custa mudar.

O Uruguai mantém-se estacionado em sua própria decadência desde o distante tempo em que constatamos estar na vanguarda de tudo. Os protagonistas se tornaram espectadores. Três milhões de ideólogos políticos, e a política prática nas mãos dos politiqueiros que transformaram os direitos civis em favores do poder; três milhões de técnicos de futebol, e o futebol uruguaio a viver da nostalgia; três milhões de críticos de cinema, e o cinema nacional nunca passou de uma esperança.

O país que é vive em perpétua contradição com o país que foi. O Uruguai adotou a jornada de trabalho de oito horas um ano antes dos Estados Unidos e quatro anos antes da França; mas hoje em dia encontrar trabalho é um milagre, e maior milagre é encher a panela trabalhando apenas oito horas: só Jesus o conseguiria, se fosse uruguaio e ainda fosse capaz de multiplicar os pães e os peixes.

O Uruguai teve lei do divórcio setenta anos antes da Espanha e voto feminino quatorze anos antes da França; mas a realidade segue tratando as mulheres pior do que os tangos, o que bem diz aonde chegamos, e as mulheres brilham por sua ausência no poder político, escassas ilhas femininas num mar de machos.

Este sistema, cansado e estéril, não trai apenas sua memória: sobrevive em contradição perpétua com a realidade. O país depende das vendas de carnes, couros, lãs e arroz para o exterior, mas o campo está nas mãos de poucos. Esses poucos, que pregam as virtudes da família cristã, mas mandam embora os peões que se casam, monopolizaram tudo. E enquanto isso, quem quer terra para trabalhar recebe um portaço no nariz; e quem alguma terrinha consegue, depende de créditos que os bancos destinam sempre ao que tem, nunca ao que precisa. Fartos de receber um peso por cada produto que vale dez, os pequenos produtores rurais terminam buscando melhor sorte em Montevidéu. À capital do país, centro do poder burocrático e de todos os poderes, acorrem os desesperados, esperando o trabalho que é negado pelas fábricas cobertas de teias de aranha. Muitos terminam recolhendo lixo; e muitos seguem viagem pelo porto ou aeroporto.

Em matéria de contradições entre o poder e a realidade, ganhamos os campeonatos mundiais que o futebol nos nega. No mapa, rodeado por seus grandes vizinhos, o Uruguai parece anão. Nem tanto. Temos cinco vezes mais terra do que a Holanda, e cinco vezes menos habitantes. Temos mais terra cultivável do que o Japão, e uma população quarenta vezes menor. No entanto, são muitos os uruguaios que emigram, porque aqui não encontram seu lugar debaixo do sol. Uma população escassa e envelhecida: poucas crianças nascem, nas ruas veem-se mais cadeiras de rodas do que carrinhos de nenê. Quando essas poucas crianças crescem, o país as expulsa. Exportamos jovens. Há uruguaios no Alasca e no Havaí. Há vinte anos, a ditadura militar empurrou muita gente para o exílio. Em plena democracia, a economia condena ao desterro muita gente mais. A economia é manejada pelos banqueiros, que praticam o socialismo socializando suas fraudulentas bancarrotas e praticam o capitalismo oferecendo um país de serviços. Para entrar pela porta de serviço no mercado mundial, somos reduzidos a um santuário financeiro com segredo bancário, quatro vacas na retaguarda e vista para o mar. Nessa economia, as pessoas ficam de fora, ainda que sejam tão poucas.

Modéstia à parte – é preciso dizer tudo –, também por bons motivos merecíamos figurar no *Guinness*. Durante a ditadura militar, não houve no Uruguai nem um só intelectual importante, nem um só cientista relevante, nem um só artista representativo, único que fosse, disposto a aplaudir os mandões. E nos tempos que correm, já na democracia, o Uruguai foi o único país do mundo que derrotou as privatizações em consulta popular: no plebiscito de fins de 92, 72% dos uruguaios decidiu que os serviços essenciais continuariam sendo públicos. A notícia não mereceu sequer uma linha na imprensa mundial, embora se constituísse numa insólita prova de senso comum. A experiência de outros países latino-americanos nos ensina que as privatizações podem engordar as contas privadas de alguns políticos, mas duplicam a dívida externa, como aconteceu à Argentina, ao Brasil, Chile e México nos últimos anos; e as privatizações humilham a soberania a preço de banana.

O habitual silêncio dos grandes meios de comunicação evitou qualquer possibilidade de que o plebiscito se disseminasse, por contágio, fronteira afora. Mas fronteira adentro, aquele ato coletivo de afirmação nacional à contracorrente, aquele sacrilégio contra a ditadura universal do dinheiro, anunciou que estava viva a energia de dignidade que o terror militar quisera aniquilar, neste paradoxal país onde nasci e tornaria a nascer.

OS INVISÍVEIS

2001

Aquilo começou com uma explosão de violência. Poucos dias antes do Natal, numerosos famintos tomaram de assalto os supermercados. Entre os desesperados, como costuma ocorrer, infiltraram-se uns quantos delinquentes. E nessas horas de caos, enquanto corria o sangue, o presidente da Argentina falou pela televisão. Palavra mais ou palavra menos, disse: a realidade não existe, as pessoas não existem.

E então nasceu a música. Começou devagarinho, soando nas cozinhas de algumas casas, colheres que batiam nas panelas, e saiu pelas janelas, pelas sacadas. E foi-se multiplicando de casa em casa e ganhou as ruas de Buenos Aires. Cada som se uniu a outros sons, pessoas se uniram com pessoas, e na noite explodiu o concerto da revolta coletiva. Ao som das panelas e sem outras armas senão estas, a multidão invadiu os bairros, a cidade, o país. A polícia respondeu a balaços. Mas as pessoas, inesperadamente poderosas, derrubaram o governo.

•••

Os invisíveis, fato raro, tinham ocupado o centro do palco.

Não só na Argentina, não só na América Latina, o sistema está cego. O que são as pessoas de carne e osso? Para os mais notórios economistas, números. Para os mais poderosos banqueiros, devedores. Para os mais eficientes tecnocratas, incômodos. E para os mais exitosos políticos, votos.

O movimento popular que defenestrou o presidente De la Rúa foi uma prova de energia democrática. A democracia somos nós, disseram os populares, e estamos fartos. Ou acaso a democracia consiste somente no direito de votar a cada quatro anos? Direito de eleição ou direito de traição? Na Argentina, como em tantos outros países, as pessoas votam, mas não elegem. Votam em um, governa outro: governa o clone.

•••

No governo, o clone faz ao contrário tudo o que o candidato prometeu durante a campanha eleitoral. Segundo a célebre definição de Oscar Wilde, cínico é aquele que conhece o preço de tudo e o valor de nada. O cinismo se disfarça de realismo; e assim se desprestigia a democracia.

As pesquisas indicam que a América Latina, hoje em dia, é a região do mundo que menos acredita no sistema democrático de governo. Uma dessas pesquisas, publicada pela revista *The Economist*, revelou a queda vertical da fé da opinião pública na democracia, em quase todos os países latino-americanos: segundo esses dados, recolhidos há meio ano, só acreditavam nela seis de cada dez argentinos, bolivianos, venezuelanos, peruanos e hondurenhos, menos da metade dos mexicanos, nicaraguenses e chilenos, não mais do que um terço de colombianos, guatemaltecos, panamenhos e paraguaios, menos de um terço de brasileiros e apenas um de cada quatro salvadorenhos.

Triste panorama, caldo gordo para os demagogos e os messias fardados: muita gente, sobretudo muita gente jovem, sente que o verdadeiro domicílio dos políticos é a cova de Ali Babá e os quarenta ladrões.

•••

Uma lembrança de infância do escritor argentino Héctor Tizón: na Avenida de Mayo, em Buenos Aires, seu pai mostrou-lhe um homem que, na calçada, atrás de uma mesinha, vendia pomadas e escovas para lustrar sapatos:
— Aquele senhor se chama Elpidio González. Olha bem. Ele foi vice-presidente da república.
Eram outros tempos. Sessenta anos depois, nas eleições legislativas de 2001, houve uma enxurrada de votos em branco ou anulados, algo jamais visto, um recorde mundial. Entre os votos anulados, o candidato triunfante era o pato Clemente, um famoso personagem de história em quadrinhos: como não tinha mãos, não podia roubar.

•••

Talvez a América Latina jamais tenha sofrido um esbulho político comparável ao da década passada. Com a cumplicidade e o amparo do Fundo Monetário Internacional e do Banco Mundial, sempre exigentes em matéria de austeridade e transparência, vários governantes roubaram até ferraduras de cavalos a galope. Nos anos das privatizações, leiloaram tudo, até as lajotas das calçadas e os leões do zoológico; e o produto do leilão se evaporou. Os países foram vendidos para pagamento da dívida externa, segundo mandavam os que de fato mandam, mas a dívida, misteriosamente, multiplicou-se, nas mãos ligeiras de Carlos Menem e muitos de seus colegas. E os cidadãos, os invisíveis, ficaram sem países, com uma imensa dívida para pagar, pratos quebrados da festa alheia.
Os governos pedem permissão, fazem seus deveres e prestam exames: não diante dos cidadãos que votam, mas diante dos banqueiros que vetam.

•••

Agora que estamos todos em plena guerra contra o terrorismo internacional, cabem certas dúvidas. O que devemos fazer com o terrorismo do mercado, que está castigando a imensa maioria da humanidade? Ou não são terroristas os métodos dos altos organismos internacionais, que em escala planetária dirigem as finanças, o comércio e o resto? Acaso não praticam a extorsão e o crime, ainda que matem por asfixia e de fome e não por bomba? Não estão despedaçando os direitos dos trabalhadores? Não estão assassinando a soberania nacional, a indústria nacional, a cultura nacional?

A Argentina era a aluna mais aplicada do Fundo Monetário, do Banco Mundial e da Organização Mundial do Comércio. E foi o que se viu.

•••

Damas e cavalheiros: primeiro os banqueiros. E onde manda capitão, não manda marinheiro. Palavras mais ou palavras menos, esta foi a primeira mensagem que o presidente George W. Bush enviou à Argentina. Da cidade de Washington, capital dos Estados Unidos e do mundo, Bush declarou que o novo governo argentino deve "proteger" seus credores e o Fundo Monetário Internacional, e levar adiante uma política de "maior austeridade".

Enquanto isso, o novo presidente provisório argentino, que substitui De la Rúa até as próximas eleições, meteu os pés pelas mãos em sua primeira declaração à imprensa. Um jornalista perguntou o que iria priorizar, a dívida ou as pessoas, e ele respondeu: "A dívida". Dom Sigmund Freud sorriu em seu túmulo, mas Adolfo Rodríguez Saá logo corrigiu a resposta. Pouco depois, anunciou que suspenderia os pagamentos da dívida e destinaria esse dinheiro à criação de fontes de trabalho para as legiões de desempregados.

A dívida ou as pessoas, esta é a questão. E agora as pessoas, os invisíveis, exigem e vigiam.

•••

Há coisa de um século, Dom José Batlle y Ordóñez, presidente do Uruguai, assistia a uma partida de futebol. E comentou:

– *Que bonito seria se houvesse 22 espectadores e dez mil jogadores.*

Talvez se referisse à educação física, que ele promoveu. Ou estava falando, quem sabe, da democracia que imaginava.

Um século depois, na Argentina, o país vizinho, muitos manifestantes envergavam a camiseta de sua seleção nacional de futebol, seu sentido símbolo de identidade, sua alegre certeza de pátria: vestindo a camiseta, invadiram as ruas. As pessoas, fartas de serem espectadoras de sua própria humilhação, invadiram a cancha. Não vai ser fácil desalojá-las.

AJUDE-ME, DOUTOR, QUE NÃO POSSO DORMIR

2000

Seis moscas me zumbem na cabeça e não me deixam dormir. Na verdade, o mosqueiro de minhas insônias é muito mais numeroso, mas digo seis para simplificar o caso. A seguir, descrevo algumas das angústias que à noite me atormentam. Como se verá, não são pouca coisa. Elas se referem, nada mais, nada menos, ao destino do mundo.

Ficará o mundo sem professores?

Segundo informou o jornal *The Times of India*, uma Escola do Crime está funcionando, com sucesso, na cidade de Muzaffarnagar, a oeste do estado hindu de Uttar Pradesh.

Ali se oferece aos adolescentes uma formação de alto nível para ganhar dinheiro fácil. Um dos três diretores, o educador Susheel Mooch, tem a seu cargo o curso mais sofisticado, que inclui, entre outras matérias, Sequestros, Extorsões e Execuções. Os outros dois se ocupam de matérias mais convencionais. Todos os cursos incluem trabalhos práticos. Por exemplo, o ensino do roubo em autopistas e estradas: ocultos, os estudantes arremessam um objeto metálico no automóvel escolhido; o ruído faz com que o condutor se detenha, intrigado, e então se procede ao assalto, que o mestre supervisiona.

Segundo os diretores, esta escola surgiu para dar resposta a uma necessidade do mercado e para cumprir uma função social. O mercado exige níveis cada vez mais altos de especialização na área do delito, *e a educação criminosa é a única que garante aos jovens um trabalho bem remunerado e permanente.*

Temo que tenham razão. E me dá pânico pensar que o exemplo vá frutificar na Índia e no mundo. O que será dos pobres professores das escolas tradicionais – pergunto-me –, já castigados pelos salários de fome e pela pouca ou nenhuma atenção que lhes prestam seus alunos? Quantos professores poderão reciclar-se, adaptando-se às exigências da modernidade? Dos que eu conheço, nenhum. Consta-me que são incapazes de matar uma mosca e não têm talento nem para assaltar uma velhinha desamparada e paralítica. O que esses inúteis vão ensinar no mundo de amanhã?

Ficará o mundo sem presidentes?

Dizem que dizem que alguém disse que um presidente de um país latino-americano viajou a Washington para negociar a dívida externa. Ao regressar, anunciou ao seu povo uma notícia boa e outra ruim:

– *A boa é que já não devemos nem um único centavo. A ruim é que todos os habitantes deste país temos 24 horas para ir embora.*

Os países pertencem aos seus credores. Os devedores devem obediência; e a boa conduta se demonstra praticando o socialismo, mas o socialismo ao avesso: privatizando os lucros e socializando as perdas.

– *Nós fazemos bem nossos deveres* – disseram, com poucos meses de diferença, Carlos Menem, enquanto era presidente da Argentina, e seu colega mexicano Ernesto Zedillo.

Daqui a pouco, no passo que vamos, também será privatizado o ar, e virão os entendidos dizer que quem recebe o ar de graça não sabe valorizá-lo e não merece respirar.

E esta é outra fonte de angústia: tira-me o sono o pressentimento de que qualquer dia desses os banqueiros credores vão expulsar os presidentes e sentar-se em suas cadeiras: *Chega de intermediários!*

E noite atrás de noite me revolvo entre os lençóis, perguntando-me onde vai parar essa gente toda. Onde conseguirá emprego esta mão de obra tão altamente especializada? Aceitarão os presidentes qualquer bico? No McDonald's, a fila é longa.

Ficará o mundo sem assunto?

O espetacular desenvolvimento da tecnologia tornou possível que todos os globais habitantes deste mundo tenhamos passado mais de um ano, todo o 98 e boa parte do 99, acompanhando o grande acontecimento do fim do século: as façanhas da linguista Mônica Lewinski no Salão Oval da Casa Branca.

A lewinskização globalizada nos permitiu a todos, nos quatro pontos cardeais do planeta, ler, olhar e ouvir até o mais ínfimo detalhe desta epopeia da humanidade. *Os grandes meios de comunicação de massa nos facultaram milhares de possibilidades de escolher entre aquilo e aquilo.*

Mas aquilo passou, como passaram Grécia e Roma, e desde então a grande imprensa, os gigantes da televisão e as rádios já não têm com o que se ocupar. Eu nutria a esperança de que explodisse outro *sexgate* e então alguém me contou que fontes bem-informadas lhe haviam confidenciado que a chanceler Madeleine Albright ia denunciar o presidente por assédio sexual incessante. Mas nunca mais ouvi falar no assunto e desconfio de que se tratava de uma piada vil, indigna de figurar no centro da atenção universal.

E isto também me tira o sono. Agora que os jornalistas se chamam *comunicadores sociais*, o que vão comunicar à sociedade? De que vão viver? Outra multidão de desempregados lançada às ruas?

Ficará o mundo sem inimigos?

Os Estados Unidos e seus aliados da OTAN já estão há bastante tempo sem fabricar uma guerra. A indústria da morte está ficando nervosa. Os imensos orçamentos militares precisam justificar sua existência e a indústria de armamentos não tem onde expor seus novos modelos. Contra quem será lançada a próxima *missão humanitária*? Quem será o próximo inimigo? Quem fará o papel de vilão no próximo filme, quem será Satã no inferno que vem? Isto muito me preocupa. Estive relendo os motivos invocados para o bombardeio do Iraque e da Iugoslávia e cheguei à alarmante conclusão de que *há um país, um único país, que reúne todas as condições, todas, todinhas, para ser reduzido a escombros.*

Esse país é o principal fator de instabilidade da democracia em todo o planeta, pelo seu velho costume de fabricar golpes de estado e ditaduras militares. Esse país se constitui numa ameaça a seus vizinhos, aos quais, desde sempre, invade com frequência. Esse país produz, armazena e vende a maior quantidade de armas químicas e bacteriológicas. Nesse país, opera o maior mercado de drogas do mundo e em seus bancos são lavados milhões de narcodólares. A história nacional desse país é uma longa guerra de *limpeza étnica*, contra os aborígines primeiro, contra os negros depois; e esse país, em anos recentes, foi o principal responsável pela feroz matança étnica que aniquilou duzentos mil guatemaltecos, em sua maioria indígenas maias.

Haverão de se autobombardear os Estados Unidos? Invadirão a si mesmos? Cometerão os Estados Unidos esse ato de coerência, fazendo consigo o que fazem com os demais? As lágrimas molham meu travesseiro. Queira Deus poupar de semelhante desgraça essa grande nação que jamais foi bombardeada por ninguém.

Ficará o mundo sem bancos?

Em sua edição de 14 de dezembro de 1998, a revista *Time* publicou o informe do Congresso dos Estados Unidos sobre a evaporação de cem milhões de dólares provenientes do tráfico de drogas no México. Segundo a comissão parlamentar que investigou o assunto, foi o Citibank que organizou a viagem dessa narcofortuna através de cinco países e inventou sociedades fantasmas e nomes de fantasia para apagar a pista.

As prisões norte-americanas, as mais povoadas do planeta, estão cheias de jovens drogados, pobres e negros; *mas o Citibank, alta estrela do céu financeiro*, não foi preso. Na verdade, semelhante ideia não passou pela cabeça de ninguém. No entanto, a leitura do informe me deixou ruminando. É certo que este grande banco continua livre e prosperando; e que o sabão Citibank, o detergente Banque Suisse, o tira-manchas Bahamas e tantas outras marcas prestigiadas pelas melhores lavanderias continuam, livremente, batendo recordes de venda de artigos de limpeza no mercado global. Mas não posso deixar de pensar que a ameaça espreita.

Que aconteceria se um belo dia a guerra contra as drogas deixasse de ser uma guerra contra os drogados, que castiga as vítimas, e as armas, corrigindo a pontaria, apontassem para cima? Agora que a economia está morta e só vivem as finanças, que seria do mundo sem bancos? E o que seria do pobre dinheiro, condenado a deambular pelas ruas, como deambulam as pessoas sem teto? Só de pensar sinto um aperto no coração.

Ficará o mundo sem mundo?

Em algum dia de outubro de 98, em plena Era Lewinskiana, descobri uma notícia insignificante, perdida ao pé de alguma página de algum jornal: a recuperação das plantas e dos animais extintos no mundo, nas últimas três décadas, levaria não menos do que cinco milhões de anos.

Desde então, uma outra obsessão me deixa insone. Não consigo me livrar do pressentimento de que um dia os animais e as plantas nos convocarão para o Juízo Final. Chego ao delírio de nos imaginar acusados por promotores que haverão de nos apontar com a pata ou o ramo:

– *O que vocês fizeram com o planeta? Em que supermercado o compraram? Quem lhes deu o direito de nos maltratar e nos exterminar?*

E vejo um insigne tribunal de bichos e vegetais prolatando a sentença de condenação eterna do gênero humano.

Pagaremos os justos pelos pecadores? Passarei minha eternidade no inferno, ao lado dos bem-sucedidos empresários exterminadores do planeta e seus políticos comprados e seus chefes guerreiros e seus espertos publicitários que vendem o veneno enrolado em papel celofane verde?

Um suor gelado poreja em meu corpo estremecido. Antes, eu acreditava que o Juízo Final era assunto de Deus. No pior dos casos, eu ia cumprir meu destino compartilhando a grelha perpétua com os assassinos em série, as cantoras de televisão e os críticos literários. Agora, comparando, isso até me parece pouco.

ALGUMAS MODESTAS PROPOSIÇÕES

2001

O soldado Timothy McVeigh pôs a bomba, matou 168 no estado de Oklahoma e agora está no inferno. O governador George W. Bush após sua assinatura, matou 152 no estado do Texas e agora é rei do planeta. Bush costuma dizer: "Faça ao meu modo ou não faça".

Aqui vão algumas sugestões, nascidas do construtivo propósito de colaborar com sua gestão. Provêm de mais um de seus seis bilhões de súditos, desde um país ignoto que não é membro do G-7, nem do G-8, mas do G-181.

Melhor que Kyoto

Cento e oitenta contra um: os acordos de Kyoto foram aprovados por unanimidade menos um. O professor Ronald Reagan estudou Ciências Políticas nos filmes de Far West. Agora seu aluno, como nos filmes, enfrenta sozinho todos os demais.

Bem sabe o justiceiro que toda essa história de Kyoto não passa de uma conspiração. Está em jogo o direito dos Estados Unidos de seguir desenvolvendo seu modo de vida, que se fundamenta no amor aos membros mais queridos da família: os que dormem na garagem. E eles não têm outro remédio senão suportar em silêncio as calúnias. Os ecoterroristas, agitadores a soldo do transporte público, andam propalando que os automóveis lançam veneno no ar e arruínam a atmosfera. E assim se abusa impunemente da paciência dos cidadãos de quatro rodas, que não podem nem piar. É um escândalo, mas é assim: os carros ainda não têm o direito do voto, embora sejam mais numerosos do que toda a população adulta norte-americana.

Os inimigos do progresso veem a realidade com óculos escuros e anunciam catástrofes: céu intoxicado, clima enlouquecido, planeta requentado... Neste passo, dizem, ninguém se salvará. Nem nós, os uruguaios: se continuarem a se derreter os gelos do polo, ficaremos sem água potável e sem praias. Mas o nosso é um país livre. Se ficarmos sem água para beber, teremos a liberdade de escolher entre a Coca-Cola, a Pepsi e outros refrescos. E se ficarmos sem praias, que são as culpadas da ociosidade nacional, nossa maltratada economia poderá elevar espetacularmente seus índices de produtividade. Ora, não é assim que vão nos assustar.

Até quando o mundo continuará aturando essas apocalípticas profecias? Não terá chegado a hora de proibir de uma vez por todas, em todos os idiomas e em todos os países, a circulação de informes científicos que andam alarmando a opinião pública?

Como vender guarda-chuvas

Outro tema espinhoso: o guarda-chuva antimísseis. O presidente Bush não está conseguindo que se leve a sério a ameaça do terrorismo internacional. Ninguém compreende a necessidade de instalar no espaço um escudo que nos defenda de uma agressão iminente desde as bases terroristas nas estrelas.

Tomo a liberdade de opinar, e perdão pela insolência: a invenção é boa, muito necessária, diria até imprescindível, mas me parece que o vendedor se enganou de cliente. O presidente insiste em promover o guarda-chuva entre países que não sofrem chuva alguma.

Embora possa parecer pedante, creio que é oportuno evocar a lei primeira do mercado: entre a oferta e a demanda, a cobra morde o rabo. Este sábio ensinamento foi legado à humanidade por Marco Licínio Crasso, que viveu entre os anos 115 a.C. e 53 a.C. Dom Marco Licínio fundou a primeira companhia de bombeiros em Roma. Teve grande sucesso. Ele provocava os incêndios e depois cobrava para apagá-los.

Creio que salta aos olhos: a demanda está no Iraque, que há dez anos vem sendo bombardeado. O presidente Bush soube perpetuar uma tradição familiar que seu pai inaugurou em 1991, descarregando mísseis sobre o Iraque em missões de rotina que não perdoam nem os campos de futebol. É Saddam Hussein quem precisa do escudo defensivo. Se ele se nega a comprar o invento, não há outro remédio senão bombardear outros países, para diversificar o mercado.

A conquista da lua

O "Acordo que regula as atividades dos estados na lua e outros corpos celestes" estabelece que "a superfície e o subsolo da lua não serão propriedades de nenhum estado, organização ou pessoa". Os Estados Unidos não assinaram este tratado universal. E o US Space Command, que coordena suas forças armadas de terra, mar e ar, está proclamando oficialmente, e publicamente, a necessidade de "controlar o espaço" para poder "dominar" a terra. E tais são os termos, palavra mais, palavra menos, com que o presidente Bush explica sua ressurreição do programa Guerra das Estrelas, iniciado por Ronald Reagan.

Humildemente sugiro que esclareça suas intenções. Que torne pública a verdade, mediante uma declaração escrita de quem saiba e possa, sem acrescentar dúvidas a dúvidas: os Estados Unidos querem a lua para que lá possam reunir-se aqueles que aqui já não têm lugar. Refiro-me aos organismos internacionais que velam pela felicidade de um mundo que já não os quer. Parece uma sopa de letrinhas, mas se trata nada menos do que o FMI, BM, OMC, OTAN, UE, G-7 e G-8. Eles tentaram em Seattle, Washington, Los Angeles, Filadélfia, Praga, Quebec, Gotemburgo e Gênova, e a fúria dos vândalos lhes tornou impossível a tertúlia.

Na lua, não ouvirão ruídos impertinentes e o US Space Command lhes garantirá proteção invulnerável contra as ameaças das hordas de Átila.

E aqui cessa minha arenga. São Jorge está muito atarefado em sua guerra solitária contra o dragão da inveja; e não se deve roubar seu tempo.

NOTÍCIAS DO MUNDO ÀS AVESSAS

1999

O aniversário

Telefonei a um amigo que vive em Austin, Texas. Era o dia de seu aniversário, mas sua voz não soava bem. Naquela manhã, tinha recebido algumas cartas que lhe desejavam um feliz aniversário e aproveitavam para lembrar, amavelmente, seu destino final. Ofereciam-lhe um funeral pré-pago, caixão, velório, embalsamento, enterro, cremação, com pagamento parcelado, uma atenção de primeira, para que você não se transforme num problema para seus filhos.

Nos últimos anos, as grandes corporações invadiram o ramo fúnebre, que antes estava a cargo de pequenas empresas familiares. Mas as coisas não vão bem. A concorrência é dura e a demanda está estancada ou diminui. Este negócio, como todos os negócios, exige um mercado em expansão; e nos Estados Unidos as pessoas morrem pouco.

Segundo Thomas Lynch, diretor de uma empresinha de serviços fúnebres que herdou dos avós, a tradicional publicidade por correspondência já não é útil para os negócios em grande escala: as corporações não terão outro remédio senão investir uma dinheirama numa nova campanha publicitária destinada a que cada cidadão aceite morrer duas vezes.

Em teu dia, mamãe

Em minha casa, em Montevidéu, recebi um folheto de ofertas para o Dia das Mães.

Ali estava todo o melhor do melhor com que alguém pode presentear a abnegada autora de seus dias: *Noites tranquilas, muito tranquilas*, prometia o folheto, que a preços razoáveis oferecia alarmes de controle remoto, sirenes antivândalos, chaves eletrônicas, barreiras contra qualquer risco, sensores infravermelhos com lente tripla e sensores magnéticos para portas e portões.

A felicidade

Já se sabe que o dinheiro não produz a felicidade, mas também se sabe que produz algo tão parecido que a diferença é assunto para especialistas.

Contudo, a peste da tristeza está fazendo estragos nos países mais ricos. As estatísticas da Organização Mundial de Saúde informam que, agora, a depressão nervosa é *dez vezes mais frequente do que há cinquenta anos* nos Estados Unidos e na Europa Ocidental.

As estatísticas revelam as vertiginosas mudanças ocorridas, no último meio século, nos prósperos países que todos querem imitar. Ansiedade de comprar e ser comprado, angústia de perder e ser descartado: nos centros do privilégio, as pessoas duram mais, ganham mais e têm mais, mas se deprimem mais, enlouquecem mais, embriagam-se mais, drogam-se mais, suicidam-se mais e matam mais.

Pedagogia da violência

Segundo o general Marshall, somente dois de cada dez soldados de seu exército utilizavam os fuzis durante a Segunda Guerra Mundial. Os outros oito portavam a arma como adorno. Anos depois, na guerra do Vietnã, a realidade era bem outra: nove de cada dez soldados das tropas invasoras faziam fogo, e atiravam para matar.

A diferença estava na educação que haviam recebido. O tenente-coronel David Grossman, especialista em pedagogia militar, sustenta que o homem não está *naturalmente* inclinado à violência. Ao contrário do que se supõe, não é nada fácil ensinar a matar o próximo. A educação para a violência exige um intenso e prolongado adestramento, destinado a brutalizar os soldados e a desmantelar sistematicamente sua sensibilidade humana. Segundo Grossman, esse ensino começa, nos quartéis, aos dezoito anos de idade, mas fora dos quartéis começa aos dezoito meses: a televisão dita esses cursos a domicílio.

– *Foi como na tevê* – disse um menino de seis anos que assassinou uma companheirinha de sua idade, em Michigan, no inverno neste ano.

A liberdade de comércio

As notícias de rotina não têm divulgação. Em março deste ano, sessenta haitianos rumaram para a costa dos Estados Unidos num desengonçado barquinho, com a ilusão de ser recebidos como se fossem balseiros cubanos. Os sessenta morreram afogados no Mar do Caribe.

Estes fugitivos da miséria tinham sido, todos eles, plantadores de arroz.

Muita gente vivia disso, no Haiti, até que o Fundo Monetário Internacional contribuiu para o desenvolvimento desse paupérrimo país, o país mais pobre do hemisfério ocidental, proibindo os subsídios à produção nacional de arroz.

E o Haiti passou de país produtor a país importador, os agricultores do arroz haitiano se transformaram em mendigos ou balseiros e o Haiti passou a ser, acredite-se ou não, um dos quatro mais importantes mercados do arroz norte-americano no mundo. O Fundo Monetário Internacional, ao que se saiba, jamais proibiu os enormes subsídios à produção de arroz nos Estados Unidos.

NOTÍCIAS DO FIM DO MILÊNIO

1999

Anuncia-se que em breve, ainda sem data certa, teremos dedos biônicos para acariciar a lua; e já se sabe que dentro de quinze anos a cadeia Hilton inaugurará seu primeiro grande hotel sideral.

•••

Já resplandecem, nas naves espaciais, os anúncios luminosos da Pizza Hut. Aqui na terra, Picasso é o nome do próximo modelo dos automóveis Citroën, e *O grito*, quadro de Edvard Munch, esse alarido de um artista atormentado pelo que pressentia sobrevir, foi reciclado pela publicidade para um relançamento dos automóveis Pontiac. Em Berlim, acaba de completar seu primeiro aninho de vida um bem-sucedido *shopping center* chamado Salvador Allende, de oito mil metros quadrados, numa rua que se chama Pablo Neruda.

•••

Os robôs não só substituem a mão de obra humana nas fábricas, como também estão deixando sem trabalho o punho de obra nos ringues do boxe. Já se promovem combates entre robôs em Las Vegas, em diversas categorias que vão desde os pesos leves (onze quilos) até os superpesados (221 quilos). Para a alegria do respeitável público, os boxeadores cibernéticos se destripam a golpes, com seus braços mecânicos armados de machados e serras.

•••

Parece uma parábola de toda a história da humanidade, mas é apenas uma experiência científica recente. Dentro de uma caixa, coloca-se um rato e, diante do rato, uma barreira virtual. O animalzinho, intimidado por essa parede que não existe, fica a dar voltas sempre no mesmo lugar.

•••

Os laboratórios Monsanto conseguiram que os vegetais, geneticamente modificados, nos forneçam comida de plástico. A empresa DuPont testa cultivos de poliéster em seus campos de milho.

●●●

Cinquenta mil manifestantes tornam impossível a vida dos donos do comércio mundial, reunidos em Seattle. Ali, Bill Clinton, presidente do planeta, pronuncia um discurso: ameaça com sanções os países que não respeitam os direitos dos trabalhadores. McDonald's, o restaurante preferido de Clinton, opera em todo o mundo, e em todo o mundo proíbe que seus empregados sejam filiados a sindicatos.

●●●

Fast food: uma nova cadeia japonesa de restaurantes está competindo com sucesso com o McDonald's. Os clientes não pagam por prato e sim por tempo. Quanto mais rápido comem, menos pagam. O minuto custa trinta cêntimos de dólar. Só em Tóquio, já funcionam 180 destes postos de gasolina humanos.

●●●

Fast life: espetacular recorde de vendas da droga Ritalin, nos Estados Unidos. O Ritalin atua sobre o cérebro dos meninos muito nervosos e consegue que permaneçam quietos diante do televisor. Outro laboratório está testando o Prozac infantil, com gosto de menta.

●●●

Liberdade de expressão: Disney engole a ABC, Time Warner bebe a CNN, Viacom come a CBS com faca e garfo. Há quinze anos, cinquenta empresas controlavam a comunicação nos Estados Unidos. Agora, são oito. Um monopólio compartilhado, que pratica o monólogo em escala planetária.

●●●

Tarzan, dos estúdios Disney, é o maior êxito do cinema infantil ao fim do milênio. A história, como se sabe, passa-se na selva africana. No filme, não aparece nenhum negro.

•••

A primeira Guerra do Golfo, que deixou montanhas de cadáveres no Iraque, é vendida em vídeo, categoria *Ação*, título *Tempestade no deserto*, como se vendem o *Robocop* e o *Terminator*.

•••

Comparando os dados de diversos organismos internacionais (PNUD, UNICEF, FAO, OMS, International Institute for Strategic Studies), chega-se à conclusão de que o dinheiro que o mundo destina a gastos militares durante onze dias daria para alimentar e curar todas as crianças famintas e enfermas do planeta, e sobrariam 354 dias para o nobre ofício de matar.

•••

A organização Veterinários sem Fronteiras compara uma galinha com um avião de guerra. A galinha custa cinco dólares e o avião sete milhões; a galinha desenvolve uma velocidade máxima de um quilômetro por dia e o avião duplica a velocidade do som; a galinha põe um ovo por dia e o avião põe quatorze bombas por viagem, que podem matar mais de mil pessoas.

•••

Segundo as Nações Unidas (PNUD), as três pessoas mais ricas do mundo possuem um patrimônio superior à soma dos produtos de 48 países.

•••

Ao fim do milênio, a população mundial chega aos seis bilhões. A terra produz alimentos de sobra para dar de comer a todas as bocas, mas há um bilhão e trezentos milhões de famintos. "Pobres sempre haverá, disse Jesus", explica o teólogo argentino Carlos Menem.

•••

Globalização. Salário de um operário da General Motors nos Estados Unidos: dezenove dólares por hora. Salário de um operário da General Motors no México, no outro lado da fronteira: um dólar e meio por hora.

•••

Liberdade de comércio. Segundo a revista *The Economist*, o valor real das matérias-primas vendidas pelos países pobres é hoje seis vezes menor do que há oitenta anos. Muito antes, escreveu Jean-Jacques Rousseau: "Nas relações entre o forte e o fraco, a liberdade oprime".

•••

Os países riquíssimos anunciam que perdoarão as dívidas incobráveis dos países paupérrimos, sempre e quando intensifiquem suas políticas de ajuste, ou seja: que reduzam ainda mais seus salários anões.

•••

A revista *The Ecologist* divulga, em novembro de 1999, uma estimativa das vítimas dos testes nucleares da indústria de armamentos. Segundo o cálculo da especialista Rosalie Bertell, as explosões nucleares mataram, contaminaram ou deformaram, direta ou indiretamente, nada menos do que um bilhão e duzentos milhões de pessoas, ao longo de meio século.

•••

O Pentágono anuncia uma boa notícia para a ecologia. A partir do ano 2003, usará balas que não contaminarão o ambiente. O chumbo será substituído pelo tungstênio.

•••

Três organizações internacionais – World Conservation Monitoring Centre, WWF International e New Economics Foundation – afirmam que o mundo perdeu, nos últimos trinta anos, quase um terço de sua riqueza natural. É o pior extermínio da natureza desde a época dos dinossauros. Diz Woody Allen, meu ideólogo preferido: "O futuro me preocupa, porque é o lugar onde penso passar o resto da minha vida".

S.O.S.

2002

Quem fica com a água? O macaco que tem o porrete. O macaco desarmado morre de sede. Esta lição da pré-história abre o filme *2001, uma odisseia no espaço*. Para a odisseia 2003, o presidente Bush anuncia um orçamento militar de um bilhão de dólares por dia. A indústria armamentista é o único investimento digno de confiança: há argumentos que são incontestáveis, na próxima Cúpula da Terra em Johanesburgo ou em qualquer outra conferência internacional.

•••

As potências donas do planeta raciocinam bombardeando. Elas são o poder, um poder geneticamente modificado, um gigantesco Frankenpower que humilha a natureza: exerce a liberdade de transformar o ar em sujeira e o direito de deixar a humanidade sem casa; chama erros aos seus horrores, esmaga quem se antepõe em seu caminho, é surdo aos alarmes e quebra o que toca.

•••

Eleva-se o mar, e as terras mais baixas ficam sepultadas para sempre sob as águas. Isto parece a metáfora do desenvolvimento econômico do mundo tal qual é, mas não: trata-se de uma fotografia do mundo tal qual será, num futuro não muito distante, segundo as previsões dos cientistas consultados pelas Nações Unidas.

Durante mais de duas décadas, as profecias dos ecologistas mereceram zombaria e silêncio. Agora os cientistas lhes dão razão. A 3 de junho deste ano, até o presidente Bush teve de admitir, pela primeira vez, que ocorrerão desastres se o aquecimento global continuar afetando o planeta. O Vaticano reconhece que Galileu não estava enganado, comentou o jornalista Bill McKibben. Mas ninguém é perfeito: ao mesmo tempo, Bush anunciou que os Estados Unidos aumentarão em 43%, nos próximos dezoito anos, a emissão de gases que intoxicam a atmosfera. Afinal, ele preside um país de máquinas que rodam comendo petróleo e vomitando veneno: mais de duzentos milhões de automóveis, e menos mal que os bebês não guiam. Em fins do ano passado, num discurso, Bush exortou à solidariedade, e foi capaz de defini-la: "Deixa que teus filhos lavem o carro do vizinho".

•••

A política energética do país líder do mundo está ditada pelos negócios terrenos, que dizem obedecer aos céus. Transmitia mensagens divinas a finada empresa Enron, falecida por fraude, que foi a principal assessora do governo e a principal financiadora das campanhas de Bush e da maioria dos senadores. O grande chefe da Enron, Kenneth Lay, costumava dizer: "Creio em Deus e creio no mercado". E o mandachuva anterior tinha um lema parecido: "Nós estamos do lado dos anjos".

Os Estados Unidos praticam o terrorismo ambiental sem o menor remorso, como se o Senhor lhes houvesse outorgado um certificado de impunidade porque deixaram de fumar.

•••

"A natureza já está muito cansada", escreveu o frade espanhol Luis Alfonso de Carvallo. Foi em 1695. Se nos visse agora...

Uma grande parte do mapa da Espanha está ficando sem terra. A terra se vai; e mais cedo do que tarde, entrará a areia pelas frestas das janelas. Das matas mediterrânicas, permanece em pé uns quinze por cento. Há um século, o arvoredo cobria metade da Etiópia, que hoje é um vasto deserto. A Amazônia brasileira perdeu florestas do tamanho do mapa da França. Na América Central, nesse passo, em breve as árvores serão contadas como conta o calvo seus cabelos.

A erosão expulsa os camponeses do México, que vão embora do campo ou do país. Quanto mais se degrada a terra no mundo, mais fertilizantes e pesticidas é preciso utilizar. Segundo a Organização Mundial da Saúde, estas ajudas químicas matam três milhões de agricultores por ano.

Como as línguas humanas e as humanas culturas, vão morrendo as plantas e os animais. As espécies desaparecem a um ritmo de três por hora, segundo o biólogo Edward O. Wilson. E não só pelo desmatamento e pela contaminação: a produção em grande escala, a agricultura de exportação e a uniformização do consumo estão aniquilando a diversidade. Quase não se acredita que, há apenas um século, havia no mundo mais de quinhentas variedades de alface e 287 tipos de cenoura. E 220 variedades de batata só na Bolívia.

●●●

Pelam-se as matas, desertifica-se a terra, envenenam-se os rios, derretem-se os gelos dos polos e as neves dos altos cumes. Em muitos lugares a chuva deixou de chover e em muitos outros chove como se o céu se abrisse. O clima do mundo está mais para hospício.

As inundações e as secas, os ciclones e os incêndios incontroláveis são cada vez menos *naturais*, embora os meios de comunicação, contra toda evidência, insistam em chamá-los assim. E parece uma piada de humor negro que as Nações Unidas tenham chamado os anos noventa Década Internacional para a Redução dos Desastres Naturais. Redução? Essa foi a década mais desastrosa. Houve 86 catástrofes, que deixaram cinco vezes mais mortos do que os muitos mortos das guerras desse período. Quase todos, exatamente 96%, morreram nos países pobres, que os entendidos insistem em chamar "países em vias de desenvolvimento".

●●●

Com devoção e entusiasmo, o sul do mundo copia e multiplica os piores costumes do norte. E do norte não recebe as virtudes, mas o pior: torna sua a religião norte-americana do automóvel, o desprezo pelo transporte público e toda a mitologia da liberdade de mercado e da sociedade de consumo. E o sul também recebe, de braços abertos, as fábricas mais porcas, as mais inimigas da natureza, em troca de salários que dão saudade da escravidão.

No entanto, cada habitante do norte consome, em média, dez vezes mais petróleo, gás e carvão; e no sul, apenas uma de cada cem pessoas tem carro próprio. Gula e jejum do cardápio ambiental: 75% da contaminação do mundo provém de 25% da população. E nessa minoria, claro, não figuram o bilhão e duzentos milhões que vivem sem água potável, nem o bilhão e cem milhões que a cada noite vão dormir de barriga vazia. Não é "a humanidade" a responsável pela devoração dos recursos naturais nem pelo apodrecimento do ar, da terra e da água.

O poder encolhe os ombros: quando este planeta deixar de ser rentável, mudo-me para outro.

•••

A beleza é bela se pode ser vendida, e a justiça é justa quando pode ser comprada. O planeta está sendo assassinado pelos modelos de vida, assim como nos paralisam as máquinas inventadas para acelerar o movimento e nos isolam as cidades nascidas para o encontro.

As palavras perdem sentido, enquanto perdem sua cor o mar verde e o céu azul, que tinham sido pintados por gentileza das algas que lançaram oxigênio durante três bilhões de anos.

•••

Essas luzinhas da noite estão nos espiando? As estrelas tremem de estupor e medo. Elas não conseguem entender como continua dando voltas, vivo ainda, este nosso mundo, tão fervorosamente dedicado à sua própria aniquilação. E estremecem de susto, porque já viram que este mundo começa a invadir outros astros do céu.

A SOGA

2002

Somos tão comovedores? O presidente Bush se comoveu com o drama do Uruguai, embora não haja nenhum indício de que ele consiga localizar nosso país no mapa. Será que seu coração foi tocado pela abnegação de nosso presidente, esse bom homem sempre pronto para atuar na primeira linha de fogo contra Cuba, Argentina e o que mais mandarem? Quem sabe. O fato é que Bush disse: "É preciso dar uma mão". E em seguida disseram exatamente o mesmo os organismos internacionais de crédito, que cumprem a nobre função de papagaio no ombro do pirata.

 Reuniram-se então, a toda pressa, nossos legisladores. E por maioria, uma maioria surda a qualquer discussão, votaram num átimo a lei que dispara o tiro de misericórdia na banca pública. A Lei estava bem fundamentada: ou aprovam aqui ou o dinheiro não vem.

 E torceram os pescoços procurando o avião que vinha do céu. Os dólares não viajaram de avião, mas chegaram: "Um bilhão e quinhentos milhões de *dolores*", disse o embaixador dos Estados Unidos, que não fala uma palavra em espanhol. O erro confessou a verdade.

●●●

 Os países latino-americanos nasceram para a vida independente hipotecados pela banca britânica.

 Dois séculos depois, um taxista de Montevidéu me comenta: "Dizem que Deus vai prover. Pensam que Deus dirige o Fundo Monetário".

 Com os tempos, fomos trocando de credores. E agora devemos muito mais. Quanto mais pagamos, mais devemos; quanto mais devemos, menos decidimos. Sequestrados pela banca estrangeira, já não podemos nem respirar sem permissão. Vivemos os latino-americanos para pagar os chamados "serviços da dívida", ao serviço de uma dívida que se multiplica como coelha. A dívida cresce em quatro dólares por cada novo dólar que recebemos, mas festejamos cada novo dólar como se fosse um milagre. E como se a soga, destinada a apertar o pescoço, pudesse servir para nos erguer do fundo do poço.

●●●

 Desde muitos anos, o Uruguai dedica-se a deixar de ser um país para se transformar num banco com praias. E os Estados Unidos, pela boca do embaixador, acabam de nos confirmar essa função e esse destino.

 E assim vai. Bela maneira de nos integrarmos ao mercado, que nos integra desintegrando-nos. Os bancos afundam, enquanto os banqueiros enriquecem. O governo, governado, finge que governa. Fábricas fechadas, campos vazios: produzimos mendigos e policiais. E emigrantes. Todas as noites fazem fila, na rua, em pleno inverno, as pessoas que querem tirar passaporte. Para a Espanha, para a Itália ou para qualquer lugar, tomam os jovens o caminho que seus avós fizeram ao contrário.

•••

A poupança é a base da fortuna dos banqueiros que a usurpam. Este cinema exibe, há anos, o mesmo filme: bancos esvaziados por seus donos, passivos incobráveis que são descarregados na sociedade como um todo. Amparados pelo segredo bancário, os magos das finanças fazem desaparecer o dinheiro como a ditadura militar fazia desaparecer as pessoas. Suas bem-sucedidas manobras deixam uma multidão de poupadores fraudados e de empregados sem emprego, e uma dívida pública que cobra de todos o vigarice de poucos.

A banca privada, que mereceu tantos tapa-furos milionários, está cada vez mais divorciada da produção e do trabalho, ou da pouca produção e do pouco trabalho que ainda nos restam. Mas esta praça financeira acaba de ser recompensada pela nova lei que fere de morte a banca do estado.

A continuarmos assim, não causará espécie que, mais cedo do que tarde, as empresas públicas venham a ser a nossa única moeda para fazer frente aos vencimentos da impagável dívida externa. Será algo assim como uma execução do estado, fuzilado pelos credores. E pouco importará, então, a vontade popular, que há dez anos bloqueou as privatizações num plebiscito.

•••

Mais estado, menos estado, quase nenhum estado? Um estado reduzido às funções de vigilância e castigo? Castigo de quem?

A ditadura financeira internacional obriga ao desmantelamento do estado, mas só a omissão na fiscalização pública pode explicar a escandalosa impunidade com que foram depenados alguns bancos do Uruguai. "Os controladores não são adivinhos", justificou um deputado oficialista. O último dos responsáveis por essa tarefa não cumprida é um primo do presidente da república.

Mais eloquente, todavia, é a queda em cascata de umas quantas empresas gigantes nos Estados Unidos. Afinal, tem lugar no país que impõe aos demais a chamada *deregulation*, ou seja: a obrigação de fazer vista grossa para os manobrismos do mundo dos negócios. Acabam de acontecer ali as maiores bancarrotas da história, confirmando que a tal *deregulation* deixa de mãos livres para enganar e roubar em escala descomunal. Enron, WorldCom e outras corporações puderam realizar com toda a facilidade fraudes colossais, fazendo passar perdas por lucros e cometendo errinhos contábeis de bilhões de dólares.

Parecem-me perigosas as medidas que agora anuncia o presidente Bush contra os executivos vigaristas e seus cúmplices. Se de fato as aplicasse, e com efeito retroativo, poderiam ir para a cadeia ele mesmo e quase todo o seu gabinete.

● ● ●

Até quando os países latino-americanos continuarão aceitando as ordens do mercado como se fossem uma fatalidade do destino? Até quando continuaremos implorando esmolas, entrando aos cotovelaços na fila dos pedintes? Até quando continuará cada país apostando no salve-se quem puder? Quando nos convenceremos de que a indignidade não compensa? Por que não formamos uma frente comum para defender os preços de nossos produtos, se estamos cansados de saber que nos dividem para reinar? Por que não enfrentamos juntos a dívida usurária? Que poder teria a soga se não encontrasse o pescoço?

Índice

VAGAMUNDO
Garotos / 11; Segredo no cair da tarde / 11; O monstro meu amigo / 13; O pequeno rei vira-lata / 14; O desejo e o mundo / 15; Gamados / 21; Homem que bebe sozinho / 21; Confissão do artista / 22; Garoa / 22; Mulher que diz tchau / 23; Andanças / 23; Ter duas pernas me parece pouco / 23; Noel / 26; Cerimônia / 28; A terra pode nos comer quando quiser / 30; Os sóis da noite / 34; Eles vinham de longe / 39; Tourist guide / 40; O esperado / 44; Bandeiras / 47; As fontes / 47; A iniciação / 49; Onde ela estava acontecia o verão / 50; Conto um conto de Babalu / 51; A cidade como um tigre / 59; Morrer / 71; Os sobreviventes / 73; Uma bala quente / 75; A paixão / 82; Outros contos / 87; A garota com o corte no queixo / 87; Cinzas / 98; Os ventos raivosos do Sul / 104; O resto é mentira / 112;

DIAS E NOITES DE AMOR E DE GUERRA
O vento na cara do peregrino / 127, Fecho os olhos e estou no meio do mar / 127; Buenos Aires, maio de 1975: O petróleo é um tema fatal / 128; Há dez anos eu assisti ao ensaio geral desta obra / 129; O Universo visto pelo buraco da fechadura / 132; Dos rapazes que naquele tempo conheci nas montanhas, quem estará vivo? / 133; Por que choram as pombas ao amanhecer? / 137; A tragédia tinha sido uma profecia certeira / 138; Um esplendor que demora entre minhas pálpebras / 140; Crônica do perseguido e a dama da noite / 141; O Universo visto pelo buraco da fechadura / 142; Buenos Aires, julho de 1975: Voltando do Sul / 143; É a hora dos fantasmas: Eu os convoco, persigo, caço / 144; O Sistema / 144; O Sistema / 145; O Sistema / 146; Sonhos / 146; Crônica do Burro, do Vovô Catarino e de como São Jorge chegou a galope em seu cavalo branco e salvou-o das maldades do Diabo / 146; Introdução à Teologia / 154; Tudo isso já não existe / 155; Introdução à Teologia / 155; Guerra da rua, guerra da alma / 157; O Sistema / 157; Foi enterrado vivo em um poço / 157; Buenos Aires, julho de 1975: Os

homens que cruzam o rio / 159; Esta tarde rasguei a Porky e joguei os pedacinhos no lixo / 159; Minha primeira morte foi assim / 160; No fundo, tudo é uma questão de História / 162; E de coragem / 162; Mas é preciso escolher / 163; Minha segunda morte foi assim / 163; O sol extinguia as cores e as formas das coisas / 172; Mas eu prefiro os resplendores da gente / 173; Buenos Aires, outubro de 1975: A vida cotidiana da máquina / 175; Buenos Aires, outubro de 1975: Ela não apagou nunca, mesmo sabendo que estava condenada / 176; Uma moça navega cantando entre as pessoas / 178; Fui feito de barro, mas também de tempo / 179; Para que se abram as largas alamedas / 179; Verão de 42 / 182; Mais forte que qualquer tristeza ou ditadura / 183; Última voz / 184; A missão mais difícil de minha vida / 185; Buenos Aires, outubro de 1975: A violenta luz da glória / 186; Rio de Janeiro, outubro de 1975: Essa manhã saiu de sua casa e nunca mais foi visto vivo / 188; O Sistema / 192; Buenos Aires, novembro de 1975: Gosto de me sentir livre e ficar se quiser / 193; Buenos Aires, novembro de 1975: Despertou no barro / 196; O Sistema / 196; O Sistema / 197; Buenos Aires, dezembro de 1975: Comunhões / 198; Buenos Aires, dezembro de 1975: Comunhões / 199; Buenos Aires, dezembro de 1975: Comunhões / 201; Entrou no Ano-Novo em um trem vazio de gente / 201; Buenos Aires, janeiro de 1976: Introdução à Música / 203; Era uma manhã cinzenta e de frio bravo / 204; Não via a luz nem podia caminhar mais de três passos / 204; Buenos Aires, janeiro de 1976: Reencontro / 205; O Sistema / 207; Buenos Aires, janeiro de 1976: Introdução à Literatura / 207; Buenos Aires, janeiro de 1976: Ninguém pode nada contra tanta beleza / 208; O Universo visto pelo buraco da fechadura / 209; Quito, fevereiro de 1976: Primeira noite / 209; Quito, fevereiro de 1976: Uma palestra na Universidade / 211; Esmeraldas, fevereiro de 1976: Você nunca se lembra de quando nasceu? / 212; Quito, fevereiro de 1976: Introdução à História da América / 213; Quito, fevereiro de 1976: A boa vontade / 214; O Sistema / 215; Quito, fevereiro de 1976: Não descansará até que caiam / 215; Quito, fevereiro de 1976: Acendo o fogo e chamo por ele / 216; A terceira margem do rio / 218; Devo a ele um par de estórias, embora ele não saiba, e vou pagar / 218; As cerimônias da angústia / 220; O homem que soube calar / 224; Quito, março de 1976: Última noite / 225; O Universo visto pelo buraco da fechadura / 225; Buenos Aires, março de 1976: Os negrores e os sóis / 226; Essa velha é um país / 228; Buenos Aires, abril de 1976: O companheiro anda na corda bamba / 229; O Sistema / 232; Crônica de um voo sobre a terra púrpura / 232; Os filhos / 237; Os filhos / 238; Os filhos / 238; Os filhos / 239; Buenos Aires, maio de 1976: Está morto? Quem sabe / 241; Buenos Aires, maio de 1976: Essa voz que segura a emoção com rédea curta / 242; Existem as cidades? Ou são vapores que as pessoas jorram pela boca? / 244; Sonhos / 247; O Universo visto pelo buraco da fechadura / 247; O Universo visto pelo buraco da fechadura / 248; Buenos Aires, maio de 1976: Introdução à Economia Política / 248; O Sistema / 249; Buenos Aires, maio de 1976: Uma bomba em cima da mesa / 249; Claromecó, maio de 1976: Homenagem a um homem que não conheci / 252; Yala, maio de 1976: Guerra da rua, guerra da alma / 253; Buenos Aires, maio de 1976: Abro a porta do quarto onde dormirei esta noite / 258; Diz o velho provérbio: Mais vale avançar e morrer que se deter e morrer / 258; Buenos Aires, junho de 1976: A terra os engole / 260; Buenos Aires, junho de 1976: Guerra da rua, guerra da alma / 261; O Sistema / 261; Eu nunca tinha ouvido falar em tortura / 262; O sobrevivente na mesa do café / 262; O Sistema / 263; O Sistema / 264; Introdução ao Direito / 264; Buenos Aires, junho de 1976: Meio-dia / 266; Escrito num muro, falado na rua, cantado nos campos / 266; Canta o oleiro, porque há barro para o ninho / 269; Sonhos / 271; A memória nos dará licença para sermos felizes? / 271; Buenos Aires, julho de 1976: Longa viagem sem nos movermos / 272; O Universo visto pelo buraco da fechadura / 272; O Universo visto pelo buraco da fechadura / 273; Buenos Aires, julho de 1976: Quando as palavras não podem ser mais dignas que o silêncio, mais vale ficar calado / 274; "A árvore voa", diz o poeta, "no pássaro que a abandona" / 277; Guerra da rua, guerra da alma / 279; Os ventos e os anos / 279; Crônica da Terra Grande / 281; Notícias / 293; Guerra da rua, guerra da alma / 293; O Sistema / 293; Guerra da rua, guerra da alma / 294; Guerra da rua, guerra da alma / 294; Introdução à

História da Arte / 294; Notícias / 295; Sonhos / 295; Calella de la Costa, junho de 1977: Para inventar o mundo cada dia / 296; Entre todos, se escutamos direito, formamos uma única melodia / 296; Guerra da rua, guerra da alma / 296; Calella de la Costa, julho de 1977: A feira / 297; Enquanto dura a cerimônia nós somos, como ela, um pouquinho sagrados / 298; Notícias / 298; O Sistema / 299; Notícias / 299

O LIVRO DOS ABRAÇOS
O mundo / 305; A origem do mundo / 305; A função da arte/1 / 306; A uva e o vinho / 306; A paixão de dizer/1 / 306; A paixão de dizer/2 / 307; A casa das palavras / 307; A função do leitor/1 / 307; A função do leitor/2 / 308; Celebração da voz humana/1 / 308; Celebração da voz humana/2 / 309; Definição da arte / 309; A linguagem da arte / 310; A fronteira da arte / 311; A função da arte/2 / 312; Profecias/1 / 312; Celebração da voz humana/3 / 313; Crônica da cidade de Santiago / 313; Neruda/1 / 314; Neruda/2 / 314; Profecias/2 / 315; Celebração da fantasia / 315; A arte para as crianças / 316; A arte das crianças / 316; Os sonhos de Helena / 317; Viagem ao país dos sonhos / 317; O país dos sonhos / 317; Os sonhos esquecidos / 318; O adeus dos sonhos / 318; Celebração da realidade / 318; A arte e a realidade/1 / 319; A arte e a realidade/2 / 320; A realidade é uma doida varrida / 321; Crônica da cidade de Havana / 322; A diplomacia na América Latina / 323; Crônica da cidade de Quito / 323; O Estado na América Latina / 324; A burocracia/1 / 325; A burocracia/2 / 326; A burocracia/3 / 326; Causos/1 / 326; Causos/2 / 327; Causos/3 / 328; Noite de Natal / 329; Os ninguéns / 329; A fome/1 / 330; Crônica da cidade de Caracas / 330; Anúncios / 331; Crônica da cidade do Rio de Janeiro / 332; Os numerinhos e as pessoas / 332; A fome/2 / 333; Crônica da cidade de Nova York / 333; Dizem as paredes/1 / 334; Amares / 334; Teologia/1 / 334; Teologia/2 / 335; Teologia/3 / 335; A noite/1 / 337; O diagnóstico e a terapêutica / 337; A noite/2 / 337; As chamadas / 337; A noite/3 / 338; A pequena morte / 338; A noite/4 / 338; O devorador devorado / 338; Dizem as paredes/2 / 339; A vida profissional/1 / 339; Crônica da cidade de Bogotá / 340;

Elogio da arte da oratória / 340; A vida profissional/2 / 341; A vida profissional/3 / 342; Mapa-múndi/1 / 342; Mapa-múndi/2 / 343; A desmemória/1 / 343; A desmemória/2 / 344; O medo / 344; O rio do Esquecimento / 344; A desmemória/3 / 345; A desmemória/4 / 345; Celebração da subjetividade / 346; Celebração de bodas da razão com o coração / 346; Divórcios / 347; Celebração das contradições/1 / 347; Celebração das contradições/2 / 347; Crônica da Cidade do México / 348; Contrassímbolos / 348; Paradoxos / 349; O sistema/1 / 350; Elogio ao bom-senso / 350; Os índios/1 / 351; Os índios/2 / 351; As tradições futuras / 352; O reino das baratas / 353; Os índios/3 / 353; Os índios/4 / 354; A cultura do terror/1 / 355; A cultura do terror/2 / 355; A cultura do terror/3 / 356; A cultura do terror/4 / 356; A cultura do terror/5 / 357; A cultura do terror/6 / 357; A televisão/1 / 358; A televisão/2 / 358; A cultura do espetáculo / 359; A televisão/3 / 359; A dignidade da arte / 359; A televisão/4 / 360; A televisão/5 / 360; Celebração da desconfiança / 361; A cultura do terror/7 / 361; A alienação/1 / 361; A alienação/2 / 362; A alienação/3 / 362; Dizem as paredes/3 / 363; Nomes/1 / 363; Nomes/2 / 364; Nomes/3 / 364; A máquina de retroceder / 365; A pálida / 365; O baixo-astral / 366; Onetti / 366; Arguedas / 367; Celebração do silêncio/1 / 367; Celebração do silêncio/2 / 368; Celebração da voz humana/4 / 369; O sistema/2 / 369; Celebração das bodas entre a palavra e o ato / 369; O sistema/3 / 370; Elogio à iniciativa privada / 370; O crime perfeito / 371; O exílio / 371; A civilização do consumo / 372; Crônica da cidade de Buenos Aires / 373; O bem-querer/1 / 374; O bem-querer/2 / 375; O tempo / 375; Ressurreições/1 / 376; A casa / 376; A perda / 377; O exorcismo / 377; Os adeuses / 377; Os sonhos do fim do exílio/1 / 378; Os sonhos do fim do exílio/2 / 378; Os sonhos do fim do exílio/3 / 378; Andanças/1 / 378; Andanças/2 / 379; A última cerveja de Caldwell / 379; Andanças/3 / 380; Dizem as paredes/4 / 381; Invejas do alto céu / 381; Notícias / 381; A morte / 383; Chorar / 383; Celebração do riso / 383; Dizem as paredes/5 / 384; O vendedor de risadas / 384; Eu, mutilado capilar / 385; Celebração do nascer incessante / 385; O parto / 386; Ressurreições/2 / 387; Ressurreições/3 / 387; Os três irmãos / 388; As duas cabeças / 388; Ressurreições/4 / 389;

A acrobata / 389; As flores / 390; As formigas / 390; A avó / 391; O avô / 391; Fuga / 392; Celebração da amizade/1 / 393; Celebração da amizade/2 / 394; Gelman / 395; A arte e o tempo / 396; Profissão de fé / 396; Cortázar / 396; Crônica da cidade de Montevidéu / 397; A cerca de arame / 397; O céu e o inferno / 398; Crônica da cidade de Manágua / 399; O desafio / 400; Celebração da coragem/1 / 400; Celebração da coragem/2 / 401; Celebração da coragem/3 / 402; Celebração da coragem/4 / 403; Um músculo secreto / 403; Outro músculo secreto / 405; A festa / 406; As impressões digitais / 406; O ar e o vento / 406; A ventania / 407

O TEATRO DO BEM E DO MAL
O teatro do bem e do mal / 411; Símbolos / 414; Negócio / 414; Hollywood / 415; Vestuário / 415; Pânico / 416; Armas / 416; Mão de obra / 416; Antecedentes / 417; Vítimas / 417; Rupturas / 418; Notas do além / 418; Informações úteis / 418; Agradeço o milagre / 419; O turismo do depois / 420; Lápides / 420; O Aquém / 421; Satanases / 422; A diabada / 422; A missão divina / 423; Espelhos brancos para caras negras / 425; A heroica virtude / 425; O santo da vassoura / 425; A pele ruim / 426; O cabelo ruim / 427; Uma herança pesada / 427; Falam as paredes / 428; Tempos modernos / 429; Perguntas / 429; Delas sobre eles / 429; Deles sobre elas / 430; A terceira via / 430; Todos / 430; Morrer / 430; Zigue-zague / 431; Linguagens / 431; Uma carta de amor / 431; Mea culpa / 432; Sobre os meios / 432; Da nomenclatura urbana / 432; Pórticos / 433; Tempos modernos / 433; Dicionário das cores / 433; Cartazes / 434; A letra mais importante / 434; Quando uma palavra é duas / 434; Algumas estações da palavra no inferno / 435; A palavra e o crime / 435; A palavra e a guerra / 435; A palavra e os banqueiros / 436; A palavra e a ajuda / 437; A palavra e a publicidade / 437; A palavra e a história / 438; A máquina / 440; Este mundo é um mistério / 443; Troféus / 446; O espelho / 450; O sol que veio do oeste / 450; O computador infiel / 451; Tal e qual / 452; A monarquia universal / 452; O FMI e o Banco Mundial / 453; As Nações Unidas / 454; A Organização Mundial do Comércio / 454; Nem direitos nem humanos / 455; Um tema para arqueólogos? / 458;

Humor negro / 461; Piada 1 / 461; Piada 2 / 462; Piada 3 / 462; Piada 4 / 463; Piada 5 / 464; Piada 6 / 464; Piada 7 / 464; A era de Frankenstein / 465; Os atletas químicos / 468; Mãos ao alto / 471; A república das contradições / 474; Os invisíveis / 477; Ajude-me, doutor, que não posso dormir / 481; Ficará o mundo sem professores? / 481; Ficará o mundo sem presidentes? / 482; Ficará o mundo sem assunto? / 483; Ficará o mundo sem inimigos? / 483; Ficará o mundo sem bancos? / 484; Ficará o mundo sem mundo? / 485; Algumas modestas proposições / 486; Melhor que Kyoto / 486; Como vender guarda-chuvas / 487; A conquista da lua / 488; Notícias do mundo às avessas / 489; O aniversário / 489; Em teu dia, mamãe / 490; A felicidade / 490; Pedagogia da violência / 490; A liberdade de comércio / 491; Notícias do fim do milênio / 492; S.O.S. / 496; A soga / 499;

lepmeditores

www.lpm.com.br
o site que conta tudo

Impresso na BMF Gráfica e Editora
2022